René Vaillot

LE CARDINAL DE BERNIS

La vie extraordinaire
d'un honnête homme

Albin Michel

22, rue Huyghens, 75014 Paris

ISBN 2-226-02235-X

« Ne cherchez la vertu pure et sans tache que dans les livres. »

Bernis à Mme de La Ferté-Imbault.

« ...Je ne puis lire depuis longtemps que ce que vous écrivez, et quoi qu'il ne me soit pas permis, comme vous, de dire tout, je trouve que vous êtes le seul Français qui ait conservé l'art et le ton de la bonne plaisanterie ; ce talent me paraît ajouter beaucoup au mérite d'être le premier écrivain de son siècle. »

Bernis à Voltaire, 13 novembre 1760.

Avant-propos

Bernis, sentant venir l'exil, écrit à Mme de Pompadour : *« On me connaîtra quelque jour et l'on me rendra justice. »*

Du sentiment de l'injustice qui pesa et qui pèse encore sur sa mémoire, je ne pouvais me débarrasser qu'en écrivant sa vie. Je ne suis pas le premier à l'avoir fait. Il fallait à Bernis un historien tel que Frédéric Masson [1] qui avait avec lui tant de traits communs. Académicien, archiviste, il obtint de la famille l'autorisation de publier les *Mémoires* et les lettres importantes du cardinal ; il y joignit, sur sa vie, et particulièrement sur sa diplomatie, des travaux à la fois scrupuleux, passionnés et justes, qui devaient servir de fond à toute réhabilitation politique et humaine. Ces travaux, en deux gros volumes, datent maintenant de plus d'un siècle [2] et ne se trouvent que dans les bibliothèques importantes. Des études universitaires [3-4] fort utiles y prirent leurs sources essentielles, mais ne touchèrent que des spécialistes. Plus récemment, M. Serge Dahoui [5] eut accès, comme Frédéric Masson, aux archives de Bernis. Il en tira une biographie, cautionnée par la famille, d'un style agréable, mais trop peu répandue. On peut regretter que l'auteur soit si peu enclin à développer certains sentiments du personnage, par exemple l'amitié, si importante, de Bernis avec Voltaire. Enfin, il existe une affaire Bernis-Casanova, obscure, il est vrai, mais n'en pas parler, c'est accepter les allusions les plus scandaleuses qui continuent de proliférer.

Il est heureux que deux écrivains de talent aient compris Bernis et étendu sa renommée : Barbey d'Aurevilly [6], et, plus près de nous, Roger Vailland [7]. On ne saurait soupçonner celui-ci de cléricalisme ; pourtant, il intitula son ouvrage *Éloge du cardinal de Bernis*; et il en fit en effet, un éloge vibrant, sans réserves, proposant comme modèle à notre siècle un ministre intègre et humain. Il borna malheureusement sa curiosité à la lecture des *Mémoires* et de quelques lettres, et son ouvrage tourna court.

A l'opposé de ces quelques hommes qui rendirent hommage à Bernis, ses ennemis sont restés les mêmes parmi la foule des anticléricaux sommaires, des parangons de vertu, des avares, des esprits invertébrés, des égalitaristes laxistes, des égoïstes somnolents, des violents et des fanatiques de tous bords. Ainsi, l'incompréhension, la calomnie, le goût du scandale et le scepticisme écartèrent de l'histoire une des plus belles figures du XVIIIe siècle.

De sa jeunesse à la fin de sa vie, ses ennemis les plus irréfléchis furent les envieux. Dès l'abord, on était frappé par son aisance et sa grâce. Défis involontaires à des gens haut placés dont il eut à dépendre. Il y ajouta sa réputation de poète léger : voilà qui suffisait pour qu'on le taxât de frivolité. « Sa légèreté n'est pas plus vraie, écrit Roger Vailland, que son esprit n'est frivole ; s'il a tant d'aisance apparente, *c'est par excès de puissance*[8]. »

Des poèmes frivoles, il lui arriva d'en faire, à vingt ans :

Les vers de ma jeune saison
N'étaient pour moi qu'un badinage...

Mais à chaque élévation de sa fortune, ses ennemis firent réimprimer et répandre ses poèmes truffés de vers apocryphes. S'il commit, par excès de facilité, de mauvais vers, il en fit aussi d'« aimables et piquants », dit Faguet, et certains sont parmi les plus imagés, les plus délicats, les plus harmonieux d'un siècle peu poète. Sa prose des *Mémoires* est dense, claire et juste. S'il y a, dit encore Roger Vailland, « du Sorel et du comte Mosca » chez Bernis, il y a une parenté d'intelligence et d'écriture avec Stendhal.

La responsabilité qu'on lui attribua dans le renversement des alliances et la rédaction du traité de Versailles avec l'Autriche, fut la plus grave atteinte à sa réputation. Quand le roi lui demanda de rédiger ce traité avec l'ambassadeur de Vienne, Bernis n'était pas ministre, mais il avait, rentrant de Venise, des vues si étendues sur la politique européenne, qu'il présenta au roi toutes les objections possibles. Le roi, fâché, lui ordonna de passer outre : comment Bernis eût-il pu se dérober à cet ordre ?

L'alliance avec l'Autriche était pour Louis XV et Mme de Pompadour une affaire sentimentale : le roi s'était entiché d'une alliance catholique et plus encore de l'impératrice Marie-Thérèse, une femme dont il se voyait le protecteur et se faisait l'allié inconditionnel. En outre, il n'aimait point Frédéric II, le roi « philosophe » et athée ; la favorite le haïssait parce qu'il attirait dans son académie les savants et les écrivains et qu'il avait humilié Voltaire. Bernis savait depuis longtemps que l'ennemi principal de la France était l'Angleterre : il fallait renflouer la marine ou perdre l'Amérique. Une fois ministre, Bernis s'aperçut que, pour la guerre sur terre, tout manquait : l'argent, les généraux, la discipline de l'armée et l'entente entre les ministères. Au bout de six mois de campagne, il demanda la paix et fit tant de bruit, sans jamais accuser directement le roi, qu'il se fit exiler par celle qui l'avait élevé. Choiseul, plus ambitieux de sa place que des intérêts de la France, continua la guerre pendant cinq ans... Où sont les responsables ? La calomnie s'acharna : le comble de l'injustice fut que des esprits comme d'Alembert, aveuglés par Frédéric, accusèrent Bernis du désastre du traité de Paris !

Bernis naïf et faible, pensèrent Choiseul et tant d'autres ! Sa clairvoyante honnêteté ne fut jamais en défaut. « ... Fidèle au roi, écrit Sudreau, il *voit* que ce n'est pas lui qui gouverne ; fidèle aux papes, il *voit* leurs défauts de caractère. » Ainsi l'exigent, chez Bernis, le respect d'un ordre et l'indulgence pour toute créature humaine, si haut placée soit-elle.

Comment Bernis, si exigeant et perspicace, fit-il élire deux papes sans caractère ? Ce fut par ses talents de conciliateur, alors que l'opposition de deux politiques bloquait l'élection : les cardinaux romains, projésuites, et les cardinaux des « couronnes », antijésuites, s'affrontaient interminablement dans les cellules étouffantes des conclaves. Le manque d'hygiène, les maladies exigeaient un dénouement : Bernis le provoqua.

Comme il aurait pu faire un grand Premier ministre, Bernis eût pu faire un grand pape. Mais Louis XV *avait peur* d'un nouveau Fleury, peut-être d'un Richelieu, mais ses ministres *avaient peur* de la force intellectuelle et morale de Bernis, mais les cardinaux romains, même s'ils eussent admis un pape qui ne fût pas romain, *avaient peur* de sa philosophie et de sa charité. Hâtons-nous toutefois d'ajouter que Bernis aimait trop la liberté, et que, si quelquefois il hésita, ce ne fut jamais qu'entre le « bonheur et le pouvoir[9] ».

S'il n'écrivait plus, le poète, quoi qu'il en eût dit, n'était pas mort. La douceur de vivre l'attirait. Il le confie à Pâris-Duverney au début de l'exil : « Je ne suis monté aux grandeurs que par la force des circonstances : mon goût, mon caractère m'en éloignaient [10]. » Ce qui satisfaisait ce goût, c'étaient l'étude, la lecture, les spectacles, et surtout l'amitié, dans la famille et dans le monde.

« Je suis né sensible à l'excès », écrit-il. La grâce, la sensibilité, l'imagination, l'esprit lui attirèrent tout naturellement l'amitié des femmes « plus tendre, avoue-t-il, plus délicate, plus essentielle, plus généreuse et souvent plus fidèle que celle des hommes [11] ». Il noua pourtant de fidèles amitiés avec quelques hommes qui sortaient du commun : en France, le duc de Nivernais, le comte de Forcalquier, Fontenelle, Mairan, et surtout Duclos et Voltaire ; et à Rome le chevalier d'Azara et le roi de Suède Gustave III qui, pour vivre en sa compagnie, retarda d'un mois son départ et lui écrivit de Naples : « J'ai été bien aise de reconnaître par moi-même que ce ministre qui, dans les temps les plus difficiles, avait su réunir et concilier, pour la gloire de sa patrie, les intérêts les plus opposés, était aussi, dans la vie privée, l'homme le plus aimable et celui vers lequel on aimerait par choix de passer sa vie [12]. »

L'amitié des femmes le conduisit à l'amour. Discrètement, il y fait allusion plusieurs fois. D'abord, il a décidé, puisqu'il dicte à sa nièce des mémoires destinés à ses neveux, de ne point leur livrer de ses « erreurs » une « peinture qui serait plus dangereuse qu'utile ». Mais, par la suite, il laisse échapper cet aveu, parmi d'autres : « Je ne connais le prix de la vie que par le bonheur d'aimer et d'être aimé [13]. » Il ne s'agit plus de ses erreurs, qui furent sans doute quelques amours faciles de jeunesse. Bernis ne tarda pas à refuser l'amour sans tendresse et sans esprit, il aima des femmes dignes de lui. « Aimez une femme qui ne sera que belle, votre amour finira... Joignez de l'esprit à ses charmes extérieurs... vous les verrez se multiplier, se répandre et s'animer à chaque instant : l'esprit est à la beauté ce que la rosée du matin est aux fleurs [14]. »

De ce sentiment où se mesure le mieux la valeur intime d'un homme, ses ennemis firent un sujet de dérision et de scandale. Ils puisèrent dans les aventures érotiques que lui prête Casanova lors des ambassades de Venise et de Rome. Bernis a reçu l'aventurier à Versailles, et l'ayant rapidement jugé, ne lui aurait accordé qu'une attention distraite... Vengeance de Casanova contre le ministre ? Ou simplement, comme l'admet Charles Samaran [15], inventions de cet homme usé, cherchant à tromper sa sénilité ? De toute façon, l'aventurier a visé trop bas : les amours légères et cyniques qu'il décrit sont incompatibles avec ce que l'on sait aujourd'hui de l'homme Bernis.

Il n'en reste pas moins que Bernis a conquis la faveur royale par les femmes. La princesse de Rohan-Courcillon le tira de la pauvreté et dota ses nièces ; peut-être a-t-elle été sa maîtresse. Mais les deux femmes qui eurent une influence décisive sur son élévation, Mme de La Ferté-Imbault et Mme de Pompadour, ne furent que des amies. Encore cette dernière amitié, qui ne dura point, devait-elle, par la suite, le desservir gravement. « Le fard de la marquise de Pompadour, écrit Barbey d'Aurevilly, lui tache la joue, et il ne s'essuiera jamais de ce rouge-là. »

Ce moyen de parvenir, dû à des circonstances auxquelles il a d'abord résisté, devait inciter ses ennemis à le condamner sommairement comme « ambitieux ». Le mot est des plus ambigus. L'amour-propre, dont Bernis fut doué dès l'enfance, le conduisit à préparer des « plans de vie » et à se mettre au travail, parfois nuit et jour pour les réaliser : comme il fut le premier à Louis-le-Grand, il voulut être le premier à Rome. Sans négliger la puissance que procure l'argent, il porta son ambition au-delà : il pouvait alors mettre au service de sa patrie et de son prochain ses qualités propres et la valeur qu'il avait acquise. S'il fut fastueux à Venise et à Rome, ce fut pour la gloire de la Maison France, et pour attirer diplomates et princes étrangers dont il tira des informations précieuses : souvent, ce fut lui qui informa le ministre, son supérieur hiérarchique. Archevêque d'Albi, s'il a joui du pouvoir absolu d'un seigneur féodal, ce fut aussi pour aider, protéger, instruire le peuple, imitant, avec de plus grands moyens, l'œuvre sociale qu'il admirait et enviait, de Voltaire à Ferney. Il savait que le péché capital n'est pas celui de la chair ni même l'orgueil, c'est l'égoïsme, source de tant d'injustice et de violence. Ambition ? Certes. Mais alors il faut plaindre ceux qui n'ont point d'ambition : ce sont les mêmes qui redoutent l'effort et le travail.

Devant le concert de critiques et finalement l'oubli dans lequel Bernis fut abandonné, il faut donc que le biographe s'attache à le bien connaître, à découvrir dans le poète, dans le ministre, dans le cardinal ambassadeur, le vrai Bernis. Une telle biographie comporte a posteriori, un message — c'était l'idée de Roger Vailland — qui est de restaurer, par un exemple exceptionnel, un certain nombre de valeurs indispensables à toute civilisation authentique, celle qui élève l'homme par le développement de l'esprit et la promotion d'une fraternité.

J'ai passionnément cherché l'homme et l'humaniste. Bernis est-il cardinal ? Archevêque ? On oublie sa barrette et sa mitre. Sauf à la fin de sa vie, il ne parle point de religion : sa foi ne regarde que lui. Bernis est vivant. Il a exercé des fonctions difficiles, à travers des événements où tant d'hommes se renient ou se noient, où il se classe. Chemin faisant, il nous séduit comme il a séduit ceux qui l'ont connu. Sans que soient jamais altérées la clarté de sa conscience ni la fidélité à ses principes, s'il a jugé, il n'a point boudé ni méprisé une société finissante à laquelle la Régence a donné le ton ; les privilégiés y trouvent le bonheur dans les raffinements du luxe, et, à la barbe du clergé politique et des jansénistes, dans une étonnante liberté des mœurs, des sentiments et de l'esprit. Les femmes y sont reines, et dans leurs salons protégés par d'immenses fortunes, les philosophes des Lumières dénoncent l'injustice. C'est le siècle de l'*Embarquement pour Cythère* mais aussi de l'*Affaire Calas*. S'il y a de tout cela chez Bernis, il n'y a jamais rien de guindé. A Voltaire qui lui écrivait : « Je vous pardonne d'être archevêque », il répondit : « Soyez bien persuadé que je vous aime toujours... Quoiqu'archevêque, j'aimerai toujours les lettres. Je hais le pédantisme jusque dans les vertus. »

C'est dans ses lettres à Voltaire comme dans ses *Mémoires* qu'il faut chercher Bernis. Malgré l'opposition radicale de leurs destinées, ces deux grands esprits se sont compris, respectés et aimés. Ce n'est pas un mince paradoxe que l'archevêque d'Albi fût devenu un critique des tragédies de Voltaire plus sévère, plus profond et plus fin que d'Argental. Toujours naturel, tantôt grave, quelquefois offusqué ou rétif, tantôt plaisant, amusé, narquois, Bernis n'a pas cessé d'écrire au « Vieux Suisse », ni de le lire. Gagné par lui à la tolérance, le cardinal n'hésita point à donner des leçons à son maître, quand cette vertu lui manqua. Peut-être parce qu'en lui la tolérance avait rejoint la non-violence évangélique.

Dans le rôle politique qu'il eût désiré jouer, Bernis a échoué, mais non pas dans la conduite de sa vie. Doué d'un pouvoir génial de réflexion allant jusqu'à prévoir l'événement, il sut toujours à l'avance ce qu'il en allait résulter pour lui-même. Toute vie est une approche plus ou moins réussie des rêves d'un adolescent. La vie de Bernis n'est pas une vie ratée. De l'au-delà, il n'a rien dit : c'eût été médiéval ou naïf. Mais il a poursuivi son salut, ici-bas, dans le dépassement du fortuit, vers un idéal de grandeur et de compréhension, soutenu par une fidélité à soi et aux autres, une authenticité d'âme exceptionnelles. Dans le bonheur comme dans le malheur, il n'a cessé d'obéir à des principes et de se donner des contraintes. « La force, dit Léonard, naît de la contrainte et meurt dans la liberté. » Il y a, en effet, la liberté sauvage et la liberté conquise par le mérite et l'effort. La contrainte, Bernis ne l'exerça que sur lui-même ; pas plus que Voltaire, il n'entendait l'imposer au peuple dont il désirait le bonheur. C'est dire à quel point il eût voulu d'abord l'instruire, et à quel point il dut souffrir, avant de mourir, des déprédations et des massacres inutiles de la Révolution française.

*
**

Bien entendu, une telle biographie ne pouvait éviter de s'appuyer d'abord sur les travaux de Frédéric Masson. Mais le texte des *Mémoires*, qu'il faut relire, était rare. Par bonheur, au moment où me vint l'idée d'entreprendre ce travail, ce texte fut réédité [16]. La presse en fit grand éloge. C'est donc à cette récente édition, devenue accessible à chacun, que je renverrai le lecteur. L'introduction, de J.-M. Rouart, plus littéraire qu'historique, est fort belle, bien qu'attribuant trop de crédit aux récits de Casanova qu'il a cru bon de publier sans commentaires à la fin de l'ouvrage : pourquoi ?

A la différence de tant d'œuvres semblables, les *Mémoires* de Bernis sont d'un homme honnête, d'un esprit supérieur et d'un grand écrivain. « Il n'a pas de masque, dit Masson, il a cette qualité d'être avant tout sincère... Pas un mot de ses *Mémoires* qui ne concorde avec ses lettres déjà publiées. » Ce texte présentait une exceptionnelle garantie de crédibilité ; en ce qui concerne l'enfance et la jeunesse de Bernis, nous ne possédons point d'autre témoignage. Quel dommage qu'il soit interrompu à l'exil de 1758 ! On regrette ce que Bernis aurait pu révéler de sa longue ambassade romaine.

Presque toutes les lettres de Bernis à Voltaire figurent aujourd'hui avec des notes, dans l'édition dite « définitive » de la *Voltaire's correspondance* par Théodore Besterman.

Au-delà de ces textes essentiels, j'eus la chance de recevoir de Rome, d'un correspondant dévoué, M. Furio Luccichenti, ami casanoviste de Charles Samaran, des travaux personnels, des références et des documents italiens fort intéressants, en particulier une riche iconographie ; je l'en remercie chaleureusement. De l'université de Naples, Mme Annalisa Stampacchia me fit connaître ses travaux sur Bernis. A la Bibliothèque nationale, je fus aidé, dans mes recherches, par Mlle Marie-Laure Chastang, conservateur, qui s'intéresse à Bernis.

Je remercie également Mme Paule Graignic, historienne, pour son aide clairvoyante et précise.

Première partie

UN ABBÉ DE SALONS ET UN TRÈS JEUNE ACADÉMICIEN

CHAPITRE PREMIER

François Joachim de Pierre de Bernis tire le « gros lot »

François Joachim de Pierre de Bernis naît à Saint-Marcel-d'Ardèche, près d'Aubenas, le 22 mai 1715, trois mois avant la mort de Louis XIV. Voltaire a vingt ans. En 1760, espérant ramener le cardinal en exil à la carrière des belles lettres, il lui rappellera qu'il est jeune, et qu'au surplus, il a « tiré le gros lot à la loterie du monde [1] ».

Voltaire disait vrai : si Joachim a failli coûter la vie à sa mère, sa première chance fut de voir le jour dans une famille de très ancienne noblesse. Un de ses ancêtres, Pierre de Pierre, s'illustra dans la première croisade, au siège d'Antioche, en 1098. Guillaume de Pierre fut écuyer de Philippe le Bel et châtelain d'Aigues-Mortes. Jean II, maître de camp d'un régiment d'infanterie, reçut douze cents écus du roi Henri IV pour l'avoir fidèlement servi. Si l'on n'a pas vu les de Pierre à la cour jusqu'au XVIIIe siècle, on les a vus combattre. *Armé pour le Roy* était leur devise. Si peu fortunés qu'ils fussent, ils ne se prêtèrent jamais à la mésalliance, ce qui devait servir, plus tard, à l'abbé de Bernis.

Ce fut en 1245 que ce nom de Bernis apparut pour la première fois, quand Raymond II de Pierre épousa, en secondes noces, la fille aînée de Pierre de Bernis qui lui apporta en dot la seigneurie de Bernis, du diocèse de Nîmes. Ils furent châtelains de Saint-Marcel. Depuis lors, les cadets qui en descendirent conservèrent ce nom de Bernis pour se distinguer de la branche des Pierre des Ports et de celle des Pierre de la Loubatière. Des mariages célébrèrent la bonne entente entre ces branches, en particulier au XVIIIe siècle.

A la fin du XVIe siècle, le château de Saint-Marcel tomba en ruine ; sous Louis XIII, les châtelains firent construire une grande maison carrée de style provençal rehaussée de porches majestueux. Ils continuèrent de se distinguer par le dévouement à leurs princes et la plus scrupuleuse probité. Joachim n'y faillira pas et restera serviteur intègre de Louis XV, quelles que soient de ce roi les faiblesses et les fautes.

Loterie, certes, ces origines qu'il ne renia point et qu'il eut l'art d'exploiter : « J'ai su toute ma vie mieux que d'autres apprécier le mérite *fortuit* de la naissance [2]. » De ce mérite, le père de Joachim ne sut point tirer parti. Il épousa, il est vrai, une brillante héritière, Marie-Élisabeth de Chastel, dont la mère était issue d'une très ancienne famille alliée, en particulier, aux Polignac et aux La Tour d'Auvergne. Mais la riche héritière n'hérita que très modestement, la plupart des biens étant réservés aux mâles. Malheureusement encore, le caractère du maître de Saint-Marcel ne se pliait pas à la poursuite de la fortune. Ayant sollicité en 1704 un régiment de cavalerie, on lui proposa un régiment d'infanterie, il le refusa et démissionna. Retiré prématurément sur ses terres, aimant une épouse aussi peu douée que lui d'ambition et de sens pratique, il vécut médiocrement dans l'insouciance et la gaieté, quand les procès et les dettes ne le tenaillaient point. Il se contentait, écrit le cardinal, de la « réputation de bon officier et d'homme aimable ».

Pourtant, n'est-ce pas à cette retraite prématurée que Joachim doit d'être né au cœur de ce beau village, étalé le long d'un riche coteau du Vivarais, ouvert, face à Montélimar, au climat doux de la vallée du Rhône ? La même chance fera de lui un poète de la nature aux accents parfois lamartiniens :

Je vous salue, ô terre où le ciel m'a fait naître,
Quand l'astre du berger brillant d'un jour nouveau,
De ses premiers rayons éclaira mon berceau !
... L'olive sous mes yeux s'unit à l'oranger.
... Que j'aime à contempler ces montagnes bleuâtres !
... Qu'il est doux...
D'admirer au couchant ces vignes renommées
Que courbent en festons leurs grappes parfumées [3] *!*

Sur l'amour de la patrie

Enfin, il est entouré d'une famille qui fera sa joie, parfois son chagrin, mais aussi sa consolation. Avant lui, sont nées d'abord deux filles que le père, déçu et découragé, traita durement et condamna au cloître, destinée courante à l'époque, combien cruelle, dont Alexandrine de Tencin souffrait encore. L'aînée, Françoise-Hélène, douée d'un visage agréable, d'un caractère doux et d'un esprit fin, fut sauvée en épousant le marquis de Narbonne-Pelet, chef de la branche cadette des seigneurs de Salgas. Elle devait donner à Bernis deux neveux et deux nièces qui jouèrent dans sa vie un rôle de premier plan. La deuxième fille, Gabrielle Élisabeth, qui n'était douée que de nobles sentiments, refusa pourtant le cloître, mais y entra plus tard, par conviction. Elle voyagea beaucoup, de cloître en cloître, sortit parfois pour prendre les eaux et se fixa chez les Bénédictines de Bagnols.

Survint enfin le premier garçon, Philippe Charles François, le 12 février 1714. Bien que garçon, il fut accueilli sans enthousiasme ; il n'avait pas tiré le « gros lot » : il vint au monde dans une période de mauvaises récoltes, de dettes et de procès paternels. Son héritage s'annonçait maigre. La carrière militaire, qu'il tenta, ne lui réussit point. Il devait épouser Renée d'Arnaud de la Cassagne dont il eut trois garçons et une fille, tous morts en bas âge. Il acheta la baronnie de Castelnau de Bonnefonds qui lui donna le droit d'entrer aux états du Languedoc, ce qui le fixa à Toulouse.

Et ce fut la naissance de François Joachim, le cadet. Comment fut-il traité par ce père qui fut « inhumain », reconnaît-il, avec son frère et ses sœurs ? Pas très généreusement, mais avec des égards. Joachim s'impose à tous dès son plus jeune âge. Au charme de beaucoup d'enfants, il joint d'exceptionnelles dispositions d'esprit : observations d'une étonnante justesse, répliques piquantes, précoce amour-propre, caractère réfléchi et secret, génie du langage, tant de qualités qui lui permettent de séduire, d'organiser sa défense et de réaliser ses projets. « Pour moi, écrit-il, je n'ai que des grâces à rendre à mon père. Il n'a rien refusé à ma première éducation, et lorsqu'il a diminué les secours qu'il m'accordait, j'ai trouvé en moi-même des ressources et j'ai volé de mes propres ailes [4]. »

Il parle peu de sa mère sinon pour dire qu'elle « avait beaucoup d'esprit et de vertu, du goût pour les lettres », et qu'elle lui « imprima de bonne heure l'amour et la crainte de Dieu ». Elle le mit en nourrice chez « une bonne fermière » dans le hameau voisin. Comment oublierait-il le moment où il fut sevré, tombant sans transition du lait trop pauvre de cette femme à la soupe aux choux et au lard ? Loin de s'en plaindre, il prétend que c'est à cette nourriture grossière qu'il doit « peut-être » la résistance de ses organes. On peut supposer qu'il lui doit aussi ce qu'il nommera plus tard ses « coliques » d'estomac ou de foie... Ce milieu fruste n'empêcha nullement son esprit de se développer : « La première de mes sensations fut l'étonnement que produisit en moi l'ombre des corps ; je regardais sans frayeur mais avec une profonde surprise, ces espèces de fantômes qui se peignaient à la lumière, contre la muraille de ma chambre, et qui se raccourcissaient ou s'allongeaient, d'une manière piquante pour moi, et que je ne pouvais comprendre. Il ne serait peut-être pas inutile à l'histoire de l'esprit humain de recueillir avec plus de soin qu'on ne l'a fait jusqu'ici les premières sensations et les idées naissantes des enfants[5]. »

Quelques années plus tard, quand il participa à la vie du château, on s'extasia devant cet enfant joufflu, déluré, amusant, mais souvent réfléchi, grave et raisonneur. On le loua beaucoup, ce qui gonfla son amour-propre, lui fit rechercher les louanges jusqu'à s'en décerner lui-même ; cette pointe de vanité sera le péché véniel de toute sa vie et n'échappera pas à ses ennemis. Mais de là naîtra aussi un sentiment plus fort et plus secret, le sentiment de l'honneur.

On pourrait croire à une enfance parfaitement saine et équilibrée si le jeune Joachim n'eut été en même temps si sensible et impressionnable. Ce ne furent point ses parents qui entretinrent cette fragilité, ce furent les nourrices et les femmes de chambres qui, par leurs contes puérils, lui inspirèrent « une frayeur ridicule des revenants et des sorciers ». Longtemps, il en sera marqué. « J'ai plus craint, pendant vingt ans de ma vie, les morts que les vivants[6]. » L'imagination incontrôlée, la « folle du logis », lui fera souvent perdre pied. Mais aussi bien cette séductrice l'orientera-t-elle vers la lecture, la poésie, les spectacles, l'amitié des femmes. Par bonheur, les exigences de l'esprit, de la beauté et de l'amitié chasseront les révélations impures dont se rendirent coupables à l'égard de l'enfant les mêmes femmes qui l'ont dorloté et effrayé : « Rien n'est dangereux pour les mœurs et peut-être pour la santé que de laisser les enfants trop longtemps sous la tutelle des femmes de chambres ou même dans la société des demoiselles élevées dans les châteaux... les plus sages d'entre elles ne sont pas toujours les moins dangereuses. On ose avec un enfant ce qu'on aurait honte de risquer avec un jeune homme. J'ai eu besoin de tous les sentiments de piété que ma mère avait gravés dans mon âme pour préserver ma jeunesse d'une trop grande corruption des mœurs[7]. »

Pour résister à sa première éducation, aussi désordonnée qu'autoritaire et brutale, il allait avoir besoin d'autres ressources qui paraissent, pour autant que l'on puisse se fier aux souvenirs du cardinal, innées et défensives : un courage à toute épreuve, un jugement sain, un cœur droit. Combien d'enfants seraient devenus, à sa place, à jamais révoltés, méchants ou hypocrites ! Son père, sans doute pour n'avoir pas voulu mettre le prix dans le choix de ses précepteurs, n'apporta, à la formation de l'esprit et du caractère d'un tel fils, que bien peu de perspicacité et encore moins de vigilance.

Des deux premières années, celles des acquisitions élémentaires, il ne se plaint pas. Ce fut sa mère qui lui apprit la lecture et l'écriture. Puis le premier précepteur, chargé des deux frères, fut un homme honnête et instruit ; Joachim lui dut les éléments de la langue latine et le goût de la lecture. On commença toutefois à lui couper les ailes. Écoutons-le : « Dès que je sus lire et prononcer, la cadence et l'harmonie des vers frappèrent mes oreilles ; je balbutiai des rimes avant que de savoir écrire en prose ; on s'en aperçut et l'on m'ôta soigneusement les livres de poésie [8]. » Sa mère, plus indulgente, son propre père étant chansonnier, lui corrigeait en secret ses premiers essais, mais quel ne fut point son étonnement lorsqu'elle vit qu'il employait des termes vieillis, disparus de la langue depuis un siècle. Sa jeune passion le conduisit à une grave cachotterie : il se garda de révéler à sa mère qu'il dissimulait sous son lit « un vieux Ronsard ». Voilà donc, reconnaît-il, son « premier maître », pourtant bien oublié au XVIIIe siècle.

Est-ce seulement à cause de cette langue désuète qu'il évita « soigneusement, toute *sa* vie de lui ressembler » ? Il ne le dit pas. Avouons qu'il pouvait tomber plus mal. A lire les poèmes qu'il écrira plus tard, on devine qu'il trouva dans Ronsard de bons exemples d'harmonie, un recours fréquent à la mythologie qui lui permit d'évoquer l'amour avec grâce, des tableaux de la nature, fleurs, arbres, éclairage des jours et des saisons qui inspirèrent ses descriptions du Vivarais. Pourquoi donc ce reniement vigoureux du cardinal ? Les passions de Ronsard ? Peut-être... Quoi qu'il en soit, l'enfant Bernis écrivit un poème « assez passable » quand l'infante d'Espagne fut renvoyée à Madrid. Il avait dix ans.

Son éducation se gâta quand l'honnête précepteur fut remplacé par des religieux. D'abord un séminariste « dont une dévotion mal entendue avait échauffé la tête déjà rétrécie par la nature et par l'éducation ». Ce personnage le faisait jeûner au pain et à l'eau la veille des grandes fêtes, lui faisait abandonner la moitié de son dîner à son ange gardien, l'obligeait à prier quatre fois par jour à genoux sur des pointes de fer et à porter des bracelets « du même métal également pointu », lui donnait la discipline « pour le nourrir dans l'esprit de la pénitence [9] ». Quel crime c'eût été de se plaindre ! L'enfant s'en garda bien et subit, bouche cousue, ces tortures... jusqu'au jour où apparurent des abcès aux genoux et aux poignets. Ses parents renvoyèrent enfin « ce pieux extravagant ». Hélas ! Les trois ou quatre qui lui succédèrent furent « ignorants, brutaux ou libertins ». Ainsi Joachim passa trois ans sous les verges.

« La colère enfin le transporta. » Ira-t-il se plaindre ? Non. « La tête pleine du *Comte de Gabalis*[10], livre que je croyais contenir tous les mystères de la cabale, je résolus de me vouer aux puissances de l'enfer, de devenir un grand magicien et de transformer mon indigne précepteur en pierre ou en arbre... Je me levai un jour à quatre heures du matin, j'allai dans un lieu solitaire... je fis toutes mes invocations et conjurations, mais inutilement... » Il pensa que l'obscurité et la profondeur de la cave lui seraient plus favorables, et il recommença, mais soudain s'échappa « de dessous les tonneaux avec un grand bruit un chat noir qui passa en miaulant entre *ses* jambes et qu'*il* prit pour le diable ». Il s'enfuit. Pris de remords, il se confia d'abord à sa mère. « Je n'avais que sept ans, conclut-il, on me fit confesser à un grand vicaire et je fus absous [11]. »

Enfin rebuté par l'éducation domestique, son père résolut de l'envoyer au collège des barnabites du Bourg-Saint-Andéol. Joachim avait dix ans. On ne trouve aucune allusion, dans les *Mémoires* du cardinal, à un serrement de cœur de quitter le château, ni à une crainte d'être enfermé dans un internat. Il n'y trouva que des avantages : les mœurs y étaient plus pures, car les collégiens, bien surveillés, étaient moins à craindre que les valets et les servantes ; et surtout, il appréciait de s'y mesurer aux jugements de ses camarades et à la valeur des premiers de la classe dont il voulait triompher. L'émulation était née.

Cette exaltation de l'amour-propre lui fit alors découvrir une stratégie qui « flattait et nourrissait un certain fond de paresse... Toutes les fois que je trouvais des égaux, des rivaux et des supérieurs, je travaillais sans relâche nuit et jour, jusqu'à ce que je fusse parvenu à les mettre derrière moi ; alors, satisfait d'avoir la première place, je me contentais de la conserver par un travail facile, sans m'occuper d'en mériter une plus élevée [12] ». Il néglige certainement de préciser que cette « paresse » consistait à lire.

Enfin, satisfait de ses études, sachant que son père l'avait destiné à devenir chevalier de Malte, il décida soudain de « remplacer la croix de Malte par celle d'évêque ». Ambition, comme on le voit, plus que mysticisme. Après avoir, sur les conseils de son père, mûrement réfléchi, on lui fit accomplir un stage d'un mois dans un séminaire où il fut tonsuré à l'âge de douze ans.

Ce qui devait le conduire à Paris.

Un jeune abbé déçu par le séminaire

Que l'on ne dise pas que le cardinal de Fleury fut de prime abord hostile au jeune Bernis et ne l'aida point. Ce fut grâce à ses conseils qu'il gagna Paris. Son père avait été fort lié, dans sa jeunesse, avec Fleury ; mais l'éloignement et le manque d'ambition lui firent négliger cette amitié. Or, Fleury était devenu précepteur du roi en 1715 et venait de succéder, en 1726, au duc de Bourbon et à Mme de Prie, par un paisible et habile coup d'État ; il était devenu principal ministre sans en avoir officiellement revendiqué le titre.

Le père de Joachim, qui « écrivait assez noblement et savait parler misère sans demander l'aumône », lui adressa une lettre à laquelle le cardinal répondit qu'il n'avait pas oublié, malgré ses soixante-seize ans, l'amitié ancienne. Il lui conseillait, puisque Joachim était entré dans l'état ecclésiastique, de l'envoyer poursuivre ses études au collège Louis-le-Grand, et ensuite au séminaire de Saint-Sulpice. Il allait jusqu'à proposer de demander au roi, quand ce fils aurait atteint ses dix-huit ans, une abbaye qui lui permettrait d'aider sa famille. Ce fut le collège plus que le séminaire qui décida de son avenir : « Si j'étais resté en province, avoue-t-il, j'aurais vieilli grand vicaire de Viviers, brillant dans ce diocèse et inconnu du reste du monde [13]. »

Son départ de Saint-Marcel resta fortement imprimé dans sa mémoire. Son frère l'accompagnait qui allait entrer aux pages du roi ; les deux enfants allaient être sous la garde, jusqu'à Paris, d'un vieux valet de chambre. Le cadet avait-il besoin des règles de conduite que lui dicta son père auprès de la voiture ? Elles étaient si conformes à la sagesse précoce de l'adolescent ! « Souvenez-vous, lui dit-il, que dans ce pays-là, vous trouverez beaucoup d'égaux et un grand nombre de supérieurs. Faites-vous aimer des premiers et ne soyez jamais familier avec les autres : sachez les respecter, mais ne soyez jamais leur complaisant. Apprenez à obéir, mais souvenez-vous que vous n'êtes pas fait pour être le valet de personne. Si la crainte de Dieu ne vous éloigne pas du commerce des femmes, craignez du moins d'y perdre votre santé [14]. » Après avoir embrassé ses deux fils, il les vit monter en voiture « d'un œil sec ». Si le cardinal de Bernis a rendu grâce à son père, il ne lui pardonne toujours pas son manque d'amour.

Joachim arriva au collège des Jésuites en 1729. Ce collège, fondé par Louis XIV en 1682, avait à peine un demi-siècle d'existence. Mais il avait été immédiatement célèbre par la qualité de ses maîtres et par le succès que lui fit la première noblesse du royaume : les Conti, les Rohan, les Soubise, les Luxembourg, les Villars, les Richelieu le fréquentèrent. Des fils de bourgeois très doués, tel le jeune Arouet, y étaient admis et traités sans préjugés.

Aussi le niveau des études surprit-il Joachim. Sa prétention était d'entrer en rhétorique : or le préfet l'ayant examiné ne l'en trouva pas digne. Blessure d'amour-propre qui provoqua son habituelle réaction : il se mit à travailler la nuit, « lisant et écrivant au clair de lune », si bien qu'après deux mois, examiné de nouveau, il fut reçu en rhétorique sans difficulté. Et au bout de trois mois du même régime, il gagna les premières places. Il y fallait une santé languedocienne. Puis, selon sa « methode », il se reposa sur ses lauriers, se remettant au travail quand sa place était menacée. Ce ne fut point là, peut-être, son plus pénible effort : il avait l'accent du terroir, et les plaisanteries de ses camarades le blessaient ; il s'appliqua si bien — et l'on devine l'attention sans failles et les nombreux exercices qu'il y dut apporter — qu'il le perdit en trois mois. D'où la remarque pertinente du cardinal : « Ces exemples et mille autres prouvent que si l'amour-propre est la racine de tous les vices, il est aussi l'aiguillon de toutes les vertus [15]. » Au service de l'ambition... « Nos vertus, dit La Rochefoucauld, ne sont le plus souvent que des vices déguisés. »

Une plaie restait béante pour longtemps à cet amour-propre, et moins facile à cicatriser : Bernis était sans fortune. Les secours de son père étaient maigres. Les jours de congé, où avaient lieu les visites des parents, il ne pouvait qu'admirer et envier les équipages des plus grands du royaume encombrant la rue et les abords du collège. Néanmoins, son énergie, son caractère, sans doute aussi l'ancienneté de sa noblesse, les parentés, lointaines il est vrai, avec les Rohan et les Polignac, l'aidèrent à conquérir le respect de ses camarades. Il se garda de provoquer leur jalousie ou s'efforça de l'effacer. La supériorité de son esprit était tempérée par l'aisance de son maintien, la grâce, l'amabilité de son abord. Il ne s'humiliait point, il saluait chacun respectueusement, même son égal ou son inférieur, avec un beau sourire avenant, jamais protecteur. Ignorant les quolibets, il conservait à ses bons mots une forme de bienséance. De ces règles de courtoisie, procédant de son code de l'honneur, il ne devait, de toute sa vie, se départir. Non pas qu'il ne connût les défauts de certains camarades, il les jugeait rapidement, et, sans critiques ni flatteries, il se plaçait avec eux de plain-pied et les laissait venir. C'était l'attitude primordiale de la diplomatie : écouter l'autre avec une apparente candeur.

Comment n'aurait-il pas été apprécié de ses maîtres ? Du Père Porée surtout, dont il a parlé avec beaucoup de sympathie et de finesse, et qui occupa la chaire de rhétorique de 1706 jusqu'à sa mort en 1741. Le Père Porée avait fait, vingt ans plus tôt, l'admiration de Voltaire qui écrivit au Père de La Tour, en 1746 : « Rien n'effacera de mon cœur la mémoire du Père Porée qui est également chère à tous ceux qui ont étudié sous lui. Jamais homme ne rendit l'étude et la vertu plus aimables. Les heures de ses leçons étaient pour nous des heures délicieuses [16]. » « On l'aimait comme son père, écrit Bernis, on le respectait comme son maître ; il connaissait les Anciens, il en faisait sentir mieux qu'un autre toutes les beautés ; cependant le goût moderne l'entraînait dans ses ouvrages, sans qu'il dominât jamais dans ses leçons. Il aimait passionnément le théâtre, il était excellent acteur ; son âme, qui se peignait dans tous ses gestes, faisait disparaître l'art du déclamateur. A tous ses talents, il joignait des vertus simples et sublimes. C'était un saint fort sévère pour lui-même, très indulgent pour les autres [17]. »

Quel contraste avec le Père la Sante qui « était gai et même un peu bouffon... courait après les bons mots... se faisait aimer, mais pas assez craindre ». Ce fut lui qui proposa au jeune Bernis, à la fin de l'année, d'entrer dans la Société des Jésuites. Mais le Père Porée l'en dissuada et lui dit : « Mon enfant, cela ne vous convient pas ; vous serez un jour une colonne et une lumière de l'Église. » Bernis l'écouta, et l'on verra qu'il fit bien.

Il est plus critique à l'égard du Père Tournemine et nous aide à comprendre pourquoi ce jésuite correspondit si longtemps avec Voltaire. Il avait « l'imagination vive et singulière ». On l'avait surnommé le « convertisseur ». Sa chambre était « pleine d'esprits forts, de déistes et de matérialistes : il n'en convertissait guère, mais il avait le plaisir de discuter, de disputer, et de passer une partie de sa vie avec des gens d'esprit ». Comme on le voit, l'enseignement de Louis-le-Grand n'était pas absolument fermé à la philosophie naissante des Lumières, bien qu'il se fût agi de la combattre et les jésuites étaient moins sectaires que la plupart des évêques. De cette ouverture, Bernis profita, mais il n'accepta ni ne souhaita jamais que cela fût ostensible. Aussi se hâte-t-il d'ajouter que sa « vie au collège fut des plus édifiantes... *sa* réputation de sagesse était telle qu'on lui confiait la conduite des jeunes gens qui n'avaient pas la permission de sortir du collège les jours de congé ».

Sage, certes, mais il ne résiste pas à raconter deux réussites qui flattent son amour-propre. Il devait composer pour le Père Porée des vers grecs sur un texte latin de l'*Iliade*; il y rêva la nuit, les composa, se les répéta, et, le matin, transcrivit quatre vers qui se trouvèrent reproduire exactement ceux d'Homère. Il prouva aisément au Père Porée qu'il n'avait jamais eu connaissance du texte grec de l'*Iliade.* Mérite ? Ou mystère des « fonctions de l'âme pendant le sommeil » ?

Le coup d'éclat par lequel il acheva sa rhétorique eut des conséquences moins pacifiques. « En présence des jésuites les plus savants », il prononça un discours latin où il essayait de prouver « combien l'éloquence était au-dessus de la philosophie ». Évidemment, on le contredit aussitôt, et il répliqua... Alors que la discussion s'envenimait, le Père principal l'arrêta. Mais la querelle se poursuivit ailleurs, passionnée, et dégénéra en « une espèce de schisme entre rhétoriciens et philosophes » qui s'acheva par des coups de poing. Heureusement, les vacances séparèrent les combattants...

Et Bernis quitta le collège plein de reconnaissance envers les jésuites.

Cette culture, qui ne cesserait point de s'enrichir et de s'étendre, devait lui permettre un jour d'apprécier l'œuvre et le génie de Voltaire, et même de donner à l'écrivain, sur des tragédies dont celui-ci lui confia les manuscrits, de précieux conseils. Il faut donc se garder de conclure de ce débat de collégiens que le jeune Bernis était « rhétoricien » par dépit et n'était pas philosophe. Il passait des heures à s'instruire, en toutes choses, à l'écart, dans la bibliothèque du collège qui était très riche. En défendant l'éloquence, Bernis suivait une tendance profonde et constante de son tempérament : la conquête du prestige personnel et de son influence sur autrui. On devine déjà l'homme d'action qu'il deviendra dès qu'il lui sera donné d'exercer un pouvoir : la diplomatie commence par la séduction, et il n'y a point de séduction durable sans langage. Et à ce moment où il est sans fortune, à défaut de l'argent, c'est la parole qui donne le pouvoir. On trouve dans ses *Réflexions sur la curiosité* une phrase révélatrice des deux objectifs que poursuivront toujours ses études, l'enrichissement et l'action : « Le curieux ressemble à l'avare ; sa cupidité augmente avec ses richesses... Mais l'avare renferme ses trésors... *le curieux n'amasse que pour répandre*[18]. »

De ce même souci de communication et d'utilité procèdent ses réflexions d'homme moderne sur l'enseignement des langues : l'étude des langues anciennes n'est pas aussi utile à *tous* les hommes que le serait celle des langues vivantes. « Pourquoi employer dix ans entiers à apprendre très imparfaitement la langue latine aux enfants ?... Pourquoi, n'étant pas de la même condition ni destinés aux mêmes emplois, sont-ils assujettis à la même éducation ? Je voudrais que chacun fût élevé selon son état et relativement aux emplois qu'il doit remplir dans la société[19]. » Sauf trois matières que tous les hommes doivent appliquer dans la vie quotidienne : la religion, l'étude des lois, la médecine...

Le collège Louis-le-Grand et le séminaire de Saint-Sulpice étaient les deux écoles les plus célèbres de Paris. Aussi Bernis allait-il trouver au séminaire comme au collège des élèves de la plus haute noblesse. Mais l'atmosphère y était fort différente, pour ne pas dire opposée. Le jeune abbé allait s'y heurter au clergé officiel, constitutionnaire et militant ; le pouvoir politique de ce clergé, le même qui luttera avec acharnement contre Voltaire et les philosophes, était considérable. C'était, dit Bernis, « la pépinière des évêques ». Là, comme il en sera souvent de même, c'est le manque d'amour qui le choque. « Cette compagnie de prêtres, dépendante d'un supérieur général, affecte la plus grande simplicité et un ton de charité qui n'est pas toujours accompagnée d'une grande ouverture de cœur. » Un milieu artificiel, hermétiquement clos, où l'on ne devait à aucun prix laisser s'infiltrer parmi les élèves le moindre élément de science, où l'on étouffait soigneusement les facultés créatrices de l'imagination et de l'esprit. Ces règles n'avaient pas évolué depuis la fondation de l'établissement en 1645.

Bernis y entra en 1731. Il avait seize ans. Croire qu'il va se révolter serait méconnaître son courage et son goût de l'effort. Coûte que coûte, il se plia d'abord à la discipline. Afin de se situer, selon son habitude, parmi les meilleurs, il allait tenter, de toute sa volonté, d'atteindre la ferveur. Et il l'atteignit, « avec une dévotion extraordinaire qui s'augmenta de jour en jour pendant un an ». A l'âge où il écrit ses *Mémoires*, il juge que c'était là une folle entreprise : « Cette ferveur, il faut en convenir, dut une partie de son feu à celui de mon âge et à la vivacité de mes passions ; ma dévotion fut fort ambitieuse, elle dédaignait les pratiques ordinaires pour s'attacher à tout ce qu'il y avait jamais eu de plus sublime et de plus austère dans la vie des saints. Mes longues veilles, mes oraisons, mes abstinences, la contention perpétuelle de mon esprit allumèrent mon sang d'une manière fort dangereuse pour ma santé. Peu s'en fallut que je ne tombasse dans le pieux délire de certains mystiques ; je touchais de fort près aux visions et aux extases ; je sentais vers la région du cœur, lorsque j'étais en oraison, une chaleur presque insupportable. Je prenais ce feu intérieur pour celui de l'amour divin : j'espérais qu'un jour j'en mourrais consumé et qu'on trouverait mon cœur réduit en cendres. La vivacité de mon imagination, le vide de mon cœur qui avait besoin d'aimer, eurent beaucoup de part à ces pieux excès. Mes austérités furent très grandes... La flagellation, dont on fait beaucoup d'usage dans les communautés, me paraît une pratique aussi indécente qu'équivoque. Il est au moins douteux si cette austérité est plus propre à réprimer qu'à réveiller les passions [20]. »

Bernis, un mystique ? On n'a jamais analysé avec une telle pénétration, comme source de l'extase, la mise en condition de l'organisme, ni les rapports possibles entre le mysticisme et un déséquilibre organique ou, pour le moins, un mode de vie artificiel. Et c'est un cardinal qui a dicté cette page à sa nièce il y a plus de deux siècles ; c'est aussi un grand écrivain.

Il fallait peu de choses pour que l'exaltation de l'adolescent, tendu jusqu'aux limites de sa résistance physique, s'effondrât. « Un mot, un seul mot de mon directeur, qui était un homme d'esprit, me précipita de cette haute sphère et me fit suivre un plan de dévotion plus simple et plus raisonnable. » Ce directeur de conscience, M. de la Fosse, était-il vraiment un homme d'esprit ? Dans quelle mesure n'a-t-il pas tendu un piège au jeune Bernis en lui conseillant d'écrire ses résolutions et de les lui remettre ? Dès lors, l'esprit du séminariste avait changé de cap : il avait retrouvé son indépendance et son goût de vivre. Imaginatif et critique à la fois, il lâcha la bride aux facultés qui avaient fait son succès chez les jésuites ; au lieu de « remplir quelques feuilles, *il* enfanta un volume ». Au bout de quinze jours, n'ayant obtenu aucune réponse de M. de la Fosse, Bernis s'inquiéta et décida de se rendre chez lui. M. de la Fosse lui rendit « froidement *son* in folio » en lui disant : « Il y a quatre fautes de français dans la première page. » Ces paroles le blessèrent cruellement. Ce directeur, conclut le cardinal, ne connaissait donc pas les jeune gens « doués d'un esprit vif » ? Ajoutons qu'il ignorait plus encore qu'ils pussent avoir conservé, après plusieurs mois de séminaire, tant d'amour-propre !

Il était trop tard : Bernis ne se laisserait plus intimider. A partir de là, il revint sans regret à la « méthode » de travail qui avait fait ses preuves. Il se distingua rapidement en théologie et en philosophie : il avait pris le vent de l'orthodoxie et avait bonne mémoire ; à l'abri maintenant de tout écart personnel, « cette espèce de supériorité n'exigeait pas un grand travail ». Un moment, ses supérieurs lui rendirent leur confiance : ils allèrent, ce qui ne manquait point d'habileté, jusqu'à lui confier les conférences des maîtres malades ou absents. Toutes ces tâches étaient si simples qu'il se trouva bientôt devant des loisirs. Ce ne fut pas son « fond de paresse » qui en bénéficia : « Il me restait bien des heures à remplir, je les employai à l'étude des belles lettres. » Imprudente liberté : « Cette étude m'acquit bientôt la réputation de bel esprit, et cette réputation me fut bien funeste. » Honnête et sincère comme il l'était, le jeune Bernis ne pouvait dissimuler longtemps sa pensée : « La franchise avec laquelle je m'expliquais sur l'éducation bornée de Saint-Sulpice, sur les pratiques trop minutielles qui y étaient en usage, me fit taxer d'esprit indépendant et dangereux[21]. »

Le supérieur général, l'abbé Couturier, « avait trop d'esprit et trop d'usage du monde » pour le juger sévèrement. Mais il était l'ami du cardinal de Fleury qui lui faisait confiance pour le placement des évêques. Il tenait par-dessus tout à ce rôle qui lui conférait un grand pouvoir politique. Il s'y cantonnait strictement, étroitement, à l'image du ministre : « Il crut peut-être, suggère Bernis, que si j'étais placé dans l'Église, j'aurais moins de docilité que des gens d'un esprit borné et moins cultivé. » Politique que Bernis ne pouvait admettre : cet abbé Couturier, en définitive, « a rendu un mauvais service à l'épiscopat, car les sots sont au moins aussi ingrats que les gens d'esprit, ils ne sont pas plus dociles, parce que l'entêtement et l'orgueil se placent ordinairement dans les têtes bornées[22]. »

L'abbé Couturier, qui n'ignorait pas les liens de la famille de

Bernis avec les Rohan, les Polignac, les Montmorency, se trouva dans une situation embarrassante. Il prit une décision peu nette qui, pensait-il, réserverait l'avenir. Il fit semblant de craindre que quelqu'un eût desservi le séminariste auprès du cardinal alors que lui seul en était responsable... « Pour conjurer l'orage », il lui « conseilla » un voyage dans sa famille, en espérant que, peut-être, il ne reviendrait pas, mais en lui promettant de l'accueillir à son retour. Et même, son art d'esquiver les responsabilités par la flatterie le poussa à l'excès : il écrivit de belles lettres, bien élogieuses, au père de Bernis et à son évêque. Bernis sentit le piège, mais ne pouvant l'éviter, il accepta de partir. Toutefois, il se méfiait ; « à Saint-Sulpice, écrit-il, on accoutume les jeunes gens à la dissimulation par celle dont on use à leur égard ». Il prit une ultime précaution afin de ménager sa rentrée au séminaire, il tenta de « lier » le supérieur à sa parole en la lui faisant donner à des « personnages considérables de la ville et de la cour ». Le jeune homme n'avait pas renoncé à être évêque ; ainsi, croyant avoir assuré son avenir, il prépara son voyage pour le Languedoc.

Les séductions de la liberté

Bernis ne précise pas la date de sa sortie du séminaire ; elle doit se situer au plus tard en été 1733. Or, il ne partit pour le Languedoc qu'en décembre 1734. Il resta donc à Paris une année, sinon davantage, négligeant le conseil de l'abbé Couturier. Le jeune homme était-il assez naïf pour penser que cet abbé l'oublierait, ignorant ses longues vacances parisiennes et l'usage qu'il en faisait ? Le père de Joachim avait dû recevoir la lettre « élogieuse » du supérieur et attendre son fils avec une impatience mêlée de ressentiments... Le cardinal n'en parle pas et évite de dire avec quels secours il vécut pendant tout ce temps. On imagine mal ce jeune homme de dix-huit ans seul dans le Paris de cette époque, protégé seulement par son petit collet.

On ne peut supposer qu'il y ait ici un « trou » dans les souvenirs du cardinal, car il possède une excellente mémoire. L'oiseau peut-il oublier l'ivresse et les dangers de ses premiers vols ? Ce ne sera pas la dernière fois que nous rencontrerons un tel silence, étendu comme un voile épais sur une période ou un aspect de sa vie. Sans doute craint-il de donner à sa descendance un mauvais exemple ou l'occasion de mettre en doute la gravité réelle qui fait l'unité de son personnage. Néanmoins, quel lecteur averti ne pensera que, durant cette année de 1733 à 1734, où il ne parvient pas à s'arracher de Paris, il ne se trouve gravement en défaut aussi bien à l'égard de sa famille que de Saint-Sulpice ?

Sans doute n'a-t-il pas voulu accorder à son voyage en Languedoc une grande importance, car son comportement, dès la sortie du séminaire, va se fondre dans une longue période de libération semée de tentations, de succès de toutes sortes, de retours sur soi, d'incertitudes, avec, toutefois, deux solides points d'appui : d'une part ses relations mondaines, et d'autre part son amour-propre, la croyance sans cesse réaffirmée qu'en dépit de la houle, il se dirige, à petits coups de gouvernail, vers son étoile. Nul, concernant sa propre destinée, n'a été prophète comme Bernis.

1733-1751 : âge d'or d'une jeunesse à la fois démunie et fascinante qui commença, dans l'ivresse de la liberté, lorsqu'il ressentit, comme un coup de foudre, la séduction des spectacles. C'est là, au lever du rideau, que son impatiente curiosité, son imagination non résignée, son cœur « vide », se précipitèrent, débordant soudain d'une joie intense et bouleversant les contraintes religieuses : « Je fus à peine sorti du séminaire que la tentation d'aller au théâtre me prit, et j'y succombai. La Comédie-Française attendrit mon cœur, l'Opéra séduisit mes sens. Dès lors, il s'alluma en moi une passion si vive pour les spectacles que le plus grand sacrifice que j'ai fait en ma vie a été d'y renoncer. La fréquentation des spectacles produisit en moi une espèce de révolution d'idées et de sentiments d'où je dois conclure qu'elle est toujours dangereuse pour les jeunes gens. Je crois même que l'opéra ne doit être permis à aucun âge[23]. »

Quels furent les spectacles qu'il a vus ou qu'il fut susceptible de voir ? D'abord, à la Comédie-Française, des pièces classiques du siècle précédent, étudiées ou non au collège, mais aussi des pièces modernes dont le succès l'attira : *Zaïre,* début d'une admiration pour Voltaire qui ne devait jamais se démentir, et *Le Glorieux* de Destouches ; aux Italiens, *Le Jeu de l'Amour et du Hasard* et *Les Serments indiscrets.* C'était, pour l'opéra, l'époque d'un engouement passionné : les pièces et les ballets de Lulli alternaient avec des succès contemporains : *Le Triomphe de l'Amour* de Moncrif, musique de Brassac, *Hippolyte et Aricie* de l'abbé Pellegrin, musique de Rameau, et *Issé,* le succès régulièrement repris de La Mothe-Houdart. Pourquoi

Bernis trouve-t-il ces spectacles particulièrement dangereux ? Parce qu'il y découvre précisément ce qui le séduira toute sa vie, que l'on retrouvera dans ses poèmes mythologiques et qu'il ne reniera jamais tout à fait : la beauté de la femme jeune, représentée ici par la danseuse aux formes graciles, à demi voilée de gaze, aux mouvements harmonieux que guide et emporte la musique dans la poésie féerique des décors et de la lumière. S'approcher d'une telle femme, sans effaroucher sa grâce, apprivoiser sa pudeur, retarder le moment de lever le voile, quel rêve d'adolescent !

Léandre saisira-t-il enfin la jeune néréide ?

Ce dieu lève un voile jaloux
Et de la pudeur qui soupire
Excite et calme le courroux...
En résistant à son ivresse
Elle augmente les transports[24]
... Emporte, dit-elle à Zéphire
Ce voile étendu sur mon sein
Il n'en reste qu'un qu'Amour déchire[25].

Auprès des nombreuses femmes qu'il rencontrera, Bernis restera ce même adolescent admirateur des ballets, ce même poète : l'amour ne naîtra jamais en lui que de la beauté et de la grâce.

Le séjour au Languedoc interrompt la féerie ; le séminariste tente de briser les ailes de sa passion. Intermède hivernal, triste et un peu forcé, au « château » de Saint-Marcel. Comment se décida-t-il à ce retour vers un avenir sérieux et à l'ambition de la carrière ? Il fallait bien qu'un jour il se résolût à rentrer au séminaire, donc à passer par une explication avec son père. Que nous livre-t-il de ce séjour ? Presque rien : le plus clair, c'est qu'il ne calma point l'adolescent : « Je trouvai chez mon père une mission établie qui soutint pendant quelque temps l'édifice déjà chancelant de ma dévotion. Le commerce des femmes commença à me paraître aimable ; mon amour-propre fut flatté des louanges qu'elles donnaient à mon esprit et à ma figure. Mais je devais rentrer au séminaire de Saint-Sulpice ; cette réflexion bridait mon cœur, tout prêt à m'échapper. Je passai trois mois dans les combats de l'innocence et des passions[26]. »

Au séminaire, il avait découvert les sources organiques, impures, de l'ascèse ; ici, il va se convaincre de la fausseté des apparitions. Son attitude religieuse va trouver la voie où elle se tiendra désormais, celle de la raison et de la lucidité. Coïncidence : il est sorti du séminaire au moment où les miracles du cimetière de Saint-Médard atteignaient à de telles scènes de folie que le lieutenant de police dut fermer l'enclos... La scène de l'apparition de Saint-Marcel est si vivante qu'il la faut citer : « Une nuit que mon imagination plus échauffée que de coutume me tenait éveillé, je fus me promener sur une terrasse qui régnait au-dessus d'un jardin potager. Il faisait le plus beau clair de lune du monde, et la nuit était fort tranquille. La lumière de la lune qui se jouait dans les arbres semblait former mille figures différentes. Je pensai que c'était là l'origine d'une infinité de prétendues apparitions. Mon imagination me rappelant alors toutes les histoires de mon enfance, commença à s'échauffer. Je jetai les yeux dans le jardin et je crus voir distinctement une figure fort pâle, de grandeur naturelle, adossée contre un arbre, les mains croisées sur sa poitrine, et couverte de la tête aux pieds d'un voile blanc... Aussi nerveux que je l'étais, toutes mes raisons n'empêchaient pas mes cheveux de se dresser et la sueur de m'inonder[27]. » Le jeune homme s'efforce de raisonner, mais son effroi demeure. Il interpelle plusieurs fois le spectre : rien ne bouge. Profanateur, il ne se domine plus, va chercher un fusil dans sa chambre, vise le spectre et lâche son coup « qui porta tout entier sur l'arbre ». Sans avoir tout à fait dominé sa peur, il s'approche de « ce prétendu esprit », s'élance sur lui et étreint l'arbre de toutes ses forces. « Dès lors l'illusion se dissipa... Je vis que l'arbre était dépouillé de son écorce et pourri dans le cœur... que la lumière de la lune produisait cette blancheur à laquelle mon imagination ajoutait tout le reste. »

Il est vraisemblable qu'à l'époque où le cardinal dicte ces lignes, il a lu des études sur l'imagination, faculté qui l'a beaucoup préoccupé. On distinguait déjà l'imagination passive de l'imagination active. Cette dernière posait moins de problèmes : elle était l'inspiratrice de toute création littéraire et artistique. La première était un « abandon » de soi aux images, hors du contrôle de la volonté, dans les songes, le rêve éveillé, les hallucinations. C'était « la folle du logis » de Pascal et « la folle qui se plaît à faire la folle » de Malebranche. L'auteur de *La Recherche de la vérité* accuse précisément les récits des nourrices de provoquer chez les enfants des terreurs qui laissent des traces dans le cerveau[28].

Au mois de mars 1735, Bernis rentra à Paris et se rendit au

séminaire. L'abbé Couturier l'accueillit « à bras ouverts ». Mais il prétendit d'abord que le jeune Bernis ne pourrait obtenir un appartement au séminaire que dans une semaine ; puis il le remit ainsi, de semaine en semaine, pendant trois mois. Bien avant cette échéance, le séminariste avait compris de quoi il s'agissait, mais il ne brusquait point l'aventure : il s'occupait. Enfin, l'abbé, tout en protestant qu'il ne lui fermait pas la porte — ne lui avait-il pas donné sa parole ! — avoua que tous les supérieurs étaient « prévenus » contre lui, et qu'un nouveau séjour lui serait « plus nuisible qu'utile ». A vrai dire, lorsqu'on était rejeté par les sulpiciens, on était certain non seulement de n'obtenir jamais un évêché, mais encore de se heurter au mépris et à l'hostilité de tous les nantis du clergé. Grandeur d'âme de l'abbé : il n'abandonnait pas tout à fait son élève, il lui offrait de le loger au collège de Bourgogne [29] où s'étaient déjà repliés plusieurs de ses camarades du séminaire. Bernis, sans doute pour ménager son père, accepta ce pis-aller, sous réserve que le supérieur fît adopter ce plan par sa famille. L'abbé Couturier s'y prêta volontiers.

Il était trop tard. Bernis n'était plus le même séminariste ! La liberté, le théâtre, ce qu'il avait pu connaître du monde, lui avaient fait perdre un peu plus en dévotion et gagner en indépendance d'esprit. Au collège de Bourgogne, il se trouva fort étranger à ces petits abbés agités de rivalités mesquines et enfiévrés de haines hypocrites. L'esprit, l'imagination y étaient encore plus ignorés qu'à Saint-Sulpice. « J'éprouvai pendant six mois tant de noirceurs, tant de faussetés, que je pris en horreur tout ce qu'on appelle communément *mitraille* dans le monde », terme de mépris, désignant tous ces pâles ecclésiastiques se bousculant pour obtenir la mitre.

Pendant ce temps, Bernis, par bonheur, sentait son sort « s'éclairer à la cour » et ne s'inquiétait pas outre mesure. Cette deuxième expérience cléricale ne fut pas vaine. Certes, il n'avait plus à espérer désormais une carrière ecclésiastique ; il quitta donc le collège. Mais comment et de quoi allait-il vivre ? Une abbaye ? Hélas ! Le cardinal de Fleury, renseigné par l'abbé Couturier, n'ignora point cette évasion, ni ses raisons ; il en instruisit, en y ajoutant son définitif refus de tout privilège, le maréchal La Fare, qui commandait en Languedoc, et l'évêque de Viviers (Villeneuve). Ni La Fare ni l'évêque ne s'embarrassèrent de précautions pour avertir le père du jeune homme qui signifia aussitôt à son fils une rupture indignée et le priva de secours pendant deux ans. Bernis, ainsi abandonné, mais libre, avait dix-neuf ans. « On n'éprouve guère de disgrâce à cet âge, écrit-il. Si j'avais eu des vices, ils se seraient développés dans une circonstance si critique. Je m'armai de courage. Je sus prendre mon parti, et je sus mettre à profit l'adversité, qui est un bon maître[30]. »

Bernis, en conservant le petit collet, avait opté pour l'indépendance et la bohème, mais non pas sans ambition : il comptait sur ses qualités, sa naissance, et les secours du « grand monde ».

CHAPITRE II

Le poète galant et sa stratégie secrète

Pas de fortune mais un modèle

Ce n'était pas un prêtre qui venait de quitter le séminaire, c'était un de ces nombreux abbés tonsurés auxquels le petit collet assurait une relative liberté, que se disputaient les salons et qui atteignaient parfois à la renommée dans les lettres ou les arts. Tels étaient l'abbé Prévost, auteur de *Manon Lescaut*, l'abbé Desfontaines, journaliste redouté, l'abbé Leblanc, la « commère » du Dijonnais Jean Bouhier, l'abbé d'Olivet, directeur de l'Académie française, l'abbé Pellegrin, compositeur d'opéras, et tant d'autres. Mais l'abbé de Bernis avait sur les autres le rare avantage de la naissance.

Néanmoins, s'il rejoignit les grands, ce ne fut point pour en obtenir des secours ; au contraire, il leur cacha sa misère. Cette pauvreté était si grande qu'elle lui interdisait de poursuivre ses études. Par bonheur, il n'avait pas oublié le goût qu'il avait eu, tout enfant, pour la poésie ; ses succès littéraires, au collège Louis-le-Grand, étaient encore tout récents : il se décida pour le métier des lettres. Allait-il comme Voltaire, Piron ou Marmontel, écrire une tragédie ? Il en eût été capable... Mais pourquoi prendre le risque d'échouer à la scène alors que de petits poèmes galants avaient suffi à rendre célèbres les abbés du Temple Chaulieu et La Fare ?

A peine sorti du séminaire, il avait découvert, en 1733, les premières œuvres de Gresset, jeune poète qui possédait la légèreté, la grâce, l'esprit frondeur de ceux du Temple, mais qui les surpassait d'emblée par une fécondité, une richesse d'imagination peu communes et un souffle poétique plus sérieux et soutenu. Dans ses petits vers décasyllabiques ou octosyllabiques, jamais on ne sentait le travail ; son originalité piquante, ses transitions ingénieuses, ses gracieuses volte-face, son art de croquer mille détails amusants, sa critique mordante des mœurs et des sots, traduisaient exactement ce qu'on attendait en cette première moitié d'un siècle léger qui cherchait sa liberté. Gresset réunissait des traits de Voiture, de La Fontaine, du Montesquieu des *Lettres persanes* et de Voltaire.

Bernis fut ébloui par ses deux premiers poèmes : « *Vert-Vert,* écrit-il, et surtout *La Chartreuse,* eurent le plus grand succès. Je sentis mieux qu'un autre le mérite de ces ouvrages... » Pourquoi « mieux qu'un autre » ? Parenté d'esprit, certes, mais Bernis ne pouvait s'empêcher d'observer certaines similitudes dans leurs conditions. Gresset, élève brillant du collège Louis-le-Grand, était entré dès l'adolescence dans la Société des Jésuites ; il était plus engagé que Bernis : sans avoir, il est vrai, prononcé ses vœux, il n'en demeurait pas moins au collège mais avait pris, dans ses vers, une étonnante liberté de ton à l'égard du clergé. La contradiction allait se poursuivre : on sait qu'il allait bientôt s'évader... Or, déçu par le monde, il devait revenir à la dévotion. Voltaire le définira en trois vers célèbres :

Gresset, doué du double privilège
D'être au collège un bel esprit mondain
Et dans le monde un homme de collège.

A lire les deux poèmes de Gresset, on devine aisément ce que Bernis y pouvait admirer. Vert-Vert est un perroquet apprivoisé par les Visitandines de Nevers. Mangeant au réfectoire, couchant dans les cellules des nonnes, admis jusqu'au parloir, il observait, écoutait, répétait tout ce qui se disait ; il savait même prier et chanter les cantiques,

Il exprimait la pieuse lenteur,
Les saints soupirs, les notes languissantes
Du chant des sœurs, colombes gémissantes...

Ainsi s'instruisait-il, mais il devint fort bavard,

Tel qu'une nonne, il ne déparlait pas.

Bientôt, la renommée de Vert-Vert se répandit le long de la Loire jusqu'à Moulins, puis jusqu'au « bercail » des filles de la

Visitation de Nantes qui le réclamèrent en pension pour une dizaine de jours :

Désir leur vint d'en voir la vérité.
Désir de fille est un feu qui dévore,
Désir de nonne est cent fois pire encore.

Les Visitandines de Nevers finirent par céder, mais non pas sans verser des larmes. Voilà donc, dans une luxueuse cage, notre perroquet voguant sur la Loire. Long et lent parcours qui, hélas ! au contact permanent de deux « nymphes », de trois dragons, d'une nourrice, d'un moine et de deux Gascons, provoqua un retournement complet du langage de Vert-Vert :

Il entend des gros mots, non des plus chrétiens
Car les dragons, race assez peu dévote,
Ne parlaient là que langue des gargotes.
Bien vite, il sut jurer et maugréer
Mieux qu'un vain diable au fond d'un bénitier...

Bref, dès l'arrivée, il fait un tel scandale chez les Visitandines de Nantes que les nonnes

Font en fuyant mille signes de croix.

On le renvoie donc aussitôt à Nevers. Nouveau scandale. Là, on le condamne à plusieurs mois de retraite et « d'abstinence » ; on parvient enfin à le reconvertir. Mais plus que jamais adulé et gâté, bourré de sucre et « brûlé » de liqueurs,

Il expire dans le sein du plaisir.

Bouffonnerie certes, dont Bernis imitera de loin la facilité et l'harmonie, mais non pas l'anticléricalisme, si souriant soit-il. Il trouva dans *La Chartreuse* des pensées plus sérieuses bien qu'elles fussent présentées le plus souvent sous forme de boutades. Ce poème un peu long va plus loin dans la critique des caractères et des mœurs du siècle. Son bon sens alerte et fantaisiste pourfend les indiscrets, les ambitieux, les bavards, les vaniteux, les gêneurs, et, bien entendu les mesquineries d'un clergé dont Bernis avait eu récemment à souffrir. Et comment ne se fût-il pas senti le frère en pauvreté de ce jeune poète ?

La Chartreuse n'est autre que la chambre austère où

demeure Gresset, sous les toits du collège Louis-le-Grand, où il écrit dans le froid, « empaqueté comme un Lapon », environné des « interminables sabbats » des chats et des rats... Pour « s'enterrer à Paris », il a renoncé aux joies de la nature ; il avait renoncé de même à la poésie, mais il ne saurait, en cette solitude, s'empêcher d'y revenir :

C'est par cette vertu magique
Du télescope poétique
Que je retrouve encore les ris
Dans la lucarne infortunée

d'où il décrit

La pédantesque rue
où la foule toujours crottée
Des prestolets provinciaux
Trotte sans cause et sans repos.

Mais qu'importent les lieux ! On peut être heureux avec soi-même en cette réclusion sordide !

Quelle caverne est étrangère
Lorsqu'on y trouve le bonheur,
Lorsqu'on vit sans spectateur
Dans le silence littéraire
Loin de tout importun jaseur...
Et de ces hauts tons de grandeur

et de

la bigoterie à lunettes,
La minauderie en cornettes...

Et les anathèmes vengeurs se poursuivent inlassablement. Toutefois, Gresset, de son antre jésuite, pousse un peu loin l'horreur du monde, et, dans son amertume, s'aventure dans une ambiguïté proche de l'impiété :

Heureux qui, dans la paix secrète
Vit ignoré, content de peu,
Et qui ne se voit point sans cesse

Jouet de l'aveugle déesse
Ou de l'aveugle Dieu !

Était-ce un souvenir de l'*Œdipe* de Voltaire ?

Pourquoi n'a-t-il pas quitté plus tôt ce collège et cette Société des Jésuites ? Son amour de la nature aurait pu l'y pousser : il a une telle nostalgie de la fraîcheur et de la pureté des aurores :

Rive où les grâces font éclore
Des fleurs et des jeux éternels
Près de la source, avant l'aurore
Quand viendrai-je boire encore ?

Un monastère dans une vallée perdue ? Il ne s'y résigne pas. Il préfère rêver à une société idéale :

L'amitié sans bruit, sans éclat
Fondera ce nouvel État.
La franchise en fera le code
... La vertu n'y sera point prude.

Utopie ! Poussé par le succès littéraire, il se décide à sortir pour vivre dans le monde des passions et des sottises. Que de déceptions l'y attendent !

On voit très bien, dans cette œuvre, ce qui pouvait séduire Bernis, la tristesse mise à part. Ce qu'il avait compris plus courageusement que Gresset, c'était que la condition du poète était incompatible avec une carrière ecclésiastique. Jamais Fleury ni Boyer n'accorderaient une abbaye à un poète, « n'eût-il écrit, dit Bernis, que des psaumes ». La poésie, pour eux, n'était pas une occupation sérieuse...

Le choix de Bernis fut des plus nets : « La probité et la constance avec laquelle j'ai soutenu cette résolution ont pensé me perdre sous le ministère de l'évêque de Mirepoix. On ne doit pas s'étonner si la fortune a mis longtemps à me sourire... Je l'ai souvent sacrifiée à l'amitié et à l'honnêteté, mais je ne lui ai jamais fait de sacrifice [1]. » Si Voltaire, qui n'avait point pour lui la naissance, avait augmenté sa fortune par le commerce des grains et les fournitures aux armées, c'était un moyen essentiel d'acquérir une relative liberté. De telles « affaires », on ne manqua point d'en proposer à Bernis : certains « grands » s'y livraient, et il allait bientôt rencontrer Duverney et Monmartel.

Il s'y refusa. Il préféra s'endetter, ce qui ne déshonorait personne.

Il chercha un travail lucratif. Il fut correcteur chez Didot, quai des Grands-Augustins. Il dîna parfois à six sols dans de pauvres auberges, il logea sous les toits, dans des chambres garnies, d'abord chez un perruquier, au carrefour de la Croix-Rouge, et plus tard dans l'île Saint-Louis, peut-être pour se rapprocher de Mme Dupin. Cette pauvreté, il la célébrera bientôt dans une ode :

Qui foule aux pieds l'orgueil, le luxe et l'abondance,
Qui vit content de peu connaît l'indépendance.

Il écrivit la nuit, à l'exemple de Gresset, et se découvrit une « miraculeuse » facilité. A cet âge, on ne s'en méfie pas assez. On lui dit qu'il pouvait faire mieux que Gresset ; il se contenta de vouloir faire aussi bien : « En effet, j'écrivis comme lui, en me jouant, l'*Épître sur la paresse,* dont il courut des copies et qui, même, fut imprimée sans ma participation. On la crut de Gresset. J'entendis dire à des gens de goût, qui ne savaient pas que j'en fusse l'auteur, que cette épître était d'un meilleur ton et ressemblait aux bons ouvrages du Temple. »

Nous savons bien que la paresse n'était pas précisément le défaut de Bernis et qu'il ne répugnait pas aux coups de collier. Façon de ne pas se prendre au sérieux, de flatter le monde, surtout les femmes, il y mit un peu de tout ce qui appelait le succès...

Censeur de ma chère paresse
Pourquoi viens-tu me réveiller
Au sein de l'aimable mollesse
Où j'aime tant à sommeiller ?
Laisse-moi, philosophe austère,
Goûter voluptueusement
Le doux plaisir de ne rien faire
Et de penser tranquillement.

N'était-ce point, auprès de Gresset, un peu mou et enfantin ? Mais Gresset avait vingt-six ans, Bernis n'en avait que vingt. Trois ans plus tard, il fera mieux : « Ce premier succès me fit naître l'idée, en 1736, de l'*Épître aux dieux pénates,* qu'on attribua d'abord à Gresset, et qui eut un succès universel... Le voile qui me couvrait encore se déchira, et mon nom vola de bouche en bouche ; il cessa même d'être inconnu aux étrangers, tant il est vrai que quelques vers heureux donnent plus promptement de la célébrité qu'un ouvrage purement utile[2]. »

C'était vrai. On en rencontre des traces dans quelques lettres de l'époque. Dès le 15 juin 1736, l'abbé Le Blanc écrit à Bouhier : « J'oubliais de vous dire que l'auteur de l'*Épître aux dieux pénates* est un jeune abbé qui se nomme Berny, que je connais de vue, j'ai même causé avec lui, et il m'a paru très aimable[3]. » Et en février 1737, Formont écrit à Cideville — tous deux sont amis de Voltaire : « Il y a un abbé de Verni (sic), je crois, dont on m'a parlé... C'est l'auteur de l'*Épître aux dieux pénates*, qui n'est pas bonne en général, mais qui annonce du talent et où il y a bien du tour. Il a planté là Saint-Sulpice et la route des bénéfices pour faire des vers tout à son aise, et en cela, il y a sans doute du bon[4]. »

Cette longue épître a dû être conçue, sinon achevée, pendant le séjour de Bernis à Saint-Marcel. C'est une autre « chartreuse », une retraite dans le calme de la nature, permettant de juger le monde, de le penser avec du recul. C'est du moins ce qu'annonce le début :

Protecteurs de mon toit rustique
C'est à vous qu'aujourd'hui j'écris,
Vous qui sous ce foyer antique
Bravez les fastes de Paris
Et la mollesse asiatique
Des alcôves et des lambris...

Le poète est loin d'y épouser le pessimisme de Gresset. Bernis y affecte un scepticisme souriant qui ne dérange pas ses plaisirs et lui épargne tout effort vers la recherche d'une vérité scientifique à laquelle il ne croit guère :

Mon esprit, libre de ses fers,
Se promène avec nonchalance
Sur les erreurs de l'univers.
... Sans sortir de mon indolence,
Je reconnais tous les travers
De ce rien qu'on nomme science.
Je vois que la sombre ignorance
Obscurcit les pâles éclairs
De notre faible intelligence.
Ah ! Que ma chère indifférence
M'offre ici de plaisirs divers !

Seule, la poésie est séduisante ; encore ne doit-elle s'embarrasser d'autres lois que la fantaisie :

Mais qu'une sagesse stérile
N'occupe jamais mes loisirs.
Que toujours ma muse fertile
Imite en variant son style
Le vol inconstant de Zéphire
Et qu'elle abandonne l'utile
S'il est séparé des plaisirs [5].

Était-il besoin de renier science et sagesse pour en arriver à un « art poétique » — harmonieux il est vrai — mais si capricieux et léger ? Les poésies galantes de Fontenelle ne l'ont pas empêché d'entrer à l'Académie des Sciences. Les savants Dortous de Mairan et Maupertuis, qu'il rencontrera bientôt, ne lui tiendront pas rigueur de ce blasphème, car ils ne le prennent pas au sérieux. Plus grave est l'apostrophe à Voltaire, pris à parti étourdiment par ce jeune homme qui l'engage à abandonner les travaux scientifiques et métaphysiques de Cirey pour se consacrer à la seule poésie.

... Cette chaleur éclairée
Qui se répandait sur les vers
Par tes grands travaux modérée
Semble enfin s'être évaporée
Comme un nuage dans les airs,
Tandis que ma muse volage,
Par un aimable égarement
S'arrête où le plaisir l'engage.

Il serait étonnant que Bernis n'eût pas vu *Alzire*, la tragédie « chrétienne », représentée en janvier 1736. Il faudra attendre le grand succès de *Mérope* pour qu'il voue à Voltaire une admiration et une amitié sans réserve.

Pourquoi un esprit aussi sérieux, capable de se placer, à Louis-le-Grand, à la tête de la classe de rhétorique, estimé des Pères Porée et Tournemine, tenait-il, en 1736, à donner de lui cette image de sceptique dilettante, au caractère nonchalant et adonné aux plaisirs ? Sans doute avait-il décidé que la poésie serait, dans sa vie, une activité accessoire. Il ne pouvait imaginer que l'on ferait un sort à cette œuvre et qu'elle serait si largement diffusée dans le premier quart du XIXe siècle. Et surtout que la postérité, oubliant le ministre et l'ambassadeur, en resterait parfois au jugement du marquis d'Argenson en 1755 : « L'abbé de Bernis a fait son chemin par les dames et par le bel esprit, homme qui se pique de paresse et de faire des vers mols, faciles et tendres, comme Ovide [6]. »

Plus tard, Bernis se défendra d'avoir jamais attribué à ces œuvres de débutant une grande valeur. Il est vrai qu'en 1737, ces exercices faciles faisaient partie d'un « plan ». Il fallait acquérir dans les salons une célébrité qui le pouvait conduire à l'Académie, et, dans ce but, c'était d'abord les femmes qu'il fallait séduire. Il y réussit parfois plus dangereusement qu'il ne l'eût désiré, et d'Argenson n'a pas entièrement tort... « Je trouvai parmi elles, reconnaît Bernis, beaucoup d'empressement et de préventions très favorables. Ce serait ici la place de l'histoire de mes erreurs, mais la peinture en serait peut-être plus dangereuse qu'utile... Heureux ceux qui n'éprouvent pas l'action de l'âme sur les sens et des sens sur l'âme ! Il est bien difficile d'être jeune et sage. » De ces femmes, nous ne connaîtrons que les plus célèbres. Encore n'ont-elles été le plus souvent que de grandes amies qui ne font pas partie de ses « erreurs ».

Ce qu'il désignera par ce mot lorsqu'il eut atteint la cinquantaine, ne fut pourtant point, autant qu'on le puisse deviner, passades ou libertinages fugitifs : « J'ai aimé, dit-il dans ses *Réflexions sur l'amour* : mon silence avait appris à ma maîtresse ce que je devais lui dire ; j'allais parler, elle m'avait déjà entendu. On ne se trompe point sur un amour véritable. » Ce que furent réellement ces amours, certains passages de ses poèmes nous le laissent entrevoir. C'est à travers la mythologie que son ardeur, ses joies du cœur et de l'esprit, cette dialectique entre l'âme et les sens transparaissent :

La volupté qui les inspire
Brille tour à tour dans leurs yeux.
Mais quel bonheur et quel martyre !
Et quel tourment délicieux !

Comme s'il y retrouvait les graciles danseuses d'opéra qu'il aime et redoute, c'est toujours avec les prévenances dues à leur pudeur qu'il s'approche des femmes virginales de ses poèmes :

Il voit, mais il voit en amant
Naître le doux saisissement
Que la pudeur en vain condamne...
... que la tendresse
Change en plaisir tous tes remords.
Ménage si bien sa faiblesse
Qu'elle se livre à tes transports
Sans croire offenser la sagesse.
. . . .
Elle s'éveille, elle soupire
Mais sans colère et sans douleur.
Peut-on se plaindre d'un malheur
Qu'au fond de son cœur on désire[7] *?*

C'est ainsi que Bernis apprivoise sa néréide, c'est ainsi qu'il en obtient la première faveur, ainsi, comme le dira si justement Casanova, qu'il « dorlote l'amour ». Nul amour ne saurait exister pour lui sans amitié, sans tendresse. Avec quels soins ne veille-t-il pas à le préserver dans sa printanière ferveur ! « Il faut être doux pour être amant, mais la vivacité n'ôte rien à la tendresse. » L'amour doit rester « modeste » : « Les amants véritables n'ont d'autre vanité que celle de s'être enchaînés mutuellement, et d'autre plaisir que celui de jouir de leur défaite. » Plus encore que la vanité, l'amour doit fuir la jalousie : « La jalousie est le poison et l'aliment de l'amour. Fuyez-la... quand elle gémit... quand elle crie auprès du tombeau qu'elle a creusé [8]. »

Bernis est un amant modèle. Il sait attendre l'amour le plus rare et le prolonger au-delà de la satiété, dans l'amitié. On peut penser que le monde, ignorant sa gravité et sa délicatesse, et parfois peut-être dans l'intention de le compromettre, lui a prêté comme maîtresses d'aimables amies ou de simples relations. En 1751, Voltaire n'a pas encore fini d'en plaisanter lorsqu'il écrit à d'Argental : « On dit que l'abbé de Bernis va ambassadeur à Venise. Je plains le procurateur de Saint-Marc s'il a une jolie femme. »

Bernis pouvait-il se permettre s'être si difficile ? Oui, car à son pouvoir de séduction par la poésie s'ajoutait son charme juvénile. Duclos, qui deviendra son plus fidèle ami, lui reconnaît une figure aimable, « une physionomie de candeur ». Candeur corrigée par un sourire fin, quasi permanent, et la vivacité passionnée du regard. On en possède tant de portraits qu'on ne saurait dire lequel lui ressemble vraiment : peut-être aucun. Qu'il eût été grand, fort, un peu joufflu, n'entraînait point de lourdeur : ceux qui l'ont connu louent le naturel, l'élégance, la grâce désinvolte, jamais apprêtée, de son abord et de son maintien, l'amabilité spontanée de son accueil. Il possède physiquement tout ce qui peut donner à un homme la confiance en soi.

Personne, mieux que lui-même, n'a su faire son portrait moral. Un homme aussi lucide, qui s'observe aussi parfaitement qu'il observe les autres, finit par connaître sainement et sans fatuité ses propres qualités : « Une imagination assez brillante, une gaieté soutenue, l'air et les agréments de la santé, une façon de penser noble, une hauteur d'âme sans vanité, une indépendance qui n'avait que l'air de la liberté, des productions faciles et aimables, mais surtout de la discrétion, du secret, et un esprit de conciliation et de douceur, furent les qualités qui me firent admettre dans la bonne compagnie, et qui bientôt m'en firent rechercher [9]. »

Dans l'indigence où il vivait, sa gaieté n'était pas toujours naturelle ; persuadé qu'elle le servait, il la conserva contre toute épreuve : « On me crut le plus heureux homme du monde ; on attribua à mon tempérament ce qui était l'effet de mon courage. *Je suis né sensible à l'excès.* Ma situation m'humiliait, j'en dévorais l'amertume, mais je savais bien qu'un visage triste intéresse peu de temps et fatigue bientôt. J'eus donc la force de garder mes chagrins pour moi et de ne faire briller aux yeux des autres que mon imagination et ma gaieté [10]. » Sa disgrâce, s'il n'avait possédé charme et gaieté, l'eût desservi ; au contraire, elle apparut, chez un homme gracieux et amène, comme une injustice. Il put alors se permettre de juger, avec une sévérité voilée d'humour, l'homme qui en était la cause, le cardinal de Fleury, ce qui mit en joie les nombreux ennemis du vieillard : « Ces gens-là me recherchaient, et je fus admis de bonne heure dans la confidence de toutes les intrigues du temps. J'étais secret quoique ouvert ; cette qualité fit oublier ma jeunesse. J'appris ainsi de bonne heure à connaître la cour, et comme la réflexion a toujours été l'attribut distinctif de mon esprit, je faisais grand profit de toutes les anecdotes qui m'étaient confiées [11]. » Réussite personnelle qui avait précédé, et dépassait maintenant, sa renommée de poète. Les ennemis du cardinal lui ouvrirent la porte de toutes les sociétés. « J'y devins ce qu'on appelle dans le monde la coqueluche. Il fallait s'y prendre de loin pour m'inviter à souper. »

Prenons garde : Bernis valait mieux non seulement que ses

vers mais que cette renommée que lui fit le monde, et qui masqua longtemps sa vraie personnalité. Satisfait sans doute de ne plus dîner à six sols, mais toujours pauvre et endetté, il ne cessait, rentré chez lui, d'échafauder le plan d'un tout autre avenir. Il se fit « un système raisonnable de la vie qu'*il* menait ». Il résolut d'exploiter la mine si riche de ses qualités et de ses relations en vue de devenir à quarante ans « un homme considérable ». Il se mit à étudier « les hommes de toutes les classes et de tous les ordres » afin de « *s*'y instruire de la science du cœur humain ». Une sorte de La Bruyère qui eût envisagé un grand rôle politique. « Je compris que cette étude du cœur humain me rendrait capable de grands emplois si les circonstances m'y appelaient. » Les circonstances, il sut les attendre. C'est précisément cela la liberté utile doublée d'une ambition justifiée : se préparer sérieusement, secrètement et sans relâche, à saisir l'événement.

CHAPITRE III

La « coqueluche » des salons

Polignac : un cardinal célèbre et utile

Quelles étaient donc ces sociétés, toutes différentes, mais avec tant de points communs, et ces hommes importants que l'on retrouvait en chacune d'elles ? Comment Bernis passa-t-il de l'une à l'autre ? Il est possible de reconstituer son itinéraire, les dates précises de ses passages étant exclues.

« Je cherchai des amis dans le grand monde, j'en trouvai. » C'est par là qu'il commença. A vingt ans, alors qu'il logeait dans des chambres médiocres, Bernis entrait en relation avec le cardinal de Polignac, l'un des hommes les plus en vue de l'époque.

Ce n'était pas le meilleur choix, mais c'était le plus facile, car les Bernis et les Polignac étaient parents : la grand-mère maternelle de Bernis était issue d'une famille alliée aux Polignac, et, en 1540, une demoiselle de Chalençon-Polignac avait épousé un Bertrand de Pierre. Cela suffisait pour que le jeune Bernis et le vieux cardinal fussent cousins. Les grandes familles ne renient point leur arbre généalogique. Le cardinal prit aussitôt le jeune homme sous sa protection et s'en occupa. Aussi Bernis lui paya-t-il un tribut de reconnaissance en lui consacrant un chapitre entier de ses *Mémoires.* Il ne passa plus guère de jours sans s'entretenir une heure ou deux avec lui. Bien qu'il soit fort critique, Bernis n'oublie pas les profits considérables qu'il tira de cette protection. Des connaissances d'abord, car le cardinal était « un dictionnaire universel ». Sa mémoire était aussi sûre qu'ornée et ses connaissances s'étendaient sur toutes les matières. Le malheur, c'est qu'il parlait avec tant de facilité, de majesté et de coquetterie qu'il ne savait plus s'arrêter. A ce propos, Bernis rapporte deux anecdotes : « Un jour, on demandait à Voltaire " Où allez-vous de si bonne heure ? " " Je vais, dit-il, entendre un monologue du cardinal de Polignac ". M. de Mairan... voulait qu'on fît un tableau dans lequel le cardinal serait représenté assis commodément dans un fauteuil, la main un peu allongée, dans l'attitude d'un homme qui parle et qui s'écoute parler, et autour de lui, une infinité d'oreilles, de petites oreilles de femmes, de grandes oreilles de philosophes, des oreilles de théologiens, d'antiquaires et d'artistes, et qu'on écrivît au bas de ce tableau : " Le Paradis du cardinal de Polignac "[1]. »

Mais le plus grand des bienfaits du cardinal, celui qui donna le départ à son jeune protégé, fut de lui faire partager ses relations. Polignac avait occupé de hauts emplois et pris part à de grands événements. Il avait été, à Utrecht, l'un des négociateurs de la paix de 1713, pendant que le marquis de Torcy discutait à Paris, rue Vivienne, avec Bolingbrocke, ministre de la reine Anne. Bernis fut présenté à ces deux personnages prestigieux. Torcy, surtout, neveu du grand Colbert, formé à la diplomatie par son père, Colbert de Croissy, dès l'âge de dix-neuf ans. Il avait effectué des missions en Espagne, en Allemagne, en Suède ; il avait visité l'Italie, et même, en 1687, l'Angleterre, un pays ennemi. Parlant plusieurs langues étrangères et possédant une grande expérience européenne, il avait été nommé secrétaire d'État aux Affaires étrangères par Louis XIV en 1699. Quand Bernis le rencontra, Torcy achevait ses *Mémoires.* Voilà bien l'homme qui répondait le mieux au plan du jeune abbé : « Connaître l'Europe sans sortir de Paris. » Quant à Bolingbrocke, il était aussi célèbre par sa culture et son ouverture d'esprit que par ses amours[2]. Exilé par George Ier, il vivait le plus souvent loin de Paris : Bernis le retrouvera à Chenonceau, chez Mme Dupin. C'est par Polignac encore que Bernis connut le chancelier d'Aguesseau, « vertueux et grand magistrat » qui n'avait « d'autre défaut que d'être parfois indécis à force de lumières ».

Les relations de Bernis avec Polignac n'eurent pas que des conséquences heureuses. Le Père Tournemine, qui appréciait les talents du jeune abbé, proposa au cardinal de lui faire traduire en vers français son célèbre poème latin, *L'anti-Lucrèce* : « Le cardinal me dit que je pouvais mieux faire, qu'il n'avait attaqué que les matérialistes, mais que je pouvais, dans un même ouvrage, combattre les incrédules. » Bernis, qui se dit

« échauffé » par cette proposition, commença donc, en 1737, le poème de *La Religion vengée,* dont il composa les quatre premiers chants avec une facilité et une rapidité surprenantes. Par bonheur, il ne devait achever que plus tard ce long poème didactique, d'une philosophie souvent sommaire, tout en alexandrins ennuyeux, où quelques envolées épiques ne font pas oublier un catéchisme enfantin. Quel succès les salons pouvaient-ils lui faire ? Bernis préféra reprendre ses poèmes légers, plus agréables et plus utiles.

Si l'âme de Polignac, dit Bernis, « était trop molle et paresseuse », c'est pourtant grâce à l'une des grandes faiblesses de son protecteur, l'amour, que le jeune abbé pénétra dans le salon qui devait lui ouvrir tous les autres. Le cardinal le conduisit à Sceaux chez la duchesse du Maine « par qui il s'était laissé aimer toute sa vie », dit Bernis, atténuant ainsi la responsabilité du prélat. Cette liaison, que personne n'ignorait, avait engagé dangereusement l'homme d'Église et l'homme public, puisqu'il avait été exilé à la suite de la conspiration de Cellamare. La duchesse du Maine n'avait jamais accepté le « coup de force » du 2 septembre 1715, confiant la Régence à Philippe d'Orléans : elle avait tenté, en 1718, avec la complicité de la cour d'Espagne, de la rendre à son époux, bâtard légitimé de Louis XIV. Conspiration d'opérette, éventée et dramatisée à dessein par l'abbé Dubois qui envoya le légitimé à Doullens et enferma la duchesse au château de Dijon. Seule priviligiée de cette cabale, la dame de compagnie de la duchesse, Rose Delaunay, en profita pour vivre à la Bastille la plus belle histoire d'amour de sa vie [3].

Lorsque Bernis fut présenté à Sceaux, le duc du Maine venait de mourir. La duchesse, rentrée en grâce, avait fait sa cour à Louis XV ; elle atteignait sa soixantième année ; les animateurs des *Nuits blanches,* fêtes prestigieuses, avaient disparu, sauf le duc de Saint-Aulaire qui devait mourir dans sa cent unième année, et Polignac. Mme du Maine, après avoir marié Mlle Delaunay au baron de Staal, un « homme ordinaire », avait reconstitué à Sceaux une « deuxième cour » où s'épanouissaient librement, loin d'un Versailles provincial et contesté, conversation, poésie, théâtre, jeux de toutes sortes, sans oublier les agréments d'une table délicate.

Dès 1718, Mme du Deffand, bien avant la renommée de son propre salon, avait pris coutume d'y venir fréquemment : elle y était devenue la grande amie, la « reine », la complice de la baronne de Staal. L'esprit des trois femmes s'exaltait en feux d'artifice, composant, par surenchères de traits cruels, des portraits vipérins à la manière de Célimène. Le président Hénault se laissait conduire par son amie du Deffand, sans enthousiasme, à ces « galères de l'esprit ». C'est là que Bernis connut Fontenelle, l'homme de tous les salons et de tous les soupers, et un vrai savant qu'il apprécia : Dortous de Mairan. Il est vraisemblable que c'est à Sceaux que l'abbé Le Blanc rencontra Bernis.

Le veuvage de la duchesse du Maine ne l'avait pas rendue moins frivole, et son égocentrisme de grande dame n'en demeurait pas moins absolu. Bernis l'a fort bien jugée : « Elle a eu l'art de conserver chez elle un air de cour et de rassembler à Sceaux les sciences, les arts, et à la fois ce qu'il y a de plus sublime et de plus frivole, de meilleure et de plus méchante compagnie dans Paris... [elle] passait rapidement du sérieux aux bagatelles, de l'Académie des sciences aux marionnettes. Mme de Sandwich, qui avait la figure et l'esprit les plus mâles que j'aie connus à aucune femme, disait de Mme du Maine avec qui elle passait sa vie : " Si madame la duchesse avait eu le sceptre du monde, elle aurait trouvé le secret d'en faire un hochet[4]. " »

Bernis s'instruisait « dans la science du cœur humain ». Les bienfaits du cardinal de Polignac allaient être infiniment productifs. Au demeurant, la fastueuse ambassade à Rome du prélat servira de modèle au jeune abbé : sur ce point, l'élève devait dépasser son maître.

Mme Dupin et l'amitié

Bernis avait conquis d'emblée l'estime et l'amitié de Fontenelle et de Mairan. L'auteur de *La Pluralité des mondes* avait découvert, dans le jeune poète, qui lui rappelait sa propre jeunesse et ses *Poésies pastorales*, l'homme de réflexion, aux répliques d'un humour aisé et discret. Mairan, l'un des plus authentiques savants de l'époque, en qui Bernis reconnaît tant « de lumières et de sagesse dans l'esprit », avait jugé, de son côté, combien l'homme était différent de l'auteur des épîtres. Les deux académiciens étant d'accord pour refuser les sectarismes, les affirmations hasardeuses, et pour faire confiance à la raison cartésienne, comment l'ancien séminariste n'eût-il pas été gagné à leur cause ?

Ce sont ces deux hommes qui présentèrent Bernis à

Mme Dupin, l'une des plus belles femmes de Paris. Les origines, fort modestes, de Mme Dupin, n'en étaient pas moins insolites ; elle était la petite-fille de Dancourt. L'auteur dramatique avait eu deux filles, Manon et Mimi, qui avaient débuté ensemble à la Comédie-Française, en 1699, dans une pièce de leur père. Manon fut marié à M. de Fontaine, commissaire de la marine et des galères, puis devint la maîtresse de Samuel Bernard qu'elle suivit en son château de Passy. C'est au riche financier que l'on attribue la paternité des trois filles de Mme de Fontaine dont l'une, Louise, épousa en 1724, à l'âge de dix-sept ans, Claude Dupin, veuf, âgé de quarante-deux ans ; il avait, de son premier mariage, un fils qui fut le grand-père de George Sand[5]. L'immense fortune de Claude Dupin lui avait permis, avant son mariage, d'acheter au duc de Bourbon le château de Chenonceau, d'où le nom qui fut donné à sa femme et au fils de celle-ci pour les distinguer de son beau-fils, Dupin de Francueil, et de sa descendance. Sur la destinée de Claude Dupin, les chances s'accumulèrent : outre la dot importante que sa femme reçut de Samuel Bernard, il acquit un brevet de fermier général, et le couple put acheter, à la pointe orientale de l'île Saint-Louis, le bel hôtel Lambert d'où l'on apercevait, dominant les toits, la forteresse de la Bastille. C'est dans ces lieux prestigieux que Bernis, toujours aussi pauvre, se trouva cordialement accueilli, puis désiré : à Chenonceau pendant les mois d'été, en hiver à l'hôtel Lambert, et plus tard, au salon de la rue Plâtrière, aujourd'hui rue Jean-Jacques-Rousseau.

Mme Dupin y était adorée de tous ses invités, sans que jamais elle en perdît la tête. Plus que par son esprit, elle imposait l'admiration et le respect par sa beauté, sa grâce, sa douceur, sa délicatesse et sa vertu. C'était

La finesse sans fausseté
La sagesse sans pruderie
L'enjouement sans étourderie
Enfin la douce volupté
Et la touchante rêverie.
Un geste, un sourire, un regard,
Ce qui plaît sans peine et sans art,
Sans excès, sans airs, sans grimaces,
Sans gêne, et comme par hasard...

Bernis, *Aux Grâces*

Autour de cette femme au visage si attachant, les écrivains se donnaient rendez-vous. Mme Dupin ne pouvait utiliser plus brillamment sa fortune qu'à réunir ainsi l'esprit et le luxe. L'objection vient aussitôt : voyait-elle la misère ? Oui, elle donnait « inlassablement » aux pauvres. C'est ainsi qu'elle put demeurer dans son château pendant la Révolution, protégée par les paysans.

Ce fut chez elle que Bernis rencontra Montesquieu, qui « avait toutes les apparences de la modestie », Buffon, « homme de mérite qui savait écrire et se conduire », le comte de Tressan, poète lorrain, léger, grand charmeur, l'âme des fêtes de la cour, Duclos, qui « a plus d'esprit que tous... et dont l'âme, qui est fort honnête, doit le rendre encore plus cher à ses amis ». A partir de 1736, il y rencontrera Voltaire, qui « dans le monde, est un courtisan poli, spirituel et instruit [6] ». Et plus tard, J.-J. Rousseau, essayant vainement d'appliquer la nouvelle pédagogie de *L'Émile* au fils de Mme Dupin qui lui donnait de graves soucis. Autour de ces écrivains célèbres gravitaient beaucoup d'abbés : l'abbé de Saint-Pierre, l'utopiste de *La Paix perpétuelle,* enfant gâté du salon ; l'abbé de Mably, ami des Tencin, et l'abbé de Baradat, dont la philosophie était la plus « avancée ».

Mais ce qui étonna peut-être davantage l'ancien séminariste fut la qualité des femmes, qui venaient fort nombreuses chez Mme Dupin, et dont aucune, apparemment, n'était jalouse de l'hôtesse. Le carnet d'adresses de Mme Dupin ne comprend pas moins d'une vingtaine de femmes de grande noblesse et aussi de petite bourgeoisie ; on y trouve même Mme Denis, la nièce de Voltaire. Celles qui fréquentèrent le plus fidèlement le salon, au cours de ses longues années d'existence, furent la princesse de Rohan, qui s'attacha à Bernis, la duchesse de Mirepoix, sœur du prince lorrain de Beauvau-Craon, la comtesse de Forcalquier, la comtesse de Choiseul, la marquise du Châtelet, lady Sandwich... et enfin Mme de Tencin, tenue en disgrâce par le cardinal de Fleury jusqu'en 1737, avec son frère, pour leurs excès de zèle antijanséniste [7]. Amie de Mme de Fontaine, elle avait connu la future Mme Dupin dès l'enfance et la considérait encore un peu comme une petite fille, non sans une pointe de jalousie, car la plupart des hommes en vue fréquentaient les deux salons. Bernis allait les retrouver en partie chez les Brancas, et presque tous chez Mme Geoffrin.

Quel contraste entre Mme Dupin et Mme de Tencin ! Celle-ci s'éloignait enfin des scandales qui jalonnèrent sa vie depuis sa sortie du couvent : maîtresse, simultanément, de Fontenelle, de Bolingbrocke, du cardinal Dubois, de Law, de Destouches-Canon, de La Fresnaye, qui se suicida dans son boudoir, c'était une femme de la Régence ; elle n'en était pas moins aimée et absoute par tous, y compris l'abbé de Saint-Pierre. « J'irai tantôt chez Mme de Tencin, écrit-il à Mme Dupin, vous n'y serez pas oubliée. » C'était le médecin du salon, Astruc, qui soignait le délicieux pacifiste.

Quel ne fut pas l'étonnement de Bernis en pénétrant dans ce monde de privilégiés, bourgeois et nobles confondus, aux mœurs des plus libres, où les scandales côtoyaient la vertu. Personne n'ignorait la vie de Mme de Tencin, ni la cohabitation de Mme de Fontaine avec Samuel Bernard, ni celle de Mme du Châtelet avec Voltaire. Dans ses *Mémoires,* Bernis tentera d'expliquer ce relâchement des mœurs par l'explosion de la Régence et en particulier la toute-puissance extravagante de l'argent sous le système de Law. « Les femmes, dit-il, s'accoutumèrent à l'incrédulité, à l'indécence, à l'amour de l'argent et à la fantaisie de gouverner les gens en place ; il ne manquait, pour achever l'ouvrage, que de pousser le luxe à son comble[8]. » Au milieu de ces financiers, Bernis mesurait sa pauvreté. Qu'on l'imagine au château de Chenonceau où se déplaçait tout ce monde, où venaient parfois, les jours de gala, le duc d'Orléans et le duc de Penthièvre ! Dupin de Francueil, beau-fils de Mme Dupin, grand amateur de musique, y entretenait un orchestre de trente musiciens ; il avait créé un théâtre dans une aile du château où tout le ballet de l'Opéra vint danser. On organisait des lectures et des jeux sous des arbres deux et trois fois séculaires, des cavalcades, des courses jusque chez Bolingbrocke retiré à Chanteloup, des promenades sur le Cher en de charmants petits batelets pavoisés. Matin et soir, les jours ordinaires, la table comprenait une vingtaine de couverts.

Ni le luxe ni la corruption des mœurs n'avaient atteint la simplicité et la vertu de Mme Dupin. Mais elle-même tourna la tête à plusieurs de ses hôtes ; l'abbé de Baradat en était fou ; et Jean-Jacques, qui venait de quitter Mme de Warens, trop timide pour parler, fit à l'hôtesse une déclaration écrite : Dupin de Francueil arrangea l'affaire et resta son ami. N'était-ce pas d'une telle femme que rêvait Bernis ? Pourquoi se serait-elle méfiée de lui ? Il était si doux, s'exprimait si délicatement, avec une telle maîtrise... La tactique de Mme Dupin était toujours la même : elle amenait ses soupirants à l'amitié, et, au besoin, les y contraignait. Aucun n'eût désiré, rebelle, abandonner les délices d'une telle société ! On ne pouvait posséder cet ange que par la seule contemplation. Bernis était disposé à l'amitié, mais la passion le gagna.

> *Que nos efforts sont impuissants*
> *Quand la nature les inspire !*
>
> Bernis, *Le Soir*

Si elle lui fit un sort particulier comme ami, elle ne lui céda pas plus qu'aux autres. Peut-être lui pardonna-t-elle plus facilement ; il avait vingt ans, elle en avait vingt-huit, elle avait un enfant et respectait son mari. Ils rivalisèrent d'amitié. Bernis rongeait son frein.

Mme de Tencin, si perspicace, avait-elle deviné la passion de l'abbé ? Il n'y eut qu'elle pour envelopper des sentiments si parfaitement réservés d'une ambiguïté un peu lourde... « Vous êtes une friponne, ma petite dame, lui écrit-elle à Chenonceau, quand vous me dites “ mon abbé ” ; vous savez bien en votre conscience que cet abbé ne sera ni à moi ni à personne qu'autant que vous le voudrez. Le voilà attaché à votre char ; il est vrai que les chaînes sont de roses, ce sont cependant des chaînes, et je ne sais pas ce que dit la philosophie de voir un de ces plus chers nourrissons garotté de cette sorte. La description que vous me faites de vos promenades m'a beaucoup divertie... En réalité, je vous loue et je vous admire de vous amuser comme vous faites à votre campagne ; je vois que vous avez autant de raison que d'agrément. Je ne doute pas que ce ne soit là ce que votre abbé dit à la philosophie pour s'excuser. Quand nous le renverrez-vous ? Je vous conseille cependant de le garder le plus que vous pourrez. Je n'ai pas besoin... de vous vanter les douceurs de son commerce, vous le connaissez encore mieux que moi : il vous apprendra à maintenir votre âme en paix ; voilà une grande marque de sa bienfaisance, c'est à la lettre rendre le bien pour le mal, puisque vous avez un peu troublé la tranquillité dont il avait toujours joui.

« Nous avons dîné chez M. de Fontenelle. La compagnie n'était composée que de vos amis... Adieu, ma belle petite dame. Il faut, s'il vous plaît, que cette lettre vaille quelque chose à l'abbé ; si vous m'aimez, vous l'embrasserez pour moi des deux côtés. M. de Fontenelle dit qu'il a toujours aimé ce qui n'était que simplement joli, que vous jugiez par là de ce qu'il sent pour vous ! J'ai eu bien de la peine à vous dire quelque chose d'aussi galant de sa part, mais il m'a menacée, à mon refus, de vous l'écrire lui-même. Je vous embrasse, ma chère friponne, d'aussi bon cœur que je vous demande d'embrasser l'abbé, qui est vôtre et qui n'est plus que vôtre[9]. »

Personne ne pourrait inventer une telle lettre, d'une ironie jubilante et perverse. Jalousie ? Bernis n'aimait guère Mme de Tencin, et si l'on peut être certain qu'il fréquenta son salon, où il rencontra Marivaux, Crébillon et Piron, il n'y fut guère assidu.

Chez Mme Dupin, femme vertueuse, aimant à être adulée, se tenant subtilement sur les franges de l'amour, on discutait de tous les mouvements du cœur humain, de leurs rapports avec l'amour-propre et la vertu. C'étaient Fontenelle et Mairan qui avaient apporté du salon de Mme de Lambert le goût de ces analyses ; on s'y nourrissait en effet des grands moralistes du siècle passé, La Bruyère et La Rochefoucauld. Chez Mme Dupin, le sujet qui revenait le plus souvent, c'était la difficile cohabitation de l'amour et de l'amitié. Et l'on ne saurait dire si ce fut Bernis qui influença Mme Dupin ou celle-ci qui obligea l'abbé, pour sa bonne conduite auprès d'elle et leur salut commun, à considérer l'amitié comme la seule communication authentique et durable entre les sexes. C'était, pour elle, le sentiment le plus favorable au bonheur. On a trouvé, dans *Le Portefeuille de madame Dupin,* des notes, ébauche d'une œuvre, qui confirment cette communauté d'opinion avec Bernis : « J'appelle bonheur, écrit-elle, une situation d'esprit douce et tranquille qui nous tient à portée de jouir librement et vivement de tout ce qui se présente à nous... » D'où la supériorité de l'amitié sur la passion : « L'amitié tendre va communément jusqu'à l'amour... et rarement l'amour s'élève jusqu'à l'amitié... il est enfermé dans son propre intérêt. » L'idée pourrait venir de Bernis : la passion charnelle, souvent égoïste et aveugle, peut empêcher de naître ou peut détruire la tendresse et l'amitié. Mais Bernis ne refuse point l'amour, pour peu qu'il laisse à l'amitié la place essentielle. Mme Dupin, plus radicale, va jusqu'à le nier : « Il n'y a dans le monde que de l'amitié et des désirs. »

Qui donc de l'homme ou de la femme est le plus capable d'amitié ? De là, on passait aisément à discuter du mérite respectif des deux sexes. Bernis ne partageait point les conceptions féministes de Mme Dupin. Détaché d'elle lorsqu'il dicte ses *Mémoires,* il se montre dur et parfois injuste. Rancune ? C'est un sentiment qui ne fut pas tout à fait absent du cœur de Bernis. « Mme Dupin, qui a été fort jolie, et qui a toujours eu plus envie de penser qu'elle n'a pensé en effet, a travaillé dix ans pour prouver que les hommes n'ont aucune supériorité, même corporelle, sur les femmes. Je ne crois pas que son ouvrage, s'il paraît jamais, change les idées reçues [10]. » En réalité, le scepticisme de Bernis n'est ni absolu ni définitif ; il pense, comme Mme du Châtelet, que c'est l'éducation des femmes, à cette époque, qui en conserve les caractères infantiles. Encore lui reste-t-il un doute, car si l'éducation corrigeait cette infériorité, persisterait « une misère commune à leur sexe, c'est l'amour-propre de la figure... la sagesse et la vertu ne défendent point les femmes de cette faiblesse ».

Et Bernis s'en prend alors au caractère de Mme du Châtelet, femme savante qui n'a pas eu à souffrir de l'éducation superficielle des couvents : « A propos de l'esprit d'enfance, je ne veux pas laisser croire à la postérité que la marquise du Châtelet, tant chantée par Voltaire, qui commentait Newton et Leibniz, fût un grave personnage ; je l'ai vue, occupée des heures entières, à ordonner les agréments d'une robe, et à mettre en mouvement une armée de pagodes dont son appartement était couvert. » Voltaire ne le savait que trop [11] !

L'amitié des femmes est-elle si rare et précaire ? Oui, dit Bernis, puisque la plupart des femmes sont passionnées : « C'est pour cela que l'amitié des femmes est toujours jalouse, mais il faut convenir aussi qu'elle est plus tendre, plus délicate, plus essentielle, plus généreuse et souvent plus fidèle que celle des hommes. Que d'exemples j'en pourrais citer ! Les amies que j'ai perdues et celles que je conserve font également le malheur et le bonheur de ma vie. » Pour le cardinal qui dicte ces mots, ce n'est donc pas fini. « Elles sont le charme de la société, dit-il au présent, et la source de tous nos égarements [12]. »

Bernis oublie un peu les hommes dont il a gagné l'amitié fidèle ; l'un d'eux, surtout, rencontré chez Mme Dupin, et qui est aussi jeune que lui ; c'est Louis Bufile de Brancas, comte de Forcalquier, à l'esprit si prompt et si caustique. C'est Forcalquier qui, deux années plus tôt, accompagnait ses deux amies, la belle duchesse de Saint-Pierre, dont il était l'amant, et la marquise du Châtelet, à des soupers intimes avec Voltaire dans les auberges de Charonne. Il savait beaucoup de choses sur les premières rencontres du couple illustre. C'est Forcalquier qui allait introduire Bernis dans le salon célèbre et influent de la famille de Brancas.

La rupture et la crise : l'Auvergne et le Vivarais

Quel protecteur valut à Bernis d'être nommé, en 1739, au canonicat de Brioude, en Auvergne ? Polignac, peut-être. Certains ont attribué cette nomination au mérite qu'il aurait acquis par *La Religion vengée* ; mais le poème était inachevé.

Ce petit canonicat réunissait quelques comtes laïcs qui servaient de conseillers à l'évêque. Pour être comte de Brioude, on n'exigeait d'autres preuves qu'une noblesse de quatre générations paternelles et maternelles ; c'était bien peu pour un de Pierre. Néanmoins, « c'était une place convenable pour un gentilhomme, écrit-il, mais dont les revenus étaient fort insuffisants ». La vie fastueuse du salon de Mme Dupin l'avait humilié et ne lui avait rapporté que des dettes : « La vie agréable que je menais dans le monde m'avait procuré beaucoup d'amis et une assez grande célébrité, mais la fortune, que je négligeais, n'avait cessé de me maltraiter [13]. » L'évêque de Luçon, Bussy-Rabutin, fils du cousin de Mme de Sévigné, admirateur de Voltaire, honnête homme et libertin, assez habile pour faire rentrer le jeune abbé dans les bonnes grâces de son père, lui avait dit : « Tant que vous êtes jeune, vous supporterez aisément la situation dans laquelle vous êtes... mais souvenez-vous que rien n'est plus triste ni plus humiliant à Paris que l'état d'un vieil abbé qui n'est pas riche. » Cette exhortation l'avait frappé.

Que l'on se garde toutefois de penser que le séjour de plus d'une année qu'il allait faire en province n'avait d'autre raison que la quête d'un peu d'argent. Son départ de Paris, fin novembre 1739, pour aller prendre possession de « sa » comté de Brioude, tombait à point pour masquer une certaine lassitude, un désir de rupture et de réflexion. Il avait atteint une limite et traversait une crise : la meilleure preuve, c'est qu'il allait prolonger son absence de la capitale au-delà des délais exigés par les cérémonies et les visites en Auvergne. On évoque inévitablement un échec sentimental — Mme Dupin ou une autre femme ? — qui eût provoqué en lui quelque trouble de conscience. Cet éloignement, cet apaisement n'étaient-ils pas aussi nécessaires au partenaire qu'à lui-même ? Quelle sorte de blessure peut-on vouloir cicatriser chez une femme ou en soi-même à vingt-quatre ans ?

Quoi qu'il en soit, cette longue absence lui réussit. Comme toujours, il retrouva sa raison et son courage et sut tirer de son séjour d'utiles leçons et des avantages. « Je revins, en Auvergne, du préjugé qu'on ne peut vivre ailleurs qu'à Paris ; je trouvai, dans cette province, des gens d'un esprit solide, et quelquefois des gens aimables. » Le contraste entre les dures réalités de la vie à la campagne en plein hiver et le luxe des salons parisiens devait le frapper. Comment cette observation ne l'eût-elle point ramené au sentiment de la justice ? Il ne le dit pas, mais c'est dans son œuvre qu'on en trouvera l'écho :

Auprès d'un foyer magnifique
On bénit le farouche hiver
Qui, dans un salon pacifique
Respecte la douceur de l'air.
...Aussi le luxe, dans ses bras,
Engourdit notre âme assoupie
Nous traînons nos jours inutiles,
Nous rêvons, nous ne vivons pas.
. . . .
Enrichis des biens qu'ils moissonnent
Si nos laboureurs, qui frissonnent
Sous leurs toits de chaume couverts
Jouissaient du moins les hivers
De l'abondance qu'ils nous donnent,
...Alors la misère effrayante
Dont la main faible et suppliante
Implore un secours refusé
Remercierait l'image haute
De notre luxe humanisé.

Les Quatre Saisons. L'hiver

Certes, les vers de Bernis sont loin de valoir sa prose, et l'optimisme de la fin reste d'un grand seigneur. Cependant il n'est pas commun, à cette époque, d'avoir entrevu l'injustice.

Ses dons, ses connaissances, acquises auprès des hommes célèbres, son expérience des hommes et sa souplesse d'esprit lui permirent de faire la conquête de Massillon, évêque de Clermont. Le prédicateur était alors sur la fin de sa vie, remaniant en sa retraite les sermons qui devaient paraître après sa mort. « Je n'ai point connu d'homme, écrit Bernis, qui, avec l'extérieur le plus simple, inspirait plus facilement que lui la vénération et l'amour. » Auprès de lui, l'abbé retrouva sa prédilection pour l'éloquence et fut heureux d'entendre le prélat désapprouver les querelles religieuses. Se promenant un jour dans son jardin avec un étranger, Massillon lui dit : « Vous n'apercevez pas ce Jésuite et ce Père de l'Oratoire [14] qui jouent à la boule ensemble ? Voilà à quoi je les ai réduits [15]. »

Belle occasion pour lui faire lire les quatre premiers chants de *La Religion vengée.* Bien entendu, Massillon l'exhorta à terminer son poème, mais plaida aussitôt pour qu'il consentît à entrer dans l'Église. Or, Bernis, sur ce point, n'avait pas varié depuis sa sortie du séminaire : honnêtement, sincèrement, il exposa toutes ses raisons de ne point s'engager. Massillon s'inclina, si bien qu'ayant reconnu le talent de Bernis pour la conciliation, il lui conseilla, pour l'avenir, les Affaires étrangères...

Du moins exigea-t-il, avec une amicale insistance, que l'abbé lui promît de solliciter, dès son retour à Paris, une explication auprès du cardinal de Fleury. Bernis, à son tour, s'inclina, bien décidé à tenir sa promesse.

Il ne s'étend guère, dans ses *Mémoires,* sur son séjour de trois mois dans le Vivarais. Son père se montra conciliant : Bernis était devenu un homme dont les ressources d'esprit et les hautes relations lui donnaient le pouvoir de tenir tête. C'est à Saint-Marcel qu'il écrivit les six derniers chants de son poème, toujours avec la même facilité : « Le chant du pyrrhonisme, qui contient près de huit cents vers, fut commencé et fini en vingt-quatre heures. » Ce chant, qui réfute le pyrrhonisme, n'empêcha pas Bernis cardinal d'aimer Montaigne, le pyrrhonien...

C'est ainsi qu'il rentra à Paris, en 1741, le portefeuille gonflé par le manuscrit, mais à peu près vide d'argent. Apaisé et sans grande inquiétude, il avait repris espoir en une proche rencontre de la fortune. Il pouvait attendre : les compensations et les aides ne lui firent pas défaut.

De nouveaux amis

Bernis trouva que Paris ne s'était point refroidi sur son compte. Avec un esprit plus mûr et plus mâle, une santé brillante et ses vingt-cinq ans, il pouvait affronter le monde avec succès. « La mode de l'esprit n'était point passée : on peut même dire que c'était une maladie épidémique. » Cette constatation l'avait engagé à méditer sur ce qu'il fallait entendre par « esprit » : « J'ai cru longtemps qu'il suffisait de dire et d'écrire de jolies choses pour être homme d'esprit ; mais depuis j'ai réfléchi : je pense qu'on peut être aimable, amusant, singulier sans être fort spirituel. L'homme d'esprit, à mon avis, est celui qui éclaire son siècle par des ouvrages utiles...[16]. » *La Religion vengée* serait-elle un de ces ouvrages ? Sincèrement, pendant plusieurs années, il le croira[17].

Une fois encore, il espéra que l'Église pouvait le tirer de sa pauvreté. Aussi allait-il tenir la promesse qu'il avait faite à Massillon. Barjac, le fameux valet de chambre du cardinal de Fleury, « à qui presque toute la cour avait fait des bassesses », lui procura une audience de son maître. Son Éminence attendait l'abbé, « appuyée sur une petite table, un grand chapeau sur la tête ». Bernis l'aborda par une éloquente plaidoirie que l'on aurait pu résumer ainsi : *tout le monde a été jeune.* « Il m'interrompit avec humeur, poursuit Bernis, et me dit avec dureté : " Oh ! monsieur, tant que je vivrai, vous n'aurez point de bénéfice " — " Eh bien, monseigneur, *j'attendrai* ", répondis-je en lui faisant une profonde révérence... J'aperçus que le cardinal avait trouvé le mot bon : ce fut lui qui le divulgua... Tout le monde voulut [en] connaître l'auteur ; on était curieux de voir un jeune homme qui avait osé donner un coup de patte à un ministre absolu. » Triomphe du « bon mot », de l'esprit qui amuse...

C'était là le signe que l'opposition au cardinal se généralisait. Faut-il ajouter foi à un petit événement que l'on raconta et qui aurait mis en danger la liberté de Bernis ? L'anecdote n'est pas invraisemblable, et l'on pourrait la situer en 1742. Duclos s'était chargé de rapprocher Bernis et Voltaire ; c'est de là que date leur amitié. L'abbé, depuis le collège, admirait sans réserve les œuvres poétiques du grand homme ; on sait ce que Voltaire pensait de celles de Bernis : « Il y a trop de fleurs, dira-t-il, c'est Babet-la-Bouquetière », du nom d'une marchande qui vendait des fleurs au Palais-Royal, à la porte de l'Opéra. La plaisanterie n'était pas méchante ; pourtant, le surnom devait rester à Bernis et lui nuire ; mais il l'admit si bien qu'il devait en plaisanter longtemps, avec Voltaire.

Un soir que les trois hommes étaient réunis pour souper, on vint leur annoncer la mort de Fleury. Pour célébrer l'événement, un quatrain fut mis au concours. Bernis n'a jamais fait d'épigramme, mais après le *j'attendrai*, la délivrance était pour lui si importante qu'il se laissa entraîner... Et ce fut son quatrain qui obtint la palme :

Ci-gît qui, loin du faste et de l'éclat
Se bornant au pouvoir suprême,
N'ayant vécu que pour lui-même,
Mourut pour le bien de l'État.

C'était une fausse nouvelle. Fleury se rétablissant, Bernis redouta la Bastille. Le cardinal ne mourut qu'un an après, en 1743 ; l'attente de Bernis n'en parut que plus longue.

Malgré cette mort, la malchance poursuivit l'abbé : la feuille des bénéfices fut confiée à Boyer, évêque de Mirepoix et précepteur du dauphin. Boyer n'aimait pas la noblesse. Borné et sectaire, il devait ranimer la querelle avec les jansénistes. Bernis, naïf et sans doute mal conseillé, crut que Boyer allait lui porter secours. L'évêque de Bethléem, qui avait vanté auprès de Boyer le poème de *La Religion*, obtint de lui une audience pour l'abbé. « Il me reçut, dit Bernis, comme si j'avais fait les *Contes* de La Fontaine. » Au demeurant, Boyer n'ignorait point la renommée de l'abbé. Il finit par lui proposer un marché : « Sous-diacre, une abbaye ; prêtre, deux ans grand vicaire ; et puis évêque. » Rapide et séduisante carrière ! Pour ne point le blesser, Bernis demanda à réfléchir. Mais, malgré les conseils de certains amis, il fit connaître à Boyer son inébranlable refus, « préférant une pauvreté noble à une opulence mal acquise ».

Ce fut donc la vie des salons, sans espoir de rencontrer la fortune, qui le reprit pour plusieurs années, mais avec des améliorations non négligeables : il ne savait vers qui ni vers quoi il se dirigeait, mais il avançait. Non pas qu'il allât souvent à la cour ; il y regrettait la décadence de la noblesse : par amour de l'argent et de l'oisiveté, elle avait perdu sa dignité. « Rien de si rare que de trouver aujourd'hui à la cour des *caractères* : personne ne s'y monte au-dessus des autres ; il semble que tout le monde y soit de la même taille [18]. » Toutefois, c'est là que vint à lui un autre « cousin », le baron de Montmorency, qui lui donna un logement chez lui, à Versailles, ce qui améliorait sa situation, mais l'éloignait de Paris.

Introduit par son ami Duclos et le comte de Forcalquier, Bernis entra chez les Brancas, célèbre salon d'origine familiale, qui se tenaient dans leurs appartements du Palais-Royal ou au château de Meudon, organisé par la duchesse douairière ; elle atteignait ses quarante ans et paraissait fort jeune. C'était le salon le plus proche du pouvoir. Il y régnait cependant une très grande liberté d'esprit, grâce aux trois enfants, très doués et très ouverts. Forcalquier en était l'âme, aidé de son frère, le marquis de Céreste, et de sa sœur qui allait devenir Mme de Rochefort et l'amie de Bernis. Forcalquier était si séduisant et avait tant d'esprit, du plus jaillissant et inattendu, que Mme de Lauraguais disait qu'il « éclairait une chambre en y entrant ». Il venait de se marier, et le couple s'était installé rue de Bourbon, derrière l'église de Saint-Germain-des-Prés.

Si Maurepas, le ministre le plus proche de Louis XV, fréquentait chez les Brancas, ce n'était point pour y parler de politique. Ici, il n'était que l'amuseur du monarque, friand d'anecdotes, d'une hypocrisie parfaite, compositeur clandestin d'épigrammes et de chansons sur les maîtresses du roi. Il était presque toujours accompagné de deux « soupeurs » invétérés, le président Hénault, lecteur de la reine, et Pont-de-Veyle, frère de d'Argental et neveu de Mme de Tencin, célèbre pour son irrésistible talent d'imitateur. Autour d'eux, se rassemblaient aussi le duc et la duchesse de La Vallière, venus de leur château de Champs ou de Versailles, car le duc était un familier du roi, la pétulante duchesse de Luxembourg, le duc de Richelieu, qui avait reçu Bernis dans le Languedoc, Maupertuis, savant astronome, presque aussi recherché par les femmes que Richelieu, mais qui les décevait, Thiriot, qui ne se privait pas de critiquer son ami Voltaire, et Mme du Châtelet, presque chaque soir, quand Voltaire était en Hollande ou en Prusse.

Les deux couples les plus attachés à Bernis — des couples, par bonheur, car les deux épouses auxquelles il allait faire une cour respectueuse, même en vers, étaient aussi jolies l'une que l'autre — étaient les époux Forcalquier et leurs amis les plus proches, le duc et la duchesse de Nivernais. Un homme hors du commun, ce Nivernais, arrière-petit-neveu de Mazarin, né duc et pair de France, Grand d'Espagne et prince du Saint-Empire, « mérites fortuits », dirait Bernis, qui ne l'empêchaient point d'être l'homme le plus doué et le plus simple du salon. Colonel à vingt-cinq ans, il écrivait à sa femme des élégies. De santé fragile, s'il fut contraint d'abandonner le métier des armes, ce ne fut point pour s'abandonner à l'oisiveté et aux potins de la cour : excellent musicien, il chantait et jouait du violon, il dessinait à merveille et possédait un talent d'acteur des plus brillants ; il écrivait des comédies pour le salon. Élu à l'Académie en 1743 au fauteuil de Massillon, il fut reçu en même temps que Marivaux. Il était le beau-frère de Maurepas, ce qui devait lui nuire.

Chez les Brancas, on ne se contentait point de discuter des mérites littéraires et scientifiques des ouvrages contemporains, on y représentait aussi des pièces de théâtre. La duchesse de Luxembourg jouait les soubrettes, Duclos les valets, alors que les grands rôles étaient attribués à Mme de Brancas, à La Vallière et à Nivernais. Cette troupe, au moins pour les acteurs de la noblesse, allait être toute prête lorsque Mme de Pompadour créerait, pour divertir le roi, le théâtre des Petits Cabinets.

Pour Bernis, ce salon était un spectacle, une étude, et un avancement dans l'esprit des familiers de Loui XV. Les grands qui venaient là, tout en jouissant de leur culture, fuyaient le provincialisme de la cour et préservaient leur indépendance d'esprit, pourvu qu'on respectât le roi, le roi seul. Bernis, toute sa vie, saura les imiter.

De plus en plus, il fut invité à l'extérieur, parfois dans l'intimité ou dans des groupes restreints : il dînait chez la princesse de Rohan-Courcillon, qui lui réservait une surprise, chez la duchesse de Luxembourg, chez la duchesse d'Aiguillon, chez Mme du Châtelet, avec Voltaire. Il assistait aux samedis de Pâris-Duverney — une faiblesse! —, et aux mercredis de Mme Geoffrin.

C'est le baron de Montmorency qui l'introduisit chez Mme Geoffrin, rue Saint-Honoré, vers 1740. Relativement restreint à cette époque, ce salon ne prit toute son ampleur qu'après la mort de Mme de Tencin, en 1749. L'assistance y était la même. C'était un salon bourgeois, fort différent de celui des Brancas, bien que le duc de Nivernais ne dédaignât point d'y aller. Si la religion y était moins politisée, et surtout moins « jésuitisée » que chez Mme de Tencin, elle était plus exigeante : Mme Geoffrin admettait que l'on pût vivre hors de la pratique religieuse, et même que l'on fût déiste ou incroyant, mais on ne devait pas mourir sans le secours de la religion : c'est ainsi qu'elle fit faire à Mairan, à l'âge de quatre-vingt-quinze ans, sa première communion.

Son autorité s'exerçait sur ses hôtes en tous points sauf dans leurs ouvrages qu'elle ne lisait point. Mais cette volonté de régner se trouvait corrigée par un cœur des plus charitables. Elle pensionna d'Alembert et Mlle de Lespinasse, offrit des meubles à Diderot, paya dix-huit mille livres trois tableaux à Van Loo. De caractère grondeur, elle attaquait chacun sur ses défauts, et lorsqu'elle grondait, les larmes lui venaient aux yeux. Elle se donnait à elle-même, en même temps qu'à ses hôtes, une véritable « comédie morale ». Voilà qui ne convenait pas à Voltaire, dont l'amour-propre était toujours à vif. « Elle n'avait jamais rien appris qu'à la volée », dit Marmontel, mais elle savait réfléchir, éviter les gaffes et faire briller ses invités.

Son immense fortune avait été accumulée par M. Geoffrin, ancien administrateur des glaces de Saint-Gobain. Il n'était plus que l'intendant de sa femme. Comme on demandait à Mme Geoffrin, après 1749, qui était le vieux monsieur que l'on ne voyait plus au bout de la table, « c'était mon mari, dit-elle, il est mort ». Elle géra son salon toute seule comme une « affaire » au service des écrivains et des artistes, mais aussi de sa gloire personnelle. Elle avait l'œil à tout, s'occupant de l'ordonnancement des repas, de la qualité des vins et collectionnant les recettes les plus savantes. On revenait chez elle non seulement pour les délices de la chère, mais pour s'y retrouver, et l'on avait fini par aimer, en souriant, sa simplicité étudiée et son irréprochable netteté. La renommée de son salon s'étendit à l'étranger. « C'était, dit Sainte-Beuve, la première institution de l'Europe [19]. »

Bernis, on s'en doute, n'y fut pas à l'aise : il n'aimait ni l'agressivité ni la lourdeur morale, mais il allait y venir de plus en plus, non pas pour l'hôtesse ni pour les philosophes, mais pour la fille de Mme Geoffrin, Marie-Thérèse, Mme de La Ferté-Imbault, qui allait devenir une de ses meilleures et de ses plus proches amies. Aussi allait-elle exercer sur la destinée de l'abbé, à un moment crucial, une influence déterminante. On n'eût pu deviner leur amitié, et on l'ignora : c'était une femme si différente de Bernis !

D'un caractère insolite, insupportable à certains, parfois détestée, elle vécut longtemps en mésintelligence avec sa mère. Troublée d'abord par les tiraillements de ses parents, elle avait reçu une éducation contradictoire, entre les philosophes et les chrétiens. Fontenelle lui enseignant le culte de la raison et l'abbé de Saint-Pierre « les grands mouvements de l'âme », elle avait fini par ne plus se fier qu'à elle-même. Elle ne tarda pas à se révolter contre sa mère, ses habitudes, son organisation, ses calculs, ses comédies, sa tyrannie. Si elle tient de sa mère une franchise terrible, qui ne recule devant rien, et aussi sa bonté de cœur, elle s'y oppose par son imagination, son esprit prompt, aux saillies inattendues et choquantes, sa gaieté communicative. Jolie, avec un visage un peu rond, aux traits réguliers et fins, ses dents éblouissantes, ses yeux et ses sourcils si noirs qu'ils la firent surnommer *le matou.*

Elle était un excellent parti. A dix-huit ans, elle épousa le marquis de La Ferté-Imbault, colonel de cavalerie, descendant du maréchal d'Estampes, de très ancienne noblesse ; le marquis avait écrit, à dix-huit ans, une tragédie dont les vers, dit Voltaire, étaient « très harmonieux ». Il eut l'honneur de figurer dans *Le Temple du Goût* :

Jeune d'Estampes, et vous, Surgère,
Employez vos soins assidus
Aux beaux vers que vous savez faire.

Hélas, le marquis revint de la guerre de Succession de Pologne avec la « maladie de poitrine » et mourut en 1737, laissant une fille qui devait mourir en 1749 du même mal. Marie-Thérèse fut, les deux fois, très affectée, mais sa santé et son tempérament bouillonnant reprirent le dessus.

Veuve à vingt-deux ans, très recherchée, elle revint au toit maternel, mais ne pouvant s'y accoutumer, elle se logea seule en 1759. En réaction contre sa mère, elle préféra, aux écrivains et aux philosophes, les nobles les plus doués et les plus simples : Maurepas, Nivernais... et Bernis. Elle devait même devenir, plus tard, la bête noire des philosophes. Apparemment instable, elle « courut les châteaux ». Boute-en-train, fertile en inventions de toutes sortes, parfois déchaînée, c'est à Dampierre, chez les Luynes, des gens que l'on croyait sérieux, qu'« elle fit danser les cardinaux de La Rochefoucauld, de Tavannes, de La Roche-Aymon et l'archevêque de Narbonne ». Un jour, ayant un peu bu, elle appela M. de Beaumont, archevêque de Paris, « mon petit chat ». Mais « sous ces dehors » se cachait une autre femme, sensée, loyale, ferme dans ses principes et ses affections, étrangère à toute intrigue et incapable de bassesse[20]. C'est aussi bien par sa gaieté que par ces hautes qualités qu'elle allait conquérir Bernis.

L'abbé avait obtenu un succès si rapide dans le salon de Mme Geoffrin en 1740, qu'elle le jugea mal : il était familier avec Fontenelle et Mairan, qui le choyaient, et il était recherché par les femmes. Il faut dire que Mme de La Ferté-Imbault avait horreur de l'esprit qui amuse, de la recherche appliquée de bons mots, tout en sachant fort bien s'en servir, dans la réplique. Un jour que Voltaire lui faisait des compliments, elle le suffoqua : « Monsieur, lui dit-elle vivement, si vous tenez à me faire une réputation, j'aime mieux que ce soit celle d'une bête que d'un bel esprit, elle sera pour moi plus commode à soutenir et me donnera moins de ridicule[21]. » Ce sont ses *Souvenirs*[22] qui nous renseignent le mieux sur le comportement de Bernis dans les salons. « Au début, écrit-elle, je restai indifférente en apparence pour le brillant abbé, qui devint bientôt trop à la mode pour moi, parmi les belles dames de la cour et de Paris[23]. »

Quelques années plus tard, séjournant avec lui au château de Mme de Pontchartrain, belle-mère de Maurepas et de Nivernais, ils se trouvèrent seule à seul et se découvrirent mutuellement. « Me trouvant fort différente, écrit-elle, des femmes qu'il avait jusque-là fréquentées, il me distingua pour faire de moi son amie ; mais il comprit en même temps qu'il devait faire toutes les avances, et me prouver, en me donnant le premier sa confiance, qu'il était plus raisonnable qu'il ne le paraissait... Il s'accoutuma ainsi peu à peu à m'ouvrir son cœur et à me dire ses secrets qu'il savait bien ne courir avec moi aucun risque... De mon côté, je me mis à lui parler raison, à le sermonner *sur le vide de la vie qu'il menait,* et sur la nécessité, pour son honneur et pour son bonheur, de s'occuper d'autre chose que de réciter de petits vers et de composer des madrigaux pour les dames[24]. »

S'il est arrivé à Bernis de pécher encore dans ce sens, il est certain que les conversations de Mme de La Ferté-Imbault l'ont orienté vers la politique à laquelle tous deux s'intéressaient. « Et c'est ainsi, poursuit-elle, que nous prîmes tout doucement l'un pour l'autre, sans afficher, et sans que les gens avec qui nous passions notre vie s'en doutassent, une confiance et une amitié qui ne se sont jamais démenties, sans aucune apparence d'amour, Dieu merci !... Il n'a jamais, pendant trente ans de sa vie, manqué de m'écrire tous les huit jours, et de mon côté, je n'ai jamais manqué de lui faire réponse[25]. »

En même temps, ce qui témoigne de sa richesse d'esprit et de son indépendance, Bernis resta fidèle à Voltaire dont il admirait les tragédies ; pour lui non plus, son amitié ne se démentira pas. Scandalisé par les échecs de Voltaire à l'Académie, enthousiasmé par le succès de *Mérope,* il lui écrit, le 21 février 1743 : « L'Académie vous recevra, Monsieur, quand il lui plaira. Toute la France assemblée vous rendit hier un hommage qu'elle réserve toujours pour les grands hommes. Que je suis heureux d'avoir été témoin de ce grand jour de triomphe ! Il est plus honorable encore pour la nation que pour vous ; elle donne une preuve éclatante de son goût et de son équité... *L'enchantement de la poésie n'est donc pas une chimère...* La géométrie profonde de Newton ne peut [vous] faire que des disciples, il s'en fallut de peu que *Mérope* ne vous fît, hier, des adorateurs, et j'aurais pardonné ce mouvement d'idolâtrie aux transports que vous faisiez naître. J'irais vous en dire davantage s'il m'était possible de sortir aujourd'hui. *Au risque de n'avoir point d'abbaye, je retournerai encore à* Mérope. *C'est peu pour un homme du monde de sacrifier sa fortune à ses plaisirs, c'est beaucoup pour un homme d'Église*[26]. »

Et quelques semaines après, pour s'excuser de ne pouvoir

répondre à son invitation, Bernis lui récrit avec le même enthousiasme, et en vers :

J'avais espéré tour à tour
De passer le soir chez Homère
Et de souper avec l'Amour.
Mais je perds dans le même jour
Le bonheur d'entendre Voltaire
Et celui de voir Luxembourg.
La duchesse de Luxembourg.

...Je sacrifie tous les plaisirs qui m'attendaient ce soir à un vieil engagement que vous m'avez fait oublier et que le diable m'a rappelé ce matin. Vos vers sont adorables[27]. »

Les deux hommes allaient se retrouver bientôt dans une sorte de concurrence où Bernis serait le plus heureux... grâce à Mme de La Ferté-Imbault.

Coïncidences multiples ! Mme de La Ferté-Imbault était une compagne de jeunesse de Jeanne Antoinette Poisson, future marquise de Pompadour. Lenormant de Tournehem, amant de Mme Poisson, avait loué une maison, en 1741, dans la rue Saint-Honoré, à « quatre portes » de l'hôtel Geoffrin ; il y vivait avec Mme Poisson, et quand Jeanne fut mariée, il y logea les époux Lenormant d'Étioles. Enfin, la famille Poisson était liée de longue date avec Mme de Tencin, autre proche voisine et marraine de Jeanne. Ce fut au salon de Mme de Tencin que Mme Geoffrin et sa fille rencontrèrent Mme Poisson et sa fille. Les deux compagnes se retrouvèrent avec plaisir, mais Mme Geoffrin ne pouvait aimer Mme Poisson, trop décriée.

Quelle ne fut pas la surprise de Mme de La Ferté-Imbault, un mercredi, de voir entrer « avec chagrin », dit-elle, Mme Poisson et sa fille dans le salon de sa mère ! L'accueil fut peu chaleureux, car la mère, bien que jolie et spirituelle, déplut. Mais on avait trouvé la fille charmante et fine, d'une parfaite tenue. On aurait voulu la recevoir seule. La grave maladie de Mme Poisson vint résoudre cet embarras : elle cessa de sortir, et l'on put se livrer à la sympathie qu'inspirait Mme d'Étioles. Ce fut là que Bernis la rencontra ; l'abbé lui plut ; elle alla même jusqu'à dire à Mme de La Ferté-Imbault : « Que vous êtes heureuse ! Vous vivez constamment avec ce charmant duc de Nivernais et cet aimable abbé de Bernis... Et moi, j'ai toutes les peines du monde à avoir l'un d'eux à souper chez mon oncle Tournehem, parce que sa société les ennuie. »

Les chances se resserrent : Mme d'Étioles avait une cousine par alliance, la comtesse d'Estrades, maîtresse fort intrigante du comte d'Argenson, ministre de la Guerre, et qui était parmi les amies de Bernis. Chez Mme d'Estrades, il rencontrait aussi Mme d'Étioles [28].

L'étoile de l'abbé de Bernis se levait.

CHAPITRE IV

Mme de Pompadour Bernis précepteur et courtisan

Un jeune académicien

Si l'on comprend comment Bernis engagea sa candidature à l'Académie française, on ne voit pas clairement pourquoi. Il le fit timidement, comme s'il n'eût voulu y entrer que sur la pointe des pieds. Dans ses *Mémoires*, il tenterait presque de s'en justifier : « Je venais de fermer la porte aux bénéfices, dit-il, il fallait s'ouvrir une autre carrière », argument bien faible, la carrière d'académicien n'étant pas fort lucrative. Considérant son œuvre poétique, sauf *La Religion vengée*, comme une distraction de prestige, il s'en est rapidement et ostensiblement détaché. Craignant, au moment où il écrit ses *Mémoires*, que l'on pût penser qu'il surestimait cette œuvre, il déclare tout net : « Je désirais y prendre place [à l'Académie] plus en homme de condition qu'en écrivain. » Certes, mais ne sait-il pas que les titres nobiliaires, qu'il a si largement utilisés, sont des « mérites fortuits » ? Qu'on lui ait attribué, comme une œuvre justifiant ce désir, un texte intitulé *Le Point de vue de l'Opéra*[1] ne semble pas fondé : le style n'en est point de Bernis, et ce n'est pas au moment où il envisageait de hauts emplois qu'il se fût livré à des épanchements lyriques à propos de comédiennes comme Mlle Gaussin, jusqu'à désirer de participer « aux orgies dont elle enivre ses amants » ! Mieux vaut admettre qu'il fut poussé par ses nombreux amis des salons et du monde à cette candidature qu'il admit comme un surcroît de prestige et une demi-consolation à sa pauvreté. Il était mieux placé que Voltaire qui piétinait à la porte, avec tout son génie...

Le roi ne pouvait s'y opposer alors que Bernis avait pour lui des protecteurs tels que les ducs de Nivernais et de La Vallière, la princesse de Rohan, la duchesse de Brancas et la duchesse d'Aiguillon. En conséquence, il fit des « démarches décentes »... Il est douteux qu'il ait obtenu, lors de sa première candidature, le suffrage et la protection de Fontenelle. Quand il alla solliciter sa voix, Fontenelle lui dit : « Vous savez combien je vous aime et vous estime, mais j'ai prêté serment entre les mains de ma patrie de ne dire jamais ni oui ni non. » C'était surtout entre les mains de Mme de Tencin qu'alors il se trouvait, et cette dame soutenait la candidature de l'abbé Girard, aujourd'hui bien oublié. Et l'on sait quelle influence elle avait sur le clergé de l'Académie, et en particulier sur les jésuites. Bernis s'y attendait : il subit donc un premier échec. Mais l'abbé Gédoyn mourut dans les jours suivants et Bernis se glissa dans la place. Il fut reçu le 29 décembre 1744, en même temps que l'abbé Girard. Dans son discours de réception, tout à fait traditionnel, où il tend à démontrer, à travers l'histoire, que « les arts ne triomphent que dans les temps de prospérité », à peine trouve-t-on quelques idées d'un ton plus personnel : « Rougir d'écrire, dit-il, c'est rougir de penser, c'est être honteux d'éclairer son siècle », ou encore : « Le préjugé qui condamnait les femmes à l'ignorance fut enfin détruit... » ; et une allusion modeste à son œuvre : « Vous avez moins prétendu couronner mes faibles talents que les encourager. » Quant à Crébillon, qui lui répondit, il réalisa le tour de force de faire l'éloge des abbés Gédoyn et Girard, en ignorant Bernis [2].

Bernis avait vingt-neuf ans : il était le plus jeune académicien. « C'est, lui dit Piron, avoir bien jeune les Invalides. » Il trouva le mot bon, et de cette élection, ne tira jamais aucune gloire. Il fit, au début, son devoir d'académicien : « J'en remplis les devoirs pendant quelques années, avec exactitude et assez d'éclat. Je devins bientôt l'ami de mes confrères et le bienfaiteur de ceux qui m'avaient été opposés. Mais content de m'être fait un nom dans les lettres, je ne voulus pas qu'on crût que je m'étais borné à les cultiver. Une assiduité trop grande aux séances de l'Académie aurait été nuisible aux vues que je commençais à avoir... [3]. »

Mme d'Étioles

Cependant, Bernis trouvait le temps long. Pendant l'hiver de 1744 à 1745 — était-ce parce qu'il allait atteindre la trentaine ? — il traversa une période de profond désespoir. Il avait des « vues », mais aucune lueur à l'horizon : « Ma jeunesse s'écoulait... Je n'avais ni établissement ni revenu... Malgré mon économie et le sacrifice entier que j'avais fait à la raison de toutes les fantaisies naturelles à mon âge, je devais douze mille francs : cette somme n'était pas considérable en elle-même, mais elle devait nécessairement s'augmenter chaque année. Cette perspective m'alarma : je vis avec une espèce d'horreur que je pouvais mourir sans payer mes dettes : mon âme, où les principes d'honneur étaient gravés dès l'enfance, souffrit le martyre[4]... » Il tomba gravement malade, et les remèdes des médecins furent inutiles parce que la cause du mal leur était inconnue.

Enfin, alors qu'il commençait à se remettre, la chance lui revint, inopinée. Un jour qu'il rentrait chez lui, il aperçut sur son bureau une boîte bien ficelée ; il y trouva un billet où il lut ces mots : « On connaît votre situation : vous voulez payer vos dettes ; vous trouverez dans cette boîte douze mille francs ; on se fera connaître à vous quand vous serez en état de les rendre. » Il attribua successivement ce « noble procédé » à cent personnes de sa connaissance. Vainement. Ce ne fut que deux ans plus tard qu'il apprit qu'il le devait « à l'une des plus belles femmes de la cour ». C'est en racontant cette histoire à la princesse de Rohan-Courcillon qu'il reçut comme un trait de lumière : « Ah ! C'est vous, madame ! » Elle se défendit, il la fit avouer. Il prétend qu'il la connaissait à peine : c'est ce qu'il dicte à sa nièce. En réalité, il la fréquentait depuis longtemps, il avait dîné chez elle ; certains ont même prétendu qu'il l'avait consolée de son veuvage ; ce qui est certain, c'est qu'elle connaissait avec précision le montant de sa dette, qu'elle éprouvait pour lui une affection peu commune, et qu'elle ne devait pas arrêter là ses bienfaits, allant, plus tard, jusqu'à les étendre à ses nièces.

Sa dette payée, il se rétablit rapidement.

Au début de l'année 1745, deux hommes d'esprit suivaient de loin, mais avec une attention passionnée, la « montée » de Jeanne Antoinette Poisson : c'étaient Voltaire et Bernis. Voltaire, en relations d'affaires et d'amitié avec Pâris de Montmartel, l'avait connue dès l'enfance. De son côté, Jeanne Antoinette admirait Voltaire : dès l'âge de seize ans, en 1737, elle avait joué *Zaïre* au théâtre que Lenormant de Tournehem avait fait construire à l'extérieur du château d'Étioles. C'est ce que révèle une lettre d'Anfoissy au marquis de Caumont : « Les acteurs du château d'Étioles n'ont point voulu me laisser en repos... On ne s'attend point que des gens d'une condition aussi éloignée du théâtre puissent être de bons acteurs... Pour les rôles de femmes, ils sont remplis par Madame de Blagny... et par Mademoiselle Lenormant, fille du fermier général, qui n'a commencé à jouer que de cette année, mais qui montre toutes les dispositions pour devenir une très bonne actrice. On a représenté pendant mon séjour *Zaïre... Le Glorieux*[5]... »

Comme on peut le voir, Jeanne Antoinette passait pour la fille du fermier général Lenormant de Tournehem, ami de Montmartel et frère du seigneur d'Étioles. Or, que le fermier général ait reconnu de bonne heure les grâces et les talents de Jeanne Antoinette, et qu'il ait pourvu fort intelligemment à son éducation ne signifiait pas qu'il en fût le père. N'a-t-on pas attribué aussi la paternité de la jeune fille à Montmartel qui n'en fut officiellement que le parrain ? On peut tout supposer. Mais enfin, François Poisson, son père légal, condamné pour malversations aux dépens des frères Pâris, ne s'était exilé en Westphalie qu'en 1727 : il était donc à Paris quand Jeanne Antoinette, née en 1721, fut conçue... Il fut absent pendant douze années : quoi de plus naturel que son souvenir, pour le moins gênant, se fût effacé ?

A vrai dire, « l'oncle Tournehem » se passionna pour l'éducation mondaine de l'enfant comme s'il eut prévu son avenir : une tireuse de cartes ne lui avait-elle pas prédit, à l'âge de neuf ans, qu'elle serait la maîtresse du roi ? Jélyotte, de l'Opéra, lui enseigna le chant et le clavecin, Crébillon et le comédien La Noue la déclamation ; elle apprit à dessiner, à graver avec talent sur cuivre et pierres fines... et à monter à cheval avec grâce. Quant à sa formation intellectuelle, elle se fit au petit bonheur, dans les conversations et les salons, en premier lieu chez Mme de Tencin, auprès des hommes les plus célèbres. Il ne restait à Tournehem qu'à lui donner un nom.

Le neveu de Tournehem, héritier du château d'Étioles, qui n'avait que quatre ans de plus qu'elle, en fut amoureux dès l'adolescence. L'« oncle » saisit l'occasion... mais il dut insister longtemps auprès de son frère pour qu'il acceptât ce mariage ; l'argent qu'il donna et l'héritage qu'il promit emportèrent la décision. Quelle duperie pour ce neveu, Guillaume Lenormant d'Étioles, gentil gringalet sans envergure que n'aimait guère Jeanne Antoinette ! Mais elle consentit, avec beaucoup d'arrière-pensées. Ils se marièrent à Saint-Eustache en 1741.

Devenue Mme d'Étioles, et riche, elle s'empressa d'organiser à Étioles un salon et d'y inviter les écrivains et philosophes qu'elle connaissait. Puis elle s'ingénia à se faire remarquer du roi qui venait chasser jusqu'à sa porte. Projet patient et tenace : fallait-il qu'elle eût confiance en soi, puisque Mme de Châteauroux régnait sur le cœur du monarque depuis deux années à peine ! Le rêve de Mme d'Étioles était si fort qu'elle « prenait rang » très habilement, par d'imperceptibles étapes, pour la succession. Le public, dit Bernis, « ignorait que le prince, depuis qu'elle était mariée, la voyait fort souvent à la chasse, dans la forêt de Sénart, que les écuyers de Sa Majesté passaient leur vie chez elle, et que Mme de Mailly avait plus redouté Mme d'Étioles qu'aucune autre femme [6] ». Ce qui n'empêcha pas la jeune épouse de donner naissance, en 1741, à un garçon qui ne devait pas vivre. Tenace et obsédante infidélité : en 1744, alors qu'elle accouchait de sa fille Alexandrine, la maladie du roi à Metz provoqua chez elle, a-t-elle avoué, une véritable « révolution ».

Comment devint-elle la maîtresse de Louis XV après la mort dramatique de Mme de Châteauroux ? Il est difficile de le savoir tant la légende a brodé sur cette rencontre romanesque. Ce qui est certain, c'est que Mme de Tencin s'en mêla, et surtout Binet, parent peu scrupuleux de Lenormant d'Étioles et valet de chambre du roi, qui procura à Mme d'Étioles ses entrées à la cour lors des fêtes consécutives au mariage du dauphin : elle assista à la représentation de *La Princesse de Navarre,* de Voltaire et Rameau, et au grand bal masqué de Versailles.

Par principe, Bernis était hostile aux amours illégitimes des rois : « Vous qui êtes appelés au gouvernement des peuples, s'écrie-t-il, fuyez l'amour [7]... » On comprendra mieux ses répugnances, en ce printemps 1745, à ce récit d'une action préventive dans laquelle il s'était lui-même engagé : « Il y eut un bal à Versailles dans l'hiver de 1745 où toutes les beautés de la ville et de la cour se rassemblèrent. C'était le jugement de Pâris, mais celle qui devait avoir la pomme espérait de plus avoir le timon des affaires. Le roi, au commencement de ce bal, agaça beaucoup une jeune personne de ma connaissance, qui avait plus d'éclat que de beauté ; l'état de ses parents, qui étaient dans la finance, ne dégoûta point le roi : ce prince était ennuyé des intrigues et de l'ambition des femmes de la cour ; il espérait qu'une bourgeoise ne songerait qu'à aimer et à être aimée. Le roi donna un rendez-vous à cette jeune fille au bal qu'il devait y avoir quelques jours après à l'Hôtel de Ville. Les parents de cette personne, alarmés, mais éblouis, me consultèrent sur la conduite à tenir ; je les affermis dans l'honneur et la vertu : la petite fille ne fut point au bal de la Ville. De très grands seigneurs vinrent chez elle pour y déterminer la mère : tout fut inutile, le rendez-vous fut manqué, et, ce qui fait beaucoup d'honneur à la personne en question, c'est qu'elle fut instruite que j'en étais la cause. Elle ne m'en sut pas de mauvais gré.

« La même nuit de cette aventure s'ébaucha celle de Mme d'Étioles [8]... »

A quelque temps de là, Bernis reçut un billet de la comtesse d'Estrades le priant de passer chez elle. Là, elle lui apprit que Mme d'Étioles était la maîtresse du roi. Ce ne fut point cette nouvelle qui surprit l'abbé, ce fut une invitation à souper, huit jours après, chez Mme d'Étioles : elle désirait que Bernis devînt son ami, et le roi approuvait ce projet. L'étonnement de Bernis fut d'autant plus grand qu'il avait refusé maintes fois les invitations de Mme d'Étioles chez le financier Tournehem. Or, elle ne semblait nullement lui en tenir rigueur. La réaction de l'abbé n'eut rien de surprenant : « Je marquai à Mme d'Estrades la plus grande répugnance à me prêter à cet arrangement... qui paraissait peu convenable à mon état ; on insista, je demandai du temps pour y réfléchir [9]. »

Débat dramatique entre la grande ambition et les petits scrupules ! Bernis méditait. Il avait été admis par le roi, honneur qui lui ouvrait toute grande la porte de la fortune. Mais lui, homme d'Église, tiendrait-il donc cette faveur de la maîtresse d'un roi ? Quels pouvoirs aurait-elle, et pour quelle durée ? Heureusement, l'abbé ne réfléchit pas seul : il consulta ses nombreux amis. Tous ceux qui connaissaient bien Mme d'Étioles lui conseillèrent d'accepter. Ce n'était point couvrir ni flatter la passion du roi à laquelle il n'avait point de part... Mais ce ne furent pas ses amis les mieux placés qui emportèrent la décision, ce fut l'amie la plus sûre et la plus fidèle, Mme de La Ferté-Imbault. Avec sa rude franchise, invitant Bernis à se voir tel qu'il était, et non pas comme un saint, elle le poussa durement. C'était bien à lui de faire le difficile ! « Il vint m'en parler, écrit-elle, je lui dis que puisqu'il passait sa vie chez des femmes galantes et qu'il était fort galant lui-même, il y aurait plus à gagner pour lui à être le confident du roi et de sa maîtresse que de tous les beaux messieurs et les belles dames à la mode [10] ! »

Sans doute lui dit-elle beaucoup d'autres choses. Mme d'Étioles n'avait que vingt-quatre ans : elle n'avait point l'expérience de la cour, ni une suffisante connaissance des hommes et des affaires politiques. L'argument de « l'utilité », à laquelle il aspirait, dut le toucher ; il vit le bien que pouvaient apporter ses conseils non seulement à la favorite elle-même, mais, si elle savait agir sur le monarque, aux affaires de la France. « Je me déterminai donc, conclut-il. On me promit, et je promis une amitié éternelle. On verra que j'ai tenu parole. »

Un tête-à-tête agréable et utile

Le roi ne put s'abandonner longtemps aux plaisirs de sa nouvelle passion : il dut partir bientôt, accompagné du dauphin, pour son armée de Flandre qui assiégeait Tourcoing. Après le voyage si mouvementé de l'année précédente, qui s'était achevé tragiquement à Metz par la disgrâce de Mme de Châteauroux, il jugea prudent de ne point présenter la nouvelle favorite à la reine avant son départ et de lui demander de se retirer à Étioles. Elle ne devait y recevoir que deux hommes : le duc de Gontaut, qui n'y resta que quelques jours, et l'abbé de Bernis, recommandé au roi par ses hautes relations, et qui allait servir de précepteur à la future marquise. Le financier Tournehem avait envoyé son neveu en mission.

« Je fus souvent à Étioles dans l'été de 1745 », écrit Bernis. Mais chaque semaine, il retournait à Paris et retrouvait, dans les salons, ses amis. Là, il faisait valoir, sans affectation, les sentiments et les intentions de la nouvelle favorite. A Étioles, sous les grands arbres du parc, combien passionnante et délicate était sa tâche ! Mme d'Étioles savait bien qu'elle était à l'origine de ce choix, et que, si elle avait désigné Bernis, ce n'était pas seulement pour sa noblesse, sa délicatesse de cœur, sa perspicacité, son langage, mais aussi parce qu'il était « aimable ». Il avait trente ans, elle en avait vingt-quatre. La grâce et la finesse de la jeune femme étaient à l'image des nymphes les plus séduisantes de ses poèmes. Malgré les leçons de Mme de La Ferté-Imbault, l'abbé fut incorrigible : il ne put s'empêcher de faire des compliments à son auditrice et de lui rimer des madrigaux. Comme avec Mme Dupin, il joua sur les franges de l'amour. Amitié amoureuse ? Peut-être. Certains écrivains, peu préoccupés de la vérité des personnages et de leur situation, sont allés plus loin, trop loin [11]. Certes, Bernis et

Mme d'Étioles ne pouvaient écarter l'amour comme sujet de leurs dialogues : au début de juillet, elle n'avait pas reçu moins de quatre-vingts lettres du roi, toutes cachetées avec la devise galante *Discret et fidèle.* Il fallait lui répondre, éviter les redites, imaginer la variété du langage... On a même dit que Bernis avait tenu la plume. Mais avec quelques conseils, et sa passion pour le roi, elle était fort capable de répondre.

Vers la fin de mai, après Fontenoy, l'une des lettres du héros portait en souscription *A la marquise de Pompadour...* Où donc le roi avait-il découvert un nom si doux ? Avant de partir pour la Flandre, hésitant d'abord entre le marquisat de La Ferté et celui de Pompadour, il s'était décidé pour ce dernier qu'il avait acheté au prince de Conti. La famille des Pompadour ne laissait dans la mémoire des vieux courtisans que deux souvenirs : celui du marquis compromis avec la duchesse du Maine dans la conspiration de Cellamare, et celui de l'abbé qui faisait lire son bréviaire par son laquais et se croyait quitte envers Dieu.

Aussitôt Bernis de se réjouir, de s'enhardir aussi, et de risquer le célèbre *Conte des petits trous,* inspiré du mythe de l'Amour et Psyché :

Ainsi qu'Hébé, la jeune Pompadour
A deux petits trous sur la joue
Deux trous charmants où le plaisir se joue
Qui furent faits par la main de l'Amour.
... Plus il la voit, plus son délire augmente,
Et pénétré d'une si douce erreur,
Il veut mourir sur sa bouche charmante.
Enchanté de roses nouvelles,
Il les touche du doigt.
L'empreinte de son doigt forma ce joli trou,
Séjour aimable du sourire
Dont le plus sage serait fou[12].

Le badinage ne pouvait aller plus loin, et la mission de Bernis demeura sérieuse : il est évident qu'aucun des deux partenaires n'eût osé tromper le roi ; c'eût été pour tous les deux l'échec, la disgrâce, l'obscurité. Bernis était honnête. Quant à Mme de Pompadour, sa femme de chambre, Mme du Hausset, affirme qu'elle était froide. Il y en aura d'autres signes : elle était faite pour autre chose que le lit. La familiarité dont elle fit preuve avec quelques amis ne dépassa point une innocente et taquine affection : elle appela Bernis « mon pigeon pattu »,

Nivernais « mon petit époux », et Duverney « mon cher nigaud »... Aimable façon d'affirmer son pouvoir. C'était aussi une mode.

Que devait donc enseigner Bernis à cette élève insolite ? Sans doute n'avait-il qu'à poursuivre une éducation assez bien commencée. Il fallait avant tout perfectionner l'art de la conversation : qu'elle sût écouter pour répondre avec pertinence, et se tenir dans « le ton du monde ». Ce ton, sans doute l'avait-elle acquis, mais restaient encore dans son langage des lieux communs bourgeois, des expressions inélégantes appartenant aux milieux familial et financier. N'allait-elle pas se trouver confrontée aux plus grandes dames de la cour ?

Si elle avait, dit Bernis, « un principe bien établi dans son âme », celui de « chérir et de rechercher les honnêtes gens », encore fallait-il les reconnaître, ne pas se laisser duper, éviter les jugements hâtifs et passionnés de l'amour-propre. Ce fut là le seul défaut que Bernis découvrit, de prime abord, chez Mme d'Étioles, « un amour-propre trop aisé à flatter et à blesser, et une défiance trop générale qu'il était aussi aisé d'exciter que de calmer ». Il s'agissait donc de l'habituer à démêler et à regarder en face la vérité : « Je résolus de lui dire toujours la vérité sans aucun ménagement : j'ai souvent risqué de lui déplaire par cette conduite de franchise et de fermeté. Mais un véritable ami ne peut jouer d'autre rôle. Je dois dire à sa louange que, pendant plus de douze ans, elle a mieux aimé mes vérités quelquefois dures que les flatteries des autres[13]. » Il n'avait pas à se défendre d'être « philosophe » : elle avait acquis une ouverture d'esprit, hors des préjugés traditionnels et des fanatismes religieux, vers des lumières qu'elle avait entrevues chez Fontenelle et Voltaire.

Ce fut à Étioles que Voltaire rejoignit Bernis en mai 1745. Sans doute voulut-il mettre tous les atouts dans son jeu pour sa prochaine candidature à l'Académie. D'un côté, narguant l'opposition des Boyer et des Languet de Gergy, il tentait d'obtenir la bénédiction du pape Benoît XIV en lui dédiant *Mahomet* ; à l'opposé, si l'on peut dire, il chercha l'appui de la nouvelle favorite. Mais que l'on ne dise pas, d'emblée, que l'Académie était son seul but. Peut-être, à ce moment, pouvait-il se passer de Mme d'Étioles. En 1745, il avait conquis, par ses succès au théâtre, des amis bien placés, souvent les mêmes que Bernis, les Brancas, les Richelieu, surtout les La Vallière dont il était l'hôte assidu à Champs. La *Princesse de Navarre*, représentée à Versailles pour le mariage du dauphin, lui avait valu la place d'historiographe de France et la promesse d'une charge de gentilhomme ordinaire de la Chambre. Cependant la faveur de Mme de Pompadour n'en devait pas moins servir ses vues personnelles : plus tard, détaché de la favorite, Voltaire écrira, dans ses *Mémoires* que « pour faire la plus petite fortune, il vaut mieux dire quatre mots à la maîtresse d'un roi que d'écrire cent volumes [14] ». Mais peut-être pensait-il plus à Bernis qu'à lui-même.

Certes, Voltaire était devenu bon courtisan, mais non pas sans arrière-pensée : on allait le voir bientôt avec *Zadig*. En s'approchant de Mme d'Étioles, c'était une ambition philosophique qu'il poursuivait. Il n'ignorait pas que Boyer, l'ancien évêque de Mirepoix, avait menacé Binet pour avoir introduit Mme d'Étioles à la cour. Il voulait mettre en garde la favorite contre leurs ennemis communs : les jansénistes et le haut clergé politique, et il avait conçu l'espoir de la gagner à la cause de la tolérance, d'une plus grande liberté de penser et d'écrire, d'une conception plus juste et plus ferme du pouvoir. Aussi lui demanda-t-il une audience dès le début de mai. Il commença par le madrigal bien connu que l'on a malheureusement développé par la suite :

Quand César, ce héros charmant
De qui Rome était idolâtre
Battait le Belge ou l'Allemand,
On en faisait son compliment
A la divine Cléopâtre.

Puis, habilement, il enchaînait : « Je suis persuadé, Madame, que du temps de César, il n'y avait point de frondeur janséniste qui osât censurer ce qui doit faire le charme de tous les honnêtes gens, et que les aumôniers de Rome n'étaient pas des imbéciles fanatiques. C'est de quoi je voudrais avoir l'honneur de vous entretenir... Ce n'est pas comme vieux galant flatteur de belles que je vous parle, c'est comme bon citoyen, et je vous demande la permission de venir vous dire un petit mot à Étioles ou à Brunoy [chez Montmartel], ce mois de mai... [15]. »

Ce fut à Étioles qu'elle le reçut. Son message philosophique ne fut sans doute pas repoussé puisque, quelque temps après, elle tint à l'avertir qu'elle allait être marquise ; il rime encore :

Sincère et tendre Pompadour,
Car je veux vous donner par avance

Ce nom qui rime avec l'amour
Et qui sera bientôt le plus beau nom de France.

Après la victoire de Fontenoy (11 mai), il sentit que la destinée souriait à l'historiographe du roi. Quand Mme d'Étioles reçut, le jour de la prise de Gand, son brevet de marquise, il reprit la plume. Plus efficace que Bernis, qui badinait sur les petits trous, Voltaire sentait qu'il fallait d'abord glorifier le roi, et que ce n'était point déplaire à sa maîtresse :

Il sait aimer, il sait combattre.
Il envoie en ce beau séjour
Un brevet digne d'Henri quatre,
Signé Louis, Mars et l'Amour.
Mais les ennemis ont leur tour,
Et sa valeur, et sa prudence
Donnent à Gand, le même jour
Un brevet de ville de France[16].

Ce fut Fontenoy surtout qui rapprocha Voltaire et la nouvelle marquise. L'historiographe, plus rapidement et mieux documenté que les Roy et les Piron, composa aussitôt *Le Poème de Fontenoy,* à la gloire du roi et de ses chefs d'armée. Et c'est à Étioles qu'elle continua de recevoir le poète afin qu'il lui lût les versions successives de son poème, auquel il ajoutait toujours, cherchant à faire plaisir à tout le monde, l'éloge de nouveaux combattants. Il partagea donc avec Bernis l'avantage de ces visites : « Je suis tantôt à Champs, tantôt à Étioles, écrivait-il au marquis d'Argenson le 15 juin[17]. On ne sait si Bernis, appelé certainement, lui aussi, à juger le poème, en fut toujours satisfait ; mais les deux hommes s'entendirent certainement sur de nombreux sujets, et surtout sur l'évêque Boyer que Voltaire appelait « l'âne de Mirepoix »...

Il est certain que Bernis fit partager à la favorite son admiration pour Voltaire : ne lui a-t-il pas conseillé de protéger les gens de lettres ? « Ce sont eux, lui a-t-il dit, qui donnèrent le nom de Grand à Louis XIV. » Et pour lui, l'homme du siècle, c'était Voltaire. Aussi les lettres de Mme de Pompadour à l'auteur de *Zaïre* et de *Mérope* prennent-elles le ton d'une familiarité déférente : « Je compte toujours que vous me viendrez voir si vous n'allez pas à Cirey, je serai fort aise de vous renouveler les sentiments d'estime que j'ai pour un aussi grand homme que vous[18]. » Et quelques jours plus tard : « Je ne sais pourquoi on se déchaîne contre votre poème... Cela ne doit vous affliger en aucune façon. C'est le sort des grands hommes d'être enviés. » Grâce à l'aide de Voltaire, le préceptorat philosophique de Bernis, loin de la cour, semblait réussir.

La patience du courtisan

Le roi rentra des armées le 7 septembre. Cette absence de plus de quatre mois avait exalté sa passion : il précipita les événements. Dès le 10 septembre, un carrosse où se trouvait Mme d'Estrades, vint prendre à Étioles Mme de Pompadour et la conduisit à Versailles. Ce fut avec joie qu'elle quitta ce château qui ne lui appartenait plus : dès le 16 juin, elle avait obtenu du Châtelet un jugement en séparation de biens qui condamnait son mari à lui restituer trente mille francs sur sa dot. A la cour, elle s'empressa de faire disparaître de son trousseau et de ses objets les armes d'Étioles et de les remplacer par celles de Pompadour ; puis elle donna à ses laquais une resplendissante livrée. Installée dans les appartements de Mme de Châteauroux dont la décoration avait été renouvelée, elle fut prête pour la présentation officielle au roi, à la reine et au dauphin fixée au 15 septembre : il n'y avait que huit jours que le roi était rentré.

Bien entendu, Bernis assista à cette cérémonie. La présentation au roi n'offrait aucune difficulté ; on remarqua seulement que Louis XV était très rouge et Mme de Pompadour très embarrassée. Mais les curieux se pressaient dans l'appartement de la reine. La princesse de Conti avait accepté de présenter la nouvelle marquise ; on observait minutieusement les attitudes et les visages ; on pensait que la reine ne parlerait à la favorite que de sa robe, conversation ordinaire des femmes qui n'ont rien à se dire. Or la reine trompa l'assistance par son naturel, sa douceur ; elle demanda gentiment à la marquise des nouvelles de Mme de Seissac, une vieille amie de Mme Poisson qu'elle connaissait.

Mme de Pompadour protesta de son entier dévouement à la reine. Bernis traduit exactement le caractère insolite de la scène : « La cour et le public furent étonnés de voir présenter à la reine la femme d'un fermier général encore vivant, sous le titre de marquise de Pompadour ; la cour et le public se sont accoutumés à voir la même personne dans le palais de la reine, et assise devant elle... » Et devant le pouvoir exorbitant d'un roi qui pouvait imposer à la France l'exemple d'un tel scandale,

Bernis, sans concevoir d'autre système que la monarchie, critiquait indirectement l'homme qui en tenait les leviers : « En France, le roi est non seulement le maître des biens et de la vie, mais aussi de l'esprit de ses sujets. Quel pouvoir ! *et qu'il serait aisé d'en tirer un parti avantageux*[19] ! » Ainsi va souvent la pensée de Bernis, droite et ferme sur les principes, et jugeant par le biais d'un vœu, d'une hypothèse ou d'un regret, les hommes qui les trahissent.

Il était entendu que les entretiens de Bernis avec la marquise se poursuivraient à la cour et qu'elle le recevrait en particulier une heure ou deux par semaine. Hélas ! Le rôle du précepteur s'effilocha. Son influence dut céder d'abord à la jalousie des courtisans. Ces gens-là sont vite retournés : « Un courtisan, dit La Bruyère, est celui qui sous un roi athée serait athée. » Pouvoir du roi ! Tout en la détestant, ils voyaient que faire la cour à une favorite aussi bien accueillie et bien installée, c'était progresser dans la faveur royale ; ils ne tardèrent pas à trouver que la part de Bernis était trop belle : « Je m'aperçus bientôt, dit-il, que j'excitais l'envie et l'inquiétude de toute la cour. Je trouvai cette position trop délicate. Je convins avec elle que je ne la verrais plus qu'avec tout le monde et que je lui écrirais sur tout ce qui pouvait intéresser la plus grande gloire du roi et le bonheur des honnêtes gens. »

L'abbé se garda bien de s'imposer ou de s'engager en quelque concurrence que ce fût : « Quand je fais mon examen de conscience, ajoute-t-il, je n'ai pas le plus petit reproche à me faire pendant tout le temps qu'a duré cette intimité : la tentation de la faveur qui est si dangereuse ne m'a jamais fait dévier des principes de justice et de probité[20]. »

Il allait de soi qu'à Versailles Mme de Pompadour vît beaucoup le roi ; mais son ambition ne l'avait point conduite jusque-là pour sa seule intimité avec lui. Toutes les relations et les occupations de la cour, toutes les satisfactions de vanité dévorèrent le temps qu'elle aurait pu consacrer à son éducation. A quoi donc, d'ailleurs, à une femme « arrivée », grisée par le pouvoir, cette éducation pouvait-elle servir ?

Bernis devint donc un homme de sa suite. Car elle eut rapidement une petite suite. On le vit dès le premier déplacement du roi à Choisy, où, là encore, un appartement avait été aménagé pour elle. Le roi n'y avait amené que ses familiers, afin qu'elle s'en fît plus profondément apprécier : c'étaient les ducs d'Ayen, de Duras, de Luxembourg, de Richelieu, le marquis de Meuse et le prince de Soubise. Bernis, alors, demeura souvent à l'écart, car le roi ne lui parlait pas : « Le roi, dit l'abbé, que je voyais tous les jours chez la favorite, ne se détermina qu'au bout de trois ans à me parler (tant est grande la timidité de ce prince vis-à-vis des personnes auxquelles il n'est pas accoutumé, surtout si ces personnes ont la réputation de gens d'esprit)[21]. » Rien de plus vrai ; il en sera de même avec Voltaire : le 27 novembre, après la représentation du *Temple de la Gloire,* le roi invitera l'auteur à souper et ne lui dira mot. Bernis avait des compensations : il se tenait le plus souvent dans la suite féminine de Mme de Pompadour où il retrouvait ses amies, Mme d'Estrades et la princesse de Rohan. Durant ce séjour, la favorite prit confiance en elle et commença à donner de petits soupers : sa renommée grandissait.

En automne, ce fut toute la cour qui se transporta à Fontainebleau pour six semaines : là, on avait le temps de se connaître et de se détester. Il se forma deux groupes sourdement opposés : l'un autour de la reine, du dauphin et de Mmes de France, l'autre autour du roi et de la favorite, avec ses deux plus ardents défenseurs, le duc d'Ayen, le plus mordant, et le prince de Soubise, ami d'enfance de Louis XV, qui deviendra tristement célèbre. Bernis, mal vu de la famille royale, s'en consolait joyeusement parmi les écrivains qui avaient accompagné la cour : Duclos, Moncrif, Gentil Bernard, Voltaire et Mme du Châtelet. Voltaire, sans la présence de ses confrères et de quelques anciens combattants de Fontnenoy, eût détesté Fontainebleau : il avait en horreur les grandes chasses qui mettaient en branle-bas tout le château et déclenchaient un tintamarre diabolique ; il restait dans sa chambre à travailler *Le Temple de la Gloire* et le *Précis du règne de Louis XV.* Par contre, Mme du Hausset affirme qu'on vit chasser Bernis.

A Fontainebleau, en pleine guerre de la Succession d'Autriche, on s'occupait davantage de chasse et de jeu que de politique. De retour à Versailles, Bernis allait tenter de faire comprendre à la favorite la politique intérieure et extérieure de la France. Cette tâche était délicate : plus que par le roi, la politique était conduite par les ministres et les frères Pâris, sans projet d'ensemble, sans coordination et sans moyens financiers. Louis XV « régnait plus qu'il ne gouvernait ». Les séances du conseil étaient houleuses et sombraient parfois dans le dérisoire. Néanmoins, si le roi n'écoutait plus guère ses ministres, il n'était pas absolument indifférent, il entretenait une diplomatie secrète. Cette dispersion et ce flou du pouvoir allait permettre à Mme de Pompadour de jouer un rôle plus par ambition personnelle, par toquades ou hostilité contre certains ministres que dans l'intérêt national. Bernis, dont la probité ne pouvait envisager qu'une politique de grandeur et de paix, se heurta bientôt à une favorite pénétrée de son importance, intrigante, autoritaire, et qui, tout en continuant à consulter l'abbé, n'agirait le plus souvent qu'à sa guise. « Ce qu'elle voulut, écrit Compardon, ce fut être la *maîtresse,* maîtresse de disposer à son gré de la fortune publique, des honneurs, des titres, de diriger la politique extérieure... de faire, de défaire les ministres, et elle arriva à ses fins[22]... »

Dès qu'elle fut installée à Versailles, elle manifesta un goût immodéré de la dépense, en opposition avec la parcimonie qui prévalait encore deux ans après la mort de Fleury. Bernis, toujours aussi démuni, put mesurer approximativement ce qu'elle coûtait au roi, ce qu'elle dépensait pour elle-même, pour son père et surtout pour son frère, marquis de Vandières et bientôt de Marigny. Il assistait, muet, à l'accroissement fabuleux de la fortune de la favorite. Combien l'abbé, lui qui avait les yeux ouverts sur l'Angleterre et l'Amérique, devait-il regretter que cet argent ne fût point consacré au développement et à l'entretien de la marine ! De même qu'il n'ignorait point les sommes exorbitantes qu'engloutissait aux armées la vie fastueuse des officiers.

Ce fut le moment que choisit Louis XV pour acheter à sa maîtresse le château de Crécy qu'il paya six cent cinquante mille livres. Encore ne trouva-t-elle pas à son goût les deux ailes qu'elle fit reconstruire aussitôt. Crécy devint un véritable château royal où elle put recevoir les ministres et toute la cour. Ce fut à Crécy que la favorite se retira avec sa suite lors du deuxième séjour du roi aux armées en mai 1746. Elle y contracta, pour le reste de sa vie, une violente passion des bâtiments et des arts de la décoration. Pour arrondir son domaine, elle acheta Aunay, Magenville, la baronnie de Tréon et Saint-Rémy[23]. Orry, le contrôleur général des Finances, formé à l'école du cardinal de Fleury, ne se pouvait prêter à de telles hémorragies. Mme de Pompadour, dès les premiers mois de son « règne », avait signalé sa mauvaise volonté à ses amis Duverney et Montmartel, pourvoyeurs des fonds de guerre et, à l'occasion, du Trésor. Orry, marqué au rouge, ayant refusé d'approuver certain marché de fournitures aux armées, le roi le remercia le 6 décembre 1745 et la favorite put le faire remplacer par Machault d'Arnouville qui fut à sa dévotion... jusqu'à ce qu'il la crût en perte d'influence. Mais la direction générale des Bâtiments du roi fut disjointe de son ministère et confiée à Lenormant de Tournehem... Récompense à « l'oncle » qui l'avait poussée jusque-là, et gage de soumission. Bernis comprenait et se taisait. Pas tout à fait : il reconnut plus tard que ses relations avec la favorite furent parfois tendues : « Je lui ai toujours dit la vérité, et je ne lui ai jamais sacrifié aucun de mes amis, parmi lesquels il y en avait qui pouvaient lui déplaire : il était bien difficile qu'une conduite si peu ordinaire ne fût sujette *à des inconvénients et à des orages. Si j'avais été ambitieux, j'aurais été plus adroit, mais je ne voulais être qu'ami et philosophe*[24]. »

Certains biographes affirment que Mme de Pompadour fit renvoyer des Affaires étrangères le marquis d'Argenson sous prétexte que son bégaiement lui était insupportable. Elle n'était point si sotte ; néanmoins, elle put donner la chiquenaude alors que cette affaire couvait depuis longtemps : ce ministre avait l'art, par sa diplomatie pacifiste, sentimentale, naïve, de rendre inutiles les victoires du maréchal de Saxe ; il n'en tirait aucune position de force et cherchait au grand jour, comme si la France eût été vaincue, à faire la paix avec les alliés de l'Autriche, sauf avec Marie-Thérèse qui le détestait. Son traité de Turin, avec le roi de Sardaigne, avait mis en péril la combativité des troupes espagnoles en Italie, d'où l'inquiétude et l'hostilité de la cour d'Espagne. Louis XV, n'ayant pas confiance en Vauréal, évêque de Reims et ambassadeur, le doubla par une mission à Madrid du maréchal de Noailles qui lui fit parvenir, dans le secret, les plus violents réquisitoires contre le ministre[25].

Louis XV hésita longtemps : le ministre était travailleur, désintéressé, avait de l'esprit, de la passion et des lumières, mais il succomba sous les traits de Noailles et l'antipathie de la favorite ; il fut renvoyé le 11 janvier 1747, alors que son frère, le comte, était maintenu à la guerre. Elle regretta, dit-on, d'avoir contribué au renvoi d'un philosophe, d'un ami de Voltaire... Mais n'avait-elle pas décidé de le remplacer par M. de Puysieulx, plus distingué ?

Croire qu'elle ne suivit jamais les avis de Bernis serait une erreur : pourquoi l'aurait-elle conservé si longtemps comme conseiller et ami ? Deux hommes étaient rivaux pour le commandement suprême de l'armée du roi : le maréchal de Saxe et le prince de Conti. Celui-ci, qui commandait l'armée du Rhin, voulait intervenir en Allemagne contre l'Autriche sans considérer combien l'opération eût été dangereuse pour les petites cours allemandes francophiles. Saxe était partisan de la conquête rapide et totale des Pays-Bas, verrouillant ainsi le passage des Anglais vers le Hanovre. Il n'en eût fait qu'une bouchée, mais on le retenait... Or, Conti était de sang royal et travaillait souvent avec le roi, tête à tête et en secret, en marge du Conseil. Maurice de Saxe était un général d'origine étrangère, mal accepté par certains officiers de la noblesse. Bernis appréciait les deux hommes, mais selon des points de vue entièrement distincts.

Le prince de Conti emporta d'abord les suffrages de Mme de Pompadour : elle ignorait qu'il fût en mauvais termes avec la princesse, sa mère, qui l'avait si aimablement introduite chez la reine ! Bernis réussit à lui faire partager son admiration pour Maurice de Saxe. « Il avait le génie du général en chef, dit-il, bien qu'il fût livré à l'amour, à la débauche et à la mauvaise compagnie... Le plus grand présent que Dieu puisse faire à une monarchie, c'est de lui donner un habile général : les fautes des ministres sont réparables, celles d'un général d'armée ne le sont pas : le salut et la gloire d'une nation sont absolument entre ses mains [26]. » Par contre, Bernis se méfia du prince de Conti, sans dire pourquoi : « C'est un prince qui a beaucoup d'esprit et de connaissances, dit-il... mais il sera toujours plus sage de l'écarter des grandes affaires [27]. »

Mme de Pompadour finit par entretenir avec le maréchal de Saxe des relations très amicales : elle sera son auxiliaire très active lorsqu'il s'agira d'obtenir l'adhésion du roi au deuxième mariage du dauphin avec Marie-Josèphe de Saxe, nièce du maréchal, contre un nouveau mariage espagnol. Mais était-il nécessaire qu'elle allât jusqu'à se brouiller avec le prince de Conti ? En même temps naissait son inimitié pour Maurepas et le comte d'Argenson, mais ceux-là étaient ses ennemis de la première heure... « Toutes ces brouilleries de la maîtresse du roi avec ses ministres, conclut Bernis, ont été la source ou l'occasion de beaucoup de malheurs dans le royaume [28]. » Le précepteur n'avait donc pu modifier ni le caractère ni la conception du pouvoir de sa protectrice dont la puissance s'affirmait. Il constatait son échec, mais sans jamais l'attribuer à la faiblesse du roi. Toujours secret, jamais triste, il demeurait « l'aimable abbé de Bernis » : il avait besoin de la favorite.

Il obtint de meilleurs résultats dans la protection des hommes de lettres. D'ailleurs, ce ne furent point des faveurs qu'il sollicita, mais des promotions méritées et injustement retardées. Sans doute Mme de Pompadour joua-t-elle un rôle dans l'élection de Voltaire à l'Académie en 1746, et surtout dans celle de Duclos où s'engagèrent simultanément le duc de Nivernais et le comte de Forcalquier.

Duclos, ce « meilleur ami », plus âgé que Bernis de onze ans, s'était attaché à lui avec un absolu dévouement, non pas pour sa naissance, mais pour sa simplicité et sa sincérité. Ce Breton de Dinan ne connut que sa mère, veuve d'un marchand de fer assez fortuné. Enfant terrible au cours de ses études parisiennes, puis, à l'âge adulte, épicurien sans vergogne, philosophe voué à la raison plus qu'à la dévotion, recherché par les grands pour son esprit presque aussi renommé que celui de Voltaire, c'est lui, sans doute, qui révèle le plus sûrement l'absence de préjugés de son ami Bernis. Ce qui les assembla, ce fut leur honnêteté, leur gaieté contagieuse et le brio de leur étourdissant dialogue, surtout quand Voltaire les rejoignait.

Bernis redoutait le sens critique de Duclos. Aussi, lui adressa-t-il une épître fluide et sans défauts, une de ses meilleures, qui se termine ainsi :

Fidèle ami, censeur utile,
N'examine dans mes écrits
Ni l'ordonnance ni le style ;
Le sentiment en fait le prix.
Ton esprit brillant et fertile
A le droit d'être difficile ;
Mais c'est pour ton cœur que j'écris[29].

Écrivain pour se reposer de vivre, Duclos avait publié en 1741 son roman *Les Confessions du comte de...* Son héros à travers de rapides et multiples aventures féminines, se livre à une recherche effrénée du plaisir, s'attardant en chemin au salon de Mme de Tonins — il faut lire Mme de Tencin — avec laquelle il « vécut » pendant près d'un mois. Il finit par se laisser convertir à la tendresse, à l'amitié et à la vertu par Mme de Selve, qu'il épouse et emmène dans ses terres. Dénouement qui n'était point pour déplaire à Bernis ! Le roman de Duclos « fit fureur »... Hélas ! son *Histoire de Louis XI,* en 1745, fut mise à l'index et interdite. Mais la protection de Mme de Pompadour et de ses amis fut la plus forte et ne le quitta plus : élu à l'Académie en 1746, il y fut reçu en janvier 1747, puis il obtint un poste à la Bibliothèque royale ; enfin, il devait remplacer, en 1750, comme historiographe du roi, Voltaire qui partait pour la Prusse. Mais ce ne fut pas un panégyrique qu'écrivit l'historiographe, ce fut les *Mémoires secrets...*

Quelle joie, lorsque l'Académie choisit Bernis pour répondre au discours de réception de Duclos ! Certes, le ton n'en fut pas habituel : « Quel heureux moment pour vous et pour moi ! Je n'ai point à craindre de vous trop louer ; vous n'aurez pas à rougir de mes louanges : l'éloge d'un ami est toujours exempt de flatterie. L'homme indifférent peut à son gré dissimuler des défauts, exagérer les bonnes qualités, supposer des vertus : mais l'ami ne suppose rien dans son ami, il sent tout ce qu'il exprime... »

Admirons la subtile ambiguïté du passage essentiel, sur laquelle Bernis seul pouvait jouer : « Il n'est permis qu'à des juges sans prévention d'apprécier la noble hardiesse d'un écrivain qui s'écarte des routes communes, non par singularité, parce que son génie lui en ouvre de nouvelles, qui attaque avec force l'empire injuste des préjugés, et respecte avec soumission toutes les lois de l'autorité légitime [30]. » Belle revanche sur la volée de bois vert de Languet de Gergy à Marivaux !

S'il avait pu rendre service à des amis, Bernis, pour lui-même, ne voyait rien venir, ou si peu de chose : « Malgré ma grande faveur, je n'obtins, au commencement de 1746, qu'un logement au Louvre et une pension de mille cinq cents livres sur la cassette ; cet état médiocre a subsisté jusqu'en 1751. En voici la raison : je n'étais point avide, je suais jusqu'au sang lorsqu'il fallait que je parlasse de mes affaires. Mme de Pompadour a obtenu du roi plusieurs grâces auxquelles les ministres ont toujours mis obstacle. » Parmi ces grâces demandées figurait le privilège de diriger la *Gazette de France* : ce fut un échec. L'issue vers les abbayes demeurait fermée. La favorite écrivait à Duverney : « Je n'ai encore pu faire de bien à l'abbé, c'est le seul de mes amis qui soit dans le cas. » Force restait à Bernis de constater que ni les ministres ni la cour « ne se voulaient prêter à *son* élévation » ; mais, prudemment, il évitait « d'aigrir la favorite contre eux » [31].

A la fin de 1747, Bernis s'impatientait : il n'avait pu réussir ni l'éducation politique de Mme de Pompadour, ni sa propre fortune. Il se remettait à hésiter sur la voie que devait prendre sa destinée : conserver sa liberté de « philosophe », comme son ami Duclos, ou de nouveau tenter quelque chose du côté de l'Église...

Ce qui changea de 1748 à 1751.
Le comte de Lyon

Cependant, si l'année 1748 n'apporta pas à Bernis la fortune, elle lui dispensa des bienfaits encourageants et flatteurs.

Comment l'attention du roi s'est-elle un jour arrêtée sur lui ? On ne sait, mais il semble que ce fut soudain et inattendu. Au début de l'année, il reçut un nouveau logement sous les combles des Tuileries, luxueusement meublé par Mme de Pompadour. Il fut très envié, en particulier de Voltaire qui écrivit de Lunéville, en février, à son ami d'Argental : « Bernis est-il déjà dans son palais des Tuileries ? Pour moi, si je ne vivais pas avec Mme du Châtelet, je voudrais occuper l'appartement où la Belle Babet avait ses guirlandes et ses bouquets de fleurs[32]. » Un jour, à Versailles, Mme de Pompadour avait donné à Bernis un rouleau de toile de Perse pour compléter son ameublement. Comme il descendait l'escalier, le rouleau sous le bras, il rencontra le roi qui lui demanda ce qu'il portait. Bernis déroula une partie de la toile. Le roi sortit alors de sa poche un rouleau de louis d'or et lui dit : « Voilà pour les clous. »

« Dès que le roi, écrit l'abbé, eut gagné sur lui de me dire un mot, il n'eut plus d'embarras par la suite. » Et il l'admit aussitôt dans son entourage le plus proche. Mme de Pompadour avait conservé de ses succès d'actrice à Étioles l'amour du théâtre. Pour distraire Louis XV, mais aussi pour lui rappeler l'importance des créations de l'esprit et le rapprocher des hommes de lettres, elle avait fondé, l'année précédente, le théâtre des Petits Cabinets. Activité importante : elle avait rédigé un règlement qui exigeait ponctualité et discipline aux répétitions. Le directeur fut le duc de La Vallière et le sous-directeur Moncrif, auteur d'opéras, car le théâtre avait aussi son orchestre, ses chanteurs et ses danseurs. La troupe des comédiens fut constituée en grande partie par les acteurs du salon de Mmes de Brancas et Rochefort auxquels se joignirent des familiers du roi, comme le duc de Gontaut, et une cousine de Mme de Pompadour, la délicieuse et dévouée Mme de Marchais, épouse de Binet.

Les meilleurs acteurs, Mme de Pompadour, Mme de Marchais, le duc de La Vallière et le duc de Nivernais atteignaient à la perfection des professionnels de la Comédie. Les spectateurs, toujours choisis par le roi, étaient, dans les premières années, fort peu nombreux : une quinzaine environ. C'était donc une grande faveur d'être invité. Ni le maréchal de

Noailles ni le prince de Conti ne furent admis à la séance d'ouverture en janvier 1747 où triompha La Vallière dans le rôle de Tartuffe. Le choix de la pièce indique assez que cette petite compagnie ne nourrissait point les préjugés du haut clergé politique. On y joua *Le Méchant* de Gresset dont les « clés » étaient assez « méchantes ». C'est à la suite de la représentation de *L'Enfant prodigue* de Voltaire que Mme de Pompadour obtint que l'auteur de la pièce fût admis au spectacle. Voltaire lui en adressa un remerciement rimé qui mettait en cause le roi et risquait de choquer la famille royale : on lui conseilla de partir pour Lunéville.

Ce fut le roi lui-même qui décida d'inviter Bernis en son petit théâtre : « Il me donna, dit l'abbé, une grande marque de faveur en me menant aux spectacles des Petits Cabinets... En me plaçant dans sa propre loge, *il* voulut montrer qu'il était instruit de ma naissance[33]. »

A partir du moment où Bernis connut la faveur royale, il conçut deux façons différentes de faire sa cour, selon qu'elle s'adressait au roi ou à sa maîtresse. Des chansons commençaient de circuler sur Mme de Pompadour et ses origines. Bernis fut moins certain de l'avenir politique de la favorite : « Je résolus de n'être *attaché* qu'au roi, qui était mon maître, et de n'*employer* pour ma fortune qu'elle seule qui était mon amie... J'ai suivi constamment ce système, je ne m'en repens pas puisqu'il était le plus honnête[34]. » Bernis l'a-t-il vraiment suivi, et ses deux protecteurs avaient-ils des rôles à ce point différents ? Pour une fois, son « système » était-il bien au point ? C'est ce que l'on verra.

Quoi qu'il en soit, le moment eût été mal choisi de déplaire au roi. Or Bernis apprit, en septembre, que *Zadig,* publié par Voltaire avec d'étonnantes précautions d'anonymat et d'origine, lui était attribué. Bernis aussitôt de protester : il connaissait bien son Voltaire et ne s'y était pas trompé ! C'est alors que le véritable auteur de *Zadig,* considérant la faveur de Bernis et le tort qu'il aurait pu lui faire, lui répondit de Lunéville, *en présence du roi de Pologne,* et en s'efforçant curieusement d'édulcorer et de désamorcer le conte : « Je suis si loin de vous accuser d'avoir fait *Zadig* que je m'en avouai l'auteur au roi de Pologne dès que ce petit ouvrage parut, et je crus devoir cet aveu aux bontés du monarque, à l'approbation que lui, son confesseur et les personnes les plus vertueuses donnaient à ce roman moral qu'on devrait intituler plutôt La Providence que La Destinée, si on osait se servir de ce mot respectueux de Providence dans un ouvrage de pur amusement[35]. » On voit sourire Babet, et même rire de bon cœur... Que l'on relise *Zadig*!

Cette lettre, Voltaire avait l'impression de l'écrire pour le roi. Il était bien renseigné : l'influence de Bernis était si connue et paraissait si efficace en cet automne de 1748, que Voltaire se fit recommander à lui dans une circonstance intéressant *Sémiramis* et qu'il jugeait très grave. Cette tragédie, jouée à la fin d'août, dont la mise en scène avait été subventionnée par le pouvoir, était menacée d'une parodie très mordante et spirituelle de Montigny, aux Italiens. Il n'est pas sûr que certains ministres, Maurepas le premier, n'eussent pas été heureux — autant que les ennemis de Voltaire — de la voir jouée. Voltaire menait alors un train d'enfer pour éviter qu'elle ne sortît. Il pensa tout de suite à Bernis et supplia d'Argental d'intervenir auprès de l'abbé : « Mes anges, engagez l'abbé de Bernis à ne pas abandonner son confrère, à ne pas souffrir un opprobre qui avilit l'Académie, à écrire fortement de son côté à Mme de Pompadour. C'est ce que j'espère de son cœur et de son esprit, et ma reconnaissance sera aussi longue que ma vie. » Et il tenait tant à cette intervention qu'il récidiva le lendemain : « Je me flatte toujours que M. l'abbé de Bernis ne vous refusera pas d'appuyer mes prières... et qu'il se déclarera avec force contre ces misérables parodies qu'il regarde comme la honte de notre nation[36]. » La parodie ne fut pas jouée, mais imprimée à Amsterdam.

Bernis était alors l'un des hommes qui connaissaient le mieux l' « état de l'Europe ». La paix d'Aix-la-Chapelle, signée le 18 octobre 1748, allait lui fournir l'occasion d'exercer sa critique sur la conduite des affaires de la France et les hommes qui en furent responsables. En premier lieu, celui qui la négocia : « Le comte de Saint-Séverin fut le négociateur d'Aix-la-Chapelle. Pour sa récompense, il fut ministre d'État. C'était, comme a dit Voltaire quelque part, *le plus insuffisant suffisant* qui fût alors parmi les ministres[37]. » Ce qui ne l'empêcha pas, dans son *Panégyrique de Louis XV*, de trouver ce traité « très glorieux puisqu'il assur[ait] la tranquillité publique ». L'expression « bête comme la paix » devenait proverbiale, populaire.

En dépit des victoires du maréchal de Saxe, le traité ne rapportait rien à la France, et le roi de Prusse conservait la Silésie. Que l'on savoure encore, dans ce qu'écrira Bernis, la critique souterraine du « roi [son] maître » : « La paix d'Aix-la-Chapelle n'avait procuré au roi d'autre avantage que de montrer sa modération à l'Europe, et de lui ôter le préjugé établi depuis Louis XIV d'une ambition [de dominer l'Europe] dont la France est bien en état de se passer *quand elle est bien gouvernée* et dont elle ne saurait remplir l'objet lorsque son gouvernement *sera* faible ou vicieux [38]. » Mais le plus grave fut que cette paix laissa subsister en Amérique « nos différends avec l'Angleterre », et mit du louche dans les établissements des infants en Italie. Par là, ce traité donnait occasion à deux guerres presque certaines, l'une avec l'Angleterre, l'autre avec l'Autriche.

Il est vrai que Bernis dicte ces lignes longtemps après les événements, mais il semble qu'il ait été bien renseigné dès 1748, ce qui expliquera son attitude quelques années plus tard. Il a vu que la rivalité franco-anglaise en Amérique était l'affaire la plus grave : la paix n'y fut jamais véritablement rétablie. Les Anglais occupaient, avec leurs treize colonies, la côte est entre le Canada actuel et la Floride espagnole, tandis que les Français avaient pénétré à l'intérieur par le Saint-Laurent, les vallées de l'Ohio et du Mississippi, jusqu'à La Nouvelle-Orléans, fondée en 1718 et dédiée au Régent. Or, en 1748, sur cette longue route, ils n'étaient que soixante mille contre deux millions d'Anglais, d'une supériorité militaire et maritime incontestable. De part et d'autre, on construisait des forts. Et dès le lendemain de la paix d'Aix-la-Chapelle, le conflit se réamorçait à propos des limites de l'Acadie ; puis la lutte s'engagea sur la route de l'Ohio, que les Anglais s'efforçaient de couper.

En 1753, Trent reçut l'ordre de déloger les Français. En 1754, un de nos officiers, Jumonville, fut tué ; l'affaire fit du bruit : on envoya une colonne sous le commandement du frère de Jumonville qui fit capituler les Anglais au fort Nécessité. D'Angleterre, les renforts arrivaient, mais on niait que ce fût la guerre : apparemment, le cabinet et le duc de Newcastle ne la souhaitaient point, ils cherchaient un règlement favorable des frontières. A Versailles, le conseil du roi ne vit pas le péril ; on ignorait les richesses du nouveau continent, et l'on s'aveuglait sur le développement de la marine anglaise ; on ne sut ni faire des concessions ni préparer la guerre.

Quant à la guerre avec l'Autriche, si elle avait eu lieu, elle eût exposé les infants d'Espagne à être écrasés entre l'Autriche et la Sardaigne. La situation du fils puîné de Philippe V, don Philippe, duc de Parme, pouvait devenir préoccupante : il avait épousé Louise Élisabeth, fille de Louis XV, Madame Infante.

Enfin, la cour de Londres avait exigé que fût expulsé de France le prince catholique Charles Édouard, qui avait débarqué en Écosse avec l'appui de la France et avait été vaincu à Culloden. Cette expulsion fut exécutée avec une telle brutalité qu'elle souleva la réprobation de toute la France : le prince fut enlevé en plein jour, à la sortie de l'Opéra, « lié et garrotté comme un criminel »... « Jamais événement, poursuit Bernis, ne m'a tant fâché pour le roi... Ceux qui *le* conseillèrent dans cette occasion oublièrent de lui dire que le prince Édouard était l'un des petits-fils de Henri IV. » Comme si Louis XV l'eût ignoré [39] !

Mais ce qui intéressait Bernis plus que la paix elle-même, c'étaient les remèdes nécessaires à nos faiblesses, c'était ce qui devait déterminer immédiatement la conduite du pouvoir : « En disant ce qu'il fallait faire après la paix d'Aix-la-Chapelle, on raconte exactement ce qui n'a pas été fait. La négociation avec l'Angleterre a été mal conduite ; on a cru que cette puissance ne pouvait ni ne voulait recommencer la guerre... la marine a été mal administrée... au lieu de payer nos dettes, nous les avons augmentées en pleine paix... Nous avons laissé ressusciter les querelles de religion... en nous défiant beaucoup du roi de Prusse, nous sommes demeurés tranquilles sur la foi de son alliance ; en un mot, nous nous sommes mal conduits [40]... »

La critique est sévère. Tout y était... Tout, sauf les dépenses insensées de Mme de Pompadour, l'achat du « petit château » de La Celle, et surtout la construction du château de Bellevue, sur la Terrasse de Meudon, dominant la Seine, comme un défi à Paris. Huit cents ouvriers y travaillèrent de 1748 à 1750, au prix de mille difficultés dues au terrain sablonneux. La dépense s'éleva à deux millions et demi de livres.

Qui donc Bernis accuse-t-il ? Certainement pas le roi, mais les ministres qui furent « en place jusqu'en 1751 ». Le chancelier Lamoignon ? Que l'on juge de son autorité aux plaisanteries que l'on se permettait devant le roi : « Le roi demandait un jour à M. le chancelier d'où il avait vu le feu [d'artifice] donné à Versailles pour la naissance de M. le duc de Bourgogne ; le duc d'Ayen prévint la réponse en disant : " Sire, il l'a vu de sa salle à manger " [41]. » Le marquis de Puysieulx ? « On sent la différence qu'il y a entre un esprit sage et un esprit étendu. » Le comte d'Argenson ? « Il a créé, pour ainsi dire, les armées du roi... mais à force d'avoir multiplié les grades supérieurs, il [a] éteint l'émulation et fait naître dans tous les subalternes une ambition déplacée. » Enfin, Rouillé a remplacé Maurepas à la marine.

Bernis a regardé la disgrâce de Maurepas comme un événement considérable. Maurepas était, comme Bernis, un grand ami de Mme de La Ferté-Imbault... Mais pouvait-on savoir qui était Maurepas ? Intelligent, séduisant, certes, mais si léger et si faux ! Déjà les Tencin et le duc de Richelieu s'étaient efforcés, par l'intermédiaire de la duchesse de Châteauroux, de faire renvoyer ce *Faquinet.* « Son système, dit Bernis, était de ne dépendre en aucune façon des favorites. Ce système était louable en lui-même, mais à la condition de ne pas manquer de respect au roi en manquant d'égards pour ce qu'il aime. » On connaît les chansons, spirituelles et parfois obscènes, qu'il composait contre Mme de Châteauroux. On l'accusa même de l'avoir empoisonnée. Il continua contre Mme de Pompadour : « On inonda Paris, dit Bernis, de vers et de chansons satiriques contre la marquise. On espérait par là humilier l'amour-propre du roi qui fut lui-même insolemment attaqué dans ces libelles. » Certes, tous ces vers n'étaient pas de Maurepas, mais il était le premier coupable. Déjà, il avait attaqué violemment la mémoire de Mme Poisson en 1745 :

Ci-gît qui, sortant d'un fumier
Pour faire fortune entière
Vendit son honneur au fermier [Tournehem]
Et sa fille au propriétaire[42].

C'était le plus souvent autour de ce malheureux nom de Poisson que tournaient toutes les attaques. Celle-ci, qui ne figure pas dans le *Recueil Maurepas,* fut particulièrement cinglante :

Jadis c'était Versailles
Qui fixait le bon goût ;
Aujourd'hui la canaille
Règne et tient le haut bout.
Et la cour se ravale,
De quoi s'étonne-t-on ?
N'est-ce pas de la Halle
Que nous vient le poisson ?

Enhardis par cette audace, d'autres écrivains attaquèrent le roi :

Ô Louis, vos sujets de douleur abattus
Respectent Édouard, captif et sans couronne !
Il est roi dans les fers, qu'êtes-vous sur le trône ?
J'ai vu tomber le sceptre au pied de Pompadour.

Mme de Pompadour connaissait toutes ces attaques et versait des larmes. La recherche des coupables ne parvenait qu'à faire emprisonner des innocents. Berryer, le lieutenant de police, à qui l'on demandait s'il découvrirait les coupables, répondait par des insinuations : « Je connais Paris autant qu'on le puisse connaître, mais je ne connais pas Versailles[43]. »

La favorite soupçonnait Maurepas depuis longtemps. Un jour, hors d'elle-même, elle se précipita dans son bureau et le somma de découvrir les auteurs des chansons. Comme elle lui disait qu'il avait toujours fait peu de cas des amies du roi, il lança : « Je les ai toujours respectées, de quelque espèce qu'elles fussent ! » Le mot est rapporté par le marquis d'Argenson, souvent excessif ; mais le duc de Luynes, à qui l'on peut se fier, affirme qu'elle traita le ministre de menteur et de fripon. Il s'empressa d'en rire... chez la maréchale de Villars : il se croyait indispensable au roi et solide dans son poste. Alors, la favorite affecta la terreur d'être empoisonnée. Son médecin, Quesnay, se munit d'un arsenal de contrepoisons. Aux soupers des Petits Cabinets, elle ne se décidait pas à manger d'un mets avant que quelqu'un n'y eût goûté[44]. Son exaspération fut à son comble lorsque parut une épigramme qui, par malheur, disait la vérité :

Par vos façons nobles et franches,
Iris, vous enchantez les cœurs.
Sur nos pas vous semez des fleurs,
Mais ce sont des fleurs blanches[45].

Le roi hésitait encore, mais elle le fatigua tant, par ses pleurs et ses plaintes, qu'il céda. Maurepas, surpris, fut exilé à Bourges le 24 avril 1749.

Il n'est pas étonnant que Bernis, souffrant dans ce climat d'intrigues et de médiocrité, eût été désireux de prendre de la hauteur et de respirer un air plus pur. Ce fut quelques mois après la disgrâce de Maurepas qu'il fut reçu comte de Lyon. Il en donne une autre raison, toujours la même : « Comme je voyais que la faveur ne me donnait que de la considération et de l'agrément, et ne me procurait d'ailleurs aucun établissement convenable, je songeai à quitter mon chapitre de Brioude pour entrer dans celui de Lyon ; c'était un pis-aller honorable[46]... » C'était même très honorable : comte de Lyon était un titre très difficile à obtenir ; il fallait faire la preuve de seize quartiers pour être reçu et nommé ensuite dans une place vacante par le chapitre de Lyon. L'entrée en était impossible aux familles nouvelles et à celles qui avaient accepté des mésalliances. Telle était la rigueur « du chapitre de cette ville... qui, avant Philippe le Bel, était, conjointement avec l'Archevêque, souveraineté de la ville et du comté... ».

Afin qu'on ne se méprenne pas sur sa vanité de classe, Bernis rappelle, dans son chapitre sur la noblesse, qu'« aux yeux de la raison, il n'y a pas d'autre noblesse que celle des sentiments et des vertus ». Il utilisait sa naissance dans le « système », parce qu'il demeurait pauvre parmi ses pairs, et que sa famille avait besoin de secours. Il réunit donc ses preuves sans difficulté et les présenta au chapitre de la Toussaint en 1748. « On remonta même, dit-il, les preuves de ma filiation jusqu'à l'an 1116. » Les preuves furent agréées au chapitre de la Saint-Jean en 1749, et il fut nommé dans une place vacante le 18 juillet. Quand le cardinal de Tencin, archevêque de Lyon depuis 1740 et ministre d'État, le vit porter la croix de Lyon, une croix émaillée attachée à un ruban rouge liséré de bleu, il annonça à Bernis qu'il serait bientôt ambassadeur.

En effet, l'abbé pouvait prétendre accéder à un grand emploi. Encouragé par Mme de La Ferté-Imbault, il comprit qu'il lui fallait entrer dans un nouveau personnage : « Dès que je fus membre de l'Église de Lyon, je renonçai à la fréquentation des spectacles de la cour et de la ville : ce sacrifice me coûta beaucoup. J'en fis un autre qui me parut moins pénible, ce fut d'abandonner le genre frivole de la poésie. L'histoire, la politique et la morale devinrent mes seules occupations : je voulais accoutumer insensiblement le public à me regarder comme un esprit sérieux et propre aux affaires[47]. » Un nouveau plan de vie.

CHAPITRE V

Fuir l'intrigue !

Bernis indécis ?

Bernis avoue qu'en 1751 il vivait dans l'indécision. C'est d'ailleurs l'impression qu'il donnait parfois depuis l'adolescence, à tel point que ses détracteurs ont porté sur lui ce jugement définitif : Bernis hésitant, irrésolu. Or, en ces années 1751 et 1752, Bernis avait de nombreuses raisons d'hésiter. La première de ces raisons se trouvait dans sa lucidité et la qualité de ses informations : « J'étais trop instruit des affaires, dit-il, pour ne pas craindre de m'y embarquer. » Pour lui, aucun des rouages de l'État n'était solide. Un Choiseul s'y fût précipité. Les scrupules de Bernis provenaient des exigences de sa conscience et de son honneur. « Je connaissais mon caractère, je prévoyais que je serais trop sensible aux malheurs de l'État dès que je serais chargé de quelque administration. » Bernis était certain qu'alors son intransigeance le conduirait à faire « *les derniers efforts pour rétablir l'ordre...* sans m'embarrasser, ajoute-t-il, des ennemis qu'une conduite si ferme pourrait me donner : j'envisageais dès lors une disgrâce [1] ». Mais il avait trente-six ans et une « famille nombreuse » qui attendait...

Il s'engagea. Non sans une modestie qui lui fit solliciter d'abord le plus facile : il avait été question pour lui d'une place de conseiller d'Église d'État ; il demanda la première qui fut vacante, mais l'abbé de Marbeuf, précepteur du dauphin, l'emporta. Il ne s'arrêta plus ; il écrivit à Mme de Pompadour afin de s'assurer la première place qui viendrait à vaquer. Elle répondit que le roi la lui accorderait volontiers, et que, même, il s'était étonné que Bernis n'eût encore fait aucune démarche dans ce sens. Il manqua l'ambassade de Suisse, attribuée à Chavigny pour l'ancienneté de ses services, puis celle de Pologne, il ne savait encore pourquoi... Enfin, on lui assura l'ambassade de Venise, « avec ordre d'en garder le secret ».

Il s'aperçut un peu tard qu'il avait obtenu cette promesse par la seule faveur de Mme de Pompadour et du roi, et qu'il n'en avait jamais parlé au ministre des Affaires étrangères dont il allait dépendre. Or, le ministre de Puysieulx venait de remettre son portefeuille au marquis de Saint-Contest, promu grâce à l'influence de Machault et du maréchal de Noailles. C'était un homme gros et court, au visage déformé à chaque instant par une convulsion ; on eût oublié cette difformité s'il avait été moins médiocre ; « il n'apportait d'autre mérite, dit Bernis, que celui d'être fils d'un ministre plénipotentiaire au congrès de Rastadt et d'avoir lu pendant trente ans avec assiduité *La Gazette* ». Mais sachant que de Puysieulx conservait beaucoup d'influence sur l'esprit du roi, Bernis s'en fit recevoir. Il lui exposa franchement sa situation : pour favorable qu'elle fût parmi les familiers du roi, elle se trouvait en marge des ministères et peu connue de ceux-ci ; Bernis avait donc suivi la seule voie possible pour réussir... Voyant à qui il avait affaire, de Puysieulx l'embrassa et lui parla avec la même franchise ; il lui avoua qu'il avait fait tout ce qui dépendait de lui pour l'empêcher d'être ministre. Il avait fait craindre au roi que l'esprit de l'abbé « fût plus tourné du côté de l'imagination que du côté du bon sens... On voulait vous envoyer en Pologne, poursuivit le ministre, j'ai insisté sur le danger qu'il y avait à vous confier une mission aussi délicate, et j'ai consenti enfin, quoique avec peine, à l'ambassade de Venise, par la raison que si vous faisiez des sottises, elles ne seraient pas importantes [2] ». Bernis regretta de ne s'être pas fait connaître plus tôt, mais il fut touché et demanda au ministre son amitié. Il devait bientôt lui prouver la sienne.

Pouvait-il ne pas conclure de cette entrevue qu'on l'envoyait « dans un cul-de-sac », comme si on avait voulu le mettre à l'écart ? Qu'à cela ne tienne ! Il aperçut, plus rapidement que le ministre, l'intérêt de sa position. Venise n'était-elle pas située entre Rome et Vienne, les deux capitales européennes les plus importantes après Paris ? Et cette ville insolite, avec ses canaux, ses gondoles et ses palais, attirait les voyageurs les plus huppés de l'Europe... Pour Bernis, il y avait l'ambassade telle qu'elle était, négligée par ses prédécesseurs, endormie dans l'indifférence, inactive, et l'ambassade telle qu'il allait la faire revivre, de son esprit et de son courage ; et il y aurait l'ambassadeur tel qu'il allait lui-même se créer. « Je m'instruisis à fond de tout ce qui pouvait m'y donner quelque supériorité, et je m'accoutumai dès lors à prendre l'esprit et les mœurs des étrangers qui étaient à Paris[3]. » Dès lors, le comte de Lyon cédait le pas à l'ambassadeur.

Il fut mieux traité par les ministres étrangers que par ceux de Louis XV. En mauvais termes avec Saint-Contest qui lui avait parlé avec désinvolture, il lui avait répliqué fermement. Il n'en obtint aucune avance de fonds pour préparer son départ et fut contraint d'emprunter quatre-vingt mille livres. « Les ministres médiocres, écrit-il, sont plus rancuniers que les ministres supérieurs. » Enfin, son ambassade fut officiellement déclarée le 31 octobre 1751 : de là partiraient ses appointements.

L'ambassadeur partira-t-il ?

Il arrivait qu'avant leur départ des ambassadeurs fussent promus à d'autres postes ou à d'autres emplois. Certains amis conseillèrent à Bernis de percevoir ses appointements en toute quiétude à Versailles, et de ne point se hâter de partir : un ministère pouvait se trouver vacant, ou une autre ambassade... Ils ne manquaient point d'arguments, mais pour lui, l'essentiel n'était pas là : allait-il « laisser la cour dans l'agitation de l'intrigue la plus compliquée » ? Venise était loin : allait-il demeurer, là-bas, dans l'ignorance d'un dénouement qui pouvait être pour lui favorable ou dangereux ? L'intrigue s'était nouée autour du roi et de la favorite. « Les plus clairvoyants, écrit Bernis, croyaient apercevoir de la diminution dans la faveur de Mme de Pompadour ; on soupçonnait que le roi avait du goût pour Mme de Choiseul, serpent que la marquise avait nourri dans son sein[4]. » Et la comtesse d'Estrades s'en mêla, autre serpent...

Tous les historiens ont raconté ces événements qui furent à l'origine de la fortune du comte de Choiseul-Stainville, futur ambassadeur et ministre. On ne saurait le confondre avec son cousin, Choiseul-Beaupré, dont la femme est ici l'accusée. Les deux cousins avaient ceci de commun qu'ils étaient laids et de haute noblesse ; mais Stainville, homme à bonnes fortunes, esprit fin, intrigant retors, cynique dans le privé, passait pour un des hommes les plus mordants de Paris. Négligé par le roi, sans doute pour cette raison, et détesté de Mme de Pompadour, il s'était surnommé lui-même *Chevalier de Maurepas* ; l'autre, le Beaupré, était un rustre, voué à toutes les disgrâces ; la favorite ne l'avait pas moins marié à l'une de ses cousines, Mlle de Romanet. Elle allait s'en repentir, car Mme de Choiseul-Beaupré, fort jolie, s'était mise à aguicher le roi.

Mme de Pompadour savait que la froideur de son tempérament devait un jour éloigner Louis XV. Mais le régime « échauffant » et les médicaments qu'elle avait essayés n'avaient réussi qu'à compromettre sa santé. Elle s'en était confiée, en pleurant, à Mme de Brancas qui lui avait conseillé d'abandonner ce dangereux régime et de faire tout ce qu'il fallait pour lier le roi par la douceur, l'affection, l'intérêt, les confidences, et de compter sur l'habitude. Ce que la marquise exécuta à la lettre : elle se rendit indispensable.

Le roi n'avait jamais envisagé de s'en séparer ; mais il demeurait sujet à des crises de morosité où il évoquait la mort et se réfugiait dans la dévotion. A La Celle, en 1750, il n'avait pas apprécié la surprise d'une fête nocturne qu'avait voulu lui faire la favorite et il était resté de méchante humeur ; et à l'inauguration du château de Bellevue, où les cheminées avaient tant fumé qu'il avait fallu se réfugier dans le pavillon d'en bas dit *Le Taudis,* il ne s'était guère déridé. Au demeurant, cette vie de fêtes, cette lutte perpétuelle pour le distraire fatiguaient la favorite : à trente ans, elle était surmenée, souvent épuisée.

Deux personnages épiaient ces changements, c'étaient Mme d'Estrades et son amant, le comte d'Argenson. On comprenait mal qu'un homme si beau, d'une fine éloquence et d'une grande habileté se fût compromis avec une femme aussi laide et méchante. Ce fut lui, néanmoins, qui la poussa à détester Mme de Pompadour. Comme la favorite, elle était parente des Choiseul-Beaupré, et à ce titre logeait chez elle le jeune couple : sa vengeance était à portée de la main. Elle fit inviter la petite Choiseul à toutes les parties de plaisir de la cour. Le roi se laissa prendre, et Mme de Choiseul fut aimée [5].

Naïve, elle fit un jour confidence de son amour à son cousin Stainville et lui montra plusieurs lettres du roi. Stainville, dont l'ambition dominait la haine — la lecture de ses *Mémoires* le confirme — aperçut là une occasion de gagner la reconnaissance sinon la faveur de Mme de Pompadour. Sous prétexte d'étudier la dernière lettre du prince, à laquelle sa cousine ne savait comment répondre, il l'emporta, se fit recevoir chez la favorite, et lui révéla, preuve en main, toute l'intrigue. Avec un beau naturel, il plaida l'incompétence de Mme de Choiseul à satisfaire longtemps le roi, à le comprendre et à le divertir ; et il plaignit le malheur de son pauvre cousin.

Mme de Pompadour avait trop d'empire sur l'esprit du roi pour ne pas triompher. Mme de Choiseul-Beaupré fut évincée, et Mme d'Estrades, dame d'atour de mesdames, priée de ne plus paraître à la cour[6]. Le comte d'Argenson, ami des frères Pâris, qui étaient les fournisseurs de ses armées, semblait encore trop nécessaire et trop puissant, mais ses jours étaient comptés. Quant à Stainville, il fut invité par la favorite aux soupers du roi : on ne dit pas si celui-ci connut la raison de ces invitations, mais il demeura muet et revêche. Si Stainville, au fond, n'eut pas bonne conscience, il s'en inquiéta peu : il avait voulu, dit-il, « sauver l'honneur du nom », et, ce qui lui importait, il avait acquis « l'amitié la plus tendre » de Mme de Pompadour.

La favorite devait accepter bientôt toutes les turpitudes du roi, à un niveau si bas qu'elles ne menaçaient point sa position, et même en devenir complice. Elle trouva une revanche dans les satisfactions de la vanité et du pouvoir : son véritable règne politique commençait.

Ce ne fut pas Mme d'Estrades qui mit Bernis au courant de l'intrigue : « Elle avait cessé de m'aimer, dit-il, depuis que je n'avais pas voulu m'éloigner comme elle de Mme de Pompadour. » La réflexion de Bernis sur le « serpent » laisse supposer que ce fut la marquise elle-même qui l'informa. Bien qu'il eût obtenu la faveur personnelle du roi, l'abbé avait éprouvé la précarité de sa position; il avait été sage d'attendre que « Mme de Pompadour eût succombé ou triomphé ». Mais la situation de la favorite ne fut vraiment affermie qu'en 1752. C'est Bernis lui-même qui l'écrira à Stainville en 1757 : « L'amitié, depuis cinq ans, a pris la place de la galanterie... Elle est fondée sur la nécessité d'ouvrir son âme à une âme sûre et éprouvée, et qui, dans la division du ministère, est le seul point de réunion[7]. » Cela devint officiel : au château de Bellevue, la statue de l'Amitié remplaça celle de l'Amour.

Bernis attendrait-il un ministère? La nullité de Saint-Contest, aux Affaires étrangères, pouvait lui laisser un espoir. Mais étant donné le biais par lequel il avait gagné la faveur du roi, presque tous les ministres du Conseil lui étaient défavorables. Dès qu'il eut été nommé ambassadeur, une jalousie larvée commença de se répandre ; on lui supposa « l'ambition la plus vaste, avec l'art d'avoir su la cacher pendant dix-sept ans sous le masque de la paresse », et de l'insouciance. Lorsqu'il sortit du cabinet du roi, venant de le remercier, un courtisan lui dit « avec un air fin : *Votre Excellence, je fais compliment à votre Éminence*[8] ». Déjà l'ombre de Richelieu se projetait sur le petit abbé... On répandit dans tout Paris un bulletin où l'on affirmait que son ambassade ne serait pas longue, et qu'il serait rappelé comme précepteur du duc de Bourgogne.

Sagement, il comprit que sa chance, pour l'instant, devait se jouer à Venise : en tant qu'ami de la favorite, il avait contre lui d'Argenson, surtout depuis qu'il avait tenté de le réconcilier avec elle. Pour la même raison, ni le prince de Conti ni la famille royale ne le pouvaient aimer, à l'exception de mesdames qui avaient un faible pour lui. Machault, on ne savait pourquoi, ne « pouvait pas *le* souffrir » : « Le passé était fâcheux, conclut-il, le présent était alarmant. »

Ce fut aussi l'échec de son mémoire sur la querelle du Parlement qui le décida. Le nouvel archevêque de Paris, Christophe de Beaumont — celui que Mme de La Ferté-Imbault avait appelé « mon petit chat » —, était un constitutionnaire fanatique exigeant de ses prêtres qu'ils ne portent point l'Extrême-Onction aux mourants dépourvus d'un billet de confession, seule garantie pour lui qu'ils ne fussent point jansénistes. Le Parlement, composé en majorité de jansénisants, entra en effervescence. Or Bernis, qui plaçait la religion plus haut que ces querelles byzantines, crut bon d'intervenir officieusement : « J'en prévis toutes les suites avec une netteté qui m'étonne encore moi-même... Je fis un mémoire qui contenait les principes de conduite que le roi devrait tenir dans ces circonstances ; j'annonçais les malheurs qui arriveraient infailliblement si l'on abandonnait ces principes. Le dirai-je ? J'annonçai en 1752 cet esprit de fanatisme qui avait déjà produit tant d'attentats sous les règnes de Henri III et de Henri IV... » Bernis communiqua ce mémoire à M. de Puysieulx qui en prit copie et l'envoya au roi avec une lettre élogieuse où il lui affirmait que l'abbé serait son meilleur ministre. « Le roi l'a bien gardé, dit Bernis déçu, car il ne m'en a jamais parlé[9]. »

Puisqu'on ne l'écoutait pas, Bernis préféra ne pas voir ce qu'il allait advenir de cette querelle : l'exil du Parlement et la perte, par étapes, de l'autorité royale ; mais il devait assister, plus tard, à des événements plus dramatiques... En 1752, le roi venait de perdre Mme Henriette, et le dauphin avait été atteint de la petite vérole : avertissements du Ciel ! La superstition commandait : Dieu n'était pas janséniste, on ne pouvait donc pas s'opposer à l'archevêque.

Bernis résolut donc de ne plus s'attarder ; son raisonnement fut sage : « C'était perdre beaucoup de temps d'attendre le dénouement des intrigues, et, si mes amis finissaient par avoir le dessous, il était certain que j'aurais perdu mon ambassade ; au lieu qu'on y regarde à deux fois pour déplacer un homme qui est à son poste et qui le remplit bien... Je voyais dans ce parti un autre avantage, celui d'endormir par mon absence la jalousie... »

Une fois de plus, il se construisit un « système » : se désintéressant de la cour et des ministres, il se promit de servir le roi pendant vingt années dans les cours étrangères, et « de passer le reste de ses jours loin des affaires », dans l'amitié et la philosophie. Après la cinquantaine, ce serait la retraite, le bonheur...

Loin des affaires : le bonheur de Bernis

La recherche du bonheur fut une des préoccupations constantes de cette époque. La source n'en est pas seulement dans l'explosion monétaire du Système de Law qui, en déplaçant la richesse vers des gens qui en usèrent de façon dérisoire, démontra son insuffisance dans la conquête du bonheur. Cette recherche devint un thème de réflexion très répandu dans les salons et les œuvres écrites, non seulement en France : *L'Essay on man*, de Pope, traduit par Silhouette en 1736, connut un grand succès ; santé, paix, aisance sont les trois conditions du bonheur pour le moraliste anglais.

Le triste anglais n'a pas compté l'amour !
Que je le plains ! Il n'est ni heureux ni sage !

s'écrie Voltaire qui s'est appliqué maintes fois à réfléchir sur le bonheur, en particulier dans les *Discours en vers sur l'homme* et dans *Le Mondain.* C'est surtout de Pope et de Voltaire que Mme du Châtelet s'est inspirée dans son *Discours sur le bonheur* qui paraîtra beaucoup plus tard. Entre sa conception du bonheur et celle de Bernis, il existe des points communs : la santé, l'aisance, la paix du cœur, et même l'organisation des plans de vie. « Il serait plus aisé, écrit Mme du Châtelet, de devenir [heureux] si, chez les hommes, les réflexions et les plans de conduite en précédaient les actions. » Rien de plus opposé au bonheur que l'action impulsive, improvisée. Mais là, se contredisant, elle s'écarte de Bernis en ce qu'elle place au premier plan la passion d'amour, malgré les souffrances qu'elle peut entraîner[10].

Pour Bernis, l'engagement systématique des qualités intellectuelles et humaines dans la conquête de la réputation, devient la passion essentielle, une passion « froide », reconnaît Robert Mauzi qui écrit : « Certaines sagesses individuelles méritent l'admiration. Le bonheur du cardinal de Bernis tient au surprenant équilibre entre l'intensité de ses désirs et la froideur des plans dont il les enveloppe, à son aptitude à attendre quand il bouillonne d'impatience, à sa manière de se servir des autres tout en se divertissant, à son pouvoir de soumettre sa tentation... à son dessein capital, ne faisant jamais rien, fût-ce un mauvais vers, qui n'ait son utilité[11]. »

Robert Mauzi va jusqu'à parler d'une « ascèse de l'arrivisme » ; les deux mots seraient à nuancer, le deuxième surtout, qui a pris un sens si péjoratif, qu'il ne saurait s'appliquer à Bernis : ses objectifs, comme on le verra encore, ne sont jamais de pur égoïsme. « Cette ascèse, poursuit le critique, remplie de luttes et de temps morts, ne reste pas sans récompenses. » Et il cite Bernis : « J'ai réussi à obtenir tout ce que j'ai désiré *justement*, mais la fortune m'a toujours disputé ses faveurs, il a fallu les lui arracher[12]. »

Froideur qui « enveloppe » l'intensité des désirs, dit Robert Mauzi. Oui, mais les désirs disputent sans cesse à la froideur la première place : ils frappent contre l'enveloppe et demandent à éclore. D'où les tourments qui feront de Bernis un héros de tragédie, partagé entre l'appétit de grandeur et la douceur de la vie. La privation de vivre devient dramatique quand la déception s'attarde, quand l'ascèse s'avère épuisante et inutile. Alors, il s'ennuie ou se révolte. Ses goûts, qui sont multiples, fruits d'une imagination exigeante et de qualité, s'épanouissent et rejettent les misères du monde et la vanité des grandeurs. Ils se partagent son cœur et vont jusqu'à se contredire et se vouloir dominer l'un l'autre. Très significatives sont à cet égard ses *Réflexions sur le goût de la campagne.* Cet « amant » de la nature éprouve des joies qui rejoignent celles de Jean-Jacques et s'expriment dans le tour imagé et harmonieux du préromantisme : « Assis sur la pointe des rochers, je vois sous mes pieds une infinité de petites îles qui se forment au gré du caprice des ruisseaux ; je vois tomber avec bruit leurs ondes du haut de la montagne, et se brisant dans leur chute, ils vont promener sur la plaine leurs erreurs et leur inconstance. Je crois être le Dieu de la source qui bouillonne à mes côtés. »

Quel amour de l'aurore ! Sa prose la décrit mieux que ses vers. « Déjà toute une partie du ciel s'éclaire ; les astres... pâlissent et semblent se reculer à l'approche du jour, tandis que du côté du couchant, la nuit étend encore, sous les voûtes des cieux, un voile semé de saphirs. Les étoiles brillantes qui l'éclairent semblent ranimer tous leurs feux pour s'opposer au lever de l'aurore... Tout l'orient se pare des plus riches couleurs... Un vent paisible frémit doucement entre les feuilles des arbres, et déjà, des cabanes voisines, je vois sortir des torrents de fumée qui annoncent la fuite du repos et le règne du travail. » Quel privilège ! Est-il possible qu'il soit le seul à contempler ce spectacle ? « Que faut-il donc pour piquer la curiosité des hommes ? »

Dans cette admiration de l'aurore, on sent percer le symbole : « Le triomphe de l'aurore est rapide : image naturelle du plaisir, rien n'est si brillant que son approche, rien n'est si court que sa durée. Un feu vif efface les couleurs tendres... »

Une pensée pour les Arts, qui sont supérieurs à la nature parce que s'y ajoutent l'émotion du peintre et la construction de son esprit. Et voici l'ultime tentation :

« J'ai la sottise de croire qu'assis sur mon rocher, je goûte plus de plaisir que dans le salon le plus délicieux de Paris... Hélas, je suis seul ! Et qu'importe ? La nature est avec moi, elle me parle, elle m'éclaire et cet entretien délicieux me dégoûte déjà du jargon du monde... [En outre], mes livres me suivront dans ma retraite, ils m'empêcheront de rompre entièrement commerce avec les hommes. Je les verrai penser, raisonner et agir. Je n'apercevrai plus, heureusement, que leurs images... Sorti du tourbillon où ils errent sans cesse au gré de leurs passions effrénées, je ne serai que le spectateur de leurs manœuvres. Je pourrai dégager mon esprit de ce goût frivole que les femmes m'ont donné... Enfant terrible de l'oisiveté et du plaisir, Amour, tu fuiras loin de moi, *ou tu n'y paraîtras que désarmé.*

« Ah ! c'en est fait : je demeure éternellement dans ce lieu, tout concourt à m'y fixer. Cette bergère, qui vient de me faire, en ramenant son troupeau, une révérence si naturelle et si profonde, amusera mon cœur quand mes livres fatigueront mon esprit... Mais quel est ce carrosse ? C'est le carrosse de Thémire, la plus aimable de toutes les femmes. Quel souper ce soir nous ferons ensemble à Paris ! Adieu mes prés, adieu mes fontaines ! Vous pouvez émouvoir un cœur qui n'a point de passion [13]. »

Ces soupers — nos dîners d'aujourd'hui — étaient l'un des plaisirs essentiels des classes privilégiées et des écrivains. Bernis les rechercha toujours, avec des amis ou des femmes : ce n'est point gourmandise, car il mangeait peu, c'est pour le climat, la conversation, l'amitié. Dans son poème *Le souper d'été,* la table est mise en plein air. Bernis est heureux, avec la réserve d'un philosophe qui sait comment va le monde :

Tandis qu'occupé de mon verre,
Je chante, je ris ou je bois,
Mille soucis agitent la terre,
Mille soupçons troublent les rois...

Il oublie cependant

de la fortune
Les changements capricieux

Et s'abandonne :

Tous deux assis à notre table,
Enivrant nos cœurs tour à tour
De cette volupté durable
Dont l'amitié jouit toujours...
Au pied de celle que j'adore,
J'attends sans crainte le soleil[14].

Le voyage en Italie

Bernis, pour satisfaire à sa carrière, quitte les bruits de la cour, mais aussi les « salons délicieux », la campagne française et les soupers : que trouvera-t-il à Venise ?

Il prit congé du roi au mois d'août 1752. Il se fit envoyer, pour se distraire en voyage, *Le Siècle de Louis XIV,* imprimé en 1751.

Il s'arrêta à Oullins, près de Lyon, chez le cardinal de Tencin. Il l'avait admiré, l'année précédente, de s'être résolu, las, lui aussi, des intrigues de la cour et du désordre des ministères, à rejoindre son siège d'archevêque. « Cet acte de courage, écrit Bernis, lui fit beaucoup d'honneur. » Tencin était devenu philosophe et humaniste. Bernis le trouva en compagnie du maréchal de Belle-Isle. Lorsqu'il vit la maison du cardinal, il n'est pas sûr que l'ambassadeur ne l'eût pas envié. C'est Belle-Isle qui l'a décrite. De cette coquette demeure située sur la rive la plus élevée du Rhône, on découvrait un vaste paysage verdoyant, parsemé de maisons de campagne des bourgeois lyonnais ; « elle ne montrait rien, écrit Belle-Isle, de la misère qui règne dans la plus grande partie des campagnes du royaume[15] ». Le cardinal de Tencin n'était pas insensible à cette misère : sur ses deux cent soixante mille livres de rente, il distribuait aux pauvres, chaque année, cent mille livres. Généreusement, il en offrit deux cent mille à Bernis pour son installation à Venise[16]. Ce n'était pas la première offre que l'on faisait à l'ambassadeur : « Je dois dire... que si j'avais voulu accepter celles qui me furent faites en ce temps-là, j'aurais emporté à Venise un million d'argent comptant... »

Bernis quittait la France pour la première fois. Ce voyage, d'une quinzaine de jours, était une aventure, par des chemins pénibles, au gré de médiocres auberges. Duclos écrit, au retour du voyage qu'il fit en Italie en 1767 : « Je conseille à tout voyageur de ne s'arrêter surtout pour coucher, nulle part, hors des villes qui en méritent le nom. Tout est ailleurs d'une malpropreté dégoûtante. » Et la popularité des Français dans le Piémont était fort compromise ; le souvenir y était récent des troupes franco-espagnoles fuyant, sans être poursuivies par les Autrichiens, afin de n'être point coupées par le roi de Sardaigne.

Sans doute en eût-il été de même de cette réputation à la cour de Turin si le grand prieur de Solar, naguère ambassadeur en France, que Bernis avait connu dans les salons et à la cour, ne lui avait préparé un accueil prestigieux. Le prieur avait même fait valoir son œuvre poétique. Le marquis des Issards, nouvel ambassadeur de France en Sardaigne, n'étant pas encore arrivé, Bernis était chargé d'une mission : savoir si le traité d'Aranjuez, que le roi de Sardaigne venait de conclure avec l'Autriche et l'Espagne, ne comportait point, avec celle-ci, un engagement ignoré de la France. M. de Chavigny était soupçonné d'avoir embelli la situation. Bernis eut avec le roi et son ministre, le chevalier Ossorio, de longues conversations. Sa fameuse « candeur », faite de charme et de franchise, fit merveille ; ses interlocuteurs s'aperçurent qu'elle n'avait rien de commun avec la naïveté du marquis d'Argenson : c'était une candeur alliée à des observations étendues et précises, à une mémoire et des raisonnements sans failles. Se présentant comme novice, il ne craignit point de déclarer au roi que, son ambition étant de bien servir sa cour, « il ne tenait qu'à lui, ajouta Bernis, de me faire un nom dans le Conseil du roi par ma première dépêche [17] ». Le roi s'amusa beaucoup et ne lui cacha aucun détail du traité. Ainsi, Bernis détruisit-il « l'échafaudage » de Chevigny et rédigea-t-il une dépêche intéressante qu'il expédia de Parme pour éviter l'interception. Hélas ! Saint-Contest en fit son profit, mais ne la montra pas au Conseil. « Le mérite, dit Bernis, en fut perdu pour moi. » Il n'en avait pas moins pris confiance dans la réussite d'un procédé qu'il allait cultiver : se faire d'abord juger favorablement de ses interlocuteurs. Il avait si bien réussi que lorsque des Issards, ambassadeur en titre, se retira, le roi de Sardaigne fit des démarches très flatteuses « pour obtenir son remplacement par Bernis ».

Pourtant circulait à Turin une satire très cruelle contre l'abbé. On lui « faisait dire les dernières horreurs du roi, de ses ministres et de Mme de Pompadour ; il apprit qu'elle était répandue dans toute l'Italie. Quelque temps après, le comte des Alleurs, ambassadeur à Constantinople, avec qui il entra en correspondance amicale, lui révéla qu'on trouvait également ce libelle dans la Porte, en Russie, en Pologne, et jusqu'en Perse. « La jalousie, dit-il, a marqué tous les pas que j'ai faits vers la fortune et la réputation [18]. »

Est-ce pour répliquer à ce libelle que le chevalier de Lauris publia son épître à Bernis, si flatteuse ?

La justice marqua ce choix ;
Il est le prix de la naissance,
Des Talents et de la Vertu,
De l'aimable et noble décence
Dont tu fus toujours revêtu.
... Non, l'âge d'or ne vit jamais
Un mortel plus digne d'hommage,
Vrai, doux, sensible, généreux [19]...

De Turin, il gagna Parme où il s'arrêta pour faire sa cour à l'infant don Philippe en l'absence, combien regrettable, de son épouse Louise Élisabeth qui séjournait en France. Il l'avait connue à la cour, et même, affirme Dufort-Cheverny, « il plaisait fort à madame Infante [20] ». Puis il partit pour Modène où il découvrit que le duc préparait un traité — un de plus ! — avec l'Autriche, scellé par le mariage de sa petite-fille avec l'archiduc Pierre Léopold. L'influence de l'Autriche restait profonde en Italie. A contre-courant, l'Autriche étant l'ennemie de la France, Bernis ne s'y fit pas moins de fidèles amis.

Par la route de Padoue, enfin, il entra dans Venise.

Deuxième partie

LA POLITIQUE : UN GRAND AMBASSADEUR ET UN MINISTRE PASSIONNÉ

CHAPITRE VI

Un ambassadeur fastueux dans une petite république

Venise : un perpétuel carnaval

La décadence, à Venise, a commencé au XVIIe siècle avec le déclin du commerce et de la navigation. Sans doute, au XVIIIe, quelques familles sont-elles encore très riches : les Moncenigo, les Zenobio, les Contarini n'ont pas moins de dix gondoles à leur porte et une cinquantaine de laquais. Les Pisani, selon Montesquieu, construisent à Stra une villa qui éblouit l'Europe ; ils y offrent à Gustave III de Suède des fêtes qu'il s'avoue incapable d'imiter. Les Moncenigo, pour fêter l'un des leurs, élu procurateur, donnent une réception grandiose : ils ont mis trois de leurs palais en communication et ouvert ainsi quarante salons en enfilade à leurs hôtes [1].

Il existe encore une pléiade de brillants esprits qui possèdent de fort belles bibliothèques. L'Académie des Beaux-Arts est installée chez les Pisani ; les Farsetti ont fondé autour de leur villa le jardin botanique le plus riche du monde ; les Labia ont commandé à Tiepolo les deux merveilleuses fresques de Cléopâtre. Tout en s'efforçant de faire respecter la religion, ces nobles se sont affranchis de l'oppression romaine. Le cardinal Querini, ami de Voltaire, mène une vie de philosophe et de mécène : un buste de Bacon orne sa bibliothèque ; il a installé au Colombier, dans sa « cabane » de La Folie, une Vénus et fait graver une pensée de Montaigne. Enfin, certaines femmes se distinguent par leur passion intellectuelle et leur influence. Telle est Mme Barberigo qui retiendra Joseph II, empereur d'Autriche, dans son fauteuil, pendant cinq heures, et manifestera à Bernis estime et amitié.

Mais la plus grande partie de la noblesse, qui est ruinée et ne peut plus participer aux affaires, a limité son activité à la politique et à l'administration. Ces nobles pauvres se refusent, par orgueil, aux mésalliances qui pourraient redorer leur blason. Ils continuent à vivre dans leurs palais, et quand ils ne peuvent plus les entretenir, se retirent dans le quartier de la place Saint-Barnabé. Ces *barnabotti* se retrouvent parfois au Sénat ou même au Grand Conseil. Mais par nécessité ou par faconde, la plupart sont intrigants, séditieux, quémandeurs de pensions, à la fois corrompus et corrupteurs.

La masse du peuple vit dans la misère, le plus souvent de charité publique. Les manufactures ferment : les industries du verre et des métaux languissent ; le chômage, s'il épargne encore les filatures et les soieries, gagne jusqu'aux *squeri,* les célèbres fabricants de gondoles. La navigation n'attire plus les marins qui se réfugient dans la domesticité des grands, cherchant à « prendre la livrée plutôt qu'à prendre la mer[2] ».

Toutefois, les fêtes continuent. Les riches en sont restés les animateurs, le plus souvent dans une intention politique. Venise est la ville italienne où la vie est la plus intense ; on s'y amuse le ventre creux ; les pauvres viennent jouir du spectacle féerique de la nuit. La République, qui « a lancé trop loin, pendant trop de siècles, ses formidables galères », oublie sa puissance passée dans une fête éternelle. On ne s'habille ici que lorsque ailleurs on s'apprête à se coucher. Le théâtre est roi : on joue Goldoni, et la satire s'actualise et triomphe. Partout l'on joue et l'on se moque. De partout jaillit la musique. On compte deux cents cafés toujours ouverts, et un nombre infini de *casini,* petites maisons qu'on loue pour se réunir, causer, jouer, danser, aimer. La nuit n'est pas encore assez secrète, assez anonyme : on se cache sous le masque. Jusqu'au matin circulent les gondoles, chargées de groupes confondus, vêtus de mille couleurs chatoyantes...

C'est la cité des mascarades, des sérénades, des travestis, des embarquements pour Cythère. Un perpétuel carnaval. Même les vices, s'ils y sont plus répandus, y sont plus raffinés qu'ailleurs : ils ont un héros, Casanova. « Venise, écrit le joli petit comte Algarotti, ami de Voltaire et de Mme du Châtelet, ami plus intime de Frédéric II, c'est le libre et bienheureux séjour des plaisirs et des grâces. »

Quelle liberté ! Mais non pas sans limites. Certes, le gouvernement ne censure point les mœurs. La police de l'Inquisition n'intervient qu'après les crimes, ou si l'on se mêle de politique, ou trop politiquement de religion, ou encore si un important personnage se trouve calomnié ou menacé. Les inquisiteurs, alors, ne plaisantent pas : sans bruit, discrètement, ils suppriment la vie des criminels ou des gêneurs. Afin que personne ne trouble la fête.

Bien entendu, dans ce jeu, les femmes tiennent un rôle essentiel. Les patriciennes elles-mêmes se promènent la gorge découverte. La toilette et le miroir occupent six à sept heures de leur journée. Dans toutes les classes, les femmes soignent particulièrement la préparation du *toupet*, mèche de cheveux artistement disposée où parfois se promènent des poux. Et à chaque sortie, il leur faut assujettir sur la tête, à l'aide des cheveux retroussés, le fameux chapeau en forme de corbeille. La nuit, sur la place Saint-Marc, elles quêtent les galants et les sigisbées chevelus. Curieuse mode encore que celle du sigisbée, chevalier servant, jeune garçon peu viril — c'est une condition ! — qui satisfait, sans risque de grossesse, un vice très développé chez les femmes. Quelle maîtresse de maison n'a pas son sigisbée ! Certaines font figurer ce droit sur leur contrat de mariage ; elles exigent que leur sigisbée les accompagne à la messe.

La religion n'existe plus guère que sous ses formes extérieures. Toute piété a disparu. A part les *casini*, il n'y a pas un lieu de retraite ; les églises servent aux rendez-vous ; on y vient entendre de la musique et regarder les femmes ; on y joue avec son chien pendant le sermon. Le Sénat réagit de temps à autre, mais ses admonestations sont vaines. La corruption s'est introduite dans les couvents : si elle est ici plus répandue et plus raffinée, elle n'est pas un phénomène particulier à Venise. Parmi une trentaine de monastères, on compte sur les doigts ceux dont la clôture est régulière, la vie méditative et pieuse. Beaucoup de religieuses, surtout celles qui sont entrées au couvent par contrainte et qui sont jolies, tirent de leur célibat des avantages et une liberté qu'elles n'auraient pas en famille. Elles vivent selon leurs caprices, mangeant des friandises pendant le jeûne, s'habillant avec élégance, portant perruques et bijoux, recevant à danser les jeunes patriciens, donnant des festins dans les parloirs. Les religieuses du couvent de Murano, dont il va être question, avaient acquis, avec la complicité de leur confesseur, de fausses clés et rejoignaient, la nuit, leurs amants.

La réaction de l'ambassadeur

Ce n'était pas l'atmosphère qui convenait à Bernis. Il avait été annoncé au Sénat comme un homme aimable, mais un cadet sans fortune. Donc, « on s'attendait à des galanteries et à une représentation fort médiocre ». Or, il s'attacha, sur ces deux points, à tromper l'attente officielle et l'attente publique. « On fut étonné, au bout de quelque temps, de me voir insensible au charme des femmes dans un pays où cette faiblesse n'est pas regardée comme un vice. » Sans doute a-t-il été informé de ce qui est arrivé à l'un de ses prédécesseurs, le comte de Froulay, qui s'était épris d'une religieuse, Maria da Riva. Passion partagée, violente, qui fit le bruit d'un drame parmi les badinages et les vices. Masquée, mais reconnue de tous, Maria suivait l'ambassadeur dans ses festins et ne rentrait qu'à la pointe du jour. Les inquisiteurs, n'admettant point le scandale, lui ordonnèrent de respecter la clôture et de cesser de recevoir Froulay, même au parloir. Celui-ci osa se plaindre à Versailles, ce qui provoqua un dialogue des plus vifs entre l'ambassadeur de Venise en France et Chauvelin, garde des Sceaux. L'ambassadeur Froulay n'eut pas gain de cause : Maria fut transférée dans un couvent de Ferrare, recommença et s'éprit d'un colonel qu'elle épousa[3].

Bernis se posa en ambassadeur modèle. Plus encore qu'un « homme maître de lui-même sur qui la force de l'exemple n'avait aucun pouvoir », le Sénat admira « qu'un cadet sans fortune fût si désintéressé et si magnifique ». Ce fut avec magnificence en effet que Bernis installa sa maison à la Madonna del Orto, au nord de la ville, donnant, vers l'île de Murano, sur la mer. L'abbé Deshaises, à la fois secrétaire, intendant et ami, était venu, accompagné du tapissier Châtillon, la préparer selon les goûts de Bernis. Les murs des nombreuses pièces étaient revêtus de cuir doré, cramoisi ou rouge, et décorés de tableaux ; de grandes glaces, au-dessus des cheminées en marbre blanc, renvoyaient la lumière des lustres en cristal de Bohême ; portes et fenêtres étaient tendues de rideaux en damas vert et, dans la salle à manger, la grande table pouvait accueillir trente convives. La « chambre du Roi » était revêtue de quatorze pièces de tapisserie en soie de Bruges prêtées par le garde-meubles du roi[4].

Pourquoi ce luxe ? D'abord pour faire respecter la France et Louis XV. La guerre de Succession d'Autriche était encore toute proche. En arrivant à Venise, Bernis trouva « le peuple et une partie du gouvernement » dévoués à l'Autriche et à l'Angleterre. « Les Français étaient si fort en horreur dans cette ville qu'ils couraient le risque d'être insultés en paraissant dans les places publiques[5]. » Mais ce n'était pas seulement Venise qu'il s'agissait de séduire, c'était l'Europe entière. L'ambassade allait devenir un poste d'observation politique doublé d'un centre de diffusion du savoir-vivre et de l'esprit français. Bernis, qui mange peu, sait ce que vaut, dans une telle entreprise, un fin cuisinier. Princes et princesses, ducs et duchesses français, allemands, suédois, polonais, russes... vont venir s'asseoir et loger à l'ambassade de France, qui allait devenir une « auberge de l'Europe ».

En illustrant et glorifiant la France, Bernis n'oublie pas qu'il travaille aussi à sa propre renommée : « Je regardais tous ces étrangers de passage comme mes trompettes qui allaient sonner mes louanges dans toute l'Europe ; je savais que ce bruit flatteur reviendrait par écho à Versailles, et lorsque mes amis me grondaient de la grande dépense que je faisais, je leur répondais : je place mon argent à fonds perdu, à un denier fort avantageux... J'ai de plus à effacer la honte des lésines de mes prédécesseurs[6]. » A quoi servait donc de donner à ceux-ci des appointements élevés ? C'étaient des sommes perdues pour la France !

En même temps, il étudiait les mœurs vénitiennes. Ce n'est pas en se conformant à leur liberté qu'il s'y adapta, mais au contraire en donnant l'exemple de la rigueur et de la dignité. La plus haute intelligence s'alliait en lui à l'esprit d'observation, au bon sens et au sens pratique. Puisqu'il représentait la France et son roi, « quel soin ne devait-il pas avoir de leur gloire et de *son* propre honneur ? Un ministre attentif et réfléchi s'accoutume à raisonner toutes ses démarches et à ne rien regarder comme inutile[7]. » D'abord, il ne voulut point abuser des franchises accordées aux ambassadeurs : « Mes prédécesseurs avaient tous fait de la contrebande avec plus ou moins d'éclat. J'abolis cet usage indigne. » La tenue de sa maison devait être un modèle : « Je voulus que ma maison fût réglée comme celle d'un chartreux ; que le silence et l'ordre y régnassent, que ma livrée fût polie et respectueuse envers tous les citoyens et que le libertinage en fût banni[8]. » Son suisse et l'un de ses laquais s'étant querellés avec des Vénitiens, il les chassa immédiatement. Cette conduite lui valut l'attention et la considération du Sénat, dont les ambassadeurs étrangers furent « un peu jaloux ».

Quels étaient donc ces ambassadeurs avec lesquels Bernis fut lié ? Deux d'entre eux, surtout, lui furent utiles. C'étaient celui de la cour de Rome, M. Caraccioli, un nonce assez gaillard, assez franc pour un Sicilien, et l'ambassadeur d'Espagne, M. de Montalègre, peu sociable, mais capable d'amitié : celui-ci entretenait avec son ministre, M. de la Encenada, une correspondance régulière qu'il finit par communiquer à Bernis : « Je me trouvai par là, écrit l'abbé, à portée de donner à ma cour des idées plus justes que le duc de Duras, ambassadeur du roi à Madrid. » Saint-Contest et le maréchal de Noailles firent d'abord peu de cas de ces relations, mais lorsqu'ils virent que les prédictions de Bernis étaient les plus justes, « le voile se déchira[9]... ».

Il était presque obligé que les ministres étrangers se réunissent s'ils voulaient sortir de leur isolement : ils ne pouvaient communiquer avec le gouvernement de Venise que par écrit ou par des agents subalternes, et devaient éviter toute relation avec la noblesse. Aussi les nobles ne saluaient-ils pas les ambassadeurs. Bernis s'attacha à les apprivoiser : il commença de les saluer ; étonnés d'abord, ils s'accoutumèrent à lui rendre son salut, puis ils finirent par le prévenir. Traitement particulier dû à une renommée préalablement conquise : « Je jouis seul, dit-il, de cette distinction que les autres ministres étrangers cherchèrent vainement à se procurer[10]. »

Malgré cette sévérité, dont il approuve d'ailleurs la sagesse, Bernis alla plus loin. Il parvint à communiquer par tiers, et le plus important de ces tiers fut sans doute le cardinal Rezzonico, d'une grande famille vénitienne. « Enfin, raconte-t-il, on se dit bien des choses par signes à l'Opéra, circonstance qui rend la fréquentation des spectacles et l'usage du masque nécessaires aux ministres étrangers. » Ce fut ainsi que s'établit peu à peu la complicité de Bernis avec le procurateur Emo, considéré comme le premier homme de la République, et avec Mme Barberigo : « Je dirigeai dès cet instant toutes mes coquetteries vers ces deux personnages : elles me réussirent si bien que j'ai pu les compter au nombre de mes véritables amis. » Quelques jours avant son départ, il put enfin s'entretenir avec Mme Barberigo : « Soyez sûr, lui dit-elle, monsieur l'ambassadeur, que je vous serai toujours constante et à jamais fidèle[11]. »

Bernis aime à donner des preuves de la considération qu'il avait acquise auprès du gouvernement vénitien. Un jour, l'ambassadeur d'Autriche lui signala qu'une comédie, *La Véni-*

tienne à Paris, qui avait beaucoup de succès, présentait une critique indécente des mœurs françaises. Bernis s'y rendit, et, souvent, les yeux se tournèrent vers lui... Le lendemain, le gouvernement lui envoya des « questionneurs » pour savoir ce qu'il pensait de la pièce : « Je leur dis simplement que je l'avais trouvée jolie, à l'exception du rôle qu'on y faisait jouer à un Français. » Le jour suivant, au lever du rideau, un messager des inquisiteurs d'État se présenta et donna l'ordre de ne plus jouer cette pièce. Malgré toutes les cabales, on ne la revit pas.

Un modèle d'ambassade

Comme il l'avait prévu, la renommée de l'homme assura la réussite de l'ambassadeur : il triompha dans des affaires délicates et conçut, au-delà des exigences de sa fonction, un projet politique intéressant l'avenir de la France.

Le gouvernement vénitien avait diminué les droits de douane sur les sucres portugais et chargé d'un droit de douze pour cent l'entrée des sucres provenant des colonies françaises. Chavigny, prédécesseur de Bernis, n'avait pas obtenu que ses mémoires au Sénat fussent pris en considération. Bernis ne pouvait se permettre d'échouer, ce qui eût fait la joie de Saint-Contest. A son tour, il expédia un mémoire à la fois flatteur et subtilement menaçant : « L'ambassadeur de France ne se plaint point que le mémoire présenté par M. de Chavigny sur le droit des sucres n'a point encore reçu de réponse du Sénat : il croit savoir, et quand il n'en serait pas instruit, il présumerait que des raisons sages ont causé ce retardement. L'ambassadeur de S.M. Très Chrétienne est encore plus éloigné de penser que la Sérénissime République voulût donner à aucune nation des préférences sur la nation française... Il se flatte que le succès de ce mémoire rendra les premiers moments de son ambassade d'autant plus agréables que rien ne pourra désormais l'empêcher de convaincre son maître du parfait retour de la Sérénissime République, et du prix qu'elle attache à l'amitié d'un prince dont la volonté, lorsqu'il s'agit de soutenir ses amis et ses alliés, égale à sa puissance [12]. » Ce fut un succès : « J'obtins tout ce que je demandais, dit Bernis, le jour que je recevais de M. de Saint-Contest l'ordre de me bien garder de présenter un mémoire au Sénat. » L'ambassadeur rapportait ainsi quatre cent mille livres à la France, et Saint-Contest eût mérité l'exil.

Ce mémoire devait établir si solidement le crédit de Bernis

qu'il fut sollicité comme médiateur dans un démêlé entre Venise et Gênes, résultant d'une rixe entre matelots, et qui s'envenimait. Bien que cela dépassât son rôle d'ambassadeur, Bernis rédigea un accommodement qui fut souscrit par les deux républiques. Par trois fois, le gouvernement vénitien chargea son ambassadeur à Versailles de manifester sa satisfaction au roi. Hélas ! Saint-Contest évita d'en rendre compte. Quel homme décourageant, et quelle incurie d'un tel gouvernement ! Dans ses réponses à Bernis, il lui parlait du temps qu'il faisait et lui demandait des nouvelles de son « rumatisme au genouil ». D'ailleurs il chargeait presque toujours son commis, La Chapelle, de répondre à sa place. C'était pire ! Quand Bernis rédigeait une dépêche pour ces deux hommes, « la plume *lui* tombait des mains ».

Enfin, Saint-Contest mourut le 24 juillet 1754. Il fallut bien s'en réjouir ! Rouillé lui succéda. Ce n'était pas un aigle, mais il déterra les dépêches de Bernis, et le roi, enfin, fut au courant de ses réussites. Bernis encouragé eut alors le désir d'étendre son champ d'action au-delà du rôle d'un ambassadeur habitué ou paresseux. Là, il ne fut pas prophète, mais comment l'eût-il été ? Il emboîta le pas à la politique anti-autrichienne de tradition depuis Richelieu. Il avait pris conscience de la fragilité de la République qui était, avec le royaume de Sardaigne, l'autre « portier » de l'Italie, puisqu'elle garde les passages du Tyrol et de Vienne vers Mantoue. Quelle facilité pour les armées autrichiennes de s'en emparer ! Bernis rédigea là-dessus un véritable ouvrage : « Je fus saisi, dit-il, de l'utilité dont ce gouvernement pouvait être à la France dans toutes les guerres que nous aurions avec la Maison d'Autriche en Italie. » Mais il lui fallait disposer le Sénat à mettre la République sous la protection de la France. Or, le Sénat, féru de sa neutralité, était loin de cette conception. Bernis, s'il attaquait de front et trop tôt, échouerait ; il lui fallait une marge d'action ; il avait le don de la stratégie : « Je voulais que la République vînt à penser elle-même ce que je désirais. » Il insinua peu à peu, dans le cœur du Sénat, « comme autant de serpents », de petites réflexions sur la faiblesse de la République. En même temps, il appuya cette action par des dépenses : il secourut la partie la plus pauvre de la noblesse, il assista le peuple indigent, flatta l'orgueil républicain, toucha « le cœur naturellement bon des Vénitiens ». Puis, il attendit un événement pour faire germer cette semence : ce fut le mariage de la princesse de Modène avec le troisième archiduc d'Autriche, premier glissement de l'Autriche vers

Venise. Dès lors, Bernis se décida à l'attaque : « Je rendis le tableau si frappant que le Sénat en fut presque épouvanté [13]. » Mais il fallait encore que cette assemblée fît un geste ostensible qui permît à Bernis une ouverture à Versailles en vue d'une alliance. La visite du duc de Penthièvre en fournit l'occasion.

Ce petit-fils de Louis XIV par son père légitimé, le comte de Toulouse, devait visiter Venise *incognito.* Jamais un prince du sang n'avait été officiellement reçu par la République. Or, Bernis s'arrangea pour que cette tradition fût transgressée, conformément, d'ailleurs, au vœu de Louis XV. D'abord, l'arrivée de Penthièvre ne fut guère discrète : Bernis se porta au devant de lui à six milles, avec toutes ses gondoles, et l'amena dans sa maison où il accepta d'être logé. Le Sénat, saisissant l'occasion de plaire à Bernis et à la cour de France, lui fit une réception somptueuse et mit deux nobles à sa disposition pour l'accompagner. Bernis lui délégua des deniers et l'engagea à se montrer prodigue. Avant de quitter Venise, le duc fut reçu au Grand Conseil ; dans son discours, le fils du procurateur Emo souhaita ouvertement pour la République la protection du roi de France. Bernis en transmit aussitôt une copie à Versailles. Première déception : Rouillé ne comprit pas l'importance de traiter avec Venise. Voltaire connaissait mieux que Bernis la valeur du ministre : « Ce ministre Rouillé, écrit-il, était le plus inepte secrétaire d'État que jamais roi de France ait eu, et le pédant le plus ignorant qui fût dans la robe. Il avait demandé un jour si la Vétéravie était en Italie [14]. »

Bernis devait éprouver une deuxième déception, venue, celle-là, de l'opinion vénitienne : à la suite de la visite de Penthièvre, le bruit circula dans la noblesse que les deux nobles qui l'avaient accompagné n'avaient pas reçu un présent qui fût digne d'eux. Triste revendication d'une noblesse qui a perdu, dans la pauvreté, toute mesure. Bernis fut obligé de s'adresser aux inquisiteurs, et même de menacer : « Ce ton ferme, dit-il, réussit, et quelques heures après (chose admirable !) le silence le plus exact et le plus général fut observé dans cette capitale : tant le tribunal des inquisiteurs d'État fait impression sur les esprits. »

Les mystères de la vie privée

Cette recherche d'activités diplomatiques, que d'autres eussent jugées superflues, prouverait, s'il ne l'avait avoué, que Bernis, plus d'une fois, connut l'ennui : « Je n'avais pas de maîtresse, dit-il, et les soirées étaient longues. » Dans ses *Mémoires*, il demeure très secret sur sa vie privée à Venise : sans doute, à ses yeux, manquait-elle d'intérêt. Dans ses lettres à Duverney percent, dans les premiers mois de son séjour, les regrets de sa vie à Paris, parmi ses amis, et jusqu'à son désir de ne point s'attarder à Venise : « Je vous dirai que je fais des vœux bien sincères pour ma transmigration. » Il est certain que les inconvénients du climat vénitien, chaud, lourd et humide, pesèrent sur sa santé et accrurent sa nostalgie : « Les chaleurs excessives, pour moi qui m'étais accoutumé à un climat plus froid, ont remué ma bile et m'ont donné successivement la colique et un rhume [15]. » Pour s'y mieux adapter, il loua une maison de campagne, « sur la terre ferme », au bord de la Brenta, près de la route de Padoue. Là, il passa les mois les plus chauds, cultivant un jardin potager et éprouvant du plaisir à manger des salades qu'il avait plantées. Vie saine, à laquelle s'ajoutait la joie de « cent autres moralités champêtres, lesquelles ne l'empêchaient pas de soupirer après des êtres pensants et parlants [16] ».

Peu à peu, le désir de rentrer à Paris s'estompait. Bernis s'apercevait qu'il fallait du temps pour qu'un ambassadeur se fît apprécier dans la place et pût s'imposer au ministre et au roi. « Le détachement du souvenir de Paris, de la vie mondaine et de la fréquentation habituelle des amis et des salons s'accomplit lentement, à mesure que Venise le pénètre. C'est un passage graduel et lent depuis le choix rationnel d'abandonner Paris à l'acceptation calme de cet éloignement pour lui temporaire, jusqu'à la conscience progressive et lucide qu'il s'agissait d'une décision juste [17]. » Son frère et sa belle-sœur qu'il avait fait venir repartirent plus tranquilles pour la France.

Est-il possible que Bernis, l'ami de tant de femmes, fût devenu soudain, à Venise, un modèle de vertu ? Il se dit « sage », mais dans sa sagesse, ou encore dans ce qu'il nomme sa « philosophie », la hantise du bonheur s'attarde. Dans cette république décadente, il n'a pas rencontré d'affaire à sa taille. Son activité est demeurée en deçà de ses désirs et de ses capacités. Le secret, les limites imposées à ses relations, celles qu'il exige de soi-même comme personnage officiel, l'enferment souvent dans ses lectures. Une fois reçu comte de Lyon, il avait décidé d'abandonner les spectacles ; or, plusieurs fois, il lui échappe qu'à Venise, il se rendit à l'Opéra et à la comédie.

Sur les femmes, il faut chercher quelques confidences dans

ses lettres au comte des Alleurs, ambassadeur à Constantinople, et à son épouse. Ce comte, qui avait atteint en 1753 sa soixantième année, avait été envoyé, en 1741, en mission extraordinaire auprès du roi de Pologne et avait fait la connaissance, à Dresde, de la princesse Lubomirska qu'il avait épousée. Ainsi avait-il acquis la protection de la deuxième dauphine, Marie-Josèphe de Saxe, qui lui avait valu l'ambassade de la Porte. Des Alleurs était un savant, un humaniste, homme de parfaite compagnie qui aimait la solitude, les livres et les beaux jardins. Bernis lui reprocha un jour de se croire vieux avant l'âge, de « s'entêter à faire le vieillard ». Ce que l'abbé ne savait pas, c'est que le comte était malade et le cachait : très affecté par la perte de sa fille en 1751, il avait eu une attaque d'apoplexie dont il s'était remis. Non seulement sa santé demeurait fragile, mais sa femme lui faisait mener si grand train qu'il était criblé de dettes et que ses créanciers le poursuivaient. Ce qui explique qu'il laissa se développer chez sa femme un curieux attrait, admiratif, effarouché, et finalement affectueux, pour Bernis.

La méconnaissance de la situation du couple entraîna chez Bernis des réflexions parfois inadaptées, qui grinçaient un peu. Si le comte touchait, non pas sans courage, à une fin dramatique de sa vie, Bernis était jeune, vivant, insatisfait. Il avoue au comte qu'il s'ennuie, se laisse aller à rêver et lui répond par des confidences qui semblent davantage destinées à sa femme. Sans doute l'entretient-il de ses affaires, lui expose-t-il ses soucis, reconnaît-il qu'il se prépare à un rôle politique, mais aussi bien lui avoue-t-il ses faiblesses. Il ose se plaindre que les lettres du comte se fassent rares, ces lettres où il aime à trouver des signes de son amitié, de son discernement, de son esprit et « surtout de *sa* franchise » : « J'aime à causer avec vous parce qu'il me semble que vous êtes à l'aise avec moi, que vous vous y trouvez en sûreté sur tous les chapitres. » Il lui fait des déclarations d'amitié : « Vous avez une âme, car je ne saurais que vous estimer si vous n'aviez que de l'esprit et des lumières, mais je vous aime de tout mon cœur, et je vous suis, cher et aimable confrère, attaché pour la vie. »

Quel besoin de communiquer, et quelle sincérité dans ses confidences : « Vous dites qu'avec les sots, vous devenez plat et silencieux. La même chose m'arrive quand ils sont méchants ou importants, mais quand ils sont bonnes gens, je m'en trouve assez bien. En général, je ne suis blessé que par les airs et les vices. Mon indulgence sur tout le reste m'a valu les principaux agréments de ma vie et a été la cause de mes petits succès.

Pourvu que je trouve une âme qui s'ouvre, je suis content... Mme des Alleurs me trouvera encore plus simple que je ne dis l'être : *je serais même enfant si cela convenait à la gravité de mon personnage, à trente-huit ans...*[18]. »

Sur quels soucis ou quelles rancœurs conjugales de telles confidences tombaient-elles.... « Quand Mme des Alleurs a peur de moi, elle me prend pour un pédant de l'Académie dans laquelle je ne suis entré que parce que je n'avais rien de mieux à faire ; mes amusements furent les seuls ouvrages que j'y apportai... Madame votre femme n'est point étrangère en France parce que l'esprit, le naturel et les grâces sont de ce pays-là. Je me fais une fête d'aller lui rendre mes hommages quand nous aurons tous deux quitté nos manteaux politiques et que nous serons rendus à nous-mêmes[19]. » Le rêve constant de Bernis : le bonheur par-delà l'ambition satisfaite.

Pourquoi lui arriva-t-il d'écrire personnellement à Mme des Alleurs ? Ce fut une longue lettre où il s'attarda à lui parler de l'amitié et de l'amour. Elle l'avait cherché : elle lui avait dit que le Grand Vizir faisait venir chaque semaine des « relais » de son sérail, et que tous les hommes, surtout les Français, feraient volontiers la même chose : « Vous ne vous trompez pas pour tout ce qui est jeunes gens, mais en vérité, passé l'âge de l'ivresse, vous faites grand tort aux honnêtes gens... Le grand seigneur, en changeant de femme, cherche moins de nouveaux plaisirs qu'à diversifier son ennui... Toute femme et tout homme avec un joli visage ou des agréments ne mérite pas pour cela un attachement de durée... Mais quand deux êtres faits pour s'aimer et s'estimer se rencontrent, je crois qu'il y a bien du malheur s'ils ne s'aiment pas toujours. Je parle ici *des sentiments d'amitié, car l'amour est une fièvre chaude qui commence et finit souvent sans savoir pourquoi*[20]. »

Quant à lui, Bernis, il avait déjà expliqué au comte pourquoi il était hors d'atteinte de tels sentiments : « J'aurais cru impossible [étant] sans bigoterie, d'être aussi sage que je le suis, mais j'ai senti que dans un pays aussi libertin que celui-ci, c'était un moyen d'acquérir de la considération que ne l'être pas... Ainsi *j'ai plus fait pour le roi à Venise que je n'aurais fait pour Dieu à Paris.* » Magnifique formule[21] !

Mais le plus curieux, dans sa lettre à Mme des Alleurs, c'est l'aveu des relations qu'il entretient avec une religieuse qu'elle semble connaître ; cette religieuse vient de prendre avec son couvent des libertés qui sont loin de déplaire à l'abbé : « Votre religieuse a sauté les murs de son couvent pour se réfugier à

Padoue qui est le plus triste cloître que je connaisse ; j'ai été la voir, et elle viendra dîner à ma maison des champs [sur la Brenta] ; en parlant de ces coquetteries, vous jetez le plus gentiment du monde quelques pierres dans mon jardin ; vous me faites des questions sur l'infidélité qui, heureusement ou malheureusement pour moi, ne sauraient plus m'embarrasser. Je mène la vie d'un chartreux, et j'y ai d'autant plus de mérite qu'il s'en faut bien que j'en aie la sainteté [22]. »

Une religieuse qui dîne chez lui... et beaucoup d'ambiguïtés, voilà qui n'aide pas à résoudre un problème que les *Mémoires* de Casanova ont rendu fort épineux : car il s'agit, dans son récit, des relations de l'ambassadeur avec deux religieuses.

Les deux religieuses de Casanova

Bernis a beaucoup contribué lui-même à rendre suspecte sa « sagesse » à Venise d'une part en revenant trop souvent sur ce mérite, et d'autre part en ne disant mot, dans ses *Mémoires*, de sa rencontre avec Casanova. L'aventurier lui aurait-il fait horreur à ce point ? Ou bien l'aurait-il utilisé secrètement comme agent de renseignements puisqu'il reconnaît qu'il en employa et les appointa ?

Casanova prétend qu'il a partagé avec Bernis deux de ses maîtresses, deux religieuses dont il donne les initiales, M.M., belle femme brune dans la force de l'âge, et C.C., blonde adolescente de quinze ans, lesquelles, pour pimenter les scènes érotiques, constituaient un couple homosexuel [23]. Ces deux femmes, qui appartenaient au couvent *Les Anges* [sic] de Murano, ont été récemment identifiées : il s'agirait de Murina Morosini, d'une famille noble de Venise, et de Cattarina Capretta. D'après leur date de naissance, leur âge est en concordance avec les faits situés par Casanova en 1754.

M. M. avoue au narrateur qu'elle a un autre amant. Voici comment elle présente Bernis :

Casanova : « ... J'imagine qu'il est vieux ? »

M. M. : « Non, en vérité. J'en serais honteuse. Je suis sûre qu'il n'a pas quarante ans. Il a tout, mon cher ami, pour être aimé. Beauté, esprit, douceur dans le caractère, et procédés... Il y a un an qu'il s'est emparé de moi. »

Casanova la retrouve la nuit suivante, chez elle, habillée en séculière, avec la plus grande élégance, coiffée à la mode, avec une belle perruque « en chignon abondant ». Là, il devine qui est son amant à un petit flacon d'essence de rose « envoyé par Mme de Pompadour au comte de B., ambassadeur ici ».

M. M. : « Le connaissez-vous ? »

Casanova : « C'est un homme que la fortune a favorisé, mais homme de mérite et de beaucoup d'esprit, et distingué par sa naissance, car il est comte de Lyon. Sa jolie figure lui a fait donner le sobriquet de Belle Babet ; nous avons un petit recueil de ses poésies qui lui font honneur[24]. »

Le matin, elle remet dans son secrétaire bijoux et vêtements et « endosse le saint habit » pour rentrer au couvent. Elle est la seule, dit-elle, à pouvoir s'évader : « L'or est le puissant dieu qui fit ce miracle. »

Quant à C. C., on ne sait pas d'où elle vient.

Casanova donne rendez-vous pour souper à M. M. et à Bernis dans son casino de Murano ; les deux hommes, non sans hésitations, se reconnaissent, car tous deux ont assisté, à Paris, à un dîner. Au cours de la conversation, M. M. décrit à Bernis son amie C. C., passionnément aimée de Casanova qui a décidé de l'épouser.

L'ambassadeur regrette que M. M. ne l'ait pas invitée.

M. M. : « Je pourrais vous faire souper chez moi avec elle, car nous couchons dans la même chambre. »

Comment, depuis un an, Bernis ne le sait-il pas encore ?

Ce souper réunit bientôt les quatre personnages dans le casino de Murano. Casanova s'aperçoit tout de suite que Bernis apprécie beaucoup C. C. et que celle-ci en est « glorieuse ». « C. C. parut un prodige à M. de Bernis, dit-il, et, contradiction du cœur humain !, j'en jouissais et pourtant je tremblais qu'il n'en devînt amoureux. » Le lendemain, en réfléchissant, il entrevoit « où la chose va aboutir, car l'ambassadeur n'avait fait fortune, par le chemin des femmes, qu'en force de l'art qu'il possédait de dorloter l'amour... Très voluptueux par nature, il y trouvait son compte ; en se délicatant, il faisait naître les désirs sans lesquels il avait raison de ne pas vouloir de jouissance[25] ». Casanova redoute de plus en plus que C. C. ne lui échappe.

On fixe un prochain rendez-vous ; mais Bernis prévient qu'un courrier exceptionnel l'empêchera de s'y rendre. Malgré la déception de C. C., Casanova et les deux femmes se mettent au lit dans l'alcôve. Scène érotique assez précise où M. M. se contente d'abord de regarder : « Pauvre C. C., regrette le narrateur, je la voyais débauchée, et c'était mon ouvrage ! »

Ce qui est plus grave, c'est qu'il apprend bientôt, par une

lettre de chacune des femmes, que Bernis a eu son tour : il a passé, lui aussi, une nuit avec M. M. et C. C. Celle-ci s'entend si bien avec lui qu'il terminera le carnaval avec elle... tandis que M. M. retournera à Casanova. Échange courtois, mais à court terme : Bernis va partir pour Vienne [sic]. Il regrette M. M., la recommande à Casanova à qui il cède ses droits sur son casino [26]. Pourquoi, puisque l'aventurier en possède un ?

Ainsi, très simplifié, le récit de Casanova apparaît, sans le brouillard de ses détails, encore plus incohérent. Ce qui le rend peu crédible, c'est qu'il est écrit à la fin d'une vie bourrée d'aventures de toutes sortes, vraies ou imaginées. Il présente, sur la carrière de Bernis, des erreurs grossières. A titre d'exemple, Bernis part de Venise pour Vienne et déclare, en 1754, à Casanova : « Je vais travailler avec le cabinet autrichien à un traité qui fera parler toute l'Europe. » Or, Bernis n'est jamais allé à Vienne, et c'est seulement en septembre 1755 que Marie-Thérèse, l'impératrice-reine, fera à Louis XV sa proposition d'alliance dont Bernis sera le premier informé... et le premier surpris ! Anachronismes dont on pourrait allonger la liste.

Dans quelle intention Casanova prête-t-il à Bernis son propre cynisme et ses débordements érotiques ? Comment croire que Bernis tel qu'on le connaît par ailleurs, sincère, délicat, scrupuleux, eût partagé le lit de deux religieuses lesbiennes, et qu'il eût séparé la jeune C. C. de celui qui voulait l'épouser ? Bernis est l'homme de l'amitié amoureuse, de la volupté aimable et tendre. Bernis, c'est l'anti-Casanova, en supposant que Casanova eût été aussi puissant qu'il veut le faire croire...

Les réactions de tous ceux qui ont connu, de près ou de loin, la biographie des deux hommes sont très diverses. Certains, qui font de Bernis un mystique, ont simplement ignoré le texte de Casanova. D'autres, indignés, le rejettent violemment, comme inventé de toutes pièces et destiné à calomnier Bernis : c'est la thèse du casanoviste allemand Gügitz [27]. Pure invention aussi selon Frédéric Masson, l'historien scrupuleux de Bernis [28]. D'autres encore — c'est le cas des annotateurs de la récente édition des *Mémoires* —, publient le texte de Casanova qui intéresse l'abbé, en signalant seulement ses erreurs chronologiques. Le malheur, c'est que cette publication apparaît comme un témoignage, et, jetant le discrédit sur la sincérité des *Mémoires*, fausse le caractère de Bernis.

C'est pourquoi il est préférable de laisser la parole au savant casanoviste le plus connu en France et le mieux informé, Charles Samaran, qui exprime, après de longues recherches, l'opinion la plus prudente : « Les récits galants du célèbre aventurier semblent trop souvent porter la marque d'une impureté en quelque sorte maladive, ou d'une sénilité qui s'ingénie à corser, peut-être même à imaginer des scènes érotiques... Qui pourrait dire ce qu'il y a de vrai dans ce récit que les historiens de Bernis ont repoussé du pied comme une calomnie abominable ? Les documents ne fournissent actuellement nul indice[29]. »

Madame Infante

Les indices sont plus nets d'une liaison de Bernis avec Louise Élisabeth de France, fille de Louis XV, toujours désignée sous le nom de « Madame Infante ». Elle avait vingt-huit ans au moment de la visite de l'abbé. Sans être jolie, elle avait du charme, et un tempérament qui la disposait à l'amour : déjà, elle s'était éprise de Vauréal, évêque libertin de Rennes, ancien ambassadeur en Espagne, qui fut attaqué pour cette liaison et beaucoup d'autres. Son mariage n'était pas une réussite sentimentale. Son époux don Philippe, libéré de l'étouffante cour d'Espagne, abandonnait sa femme et perdait au jeu. Souvent ruinée, Louise Élisabeth criait misère, mais possédait heureusement une maison de campagne luxueuse à Colorno, munie d'un théâtre d'où l'on jouait Racine et Voltaire. Madame Infante écrivait beaucoup : au roi son père chaque semaine, au maréchal de Noailles, à Vauréal, à Bernis, à de nombreux personnages de la cour et même d'Europe.

Le 6 décembre 1754, Bernis demanda au roi la permission d'aller à Parme faire sa cour à Madame Infante. Elle lui fut accordée aussitôt. Laissant la responsabilité de l'ambassade à Brun, secrétaire dévoué, et sa belle maison à l'abbé Deshaises, il fut à Parme le 5 janvier 1755. Accueilli « avec mille bontés » et un succès qui passa ses espérances, il se disposa à y rester le temps du carnaval. Le 17 janvier, l'Infant, en son mauvais français, écrivait au maréchal de Noailles : « Nous avons ici le comte de Bernis. J'avais bien ouï dire qu'il avait de l'esprit, mais j'ai vu avec plaisir que c'était des bons, et de ceux qui pouvaient être utiles au service du roi. » A son tour, le secrétaire intime de Madame Infante écrivait au maréchal que Bernis était « d'une très grande ressource pour *leur* société ». Et le comte de Rochechouart, ministre de France à Parme, note que « Madame Infante est fort aise de s'entretenir avec lui. On ne peut pas en effet avoir plus d'esprit et de talents qu'il en a pour se faire aimer et s'attirer la considération[30] ».

Choiseul déclare sans ambages, dans ses *Mémoires,* que Bernis « aimait à caresser les seins généreux de la fille aînée de Louis XV ». Qu'en sait-il ? Le réalisme brutal de la forme ajoute aux méchancetés dont il parsème cet ouvrage. Il n'en reste pas moins que transparaissent, dans les *Mémoires* de Bernis, les signes d'un attachement dont il est difficile, comme toujours, de déterminer la nature. On a vu par ailleurs les nostalgies vénitiennes de Bernis...

En arrivant à Parme, il y trouva des lettres « fort pressantes » qui l'invitaient à rentrer à Versailles ; et même, la dernière, de Mme de Pompadour, le supposait déjà sur la route. Se gardant bien de dramatiser, Bernis réfléchit : il imagina que « la cour avait enfin ouvert les yeux sur la justesse des relations qu'*il* faisait de la cour d'Espagne, et que, sans doute, on avait envie de rappeler le duc de Duras, et de *l'*envoyer à sa place[31] ». Il imaginait juste. Mais le duc de Duras était un ami de collège ; Bernis ne voulait en aucune façon lui déplaire en précipitant son rappel ; il redoutait aussi la Maréchale, sa mère, qui pouvait faire beaucoup de bien ou de mal. Heureux de laisser au duc le temps de rétablir sa situation en Espagne, et plus heureux encore de ne pas quitter l'Italie, il décida de ne point partir sans un ordre formel. Comme un homme de mauvaise foi, il accumule, dans ses *Mémoires,* les arguments : à Constantinople, le sultan venait de mourir, et, hélas ! l'excellent ami de l'abbé, le comte des Alleurs, ayant été terrassé par sa deuxième attaque d'apoplexie, Bernis n'était-il pas le seul ministre « à portée » de donner des nouvelles de la Porte ?

Au surplus, un différend venait de s'élever entre Rome et Venise à propos de la suppression de certains privilèges consentis par Venise à la cour de Rome. Stainville, nommé ambassadeur à Rome en 1753, conseillait au pape Benoît XIV la rigueur : Bernis n'approuvait pas cette conduite... Et enfin, il voulait recevoir le sous-diaconat des mains du Patriarche de Venise... Belle plaidoirie, destinée à apaiser sa seule conscience, car ce ne fut pas à Venise qu'il resta, mais à Parme et à Colorno...

Tous ces arguments, et plus encore les lettres de l'Infante à son père, devaient convaincre Louis XV qui fit écrire à Bernis de ne rentrer que lorsqu'il le jugerait à propos. Soulagement : « Je fis donc ma cour à Madame Infante pendant trois mois. » Séjour *utile,* sans doute : « Cette princesse avait de grandes qualités et des défauts d'enfant (est-ce donc un défaut pour Bernis ?) ; elle me rendit, pendant mon séjour à Parme, des services auprès du roi, de M. le Dauphin et de la famille royale[32]... »

Le 22 mars, il annonça son départ pour Venise. Puis il le retarda : les enfants de la princesse venaient de tomber malades, comment la quitter ? Et ensuite, Madame Infante désira que Bernis attendît le passage du duc de Penthièvre qui rentrait en France... et se faisait attendre.

Enfin, Bernis regagna Venise le 4 avril. Il n'y demeura pas longtemps : après une retraite de quinze jours, il reçut le sous-diaconat du Patriarche de Venise, nouvelle étape vers la prêtrise dont Bernis se rapprochait à tous petits pas. On ne le pressait plus de rentrer mais sa raison, enfin, se tourna de nouveau vers l'ambition : « ... J'avais quarante ans, nul établissement solide. Il me fallait une abbaye et la place de Conseiller d'État d'Église qui m'était promise depuis longtemps. » Il quitta donc Venise le 24 avril. Sans doute tout le monde savait-il qu'il n'y devait point revenir. Il emportait l'estime du Sénat et celle du cardinal Rezzonico, qui allait devenir Clément XIII. Il était parvenu à être l'ami des Vénitiens « à tel point, dit-il, que mon départ causa une désolation universelle. Je fus tellement attendri des larmes que je voyais couler que je ne pus en soutenir le spectacle et que j'ordonnai à mes gondoles de gagner les derrières de la ville, pour cacher une sensibilité dont je sentais que je n'étais plus le maître. Je ne me pique pas d'avoir un cœur de bronze... et je ne connais le prix de la vie que par le bonheur d'aimer et d'être aimé[33] ».

Aussitôt consolé, il rejoignit le « délicieux et adorable Colorno » ; ainsi le qualifiait « l'isolée et l'esseulée » à l'évêque de Rennes[34]. Il s'y attarda quinze jours, et obtint, dit-il, « non seulement les bontés, mais même l'amitié de Madame Infante ». Que sa nièce, à qui il dicte cela, ne soit pas tentée d'y voir autre chose.

Il partit enfin pour Turin, où il séjourna encore une semaine. Le 7 juin 1755, il arrivait à Versailles. On ne sait s'il y retrouva la comtesse des Alleurs, jeune veuve : on sait seulement qu'elle se remaria plus tard.

CHAPITRE VII

Enchaîné par l'événement

Fuir la jalousie et l'inertie...

« Je fus reçu du roi avec bonté et familiarité ; de la famille royale comme un ami de l'Infante : c'est le titre qu'elle me faisait l'honneur de me donner ; de M. Rouillé et des autres ministres comme un favori à qui l'on ne pouvait disputer d'avoir du mérite ; de Mme de Pompadour enfin comme un ami intime de qui l'on attendait de la consolation et des conseils [1]. »

Bernis s'était inutilement pressé de revenir d'Italie. Toutefois, si le duc de Duras, resté à Madrid, semblait y avoir rétabli son autorité, c'était plutôt l'avis des ministres que celui du roi : « Le roi seul, dit Bernis, était dans la ferme résolution de me faire succéder à M. de Duras. » Or, ce duc passait pour un favori et un familier du roi ; admirable était donc la promotion de l'abbé : il avait progressé jusqu'au premier rang de la faveur, et aussi, chose plus rare, de la capacité et du mérite. Louis XV, lorsqu'il sortait de son indifférence, avait le jugement sûr.

Aussi bien ce favori du roi, ce protégé de Mme de Pompadour, vit-il blêmir de jalousie les visages des ministres. Rouillé même, qui n'avait fait aucune perfidie à Bernis et lui avait rendu service, « était trop borné pour n'être pas jaloux ». Que Mme de Pompadour reçût si longuement l'ambassadeur, cet « ami intime », ne pouvait plaire à Machault, intelligence froide et solennelle, ni à ce « cher Soubise », gentil prince, séduisant et serviable, mais ignorant l'a.b.c. de la guerre, dont elle voulait faire un général d'armée.

Or, nul autre que Bernis, par sa douceur et ses lumières, ne pouvait lui apporter ce qu'elle en attendait : consolations et conseils. Elle avait tant à lui confier. Sa fille Alexandrine était morte le 15 juin 1754, ce qui l'avait durement éprouvée. Elle avait définitivement perdu l'amour du roi ; ce ne fut qu'à ce moment qu'elle raconta à Bernis dans le détail l'intrigue de Mme de Choiseul-Beaupré. Un « sentiment plus fort que l'amour » avait poussé Stainville à rendre service à la favorite ; Bernis en crut ce qu'il voulut... Stainville était devenu, cet « amour » étant toléré, un nouveau « grand ami », et avait été nommé ambassadeur à Rome, auprès de ce bon pape Benoît XIV, bien que le poste eût mieux convenu à Bernis. Mme de Pompadour manifesta de l'aigreur à l'égard du roi qui s'abaissait à des infidélités avilissantes, toujours humiliantes pour la favorite, et parfois menaçantes pour sa situation à la cour : tel avait été l'engouement de Louis XV pour la petite Murphy qui lui avait donné un enfant, et qu'il avait installée dans la première maison du Parc-aux-Cerfs. Mme de Pompadour avait dû la marier, et la maréchale d'Estrée, qui l'avait engagée à se faire déclarer favorite, fut exilée[2]. De dépit, Mme de Pompadour avait écrit au roi des lettres lui demandant l'autorisation de se retirer. Bernis les lut et les trouva peu convaincantes ; elles risquaient de fatiguer le roi ; il lui conseilla d'éviter ces aigreurs et de rester à la cour où elle était utile.

Mais il approuva les lettres qui traitaient des affaires : « Je n'aurais jamais cru, dit-il, qu'elle eût dit la vérité au roi avec tant d'énergie et même d'éloquence. Je l'en aimai mieux et l'en estimai davantage. Je l'exortai à ne pas affaiblir son style et à continuer de dire la vérité avec force et courage[3]. » La favorite ne pouvait passer sous silence la question lancinante de la désunion des ministres : l'opposition demeurait inexorable entre Machault et d'Argenson. Et le prince de Conti continuait d'accéder à la chambre du roi par l'escalier secret. Bernis lui conseilla d'insister pour que cessât ce travail clandestin et que le roi reprît confiance en ses ministres. Elle l'écouta et réussit. L'influence de l'abbé sur la favorite demeurait si forte qu'elle finit par le charger de négocier une réconciliation avec le comte d'Argenson. Mais Bernis y échoua ; le ministre de la Guerre renouvelait l'erreur de Maurepas : il n'avait besoin de personne.

Quel découragement saisit Bernis lorsqu'il vit avec quel manque de lucidité et de dignité on traitait les affaires extérieures ! Il était tombé en pleine affaire Mandrin : ce chef d'une troupe de contrebandiers, après ses brigandages sur le territoire français, trouvait asile en Savoie. Plusieurs fois, le roi s'était plaint du refuge que la cour de Turin accordait à ce « scélérat ». « Or, dit Bernis, on prit en France le mauvais parti de laisser enlever Mandrin, à main armée, sur le territoire de Savoie. » Le roi de Sardaigne, « sentant la faiblesse du ministère français, réclama avec grande hauteur qu'on lui livrât Mandrin ». Pendant qu'on négociait, Mandrin fut jugé et exécuté à Valence. Le roi de Sardaigne rappela son ministre et consigna l'ambassadeur de France dans son hôtel.

Un conseil, tenu à Compiègne, décida d'envoyer un ambassadeur extraordinaire à Turin, et ce fut le comte de Noailles, fils du maréchal, l'un des plus grands seigneurs de la cour, qui fut choisi pour cette mission. Rouillé avait demandé à Bernis son avis. Bernis conseilla de traiter à égalité, mais pas moins : que le roi proposât des réparations pour la violation du territoire de Savoie, mais qu'il en exigeât du roi de Sardaigne pour avoir donné asile pendant plusieurs années à un sujet rebelle, malgré les instances réitérées de la France. Ces représentations fort vives ne présentaient aucun danger de guerre... « On opina pour une ambassade extraordinaire, et le maréchal de Noailles ne dédaigna point de solliciter cette commission humiliante pour son fils. » C'est une « bassesse », dit Bernis. Et le maréchal de Belle-Isle déclara qu'il avait honte d'être français[4].

Comment un gouvernement aussi faible à l'égard du roi de Sardaigne n'eût-il pas été méprisé des Anglais ? « Ce qui m'épouvantait le plus, écrit Bernis, c'était de voir la France près d'entrer en guerre avec l'Angleterre, et par conséquent avec une partie de l'Europe, sans qu'elle s'en doutât, ne prenant aucun moyen efficace ni pour éviter la guerre, ni pour la soutenir. Je considérais avec la même frayeur qu'il avait suffi de trois ans d'ambassade pour me faire regarder comme le ministre du roi le plus habile, et sa plus grande ressource : *cela prouvait la disette d'hommes*[5]. »

Alors, Bernis se prit à redouter qu'on ne le retînt à la cour pour lui confier quelque charge importante. Plus encore qu'en 1753, il craignit de s'épuiser dans une lutte qui eût consisté d'abord à tout remettre à l'endroit, à exiger une autorité discriminatoire, donc absolue, pour soutenir une guerre, car le désordre et l'incapacité s'étaient accrus ! Comment vaincre la désunion des ministres et pallier la médiocrité des généraux ? A l'étranger, dans son ambassade, il aurait moins d'importance, mais il serait le maître de ses actes. Bernis allait demander au roi de repartir pour Venise. Mme de Pompadour combattit longtemps sa résolution, puis céda : « Je lui fis le tableau du royaume, du désordre des finances, de l'insubordination universelle et de la perte de l'autorité du roi. » Ces mêmes vérités, Bernis les a-t-il dites au roi ? Toujours est-il que le roi accepta de se séparer de lui, non sans l'avoir largement récompensé : il venait de lui assurer l'abbaye de Saint-Arnoul-de-Metz qui rapportait, selon le duc de Luynes, vingt-sept à vingt-huit mille livres de rente ; il doubla ses appointements d'ambassadeur, lui promit la première place vacante de conseiller d'État d'Église, et le cordon bleu lorsqu'il serait désigné pour Madrid, poste qui lui était réservé.

Bernis fixa son départ au 12 août. Il se privait d'assister au mariage de sa nièce, Mlle de Narbonne, avec son cousin, le comte des Ports de Bernis, fixé au 21 octobre. Ainsi, risquait-il de décevoir sa bienfaitrice, la princesse de Rohan-Courcillon, qui avait élevé et doté Mlle de Narbonne.

Mais l'histoire devait en décider autrement.

Les événements commandent

En 1754, les Anglais avaient envoyé en Amérique, avec des renforts, le général Braddock. Le cabinet de Londres et le duc de Westminster voilaient sous des souhaits de paix les exigences de leurs marins et de leurs marchands, et comme ils n'observaient que faiblesse à Versailles, ils se sentaient seuls maîtres de la paix et de la guerre. En 1755, l'amiral Boscawen reçut les instructions suivantes : « Si vous rencontrez des vaisseaux français ou autres navires ayant à bord des troupes ou munitions, vous ferez de votre mieux pour vous en rendre maître. Dans le cas où il vous sera fait de la résistance, vous emploierez les moyens dont vous disposez pour les capturer ou les détruire. » Acte de guerre notoire qu'ignora le gouvernement français : le duc de Mirepoix, ambassadeur à Londres, homme naïf, se laissait amuser par les Anglais et envoyait des dépêches optimistes.

La cour se rendit à Compiègne. Pouvait-on manquer les grandes chasses pour préparer une guerre ? Bernis fut surpris de voir que les ministres étrangers lui faisaient la cour plus volontiers qu'à Rouillé dont l'ignorance et la hauteur les rebutaient. Le plus étonnant fut Knyphausen, ministre plénipotentiaire de Frédéric II. Il ne quittait pas Bernis. Ce fut d'abord de la flatterie : il était persuadé que l'abbé était le seul qui eût la confiance du roi. Connaissant Bernis, il lui représentait l'aveuglement de la cour et regrettait qu'on ne prît aucune mesure énergique en accord avec Frédéric. Il avait son plan, bien prussien : prévenir l'événement, la Prusse envahissant la Bohême avec cent quarante mille hommes, et la France occupant les Pays-Bas autrichiens. Mais ce que Knyphausen disait à l'oreille de Bernis, il le criait sur les toits avec une affectation qui éveilla les soupçons de l'abbé.

Ce fut dans ces circonstances que la cour apprit que deux navires français, *L'Alcide* et *Le Lys*, avaient été capturés le 10 juin, sur le banc de Terre-Neuve, par l'escadre de Boscawen. « Tous les gens de bon sens, dit Bernis, virent alors que la guerre était assurée, et que celle de terre suivrait de près celle de mer[6]. » A Versailles, l'événement ne fit que déclencher une autre guerre dans le gouvernement. Deux opinions opposées divisèrent le Conseil : le comte d'Argenson et tous les militaires considérèrent que l'agression était préméditée et qu'il fallait répliquer par l'invasion des Pays-Bas autrichiens. Rouillé adopta cet avis et rédigea un mémoire en sa faveur. Machault et le reste du Conseil furent pour la « douceur » et l'absence de représailles : ils répondirent par des mémoires opposés. « Cette guerre de plume, écrit Bernis, devint fort indécente » ; car chacun des deux camps lisait et divulguait son mémoire. Les femmes elles-mêmes se passionnaient pour l'un ou l'autre. On répandait les secrets d'État ; les militaires accouraient à Compiègne pour demander du service. Visiblement, il ne s'agissait point des intérêts de l'État, mais d'intérêts personnels. D'Argenson voulait sa guerre de terre pour faire briller son armée ; Machault se réservait pour une guerre maritime qui n'était pas prête, position facile qui repoussait la guerre dans un avenir indéterminé. « Quel spectacle, s'écrie Bernis, pour les ministres étrangers rassemblés à la cour de voir que *les questions les plus graves étaient traitées comme dans un café*[7] ! »

Knyphausen redoubla ses déclamations. Bernis finit par lui dire qu'il voyait bien que le roi de Prusse voulait, dans son intérêt, nous engager dans une guerre contre l'Autriche. L'ennemi, pour Bernis, était la seule Angleterre. Dès lors, brusquement, Knyphausen changea de ton : se taisant sur l'affaiblissement de la France, il loua l'attitude pacifique de Louis XV. Bernis se douta que Frédéric cherchait à échapper à son alliance avec la France : « J'étais prophète sans le savoir », dit-il. En effet, le roi de Prusse commençait une négociation avec l'Angleterre par l'intermédiaire du duc de Brunswick, « mais nous n'en savions rien alors ». Bernis communiqua ses idées au ministère, mais

« à l'exception du roi et peut-être de M. de Machault, tout était prussien dans le Conseil ». Cependant, à force d'insister auprès de Mme de Pompadour, il fut admis que l'on enverrait un ambassadeur extraordinaire à Berlin.

La seule mesure vraiment urgente que l'on prit fut de se procurer de l'argent. Mais là encore, quelle maladresse ! Il fallait qu'un impôt de guerre fût provisoire. Tout le monde pensa qu'on rétablirait le dixième, créé en 1710 et reconduit en 1733. Mais Machault, avec obstination, voulut imposer « les deux vingtièmes ». Même chose, dira-t-on ? Non ! La ficelle était visible : on pourrait, après la guerre, n'en supprimer qu'un et conserver le deuxième, alors que l'on ne pourrait maintenir, sans levée de boucliers, le dixième ! Or, la levée de boucliers, on l'eut immédiatement : la « fermentation » des parlements reprit à Paris et en province ; le roi fut obligé de faire enregistrer l'établissement des deux vingtièmes dans un lit de justice, ce qui fut l'occasion pour le président Maupeou de lui adresser un discours d'une hardiesse jusqu'alors inconnue : l'érosion de l'autorité royale progressait.

« Cette léthargie funeste, dit Bernis, alluma mon sang. » Il tomba sérieusement malade : ce n'était pas la première fois et ne serait pas la dernière ; les soucis, plus que la fatigue, finissaient par compromettre son équilibre nerveux et par affaiblir tout l'organisme. Le roi eut la bonté de lui écrire et de le consoler en lui promettant de le faire commandeur de son ordre... L'abbé se remit, mais il n'eut plus qu'un désir, retourner en Italie. Ses découragements n'allaient jamais jusqu'au désespoir : dès qu'il ne croyait plus à l'utilité d'un travail ou d'un sacrifice, il retrouvait son rêve de liberté, de tranquillité, de bonheur. Ce n'est pas la foi qui fait ce miracle, c'est l'amour de vivre.

Venise, Parme... Oui, ce ne fut qu'un rêve. Quelques jours avant son départ, Rouillé lui apporta, de la part du roi , l'ordre d'y renoncer. Le duc de Duras avait présenté à la cour de Madrid, de sa propre initiative, un mémoire qui avait déplu à la reine : il fallait rappeler ce ministre. Chaque membre du Conseil proposa un protégé, mais le roi tint ferme : Bernis fut nommé ambassadeur en Espagne au début d'août 1755. Devant cette volonté tenace du roi, il soupçonna fort Madame Infante de l'avoir recommandé depuis longtemps pour ce poste : il y avait en elle non seulement une enfant, mais une femme d'affaires ; elle avait d'importants intérêts à ménager en Espagne...

Une mission délicate

Une ambassade dans ce pays, à ce moment crucial, n'était pas une sinécure. Poussé par La Encenada, ministre francophile, Duras s'était trop pressé de vouloir établir un « pacte de famille » avec l'Espagne. La Encenada avait été renvoyé : face à une reine « portugaise et anglaise dans le cœur », et qui gouvernait le roi, Duras se trouva en position de vaincu. Keene, ambassadeur de Londres à Madrid depuis trente ans, avait attaché la reine aux intérêts de l'Angleterre « avec des chaînes d'or ». Louis XV, connaissant mal la situation, avait écrit à Philippe VI, son cousin, roi très borné, une lettre dont certaines phrases durent irriter la reine : « Les Anglais, lui disait-il, ont été de tous temps les ennemis implacables de notre sang et de notre maison... » Philippe lui avait fait répondre de s'entendre à tout prix avec eux... Wall, son nouveau ministre des Affaires étrangères, était donc peu enclin à proposer à son maître et à la reine une alliance française.

Tels étaient la cour et les ministres que Bernis avait pour mission de gagner à sa cause. « J'en fis sentir les difficultés, écrit-il, mais le roi me laissa libre de former mon plan et de régler ma conduite. » Dès lors, il ne désespéra plus de réussir. Il se fixa un but fort modeste : il essaierait d'obtenir une simple médiation de l'Espagne — dont la marine était plus nombreuse et mieux entretenue que la française —, susceptible de faire réfléchir les Anglais, d'arrêter ou seulement de ralentir leurs conquêtes en Amérique. Selon son « système » habituel, il ne révélerait point son projet avant d'avoir gagné des sympathies comme homme et comme ministre. Il commença tout de suite, à Versailles, par établir de bonnes relations avec le bailli de Souza, très aimé de la reine d'Espagne, et le comte Massones, ambassadeur, qui pouvait le lier à M. Wall. Il fit attribuer au cousin de M. Wall un brevet de colonel que d'Argenson avait toujours refusé[8].

Il importait alors que son départ fût proche. Il devait croiser Duras à Poitiers pour s'informer. Aussi le roi se pressa-t-il de rendre publique la nomination de Bernis. L'envie se réveilla aussitôt contre Bernis-Zadig : on réimprima des textes défigurés, vers et prose, alternant avec des pièces estropiées d'auteurs vivants, et l'on répandit ce recueil à Madrid. Mais là, comme en Italie, on pensa que l'ambassadeur « avait seulement un talent de plus que les autres ». « Je suis bien heureux, ajoute Bernis, de n'avoir pas eu quelque tort caché, car on n'aurait pas manqué d'en dévoiler la turpitude[9]. »

Un événement bouleversant

Bernis devait partir dans les huit jours lorsqu'il reçut un billet de Mme de Pompadour le priant de passer chez elle le lendemain à dix heures, sans y manquer. Il était loin d'imaginer le coup de la fortune qui l'attendait ni l'émotion qu'il allait devoir maîtriser.

Elle lui montra une lettre du comte de Staremberg, ministre plénipotentiaire de la cour de Vienne à Versailles, demandant à Mme de Pompadour un rendez-vous au sujet de propositions secrètes de l'impératrice Marie-Thérèse au roi de France. En même temps, il demandait que le roi voulût bien choisir parmi ses ministres un homme de confiance pour assister avec lui et Mme de Pompadour, à la première conférence. Le roi avait désigné Bernis.

Il resta un moment silencieux. Son visage ne laissait rien paraître de son agitation. Quel pouvait être le contenu des propositions autrichiennes ? Et lui, Bernis, quel intérêt avait-il à entrer dans ce jeu secret ? Mme de Pompadour lui confirma qu'il avait été choisi non seulement pour ses capacités, mais encore parce que le roi connaissait les préjugés des autres ministres contre l'Autriche. Il s'agissait en effet d'un rapprochement... Aussitôt, Bernis retrouva tout son sang-froid, et une foule d'objections se déroulèrent en toute clarté devant la favorite étonnée. Ces propositions étaient-elles sincères, ou bien ne s'agissait-il que d'amuser la France et de l'affaiblir ? N'allait-on pas inquiéter le roi de Prusse dont le traité d'alliance avec la France n'expirait que le 5 juillet 1756 ? N'était-ce point provoquer son infidélité ? Ne voulait-on pas entraîner la France dans une guerre avec la Prusse alors qu'elle était pratiquement en état de guerre avec l'Angleterre ? Que feraient les princes protestants francophiles d'Allemagne devant cette alliance de deux puissances catholiques ? Et ce changement radical d'un système politique séculaire n'allait-il pas à l'encontre de l'opinion publique et de celle des ministres ? N'allait-il pas provoquer un « ébranlement général » ? Le roi avait-il des généraux éprouvés et des finances en ordre ? Et lui, Bernis, qui n'était encore qu'ambassadeur, quelles jalousies allait-il réveiller ?

Ce ne fut pas Mme de Pompadour qui lui répondit. Le roi entra et lui demanda brusquement ce qu'il pensait de la lettre de M. de Staremberg. Bernis répéta ses arguments... Peut-être pas tous, ni sur le même ton. Le roi l'écoutait avec impatience, et lorsqu'il eut terminé, lui dit avec colère : « Vous êtes comme les autres, l'ennemi de la reine de Hongrie. » Non ! On ne prend pas Bernis au dépourvu ! Il protesta aussitôt et prouva au roi qu'il connaissait l'autre aspect du problème : n'avait-il pas connu le comte de Kaunitz, ancien ambassadeur en France, et membre aujourd'hui du conseil de l'impératrice ? Ce comte si séduisant, si français, avait été envoyé à Versailles dans le but de préparer une alliance avec la France. On pouvait être certain de son accord avec l'impératrice.

L'idée n'était pas nouvelle : au cours de la négociation d'Aix-la-Chapelle, Marie-Thérèse écrivait à Kaunitz : « Il faut faire comprendre à la France que l'Angleterre et la Prusse travaillent à l'envi à l'affaiblissement des grandes puissances catholiques, par conséquent que nos intérêts communs exigent des mesures propres à tromper de telles manœuvres [10]. » Bernis ne l'ignorait pas, et même, il avait entendu dire que le père de la reine de Hongrie, Charles VI, lui avait donné, en mourant, le conseil de s'allier à la France... Malgré tout, Bernis maintenait son attitude prudente et conseillait au roi de consulter ses ministres. « Eh bien, répliqua le roi, il faut donc faire un beau compliment à M. de Staremberg et lui dire qu'on ne veut rien écouter ? » Ce n'est pas mon sentiment, sire, répondit Bernis, Votre Majesté « a tout à gagner à s'instruire des intentions de la cour de Vienne, mais il faut prendre garde à la réponse qui lui sera faite [11]. » Le roi, retrouvant un visage serein, ordonna à Bernis d'écouter le comte de Staremberg en présence de Mme de Pompadour qui ne devait assister qu'à la première conférence.

Staremberg possédait un pouvoir de l'impératrice promettant au roi Louis XV et exigeant de lui un secret inviolable. Elle interdisait même un employé aux écritures. Il n'y eut donc, à Versailles, que le roi, Mme de Pompadour, Bernis et Staremberg, et à Vienne que l'impératrice, l'empereur et Kaunitz qui furent dans le secret. Cette diplomatie, qui plaisait fort à Louis XV, inquiétait Bernis : après avoir poussé Mme de Pompadour à faire écarter Conti, allait-il devenir lui-même une sorte de Conti ?

Bernis avait senti combien la position du roi était sentimentale. Le roi lui avoua, en effet, que « *toute sa vie*, il avait désiré avoir la cour de Vienne pour alliée ». Combien peut-on regretter aujourd'hui que sa timidité, sa soumission à Fleury, l'eussent empêché de réaliser ce désir avant l'absurde guerre de la Succession d'Autriche ! Et s'appuyant alors sur une Allemagne favorable, cette alliance eût bloqué, sans doute, l'hégémonie prussienne. L'Europe n'eût peut-être pas été manquée... En

1756, avec une France et une Autriche affaiblies, il était trop tard.

Bernis ayant pris conscience que la décision du roi était bien arrêtée, lui demanda un pouvoir écrit par lequel il l'autorisait à écouter Staremberg, à lui répondre, et s'engageait lui-même à contrôler les mémoires qui seraient expédiés à Vienne. Bernis en rédigea tout de suite le texte, le roi l'emporta et revint un quart d'heure après, l'air heureux, avec le pouvoir en bonne forme et signé de sa main. Louis XV semblait sorti de son habituelle indifférence : c'était inespéré.

Il s'absenta pour tenir un bref conseil. Pendant ce temps, Mme de Pompadour expliqua à Bernis ce qu'il savait déjà : « l'amitié » du roi pour Marie-Thérèse, son orgueil d'homme de devenir le protecteur d'une femme, d'une reine, sa satisfaction de réunir deux États catholiques, enfin, à l'égard de Frédéric II, une méfiance que la favorite poussait jusqu'à la haine. La récente arrestation de Voltaire à Francfort, le traitement qu'on lui fit subir ainsi qu'à Mme Denis — il est vrai qu'il l'avait bien cherché ! — témoignaient pour elle de la brutalité du soudard.

Quand le roi revint de son conseil, il avoua qu'il venait de pressentir, « d'une façon détournée », Machault et Séchelles, afin de savoir ce qu'ils eussent pensé d'un rapprochement avec l'Autriche. « Vous allez être bien content, dit-il à Bernis, car ils ont pensé comme vous [12]. » A partir de ce moment, toute gêne dans les rapports entre le roi et Bernis disparut. Avant de se quitter, Mme de Pompadour et Bernis se félicitèrent mutuellement : ne venaient-ils pas tous les deux de faire figure de ministres ? Il n'en resta pas moins que Bernis, sans illusion sur les affaires intérieures de la France et les réformes qu'elles eussent exigé, sentit le poids de sa responsabilité : il tenait entre ses mains l'œuvre de Richelieu, de Mazarin et de Fleury et devait juger s'il fallait la prolonger ou la détruire.

Les conférences de Bellevue

La première conférence eut lieu le 3 septembre 1755 à Meudon, au pied de la terrasse de Bellevue dans la petite maison nommée d'abord *Le Taudis,* puis *Babiole,* et enfin *Brimborion.* Le château de Bellevue a été détruit, mais le souvenir en est resté dans les allées en lacets qui montent actuellement du quai de la Seine vers la Terrasse et se nomment allées « Pompadour » et « Brimborion ».

Les négociateurs devaient y arriver par deux côtés opposés, à pied, après avoir renvoyé leurs gens et leurs carrosses. Pendant près de six mois, aucun ministre étranger n'eut vent de ces rencontres. A la première conférence, Bernis et Mme de Pompadour convinrent de ne prononcer aucune parole et de ne faire aucun signe qui pût révéler leur pensée. Staremberg, en lisant le message de l'impératrice, chercha vainement dans leurs yeux un signe d'approbation. Pourtant, la stupéfaction de Bernis fut grande : l'impératrice supposait Louis XV mécontent du roi de Prusse et lui révélait des négociations en cours entre Londres et Berlin, circonstance absolument ignorée à Versailles. C'était Frédéric II qui amorçait le premier ce renversement des alliances. Autre surprise de Bernis : le ton qu'employait Marie-Thérèse. « Au lieu d'user de détours et de finesses, elle faisait part au roi de ses vues avec la plus grande franchise [13]. » Elle ne craignait point de révéler ses secrets sans rien connaître de ceux du roi : d'emblée, elle exposait un plan d'alliance long et complexe où Bernis reconnaissait sans peine la pensée de Kaunitz.

Dès la fin de la lecture, Mme de Pompadour se retira, car, en l'absence de secrétaire, Staremberg devait dicter le mémoire à Bernis mot à mot. L'ouverture de ces conférences plongeait l'abbé dans de multiples réflexions dont il lui faudrait tirer, pour le roi et la France, une conduite claire. Que pouvait donc espérer une puissance terrienne comme la Prusse d'une alliance avec une puissance maritime ? Et quel intérêt pourrait trouver la France à s'allier à l'Autriche alors que sa seule ennemie, dans le présent, était l'Angleterre ? Il fallait chercher la réponse au Hanovre qui appartenait à la Couronne anglaise : il s'agissait, d'abord, de trouver un « soldat continental » pour défendre le Hanovre. Et l'on voyait bien que la partie la plus intéressante de la négociation entre Londres et Berlin devait être la garantie réciproque de la neutralité de l'Allemagne : empêcher qu'aucune armée « étrangère », c'est-à-dire française ou autrichienne, ne traverse son territoire. L'Allemagne féodale, morcelée, allait devenir l'enjeu : cela ne suffisait-il pas à déterminer l'alliance « catholique » de Louis XV avec Marie-Thérèse ? Il n'est donc pas besoin, pour justifier Bernis, ainsi que le suggère Masson, de faire appel à la rancune qu'il aurait éprouvée à propos des vers de Frédéric II, en supposant qu'il les eût connus, et qui visaient sans doute *La Religion vengée* :

Je n'ai pas tout dépeint, la matière est immense,
Et je laisse à Bernis sa stérile abondance [14].

Si Bernis n'était pas homme à fonder une alliance sur une piqûre d'amour-propre, peut-être n'était-il pas aussi indépendant à l'égard d'un sentiment très secret : l'alliance n'allait-elle pas libérer Madame Infante d'une menace autrichienne sur le duché de Parme ?

Bernis prépara une réponse à l'impératrice et se rendit à Choisy pour la soumettre au roi. Il avait adopté une attitude très prudente qui évitait tout engagement précis. Rien, disait-il, ne pouvait être plus agréable au roi que le lien d'une amitié « inaltérable » avec l'impératrice, mais Louis XV devait se garder de soupçonner la bonne foi de ses alliés actuels et lui proposait de travailler à maintenir « la paix jurée » d'Aix-la-Chapelle. Ainsi, pensait Bernis, « l'impératrice seule pouvait être mécontente de s'être si fort avancée [15] ».

Le roi approuva cette sagesse et ne s'opposa plus à aucun projet ni aucun mémoire de Bernis à la cour de Vienne. Effrayé par cette liberté sans pouvoir officiel, l'abbé insista une fois de plus pour ne pas assumer seul la responsabilité d'une telle négociation. Aucun argument ne toucha le roi : pendant six semaines, Bernis demeura en tête à tête avec Staremberg. La seule action ostensible qui lui fût accordée fut une tentative de voir clair dans le jeu de Frédéric II. Tâche difficile : il obtint du roi qu'il envoyât à Berlin, en mission extraordinaire, « un ministre éclairé... qui pût tâter le pouls » de l'irritant monarque. On pria le duc de Nivernais, grand parmi les grands, homme d'esprit, poète et acteur des salons et des Petits Cabinets, fort capable de séduire en Frédéric l'homme de culture française, mais non pas de démasquer le soldat. Le choix aurait été excellent si le duc n'eût été aussi honnête, délicat et fragile... Aussi pouvait-il se laisser duper d'autant plus facilement qu'il ignorait la négociation qui se déroulait entre Versailles et Vienne.

Le Comité secret

Staremberg fut déçu par l'attitude de Bernis et la réponse du roi. Celle de l'impératrice fut « froide et laconique ». Elle demandait à Louis XV d'établir lui-même la base d'une action commune. Dès lors s'établit un va-et-vient de propositions et de répliques d'où se dégagea peu à peu l'impression que

Marie-Thérèse « pourrait » accepter d'abandonner son alliance avec l'Angleterre : c'était par là qu'il eût fallu commencer... Attaché sincèrement à la paix établie sur le continent par le traité d'Aix-la-Chapelle, Bernis avait peine à concevoir que le but caché de l'impératrice fût la reconquête de la Silésie : trop aisément, il se laissait entraîner par les sentiments de Louis XV. Il entrevit que si l'on pouvait engager le roi de Prusse à respecter son traité avec Versailles, la paix était assurée sur le continent.

Bernis envisagea donc un traité de garantie réciproque des États du roi et de ceux de l'impératrice en Europe « auquel les alliés respectifs des deux puissances seraient invités à accéder, à l'exception de l'Angleterre ». C'était une véritable coalition de paix dans le but d'isoler l'ennemi de la France le plus dangereux. Bernis rejoignait l'idée de Machault : point de guerre sur terre afin de pouvoir développer la marine et vaincre l'Angleterre dans ses colonies. Le roi l'approuva entièrement, et le mémoire de Bernis à la cour de Vienne fut « assez bien » accueilli. Assez bien seulement, car Vienne n'oubliait pas son fourbe et dangereux voisin [16].

On parvenait ainsi à de « sérieux » préliminaires. Cette fois, Bernis insista vigoureusement pour ne point assumer seul la préparation d'un traité : « Je représentai au roi que malgré toute mon attention, je risquais de faire des fautes considérables, n'étant pas instruit de ce qui se passait dans les cabinets de l'Europe, tandis que M. de Staremberg était aidé de toutes les lumières de sa cour [17]... » Le roi résista encore, puis il céda. Il choisit Machault, Séchelles, M. de Saint-Florentin, et, à son corps défendant, Rouillé, le premier intéressé comme ministre des Affaires étrangères. Le comte d'Argenson ne fut pas appelé... Ainsi se constitua le « Comité secret ».

On était en novembre. La stupéfaction pétrifia les membres du Comité quand Bernis leur expliqua tout ce qui s'était passé depuis le début de septembre. Machault, et surtout Rouillé, ne purent dissimuler « qu'imparfaitement leur chagrin ». Seul Saint-Florentin se réjouit de voir Bernis dans la confiance du roi. L'abbé leur communiqua son pouvoir écrit et tous les mémoires échangés avec Vienne. Que pouvaient faire ces ministres écartés depuis si longtemps d'une affaire aussi grave, sinon louer la prudence du négociateur ? Autre déception : on ne pouvait leur rendre tous leurs pouvoirs ; Bernis devait poursuivre seul sa négociation avec Staremberg ; mais il fut convenu que les mémoires destinés à Vienne seraient discutés par les membres du Comité avant d'être soumis au roi. « Sa Majesté était curieuse d'être instruite de leurs différents avis, afin de savoir jusqu'à quel point ils penchaient pour son alliance avec la cour de Vienne pour laquelle il s'échauffait de jour en jour. »

Si Bernis était envié, il n'en était pas moins l'homme de peine. Il travaillait toujours sans secrétaire, copiant les mémoires venus de Vienne, recopiant les siens pour les membres du Comité, et enfin, pour le roi ; il écrivait, écrivait... une grande partie de la nuit. Et pour cacher son rôle de négociateur, encore lui fallait-il faire acte de présence dans le monde : « Qu'on ajoute à ces fatigues du corps et de l'esprit les inquiétudes d'un homme qui excite la jalousie de tout le Conseil du roi, l'attention perpétuelle pour éviter les pièges qui m'étaient tendus de toutes parts et les espions dont m'environnaient les ministres étrangers et ceux du roi qui n'avaient pas été admis au Comité secret, et l'on aura le tableau d'une situation à laquelle je m'étonne d'avoir pu résister [18]. »

Ce qui le blessait le plus, c'était l'hypocrisie des membres du Comité. Est-ce Saint-Florentin qui l'informa ? Ces messieurs avaient décidé d'adopter la négociation et de s'en attribuer le mérite dans le cas où elle réussirait, et d'en charger Bernis seul dans le cas où elle échouerait. Ils étaient décidément bien petits. Le plus acharné fut Rouillé : pendant toute la durée de la négociation, il refusa de communiquer à Bernis des dépêches des cours d'Europe sauf celles de Madrid, et il donnait, dans les petites cours d'Allemagne et du Nord, des instructions opposées aux idées qu'exposait Bernis à Staremberg. Le roi « gémissait », mais n'osait pas le renvoyer... Pour prévenir une invasion possible de la Saxe par Frédéric, Bernis avait proposé au Conseil que l'on envoyât des subsides à l'Électeur lui permettant d'armer cent cinquante mille hommes ; sous l'influence de Rouillé, Machault et Séchelles s'y opposèrent : on allait le payer cher. « On m'avait choisi pour être l'architecte d'un grand ouvrage, conclut Bernis, mais je n'ai jamais été le maître de sa direction, et le choix des moyens et des ouvriers a souvent dépendu des personnes les plus opposées au système que le roi avait embrassé [19]. »

Au début de 1756, arriva de Berlin une nouvelle qui bouleversa la négociation avec Vienne. D'abord Frédéric II avait flatté le duc de Nivernais par des fêtes, des bals, des représentations théâtrales, les mêmes qu'à l'arrivée de Voltaire aux temps de leur grande amitié. Le roi manifestait le plus grand attachement pour la France, s'inquiétait beaucoup d'un traité financier que négociait l'Angleterre avec la Russie afin d'armer quatre-vingt mille hommes. Mais Nivernais, à force d'esprit et de souriante ténacité, avait réussi à lui faire avouer son arrangement avec l'Angleterre. Bernis dut en être informé dès la fin de janvier 1756 puisque le duc de Luynes mentionne le 14 février dans son *Journal* que le traité a été signé à Westminster le 16 janvier ; et il en donne les dispositions essentielles : l'article deuxième indique précisément que les deux parties s'opposent à l'entrée de troupes « étrangères » dans l'empire [20]. Dans une lettre inédite du 3 février au duc de Nivernais, Bernis y fait allusion : « Je suis bien fâché de cette aventure. Il est heureux que vous ne soyez arrivé qu'après. »

Encore fallait-il savoir ce qu'allait devenir le traité de la Prusse avec la France qui n'expirait que le 5 juillet. « Soyez toujours clair, ajoutait Bernis... le succès de votre négociation consiste à ne pas être dupe, et à continuer à être agréable... Ménagez-vous [le duc avait été malade], ne dansez pas trop, vous êtes trop vieux. » Sourires d'un ami qui n'est pas encore ministre, auxquels Bernis ajoutait ce terrible aveu de l'honnête homme, du patriote déçu par les luttes d'intérêts au Comité : *« Il y a quinze jours que je suis ici malade d'amour de la patrie. Le mal n'est pas épidémique, il n'y a que trois ou quatre personnes qui aient cette incommodité.* [21] *»* Ces trois ou quatre personnes qui sont-elles ?

De la clarté, Nivernais en obtiendra, assaisonnée de provocation : Frédéric lui apporta le traité signé par son ministre à Londres, puis il le ratifia sous ses yeux. Il lui offrit aussitôt de renouveler son traité avec la France... Dérision ! dit Bernis plus fâché que jamais, « on ne pouvait pas permettre au roi de Prusse de signer un traité de la main droite avec les Anglais et un autre, de la main gauche avec nous [22] ». Cet avis fut partagé par le roi et le Comité. Nivernais fut rappelé, soulagé enfin par ce qu'il apprit de la négociation avec Vienne. Le roi de Prusse lui avait dit : « Vous voilà bien fâché ; que ne faites-vous un traité avec l'impératrice, je ne le trouverai pas mauvais. » Mais c'était à la condition qu'il fût seulement défensif. Chose curieuse : on se calma ; on était si attaché à la paix sur le continent que l'on crut encore le roi de Prusse ; on s'achemina vers un traité défensif avec Vienne.

La « conversion » de la marquise

Mme de Pompadour considérait l'alliance avec Marie-Thérèse un peu comme son œuvre : n'était-ce pas à elle que Staremberg s'était d'abord adressé de la part de l'impératrice ? De femme à femme... Bernis aussi était son œuvre. Devenue le premier ministre privé de Louis XV, croyant avoir bien en main, comme exécutant ses desseins, l'homme habile qu'elle avait élevé jusqu'au roi, elle ignorait, par contre, le cynisme de Stainville et lui écrivait, à Rome, des lettres encourageantes : « Ne perdez par courage... Donnez-moi des armes pour faire oublier ce qu'on m'a dit lorsque vous avez été nommé ambassadeur, et soyez sûr que je les emploierai efficacement[23]. » Il faut convenir que le choix politique qu'elle venait de faire de ces deux hommes si opposés était heureux. Moins heureux était celui de deux autres « amis », Machault et Berryer, ce dernier lieutenant de police à Paris, son « espion », chargé d'étouffer les libelles qui se multipliaient, et d'en arrêter les auteurs.

Mais pour consolider sa position politique, il lui fallait obtenir une réconciliation officielle avec la famille royale. Elle en fit un spectacle. Dès la fin de 1755, elle envisagea une conversion publique à la dévotion. « Son système, note le duc de Croÿ, était de gagner l'esprit du roi, et, suivant à la lettre Mme de Maintenon, de finir par être dévote avec lui[24]. » Elle obtint d'abord du roi un tabouret à la cour. Prenant rang de duchesse, elle se fit aider par l'austère Mme de Luynes et sollicita une place de dame du Palais de la reine. Cette candidature exigeait qu'elle pût s'approcher des sacrements, en particulier faire ses Pâques au printemps de 1756. Objectif pour ainsi dire inaccessible : le Père Perusseau, confesseur du roi, exigeait qu'elle quittât la cour. L'idée vint alors à la favorite, dès septembre 1755, de s'adresser à un autre jésuite qu'elle avait connu dans sa jeunesse, le Père de Sacy. Elle eut avec lui des conférences secrètes où elle fit valoir qu'elle n'était plus pour le roi qu'une amie. Ce fut sans succès : les jésuites, quels qu'ils fussent, avaient pris le parti du dauphin et de la famille royale. Pour le Père de Sacy, la seule présence de la favorite à la cour constituait un scandale : il refusa de lui donner l'absolution tant qu'elle ne déciderait point de retourner chez son époux. Elle le prit au mot et écrivit à M. Le Normant : « Reprenez-moi, vous ne me verrez plus occupée qu'à édifier le monde par l'union où je vivrai avec vous, autant que j'ai pu le scandaliser par ma séparation[25]. » Édifier le monde ! Le Normant s'en préoccupait bien peu ! Il vivait depuis plusieurs années avec une danseuse de l'Opéra. Aussi la visite que lui fit le prince de Soubise, qui fut fort gêné devant lui, et le pria de « ne point désobliger le roi », fut-elle parfaitement inutile : Le Normant opposa à sa femme un refus plein de morgue.

Ce refus ne justifiait point, mais excusait sa présence à la cour en tant que marquise-duchesse. Et le veto des jésuites avait réveillé sa haine philosophique pour le fanatisme : elle fit passer un message à Benoît XIV, le moins fanatique des papes ; elle y affirmait que sa présence était nécessaire au roi, « au bonheur de sa vie, au bien de ses affaires et qu'*elle* était la seule qui osât lui dire la vérité, si utile aux rois[26]... ». Le temps n'était pas venu où le pape pouvait désapprouver les jésuites. Mme de Pompadour dut réduire ses prétentions. Berryer lui trouva un prêtre complaisant qui lui donna l'absolution sans exiger qu'elle quittât la cour. Elle fut nommée dame du Palais de la reine le 6 février 1756 et « se déclara dans la dévotion ». Fréquentant tous les offices religieux, elle restait ostensiblement prostrée dans l'attitude de la prière. Le bon duc de Luynes la crut sincère : « Mme de Pompadour dit elle-même, écrit-il, qu'elle n'a pas l'attrait et le goût pour la dévotion qu'elle désirerait avoir, et que c'est une grâce qu'elle espère obtenir par ses ferventes prières. En effet, elle agit en conséquence. Elle prie Dieu pendant assez longtemps durant la journée... » Paradoxe : certains courtisans espéraient que l'ancienne maîtresse allait convertir le roi...

Comédie ! pensèrent beaucoup d'adversaires, mais aussi de ses plus proches amis. Elle avait chargé le duc de La Vallière d'obtenir de Voltaire qu'il traduisît pour elle les psaumes de David ; la description que fait le duc à Voltaire de cette conversion ne manque pas de saveur : « Un rayon de grâce a éclairé, mais sans ivresse ; quelques changements médiocres en sont le seul témoignage. On ne va plus au spectacle, on fait maigre trois jours par semaine pendant tout le carême, mais sous la condition qu'on n'en serait point incommodé... Au reste, la même vie, les mêmes amis, et je me flatte d'être du nombre, aussi aimable qu'on a jamais été, et plus de crédit que jamais. Voilà la position où l'on est, et qui fait que l'on voudrait des psaumes de votre façon. L'on vous connaît, on vous a admiré, et l'on veut vous lire encore... Je vous le dis encore sans fadeur, de tout temps, vous avez été destiné à faire cet ouvrage[27]. »

Et Bernis ? Qu'en pense-t-il ? C'est bien là qu'il faut l'attendre... Sans doute était-il très occupé, mais il voyait son amie, l'écoutait, l'observait. Sa pénétration, son réalisme ne déçoivent pas : il avait fort bien compris quel était le but de cette « conversion » : « J'eus le courage de lui dire que cette comédie n'en imposait à personne, qu'elle passerait pour fausse et hypocrite, que n'étant pas touchée dans le cœur, la dévotion finirait bientôt par l'ennuyer, qu'elle se donnerait un ridicule en prenant l'état de dévote, et plus grand encore en le quittant par ennui. Ma prédiction ne lui plut pas, mais elle s'exécuta à la lettre, peu de temps après le retour du duc de Choiseul[28]. »

N'est pas mystique qui veut.

CHAPITRE VIII

L'année 1756 : la crise

Une négociation orageuse

« Ô mes neveux ! pour qui seuls j'écris ces *Mémoires,* gardez-vous, autant qu'il dépendra de vous, d'entrer dans les grandes affaires ! Que la connaissance de tout ce que mon esprit et mon cœur ont souffert vous en détourne, et si votre devoir vous y appelle, apprenez de moi avec quelle droiture, quelle prudence et quel courage vous devez vous y conduire [1]. »

Aucun texte ne peindrait mieux que cet avertissement lyrique le chemin de croix dans lequel Bernis s'engageait pour les trois années suivantes. Afin de comprendre sa conduite, compliquée parfois jusqu'à l'inextricable, en politique extérieure, par l'indécision du roi, la résistance, la médiocrité et la jalousie de ses pairs, il importe de bien voir ce que voulait et ne voulait pas chacune des forces en présence.

L'Angleterre, forte de son commerce et de sa marine, veut rejeter la France de ses colonies d'Amérique et des Indes, et conserver le Hanovre. L'Autriche veut reprendre la Silésie à Frédéric II *sans jamais l'avouer,* mais elle ne peut la reconquérir, car elle est pauvre, sans l'aide militaire et financière de la France qui passe encore pour riche. En outre, l'Autriche ne veut pas renoncer à l'alliance anglaise. Frédéric veut s'appuyer sur le seul pays en expansion, l'Angleterre, pour écraser l'Autriche, affaiblir la France et dominer l'Allemagne. A Versailles, le Conseil du roi ne sait exactement ce qu'il veut : demeuré traditionaliste et « prussien », il se refuse à prendre aucun engagement offensif contre Frédéric. Seul, Bernis, qui n'est pas au Conseil, sait ce qu'il veut : maintenir la paix d'Aix-la-Chapelle sur le continent tout en préparant contre l'Angleterre l'affrontement maritime qu'il croit inévitable.

Les tiraillements et les orages diplomatiques de l'année 1756 résultèrent de l'ambiguïté de la diplomatie autrichienne face à la désunion des ministres français et à la fameuse « candeur » de Bernis, si courageuse et prudente qu'elle fût. La diplomatie de l'abbé aboutit au premier traité de Versailles, ce moindre mal, cet édifice fragile, destiné à être écrasé par Frédéric.

Les tergiversations des ministres, l'opposition hypocrite et entêtée de Rouillé, que le roi n'osait pas renvoyer parce qu'il était malade et que sa femme entretenait une cour à Versailles, provoquèrent, en avril 1756, un véritable ultimatum de Kaunitz. Bernis traversait en même temps, dans sa vie privée, deux graves épreuves : « Je fus saigné plusieurs fois, et à la dernière saignée du pied, on m'offensa le périoste... Aux souffrances du corps se joignirent les sentiments les plus douloureux d'un cœur capable d'amitié : une amie respectable et intime était mourante à Paris, et je perdais en même temps une nièce que j'aimais beaucoup. Je me fis transporter chez elles, et je reçus leurs derniers adieux[2]. » Sa maladie s'aggrava, et ce fut dans ces circonstances que lui parvint la dépêche de Kaunitz : « Je me souviendrai toute ma vie que ce fut le vendredi saint que le comte de Staremberg vint me faire part des dépêches qu'il avait reçues... J'étais d'une faiblesse extrême : ce fut dans cet état que le ministre impérial me déclara que sa cour, justement alarmée du refus que nous avions fait de l'acte de neutralité, demandait que non seulement la convention de neutralité fût signée, mais aussi un traité d'alliance défensif, faute de quoi l'impératrice... se verrait obligée, pour sa sûreté, de renouer avec ses anciens alliés[3]. »

Bernis eut plus de peine à négocier avec les ministres du Comité qu'avec la cour de Vienne. On se disputait sur des mots. Enfin l'accord se fit vers la fin d'avril. Le traité de Versailles fut signé le 1er mai à Jouy, dans la résidence de Rouillé qui s'en attribua le mérite. « Chef-d'œuvre de sagesse et de politique », dit Bernis. Hélas, de ce traité dont l'Autriche attendait la guerre, la France n'espérait que la paix !

L'article VI en était le plus important et le plus dangereux pour la France : « Leurs dites Majestés, disait-il, s'obligent dès à présent à se secourir mutuellement avec un corps de vingt-quatre mille hommes, au cas où l'une ou l'autre d'entre elles vînt à être attaquée par qui que ce soit et sous quelque prétexte que ce puisse être ; la guerre présente entre la France et l'Angleterre au sujet de l'Amérique est exceptée[4]... » Qui donc pouvait attaquer la France sur le continent, à part le roi de Sardaigne ? Mais on voyait bien qui pouvait attaquer l'Autriche. Ce traité ne pouvait jouer qu'en faveur de Marie-Thérèse : la France, en effet, n'exigeait point qu'elle rompît avec Londres, et devait respecter les Pays-Bas autrichiens. On le communiqua, pour une adhésion éventuelle, à la Prusse, à l'Espagne et à la Russie. Selon Bernis, il fit en France l'impression la plus favorable. Mais, sauf la Prusse, toute l'Europe en fut inquiète, et l'Angleterre qualifia cette alliance « d'union monstrueuse et contre nature ».

L'intermède : une victoire et des récompenses

Dans le même temps, malgré ce travail accablant, Bernis, choqué par un discours belliqueux du roi George devant son Parlement, conçut le projet d'une requête à l'Angleterre. Cette fois, ce fut Machault qui s'y opposa, craignant que l'on transformât prématurément la guerre larvée d'Amérique en guerre ouverte. Mais le roi et le reste du Conseil suivirent Bernis. On présenta à l'Angleterre une demande « courtoise » des restitution de *L'Alcide* et du *Lys*. En prévision d'une réponse dilatoire, Bernis organisa aussitôt, avec Duverney, Montmartel, les maréchaux de Richelieu et de Belle-Isle, une attaque de Minorque que les Anglais avaient conquise sur l'Espagne en 1708. L'opération fut rapidement menée, et lorsqu'arriva la réponse de Londres, l'escalade téméraire du fort Saint-Philippe par les troupes du maréchal de Richelieu rendit la France maîtresse de l'île. La cour de Londres parut un instant déconcertée : le gouvernement français avait-il retrouvé son esprit de décision, sa vigueur ? En France, on illumina un peu trop vite et l'on chanta le *Te Deum.* Mme de Pompadour, un moment réconciliée avec le duc de Richelieu, invita la cour et les ministres à son ermitage de Compiègne, où elle donna un feu d'artifice et une fête de nuit. On crut la guerre évitée...

Un traité, une victoire... Bernis connut alors un bref répit. Généreux, ce fut lui qui obtint des récompenses pour la famille de Rouillé : dix mille francs de pension pour sa fille et six mille pour sa nièce. Cela ne fit qu'exciter la jalousie du ministre, car ce que recevait l'abbé — on ne savait pas à quel titre — était plus important. L'abbé de Pompone venait de mourir : cette mort apportait à Bernis une acquisition et une nomination. Il put échanger l'abbaye de Saint-Anoul-de-Metz contre celle de Saint-Médard de Soissons. Surpris par cet échange, le cardinal de La Rochefoucauld, qui tenait la feuille des bénéfices, lui fit remarquer que le roi pouvait disposer, en sa faveur, des deux abbayes. Bernis refusa de « prendre cet air d'avidité » et fournit au cardinal une explication curieuse : « Ce qui me décidait entièrement, écrit-il, c'était le château de Vic-sur-Aisne, qui me servirait de maison de campagne pendant que ma faveur durerait, et que, lorsqu'elle serait passée, il me serait plus agréable d'être exilé dans une maison de campagne que dans une ville de garnison telle que Metz. Le cardinal fut étonné de ma modération et de ma prévoyance [5]. »

Bernis savait que sa passion politique pouvait l'entraîner à dire la vérité ou à l'écrire ; mais lorsqu'il fit cette réponse, il eût pu se croire mieux que jamais préservé de l'exil : le 27 juin 1756, la veille de la victoire de Minorque, lui était allouée par le roi, promise depuis si longtemps, la place de conseiller d'État d'Église. Ce qui lui causa un plaisir peut-être plus intense que la rente qu'elle lui apportait furent les termes exceptionnellement élogieux de l'arrêté royal : « Louis... à notre ami et féal conseiller en nos conseils, le sieur abbé de Bernis, comte de Lyon, notre ambassadeur extraordinaire à la cour de Madrid, salut. La place de conseiller ecclésiastique qu'occupait en notre Conseil d'État le feu abbé de Pomponne étant devenu vacante par son décès, nous vous avons choisi pour la remplir. La connaissance que nous avons de votre probité, de la supériorité de vos lumières, les preuves que vous nous avez données de votre zèle pour notre service et de votre attachement à notre personne, la distinction avec laquelle vous avez rempli l'ambassade de Venise et qui nous a déterminé à vous nommer à celle d'Espagne, nous assurent que vous répondrez dignement, dans nos conseils, à la confiance dont nous vous honorons... »

Les intrigues de Compiègne

A Compiègne, Bernis se vit contraint d'informer le roi que la cour de Vienne manifestait une humeur inquiétante : elle en laissait apparaître deux raisons, le refus obstiné du Conseil d'entrer dans une alliance offensive contre le roi de Prusse, et surtout l'attitude de Rouillé. Ce ministre continuait à transmettre aux cours d'Allemagne des instructions opposées à l'esprit et à la lettre du traité de Versailles. Staremberg s'en plaignait chaque jour, et l'impératrice perdait toute confiance dans le gouvernement de Louis XV.

Devant ces contrariétés, et voyant que le roi ne se décidait toujours pas à renvoyer Rouillé, Bernis sollicita de nouveau l'autorisation de se rendre dans son poste à Madrid. L'attention du roi se réveilla, mais à demi seulement, et, considérant que Bernis était indispensable à la négociation, il lui affirma qu'il allait le faire entrer au Conseil : en face de lui, Rouillé serait contraint de prendre une attitude claire. Hélas, le roi n'exécuta pas immédiatement son projet, le confia à Mme de Pompadour et l'autorisa à en parler à Machault. Dérision ! Bernis avisa aussitôt la favorite que cette confidence lui fermerait la porte du Conseil... Ce qui ne manqua point : Machault envoya Rouillé chez le roi lui « faire des remontrances et des jérémiades » : n'était-ce pas le déshonorer, lui ôter la confiance des étrangers en faisant passer Bernis pour le ministre réel ?

Voilà ce pauvre roi — ainsi le présente Bernis, mais sans le dire — bien embarrassé ! Il parla à Rouillé avec tant de bonté que le « petit homme » se crut permis de traiter son rival avec une nouvelle hauteur et à lui reprocher « en face, une ambition déraisonnable ». Qui donc gouvernait ? Pour tout arranger, Machault, responsable de cette intrigue, proposa de faire nommer Bernis ambassadeur à Vienne. « Ce piège était fort adroit, dit Bernis : si je refusais une ambassade si importante, il était aisé de me faire passer dans l'esprit du roi pour un ambitieux[6]... » Aussi Bernis s'empressa-t-il d'accepter l'ambassade et pria Machault d'aller en rendre compte sur-le-champ à Mme de Pompadour. Le piège se retournait : la favorite commença à se méfier de Machault. Tout bien pesé, Bernis écrivit au roi une lettre marquant sincèrement les limites de son ambition. Le roi fut content, « eut beaucoup de peine » de renoncer à son projet ; mais par peur de déplaire à tout le monde, et après avoir consulté tous les membres du Conseil, ne se décida à nommer Bernis ambassadeur à Vienne qu'au bout de trois semaines...

En attendant, l'abbé négociait toujours avec Staremberg ; il l'amena à consentir à ce que les arrangements offensifs n'interviendraient que dans le seul cas où Frédéric II romprait le premier la paix d'Aix-la-Chapelle. Craignant que ce pis-aller n'eût manqué de réalisme, Bernis protesta, après coup, de sa bonne foi : « Jamais le ministère de France n'a pris des mesures plus justes pour assurer la tranquillité de l'Europe, *et celle de l'Italie en particulier...* »

Le nouveau coup de Frédéric

Il fallait bien s'occuper : à Compiègne, dans un appartement du duc de Penthièvre, Bernis et Staremberg réorganisaient l'Europe. Le plus important fut d'obtenir la renonciation de Vienne à l'alliance anglaise. Au-delà, prenait corps un rêve immense qui fera sourire Stainville, un édifice qui « embrassait le système de l'Allemagne du Nord, de l'Italie, de l'Espagne, des Provinces-Unies et de la Porte », et comprenait des alliances avec la Russie, la Suède et le Danemark. Ce qui manquait le plus, c'étaient les moyens militaires et financiers...

Il était temps que Frédéric sortît de son trou avant d'être prisonnier de ce gigantesque filet. On apprit qu'il rassemblait ses forces et préparait ses magasins. « Menaces vaines ! », déclara le Conseil du roi : Frédéric voulait seulement prouver qu'il n'avait pas peur ! Bernis rédigea un avertissement à ce prince, mais on refusa de le rendre public, et Valory, ambassadeur à Berlin, se contenta d'une observation verbale à Frédéric qui lui dit « Bien, monsieur ! », et lui tourna le dos. En même temps, Frédéric adressait à l'impératrice un véritable ultimatum lui demandant de « déclarer formellement que de deux ans, elle ne songerait point à l'attaquer, et qu'au défaut de cette déclaration, il se verrait dans la nécessité de prévenir ses ennemis et de dissiper l'orage qui le menaçait[7] ».

Marie-Thérèse ne disposait que de vingt mille hommes rassemblés à Kollin ; le roi de Prusse en avait cent mille... En acceptant, elle se fût donné du temps. Or, sans avoir consulté Versailles, elle répondit hâtivement qu'un tel accord transformait le traité d'Aix-la-Chapelle en une trêve de deux ans. Depuis le début de la négociation, son impatience, sa nervosité auraient dû paraître suspectes : par ce refus, nul doute qu'elle n'eût voulu, avec de grands risques, forcer la main à la France et à la Russie. « Cette précipitation, écrit Bernis, me pénétra de douleur : je vis que le théâtre de la guerre s'ouvrait sans que les acteurs fussent préparés à remplir la scène. »

« Douleur », pour Bernis, ce n'était pas trop dire : le 29 août 1756, Frédéric II envahissait la Saxe. Le traité de Versailles devenait caduc ; toute la peine que Bernis s'était donnée pour en faire un traité défensif et maintenir la paix sur le continent était perdue ; les Anglais pouvaient se réjouir. Cette situation était d'autant plus douloureuse pour Bernis que, en accord sur ce point avec Voltaire, il n'aimait point la guerre. Pour lui, « le peuple n'est pas un réservoir de soldats, une source de travail et d'impôts, et rien d'autre[8] ». Or, la guerre de Frédéric, ce roi « philosophe », n'était pas la guerre humanisée, ce pis-aller qu'avaient conçu naguère le marquis d'Argenson et Voltaire, c'était la guerre brutale et sanglante.

L'Électeur de Saxe avait malheureusement dilapidé en fêtes et en plaisirs « insipides » les crédits qu'il aurait dû consacrer à entretenir son armée. Tandis que les troupes du duc de Brunswick marchaient sur Leipzig, Frédéric s'empara de Dresde ; les archives furent falsifiées afin d'établir les provocations d'Auguste III ; l'Électrice, son épouse, mère de la dauphine de France, subit des violences dont elle devait mourir l'année suivante. Au bout de six semaines, l'Électeur, encerclé dans Pirna, capitula et s'exila en Pologne.

L'impératrice réclama aussitôt les vingt-quatre mille hommes que lui assurait le traité de Versailles. Bernis, s'accrochant à la paix, ne voulait point dépasser ce nombre ; mieux : pour épargner le sang français, son dessein était d'envoyer des troupes allemandes et seulement deux régiments de l'armée royale. Mais la dauphine en larmes criait vengeance ; d'Argenson voulait faire briller son armée, veiller à l'avancement de ses officiers ; une fringale d'action saisissait les chefs médiocres, tels Soubise et Richelieu. Bernis dut accepter l'envoi de troupes françaises en plus grand nombre[9].

Finalement, il fut décidé de ne point les mettre en route avant l'hiver ; sur la promesse des secours plus importants, l'impératrice accepta. Pendant les semaines qui fixèrent l'armée prussienne en Saxe, Bernis reprit les négociations avec Staremberg en vue de la grande coalition qui devait aboutir au *Grand Traité*. Il s'efforça de gagner la Diète de l'Empire. Les princes et les États catholiques d'Allemagne réclamèrent la garantie de la France, et les princes protestants promirent leur exacte neutralité. Bernis avait empêché la scission de l'Empire et une guerre de religion fomentée par Frédéric. Réalisation grandiose : les deux négociateurs rassemblaient ainsi des territoires capables d'armer quatre à cinq cent mille hommes et de tenir le reste de l'Europe dans la neutralité. Duclos confirme que les nœuds ainsi formés résistèrent jusqu'à la fin de la guerre, sauf avec la Russie par suite de la mort de l'impératrice[10].

En pleine guerre, on négociait encore. Les confrontations acerbes continuaient au sein du Conseil à propos des subsides, soit que l'on accordât la première place à la guerre maritime ou à la guerre de terre. Le Conseil du roi, se méfiant de plus en plus de l'importance que prenait Bernis, n'avait toujours pas adopté, *au fond,* le nouveau système d'alliances ; « il s'y était prêté par politique, écrit Bernis, on savait que les inconvénients de ce système retomberaient sur moi et sur Mme de Pompadour ; on ne manquerait pas de nous nommer en public comme les auteurs de la guerre, et l'on prévoyait d'avance que ces mêmes inconvénients ou ruineraient le crédit de la marquise ou affaibliraient notre union ; de plus, on considérait qu'en acceptant ma proposition, on me rendait maître en quelque façon de l'Europe et par conséquent qu'on assurerait mon crédit et mon élévation : quatre cent mille hommes auraient dépendu de moi puisque je les aurais unis par des traités et payés par des subsides. Cette considération seule devait faire manquer mon projet : il ne convenait à personne, pas même à Mme de Pompadour, que je fusse le maître de tant de choses [11] ».

Ce texte, teinté par l'amertume d'un amour-propre blessé, peut apparaître comme la justification d'un homme faussement accusé par l'histoire d'un échec qui ne fut pas le sien, d'un homme qui commençait à pâtir, dans l'esprit public, du discrédit de sa protectrice ; tout en ayant besoin de lui, la favorite avait peur qu'il ne lui prît sa place, qu'il ne parvînt à dominer le Conseil et à manipuler ses amis, les Soubise, les Stainville, et, pourquoi pas, le roi...

Enfin, Staremberg remit à Bernis, en novembre 1756, le plan définitif de Vienne. Il fallait en finir : le contreprojet de l'abbé, approuvé par le Conseil, fut expédié à Vienne comme un ultimatum. Les conférences redevinrent orageuses... Vers la fin de décembre, fatigué de la jalousie de Rouillé, « des impertinences de sa femme et de sa famille », Bernis demandait à partir pour Vienne. Il avait été découragé, de surcroît, par la grave querelle du Parlement et la décomposition de l'ordre public.

Un médiateur sans pouvoirs

« Toutes les affaires qui peuvent agiter le Parlement, écrit Bernis, et surtout celles qui tiennent à la religion, doivent être étouffées dès leur naissance et détruites dans leur germe [12]. » Autrement dit, il faut prévenir l'orage : à quoi bon exiler les parlementaires s'il faut ensuite les rappeler ? Ce fut pourtant ce que l'on recommença en 1756.

Plus encore que dans les relations extérieures, c'était là que Louis XV, contraint d'ouvrir les yeux, sentait que le pouvoir absolu lui échappait. Persuadé qu'il n'y pouvait rien, méprisant les hommes et leurs vaines discussions, il ne se fiait qu'aux lits de justice. Mais les lits de justice commençaient à s'user : ils cessaient de lui donner la paix où il aimait à s'enfermer, car l'agitation parlementaire se communiquait au public. Et les Anglais mirent tout en œuvre, argent et espions, pour l'attiser.

A l'origine des fautes politiques, on retrouve les mêmes. Machault qui, avec Mme de Pompadour, se veut l'artisan de la paix intérieure, est un homme froid, autoritaire et cassant. Le comte d'Argenson, du parti de la reine et ami de l'archevêque de Paris, est antijanséniste et antiparlementaire. Que pouvait attendre un médiateur de ces deux hommes ?

En 1755, trente-trois évêques s'étaient assemblés pour « savoir » si le refus de la bulle *Unigenitus* était un péché mortel ou seulement « un péché en matière grave » ; seize évêques furent partisans de la première proposition et dix-sept de la seconde, ce qui ne rehaussa point l'autorité du clergé. Stainville fut chargé d'obtenir du pape la *Lettre encyclique* susceptible d'apporter la paix. Mais de ses principes généraux, on tira, dans les deux camps, des arguments qui firent rebondir la querelle. L'exil de l'archevêque de Paris rétablit une très relative tranquillité. Ce fut alors que Machault s'en mêla : il composa, avec quelques magistrats, un mémoire autoritaire qui devait être enregistré, en décembre, en un lit de justice.

« Il est téméraire, dit Bernis, de vouloir tout d'un coup, par l'emploi de la force et de l'autorité, enchaîner les corps les plus nerveux et les plus puissants de l'État. » Or, Mme de Pompadour ne communiqua à Bernis que le 11 décembre ce mémoire que le roi devait porter devant le Parlement le 13 : aussitôt, l'abbé réagit vivement et lui en fit voir les dangers. Par sa haine du président Maupeou, Machault compromettait l'autorité du roi ; il flattait la Grande Chambre en la mettant en concurrence avec le Parlement. Le roi, alerté, fit examiner les textes par son Conseil qui considéra que l'affaire était trop engagée et qu'il fallait en assumer les risques. Le lit de justice fut donc tenu le 13 décembre. Bernis avait vu juste : la majorité des magistrats remirent leur démission au président Maupeou. « Le trouble devint extrême dans Paris, dit Bernis. Quand le Parlement cesse ses fonctions, il y a près de vingt mille personnes qui meurent de faim ; la race des procureurs et des scribes est intermédiaire entre la bourgeoisie et le peuple, et son agitation remue bientôt la ville de Paris [13]. »

Bernis reçut un exprès de Mme de Pompadour l'interrogeant, de la part du roi, sur la conduite à tenir. Faire tout de suite ce qu'on sera obligé de faire dans six mois, conseilla l'abbé : assembler le Parlement et la Grande Chambre, faire déchirer à chacun sa démission, faire entendre qu'il fallait regarder cet acte comme un malentendu, et que le roi, désirant être éclairé, accepterait les remontrances du Parlement sur les lois qu'il venait de dicter. Le roi et le Conseil approuvèrent d'abord. Mais on allait détruire le travail de Machault... L'intrigue se réveilla en sourdine et Bernis fut accusé d'être trop favorable au Parlement et à l'opinion. Car il allait « plus loin que tous dans la vision de l'avenir. Le Parlement n'a de la force, écrit-il, que par celle de la voix publique ». C'est pourquoi Roger Vailland put écrire que Bernis « était né trente ans trop tôt pour être un révolutionnaire [14] ».

A Paris, à la fin de l'année 1756, « la confusion et la licence devinrent extrêmes... Comment, s'écrie Bernis, l'intrigue a-t-elle pu prévaloir à ce point sur le sens et la raison ? Nous étions en guerre sur mer ; nous allions nous jeter dans la guerre de terre ; nous n'avions pas d'argent, et nous osions *laisser le public dans la souffrance, la ville de Paris dans l'agitation, tous les parlements du royaume en fermentation ;* de plus, nous nous privions des secours indispensables des édits bursaux dans un temps où le roi prenait les engagements les plus dispendieux. On alla plus loin ; on proposa au roi (quelque résistance que j'apportasse à un parti si injuste et si imprudent) de choisir, parmi les magistrats qui avaient donné leur démission, seize des plus distingués par leurs talents, qui furent seuls exilés et punis personnellement d'une faute générale ; on excita Sa Majesté à déclarer publiquement qu'ils ne rentreraient jamais dans les fonctions de leur charge... Que de fautes ! Que d'imprudences ! On s'occupa, d'ailleurs, du remboursement d'un assez grand nombre de charges, sans avoir le premier sol pour les payer [15] ».

On allait vers des événements dramatiques. Le roi et la favorite avaient-ils enfin reconnu que Bernis avait raison ? Comment le roi pourrait-il alors le laisser partir pour Vienne ? Le 2 janvier 1757, Sa Majesté l'appela et lui dit, devant le maréchal de Richelieu : « L'abbé de Bernis, prenez place au Conseil. » Bernis devenait ministre d'État ; il allait être logé à Versailles, dans l'ancien appartement du maréchal de Belle-Isle.

Mais Rouillé était toujours en place.

Et trois jours après, le 5 janvier, Louis XV était frappé par Damiens.

CHAPITRE IX

L'apogée : un attentat et un faux ami

Le sang-froid du nouveau ministre

C'était le 5 janvier 1757.

Il faisait nuit. Damiens, muni d'un de ces couteaux à ressort dont la lame était pointue, mais peut-être pas assez longue, se glissa parmi les courtisans au moment où le roi allait monter dans son carrosse. Vêtu comme les courtisans, à cause du froid vif, de la longue redingote alors en usage, il ne fut pas remarqué par les suisses ni les gardes du corps. Il s'approcha du roi, le frappa au niveau de la cinquième côte, remit le couteau dans sa poche et attendit, le chapeau sur la tête. Le roi dit : « C'est cet homme qui m'a frappé, qu'on l'arrête et qu'on ne lui fasse pas de mal [1]. »

Comme avant l'assassinat de Henri IV, louis XV avait reçu des lettres de menaces, il y était habitué et n'y prêtait plus d'attention. Cependant, au cours des quelques jours précédant le 5 janvier, on avait placardé et jeté dans les rues de Paris des coupures de papier où figurait le dessin d'un balai et d'un poignard : balayer la cour (chasser la favorite...), et poignarder le roi. Berryer avait-il bien cherché l'origine de ces dessins ? Lui aussi en avait tant vu !

Bernis avait couché à Paris le 4 janvier. Il arriva à Versailles une demi-heure après l'attentat. Alors qu'il portait à Rouillé ses dépêches, le suisse du ministre lui annonça que le roi venait d'être assassiné. « Mon sang se retira tout entier, dit Bernis ; dans mon cœur, je fus un moment en silence ; je le rompis pour demander au Suisse si le roi était mort ; il me dit que non, mais que le roi était bien mal... Versailles était presque désert...

Je montai chez le roi après avoir fait toutes les réflexions que peut faire un ministre attaqué par la jalousie, chargé d'affaires importantes, qui a beaucoup d'ennemis, et pour seule amitié celle d'une femme. Et cette femme devait être chassée de la cour, selon les apparences, dans peu d'heures[2]... »

La force de caractère, l'instinct de puissance lui rendirent aussitôt calme et lucidité. Alors qu'il montait l'escalier de marbre, toutes les éventualités défilèrent en son esprit avec une surprenante rapidité. Qui donc allait mettre d'accord les ministres ? Et lui-même, qu'allait-il devenir ? Le dauphin, ennemi de la marquise, ne le connaissait qu'à travers ce préjugé... Il envisagea sa démission, son départ... Soulagé ! Presque « heureux » de rester conseiller d'Église et d'avoir une abbaye... Il n'avait rien à redouter : à l'écart, le bonheur restait possible : « Je me sentis, en entrant dans le cabinet du roi, une présence d'esprit et un courage presque surnaturels : tous les événements extraordinaires exaltent les âmes et doublent leurs forces. » Tout de suite, il fallait veiller à la sécurité et au fonctionnement de l'État, mais sans renier son amitié pour Mme de Pompadour : il n'est de bonheur possible que dans la probité, la fidélité à soi et aux autres.

Il vit sur la table les instruments de l'extrême-onction, et plus loin des prêtres en surplis. Dans la chambre, seuls le maréchal de Belle-Isle et le comte d'Argenson, qui avaient leurs grandes entrées, s'étaient joints à la famille royale. Le roi s'était confessé : son état demeurait douteux.

Après s'être informé, Bernis sortit et trouva des courtisans beaucoup plus préoccupés du sort de Mme de Pompadour que de l'état du roi : « S'en ira-t-elle ? La renverra-t-on ? Voilà sur quoi l'on discutait. » On pensait qu'allait se renouveler le drame de Metz où le roi, poussé par les évêques de Metz et de Soissons, avait ordonné à Mme de Châteauroux de se retirer... Bernis se précipita chez la marquise.

Elle se jeta dans ses bras avec des cris et des sanglots. Il la consola, l'amena à se ressaisir, lui conseilla de ne point écouter les conseils de la peur ou de la malveillance. N'était-elle pas la véritable amie du roi, et non pas sa maîtresse ? A ce titre, elle était dépositaire de secrets d'État, de lettres intimes, « elle ne pouvait disposer de sa personne ». Il la laissa plus calme. S'étant fait un devoir de passer la nuit entière dans la chambre du roi, il revint la consoler toutes les heures, et vingt fois dans la journée du lendemain. Comme des courtisans le questionnaient sur la conduite à tenir envers elle, il leur répondit que ceux « qui n'avaient ni obligation à Mme de Pompadour ni amitié pour elle feraient bien de se conduire sur la girouette du château de Versailles, mais que ses véritables amis devaient le paraître encore davantage[3] ».

Les jours passaient. Ne recevant rien du roi qui était hors de danger, la marquise recommença de perdre courage. La visite de Machault la désespéra. Cet homme glacial, un « ami », qui avait eu un entretien avec le roi où il avait été question d'elle, ne lui en parla pas et lui laissa l'impression qu'elle était menacée. Elle appela Bernis qui accourut avec Mme du Hausset ; ils la trouvèrent très nerveuse. « Il faut que je m'en aille, mon cher abbé ! » s'écria-t-elle. Elle avait fait préparer ses malles. Bernis n'y suffisait plus ; la maréchale de Mirepoix s'en mêla : « Votre garde des Sceaux vous trahit, lui dit-elle, qui quitte la partie la perd[4] ! » Puis, son frère, le marquis de Marigny, fut du même avis. Enfin, elle résolut d'attendre, comme le lui avait conseillé Bernis, l'ordre du roi. Elle attendit onze jours...

Pourquoi ? On savait pourtant que le roi n'était pas en danger : « La cour n'a vu dans cet affreux événement, écrira Bernis à Stainville, qu'un moment favorable de chasser notre amie. Toutes les intrigues ont été déployées auprès du confesseur... Pourquoi faut-il que la dévotion soit si séparée de la vertu ? C'est une vraie cagoterie de remonter dans le passé pour noircir l'innocence de la liaison actuelle... Pourquoi faire servir la religion de masque à l'ambition et à l'esprit de vengeance[5] ? »

« La vivacité m'emporta... »

On attendait... Les ministres craignaient de pousser le dauphin à l'action. Courbant le dos, ils s'étaient retirés chez eux. Bernis se heurta à ce silence, cette oisiveté concertée. Il eut recours à un biais : il s'adressa au maréchal de Belle-Isle et à d'Argenson dans la chambre du roi. « C'est remplir son devoir, lui répondirent-ils l'un et l'autre, que d'être prêts à exécuter les ordres, *sans les prévenir.* » « La vivacité m'emporta », dit Bernis. « Oui, messieurs, répliqua-t-il, c'est assez pour n'être par perdu, mais non pour remplir les devoirs d'un ministre[6]. » Toutes ses représentations furent inutiles, un temps précieux se perdait.

Il fallait à tout prix avertir le dauphin. Bernis trouva la filière : sans quitter la chambre du roi, il chargea le baron de Montmorency, son parent, de s'adresser à Mme Adélaïde, dont il était le chevalier d'honneur, afin qu'il fît passer à la dauphine le message : celle-ci communiqua aussitôt à son époux qu'il était urgent d'assembler le Conseil. Le dauphin prit l'ordre du roi et le transmit au duc de Richelieu, premier gentilhomme de la chambre, qui chercha les ministres.

Au Conseil, le dauphin interrogea Bernis le premier, non par faveur, mais comme le dernier en titre des ministres. Voilà qui tombait à merveille. Bernis fut énergique et clair : l'action à conduire immédiatement consistait à s'informer si Damiens avait des complices, et à rassurer la population et les alliés sur l'état du roi. Ce fut le début d'une estime que le dauphin devait manifester jusqu'à sa mort à Bernis. Ainsi fonctionna chaque jour le Conseil du roi.

Bernis fit admettre que Damiens serait jugé par la Grande Chambre, qu'il fallait honorer en lui laissant ses prérogatives, et non par une commission spéciale. Il obtint aussi que le procès ne fût pas publié : la lettre que Damiens avait adressée au roi faisait allusion aux billets de confession, au dernier lit de justice et à la démission des parlementaires. Tout se tenait. Encore une fois, Bernis, depuis longtemps, avait vu juste : il avait prodigué les mêmes avertissements.

De tous ces mérites, il résulta que le roi, pendant sa maladie, traita l'abbé avec la plus grande bonté et « avec une confiance, dit-il, que rien ne pourra rompre, ni affaiblir ». Voilà pourquoi, si graves que fussent à l'avenir les fautes et les torts du monarque, Bernis, jamais ouvertement, ne s'en plaindra. Le roi ne lui dit mot de Mme de Pompadour, mais il lui parlait de l'Infante : « Elle a de la confiance en vous, lui disait-il, elle a raison, car vous êtes bien honnête homme. » Ainsi, au cours de ces événements, Bernis avait gagné définitivement la confiance de la famille royale. Mme de Pompadour lui en fit la réflexion, teintée de jalousie ; il en fut indigné, car cette confiance, il l'avait gagnée par son seul souci de dévouement à l'État. Elle reconnut son erreur et promit de la réparer : ce fut elle, sur les conseils de l'abbé, qui demanda l'entrée du dauphin dans le Conseil. Car, au bout de onze jours, le roi avait écrit à son amie : rien n'était changé. Ceux qui avaient fondé leurs intrigues sur son départ furent déconcertés et inquiets. Elle s'ingénia, de son côté, à rendre au roi la tranquillité et le goût de vivre, lui montrant que Damiens était seul, qu'il n'y avait point de conspiration... Il ne demandait qu'à le croire : il se remit à chasser et reprit les soupers des Petits Cabinets.

Une amie de plus en plus puissante

Mme de Pompadour avait remporté la victoire sur tous ses ennemis. Elle en tira un regain d'autorité et s'ingéra de plus en plus dans les affaires de l'État. Bernis n'était plus le précepteur d'Étioles : il ne put l'empêcher d'assouvir, malgré la résistance du roi, ses désirs de vengeance.

Il n'y avait pas moins de cinq ans qu'elle employait tout son crédit, avec l'aide de Berryer et de Machault, à faire renvoyer le comte d'Argenson. Désormais, s'appuyer sur Machault n'était plus possible : il lui avait manqué pendant la maladie du roi, il était condamné. Obtenir le départ du comte d'Argenson semblait plus que jamais impossible : il avait assisté le roi pendant sa maladie, il avait partie liée depuis de longues années avec les frères Pâris, Duverney et Montmartel, ses fournisseurs aux armées, et il venait de prendre, pour la guerre continentale, des mesures qu'il fallait mettre en œuvre. Les arguments de Bernis décidèrent néanmoins la marquise à tenter une nouvelle conciliation. Or le ministre n'y puisa que la conviction qu'elle se noyait ; il refusa. Il se trompait, elle était toute-puissante.

Elle le fit appeler et lui parla avec vivacité. Il ne la prit pas au sérieux, lui répondit en plaisantant et lui laissa voir, par son attitude, qu'il la méprisait. Bernis tenta encore de le prévenir, plaida pour son intérêt privé et le bien de l'État. D'Argenson s'en amusa, persuadé que c'était son ennemi qui était menacé : « Vous savez bien, dit-il à Bernis, que le Machault fait son paquet ; c'est une affaire de huit jours [7]. » Le ministre ne voyait personne qui pût le remplacer, et il avait raison : c'était là-dessus qu'il comptait.

Les difficultés n'étaient pas moins grandes pour la disgrâce de Machault : il connaissait bien la Marine, n'était pas responsable des moyens insuffisants qu'on lui octroyait pour la développer, et il était respecté des officiers. Mais on fit croire au roi que sa présence seule entretiendrait l'agitation du Parlement. Bernis s'élève contre l'opinion avancée par certains que la favorite le livra au roi pour qu'il acceptât le renvoi du comte d'Argenson... Il n'y eut point de tels marchandages. Le roi fut peu à peu persuadé que d'Argenson était un « fripon » : il y avait eu le scandale avec Mme d'Estrades ; le comte tolérait les placards séditieux et fût allé jusqu'à souhaiter des désordres pour faire chasser la marquise ; enfin, il se mêla de la remplacer par Mme d'Esparbès, ce fut, si l'on peut dire, la goutte d'eau... Mme de Pompadour se méfiait tant de l'opposition de Bernis qu'elle ne lui confia jamais franchement les progrès de son dessein.

Mais un soir de février 1757, Bernis trouva le roi d'humeur fort triste : il ne se résolvait jamais facilement à faire du mal à quelqu'un qu'il connaissait. Le lendemain, les deux ministres étaient exilés ensemble. Dans la lettre à Machault, le regret du roi allait jusqu'à l'éloge : « Soyez toujours sûr, ajoutait-il, de ma protection et de mon amitié... Je vous conserve votre pension de ministre de vingt mille livres et les honneurs de garde des Sceaux[8]. » Tous deux n'en étaient pas moins priés de se retirer, Machault à Arnouville, et d'Argenson dans sa terre des Ormes.

D'Argenson fut remplacé par Paulmy, son neveu, fils du marquis, un homme léger et corrompu selon Duclos, « un petit fantôme de ministre[9] ». Quant à Moras, successeur de Machault, trop petit, lui aussi, il dut laisser la place à Boullongne : déplorable instabilité aux Finances ! Disette d'hommes ! Les « hommes » n'étaient pas à la cour ; on en trouvait au Parlement. « Les malheurs de la France commencent à cette époque, conclut Bernis. La Guerre et la Marine sentirent bientôt que la main qui tenait leurs rênes était trop faible ; la confusion et la licence s'emparèrent de ces deux départements. Mme de Pompadour, avec sa confiance d'enfant, crut qu'avec son secours, tout irait bien ; je ne pensais pas de même ni nos alliés non plus. Ils regardèrent comme une faute capitale le renvoi des deux ministres dans de pareilles circonstances[10]. »

Un travail gigantesque

Il n'avait fallu que huit mois pour mettre sur pied le traité de Versailles ; il ne fallut pas moins d'un an pour élaborer le second traité ou *Grand Traité* qui fut signé le 1er mai 1757 : trente-deux articles pour se mettre d'accord sur l'objet et « les suites » de la guerre !

Travaillant jour et nuit « sans dormir un quart d'heure de suite », Bernis vécut dans une tension nerveuse continuelle. Sa santé se trouva gravement dérangée en mars, au point culminant de sa tâche. Sans sa constitution solide, reconnaît-il, il n'eût pas résisté six mois ; cependant il s'en ressentira pendant cinq ans. Effort surhumain pour aboutir à un traité chimérique ! Outre les vingt-quatre mille hommes prévus par le premier traité, Louis XV s'engageait à envoyer à l'impératrice un corps de six mille Bavarois et Wurtembourgeois entretenus aux frais de la France pendant toute la guerre. Il recrutait pour les armées françaises cent cinq mille hommes. Jusqu'au jour où l'impératrice aurait récupéré la Silésie, le roi lui accordait un subside *annuel* de douze millions de florins. Il s'interdisait de poser les armes avant cette victoire.

A la date où l'on signa ces textes, on n'imaginait point que la guerre fût longue ni qu'elle pût coûter si cher. Optimisme, illusions... Non que l'impératrice n'offrît rien en échange : lorsqu'elle serait en possession de la Silésie, elle céderait à la France, dans les Pays-Bas, Chimay, Ostende, Nieuport, Ypres, Furnès et Mons... qui faciliteraient la lutte contre l'Angleterre. L'Infant recevrait les Pays-Bas, tandis que Parme retournerait à l'Autriche... Les parts étaient loin d'être égales. Tout était subordonné à la reconquête de la Silésie, ce qui supposait l'écrasement de la Prusse. Que de rêves ! On voulait ignorer le génie militaire de Frédéric II et les combinaisons de Pitt, son allié.

A Vienne, ce fut l'euphorie, et ensuite à Versailles, quand fut retourné, le 14 juin 1757, le traité ratifié, accompagné de cadeaux... Mme de Pompadour et Bernis n'étaient pas oubliés [11]. Manque de réalisme politique, confiance en l'alliée, naïveté de Bernis qui rejoignait celle du marquis d'Argenson lors de la guerre précédente ? Était-ce aveuglement de l'abbé ? Irresponsabilité ? C'est ce que l'époque a pensé lorsque est venu l'échec, et c'est là que l'histoire a enterré Bernis. Il faut être plus juste. « Au premier moment de la négociation, écrit un historien, il avait vu avec sagacité le nœud de l'affaire ; il avait senti le péril et, ne pouvant le conjurer entièrement, il essayait de louvoyer avec Staremberg afin d'atténuer la portée des engagements demandés à la France... Sa gloire est d'avoir vu, dès la fin de 1757, que la France était incapable de faire la guerre, et de demander la paix au risque d'encourir la disgrâce [12]. » Maintes fois, il s'était demandé comment on allait payer. S'il avait mal évalué les forces de la coalition, les lenteurs de l'organisation dans une Allemagne en pleine féodalité, il n'avait été que l'exécutant de l'entreprise sentimentale de Louis XV et de la favorite. Il déchanta très vite et devint, en quelques semaines, le juge le plus sceptique du traité qu'il avait signé, mais *il l'avait signé*, et il demeura, jusqu'à ce qu'il en fût brisé, fidèle à sa signature.

L'argent ! Là était le problème. Il fallait en trouver, ce qui était impossible sans l'aide du Parlement : à propos, on voulut bien se souvenir de Bernis. Ce ne fut pas d'abord le roi qui l'appela. Par patriotisme, trois présidents du Parlement, Molé, Joly de Fleury et d'Ormesson, connaissant la probité de l'abbé, demandèrent à le voir. Le roi lui permit de traiter avec eux. Mais tous les ministres voulurent s'en mêler ; leurs intrigues et la jalousie de Maupeou, premier président, firent échouer cette première négociation.

Or, Boullongne, vers le milieu de l'année, n'eut plus aucune ressource pour subvenir aux frais de la guerre et des subsides... On fut contraint de revenir aux premières propositions qu'avait faites Bernis trois jours avant le lit de justice du 13 décembre : il fallait rappeler les magistrats exilés. Le roi chargea Bernis de traiter l'affaire avec les trois présidents. « Ceux-ci, dit Bernis, apportèrent un grand zèle au salut de l'État. » Mais la majorité des parlementaires était sous l'influence de Maupeou. Maupeou était l'homme fort. Et si séduisant ! La marquise le savait qui correspondait directement avec lui : il avait un visage d'une grande noblesse, de magnifiques cheveux gris, une grâce parfaite dans le maintien et la parole. Bernis, quoique ministre, se rendit chez lui, fit miroiter un poste de garde des Sceaux... Maupeou refusa. « Il sera dupe de sa finesse », dit Bernis. Dupe, provisoirement...

On allait travailler sans lui. Le roi convoqua une députation de parlementaires à Versailles. Ils s'y rendirent. Bernis avait fait confiance à leur lassitude et au fait que l'opinion les abandonnait. Tout allait reposer sur le discours que ferait aux magistrats le chancelier Lamoignon. Bernis le voulait conciliant, ferme mais paternel : il n'eut pour lui que le chancelier et Saint-Florentin ; les autres ministres exigeaient un discours menaçant. Quant au roi, il était sceptique : « Je vous avais bien dit... ! » A neuf heures du matin, on corrigea, dans le sens de la sévérité, le discours du chancelier alors que la réunion était fixée à cinq heures. Les trois correspondants perdirent courage et la négociation menaça d'échouer.

Ce fut alors que Bernis se rendit chez le roi avec le chancelier et Saint-Florentin. Il parla avec tant d'énergie que le dauphin fut gagné et qu'enfin le roi céda. On rétablit le texte primitif du chancelier, on le tira aussitôt à trois mille exemplaires que l'on répandit à Paris, jusque dans les cafés. Le discours se terminait ainsi : « Sa Majesté efface donc pour jamais le souvenir de ce qui lui a déplu dans votre conduite passée en regardant comme non avenues les démissions que vous lui avez données... Que ces sentiments soient toujours gravés dans vos cœurs ; souvenez-vous que votre souverain vous traite en ce moment en père[13]. » Les magistrats l'écoutèrent avec une indifférence apparente, mais quand ils rentrèrent à Paris, ils trouvèrent l'atmosphère changée. « Tous les hommes, dit Bernis, sont capables de ces variations, mais *les Français plus que les autres*[14]. »

Le roi, très content, n'ignora point les difficultés vaincues par Bernis. Inévitablement, les autres ministres reprochèrent à l'abbé d'avoir affaibli l'autorité royale. Mais ne fallait-il pas de l'argent ? « En bonne politique, dit encore l'abbé, les petites considérations doivent céder aux grands intérêts ; le roi a toujours bonne grâce à pardonner. » Maupeou, décontenancé, demanda sa retraite ; il fut remplacé par Molé. Et Voltaire fit l'éloge de Bernis : « On dit que c'est l'abbé de Berni [sic] qui a ménagé le rétablissement du Parlement. Si cela est, il joue un beau rôle dans l'Europe et en France. Je ne lui ai pas écrit depuis mon absence [aux Délices]. J'ai toujours craint que mes lettres ne parussent intéressées, et je me suis contenté d'applaudir à sa fortune, sans l'en féliciter[15]. » Mais leur correspondance devait bientôt reprendre.

Arrivée d'un faux ami : Stainville-Choiseul

Rouillé, sournoisement opposé à la nouvelle alliance, faisait tout pour envoyer à Vienne le comte de Broglie qui avait beaucoup d'esprit, mais était en mauvais termes avec la favorite. Celle-ci ne pensait qu'à son « cher Stainville » qui attendait depuis longtemps son rappel de Rome.

Il arriva à Versailles vers le 20 juin. Blessé d'avoir été écarté de la négociation avec Vienne, mais en position de force : il avait eu l'habileté de s'arrêter à Parme et de s'y faire une nouvelle « amie »... car aussitôt l'Infante demanda pour lui au roi l'ambassade de Vienne. Elle écrivit également à Mme de Pompadour et à Bernis. Elle y trouvait son intérêt : Stainville pouvait la protéger d'une restitution de Parme à l'Autriche. Donc, si Bernis se fût opposé à la nomination de Stainville à Vienne, il eût perdu l'amitié de la favorite et celle de l'Infante. D'ailleurs, reconnaît-il, il n'avait point pour cela de *motifs apparents*. Mais il en avait de cachés : il avait reconnu, dans le futur duc de Choiseul, l'hypocrite, sinon l'ennemi : « La jalousie qu'il avait un peu marquée, dit l'abbé, quand je fus nommé à l'ambassade d'Espagne, et le peu d'approbation qu'il avait donné secrètement au traité de Versailles n'étaient pas des raisons suffisantes pour [l'] exclure[16]. » Les ennemis de Stainville — il en avait beaucoup — n'avaient pas manqué de signaler à Bernis le danger qu'il courait en associant aux affaires un homme aussi « entreprenant, hardi, ambitieux et adroit ». Méchant, avait dit Louis XV. Faux, sans aucun doute : au maréchal de Luxembourg qui lui vantait la confiance que la marquise marquait à Bernis, il avait répondu : *« Oh ! Pour celui-là, il ne m'embarrasse pas, je le perdrai auprès d'elle quand je voudrai*[17]. *»* Certes, il suffisait de tendre des pièges à la probité de l'abbé, et surtout à sa passion de la franchise.

Choiseul, dans ses *Mémoires*, affecte une sorte de plaisir à paraître tel qu'il fut : cynique et méprisant, poussant sa gloire pour elle-même, tenant pour peu de chose d'avoir rendu service, par la suite, à l'État et à la nation. « Aimable et brillant, écrit Calmettes en publiant le manuscrit, jusque dans ses vices, car ses vilenies sont exemptes des mesquineries de la sottise... [il est] bien du siècle. Il est d'un monde qui s'en va[18]. » Choiseul se vante de la vie folle qu'il mena avant de parvenir aux affaires : « J'allai en Lorraine recueillir une succession que le marquis de Stainville, dont j'étais l'héritier, avait mis soixante ans à amasser, et que je mangeai dans le courant de l'hiver [1746]. » Il fit de même avec la dot de sa femme, Mlle du Châtel, qui lui « en laissa dissiper la plus grande partie ». Par quelle supériorité morale s'autorise-t-il à juger Louis XV « prenant la femme d'un fermier général et lui donnant un autre nom » ? « C'est qu'en général, ajoute-t-il, tous les princes des maisons souveraines sont naturellement plus bas que les autres hommes... » Et ce sont « les princes de la maison de Bourbon qui ont en partage la bassesse la plus méprisable[19] ». Il épargne davantage Mme de Pompadour, quoiqu'elle eût « couché dans le même lit que Mme de Châteauroux... On lui était présenté comme à la reine... On lui rendait le respect et les hommages les plus vils ». Et lui, Choiseul, était son courtisan le plus « amoureux » !

Étant donné que Choiseul se méfie de ce qu'il n'a pas fait lui-même et qu'il méprise généralement les hommes, le traité de Versailles, même s'il eût été réaliste, ne pouvait que lui déplaire. Mais de ce texte chimérique, il tira une jubilation intense puisqu'il manifestait avec éclat la faiblesse de son rival. Le traité devenait un piège que s'était tendu Bernis à lui-même, où il allait se perdre. Avant même de l'avoir lu, Choiseul fut « inquiet qu'une besogne aussi vaste fût confiée à une tête aussi enivrée que l'était celle de l'abbé de Bernis[20] ». A Crécy, au château de Mme de Pompadour, Bernis et le maréchal de Belle-Isle lui remirent le traité. « Je n'ai jamais vu, écrit Stainville, personne aussi enthousiaste de son ouvrage que l'abbé de Bernis. *Il avait l'air de me dire*[21] *:* " Allez, vous conviendrez que je suis le plus grand homme en politique qui ait jamais existé. " Le maréchal de Belle-Isle applaudissait en frappant sur sa canne à toutes les louanges que l'abbé de Bernis se donnait en frappant sur son ventre. Mme de Pompadour me faisait signe que j'étais bien heureux d'être l'instrument dont se servaient de si grands ministres, et moi, avec l'air humble et bête, je répondais : " Je vous dirai ce que j'en pense quand je l'aurai lu. " »

« Je passai la nuit à lire le traité. Quel fut mon étonnement de voir tous les moyens [sic] que l'on avait entassés dans cette pièce. Il y en avait d'impossibles ; d'autres étaient contradictoires ; mais ce qui était le plus sensible était de voir comment la France était sacrifiée dans tous les points pour une illusion... [il] n'avait d'objet réel que le sacrifice de presque toute l'Europe à l'agrandissement de la maison d'Autriche... Je faisais des réflexions bien tristes sur mon ambassade ; je voyais que le ministère était la dupe en entier de celui de Vienne, et je me sentais de la répugnance à être le ministère de la duperie[22]. »

Soit. Mais alors, pourquoi accepta-t-il d'aller à Vienne soutenir la politique de Mme de Pompadour et de l'impératrice ? Un seul mot clé : l'ambition personnelle.

Choiseul écrit ses *Mémoires* longtemps après les événements, alors qu'il est lui-même exilé. En 1757, Bernis identifia la jalousie de Stainville à celle des autres ministres, et comme il avait reconnu ses mérites, il ne se méfia pas davantage. Il avait même écrit à l'ambassadeur, à Rome, que l'on avait besoin de lui, et qu'il rentrât le plus tôt possible ; il était persuadé que l'esprit de décision de Stainville en ferait un bon ambassadeur et abrégerait à Vienne les lenteurs de Kaunitz. Il effaça la jalousie et céda à l'utile : « Je fis moins attention à mes intérêts qu'à ceux du roi. » C'est sans doute cette parole qui oppose le plus les deux hommes. Bernis pensa d'ailleurs qu'il gagnerait, comme il le faisait toujours, la sympathie de Stainville par la gentillesse et la franchise : il plaça toute sa confiance, sa bonne foi, son honneur à se conduire honnêtement avec ce ministre. C'était conforme à ce qu'était l'homme Bernis et à ce qu'il voulait rester, mais ce fut sa perte.

Or, Stainville s'aperçut qu'il ne pouvait lutter de front contre la faveur exceptionnelle dont l'abbé était l'objet auprès du roi et de la favorite. En même temps, il ne pouvait accepter de travailler à Vienne sous les ordres de Rouillé : « Tout le monde a connu son imbécillité », écrit-il dans ses *Mémoires.* Sa conduite la plus habile était donc de soutenir Bernis : « Il connaissait mon caractère, écrit celui-ci, il savait avec quelle bonne foi je rendais justice à ses talents, et ferais valoir ses services au Conseil. *Il fit son plan d'avancer sa fortune en élevant la mienne et en travaillant à l'assurer;* si les circonstances changeaient, il se crut en état *d'employer pour la détruire les moyens qu'il avait employés pour l'établir : on verra combien il fut fidèle à ce système*[23]... » Cela devait réussir d'autant mieux que la santé de Bernis était fort compromise.

La manière dont Stainville s'y prit pour placer Bernis à la place de Rouillé peint tout à fait son caractère. Il commença par un chantage : il exprima le désir de reprendre du service dans l'armée où il avait le grade de maréchal de camp. Mme de Pompadour le crut fou, puis elle « tomba des nues ». Il fit comprendre qu'il ne pouvait servir le roi à Vienne en de telles circonstances sous un ministre malintentionné et absolument incapable. Bernis rend compte de leur dialogue avec un talent qui fait regretter l'interruption de sa carrière des lettres :

« Mais, répondit-elle, M. Rouillé se meurt ; il dort au Conseil et dans son cabinet ; il n'y a qu'à attendre que l'apoplexie nous en délivre : le roi ne veut pas être homicide d'un ministre inapte, mais honnête homme, en le déplaçant ; s'il pouvait se déplacer lui-même, le roi en serait bien aise ; mais Mme Rouillé, qui aime la cour, comme une bourgeoise qui n'est pas faite pour y être, l'en empêchera toujours...

« Voulez-vous, interrompit vivement le comte de Stainville, que je vous apporte dans une heure la démission de M. Rouillé, le voulez-vous ? »

La marquise traita ce projet de folie, et y consentit...

« On voit par là, poursuit Bernis, à quels ménagements ridicules tient quelquefois le succès des plus grandes affaires. Il y avait deux ans qu'il était nécessaire de déplacer M. Rouillé, et, de peur de fâcher sa femme, on aimait mieux compromettre les intérêts des plus grandes puissances de l'Europe. »

[« On » : mais qui donc ce « on » désigne-t-il ?]

Stainville exécuta son projet sur-le-champ. Il alla trouver Mme Rouillé et lui fit comprendre qu'il fallait prolonger la vie de son mari en le déchargeant du poids de ses fonctions. Elle résista d'abord ; puis elle descendit avec Stainville dans le bureau de son mari et le décida « à remettre sa démission que le comte porta en triomphe chez la marquise : elle en eut autant de surprise que de joie. Il faut convenir, ajoute Bernis, que rien n'est plus leste que cette action du comte de Stainville, et qu'elle est en même temps bien adroite[24] ».

C'est ainsi que Bernis fut appelé à la succession de Rouillé aux Affaires étrangères. Le roi dut le « forcer », dit-il. Il accepta parce qu'il était déjà surchargé de travail, et qu'il était impossible qu'avec le titre cela fût pire...

Le jour qu'il prêta serment, il apporta au roi la nouvelle que le maréchal Daun venait de remporter la victoire de Kollin sur le roi de Prusse. Les Anglais manquaient leurs essais de débarquer en France et n'étaient pas heureux avec Vaudreuil au Canada. « Quand le peuple me voyait passer, écrit Bernis, il disait : “ Tiens, le voilà ! il a l'air d'une bataille gagnée. ” »

Cela ne devait pas durer.

CHAPITRE X

Un ministre sans pouvoirs ou la pensée sans l'épée

Le triste état de l'armée

Quelques victoires ne pouvaient faire illusion. Le maréchal de Saxe était mort. Aucun général d'armée ne lui était comparable. Belle-Isle vieillissait ; partisan sincère et honnête de l'alliance, il était indispensable au Conseil. Les meilleurs chefs étaient le maréchal d'Estrées, petit-fils de Louvois, et le duc de Broglie. Le maréchal de Richelieu, le plus ancien, tenait son prestige d'avoir délivré Gênes des Autrichiens et pris Minorque aux Anglais ; c'était un don Juan fastueux et jaloux, avide de richesses, têtu et indépendant, non pas un chef d'armée. Le comte de Maillebois, menacé, lors de la dernière guerre, d'être pris en tenailles entre les Autrichiens et les Sardes, avait évacué l'Italie en hâte ; ambitieux et intrigant, il fut un moment favorisé par sa parenté ; il avait épousé la fille du marquis d'Argenson et se trouvait ainsi le beau-frère de Paulmy, le nouveau ministre. Il prit le parti de Richelieu qui avait besoin de lui. Quant au prince de Soubise, on sait qu'il était le plus soutenu et le moins capable.

L'armée, à l'image de ses chefs, avait de mauvaises habitudes ; les officiers, qui n'étaient pas encore formés à l'École militaire, préféraient l'exploit personnel à la bataille organisée, les séjours à la cour et dans les salons à la rigueur des intempéries, les intrigues de carrière à l'étude de la stratégie ; et les moins soucieux de l'honneur se livraient au pillage. Ceux qui avaient de l'esprit allaient devenir « de furieux humoristes », admirateurs du roi de Prusse et détracteurs de leur état-major. C'est ainsi que les a vus le comte de Gisors [1], fils du maréchal de Belle-Isle, officier discipliné et réfléchi, plein de bravoure et de promesses, dans les lettres qu'il écrivait à son père. Ses renseignements contribuèrent sans aucun doute à édifier, mais aussi à désespérer Bernis. L'esprit de critique et l'insubordination vouaient les armées à l'échec : les ordres du ministère, écrit Gisors, « sont altérés ensuite dans l'exécution, et le comble, c'est que cela perce, et *de là vient le peu de considération qu'on a pour toute espèce d'autorité*[2]. » Comment des soldats de quinze à vingt ans, qui n'avaient jamais essuyé un coup de fusil, pouvaient-ils se battre avec courage alors qu'on n'avait cessé de leur faire l'éloge des Prussiens ?

Mais c'était sur l'acheminement des « subsistances », vivres et munitions, que portaient les critiques essentielles du comte de Gisors. Bernis fit preuve d'autant d'illusions que de sollicitude lorsqu'il écrivit à Duverney que les troupes n'aimaient pas le pain de seigle des Allemands et qu'il fallait leur envoyer du pain français. L'intendance ne suivait pas les combattants, et « c'étaient souvent les subsistances qui réglaient le mouvement des armées ». Pour combler les attentes, on se nourrissait, par impositions, sur les pays des princes allemands alliés de la France ; mais dans les États ennemis les réquisitions se pratiquaient sans ménagement ; les officiers donnaient à leurs ordonnances et à la troupe de scandaleux exemples. Dans l'État de Brunswick, les généraux se faisaient servir « par semaine quarante livres de poisson, deux grandes bêtes fauves, une quantité de petites pièces de venaison, des légumes assortis et le bois nécessaire[3] ».

L'intrigue décapite l'armée

Les débuts de la guerre furent particulièrement heureux au Hanovre. Le maréchal d'Estrées, très apprécié du roi, avait été désigné comme chef d'armée ; il allait combattre le duc de Cumberland, fils du roi George II. Il avait sous ses ordres, comme maréchal général des logis, le comte de Maillebois, et comme commandant de l'armée de Saxe, le prince de Soubise. Mais ce dernier se considéra bientôt comme chef d'armée autonome et timbra sa correspondance de l'*Armée Soubise.* D'Estrées s'en plaignit. On ne pouvait concevoir deux hommes plus différents : d'Estrées, chef sévère, rigide et respecté, refusant toute compromission d'intérêt personnel, n'était pas aimé de Mme de Pompadour. Soubise, aimable, serviable, mais sans autorité, était destiné par le roi et la favorite, avant d'avoir fait ses preuves, à devenir maréchal et chef des Armées.

A cette époque, les frères Pâris étaient maîtres de toutes choses, y compris de l'intrigue. Pâris de Montmartel, avec sa prodigieuse fortune, était le recours du roi quand le Trésor royal ne pouvait plus payer les troupes ; c'était chez lui que Bernis allait mendier des crédits. Ce n'était pas le ministre de la Guerre ni un maréchal, c'était Pâris-Duverney qui préparait et proposait la composition et les mouvements des armées. Les deux frères n'étaient-ils pas protecteurs et amis de Mme de Pompadour qu'ils avaient *élevée* ? D'Estrées, qui ne pouvait admettre cette usurpation des pouvoirs, n'aimait pas Duverney : il commit la faute très grave de ne le point consulter avant son départ.

C'est pourquoi une double intrigue se noua, dès le début de la campagne, d'abord entre Duverny et Richelieu, qui avait été écarté, ensuite entre Duverney et la favorite. « Pâris-Duverney, écrit Bernis, fut aveuglé par la haine qu'il portait au maréchal d'Estrées, [et] par l'enthousiasme peu réfléchi que la prise de Minorque lui avait inspiré en faveur du maréchal de Richelieu... Il savait que le roi ne déplacerait pas volontiers le maréchal d'Estrées, qu'il aimait, pour lui substituer le maréchal de Richelieu que S. M. n'aimait plus, mais dont elle craignait l'ambition et les intrigues[4]. » Duverney, pour donner finalement la plus grande satisfaction à Mme de Pompadour, imagina une intrigue en deux actes.

Dans un premier acte, il proposerait le prince de Soubise pour commander l'armée de Saxe. Cette certitude donnée à la favorite devait lui permettre, en échange, de sacrifier sa haine de Richelieu et d'obtenir du roi la réintégration de celui-ci à la place du maréchal d'Estrées.

Dans un deuxième acte, le moment venu, on pourrait écarter plus facilement Richelieu : pour mettre à sa place, comme chef d'armée, le prince de Soubise.

Encore fallait-il que les événements de la guerre fussent favorables au déroulement de cette intrigue. « Toutes les conjectures de Duverney, constate Bernis, se trouvèrent justes »... après une de ces fausses réconciliations avec la favorite qu'acceptait Richelieu en cas de nécessité. Connaissant de telles combinaisons, comment Bernis, qui admirait d'Estrées, a-t-il pu écrire à Duverney, plus tard, des lettres si amicales ? Il faut admettre qu'il ne pouvait trahir celle qui l'avait élevé, et qu'il avait besoin, pour sa fonction dans l'État, des frères Pâris...

On comprend pourquoi Belle-Isle, ami du maréchal d'Estrées, et Bernis, qui ne se fussent point prêtés au déplacement du maréchal, furent écartés tous les deux de l'élaboration du plan de guerre pendant trois semaines, jusqu'à ce que Duverney eût fait adopter au moins le premier acte de l'intrigue. « Il est incroyable, écrit Bernis, qu'une pareille intrigue ait pu réussir de cette manière, et que le roi ait consenti qu'on me fît mystère d'une opération qui allait donner une autre face aux affaires de l'Europe dont j'étais chargé[5]. » Et cette « autre face », c'était la perte de la guerre... Quand Bernis fit remarquer au roi qu'il n'était point satisfait de ce procédé, « le roi en plaisanta beaucoup »...

L'affaire du Hanovre ou les marrons du feu

D'Estrées reçut l'ordre d'aller lentement. Il ne s'en méfia point. Il était d'ailleurs prudent et précautionneux par système. Au surplus, les subsistances n'arrivaient pas, et Maillebois, pour donner du temps à l'intrigue, s'ingéniait à retarder la progression. Or, l'impératrice se plaignit de cette lenteur. Belle-Isle, renseigné par son fils et ses nombreux espions, écrivit alors à d'Estrées de se hâter et de gagner la bataille le plus rapidement possible. Le maréchal comprit : il bouscula les troupes de Cumberland, s'empara de Cassel, de Gottingue, et remporta la victoire décisive de Hastenbeck... Surprise ! Quand le comte de Gisors apporta au roi, qui était à Compiègne, la nouvelle de la victoire, il apprit que d'Estrées avait été remplacé par Richelieu... Embarras de la cour ! Étonnement de « toute l'Europe » !

Richelieu prit son temps : il attendit à Strasbourg pendant trois jours sa maîtresse, Mme de Lauraguais, qui venait de prendre les eaux. Lorsqu'il arriva, la ville de Hanovre venait de remettre ses clés à d'Estrées. Le vainqueur se retira à Aix-la-Chapelle. L'électorat de Hanovre et le duché de Brunswick étaient virtuellement conquis. Les amis du maréchal d'Estrées protestèrent vivement. Que l'on admire l'hypocrisie de Duverney qui écrivit à Maillebois : « Je suis mis en jeu, comme si de pareilles déterminations [sic] devaient être l'effet des affections, des fantaisies, de la brigue, et non pas d'une connaissance profonde de l'objet » !

L'armée avait pris parti pour d'Estrées. En le frappant, Louis XV avait frappé l'armée entière, et l'événement allait avoir de longues et coûteuses répercussions. Richelieu n'avait qu'à exploiter la victoire. Il le fit au plus mal : au lieu d'écraser l'armée de Cumberland et d'exiger sa capitulation, il lui donna le temps de se retirer, à peu près intacte, dans un camp fortifié. Puis il pilla systématiquement le pays, prélevant sous forme de « contributions » une véritable fortune. En rentrant, il fit construire un pavillon que le public nomma *le Pavillon du Hanovre.* Ses soldats, qui l'avaient surnommé *le père La Maraude,* ne se privèrent point de l'imiter.

Ce fut alors que Cumberland, par l'intermédiaire du roi de Danemark, proposa à Richelieu de signer une convention politique, sorte de trêve, qui allait permettre à l'Anglais de reconstituer son armée. Richelieu, bien qu'il n'en eût pas les pouvoirs, signa, en septembre 1757, la Convention de Closter-Seven. L'impératrice en fut scandalisée. « Monsieur de Richelieu, écrit Bernis à Stainville, a un peu brusqué l'affaire de la Convention. Nul acte n'a été moins réfléchi, ni contracté avec moins de formes. Il est certain que cet acte est glorieux *en apparence... mais gare les suites*[6]. »

Par bonheur, si l'on peut dire, les suites n'apparurent pas immédiatement. Daun reprenait l'offensive en Silésie et en Saxe. Même Soubise avançait. Les Russes entraient à Kœnisgsberg et les Suédois débarquaient en Poméranie. Frédéric se sentit perdu et pensa au suicide. Il se reprit rapidement. Pourquoi Richelieu ne pourrait-il pas, avec lui aussi, conclure la paix ou signer, tout au moins, une convention politique ? Mais, cette fois, Richelieu en rendit compte au roi. Bernis vit le piège. « Monsieur de Richelieu, écrit-il à Stainville, est un peu embarrassé d'une lettre pleine de louanges que le roi de Prusse lui a écrite en lui proposant de faire la paix. Le maréchal ne serait pas fâché de la faire, en effet, et le roi de Danemark aussi. Mais j'ai cassé bras et jambes à toutes ces fausses mesures[7]. »

Frédéric ne se découragea pas. Lorsque Richelieu « conduisit » son armée à Halberstadt, dit Bernis, « pour y ramasser des contributions et manger à l'avance ce qui devait approvisionner nos magasins pendant tout l'hiver », Frédéric lui fit une nouvelle proposition de suspension d'armes... qui eût permis à la Prusse d'occuper la Saxe pour le reste de l'hiver et de reconstituer ses forces. C'était séduisant pour les officiers français qui ne pensaient qu'à retourner à Paris ou à la cour, laissant pourrir leur armée en Allemagne. Mais le roi de Prusse alla trop vite : il fit imprimer et publia son projet de convention... Cette fois, Bernis fut très irrité : « Monsieur de Richelieu a de mauvais conseils, écrit-il, on m'a averti que Maillebois le menait par le nez, et que ledit Maillebois ne voulait pas que le roi de Prusse cessât d'être notre allié. La convention de Halberstadt est une faute grossière de politique qu'un enfant de quinze jours n'aurait pas faite. Le bruit court déjà que nous avons signé un armistice avec le roi de Prusse. Il faut la patience d'un ange pour ne pas jeter son bonnet par-dessus les moulins [8]. »

C'était la première révolte de Bernis... Décidément, dans ce pays, la tradition anti-autrichienne avait la vie dure. Ce fut aussi le moment où le cardinal de Tencin et Voltaire, se rejoignant sur la plate-forme du pacifisme et de l'humanisme, intervenaient auprès de la margravin de Bayreuth, sœur de Frédéric II, afin qu'elle servît d'intermédiaire dans une négociation de paix avec Bernis [9]. Frédéric, qui s'était ressaisi, répondit à sa sœur par une lettre violente et prophétique : « Puisque les Français sont si fiers, je les abandonne à leur sens pervers, et je suis à présent en marche pour faire changer la face du destin. Je compte leur parler de telle façon qu'ils regrettent plus tard leur impertinence et leur fierté [10]. »

Cette paix, qui n'eût pas été honteuse, Bernis devait regretter bientôt de ne l'avoir pas faite. Le pouvait-il ? Il était englué dans l'alliance, avec le roi et Mme de Pompadour.

Stainville et Bernis

Stainville arriva à Vienne avec sa femme en août 1757 en grand seigneur : il avait reçu cent cinquante mille livres d'appointements, cent quatre-vingt mille d'indemnité pour frais, et cinquante mille de gratification. De quoi prendre de la hauteur. Or, il dut déchanter : la hauteur se trouvait chez Kaunitz qui fit attendre l'ambassadeur nouveau pendant deux heures. La victoire de Kollin avait tourné la tête des Autrichiens. A Vienne, les sentiments à l'égard du traité avec la France étaient aussi froids qu'à Versailles : ni le Conseil ni l'opinion ne s'y étaient vraiment engagés. L'impératrice avait décrété l'alliance qui reposait ainsi sur quelques têtes dans chacune des deux cours [11].

Aussi les débuts de Stainville furent-ils pénibles ; on ne cessait de se plaindre de la France. « Je puis supporter tout, écrivait-il au comte de X..., excepté d'être employé dans une besogne qui déshonorera mon maître et ma nation. Je n'ai pas passé de jour depuis que je suis ici où je n'aie maudit l'instant de faiblesse que j'ai eu d'accepter cette ambassade. Tout ceci pour vous seul[12]... » En réalité, l'ambition strictement personnelle l'a poussé à enfourcher le cheval autrichien, à défendre le traité auquel il ne croit pas, et à faire la guerre.

Ayant accepté sa tâche, il prit très vite de l'autorité. En se faisant l'auxiliaire dévoué de l'impératrice et de Kaunitz, il sut retourner cette autorité et l'exercer sur la cour de Versailles. Connaissant parfaitement les desseins de Louis XV et surtout de Mme de Pompadour, renseigné sur le désordre qui régnait au Conseil et dans le commandement de l'armée, il prit les initiatives qui devaient plaire à la fois à la marquise et à l'impératrice. A Vienne, il vit rapidement ce qu'il fallait voir : « On ne rêve que Silésie », écrivait-il, et l'on ne poursuit que l'écrasement de Frédéric II. L'Angleterre était loin... Lors du projet de la convention d'Halberstadt, Stainville se fâcha et fit à Richelieu de sévères remontrances : « Nous avons appris par S. M. prussienne cette espèce de convention sans que vous ayez daigné m'en informer, de sorte que cet oubli de votre part me fait jouer ici un rôle assez désagréable[13]. »

Comme ancien militaire, et par tempérament, Stainville était rapide, direct, hautain, voire cassant. Il avait les qualités de ses défauts : il n'hésitait point, aimait les risques ; l'intérêt de l'État n'étant point le motif essentiel de ses actes, il n'en redoutait point les conséquences. Qu'il fût dans ce poste ou dans un autre, ou même en disgrâce, il retombait toujours sur ses pieds. Optimiste quoi qu'il arrive, plus jeune que Bernis, moins fatigué, sans embarras religieux ou moral, il aimait la vie dans ses plaisirs les plus faciles.

Bernis, au contraire, a les défauts de ses qualités : réfléchi, mesurant ses actes à l'aune de la raison et de l'avenir, ayant engagé sa responsabilité dans la sauvegarde de l'État, et — ce que l'on verra mieux plus tard — dans le bonheur du peuple, il se montre scrupuleux, hésitant, paralysé par la clairvoyance, impuissant devant l'intrigue, volontiers pessimiste. Stainville connaît mieux Bernis que celui-ci ne connaît Stainville. Voltaire, qui correspond avec ces deux hommes, a-t-il bien vu ces différences ? Ne s'est-il point trompé de philosophe ? L'humaniste, le sincère, c'est Bernis. L'abbé, ayant découvert et compris la « jalousie » de Stainville, l'a jugé, tout compte fait, favorablement, et, bien qu'il fût son supérieur, s'appuyant sur leur amitié commune pour la marquise, qu'il crut de même nature, il a cherché à s'en faire un auxiliaire et un ami. « On ne peut refuser au comte de Stainville, écrit-il, de l'esprit, de la pénétration, des grâces et de la gaieté ; mais son principal talent est de brusquer les affaires et d'abréger les formalités, souvent utiles, au hasard des inconvénients qui résultent de la précipitation et de la trop grande confiance : il aperçoit promptement, il voit bien, mais ne lie pas assez ses idées, et il vise plus à la célébrité qu'à la réputation [14]. » Bernis a le mérite d'avoir porté un jugement aussi objectif alors qu'il a cruellement souffert du double jeu de Stainville.

Ainsi allait se développer la correspondance de ces deux hommes si étonnamment différents. Alors que Stainville, demeuré secret, sans répondre à ses sentiments, lui expédiait en style de chancellerie, sauf exceptions, des billets où il ne s'agissait que de considérations diplomatiques et militaires, Bernis, sans se méfier, en fit, comme il l'avait fait de Belle-Isle, son confident. Il s'adresse à « *son* cher comte » et nomme Mme de Pompadour « notre amie », le flatte, lui donne des nouvelles de l'Infante... « Elle vous aime », lui dit-il. Le plus grave, c'est qu'il livre, le plus souvent dans une forme violente, ses critiques du gouvernement à celui qui allait bientôt le considérer comme le gêneur, l'ennemi à écarter.

Rossbach : Bernis broie du noir

Bernis était d'avis qu'il fallait attaquer sur l'Elbe, pendant que Frédéric était fixé en Silésie, et opérer une jonction avec les Suédois. Le Conseil n'en retint que la partie négative, et les instructions qu'il fit donner à Soubise consistaient à « amuser » seulement le roi de Prusse en Saxe, sans s'exposer à une bataille décisive. Sagesse qui avait été approuvée par Belle-Isle. Mais Mme de Pompadour fut fort choquée que les ministres parussent ainsi s'opposer à la gloire de son cher Soubise. Chacun d'eux nia que telle eût été son intention. Bernis seul maintint courageusement que le prince de Soubise ne devait pas risquer la bataille. Ce fut la première « aigreur, écrit Bernis, qui commença à se glisser dans mes relations avec Mme de Pompadour : elle voulait que j'eusse les mêmes préventions et le même zèle qu'elle en faveur de M. de Soubise, et *cela n'était pas possible* [15] ».

Cependant, Paulmy écrivit à Soubise une lettre « tortillée » lui faisant connaître l'avis du Conseil du roi, mais sans lui interdire la bataille, s'il la pouvait engager « à son avantage ».

Dès lors, Mme de Pompadour exigea que Richelieu confie à Soubise une partie de ses troupes ; le maréchal, sachant qu'il allait avoir à combattre le prince Ferdinand de Brunswick, plus dangereux que Cumberland, résista, et enfin, se résigna. Dès que Soubise eut reçu ce renfort, « les mains lui démangèrent », écrit Bernis. La cour de Vienne trouva scandaleux que Soubise n'attaque point avec des effectifs supérieurs à ceux du roi de Prusse. Belle occasion pour Stainville de faire plaisir à la fois à l'impératrice et à Mme de Pompadour. A son tour, il écrivit à Soubise une lettre prudemment ambiguë l'encourageant à passer outre les ordres de Paulmy : « La désolation va être en Saxe et ici dès que l'on apprendra que l'on est déterminé à ne pas délivrer Dresde... Je me flatte que vous aurez pris sur vous de faire les représentations à la cour. Je le désire pour le bien de la chose et pour vous-même... Enfin, mon prince, dans l'exécution des ordres donnés par M. le marquis de Paulmy, si vous croyez devoir les suivre, ménagez autant que vous le pourrez notre gloire politique et tâchez que le blâme de l'occupation de la Saxe par le roi de Prusse ne tombe pas en entier sur nous [16]. »

Voilà qui arrangeait fort le commandant de l'armée des princes allemands, le prince Hilburghausen, qui avait la primauté du commandement sur Soubise, et qui, selon Duclos, était « vendu » à Frédéric ; il déclencha aussitôt le mouvement des troupes...

Bernis, ignorant tout, avait écrit à Stainville une phrase prophétique : « Si l'on n'y prend garde, mon cher comte, notre grande machine se détraquera. » Elle se détraqua le 5 novembre 1757. L'armée de Soubise ayant « poussé une pointe », fort téméraire devant Rossbach, y parvint à l'entrée de la nuit, se glissant entre des collines dont elle n'était pas maîtresse. C'est alors que Frédéric lança une charge de cavalerie, et que, des hauteurs voisines, son artillerie pilonna les troupes françaises. Ce fut la débâcle. L'armée Soubise disparut dans la nuit... Il la retrouva émiettée dans la mesure où Frédéric n'exploita point sa victoire. Soubise n'eut pas le goût de feindre ni de s'excuser ; il écrivit au roi : « Sire, la déroute de votre armée est totale. »

Stainville, officier de la guerre précédente, n'avait aucune connaissance de la stratégie d'une armée moderne et n'avait pas soupçonné la mobilité et le génie militaire de Frédéric. Bernis lui expliqua longuement, dans une lettre du 22 novembre, les causes du désastre de Rossbach : « Nous avons été battus, mon cher comte, parce que défilant au pied d'un coteau, nous n'avons pas d'abord su nous rendre maîtres des hauteurs... parce que nous avons été attaqués avant d'être en bataille, parce que, depuis trois jours, nos troupes n'avaient presque pas mangé de pain, parce que notre infanterie n'avait pas encore tiré un coup de fusil, parce qu'elle était mal disciplinée ; parce que le roi de Prusse a tous les avantages contraires, et qu'il y joint ceux du terrain, de la bonne disposition, de la ruse et de la diligence... Comment peut-on gagner une bataille... quand elle commence à cinq heures du soir au mois de novembre ?... il ne faut pas travailler pour la gazette, il faut opérer pour l'histoire [17]. »

Bernis ignorait que Stainville eût poussé Soubise à l'action et que cette lettre fût alors une leçon. La leçon n'eut aucune portée sur l'optimisme de Stainville, ni sur les sentiments de Mme de Pompadour à l'égard de Soubise qui fut nommé maréchal l'année suivante. Mais l'un ni l'autre n'aimaient que Bernis eût raison. Pour Bernis, Rossbach fut un effondrement. Il eut honte non seulement pour le roi, mais vis-à-vis de la voix publique qu'il écoutait toujours : « M. de Soubise est déchiré de tout le public. *S'il est permis aux généraux de faire à leur tête et d'argumenter perpétuellement contre la cour,* tout est perdu... *On n'a vu à la cour, dans la bataille perdue, que M. de Soubise et point l'État* [18]. » Bernis voit vers quelle fin les événements se dirigent ; il dira donc la vérité quoi qu'il arrive : « Qui n'a plus qu'un moment à vivre n'a plus rien à dissimuler. » Hélas, l'agonie sera longue !

La défaite de Rossbach en entraîna d'autres. Les Hanovriens dénoncèrent la convention de Closter-Seven à peine signée. Avec des renforts tout frais, Richelieu fit reculer le prince Ferdinand qui feignit de prendre ses quartiers d'hiver. Richelieu s'empressa de prendre les siens et demanda, pour sa santé et son repos, de revenir à la cour. Mais le roi, sachant que le prince allait attaquer, ne voulut point confier l'armée à un sous-ordre ; il répondit à Richelieu en le remplaçant par le comte de Clermont, un très grand seigneur. Arrière-petit-fils du Grand Condé et abbé de Saint-Germain-des-Prés, mais préférant le combat, il n'avait cessé de solliciter un commandement. Or, c'était l'aveugle après le borgne : « M. le comte de Clermont, écrit Gisors, dépourvu de toute connaissance du pays, incapable de former aucun projet par lui-même, ne veut être constamment gouverné par personne, et cependant se rend toujours à l'avis du dernier. Il ne prévoit rien... peu affecté des dangers présents, [il] s'amuse d'une bagatelle et perd le temps à des promenades inutiles. Voilà quel est notre général [19]. »

Restaient donc Soubise et Clermont. La pénurie de généraux s'aggravait. Le seul capable, le comte de Broglie, était sous les ordres de Soubise à qui il fit obtenir la victoire de Lutterbourg et le bâton de maréchal. Cumberland avait dit, après Hastenbeck, que le maréchal d'Estrées avait commandé à cent mille voleurs et lui à quarante mille poltrons ; mais les voleurs obéissaient au comte de Broglie et les poltrons à Ferdinand de Brunswick. On verra ce qu'il advint, hélas, du comte de Clermont. Encore si les Autrichiens eussent pu se targuer d'une véritable victoire, mais le 6 décembre, un mois après Rossbach, le maréchal Daun ayant enfermé imprudemment dans Breslau le général prussien Bevern, Frédéric accourut et délivra la ville, désastre plus grave que Rossbach, puisque Daun ne sauva que trente mille hommes sur quatre-vingt mille.

Bernis n'avait pas attendu ces événements pour réagir.

Bernis veut la paix

Bernis savait que l'opinion se déchaînait contre la marquise et ses favoris — dont il faisait partie ! Des libelles circulaient contre les vaincus et l'on y faisait l'éloge du roi de Prusse : les Français admirent le gagnant. « Pour moi, écrivait d'Alembert à Voltaire, je ne puis m'affliger de ses succès [20]. » Personne ne pensait sérieusement à l'Angleterre et aux « arpents de neige » du Canada. Seul, Bernis voyait clairement l'ensemble de la situation et l'intérêt de l'État. Dès lors, après six mois de guerre, il se sentit très mal à l'aise dans ce rôle de favori qui poursuivait une affaire ruineuse pour la France, et qui tentait, sans moyens, d'exécuter un traité auquel il ne croyait plus. Le 29 novembre, il écrivit à Stainville : « Si l'on ne remédie promptement au militaire, il perdra de fond en comble le politique... les frondeurs et les ennemis de cour ont eu un trop beau canevas pour n'avoir pas pris plaisir à le broder. » Il y ajouta des cris de révolte qui, déjà, suffisaient à le perdre : « Il faudra mettre la clé sous la porte si l'on ne veut faire cesser le brigandage et l'indiscipline de notre armée... Dans ces occasions, *il faut trancher net ou bien avertir ses alliés de faire la paix* : tous les milieux entre ces deux partis ne mènent qu'à la destruction et à la honte. *Je n'épargne pas la vérité et je suis toute la journée à l'embouchure du canon* [21]. »

Le drame pour Bernis, c'est qu'il n'avait pas de pouvoir politique, et qu'il allait jusqu'à craindre que l'on pût supposer qu'il le réclamerait un jour : il savait que le roi avait horreur de renouveler l'expérience vécue avec Fleury. D'ailleurs, le pouvoir politique n'appartenait-il pas à la favorite ? Courageusement, Bernis ne pouvait donc que tenter, au risque d'être disgrâcié, une grande démonstration en faveur de la paix, à la fin de la campagne de 1757. Il s'adressa d'abord à la favorite :

« ... Je profitai de la diminution de la confiance que Mme de Pompadour commençait à avoir du succès de la guerre pour lui faire sentir qu'il était impossible d'espérer une plus heureuse issue de la campagne prochaine [22]... » Il fit valoir que la France n'avait pas encore perdu la guerre maritime, mais qu'il était impossible qu'à la longue les Anglais, dont il connaissait la supériorité navale, ne vinssent à bout d'enlever nos colonies d'Amérique, « *source et fondement de notre commerce extérieur* » ; que l'impératrice n'avait aucun moyen de nous dédommager de cette perte, et qu'elle devait prouver la sincérité de ses sentiments en montrant qu'elle était intéressée à la puissance de la France vis-à-vis de l'Angleterre. « Ces considérations, ajoute Bernis, ne persuadèrent pas Mme de Pompadour qui voyait en enfant les affaires de l'État ; mais elle n'eut pas de bonnes raisons à y opposer. »

Bernis parla au roi. Au début de l'année 1758, la pensée de Louis XV hésitait ; il laissa Bernis préparer un plan. Mais Mme de Pompadour, farouchement antiprussienne, résista. Aveuglée par sa passion, elle ne comprenait plus, ne reconnaissait pas Bernis ; elle l'avait considéré comme sa créature et ne voyait pas que, s'il avait changé et s'écartait de sa bienfaitrice, c'était pour des motifs graves, c'était par l'exigence d'une conscience droite, d'une volonté douce, mais inébranlable qui marcherait obstinément à son but. Elle espéra encore le faire plier, puis elle s'aperçut que le seul qui la suivrait jusqu'au bout, c'était Stainville. La faveur de l'ambassadeur ne cessa de croître, et s'il parla parfois de paix à l'impératrice, quand le roi s'en mêla, ce ne fut que pour accélérer les préparatifs autrichiens. Il n'avait jamais tenu grand compte des ordres de Bernis ; il les tint pour négligeables et prit le parti de la guerre à outrance, ce qui exigeait la perte du ministre.

Celui-ci ne cessa de lui donner des armes : le plus souvent, ce n'étaient plus des ordres ni même des conseils qu'il expédiait, mais des critiques vigoureuses du pouvoir, et parfois les justifications intimes d'un héros de tragédie à son confident. Le 13 décembre, il lui écrivit une longue lettre passionnée, d'un ton que l'on regrette de ne point rencontrer plus souvent dans ses *Mémoires*: « J'ai parlé avec la plus grande force à Dieu et à ses saints. J'excite un peu d'élévation dans le pouls, et puis la léthargie recommence ; on ouvre de grands yeux tristes, et tout est dit... Si je pouvais éviter le déshonneur qu'il y a à déserter le jour de la bataille, je m'enfuirais à mon abbaye ; je sens que je ne tiens pas à ma place, mais je sens aussi que je tiens à la réputation, et qu'il est cruel de se déshonorer sans pouvoir l'éviter. La morgue du pays où vous êtes augmentera de plus en plus si l'on ne change pas ici de maximes ; *nous n'avons ni généraux ni ministres.* Je trouve cette phrase si bonne que je veux bien qu'on me comprenne dans la catégorie si l'on veut... Il me semble être le ministre des Affaires étrangères des Limbes... Pour moi, j'ai rué tous mes grands coups... Voulez-vous que je vous dise le secret de l'Église ? les Ormes conduisent l'armée de loin ainsi que le bureau de la guerre (le comte d'Argenson, de sa retraite, était allé, en effet, jusqu'à publier un mémoire contre l'alliance)... Je crois, mon cher comte, que vous serez content de la confiance entière que j'ai en vous. Le mot de paix, qu'on vous a lâché, ne me fait pas peur... Dieu veuille nous envoyer une volonté quelconque ou quelqu'un qui en ait pour nous : je serai son valet de chambre[23]. »

Et une dizaine de jours après, il lança cette formule : « J'ai beau écrire et penser... *La plume ne réparera pas les torts de l'épée.* »

En effet, Bernis ayant pris clairement conscience de cette réalité, il eut le grand tort de trop écrire. Il aimait écrire, mais s'il eût borné là sa vocation, il eût été moins grand. Sans doute le fit-il pour libérer sa bile, mais il se domina de moins en moins ; à tel point que Stainville en fut gêné et lui écrivit, fort habilement, deux lettres « particulières », lui conseillant de changer d'attitude et de ton. Un moment, Bernis sembla se calmer : « J'ai été bien touché, mon cher comte, de la lettre particulière que vous m'avez écrite le 3 de ce mois. Elle prouve également votre esprit, votre jugement, et l'amitié que vous avez pour moi... Mon parti est pris de ne me laisser aller ni au dégoût ni à la crainte, de faire de mon mieux dans ma place... de ne point abandonner la partie tant qu'il y aura des coups de fusil à essuyer, et *de préparer sagement ma retraite pour un temps opportun*[24]. » Si Bernis a le courage de poursuivre sa tâche, c'est avec l'espoir de retrouver un jour la paix de l'esprit, l'étude, le bonheur. Le sacrifice à l'État ne se justifie qu'autant que la réussite est possible. Une façon d'aimer la vie, pour d'autres motifs que Stainville.

D'une lettre suivante, on retire l'impression que Stainville n'est plus le subordonné du ministre, mais qu'il a pris le pas sur lui et devient son conseiller. Bernis lui rappelle vigoureusement la grandeur de sa propre mission, le réalisme et l'ampleur de ses vues : « Je réponds, mon cher comte, à votre lettre particulière du 15. Vous m'y exhortez à ne pas songer à la paix et à me représenter la honte et le danger qu'il y aurait à traiter avec le roi de Prusse tandis que la cour de Vienne, par les mesures qu'elle prend (et celles que nous sommes en état de prendre) peut tenir glorieusement la prochaine campagne... Mais je suis ministre du Roi, comptable par conséquent à lui et au public des conseils que je donne... Je crois connaître les ressources de l'État et celles de nos alliés, ainsi que la manière dont il est probable qu'elles seront respectivement employées. Par cet examen... je ne vois pas que nous puissions espérer avec fondement d'obtenir la supériorité, et je pense... que nous serons bien plus mal à la fin de l'année et bien moins à portée de faire une paix honorable. »

Et il ajoute, prophétique : « On ne pourra empêcher le roi de Prusse de devenir *le dictateur de l'Allemagne* que par une union et une action concertée [25]. » Or, chacun des alliés fait sa propre guerre. Comme Stainville pense que le principal ennemi, c'est Frédéric, et qu'il faudrait d'abord faire la paix avec l'Angleterre, à cela même, Bernis se résoudrait et avoue qu'il « y songe nuit et jour » ; il envisage une médiation armée de l'Espagne. On se repentira de n'avoir pas soutenu à ce moment son initiative de paix : *« Souvenez-vous que j'ai trouvé un instant que la sagesse me montrait du bout du doigt, et dont nos alliés et nous gémirons de n'avoir pas profité. »*

La « stratégie » de Stainville

L'accord ne pouvait se faire. Ce fut dans la première moitié de l'année 1758 que le ton de la correspondance entre Bernis et Stainville devint discordant. Ce ne fut jamais une lutte ouverte, ce fut la discussion courtoise de deux hommes du monde qui s'estimaient à des points de vue différents. Stratégie habilement masquée chez Stainville. Replis humbles à l'excès, protestations vaines d'amitié chez Bernis qui sent monter la faveur et la puissance de l'ambassadeur. De cette faveur, il avait des preuves ; Mme de Pompadour ne lui communiquait plus les lettres de Stainville : leur complicité ne faisait guère de doute. Par contre, Bernis ne savait pas que Stainville communiquait à l'impératrice quelques-unes des siennes : l'ambassadeur savait ce qu'il voulait.

Deux brefs intermèdes interrompent, d'un éclairage reposant, les réquisitoires vifs et réitérés de l'abbé contre la cour de Versailles. En février, le bruit courut que le pape allait comprendre Bernis dans la prochaine promotion au cardinalat : Stainville, ancien ambassadeur auprès de Benoît XIV, envisageait-il, dès cette date, une compensation fort habile dans le cas où Bernis se retirerait ? Ou bien essayait-il de faire peur au roi en profilant sur l'horizon le fantôme de Fleury ou de Richelieu ? L'abbé n'a rien sollicité et se défend d'y avoir même pensé : « Je n'ai fait, déclare-t-il à Stainville, aucune attention à ce bruit. » Un peu plus tard, apparaît dans les lettres de Bernis une image poétique inattendue, comme une bouffée d'air venue des salons : « N'oubliez pas, je vous prie, ma commission pour un grand habit de femme, fond bleu brodé de soie blanche sur une étoffe de printemps. »

Que Bernis eût alors d'autres occupations que la politique, on en serait heureux : la politique le rongeait. Comment n'eût-il pas obtenu satisfaction : Mme de Stainville avait le goût si fin, si délicat ! « Remerciez Mme de Stainville des soins qu'elle a bien voulu prendre de mon grand habit brodé. » Puis, il en donne des nouvelles : « *On* a trouvé le grand habit fort joli[26]. » Qui donc désigne ce *on* ? Mme de Pompadour est exclue, elle l'eût obtenu de Stainville. La nièce de Bernis ? L'Infante ? Une femme grande... Le mystère demeure.

Le 1er mars 1758, lorsque parvinrent à la cour les nouvelles alarmantes de la retraite du comte de Clermont, le pessimisme de Bernis s'aggrava : « La moitié de mes prophéties est déjà accomplie, mon cher comte, nous voilà sur le Weser et nous serons bientôt sur le Rhin. » Il envisageait de plus en plus une paix généralisée. Sans aucune chance : l'optimisme prévalait à la cour de Vienne ; Kaunitz, ayant reçu les pleins pouvoirs, reconstituait avec succès l'armée détruite par Frédéric. Stainville mit en garde Bernis contre les excès du défaitisme. Non, ce n'étaient point des excès : « Vous aurez cru, réplique Bernis, et je vous le pardonne, mes peintures un peu chargées... ». Néanmoins, Stainville « consentit » à parler de paix à Marie-Thérèse. Il avait bien choisi le moment : l'ambassadeur rapporte les paroles de l'impératrice avec la satisfaction que l'on devine : « Il n'y a donc que quand le roi a été contre moi que la France a pu montrer de la vigueur. Vous conviendrez, M. l'ambassadeur, que cette réflexion est fâcheuse, que je dois paraître affligée que les Français ne veulent pas combattre pour moi, eux qui ont combattu avec tant de gloire pour tous les autres peuples de la terre[27]. »

Il y avait « vouloir » et « pouvoir » : le 31 mars, la retraite du comte de Clermont prit l'allure d'une débâcle : « J'ai pensé en mourir de honte et de douleur, écrit l'abbé... Croyez, monsieur le comte [et non plus « mon cher comte »...] que *la plus méprisable de toutes les nations est aujourd'hui la nôtre parce qu'elle n'a nulle espèce d'honneur, et qu'elle ne songe qu'à l'argent et au repos...* Minden s'est rendu lâchement [le 14 mars]. Nos soldats s'en vont par bandes sur le Rhin. La potence même ne les contient pas... *Il faut un maître ici, j'en désire un, et je n'ai garde de penser que ce soit moi.* C'est d'après cette idée qu'on calcule à Paris que je me brouillerai avec notre amie, comme étant un obstacle... [mais] *j'aimerais mieux mourir subitement que de manquer en rien à la reconnaissance que je lui dois.* »

Alternative dramatique, chez Bernis, où s'affrontaient d'une part l'honnêteté, la passion de l'intérêt national, l'horreur du désordre de l'anarchie, et d'autre part la fidélité à celle qui a fait sa fortune et qui, croit-il, le soutient encore. Ambition, a-t-on dit ? Pas d'autre que celle de pouvoir servir l'État, car il ajoutait cette confidence : « D'où je conclus qu'il ne me reste, *à la paix*, que le parti d'une honnête retraite... Je ne veux pas *traîner* plus longtemps mon existence. Mon honneur est à moi, et je ne veux plus le laisser flétrir *dans et par la main des autres*[28]. » Dans ce drame d'un homme d'une sensibilité exceptionnelle, Stainville voit clair : cet homme n'est pas fait pour la politique ; il n'a d'autre courage que de s'exprimer, et ce courage le perdra, puisqu'il va jusqu'à craindre qu'on puisse le soupçonner de vouloir être le maître. Une seule conduite pour Stainville : contribuer à sa perte tout en ayant l'air de le servir.

Le mettre au pied du mur ? C'est bien ce que proposa l'impératrice à Stainville : « Je vous prie, lui écrit-elle le 7 avril, de bien vouloir charger M. l'abbé de Bernis du soin de coucher le plan de la pacification[29]. » Ce plan, que Bernis remaniait depuis longtemps, il eût fallu le faire adopter par la favorite et par le roi... Bernis vit qu'il s'agissait d'une manœuvre perfide et qu'il était dupé. En même temps, Stainville voyait croître sa faveur : « La guerre, écrit Émile Bourgeois, lui donnait trop d'importance pour qu'il acceptât [les ordres de Bernis] dictés pourtant par l'intérêt supérieur du royaume. Il voyait baisser le crédit de Bernis à mesure qu'il s'y opposait... Il voulait arriver contre les intérêts de la France[30]. »

Bernis, s'il fatiguait le roi et la favorite par l'exigence de ses remises en ordre, ne craignit jamais de fatiguer Stainville, et il lui adressait encore, le 7 avril, une longue lettre lui peignant la situation de la France, à laquelle l'ambassadeur à Vienne ne pouvait rien, à laquelle il pensait toutefois qu'il pourrait changer quelque chose s'il retournait à Versailles. « Le comte de Stainville s'étonnait à Vienne, écrit Bernis, qu'avec la faveur dont je jouissais, je ne puisse forcer le militaire à mieux seconder le plan politique ; il ne savait pas alors... que l'on ne voulait me donner que le crédit de ma place, et point d'influence sur les autres départements [31]. »

Voilà une des causes, pensait naïvement Bernis, qui devaient créer à l'ambassadeur une situation pénible, mais que dire de la sienne ! « Je vous plains de tout mon cœur du rôle embarrassant, pénible et humiliant que la conduite honteuse de notre militaire vous fait jouer à Vienne. Le mien, ici, est cruel. Le public se tourne toujours de mon côté pour me demander justice de toutes les sottises qui se font. Nous dépensons un argent énorme, et l'on ne sait jamais à quoi il a été employé, ou du moins il n'en résulte rien d'utile... La marine absorbe des millions... et nous n'avons pas une escadre en mer... Montmartel est malade depuis un mois... [il] craint de risquer sa fortune ; sa femme l'obsède et le noircit, et moi, je suis obligé d'aller lui remettre la tête, et je perds vingt-quatre heures par semaine pour l'amadouer et lui demander, comme pour l'amour de Dieu, l'argent du Roi. Il faut jouer le même rôle vis-à-vis de son frère [Duverney], sans quoi tout est perdu, on veut s'en aller et mettre tout en confusion. *Le roi sait cela. J'ai usé toute ma rhétorique...* Il faut que je meure chaque jour de *l'indifférence des autres.* Je passe des nuits affreuses et des jours tristes. Ma santé se dérange, et je m'étonne qu'elle y résiste.

« Notre nation est plus indignée que jamais de la guerre. On aime ici le roi de Prusse à la folie... La nation est énervée par le luxe, gâtée par la faiblesse du gouvernement, dégoûtée même de la licence dans laquelle on la laisse vivre ; *voilà les fruits de l'anarchie.* Aussi, songeons que nous nous perdrons si la guerre dure et que notre honte égalera nos malheurs [32]. » En espérant toucher Stainville, Bernis ajoute à sa lettre suivante : « L'Infante désespère... » Ce qui prouve qu'elle était restée sa confidente.

Bernis avait-il enfin sollicité le chapeau rouge ? Du moins avait-il fini par en accepter l'augure. De Rome, arriva le 21 avril la promesse de Benoît XIV de le comprendre dans la prochaine promotion. C'est son ami Duclos qui semble avoir, avec la meilleure précision, éclairci cette affaire. Le véritable instigateur en fut Benoît XIV. Venise étant menacée d'un schisme, il avait fait demander à Bernis, alors ambassadeur, de ramener la République à la bonne doctrine. Avec l'aide du cardinal vénitien Rezzonico, Bernis y réussit, à la satisfaction des deux partis. Le pape en conçut pour l'abbé une grande estime : il écrivit au cardinal de Tencin à Lyon et à Stainville à Vienne pour savoir si le chapeau de Bernis ferait plaisir au roi. Tandis que Tencin envoyait au roi la lettre du pape, Stainville, de son côté, répondit à Benoît XIV que cette promotion ferait plaisir à son maître. Bernis, qui l'apprit, ne pouvait blâmer Tencin, alors très malade ; il s'en fut dire au roi qu'il blâmait fort la démarche de Stainville. Louis XV lui répondit en souriant : « L'abbé, soyez tranquille : si le pape veut vous faire cardinal, il faudra bien qu'il m'en demande l'agrément... » Bientôt, le roi ayant donné son agrément, l'impératrice et le roi d'Espagne donnèrent le leur [33].

Lorsqu'arriva la promesse du pape, Bernis ne put remercier Tencin, qui venait de mourir ; il en remercia Stainville, avec d'autant plus de reconnaissance qu'il prit la gaieté du roi pour un surcroît de faveur : « Je n'aurais jamais cru que le roi eût adopté de si bonne grâce l'idée que vous avez eue pour moi. Sans vous, je n'aurais jamais été cardinal, parce que je n'aurais jamais demandé à l'être. Notre amie m'a dit qu'il fallait prendre garde actuellement que le roi ne prît ombrage de mon élévation. » Hypocrisie que Bernis dénoncera plus tard. Mais en ce mois d'avril, naïvement, il ne demandait qu'à survivre dans des sentiments trompeurs. « On dit depuis assez longtemps, pour me nuire, que je vais être Premier ministre... Mais le roi n'a jamais été plus à l'aise avec moi depuis la première explication sur le chapeau... Aussi, il n'y a nulle difficulté que je garde les Affaires étrangères [34]. » Un peu de bonheur le rendait optimiste, mais il souhaitait que la nouvelle fût tenue secrète jusqu'à la promotion... Or, l'abbé de La Ville, premier commis aux Affaires étrangères, lui conseilla d'en faire un remerciement public, afin que l'envie ne puisse s'exercer et que personne ne puisse reculer. Le roi, dit Duclos, « pressa même la promotion pour sacrifier plus vite le ministre ».

Cela n'allégea point sa tâche. Les Anglais, victorieux au Hanovre et améliorant leur position en Amérique, venaient de signer, le 11 avril, avec le roi de Prusse, le traité de Londres, qui renforçait leur alliance et assurait à Frédéric II un soutien financier. Paulmy avait été remplacé à la guerre par le maréchal de Belle-Isle. Un espoir vite envolé. Belle-Isle commit l'erreur, imitant la marquise, de désigner un de ses amis, Mortagne, comme bras droit du comte de Clermont. Mortagne « ne fit que des sottises », et la retraite s'accentua. Bernis avait profité des pertes provoquées au Hanovre pour se faire livrer par Ballonge, sur ordre du roi, l'état des finances : il fut atterré de leur désordre. Trois fois il avait manqué à sa parole pour le versement des subsides au Danemark et à l'Autriche. « J'entrepris, dit-il, de faire diminuer les subsides accordés à la cour de Vienne de moitié, et de ménager encore une autre diminution dans le courant de la campagne. M. de Choiseul vint à bout de ces deux négociations. »

Il n'en restait pas moins que Bernis avait mis le nez dans les trafics des frères Pâris avec le Trésor. Stainville dut subir encore cette « peinture » très noire : « Nous sommes du même avis, Monsieur le comte, *je ne songerais pas à la paix si nous étions bien gouvernés*... Je meurs dix fois par jour. La finance va très mal... la friponnerie et l'ignorance dans les marchés sont les mêmes... La marine est en décadence (au surplus, il a gelé, il y a à craindre pour les récoltes). Tous les arrangements sont mal pris, nullement concertés. Tout est tardif, et les plus grandes dépenses deviennent inutiles, faute d'être faites à propos. Le remède sera saisi trop tard. On est mal gouverné... En un mot, *tout ceci se décompose*[35]. » La gangrène : les amis de Mme de Pompadour...

Autre revers, personnel celui-là : Benoît XIV venait de mourir ; son successeur nommerait-il Bernis cardinal ?

CHAPITRE XI

La chute

Que quelqu'un commande !

Nul n'a jugé d'aussi près et plus sévèrement que Bernis le gouvernement de Louis XV. Il ne pouvait en être autrement : Bernis était passionné pour les affaires de l'État et le bien public. Louis XV était depuis l'enfance habitué et indifférent au désordre. Alors que Bernis s'acharnait au travail, s'inquiétait de tout jusqu'à en perdre le sommeil, on ne savait ce que faisait Louis XV : il était ailleurs, enfermé dans ses Petits Cabinets, dans ses maisons du Parc-aux-Cerfs ou à la chasse. Le roi, écrit Bernis à Stainville, « se porte à merveille et n'est nullement inquiet de nos inquiétudes, ni embarrassé de nos embarras. Dans un sens, cela est fort heureux ». Dans l'affaire la plus urgente, l'ordre dans les finances, le ministre ne manquait pas de projets, ne se lassait point de les proposer, se battait pour les faire aboutir, s'impatientait... Hélas ! « On parle tous les jours de mettre la règle, mais comme personne n'a le droit d'ordonner que le roi, tout se passe en dissertations et en lamentations... ce qui est consolant, *c'est que le roi n'en est que plus tranquille*[1]. » A cette indifférence, à cet égoïsme bien rond, sans fissures, s'ajoutait la fameuse « timidité », cette sorte d'horreur de déplacer un ministre incapable, et surtout de déplaire aux frères Pâris.

On voit bien les risques dans lesquels de telles lettres engageaient le ministre le jour où elles seraient communiquées à Mme de Pompadour. Jamais Bernis n'avait désigné le responsable aussi ouvertement ; il irait jusqu'à écrire, le 22 juin : « Le roi se déshonore et notre système se découd par tous les bouts. »

Ainsi, à partir de l'été 1758, l'idée qui revint le plus fréquemment dans les lettres de Bernis, jusqu'à l'obsession, fut de vouloir substituer à celle du roi une autre autorité. Certes, s'il a pu écrire un jour le terme de « dictateur », ce fut incidemment, par allusion, car il se fût méfié de la volonté toute puissante d'un seul homme, et surtout des faiblesses qu'à long terme elle pouvait engendrer. « Quand la république romaine était dans l'embarras, elle nommait un dictateur. Nous ne sommes pas la république romaine, mon cher comte, et nous aurions grand besoin de l'être[2]. » Cette volonté centralisatrice, exerçant le pouvoir à la fois sur les Finances, la Guerre et la Marine, il la refusait pour soi-même, il eût couru un trop grand risque, mais le risque eût-il été plus grand que celui où l'engageait sa passion ? Ce n'était jamais l'instinct de puissance qui le poussait, c'étaient les malheurs de la France.

Au début de juin, « les ennemis ont passé le Rhin à Emeric, à sept lieues de M. le comte de Clermont, au nombre de six mille hommes et ont construit un pont sans qu'on s'en soit douté ». Un seul remède, « c'est un premier ministre qui soit capable, mais je vous annonce que je ne veux pas l'être... Je consens à travailler sous qui l'on voudra, pourvu qu'on me donne un maître qui entende ». Mais qui ? Il était déjà trop tard pour que, même désigné par le roi, Bernis pût accepter ce rôle, car il connaissait bien, dès lors, l'impopularité de la nouvelle politique dont il était chargé : « J'ai vu une conspiration sourde se former dans tous les ordres de l'État contre la nouvelle alliance et contre ses auteurs... On me menace par des lettres anonymes d'être bientôt déchiré par le peuple... » Et il croyait émouvoir Stainville en ajoutant : « Notre amie court pour le moins autant de risques[3]. » Il alla jusqu'à redouter le poison. Aussi, vers la fin de juin, se trouva-t-il gravement atteint dans son équilibre nerveux : « Notre amie me dit que ma tête s'échauffe... » Mais elle-même, son sort n'est-il pas « affreux » ? Paris la déteste et l'accuse de tout. Que faire d'autre que d'arrêter cette politique ? « *Donnez-nous la paix à quelque prix que ce soit*, s'écrie-t-il le 24 juin, sans quoi vous risquez de ne plus trouver ici vos meilleurs amis au nombre desquels je me range. » Et il souligne la phrase qui est moins un ordre qu'un appel désespéré. Que pouvait faire Stainville en recevant de telles « dépêches » ?

La France menacée : le comité

Comme on comprend ce désespoir ! Une affreuse kyrielle de malheurs s'abattait sur la France. L'armée du comte de Clermont était écrasée à Krefeld, « où les ennemis surprirent notre gauche alors que les généraux étaient à table ». Clermont comprit qu'il lui fallait se démettre, mais Contades qui le remplaça, et que l'on nomma maréchal — « pour lui donner de l'autorité » ! — fut aussi incapable : il laissa investir Düsseldorf « où étaient nos magasins avec une garnison de six mille Palatins ». Ce fut alors que parvint à la cour la douloureuse nouvelle de la mort du comte de Gisors, blessé à Krefeld, officier brillant qui épousait la droiture et la pensée de Bernis. Dure épreuve pour le maréchal de Belle-Isle et la jeune veuve du comte, Hélène, fille du duc de Nivernais. Ce fut Bernis qui fut chargé d'apprendre la nouvelle au maréchal et qui décida, non sans peine, le roi et sa famille à lui faire une visite.

Stainville, qui n'ignorait rien de l'état dépressif de Bernis, saisit ce moment pour le proposer à Mme de Pompadour comme Premier ministre. Provocation ou complicité ? On ne sait. Bernis, bien entendu, éventa aussitôt le piège et répliqua sèchement : « Ne parlez plus de moi pour la première influence, vous me faites tort[4]. »

Ni la crainte d'exercer cette « première influence » ni sa maladie ne purent retenir Bernis de prendre d'importantes initiatives. Le maréchal d'Estrées, prétextant sa santé, ayant refusé de retourner aux armées, la retraite du Palatinat s'accentua dangereusement : si le prince Ferdinand atteignait les vallées de la Moselle et de la Meuse, il pouvait rapidement menacer Lille : il restait « à peine une armée » sur le territoire pour l'arrêter. La France eût été menacée si Bernis n'eût ordonné une diversion en Hesse, tentée par vingt-quatre mille hommes que Soubise conduisait à l'armée autrichienne. L'impératrice s'y prêta et l'opération réussit. « Mais il est remarquable, écrit Bernis, que ce soit le ministre des Affaires étrangères, et un homme d'Église, qui ait proposé cette diversion à un maréchal de France... »

La situation demeurait précaire. « C'est dans cette circonstance, dit-il, que j'écrivis une lettre au roi pour lui faire sentir combien il était nécessaire et instant, ou de décider par lui-même ou de donner à un ministre capable l'autorité nécessaire pour faire aller la machine au dedans et au dehors. Je proposai le maréchal de Belle-Isle ou tel autre que S.M. voudrait choisir, et je me donnai l'exclusion. » Bernis envoya cette lettre à Mme de Pompadour, la laissant ouverte afin qu'elle en prît connaissance, et en joignit une autre, « plus forte », pour la marquise elle-même. Lorsqu'il se rendit chez elle, il la trouva, dit-il, « froide et aigre » ; « elle me dit qu'elle n'avait point remis ma lettre à S.M. parce qu'elle était sûre qu'elle lui déplairait ». Après en avoir âprement discuté, le ministre déchira devant elle sa lettre au roi et la brûla. Mais il lui laissa imprudemment celle qu'il lui avait destinée : il n'imagina point qu'elle pût s'en servir un jour contre lui [5]. Il n'en fallait pas moins agir auprès du roi. Pour bien prouver qu'il ne briguait point le premier ministère, il proposa à la favorite « de présenter au roi un plan de gouvernement par lequel *il* était réduit à *sa* simple voix dans le conseil ».

Il obtint enfin la création d'un « centre d'union », un comité coordinateur « de toutes les parties du gouvernement. Le ministre des Finances y serait toujours présent ». Toute décision, après discussion, devait être signée de tous et présentée au roi par Mme de Pompadour. C'était conserver à celle-ci, dit Bernis, une « fonction bien honorable : mais il faut convenir que c'était lui ôter les rênes du gouvernement pour les remettre au Conseil du roi... [6] ». Elle feignit d'adopter cet arrangement. Le comité devait travailler « sérieusement » trois fois par semaine. Dure contrainte ! Ce qui importait, c'était qu'aucun ministre ne pouvait engager de nouvelles dépenses sans l'approbation du comité et du contrôleur général des finances. La « machine » ne tarda pas à grincer. Quand le comité proposa de retirer six millions aux dépenses annuelles de la Maison du Roi, ce fut « une criaillerie de tous les valets », et le roi ramena cette économie à cent mille écus... Quand Bernis ouvrit les comptes de son ministère et proposa de réduire ses dépenses de moitié, tout le monde applaudit. Mais quand ce fut le tour du maréchal de Belle-Isle, ministre de la Guerre, il refusa cet examen... Tous furent effrayés des dépenses *inutiles* de la Marine ; on nomma une commission, et bientôt se révéla l'incapacité absolue de Massiac, nouveau ministre... Le comité devait résister ainsi, cahin-caha, jusqu'au départ de Bernis.

Grandeur et misère d'un cardinal

Ce comité eut toutefois un avantage : Bernis n'était plus le seul à constater le désordre et à s'en plaindre. Mais

Mme de Pompadour vivait sur des charbons ardents : on pouvait observer, en partie du moins, ses dépenses... Il est donc probable que ce fut à partir de cette exigence de clarté, d'ordre et de morale qu'elle résolut de perdre Bernis aux yeux du roi. Combien de temps Louis XV allait-il résister ?

Bernis n'en éprouva pas moins, au début de juillet, un important réconfort : le nouveau pape, Clément XIII, fut élu le 6 juillet, et ce pape n'était autre que le cardinal Rezzonico, le Vénitien, qui avait apprécié les qualités de Bernis comme ambassadeur. « Rezzonico est pape, écrit l'abbé à Stainville , je serai cardinal de votre façon bientôt. » Voilà qui devait aggraver l'hostilité de Mme de Pompadour.

Berryer, qui détestait Bernis, soufflait sur le feu... Le protocole accordait à un cardinal ministre une priorité : c'était chez lui que se réunissait le Conseil. Bernis céderait-il aux tentations de sa nouvelle dignité ? Il dut s'expliquer au Conseil, dans une scène dramatique, allant jusqu'à proposer au roi son renoncement au chapeau. Les calomnies, comme toujours, retentirent jusqu'à Rome où l'on compara Bernis au cardinal Dubois. Le pape n'entendit pas, et dans les derniers jours de juillet, confirma la promesse de Benoît XIV. Curieusement, le roi, non content d'accueillir la nouvelle avec satisfaction, se pressa de la rendre officielle : Bernis fut présenté à la reine le 31 juillet par la duchesse de Luynes. Il devait attendre si longtemps sa nomination au Consistoire que, bien souvent, il en douta...

L'esprit public était fort loin d'imaginer les difficultés et les souffrances de Bernis. Sans doute donnait-il encore à dîner ou à souper, quoique plus rarement, à ses amis et aux ambassadeurs dans son appartement du Luxembourg. Même avec ses amis il se montrait discret. De sa situation critique, rien ne transpirait. L'avocat Barbier traduit au mieux, dans son *Journal,* cette ignorance : « On peut dire que voilà une grande fortune bien subite. Dans les circonstances présentes, cela pourrait bien le conduire au premier ministère. »

Non, Bernis ne pensait pas à une nouvelle élévation politique. Son espoir d'être cardinal et sa fatigue l'engageaient plutôt à se décharger de tant de soucis et à envisager une demi-retraite. Dès le lendemain de sa présentation à la reine, il offrit lui-même à Stainville ce qu'on cherchait à lui enlever : « *Je crois que vous seriez plus propre que moi aux Affaires étrangères,* en les conduisant du point de vue de l'alliance. Vous auriez plus de moyens que moi pour faire frapper de grands coups à notre amie... Faites-y vos réflexions pour le bien de la chose et pour vous [7]. »

On ne possède pas la réponse de Stainville.

Pendant ce temps, la guerre autrichienne avait évolué favorablement : Olmütz avait été reprise ; au début de juillet, les Autrichiens avaient délivré Prague et une partie de la Saxe. Le prince Ferdinand avait repassé le Rhin. L'optimisme de Stainville monta au zénith ; l'impératrice et la favorite purent exiger de Louis XV la poursuite de la guerre. Bernis ne manqua point de se réjouir des victoires. Hélas ! Louisbourg était tombé aux mains des Anglais le 26 juillet, mais la nouvelle mit du temps à lui parvenir... Il prédit alors «la perte totale, pour jamais, de nos colonies » ; à Stainville, il déclara qu'il n'avait pas changé, que le principal ennemi restait l'Angleterre : « Quelque succès qu'ait l'impératrice, nous avons perdu notre procès, puisque l'Amérique est perdue. »

Ce ne furent point les dernières nouvelles de la guerre qui incitèrent Mme de Pompadour à une demi-réconciliation avec Bernis : « *On* a bien fait ce qu'on a pu pour donner mauvaise opinion de moi à notre amie, pour nous brouiller ensemble, mais on n'y est pas parvenu [8]. » Qui donc était ce *on* ? Berryer ? Ou Stainville lui-même ? Ce changement d'attitude de la favorite n'était qu'un nouveau masque : auprès du « clergé sage » et du Parlement, le crédit de Bernis s'était accru après la nouvelle de son cardinalat ; le roi, ayant besoin du « médiateur », ne cédait pas à la marquise, ou, du moins, exigeait un nouveau délai. Cet armistice devait être éphémère.

Les Anglais jouaient avec le marasme de la marine française. Nos côtes n'étaient plus défendues. Marlborough avait débarqué en juin à Cancale, atteint Saint-Servan, brûlé les magasins et quatre-vingts navires marchands, mais n'avait osé attaquer Saint-Malo. Au début d'août, Bligh entra dans Cherbourg, brûla vingt-cinq vaisseaux, rançonna la ville, ravagea les campagnes et se rembarqua le 4 septembre. Ces humiliations n'affectèrent pas la routine ministérielle. « Les Anglais sont à Cherbourg, écrit Bernis, je ne crois pas qu'ils y fassent un long séjour, mais le reste de l'été, ils dévasteront nos côtes. » Voire ! Lorsqu'ils tentèrent un nouveau coup de main, vers le 10 septembre sur Saint-Malo, ils se heurtèrent au duc d'Aiguillon : les Bretons, dont il avait pris le commandement, tuèrent trois mille Anglais et firent cinq cents prisonniers. Ce qui prouvait au moins que l'on eût pu vaincre les Anglais, même en Amérique si la marine avait été entretenue et reconstituée. Il eût fallu de l'argent... et un homme.

Le duc de Choiseul : mettra-t-il sa tête dans le bonnet ?

Bernis ne se fit aucune illusion sur le replâtrage de ses relations avec Mme de Pompadour : il était à la fois son rival politique et celui de Stainville. La favorite ne se dominait plus et son agressivité augmentait à se heurter sans cesse à la clairvoyance gênante de cet homme qui conservait autant que possible le ton d'un grand seigneur. Elle n'obtiendrait sa revanche qu'en préparant le roi à le remplacer par Stainville.

Un grand pas fut accompli dans cette voie le 26 août quand Stainville fut fait duc de Choiseul. Bernis ne s'y trompa point. Beau joueur, il félicita aussitôt le duc et spécula sur l'amitié : « C'est avec la plus grande joie, Monsieur le duc, que je vous appelle ainsi ; vous n'en doutez pas ; le fond de mon cœur vous est actuellement connu. » Et comme il espérait demeurer au Conseil du roi et devenir le collaborateur du futur ministre, il l'appela à l'aide. Candide toujours, il ne sentait point l'effet que pouvait produire sur l'orgueil du nouveau duc l'importance qu'il s'attribuait encore et dont il ignorait la perte : « J'ai besoin de secours, puisqu'*on* n'a pas voulu me donner assez d'autoritépour empêcher de bonne heure tout ce qui aujourd'hui ruine nos affaires de fond en comble. Votre retour ici doit être marqué, ou pour conclure cette paix, ou pour *nous aider* à soutenir cette guerre malheureuse. Vous avez du courage, et les événements ne vous font pas tant d'impression qu'à moi. Adoptez mon projet, mon cher duc... *Je ne mets d'intervalle à votre arrivée ici que celle de mon chapeau.* Diligentez-le... Je vous embrasse comme le meilleur ami que j'aie au monde [9]. » Pourquoi tenait-il tant, maintenant, à recevoir la barrette ? Il redoutait l'impatience de Mme de Pompadour plus que le roi. Peut-être, et ses excessives protestations d'amitié en étaient le signe, avait-il quelques doutes sur la situation qui pouvait lui être faite au retour de Choiseul : il pouvait être écarté sans égards, à moins que sa nouvelle dignité de cardinal ne lui confère une sorte d'immunité.

Choiseul, déjà sûr de son avenir, ne pouvait refuser la proposition de Bernis. Dans une lettre de septembre [10] à Mme de Pompadour, l'abbé plaida éloquemment en faveur de la nomination de Choiseul et brossa un tableau idyllique de la future collaboration des deux ministres : « Il ne tient qu'à vous qu'il ait une place... Il mettra ici une activité dans la guerre qui n'y est pas, il en mettra dans la marine et la finance, *et certainement nous serons toujours d'accord. Vous me ferez vivre trente ans de plus.* Je mènerai, avec mon successeur, le clergé, la Sorbonne et le Parlement. Je travaillerai de concert avec lui sur les affaires politiques ; je ne sécherai plus sur pied... On ne craindra plus que je veuille être Premier ministre... *J'ai besoin du secours du duc pour nous en tirer.* » Aveu d'impuissance peut-être, mais désir tenace de sauver l'État. Or, avec un homme tel que Choiseul, le projet était voué à l'échec. Et la favorite ne le pouvait accepter.

Précisément à la même date, Choiseul, sentant son retour approcher, prenait fermement position contre la paix : « Il y a un malentendu, écrit-il, la cour de Vienne argumente d'après le traité de 1757, et nous lui répondons comme si le traité était anéanti [11]. » Il avait raison : il n'était pas l'auteur du traité ! Mais comment Bernis eût-il pu exécuter ce traité étant donné le vide du Trésor ? Quelques jours plus tard, le comité constatait que le roi devait à ses alliés vingt et un millions d'arrérages de subsides... Que pouvait donc faire Choiseul ?

Le projet de collaboration s'avérait difficile ; Mme de Pompadour n'avait pas répondu aux propositions de Bernis. Alors, le ministre, accablé par la maladie, croyant encore apitoyer la favorite, lui cria sa détresse : « Je vous avertis, Madame, et je vous prie d'avertir le roi, que je ne puis plus répondre de mon travail. J'ai la tête perpétuellement ébranlée ou obscurcie. Il y a un an que je souffre le martyre... J'ai passé la nuit à me trouver mal. Je ne dors plus. J'ai l'esprit trop juste, Madame, et j'ai l'âme trop sensible *pour résister à l'idée de notre situation présente et à venir.* » Il était donc urgent de rappeler Choiseul : « Il est le seul instruit de la totalité du système et il a la confiance de la cour de Vienne [12]. »

Cette crise s'exprima violemment dans sa prochaine lettre à Choiseul : « L'objet de la guerre a changé depuis que le roi de Prusse a acquis la supériorité et que nos affaires de marine sont en décadence. *Nous ne faisons plus la guerre que parce qu'elle est commencée...* Il est certain que nous perdrons le Canada et peut-être d'autres colonies. *De bonne foi, peut-on sans une imbécillité manifeste continuer une guerre avec de pareilles certitudes ?...* Il peut arriver que la cour de Vienne tire de nous des subsides pour faire traîner la guerre... [Le gouvernement] ne changera pas *puisqu'on ne veut pas m'associer à vous...* Mme de Pompadour me dit quelquefois de me dissiper et de ne pas faire de noir. C'est comme si l'on disait à un homme qui a la fièvre ardente de n'avoir pas soif... Je crève de honte et de désespoir, mais je vous réponds qu'*on* est ici fort tranquille et qu'on me croit la tête malade quand je vois noir [13]. »

La honte et le désespoir... voilà certainement des sentiments que Choiseul ne pouvait ni comprendre ni admettre. Cet excès de sensibilité et de violence ne pouvait que condamner Bernis à se voir refuser toute collaboration avec Choiseul, et même toute participation au pouvoir.

Le « testament » et la démission

Du début d'octobre jusqu'au 10, s'écoula pour Bernis une période difficile au cours de laquelle il douta de tous et de tout, et aussi de lui-même. Il dut se débattre dans de pénibles souffrances physiques, ce qu'il nomma « des coliques d'estomac affreuses », et en même temps dans le désespoir de l'échec dont on devine, chez un tel homme, la gravité. Il se sentit entouré d'ennemis, persécuté. Quelle source de vie, quelle foi en l'avenir, quelles croyances religieuses ont bien pu lui permettre de surnager ? En réalité, depuis le 2 octobre, le Consistoire l'avait promu cardinal, mais il ne le savait pas, et sa maladie lui faisait douter de l'être jamais.

C'est pourquoi, en pleine méconnaissance de sa propre situation, il brusqua sa décision et remit à Mme de Pompadour, le 4 octobre, une lettre accompagnée d'un mémoire pour le roi. Ce mémoire, qui résume clairement toutes les raisons de faire la paix et tous les avantages de désigner Choiseul pour le remplacer, est en même temps une demande de démission. « Vous pouvez le regarder comme mon testament, explique Bernis à la marquise... *On me connaîtra quelque jour et l'on me rendra justice...* Mourir au bout de tout cela ou vivre tranquille avec mes dindons, voilà tous mes vœux [14]. »

La réponse du roi se fit attendre. Bernis se trouvait devant le vide ; il écrivait, écrivait sans relâche, à ceux qui ne l'entendaient plus. On juge de ses relations avec Mme de Pompadour, puisqu'il osa, le 6 octobre, la mettre en cause, maladroitement, en même temps que Choiseul : « On m'écrit de Rome, et c'est l'enfer qui a fait courir ce bruit, que le duc de Choiseul était chargé par vous de traverser sourdement ma promotion [15]. » Le même jour, il lui adresse une deuxième lettre : il ne supporte plus ses silences et voudrait rétablir entre eux la confiance : « La meilleure méthode est de tout dire. » Et le même jour encore, il s'adresse au roi. Louis XV s'occupait d'autre chose : il préparait son départ, avec la cour, pour le 10 octobre... Allait-il partir sans répondre à Bernis ? « V.M. va à Fontainebleau ;

il est nécessaire que je sache ses intentions avant son départ. » Une fois de plus, il rappela la décadence de la marine, ses propres souffrances, ses inquiétudes pour le chapeau.

Lassitude, hésitations ou stratégie du monarque ? Enfin la réponse arriva la veille de son départ : « Je suis fâché, Monsieur l'abbé-comte, que les affaires dont je vous charge affectent votre santé au point de ne pouvoir plus soutenir le poids du travail. Certainement personne ne désire plus la paix que moi, mais je veux une paix solide et point déshonorante ; j'y sacrifie de bon cœur tous mes intérêts, mais non ceux de mes alliés... Je consens à regret que vous remettiez les Affaires étrangères entre les mains du duc de Choiseul, que je pense être le seul en ce moment-ci, qui y soit propre, ne voulant absolument pas changer le système que j'ai adopté, n'y même qu'on m'en parle... Écrivez-lui que j'ai accepté votre proposition... cela doit plaire à l'impératrice et la convaincre de mes sentiments qu'elle a fait naître si heureusement [16]. »

Le roi sacrifiait ses intérêts... voulait plaire à l'impératrice... On voit ce que Bernis pouvait penser de tels arguments alors que l'État se décomposait. Et cette réponse laissait le ministre dans une cruelle incertitude : demeurerait-il au Conseil ? Et le chapeau rouge ?

Heureusement, la bonne nouvelle lui parvint dans la nuit du 9 au 10. Il en avertit tout de suite Mme de Pompadour : « Le courrier de Rome m'a apporté cette nuit la calotte rouge... Je vous dois tout... Il me manque le bonheur de voir le roi respecté de ses alliés et de ses ennemis. » Candeur et optimisme se réveillent dans sa lettre à Choiseul. Il évoque la joie manifestée par le roi, les bienfaits de l'amitié et de la future collaboration des deux ministres : « Je suis à vous corps et âme. *Il n'y aura pas de jalousie entre nous... Nous ne serons que deux têtes dans un bonnet.* » Il croit avoir retourné la situation. Fort de sa nouvelle dignité, il prodigue les conseils à l'ambassadeur... Ni ce chapeau ni ce bonnet n'impressionnèrent Choiseul qui dut sourire du pouvoir politique que s'attribuait de bonne foi le cardinal. « Vous ne pouviez sortir plus agréablement ni plus heureusement de votre ambassade *que par la porte que je vous ai ouverte.* » A cette satisfaction s'ajouta le soupir de soulagement du malade : Bernis sentit qu'il sauvait sa santé, sa vie même, en partageant ses soucis : « Il y a dix mois que je ne dors plus. Mon visage est quelquefois comme celui d'un lépreux parce que la bile s'est portée à la peau. *J'aurais succombé avant deux mois* [17]. »

Bernis retrouva son humour. Aussi réaliste que candide, il gardait le sens du dérisoire, ne prenant pas trop au sérieux son chapeau qui, en regard de sa maladie et de l'état de la France, n'avait pas une importance primordiale : « Mon Éminence a beaucoup sué cette nuit », confiait-il à Mme de Pompadour. Il était d'usage que le roi attribuât deux cent mille livres de dot à la fille d'un ministre pour son mariage. Bernis les réclama pour sa nièce, en informa Choiseul et ajouta : «...Parce que je n'ai pas de fille, *au moins que je sache.* » Accablé et malade, le cardinal n'était pas seul. Pourquoi cette ultime confidence à Choiseul ? « Je ne vois à Paris que deux seules femmes de mon ancienne connaissance... Mme de Chabannes... elle a de l'amitié pour moi et de l'esprit. Pour Mme de Forcalquier, je ne la vois qu'au milieu de cinq ou six ministres étrangers... » On le comprend : celle-ci était une très jolie veuve, le comte étant mort en 1753. Mais Bernis oublie la comtesse de Rochefort, et surtout, volontairement peut-être, Mme de La Ferté-Imbault.

Rapidement, les tracas revinrent l'assaillir : ce fut la lancinante question de savoir si le roi le maintiendrait au Conseil comme ministre d'État. L'absence de toute réponse lui semblait suspecte. Allait-il conserver un logement à Versailles ? Et que deviendraient ses autres logements officiels, celui du Luxembourg, et ceux de Choisy, de Compiègne, de Fontainebleau, qu'il avait meublés ? Il priait Mme de Pompadour de solliciter du roi une abbaye nouvelle dont les revenus compenseraient ses appointements de ministre des Affaires étrangères. D'elle non plus, il n'obtenait point de réponse...

Changement de ton

Bernis, devant ces silences, se persuada qu'il se tramait quelque chose contre lui. Sans penser davantage aux risques qu'il courrait, il écrivit au roi, le 15 octobre, une lettre haute et ferme. Critiques et conseils ultimes d'un homme résolu à dire, pour le bien de l'État, tout ce qu'il pensait avant d'être écarté du pouvoir. Il affirma que l'impératrice devrait sentir la nécessité de la paix : « Son courage et la haine du roi de Prusse l'aveuglent. » La France risquait de perdre toutes ses colonies pour venger la querelle particulière de l'Autriche. Il fallait « entourer » Massiac, ministre de la Marine, « qui est bon homme, mais sans idées, sans imagination ; mieux vaudrait le renvoyer et tenir prêt un bon ministre » ; il donnait la préférence à Berryer, pourtant son ennemi. Il terminait sur un ton péremptoire qu'un roi n'avait pas l'habitude d'entendre : « Questionnez vos ministres sur le même objet et décidez-vous promptement car la chandelle brûle par tous les bouts [18]. »

Il envoya une copie de cette lettre à Choiseul et se livra, auprès de lui, à une implacable analyse de la décadence française, qui pourrait s'appliquer à d'autres périodes : « L'autorité, éparpillée partout, n'est réunie nulle part. L'esprit de citoyen a disparu. On ne récompense plus personne qu'avec de l'argent. Le zèle n'existe plus. Il n'y a guère d'honneur ni de vrai courage. Il n'est qu'intrigue et cabale, on cherche à dégoûter tout le monde... Vous seul pouvez, en conduisant Mme de Pompadour, conduire le roi. » Quant à lui Bernis, il est prêt à partir : « *La vie privée me convient plus que tout autre. Ou faire de grandes choses ou planter mes choux, voilà ma devise* [19]. »

Il dut piquer Choiseul qui revendiqua aussitôt son indépendance de futur ministre. Prudemment, Bernis se replia : Il ne s'occuperait des affaires du ministre « qu'autant et si peu » que celui-ci le voudrait. Quant à se taire, jamais ! « L'univers entier ne m'empêcherait pas, en ministre d'État, de dire mon sentiment, au hasard même de déplaire. » Et pourtant — contradiction ? — il allait être un « cardinal bien tranquille ».

On ne pouvait empêcher que des bruits courussent à Paris à son sujet. Il se plaignit à Mme de Pompadour que la « version la plus générale, et celle qui a fait le plus d'impression sur le clergé, c'était que j'étais ou allais être disgrâcié, et qu'*on* m'avait fait perdre la confiance du roi ». Il n'est pas de fumée sans feu. Mais son examen de conscience, en définitive, le rassurait, bien qu'il sût que ce n'était point l'honnêteté qui menait ce monde : il n'avait rien à se reprocher... « On a mandé peut-être deux cents fois au duc de Choiseul que je le vilipendais et que je cherchais à le perdre. *Imaginez-vous ce que c'est que cet horrible pays ?* [20] »

Bien que cardinal, il se sentait en perte de prestige et d'autorité. Le 1er novembre, sa démission avait été annoncée à la cour, sans contrepartie. En attendant, on le bernait. On le laissa rédiger et distribuer aux ministres étrangers une circulaire affirmant que « le concert le plus intime régnerait entre Choiseul et lui ». Choiseul connaissant le protocole, vit le danger. Mme de Pompadour fut obligée de s'inscrire en faux contre cette circulaire. On en trouve les traces dans deux lettres de Bernis à Choiseul au cours du mois de novembre : « Je ne parlerai plus de notre concert ni de notre union puisqu'*on* fait de cette phrase une impertinence. Malgré les platitudes qu'on m'a fait dire, je n'aurai plus avec vous que le concert de l'amitié. Vous n'avez pas besoin de précepteur[21]. » C'était la peau de chagrin. Belle-Isle lui refusait un régiment pour son neveu, le baron de Narbonne, sous prétexte qu'il était trop jeune. Massiac, à qui il l'avait recommandé pour la marine, ainsi que le chevalier de Mirabeau, son parent[22], vint lui dire qu'il n'avait besoin de personne. De Puysieulx, que Bernis avait fait rentrer au Conseil, lui fit cette remarque blessante : « Votre Éminence doit tenir compte que le ministre des Affaires étrangères est à Vienne. »

Choiseul allait rentrer dans quinze jours ; les deux hommes allaient se rencontrer à Versailles ; l'ambassadeur arrivant dans la place en vainqueur désira néanmoins que leur tête-à-tête fût aimable et sans équivoque. Il adressa donc au cardinal une lettre respectueuse en apparence, mais trop habile, dominatrice, et combien désinvolte, où il marquait bien tout ce qui le séparait de Bernis : « V.E. peut être bien persuadée de trois choses. La première est que mon amitié pour elle a été, est et restera toujours inaltérable ; la deuxième que je suis bien plus éloigné qu'elle ne peut le croire de jalousie en affaires... je ne suis pas opiniâtre ; j'ai un avis, et prends mon parti très philosophiquement quand il n'est pas suivi... Je porterai mon caractère en entier dans la place que je vais occuper... que je laisserai avec le plus grand plaisir ; en troisième lieu, j'ai eu le bonheur toute ma vie de ne pas écouter ni faire attention aux chuchotages, tracasseries, propos du peuple et de la cour ; quand je les ai sus, ils n'ont pas dérangé la ligne que je suivais et encore moins celle du sentiment ; cette heureuse qualité a produit ma fortune en contribuant beaucoup à mes plaisirs... Je travaillerai de mon mieux, mais je veux encore continuer à me divertir de mon mieux, *sans troubler mon âme d'inquiétudes qui, à le bien prendre, sont puériles* ; souvenez-vous, Monsieur le cardinal, de ces trois points et, si vous m'y voyez manquer, regardez-moi comme indigne de votre amitié. Je ne vous parle pas d'affaires aujourd'hui, nous en parlerons dans quinze jours d'ici, mais je ne cesserai de vous parler de mon amitié, de mon attachement et de mon respect[23]. »

Quel détachement, au contraire ! On voit l'effet que dut produire cette proclamation sur un homme vaincu, malade, qui se sentait déshonoré.

La roche tarpéienne

Le roi ne disait mot, accueillant toujours Bernis avec bonne humeur. Le 29 novembre, il lui attribuait un nouveau logement à Versailles, après avoir créé pour lui un nouveau département des affaires du clergé et du Parlement. C'était habile : on avait besoin de Bernis « médiateur » qui négociait le retour d'exil de l'archevêque de Paris, et qui seul, surtout, pouvait faire enregistrer par le Parlement les édits bureaux procurant au Trésor de l'argent frais. Il manquait deux cent quarante millions...

Choiseul rentra le 15 novembre et ne gêna nullement le négociateur. Mais il dut constater les tristes réalités que Bernis lui avait décrites : tout était à réorganiser. Il apprit que le ministre était impopulaire aussi bien à la cour que dans l'esprit public. Les armées de Contades et de Soubise venaient d'être coupées par Ferdinand de Brunswick : on accusait Bernis et son pessimisme. Ce beau cardinal portait malheur. Choiseul prit aussitôt sur Mme de Pompadour la désastreuse influence qu'il devait exercer sur elle jusqu'à sa mort. Par sa familiarité, sa souplesse, ses dons de commandement, un cynisme voilé d'amabilité, il s'attira sympathie et respect. Quel rôle joua-t-il dans la perte de Bernis ? On ne sait. Il le poussait vers l'Église. Il jouait sur tous les tableaux.

Le camérier du pape apporta le 25 novembre la barrette du nouveau cardinal. Diversion : on fixa au 30 la cérémonie officielle de la remise de la barrette. Comédie de la part du roi qui avait décidé la disgrâce de Bernis, et de la part de celui-ci qui le savait. « Le jour de la cérémonie du chapeau, écrit Bernis, quinze jours avant mon exil, le roi me combla de bonté en public. En me mettant la barrette sur la tête, il me dit assez haut pour être entendu de tout le monde : “ Je n'ai jamais fait un si beau cardinal. ” On débita que ma harangue était celle d'un Premier ministre [24]... Le roi répondit ces propres paroles : “ Monsieur le cardinal, après la belle harangue que vous venez de faire, je n'ai autre chose à souhaiter que de voir exécuté tout ce que vous y annoncez... ” Je savais, quand je la prononçais que ma disgrâce était résolue [25]. »

« Je me souviens qu'en revenant de la chapelle de Versailles... un courtisan, en me voyant entouré du clergé, du Parlement, des ministres étrangers, me dit : “ Monsieur le cardinal, voilà un beau jour ! ” Je lui répondis : “ Dites plutôt que voilà un bon parapluie ” [26]. »

On mesure à quel point Bernis était méconnu et impopulaire au texte malveillant de Marmontel qui, grâce à la protection de Mme de Pompadour, assistait à la cérémonie ; il le jugea « glorieux comme un paon, plus joufflu que jamais, s'admirant dans sa gloire, surtout ne pouvant se lasser d'admirer son rochet et ses bas ponceau ». Un peu surprenant, puisque Bernis se savait condamné.

Mme de Pompadour, « qui ne pouvait plus me souffrir », dit-il, avait travaillé tout le mois d'octobre à retourner le roi : après la nouvelle de la promotion, elle avait intercepté des lettres des ministres étrangers qui annonçaient à leurs cours, comme probable, la nomination de Bernis au Premier ministère ; elle prouva au roi « qu'on allait lui forcer la main » ; c'est ce que raconte Bernis... Mais n'avait-elle point surtout les lettres nombreuses et confiantes que le ministre avait écrites à Choiseul ? Une seule eût suffi. Quand l'évêque d'Orléans vint offrir à la favorite, la veille de la cérémonie de la barrette, la feuille des bénéfices pour Bernis, elle se mit à rire et lui dit : « Le cardinal ne sera pas en place dans quinze jours [27]. » Mais Bernis ne pouvait envisager le scandale : il espérait un simple renvoi lui permettant de vivre à Paris et de revenir à la cour... Mais non : la favorite avait exigé qu'il fût assez maltraité afin que le roi ne fût point tenté de le rappeler, et il fallait que Choiseul demeurât le maître absolu.

Pourquoi treize jours s'écoulèrent-ils encore sous cette épée de Damoclès ? On attendait que Bernis eût achevé sa négociation avec le Parlement : il conclut le 11 décembre un accord portant la création d'un emprunt de trois millions six cent mille livres de rente viagère, qui fut enregistré le 12. C'était le signal.

Le lendemain, 13 décembre, il était en conférence avec Staremberg lorsque la lettre de cachet lui fut remise. L'original a été retrouvé au château de Saint-Marcel et confié à Frédéric Masson : « Mon cousin, disait le roi, les instances réitérées que vous m'avez faites pour quitter le département des Affaires étrangères m'ont persuadé qu'à l'avenir vous ne rempliriez pas bien les fonctions dont vous désirez avec tant d'ardeur être débarrassé. Et c'est d'après cette réflexion que je me suis déterminé à accepter votre démission de la charge de secrétaire d'État. Mais j'ai senti en même temps que vous ne répondiez pas à la confiance que je vous avais marquée dans ces circonstances aussi critiques, ni aux grâces singulières que je vous ai accumulées en si peu de temps. En conséquence, je vous ordonne de vous rendre dans une de vos abbayes à votre choix, d'ici vingt-quatre heures, sans voir personne et jusqu'à ce que je vous mande de revenir. Renvoyez-moi des lettres que vous avez gardées de moi dans un paquet cacheté. Sur ce, je prie Dieu, mon cousin, qu'il vous ait dans sa sainte et digne garde. A Versailles, ce 13 décembre 1758. Signé Louis. »

Bernis, qui s'attendait à tout sauf à l'exil, fut d'abord violemment choqué. Mais il réagit, comme toujours, assez rapidement ; il fit dire aux ministres étrangers qu'il ne pouvait les recevoir. Puis il écrivit au roi une lettre de soumission, affirmant que ses fautes n'avaient pas été volontaires, lui rappelant l'arrangement envisagé pour ses dettes, et en particulier à l'égard du camérier du pape, qu'il ne verrait pas et n'avait pas payé. Puis il lui recommanda sa famille et ses neveux qui le servaient avec zèle. A Mme de Pompadour, il exprima, au nom de leur ancienne amitié, sa reconnaissance, et, à elle aussi, recommanda sa famille.

Puis il partit, en plein hiver, pour son abbaye de Vic-sur-Aisne.

Il ne savait pas que la favorite allait répandre aussitôt « le bruit ridicule » qu'il avait demandé à être Premier ministre. Elle avait gardé une lettre de Bernis, celle qui accompagnait le mémoire non communiqué au roi, que Bernis avait déchiré. « Elle en détacha pour cela quelques phrases... qu'elle donnait comme des fragments du prétendu mémoire... il n'y a guère d'exemples d'une pareille noirceur[28]. » Bernis, lorsqu'il écrivit ses *Mémoires,* se souvint-il de quelle lettre il s'agissait ? Une seule, celle du 6 octobre, pouvait se prêter à une telle manipulation. « Au reste, disait Bernis, si je me portais bien et que je crusse pouvoir maintenir tout seul le système du roi, je ne proposerais personne. Je propose celui qui peut le plus être utile. »

Le scandale ?

C'était du scandale que Bernis avait le plus peur : il regardait son exil comme une atteinte à sa réputation, à son honneur. Dans une de ses dernières lettres au roi, il le supplia de « retrancher de [sa] pénitence *tout ce qui pourrait [le] présenter aux yeux du public comme un criminel d'État.* Ne me traitez pas plus rigoureusement, ajoute-t-il, que d'autres ministres que vous avez éloignés ». Il pensait aux d'Argenson et à Machault. Mais Louis XV ne répondit pas.

A vrai dire, le scandale n'éclata point. Dans l'esprit public, le plus souvent, Bernis ne fit que prendre place dans la banale kyrielle des ministres renvoyés. Les plus scandalisés furent ses amis qui connaissaient sa probité, son désintéressement, ses efforts surhumains pour obtenir la paix : Duclos, le duc de Nivernais, Mme de Forcalquier, Mme de La Ferté-Imbault, les Brancas... Le lendemain de l'exil, Mme de Rochefort écrivait ce billet au marquis de Mirabeau : « Je suis frappée et consternée au-delà de ce que je puis vous dire, mon cher Mirabeau ; j'espère que je vous verrai dans la journée... J'ai vu à mon réveil Royer, un valet de chambre du pauvre cardinal, que je le lui avais donné ; il a l'ordre de rejoindre demain son maître. C'est un homme sûr, vous pouvez lui confier vos lettres... Il me semble que je ne dois plus rien oser espérer pour ce pauvre chevalier (le frère du marquis de Mirabeau). Ah ! Messieurs, le vilains pays que nous habitons ; allons-nous-en aux Indes, je vous en prie ! »

Le même jour, le marquis lui répondit : « Je connais votre cœur, Mme la comtesse, j'ai appris cette nouvelle ce matin par un billet que le cardinal a chargé son neveu de m'écrire. J'ai cru d'abord que quand M. de Nivernais demeura hier avec vous et l'autre (?), ils savaient cela, car le cardinal, qui ne fait nulle estime de ce tiers... confidentait cependant avec lui, parce que, *malheureusement pour lui, il est fait comme cela.* Je suis sûr que l'exil lui aura donné un furieux coup... Il m'avait dit : “ *Je veux bien m'en aller, mais je ne veux pas être chassé* ”, ce qui me fâche, c'est... Je vous le dirai si vous voulez bien me donner à dîner ce matin. Quant au chevalier, il en a levé le front de deux pouces plus haut. Il avait bien remarqué, à son dernier voyage, que tous les entours du cardinal étaient fort déchus, mais il trouva que sa considération à lui n'avait fait que croître... Ils vont tourner court, vous y pouvez compter, mais ils n'ont désormais personne qui ait la confiance ni du corps ecclésiastique, ni du corps civil [29]... »

Duclos, autre ami de Mme de Rochefort, accuse « les deux compères », c'est-à-dire Mme de Pompadour et Choiseul, d'avoir obtenu cet exil : « Ils firent ensemble le modèle de la lettre de cachet... Le public ignora que le crime du cardinal fut d'avoir voulu la paix [30]. » Selon Duclos, Mme de Pompadour reçut de l'impératrice, « comme salaire de la lettre d'exil », un magnifique cadeau : un pupitre vieux laqué garni d'or, dans lequel était enchâssé le portrait de Marie-Thérèse entouré de diamants... [31] ».

Staremberg, qui travailla pendant deux années avec Bernis, et qui écoutait l'opinion publique, écrira que le ministre, parce qu'on avait senti le refroidissement avec la Pompadour, était devenu une figure presque populaire... Il ne voulait que ce qui lui paraissait juste, honnête et conforme aux véritables intérêts de la cour [32], « populaire », bien entendu, ne voulant pas dire « dans le peuple »... Ce fut aussi l'avis de Thieriot, l'ami de Voltaire, très répandu dans le monde : « C'est le ministre que j'ai vu le plus regretté. Il a été bien vite élevé et bien vite précipité [33]. » Quant à Voltaire lui-même, éloigné dans sa retraite des Délices, il se laissa d'abord impressionner par d'Alembert, Marmontel et Cideville, qui n'aimaient ni ne comprenaient Bernis. Mais il se reprit : « Le cardinal de Bernis, écrit-il à Robert Tronchin, a de quoi se consoler, s'il digère et s'il est philosophe ; tant d'exils ont l'air d'une plaisanterie mais ce qui n'est point plaisant, c'est l'épuisement de la France. » Et dans une lette à Mme du Deffand, il déplore que « les ministres passent en revue comme dans une lanterne magique. Par ma foi, notre siècle est un pauvre siècle après celui de Louis XIV [34] ».

Dans l'ensemble, tous ceux qui vivaient éloignés de Bernis, même parmi les mieux informés, n'ont pas compris son choix politique ni les raisons de son exil ; c'est l'avocat Barbier qui, dans son *Journal*, résume le mieux l'impression qui domina : « Cette nouvelle a d'autant plus surpris qu'il a reçu le bonnet de cardinal de la main du roi le 30 novembre et qu'on le croyait dans la plus grande faveur. *Personne ne sait la cause de cette disgrâce.* Les uns disent qu'il a manqué à Mme de Pompadour, dont il tient son élévation, d'autres qu'il était fort lié à Madame Infante, duchesse de Parme, qui est encore à la cour, et avec toute la famille royale. Le public raisonne sans savoir [35]... »

Bernis, un ministre comme tant d'autres, tombé dans la fosse commune et oublié par l'Histoire...

CHAPITRE XII

L'exil

Vic-sur-Aisne : soulagement et amertume

L'abbé Deshaises, secrétaire intime et ami de Bernis, se précipita à Vic-sur-Aisne, dès le 14 décembre, pour organiser, comme il l'avait fait à Venise, l'installation du cardinal. C'était moins brillant, et il ne disposait que d'une douzaine d'heures. On était en plein hiver. Le château féodal dominait, du haut de la colline, le petit village étalé le long de l'Aisne. Habiter ce château, il n'y fallait point penser. Rébarbatif et glacial, avec ses quatre tours et ses douves, bien qu'il eût été humanisé depuis que Eudes, comte de Paris, l'avait fait construire en 889 : ses meurtrières, destinées à la défense d'un monastère tombé en ruines, avaient été transformées en fenêtres. Par bonheur, ses dépendances, de solides maisons d'habitation, étaient logeables. « J'ai réparé, écrivait Bernis à Voltaire trois ans plus tard, les vieilleries de l'abbé de Pomponne. Je n'ai pas le logement d'un fermier général, mais une assez jolie gentilhommière [1]. »

Avec le concours, le plus souvent bénévole, des gens du village — de très bonnes gens, les femmes surtout, fières d'accueillir leur cardinal — l'abbé Deshaises fit procéder au nettoyage de la maison principale, allumer les feux des cheminées, bassiner les lits et monter les provisions nécessaires.

Quand le cardinal arriva, le lendemain soir, ce ne fut point l'effondrement, ce fut le soulagement. Saisi par cette paix, ce silence, Bernis s'abandonna enfin au sommeil, un sommeil de plomb qui le conduisit tard dans la première journée. Léthargique, parlant peu, il mangea légèrement et se promena dans le parc.

Il était seul, avec Deshaises et quelques domestiques. Peu à peu, les jours suivants, il laissa remonter les souvenirs de la récente et étonnante aventure qu'il venait de vivre. Par moments, l'amertume le prenait à la gorge. Mais toujours, la conscience d'avoir voulu le bien de l'État, la méditation sur l'aveuglement des hommes au pouvoir, leur irréductible médiocrité lui rendaient son légitime orgueil et la paix du cœur. C'est ce qui apparaît dans la longue lettre qu'il écrivit à Pâris-Duverney, dès le 21 décembre. Certes, cet homme n'était point son meilleur ami, mais il était une « puissance » libre et intangible, respectée du pouvoir, et en même temps, l'homme le plus susceptible de faire connaître discrètement à son entourage les réactions du cardinal. Ayant assez d'esprit pour connaître Bernis, il le savait capable de reconquérir un avenir brillant. Bernis, qui pardonnait aisément, lui passait ses complaisances et ses compromissions, de nature quasi familiales, pour la favorite. Si Duverney ne craignit point de soutenir Bernis en cette épreuve, ce n'était point par opportunisme ni par goût de la protection, mais par estime et amitié. Sans doute était-il un homme plus compliqué qu'on ne l'a cru, sensible, ouvert à tout, soucieux, peut-être, de se racheter aux yeux d'un homme dont il avait mesuré la supériorité. Leur correspondance, datant de l'ambassade de Venise, reprenant ici par un canal détourné, témoignait, quelles que fussent leurs différences, d'une confiance réciproque, discrète et solide. « J'étais sûr, lui écrivait Bernis, de vous retrouver dans tous les temps : il y a des âmes qui ne changent pas, la mienne est de cette trempe. *Vous ne me verrez pas me démentir vis-à-vis de mes anciens amis.* » Toutefois, Bernis rappelle sa soumission formelle au roi. « A l'égard du mal dont vous me dites qu'on semble m'accuser, je l'ignore, et je ne serai point en peine de me justifier quand on voudra m'en instruire. Je ne connais que ce que le roi a eu la bonté de me mander lui-même du motif de ma disgrâce : je m'en tiens là, et en respectant le jugement de mon maître, j'ai pour consolation que de n'avoir en vue de le mieux servir dans le moment même où j'ai eu le malheur de lui déplaire... Tout le bien qui se fera dans la partie que j'ai quittée sera fait... sur les plans que j'ai proposés et dressés : cette vérité est assez connue pour ne pas pouvoir être étouffée... *Je ne suis monté aux grandeurs que par la force des circonstances : mon goût, mon caractère m'en éloignaient* ; ainsi, je suis rendu à la vie qui m'est propre, et éloigné d'un pays où je n'étais pas né : nul désir d'y retourner ne me tourmente. Quand je pourrai revoir mes amis, je serai content, *autant qu'un bon citoyen peut l'être au milieu d'une guerre fâcheuse...* Depuis que j'ai pris le parti de pardonner de bonne foi à quiconque m'a nui ou a voulu me nuire, le calme est rentré dans mon âme. »

« Je n'ai plus aucune vue, poursuit Bernis... Au surplus, toute chaleur quelconque du côté de la fortune et du crédit est éteinte en moi. Qu'on ne me fasse pas un crime de l'estime que je me suis acquise, ni du soin que j'aurai de me la conserver, non par des intrigues, mais par la seule explication de ma façon de penser, et je suis content et tranquille : je vous le dis dans la plus exacte vérité. Mon neveu [le comte de Bernis] est porteur de cette lettre ; vous pouvez envoyer votre réponse chez notre amie [Mme de Narbonne [2]] qui la remettra à mon neveu lequel reviendra ici le 24 ou le 26 [3]. »

La réponse de Duverney ne pouvait être qu'encourageante : « Les circonstances m'ont relevé, et elles vous relèveront de même parce que vous êtes jeune, et que la révolution ou forcée ou naturelle des choses vous reportera où vous voulez aller. Je conçois que vous n'avez ni désirs ni chaleur sur cela, et c'est une raison pour que j'augure mieux pour vous de l'avenir [4]. »

« Je suis content et tranquille », avait écrit Bernis. Avec des retours à une rancœur tenace : six mois après, il retrouve avec Duverney le ton des lettres à Choiseul et accuse toujours ce ON dont on sait qui il désigne : « On m'a fait danser sur un grand théâtre avec des fers aux pieds et aux mains. Je m'estime fort heureux de m'en être libéré en sauvant ma réputation [5]. »

Non, il ne l'a sauvée qu'auprès de ses amis. L'esprit public, et même certains philosophes, toujours admirateurs de Frédéric II, n'ont pas cessé de le rendre responsable des malheurs de la France. En 1760, ce n'est ni Choiseul ni le désastreux pouvoir de Louis XV et de la Pompadour que d'Alembert accusera, c'est Bernis : « En attendant, écrit-il à Voltaire, nous avons perdu le Canada. Voilà le fruit de la besogne de ce grand cardinal que vous appeliez si bien Margot [sic] la Bouquetière et dont j'osais dire autrefois, en lui entendant lire ses poésies, que si on coupait les ailes aux zéphirs et à l'amour, on lui couperait les vivres. Nous ne nous attendions pas, vous et moi, qu'il nous prouverait un jour, par le traité de Versailles, que sa prose vaudrait encore moins que ses vers... On dit qu'il a permission d'aller se promener dans ses abbayes. On aurait dû l'envoyer promener quatre ans plus tôt [6]. »

Nous sommes en 1760... Il faut, bien entendu, tenir compte de l'anticléricalisme de d'Alembert. Choiseul et Frédéric ne sont-ils pas des « philosophes » ? Haro sur Bernis !

Les conditions d'exil prescrites au cardinal furent d'abord très dures. Il ne fut autorisé à recevoir que quelques membres de sa famille. Mais un seul de ses neveux, celui qui fit le messager, se trouvait là, en quartier d'hiver de l'armée Soubise, l'autre servait dans la marine, et le frère aîné du cardinal était à Saint-Marcel. Ses deux nièces, Mme de Narbonne-Pelet et Mme de Puy-Montbrun furent donc les plus assidues à Vic-sur-Aisne. Le courrier de Bernis devait être contrôlé. C'était le comte de Saint-Florentin, ministre de la Maison du roi, chargé des exilés, qui veillait au respect de ce règlement.

Bien qu'il ait apprécié l'œuvre de Bernis au ministère, Saint-Florentin n'en était pas moins strictement l'exécutant du roi. Aussi Bernis l'assura-t-il, dans un billet, de sa parfaite soumission : il s'y déclarait « prêt à prendre, pour satisfaire le roi, tous les partis que S.M. jugeait décents et convenables, fussent-ils contraires à *son* inclination et à *son* goût [7] ». Fort subtilement, cela engageait aussi la bonne foi du roi. Saint-Florentin eut cependant quelques occasions de réprimander Bernis. Le cardinal devait-il donc fermer sa porte aux ennemis acharnés des maîtresses du roi, l'évêque de Soissons Fitz-James et l'évêque de Metz, les mêmes qui avaient exigé le renvoi de Mme de Châteauroux lors de la maladie de Metz ? Ces bons apôtres étaient venus lui prodiguer leurs cléricales consolations ; il leur avait « entr'ouvert » sa porte... Ignoraient-ils que le cardinal n'était pas d'accord avec eux sur le « clergé fou » ? Et Saint-Florentin devait-il réagir aussi vivement ? « Le roi trouve que vous pouvez vous passer de vous lier avec quelqu'un qui lui a déplu. » Il lui traça un programme, lui recommanda même d'éviter le plus possible « les visites campagnardes » et n'autorisa que les lettres d'affaires ou protocolaires. Ainsi averti, Bernis ne pouvait compter sur l'estime de Saint-Florentin pour adoucir son exil. Il allait donc se replier sur un repos bien nécessaire et retrouver le goût d'une vie simple et studieuse, sans rien toutefois de monastique.

La douceur de vivre

Bernis retrouvait son sourire. Préparé à tous les retournements de la fortune, il avait toujours prétendu que la tristesse était inutile. Foin du cynisme de Choiseul ! C'était plutôt le sourire de Voltaire : il se souvenait de Zadig ministre !

Coïncidence : en même temps que Voltaire préparait la

publication de *Candide*, Bernis avait eu l'idée de cultiver, au sens propre, son jardin. En plein hiver, il le prépara pour le printemps. Raison de plus pour continuer à correspondre — en utilisant le protocole ! — avec Duverney qui possédait à Plaisance un jardin célèbre que visitait et jalousait Louis XV. Bernis y avait admiré les serres et les plantes exotiques. Aimer un jardin, c'était une autre façon d'aimer la nature et ses prodiges : l'art le plus innocent de l'homme s'y ajoutait à la création divine.

Dès le mois de janvier 1759, il avait demandé à Duverney des graines pour ses semis de printemps. « L'on a arrêté à la poste, répondit Duverney, une pacotille de graines qui me venait d'Espagne. Je vous enverrai dans peu un assortiment de toutes celles que j'ai[8]. »

Peu à peu, Bernis se détachait, autant que possible, de la vie politique. Mais parce que philosophe et toujours attaché au bonheur des hommes, il n'oublia jamais la guerre funeste qui se poursuivait : « ...Aujourd'hui, écrivait-il au début de février, je ne suis qu'un citoyen-philosophe qui s'intéresse sincèrement au bonheur public... On peut dire que j'ai été mauvais courtisan, et quand on a dit cela, on a tout dit, et l'on fait peut-être mon éloge. »

Au printemps, un équilibre relatif se rétablit dans son état de santé ; ses occupations, à la fois studieuses et familiales, continuaient de l'éloigner des événements mais non pas de ses douloureux souvenirs. Dès lors, il eut l'idée de dicter ses mémoires à sa nièce : « Il faut de la pâture à une âme active. Pour moi, j'en trouve assez dans mes livres, dans mes réflexions et dans la société douce dont je suis entouré ; en un mot, je suis fort content de mon état physique et moral... Quoique je n'aie pas perdu le souvenir du passé et la faculté de lire dans l'avenir, je vois les choses avec beaucoup moins d'intérêt et de chaleur depuis que je n'en suis plus responsable. L'honneur est le plus grand mobile que je connaisse pour les âmes honnêtes, c'est de lui que j'ai été successivement le martyr et enfin la victime ; mais s'il fait souffrir, il donne aussi bien des consolations[9]. »

Duverney, qui avait soixante-quinze ans, qui avait quitté « les grands fardeaux » et ne s'occupait plus guère que de l'intendance de l'École militaire, confia au cardinal qu'il était, comme lui, détaché du monde : « La cour, comme je l'ai entendu dire à M. de Voltaire, et comme je crois qu'il la écrit, est un grand bal masqué[10]. » Il envoyait à Bernis, pour soigner ses étouffements, de l'eau de Seltz que Montmartel faisait venir de Metz.

Au bout de six mois, en juin 1759, Bernis put déclarer à Duverney qu'il était heureux : « Ma famille est rassemblée ici, elle est honnête et unie, cela fait mon bonheur. Il ne manque, comme vous voyez, à la vie que je mène, que le choix libre [11]. » Le bonheur, chez l'honnête homme, ne peut coexister avec le pouvoir. Encore les événements venaient-ils parfois le troubler : « J'ai un neveu sur le vaisseau *Le Guerrier,* écrivait-il le 24 septembre, son père, sa mère et ses sœurs sont ici [le marquis de Narbonne-Pelet, son épouse et leurs deux filles] : jugez de leur inquiétude. » Mais la vie le reprenait toujours : les ananas, expédiés par Duverney, venaient d'arriver...

La stratégie nouvelle de Choiseul

Choiseul n'avait guère changé l'ordre de la guerre ni le désordre du royaume. Il était optimiste, et cet état d'âme lui réussissait. En parlant de « Luc », surnom « qu'il fallait lire à l'envers », donné par Voltaire à Frédéric II, il écrivait : « Il ne sait pas encore comment finira la tracasserie qu'il a formée en Europe et que, *par notre patience et la solidité de notre puissance,* devrait écraser le pot de terre. » Et le 12 novembre : « Avez-vous connu Meuse [H.-L. de Choiseul, marquis de Meuse], mon cher ermite ? Il avait un antique et noble château sur la porte duquel il y avait une devise qui disait : " A force d'aller mal, tout ira bien "... J'ai conservé sa devise [12]. » Un moment, Voltaire partagea cet avis : comme il s'était trompé sur Frédéric, il se trompait sur Choiseul, « une âme noble »... Comment ne pas rapprocher ces deux lettres de Choiseul à l'ermite des *Délices* de ce qu'écrivait Bernis à Duverney trois semaines après : « Je vous souhaite du fond de mon cœur une santé assez forte pour résister aux circonstances... Je ne vous dis rien sur tout ce que je vois et prévois [13], parce que tout ne me paraît aujourd'hui *que la conséquence de ce qui était avant* [14]. »

Cependant, autour de Bernis, l'étau royal se desserrait peu à peu. Et il est paradoxal que Choiseul en fut le premier artisan. Le nouveau ministre avait-il craint d'être accusé d'avoir trahi Bernis, ou pensa-t-il que le cardinal, bien renseigné, l'avait appris ? Dès le début de l'exil, il fut préoccupé de se disculper, et ce ne fut pas sans embarras qu'il le fit : « Peut-être, dans le premier moment d'un événement pareil, lui écrivit-il, vous n'avez pu préserver votre cœur d'injustice. Je serais très affligé si ma façon de penser pour vous et mon caractère eussent été en butte à un pareil sentiment, mais j'espère que le temps effacera ce tort, et que V.E. mieux informée rendra justice à mon amitié et à mon dévouement pour vous. J'ai demandé au roi ce matin la permission d'écrire à V.E. [15]. » Choiseul s'engageait aussi à veiller à la situation matérielle des secrétaires de Bernis, Brun et l'abbé Deshaises.

Ce ne fut point vaine déclaration : aussitôt, il demanda à l'évêque de Laon, chargé d'affaires à Rome, de s'efforcer d'atténuer, auprès de Clément XIII, l'effet de la disgrâce imprévue du cardinal. Il expliquait — non pas, là encore, sans une certaine ambiguïté — que la santé du cardinal « était fort dérangée et qu'il avait supplié le roi de le décharger des Affaires étrangères, et qu'il pouvait y avoir, soit dans le fond, soit dans la forme de ses instances, quelque chose qui [avait] déplu à S.M. ». Mais alors que l'évêque lisait la lettre de Choiseul au pape, celui-ci l'interrompit et s'emporta contre Bernis, très fâché « d'avoir fait un cardinal pour demeurer oisif dans une abbaye [16] ».

A Rome comme à Versailles, on discutait beaucoup des raisons, que l'on ignorait, de l'exil de Bernis. Choiseul sentit que ces discussions déplaisaient au roi ; il les atténua à la cour, et, dans l'impossibilité de fournir à Rome d'autres explications, il décida d'écrire à l'évêque de Laon, cette fois en son style abrupt, une lettre très ferme : « La dignité de cardinal ne donne aucun droit au Saint-Père d'entrer dans les résolutions du roi relativement aux sujets de S.M. qui, d'ailleurs, ne sont décorés de la pourpre romaine que parce qu'elle a daigné leur permettre de la recevoir [17]. »

Bernis, réservé et habile, avait résolu de ne point s'engager dans cette bataille. Il la laissa se calmer. Choiseul, plus habile encore, adopta, dès le milieu de l'année 1759, une stratégie nouvelle. Il avait compris deux choses capitales : d'abord que Bernis demeurait une « puissance à ménager », mais qu'afin de n'en plus être gêné politiquement, la meilleure tactique, à laquelle volontiers le cardinal se laisserait prendre, était de le pousser vers les affaires du clergé, et même vers les plus hautes fonctions dans l'Église. Choiseul savait — et sans doute le roi le lui avait-il laissé entendre — que l'on pouvait avoir besoin de Bernis, homme d'esprit, philosophe dépourvu de sectarisme, comme médiateur entre les différentes tendances du clergé, et aussi entre le pouvoir et les parlementaires.

Mais ce qui détermina Choiseul plus sûrement, c'est qu'il

s'était aperçu, au cours d'entretiens avec Madame Infante, que les amitiés du cardinal s'étaient affermies depuis qu'il avait été victime de la favorite. Mme de Pompadour était devenue l'ennemie commune. Choiseul, étant alors le protégé de la maîtresse détestée, ne dédaigna point de jouer sur les deux tableaux. C'est pourquoi il accepta d'expédier et de recevoir sous son couvert les lettres que désiraient échanger Bernis et l'Infante. L'abbé de La Ville s'y prêta également. La reine elle-même, moins d'un an après l'exil, écrivait à Bernis des lettres de plus en plus familières dont certaines ont été retrouvées à Saint-Marcel. Le 11 octobre 1759, elle n'hésitait pas à faire allusion à l'amitié désormais dépassée de l'abbé avec la favorite : « Je reviens du salut, cardinal. J'y ai senti mieux que jamais combien vous vous étiez trompé. Je suis bien aise que vous l'ayez deviné. » Elle ne disait pas ce qu'elle venait d'observer. Elle lui donnait des nouvelles de sa famille et l'embrassait « de tout *son* cœur ».

La situation de Choiseul pouvait donc devenir précaire, bien qu'il feignît de s'en moquer, en cas d'une succession de la favorite et même du roi : celui qui tenait l'avenir, c'était le dauphin. Au surplus, fréquentant le monde où l'on continuait d'apprécier Bernis comme homme sinon comme ministre, Choiseul ne pouvait qu'ostensiblement s'intéresser à son sort. Il choisit donc de prendre en main l'avenir du cardinal.

On ne saurait lui reprocher de ne point s'attacher à réaliser ce qu'il a conçu ; on connaît l'impatience qu'il y pouvait apporter. C'est pourquoi, dès le sixième mois de l'exil, il envisageait pour Bernis l'ambassade auprès du Saint-Siège et chargeait l'abbé Deshaises de le pressentir. Puis, le 22 mai 1759, il écrivait au cardinal : « Pour ce qui est de Rome, il m'a semblé que c'était le seul parti honnête qu'il y avait à prendre. Le séjour que vous y ferez sera convenable à votre dignité ; il vous remettra dans la position où vous devez être... Voilà ce que mon amitié m'a suggéré [18]. » Bernis avait le temps de réfléchir. Il entrevoyait un moyen plus « honnête » encore de sortir de Vic-sur-Aisne : sa nomination à un siège épiscopal. Il lui fallait donc se faire ordonner prêtre...

Survint alors un événement malheureux qui eut pour lui d'importantes conséquences : le 17 décembre 1759, Madame Infante mourait, emportée brutalement par la petite vérole. La perte de cette amie l'affecta profondément. Leur intimité était connue du roi et de sa famille. Aussitôt Bernis leur fit savoir par Saint-Florentin combien il était ému et accablé par ce malheur. Saint-Florentin assura Bernis qu'ils en avaient été fort touchés, et l'Infant lui fit une réponse affectueuse. Des détracteurs de Bernis ont prétendu que le roi avait trouvé dans la cassette de sa fille des lettres de Bernis compromettantes. C'est invraisemblable si l'on considère l'attitude de l'Infant et surtout ce qu'il advint par la suite : l'étau de l'exil se desserra aussitôt, le cercle des correspondants de l'exilé fut élargi, et le roi accueillit très favorablement, le 1er janvier 1760, les vœux que lui adressa Bernis.

Mais le cardinal ne pouvait envisager un retour en grâce ni une carrière ecclésiastique sans gagner de nouveau l'estime du roi et du pape. Pour s'arracher du cœur toute rancune, il pria Choiseul de « témoigner à Mme de Pompadour les sentiments de reconnaissance qu'il devait à l'amitié dont elle l'avait honoré pendant tant d'années, et aux services qu'elle lui avait rendus ». Préparée sans doute par Choiseul, elle répondit qu'elle « restait infiniment sensible à son souvenir » et affirma que « l'éloignement n'affaiblissait pas en *elle* les anciens sentiments qui les unissaient autrefois [19] ». Enfin, craignant de passer pour gallican et même pour janséniste auprès du pape, alors qu'il n'avait été qu'un médiateur objectif, il décida de présenter à Clément XIII, dans une longue lettre, sa profession de foi. Il confessait d'abord être l'auteur de poèmes, mais pas du recueil qu'on lui attribuait, et qu'il désavouait. A l'égard des doctrines jansénistes, il adoptait la position du clergé français le plus raisonnable : il « n'avait rien tenté qui ne tendît à réunir au Saint-Siège les esprits les plus indociles ».

Clément XIII lui répondit le 31 mars 1760. Il comprenait les raisons de sa disgrâce et compatissait à sa souffrance. Il s'inscrivait aussi contre la méfiance de la chancellerie romaine et approuvait absolument les positions doctrinales de Bernis, ce qui établissait son aptitude à toute dignité ecclésiastique.

La mort de l'Infante, le relâchement des conditions de son exil et cette approbation du pape le déterminèrent à sortir de sa réserve et à envisager sérieusement une carrière d'Église. Enfin — et là, il rejoignait Choiseul — la prêtrise pensait-il, n'écarterait-elle pas définitivement la crainte qu'il ne revînt un jour aux affaires politiques ? Il prit son temps. Ce fut en juillet seulement que son changement d'attitude apparut dans la correspondance, qu'il avait l'autorisation de reprendre, avec une autre amie, Mme de La Ferté-Imbault. Il lui écrivait le 4 juillet 1760 : « Vous me faites votre confession, Madame la marquise. C'est une grande avance pour être un jour votre directeur. Vous avez encore du temps pour y réfléchir, car *je ne vais pas si vite dans les choses de conséquence,* qu'on me fait aller... Je vois avec plaisir que vous ne vous êtes point gâté le cœur ni l'esprit. Soyez toujours de bonne foi avec vous-même et croyez que la raison et les raisonnements ne mènent pas bien loin et qu'on est le plus heureux quand on est soumis à une plus grande autorité. » C'est une des rares lettres où le cardinal, par ailleurs si réservé, parle de la religion non plus comme institution, mais comme secours intime. Peut-être le fait-il davantage pour son amie que pour lui-même.

Au début de septembre, il avait parcouru son chemin et pris sa décision : « Monsieur l'archevêque de Rouen est venu me donner la prêtrise la semaine passée. Je me sens plus heureux intérieurement depuis que *je me suis entièrement attaché à mon état,* aussi, je ne me soucie guère de ce qu'on dira... *J'ai toujours beaucoup approuvé la conduite des prélats romains qui ne prennent des engagements dans l'Église que fort tard, quand l'âge des passions est fini*[20]. »

Peut-on affirmer que l'on a conquis une fois pour toutes sa liberté sur les passions, à quarante-cinq ans, à la faveur d'une année passée hors du monde ? Un prêtre n'est-il pas un homme ? Pour Bernis, l'avenir devait répondre.

A Vic-sur-Aisne, cela ne changea guère la façon de vivre de l'exilé : la famille, le jardin et l'étude l'occupaient. Il parlait toujours aussi peu, dans ses lettres, de la religion. Il lisait, ou écoutait la lecture que lui faisait sa nièce, Mme de Puy-Montbrun, pendant quatre heures par jour.

Est-ce lui qui écrivit le premier à Voltaire, lui demandant de lui communiquer de nouveau ses œuvres ? La première lettre que nous possédons, depuis l'exil, de leur correspondance, est une réponse de Voltaire du 5 octobre 1760 : « Vous m'avez ordonné, Monseigneur, d'envoyer du sérieux à V.E. quand j'en aurais. En voicy *[L'Histoire de l'empire de Russie].* La préface est pourtant un peu plaisante. Elle se sent du parti que j'ai pris de rire de tout... il n'appartient peut-être pas tant de rire à un cardinal, mais il lui appartient d'être content : et je crois que vous l'êtes » ; l'ermite énumère tous les avantages du cardinal, ce qui « compose le gros lot de la loterie de ce bas monde ». Il regrette que ses abbayes ne soient pas situées plus au sud : « J'aurais eu le plaisir de vous demander votre bénédiction... *Je me sens plus digne que jamais des bontés du cardinal depuis que je me suis mis à bâtir une église,* mais j'en suis encore plus digne par mon estime infinie pour votre mérite, et par mon attachement pour Votre Éminence. Le vieux Suisse[21]. »

« Je vous remercie, lui répondit Bernis presque aussitôt, de m'avoir envoyé l'histoire du czar Pierre... Cet ouvrage va m'occuper agréablement le reste de l'automne... *Sérieux ou non, je ne puis lire depuis longtemps que ce que vous écrivez, et quoiqu'il ne me soit pas permis, comme à vous, de dire tout,* je trouve que vous êtes le seul Français qui ait conservé l'art et le ton de la bonne plaisanterie ; ce talent... me paraît ajouter beaucoup au mérite d'être le premier écrivain de son siècle... Continuez à rire, puisque cela est bon et agréable aux autres ; à l'égard de ma bénédiction, je crois que je ne suis guère digne de la donner, ni vous de la recevoir. Aimez-moi toujours et soyez persuadé... que j'aurai toute ma vie, pour le vieux Suisse, autant d'amitié que d'admiration [22]. »

Agréablement occupé, Bernis attendait sans impatience. Il faisait confiance à Choiseul. Le ministre aussi écrivait à Voltaire : sa politique ne faisait point de miracles. Bien que, avouait-il, ne partageant pas « les idées romanesques et peu politiques de *son* prédécesseur », il commençait à le copier : « Je ne connais au roi qu'une guerre *qui est celle d'Angleterre* [23]. » Cette guerre, la fait-il ? Avec quelle légèreté ne parle-t-il pas de la défaite française en Amérique ! A propos d'une « négociation » avec d'Argental, qui ne l'aimait pas, il ajoute : « Je suis dans le cas de n'en pas faire d'autres [négociations], surtout depuis que j'ai appris que nous avions perdu Montréal et par conséquent le Canada... Si vous comptez sur nous pour les fourrures cet hiver, je vous avertis que c'est en Angleterre qu'il faut vous adresser [24]. »

Mais pour achever la connaissance de l'homme Choiseul, il faut le voir posant le masque devant Voltaire, personnage beaucoup plus grand, beaucoup plus fort que lui, et qu'il connaît mal. Voilà, dit-il, ce que Voltaire pourrait écrire à « Luc » pour le narguer, voilà l'idéal d'un ministre de Louis XV : « Je jure de bonne foi que je n'ai nulle ambition, mais en revanche, j'aime mon plaisir à la folie, je suis riche ; j'ai une très belle et très commode maison à Paris ; ma femme [25] a beaucoup d'esprit ; ce qui est fort extraordinaire, elle ne me fait pas cocu ; ma famille et ma société me sont agréables infiniment ; j'aime à faire enrager d'Argental, à boire et à dire des folies jusqu'à quatre heures du matin avec M. de Richelieu. On a dit que j'avais des maîtresses passables, je les trouve, moi, délicieuses ; dites-moi, je vous prie, quand les soldats du roi de Prusse auraient douze pieds, ce que leur maître peut faire de tout cela [26] ?... »

Tel est cet homme qui contribuait activement à la « libération » et à la fortune ecclésiastique de Bernis. Le résultat était là : à la fin de 1760, quiconque demandait à voir le cardinal pouvait se rendre à Vic. Bernis pensa que le moment était venu de préparer une sortie.

Les escapades du cardinal : bonheurs et malheurs de vivre

Il allégua son état de santé : il était nécessaire qu'il prît les eaux. Le lait d'ânesse et le bouillon de tortue — ce n'était point là superstitions mais médecines de l'époque — ne lui suffisaient plus. Il fit d'abord une demande à Saint-Florentin dans laquelle il décrivit ses maux, énuméra les avis des médecins : c'était le tuer que lui laisser passer l'hiver à Vic. Il fallait qu'il pût d'abord se rendre dans le Midi, qu'il fît un séjour à Barèges, à Vichy... Bref, « qu'il changeât d'air et d'objets »... Il accumulait un peu trop les arguments : même, il désirait visiter les curiosités des villes voisines, besoin dont l'utilité ne fut pas reconnue. Mais Saint-Florentin, ayant consulté le roi, lui accorda, le 24 septembre 1760, la permission d'aller voir ses abbayes, de prendre les eaux et de voyager.

A vrai dire, c'était une fringale de voyages qui le saisissait ! Il allait bien vite oublier les eaux. Comme prélude, sans doute utilitaire, il alla visiter son abbaye des Trois-Fontaines en Champagne, où il resta une semaine. La grande affaire fut son voyage en Languedoc, qu'il prépara minutieusement en janvier 1761. Puis il se mit en route en février malgré les intempéries. Il comptait sur l'air natal pour conjurer la goutte qui le menaçait. Hélas ! A peine fut-il arrivé à Saint-Marcel, en mars, que la goutte le surprit : il passa dix-sept jours à gémir...

Encore mal rétabli, rien ne put le retenir. Il courut à Lyon, refaire la connaissance de son chapitre. Ensuite... il n'est plus possible de le suivre dans ses tournées du Gévaudan et du Languedoc qui s'étirèrent durant trois mois dans la douceur du printemps. Il ne semble pas que les services du roi l'eussent beaucoup surveillé, ni qu'il eût informé lui-même le comte de Saint-Florentin... On le trouva ensuite au petit château de Galliargues, près de Montpellier, résidence des Narbonne-Pelet. Il réapparut enfin à Saint-Marcel le 29 juillet. Doux séjour, celui-là, en compagnie de sa sœur et de ses deux nièces, Mme de Narbonne-Fritzlar et Mme de Puy-Montbrun, toutes les deux enceintes. Il les « dorlotait ». Un homme qui ne faisait pas la guerre était alors destiné à vivre avec des femmes. En octobre 1761, il accompagna la seconde de ses nièces à Montélimar, où les Puy-Montbrun possédaient un bel hôtel ; il y demeura jusqu'en mai 1762. Comment ne pas oublier Vic ? Au printemps naquirent les enfants de ses deux nièces. Comme il arrive fréquemment à cette époque, les deux mères furent malades de leurs couches. Mme de Narbonne-Fritzlar ne s'en remit pas et mourut le jour du baptême de son enfant. « Mon cœur est encore flétri de la perte que je viens de faire, écrit Bernis à Voltaire, ma nièce était mon amie. » Et sa sœur, autre amie « qui seule pouvait *le* consoler », demeura pendant trois semaines dans le plus grand danger. Pour sa convalescence, il fallut la changer d'air ; le cardinal l'accompagna près de Montpellier, puis, en juin, à Galliargues. Enfin, il se remit en route pour Vic, où il arriva le 18 juillet 1762 ; une atroce nouvelle l'y attendait : son neveu, François Hippolyte de Narbonne-Pelet, colonel des grenadiers de France, venait d'être tué en Hesse à trente-deux ans. Restaient en vie son frère Claude et sa sœur, Mme de Puy-Montbrun qui prit dans la vie du cardinal une importance essentielle : elle ne devait plus le quitter.

Laissant alors ses chagrins s'apaiser, Bernis se reposa, soit à Vic, soit, à dix lieues seulement de Paris, au château du Plessis qu'un parent mit à sa disposition pendant six mois de l'année.

Où se rejoignent l'esprit et la tolérance : Bernis et Voltaire

Cette proximité de la capitale valut à Bernis la visite de nombreux amis. Les plus influents s'occupèrent activement de son retour en grâce auprès de la famille royale.

Ce que l'on sait de plus certain et de plus intime de Bernis en cette période de voyages, on le trouve dans sa correspondance avec Voltaire. Qu'il y ait une petite flamme divine dans le cœur de l'homme, ce que croit Bernis, peu importe que Voltaire le croie ou non ; tous deux sont d'accord sur deux valeurs essentielles au salut de l'homme : la tolérance et la charité. Bernis connaît Voltaire. S'il n'a pas manqué une seule de ses tragédies, il a certainement vu jouer, en 1736, *Alzire ou les Américains*, « tragédie chrétienne », où les autochtones demeurés fidèles à la parole de Jésus sont opposés aux conquérants catholiques politisés. Plus encore que les lettres et l'histoire, cet humanisme sincère et actif ne cessa plus de rapprocher les deux hommes.

Le 25 juin 1761, Voltaire, qui avait pris sous sa protection aux Délices la petite-nièce de Corneille, annonçait à Bernis qu'il préparait une édition par souscription des œuvres classiques du XVIIe siècle au profit « de l'héritière de ce grand nom » : il désirait ainsi la doter pour la marier. Il demandait à Bernis de souscrire : « Votre nom imprimé en tête du prospectus encouragera la nation. » Mais Bernis voyageait ; Voltaire, n'ayant pas de réponse, s'inquiéta. Il avait obtenu du roi que le nom du cardinal fût à la tête des souscripteurs. Bernis trouva, à son retour à Saint-Marcel, les deux lettres de Voltaire. Naturellement, il se précipita : « Je vous prie d'écrire mon nom à côté de M. de Nivernais pour douze exemplaires. »

Bienfaisance et amour des lettres se rejoignaient, car aussitôt Voltaire proposait à Bernis qu'il revît ses propres annotations des tragédies de Corneille : « Qui est plus capable que vous de juger et de mettre le prix aux vers de Corneille, de distinguer d'un coup d'œil le bon, l'excellent, le médiocre, le mauvais ? » « Béni soit Dieu ! s'écrie-t-il dans la lettre suivante, de ce qu'il vous fait toujours aimer les lettres ! » Il use de tous les arguments pour inviter le cardinal : beaucoup de gens sont venus à Genève consulter Tronchin « comme on allait autrefois à Épidaure. J'ai aux portes de Genève un hermitage intitulé *Les Délices.* M. le duc de Villars a trouvé le secret d'y être logé *in fiocchi.* Enfin, toute mon ambition est que V. E. ait des indigestions [27]... »

Non, Bernis digère parce qu'il est fort sobre, mais il a une « humeur goutteuse dans le corps » qui pourrait bien l'obliger d'aller consulter l'oracle de Genève. « Il entrerait autant le désir de *vous* revoir que d'envie de guérir. » Voltaire ayant fait allusion à ses rentes, il proteste : « Je ne suis pas fâché d'être le plus pauvre des cardinaux parce que *personne n'ignore qu'il n'a tenu qu'à moi d'être le plus riche*[28]. »

En même temps qu'il revoit les notes de Voltaire sur Corneille, il lit une de ses nouvelles tragédies, *Cassandre,* qui s'intitulera finalement *Olympie* : « Pierre Corneille et François, dit-il, me suivent dans tous mes voyages. » Il va devenir le second d'Argental de Voltaire, mais beaucoup plus sévère. Voltaire ne sera nullement surpris de la façon dont ce cardinal, qui est prêtre — mais Voltaire l'ignore — entend la passion d'amour : « L'amour d'Olympie, écrit Bernis, fait manquer son effet par le peu d'intérêt qu'on prendra peut-être de son amant. » Il dicte à sa nièce des critiques détaillées de scènes entières : « Vous avez raison, monseigneur, vous avez raison dans tout ce que vous dites... Savez-vous bien que j'ai passé la nuit à faire usage de toutes vos remarques [29] ? »

Il paraît logique à Voltaire d'engager vivement Bernis à écrire. Il le connaît mal : « J'ai abandonné totalement la poésie depuis onze ans, répond le cardinal, je cessai de l'exercer sans peine parce que... je n'ai jamais aimé ce qui était médiocre. J'aime l'histoire... Je n'ai point abandonné Horace ni Virgile [30]. » Les critiques de Bernis sur *Cassandre* donnent de tels résultats qu'il n'a presque pas reconnu la pièce ; il y ajoute encore trois pages de remarques, certaines très sévères. « Vous êtes admirable pour la grandeur du talent et la facilité du génie ; mais (ce que j'aime encore mieux) vous êtes fort aimable, et je suis tout glorieux d'être votre confrère et le confident de vos ouvrages... Vous sentez bien qu'il m'est impossible que je me défende de vous aimer de tout mon cœur [31]. »

Ils ne parlent de la politique extérieure que par sous-entendus ou paraboles. Même sur ce sujet, Bernis ne saurait se passer des lettres de Voltaire : « Votre dernière lettre m'a fait sentir... combien votre conversation importe au bonheur de ma vie. Hélas ! Vous êtes le seul aujourd'hui qui conserviez à notre patrie l'idéal de supériorité sur les autres nations. Je sens avec vous combien il est heureux pour moi de n'être plus en place. » Le même pessimisme politique, qui a gagné Voltaire, filtre maintenant dans leurs propos. Mais Bernis engage Voltaire à redoubler de prudence lorsqu'il sera de retour à Vic. Attention : « Il n'est pas nécessaire de vous rappeler que [nos lettres] passent par Paris pour aller à Soissons, et qu'il faut être plus prudent avec moi qu'avec d'autres... Je suis obligé de retenir jusqu'à ma respiration pour éviter les tracasseries [32]... »

Une allusion à Louis XIV qui, après Fouquet, n'a renvoyé que le seul marquis de Pomponne pour le rappeler ensuite, provoque, sans l'exprimer, la comparaison avec Louis XV : elle est pourtant de Bernis... Voltaire le rassure : le cardinal n'a-t-il pas un grand « ombrello » d'écarlate ? Bernis, lui, raconte aussitôt son mot à un courtisan : dites plutôt un bon parapluie ! Voltaire s'ingénie à faire comprendre à l'ancien ministre qu'il avait approuvé sa politique à partir du renversement des alliances : « Vous me fîtes alors un plaisir infini. Je ne croyais pas que le sanglier [Frédéric II] que vous mettiez à la broche fût d'une si dure digestion ; c'est je crois la faute de vos marmitons. Une chose me console avant que je meure, c'est que je n'ai pas peu contribué, moi, chétif atome... à rendre irréconciliables certain chasseur [Choiseul] et votre sanglier. J'en ris dans ma barbe[33]. » L'ermite, si loin de Paris, n'en meurt pas moins d'envie d'interroger l'ancien ministre : « Que ne puis-je vous entendre une heure ou deux ! Avec votre circonspection, vous me feriez sentir avec quelle douleur on doit envisager l'état présent de la France. »

Une seule fois Voltaire — peut-être pour sonder la sincérité du cardinal — s'est permis une critique déplacée en répondant à une lettre que nous ne possédons pas sur la théologie : « Quoi, vous voulez rendre la théologie raisonnable ?... C'est là chose impossible... J'ai lu ce Thomas, je l'ai chez moi. J'ai deux cents volumes sur cette matière, et qui pis est, je les ai lus... »

Voltaire et Thomas d'Aquin... Il disait vrai : la *Somme théologique* figure sous le n° 3292 dans la bibliothèque de Voltaire conservée à Leningrad.

Il n'est aucune trace de réponse dans les lettres de Bernis. Voltaire comprit sans doute qu'il risquait de violer une conviction secrète, peut-être en rapport avec un projet d'avenir du cardinal, et n'insista pas. Il essaya toutefois de savoir quel pouvait être ce projet : on lui a dit — Choiseul peut-être ? — que Bernis voulait être archevêque... « C'est une gêne, dit Voltaire, car un cardinal n'a pas besoin d'avoir charge d'âmes... » Deux fois, Bernis proteste de son manque absolu d'ambition. Mais dans sa désinvolture, il ne laisse pas d'être ambigu et de montrer le bout de l'oreille : « Une main invisible m'a conduit des montagnes du Vivarais au faîte des honneurs. *Laissons-la faire...* et pour mes menus plaisirs, je dois, selon l'ordre de la nature, être l'électeur de trois ou quatre papes, et revoir souvent cette partie du monde qui a été le berceau de tous les arts, n'en voilà-t-il pas assez pour bercer cet enfant que vous appelez la vie ?... Je ris comme un fou quand je pense que vous êtes destiné à vivre en Suisse et moi à habiter un village[34]... » C'était plus irréversible pour Voltaire que pour ce cardinal promis aux fastes romains.

Il était bon que cet électeur de papes, dépourvu déjà de fanatisme, fût gagné par Voltaire à la tolérance religieuse. L'affaire Calas en fut l'occasion. Ce fut d'abord Voltaire qui, sachant les relations de Bernis ou de sa famille en Languedoc, lui demanda de se renseigner sur ce qu'il fallait penser « de l'aventure affreuse de ce Calas, roué à Toulouse pour avoir pendu son fils... C'est qu'on dit ici qu'il est innocent, et qu'il en a pris Dieu à témoin en expirant... Cette aventure, ajoutait-il, m'attriste dans mes plaisirs, elle les corrompt ». Mais le frère du cardinal, alors à Toulouse, ne put ou ne voulut pas approfondir ce problème. Bernis, beaucoup moins troublé que Voltaire, mais bien disposé, ne croyait pas « un protestant plus capable d'un crime atroce qu'un catholique... ni les juges ».

Voltaire revint plusieurs fois à l'affaire, puis, en juillet, lui envoya *L'Histoire d'Élisabeth Canning*[35] : « Lisez cela, lui dit-il, et voyez s'il est possible que les Calas soient coupables. L'histoire commence à étonner et à attendrir Paris... Je peux répondre que les faits sont vrais[36]. » « Il y a du louche des deux côtés », réplique encore Bernis. On connaît la suite. Bernis fut enfin gagné à la cause des Calas : « J'ai eu tort... de ne pas vous dire que le dernier mémoire des Calas m'a fait mal à force de me faire impression. Je vous loue beaucoup d'avoir tendu la main à une famille malheureuse. L'oppression de l'innocence est le plus grand des crimes[37]. »

Parallèlement, se développait l'affaire de la destruction de la Société des Jésuites qui devait préoccuper le cardinal plus gravement dans un proche avenir. L'affaire avait commencé en 1756 avec la ruine du Père La Vallette, agriculteur et commerçant aux Antilles. Insolvable, il avait entraîné la faillite d'une maison de commerce de Marseille qui s'était retournée contre l'Ordre des Jésuites et avait gagné son procès. Les pères en appelèrent au Parlement de Paris, de majorité janséniste haïssant l'ultramontanisme. L'opinion suivit les parlementaires et les encyclopédistes qui, pourtant, ne s'entendaient guère...

Bref, sur les conclusions de l'avocat général Lepelletier de Saint-Fargeau, les jésuites furent condamnés le 8 mai 1761. C'était l'abbé de Chauvelin, ami de Voltaire, qui avait dénoncé les statuts de la Société comme dangereux pour l'ordre public. Il était allé jusqu'à évoquer l'assassinat de Henri III, de Henri IV, l'attentat de Damiens et la tentative d'assassinat du roi du Portugal en 1758. On a vu que Mme de Pompadour n'aimait pas les jésuites, et Choiseul avait des sympathies pour les encyclopédistes. Bien que le roi eût essayé de temporiser, les juges décrétèrent le 1er avril 1762 la fermeture des collèges. Enfin, un arrêt du 6 août 1762 supprima la Société elle-même : ses biens devaient être placés sous séquestre et les Pères dispersés.

Voltaire avait pour ses anciens maîtres du collège Louis-le-Grand, les Pères Porée, Brumoy et Tournemine, une reconnaissance filiale. En 1746, avant son élection à l'Académie, il avait sollicité la neutralité, sinon l'appui du Père de La Tour et du Père Pérusseau, confesseur du roi. Mais, en 1759, au cours de l'affaire La Vallette, il avait publié un pamphlet contre le Père Berthier, directeur du *Journal de Trévoux*[38]. Cependant, il aimait encore moins le sectarisme puritain des jansénistes qui avaient provoqué l'interdiction de *Mahomet.* Sa célèbre formule « Écrasez l'infâme ! » désignait, bien plus que l'Église elle-même, le fanatisme et les persécutions historiques du clergé politique.

Bernis, qui avait eu, à Louis-le-Grand, les mêmes maîtres que Voltaire, n'était pas loin de partager ses points de vue, mais avec moins de passion et moins de liberté. Embarrassé, il fit une première allusion à cette affaire lorsqu'il se rendit à Montélimar en octobre 1761 ; il s'écarta des « grands personnages d'Avignon » pour éviter « d'être consulté sur la question des Jésuites qui s'aigrissait ». En tant que cardinal, et en raison de l'avenir qu'il avait entrevu pour lui-même, il n'eût pu en parler, écrit-il, « que comme le pape ou la majeure partie du clergé de France ». Cela suffisait pour que Voltaire sût à quoi s'en tenir sur la pensée de Bernis ; il s'en rapprochait insensiblement. Insatisfait et passionné, il aborda la question, de façon évasive, en mai 1762, après la fermeture des collèges : « Auriez-vous lu la réponse d'un jésuite de Lyon ou de Toulouse à l'abbé Chauvelin intitulée *Acceptation du Défi*[39] ? Il y a de la déclamation de collège, mais elle ne manque pas de raisons très fortes... Cette affaire est l'une des plus singulière de ce siècle singulier[40]. »

La réponse de Bernis fut nette : « Je n'ai point lu *le Défi.* Je ne crois pas que la destruction des Jésuites soit utile à la France. Il me semble qu'on aurait pu bien les gouverner sans les détruire. » Mais sur de tels sujets, Bernis ne désirait point s'étendre... Voltaire lui ayant annoncé que le roi lui avait conservé son titre de gentilhomme de la chambre, avec sa pension, le cardinal reprend le ton du badinage... à la manière de l'ermite : « Votre crédit à la cour m'intéresse et me divertit. Rien n'est si plaisant aux yeux d'un philosophe que la comédie de ce monde. Votre gloire m'est aussi chère que ma réputation. » Et il se réjouit encore de leurs échanges : « Ce commerce entre nous sera agréable sans pouvoir paraître suspect[41]. » Bernis, inguérissable médiateur, ne pouvait pas savoir que la destruction des jésuites serait son deuxième cauchemar après son ministère...

Réaffirmant en juillet qu'il ne souhaitait que la tranquillité, il avait pris la ferme résolution « de vivre cent ans sans se mêler d'autre chose que de *ses* affaires ». Il avait lu *Candide*, paru en 1759. « Je cultiverai mon jardin, écrit-il, je relirai pour la centième fois vos ouvrages. »

Le retour en grâce

La main qui conduisait sa destinée écarta ces heureuses dispositions. Ses amis n'avaient cessé de s'occuper de lui. Au surplus, le déplorable traité de Paris n'était-il pas la preuve que Bernis avait eu raison ?

Ses adversaires, sentant venir sa nouvelle élévation, lui « firent la niche » de publier, en 1763, criblées de fautes, ses *Quatre Saisons* avec leur sous-titre ambitieux : *les Georgiques françaises.* Voltaire crut qu'il s'était remis à la poésie. Il se délivra d'abord de sa déception dans une lettre à Mme d'Argental : « C'est *une terrible profusion de fleurs.* J'aurais aimé que les bouquets eussent été arrangés avec plus de soin[42]. » Mais prudent et conventionnel auprès de Bernis, il l'encouragea : « Je n'ai jamais vu tant de poésie... C'est Babet qui remplissait son panier de cette profusion de fleurs. Que le cardinal ne s'avise pas de les dédaigner. J'aime bien autant votre panier et votre tablier que votre chapeau... Ah ! si vous vouliez donner la dernière main à ce charmant ouvrage !... On ne peut pas dire toujours son bréviaire[43]... » Bien entendu, Bernis protesta : il n'avait pas *vu* ce poème depuis vingt ans ! « On a cru me perdre », s'écria-t-il.

Mais non, on ne l'a pas perdu. *Les Saisons* lui firent un nouveau succès dans les salons, et les femmes les habillèrent de fort belles reliures ; la duchesse de Grammont, sœur de Choiseul, ne fut pas la dernière...

Ce fut Choiseul, puis de grands amis, et surtout la famille royale, qui sollicitèrent du roi, à la fin de 1763, que Bernis pût paraître à la cour. Enfin, cette permission lui fut accordée. Il arriva à Versailles le 9 janvier 1764 et fit, le même jour, sa cour au roi et à la famille royale. « J'ai été reçu, confie-t-il à Voltaire, avec toutes sortes de bontés ; le public à Paris a marqué de la joie. Les faiseurs d'horoscopes ont fait à ce sujet cent almanachs plus extravagants les uns que les autres[44]. »

Voltaire lui adressa des compliments de bon cœur, mais, redoutant que le cardinal-courtisan s'intéressât moins aux « bagatelles » qu'il soumettait à son jugement, il ironisa : « Vous devez être accablé de nouveaux amis, de serviteurs zélés qui ont tous pris la part la plus vraie, la plus tendre, qui ont tous eu l'attachement le plus inaltérable, etc., et V. E. de sourire. » Il lui demandait cependant s'il pouvait lui expédier un *Traité de la tolérance.* « Un traité sur la tolérance, répondit Bernis, est un ouvrage si important, mais si délicat, que je crois plus prudent de vous prier de ne pas me l'adresser... » Il le lirait néanmoins : ce fut son ami Duclos qui le lui remit. Voltaire aussi fit des horoscopes : « On m'a dit que vous pourriez bien être berger d'un grand troupeau... » Dans ce cas, il féliciterait ses ouailles, mais il préférerait la plume à la houlette.

Du Plessis, Bernis retourna à Versailles : c'est probablement le 2 février qu'il y vit pour la dernière fois Mme de Pompadour. Elle devait mourir le 15 avril, à quarante-deux ans. Voltaire comprit le chagrin de Bernis : il avait, comme lui, espéré beaucoup d'une favorite qu'il avait crue philosophe ; leur commune déception devait réapparaître dans leurs *Mémoires* respectifs.

Enfin, en juin, le cardinal, paraissant toujours se désintéresser de son avenir, se remit à voyager avant de partir pour Compiègne, avec la cour.

Il était chez un parent au haras du Pin, en Normandie, quand lui parvint, le 30 juin 1764, avec un paquet de lettres de félicitations, la nouvelle de sa nomination à l'archevêché d'Albi. L'archevêque de Cambrai étant mort, le frère de Choiseul, alors archevêque d'Albi, avait obtenu Cambrai, et le ministre avait proposé au roi de le remplacer par Bernis.

Restaient les cérémonies du sacre. Bernis ne pouvant être sacré que par un cardinal archevêque, le duc de Luynes, archevêque de Sens, était le seul dans ce cas. Bernis arriva à Sens le 5 août au soir, accompagné des évêques de Béziers et d'Auxerre. Les cérémonies, longues et fastueuses, donnèrent lieu à trois journées de festins auxquels les corps de la ville furent invités. Tirs de canon, défilés et acclamations animèrent la petite ville qui se souvint longtemps de Bernis[45].

Le 9 août, le cardinal archevêque ayant rejoint la cour à Compiègne, prêtait serment au roi. Ce n'était plus son étoile, c'était « l'invisible main » qui le guidait. « Malgré mon envie, écrivait Voltaire, de vous voir à la tête des Lettres, vivant en philosophe, je vous pardonne d'être archevêque. » Voltaire trouvait « le métier bien triste » pour qui s'en tient aux fonctions épiscopales, mais « un grand seigneur archevêque, ajoutait-il, peut, dans les occasions, tenir lieu de gouverneur, d'intendant, de juge, et tant vaut l'homme tant vaut son église. Si vous aviez siégé à Toulouse, l'horrible affaire Calas ne serait pas arrivée[46] ».

C'était bien ainsi que l'entendait Bernis qui le rassura aussitôt : « Soyez bien persuadé que je vous aime toujours... Quoique archevêque, j'aimerai toujours les Lettres... *Je hais le pédantisme jusque dans les vertus.* Je vais travailler au bonheur de trois cent vingt-sept paroisses. Je vous avoue que je suis bien aise d'en avoir le pouvoir, et que la vie ne me paraît qu'une simple végétation, *à moins qu'on ne l'emploie à éclairer les hommes et à les rendre plus heureux et meilleurs*[47]. »

Troisième partie

UN CARDINAL-ARCHEVÊQUE DANS LES FASTES ET LES TOURMENTS DE ROME

CHAPITRE XIII

L'archevêque d'Albi

Un seigneur féodal

Bernis arrive à Albi le 19 octobre 1764 vers midi et demi ; le canon tonne ; des envolées de sons de cloches déferlent sur la ville. Les différents corps constitués s'empressent à lui présenter leurs respects et à solliciter sa protection. Les fifres, les tambours l'accompagnent, suivis d'un somptueux cortège. Bernis aime l'histoire ; ici, c'est l'histoire qui l'accueille. En passant sur le Vieux-Pont, marchant vers les hauteurs qui dominent le Tarn, l'archevêque admire le bel ensemble de briques roses formé par la cathédrale Sainte-Cécile et son frère jumeau, le château épiscopal de la Berbie. La cathédrale, commencée en 1277 sur des ruines résultant de la croisade des Albigeois, dresse son clocher fortifié suivi de son long vaisseau aveugle et élégant, entouré de ses nombreuses tours coiffées de clochetons coniques. On ne saurait dire si elle inspire la crainte ou si elle attire par son charme inquiétant. Mêmes tours roses et lisses aux quatre angles de la Berbie, mêmes contreforts arrondis en tourelles à intervalles réguliers, mêmes fenêtres élevées, inaccessibles, étroites et pointues : les deux monuments sont de la même époque.

Pourtant, ce n'est pas là que se dirige d'abord le cortège, c'est à l'église Saint-Salvi, un peu plus bas, sur la gauche : elle a été construite pour perpétuer le souvenir de l'un des premiers évêques d'Albi qui, au VIe siècle, sauva son peuple de l'esclavage. Un symbole pour Bernis, qui apprécie en outre le silence recueilli de son cloître. Enfin, le cortège accompagne l'archevêque jusqu'à sa résidence officielle, la Berbie, que l'on nomma tour à tour Besbia et même Verbie. De là, le soir, il pourra contempler les dix mille lampions illuminant la ville.

Le 25 octobre, jour de la prise de possession de son diocèse, il ressortira de son château, suivi de toutes les autorités d'Albi et de toute la noblesse des environs, pour se rendre à la cathédrale.

Dans l'Albigeois, le Rouergue, comme dans le Gévaudan, « le pouvoir social n'est ni nobiliaire, ni monarchique... L'Église est, plus que toute autre institution, la médiatrice universelle. Nobles et paysans aisés la peuplent de leurs cadets. Elle assure l'unité, l'unanimité d'un monde formé de familles rivales. Sa puissance traverse le temps [1]... ».

A cette puissance qu'il se voit conférer, Bernis s'attendait. Au XVIIIe siècle, l'archevêque d'Albi jouissait encore de toutes les prérogatives du Moyen Âge : il était à la fois un seigneur féodal et un gouverneur de province. Le siège épiscopal d'Albi était l'un des plus anciens de France. Fondé vers l'an 250, il avait été occupé par des hommes de grand caractère et de haute distinction qui avaient exercé une influence considérable sur le Languedoc et parfois sur la France : tels furent Saint-Salvi, ami de Grégoire de Tours, et, de 1185 à 1247, Guillaume V Pietri (de Pierre), membre de cette ancienne famille d'où sortira François Joachim. Dès 985, les évêques possédaient en fait la justice criminelle. En 1229 et 1264, le roi transigea avec l'évêque et le reconnut pour haut justicier. Enfin, en 1678, le pape Innocent XI érigea le siège en archevêché, ce que confirma Louis XIV en 1680. L'archevêque était demeuré un quasi-souverain. Le jour de Noël, les consuls [2] de la cité étaient tenus de lui rendre hommage. Les terres du diocèse étaient médiocres, mais, grâce aux vignobles, la dîme y était d'un très bon rapport : cent vingt mille livres, deux cent mille avec les droits seigneuriaux. En 1789, l'évêché parviendra au troisième rang parmi ceux du Languedoc, après Toulouse et Narbonne.

Le château de la Berbie, résidence officielle, était assez grand pour recevoir de nombreux visiteurs. Bernis lui préféra le Petit-Lude, palais de campagne, à la porte de la ville, sur la route de Castres, qui comprenait d'immenses jardins. Là, allait se développer la vie intime, luxueuse et douce qu'affectionnait le cardinal. S'il fut, de prime abord, respecté et aimé, c'est qu'il n'était pas un archevêque comme les autres. La vie littéraire était assez en honneur à Albi pour que ses poèmes ne lui fussent point nuisibles. Le salon littéraire d'Antoinette Salvan de Saliès, morte en 1730, y avait atteint la célébrité, et les jésuites y avaient introduit le goût du théâtre dès 1623[3]. Bernis était un ancien ministre ; quelles qu'eussent été les causes de sa disgrâce, il arrivait de la cour ; la réputation de son esprit et de sa charité s'était répandue. N'ignorant pas la multitude des pauvres de son diocèse, il avait écrit au syndic de l'hôpital : « Je serai leur père, autant par inclination que par devoir. » On se persuadait aussi qu'il était destiné à un brillant avenir.

Le gouvernement moderne d'un bienfaiteur

Il fallait bien qu'il commençât par organiser sa maison. Sa sœur et sa nièce l'y aidèrent. Du Petit-Lude, il fit un domaine pratique et luxueux aussi, en se souvenant de Venise. Mais si Albi n'était pas, comme Venise, une ville internationale, elle n'en avait pas moins, par sa situation, des relations avec l'ensemble du Languedoc. Il institua, aux affaires temporelles, un « état-major » de gens d'esprit et de commerce agréable qu'il pût traiter en amis. Son premier vicaire général ne pouvait être que l'inséparable abbé Deshaises, organisateur expérimenté et éminence grise, aidé de son frère que Bernis avait connu à Saint-Sulpice. Il appela un parent, l'abbé de Villevieille à qui Voltaire avait emprunté sa soutane et son chapeau, déguisement lui permettant d'écouter incognito, au café du *Procope*, les critiques de *Sémiramis* ; plus tard, Villevieille allait représenter l'archevêque aux États du Languedoc et devenir évêque de Bayonne. L'abbé Gabriel, protégé de Mme de Narbonne, devint secrétaire-bibliothécaire. Certes, les éléments nobles dominèrent, mais la largeur d'esprit de l'archevêque étonna lorsqu'il appela l'abbé de Fraigne, frère du marquis dont les aventures avec la princesse d'Anhalt-Zerbst, sœur du roi de Suède, avaient été retentissantes[4].

Comme à Venise, aucun membre du personnel, aucun domestique ne devait choquer les amis et les invités de l'archevêque. Partout, la plus parfaite bienséance, le respect des règles religieuses devaient régner ; si l'abbé Gabriel était souffrant, il faisait gras, mais dans sa chambre ; seule faisait gras ostensiblement la nièce du cardinal qui avait été si malade et dont il surveillait la santé. Quant à lui, à cause de sa goutte, il avait définitivement renoncé à la viande et à la chasse : il lui en coûtait trop chaque fois qu'il mangeait bécasse ou perdrix. Mais il comprenait qu'on aimât la bonne chère et traitait somptueusement ses hôtes. Afin de ne point gêner ses paroissiens dans leurs réjouissances, souvent bien modestes, il ne les visitait jamais un jour de fête. « Bien faire ma besogne, disait-il, et me faire respecter et aimer de mes diocésains est mon but unique. »

Comment n'aurait-il pas été aimé ? Sa simplicité et sa tolérance apparurent immédiatement dans tous ses actes. Aucun catéchisme du passé ne lui pouvait plaire ; il en composa un où l'on retrouve sa clarté, sa modération et sa droiture. Pour lui, toute controverse sur les dogmes, tout excès de surnaturel ne pouvaient qu'obscurcir et diminuer la foi. Rien n'y pouvait choquer les ultramontains, nulle trace de jansénisme, mais, habilement, il y ménageait quelques intentions gallicanes. Sans se prononcer sur la dîme, qu'il ne pouvait pas supprimer, il déclarait que des honoraires étaient dus aux prêtres.

Une tâche essentielle le passionna : il avait à réorganiser l'enseignement. Il trouva les Albigeois désolés par l'expulsion des jésuites : le séminaire diocésain se trouvait sans direction et le collège était fermé. Pour rouvrir le collège, Bernis se trouvait devant le vide. Il fit appel à la congrégation de Saint-Vincent-de-Paul dont il connaissait l'esprit de pitié, d'humilité et de détachement. Il bannit la superstition, exigea la culture de l'éloquence, moyen d'expression dont les salons parisiens et l'Académie lui avaient enseigné le pouvoir, et il encouragea le théâtre. Il rouvrit le collège avec ses classes élementaires, et, comme rien n'était prévu pour l'éducation des filles, il créa l'École de la Marmite, tenue par une maîtresse à qui il assura, comme aux autres maîtres, un traitement suffisant. Au début de 1768, il établit la gratuité de l'enseignement, mais avec un internat payant pour le recrutement régional. Bernis avait réussi au-delà de toute espérance lorsque lui parvinrent, le 21 mai 1768, les lettres patentes[5] du roi approuvant la réorganisation du collège et lui accordant sa protection. Dans son discours de Noël 1768, le consul Philippe Boyer déclarait à Bernis : « C'est à V.E. que cette ville, cette contrée, doivent l'Instruction publique. » Parce qu'il avait cruellement souffert des couches difficiles de ses nièces, il couronna son œuvre par une école de chirurgie et une école gratuite d'accouchement qui recruta quarante-trois élèves. Réalisations combien modernes pour un archevêque et un « seigneur féodal » !

A son programme de sécurité, qui doublait le nombre des brigades de la maréchaussée, il ajouta celui d'une prévention par la charité : afin de délivrer villes et campagnes des délinquants et invalides qui vaquaient sans secours, il leur assura la nourriture à l'aide des « ateliers de charité », et il créa un asile à l'hôpital d'Albi.

On ne fait rien sans argent : ayant jugé comme ministre l'importance des finances et de l'économie, il rappela d'abord aux collecteurs d'impôts que toute injustice, toute partialité devaient disparaître ; ils devaient ménager, plus que les bourgeois, les artisans et les cultivateurs. Il alla jusqu'à organiser un emprunt qui fut à peu près remboursé en 1789. Parfaitement au courant de ce que faisait Voltaire à Ferney, il encouragea l'industrie et créa de nouvelles filatures dans lesquelles une maîtresse-fileuse, qu'il fit venir d'Angleterre, enseigna des procédés nouveaux. Effrayé par la rapidité et les conséquences du déboisement, il recommanda de remplacer le bois de chauffage par le charbon et fit distribuer, à bas prix, de jeunes arbres. Le point faible de ce pays était l'élevage : il organisa un parc de taureaux et de béliers et subventionna un haras. Enfin, il entretint des élèves boursiers à l'École vétérinaire de Lyon.

Frappé par les désastres qu'entraînaient pour le peuple les catastrophes naturelles, telle l'inondation qui détruisit des usines, l'église des Carmes et de nombreuses maisons, il entreprit la canalisation du Tarn. Il alla jusqu'à prévoir un plan contre la misère des mauvaises années. Après le terrible hiver de 1766, qui réduisit au désespoir une partie de la population, il s'endetta pour secourir les malheureux. Il en était encore gêné en 1769 pour subvenir à ses frais de conclave...

Était-ce pour plaire au roi et à la famille royale qu'il gouvernait ainsi son diocèse, sans qu'il eût besoin de révolution, avec une telle avance sur son époque ? Fut-il seulement cité en exemple ?

Ordonnant et dirigeant l'accomplissement de toutes ces tâches, était-il possible qu'il se fût ennuyé à Albi ? L'aveu lui en échappa dans une lettre à Choiseul[6]. Était-ce compatible avec sa lutte contre la misère et pour le progrès ? Avec sa vie de famille, sa passion de la lecture, son amour des œuvres d'art ? On ne possède plus aujourd'hui qu'une partie de sa galerie de tableaux : cent soixante-neuf ont été vendus en bloc, en 1793, pour huit cents livres, par l'agent national... Ce qu'il en reste, que l'on peut voir au Musée de Toulouse, est encore très riche. On y retrouve surtout des paysages qui évoquent les saisons, dont deux d'Italie, par César Van Loo ; des sujets profanes ou anecdotiques, *Héloïse,* pastel par Coypel, une *Femme drapée, Trois femmes préparant des traits auprès de la statue de l'Amour, Deux vestales faisant un sacrifice* (J. Miel) ; puis des sujets mythologiques rappelant les poèmes les plus délicatement voluptueux de Bernis : *L'Infidélité reconnue, Les Baigneuses sur-*

prises, *L'Attente du plaisir*. Pas un seul sujet religieux ou édifiant : la foi de Bernis se passait de mythologie catholique[7]. Il avait, il est vrai, les fresques et les statues admirables de la cathédrale.

A n'en pas douter, c'était de nostalgie qu'il s'agissait plutôt que d'ennui. Comment n'eût-il pas éprouvé qu'un prélat jouant sans cesse un rôle public manquait de liberté ? Il eût aimé voyager, aller en vacances à Vic. Comme son ami Duclos se plaignait, en septembre 1768, de sa longue absence, Bernis promit d'aller le revoir : « Après la prochaine assemblée du clergé, je ferai cesser vos plaintes, et nous nous promènerons tant que vous voudrez dans mon jardin de Vic[8]. » Les circonstances en décidèrent autrement. Après quatre années à Albi, il est possible que Bernis ait trouvé, parfois, que sa tâche n'était plus à la hauteur de ses goûts politiques et de ses moyens. Choiseul ayant fait miroiter l'ambassade de Rome ne se hâtait point de la libérer... Bernis n'éprouvait-il jamais, malgré ce qu'il en pouvait dire, de nouvelles ambitions ? Albi n'était-il pas un « cul-de-sac » ?

Quoi qu'il en soit, l'ennui n'était point son état d'âme : c'est bien l'impression que donne, à cette époque, sa correspondance avec Voltaire.

Un prélat lettré, plus tolérant que Voltaire

Pourtant, après le départ de Bernis pour Albi, un trou de neuf mois se creusa dans la correspondance des deux hommes. Travaux et soucis de l'installation pour l'archevêque, mais surtout discrétion de Voltaire : « J'avais résolu, dans ma timide profanerie, de ne point écrire à Mgr l'archevêque, mais j'apprends que V. E. fait autant de bien que je lui connais d'esprit et de grâce... C'est votre bienfaisance qui m'enhardit. Je m'adresse à vous dans votre département qui est celui de secourir les malheureux. » Et il lui demande un service à propos de l'affaire Sirven : « Nos avocats ont besoin de la copie de l'arrêt de Toulouse qui confirme la sentence du premier juge. » Bernis pourrait, sans se compromettre, charger quelque homme de confiance de se procurer cette copie : « Vous rendriez service au genre humain en servant à déraciner le fanatisme fatal qui change les hommes en tigres[9]. »

Bernis s'empressa de s'en occuper, mais, le 24 juin, il avoue n'avoir pas encore réussi : « Le marquis de Créquy, ajoute-t-il, prétend qu'il sera plus heureux que moi. » Le cardinal n'ignore point la lutte acharnée que mène Voltaire contre le clergé politisé, et tout en protestant de son affection pour « le vieux Suisse », il définit la véritable tolérance : « Vous avez beau être profane, je vous aime toujours et je me réserve pour votre conversion. *Je ne veux pas croire, comme la plupart de mes confrères, que votre projet soit de bannir la religion de la surface de la terre :* vous avez toujours été l'ennemi du fanatisme, et *vous pensez sûrement que si le fanatisme qui s'arme en faveur de la religion est dangereux, celui qui s'élève pour la détruire n'est pas moins funeste.* » Petite leçon que Voltaire a parfois méritée.

Sur le bien qu'ils font l'un et l'autre, leur accord est parfait : « On vous a dit la vérité, poursuit Bernis, l'homme n'est heureux que par le bien qu'il fait aux autres. Je sais que vous prêchez cette morale par vos leçons et par vos exemples. » Que l'on ne s'étonne donc pas si, selon Bernis, l'ermite de Ferney est un protégé de la Providence ! « Aussi avez-vous recouvré la vue ; aussi le ciel vous accorde-t-il une longue vie, malgré la faiblesse de vos organes et l'immensité de vos travaux... Faites donc des heureux encore ; répandez vos rayons sur un siècle qui décline. Aimez-moi toujours, quoique archevêque, et ne passez pas un an sans m'écrire [10]... » Voltaire protégé de la Providence ? Pourquoi Bernis ne serait-il pas sérieux ?

On ne saura pas si Voltaire a reçu satisfaction pour l'affaire Sirven : la perte de plusieurs lettres ouvre une nouvelle brèche de dix-huit mois dans leur correspondance. En décembre 1766, Voltaire, en souhaitant la bonne année au cardinal, lui envoie une tragédie, *Les Scythes.* Il n'a pas pu résister à mettre sur la scène « une princesse qui raccommode ses chemises et des gens qui n'en ont pas ». Il loue encore Bernis pour son gouvernement. « Pour moi, chétif, poursuit-il, je fais la guerre jusqu'au dernier moment. Jansénistes, molinistes, Frérons, Pompignans, à droite, à gauche, et des prédicants, et J.-J. Rousseau. Je reçois cent estocades : j'en rends deux cents, et je ris... *Je regarde ce monde comme une farce qui devient quelquefois tragique* [11]. » Que fait donc, en cette farce, le Dieu de Newton que Voltaire a reconnu comme organisateur de l'Univers ?

Bernis répond par une critique sévère des *Scythes :* critique de l'action, des personnages, du style même. Il se rendait parfaitement compte que Voltaire écrivait trop tôt, avant d'avoir bien conçu, et trop vite. L'écrivain devait être plus exigeant envers soi-même : « Le contraste des mœurs persanes et scythes n'est pas assez frappant... Les vers doivent être plus brillants et heureux... Mais il est digne du plus beau génie de la France de terminer sa carrière littéraire par un ouvrage qui fasse aimer la vertu, l'ordre, la subordination sans laquelle toute société est en trouble... Ce n'est pas une pédanterie que je vous demande, ni une capucinade, c'est l'ouvrage d'un homme honnête et d'un esprit juste[12]. » Cet homme honnête et cet esprit juste, Bernis le connaît bien : c'est Voltaire historien.

Voltaire n'encourage pas Bernis à quitter son diocèse : « Plus vous réfléchissez sur tout ce qui se passe, lui écrit-il, plus vous devez aimer votre retraite. » C'était sage. Mais « ce qui se passe », pour Voltaire, c'est surtout l'agression perpétuelle de la censure. On revient ainsi au sectarisme : « Oserai-je vous demander si vous avez lu le *Bélisaire* de mon ami Marmontel... La Sorbonne le censure pour n'avoir pas damné Titus, Trajan et les Antonins. MM. de Sorbonne seront sauvés probablement dans l'autre monde, mais ils sont furieusement sifflés dans celui-ci... Riez, Monseigneur, il faut rire sous cape, mais il est fort agréable de rire sous la barrette[13]. »

C'était un peu hardi et frisait l'inconvenance ; il n'est pas étonnant que l'on trouve parfois Bernis sur la défensive. Certes, il réclama le mémoire des Sirven, protesta de sa tolérance : « On ne peut être plus éloigné que je le suis du fanatisme en tout genre. J'aime l'ordre et la paix. » Mais aussitôt il met en garde Voltaire contre ses imprudences : « Si vous m'envoyez des vers, faites en sorte que je puisse m'en vanter. Je ne suis ni pédant ni hypocrite, mais sûrement vous seriez bien fâché *que je ne fasse pas ce que je dois être et paraître...* Je n'approuve pas que la Sorbonne censure *Bélisaire,* et je n'approuve pas non plus que votre confrère se soit exposé à la censure par un chapitre épisodique qui ne tient à rien[14]. » C'était le chapitre cinq sur la tolérance, très apprécié de Voltaire, mais qui apparaissait comme un hors-d'œuvre de pure propagande.

Si admirateur fût-il du génie de Voltaire, il arriva que Bernis mît au-dessus de l'écrivain le bienfaiteur. Il a lu le mémoire en faveur des Sirven : « Je souhaite de tout mon cœur que justice leur soit rendue... Ô combien l'ignorance et la passion ont sacrifié de victimes !... Ces sacrifices sanglants, répétés d'âge en âge, et dans tous les pays, ne doivent pas nous rendre misanthropes, mais nous exciter à la bienfaisance. J'aime en vous de préférence (même à vos talents que j'admire) le penchant qui vous porte à protéger le faible et à secourir l'opprimé... On ne pourra pas dire que vous ayez cru que la vertu n'était qu'une chimère[15]. » C'est juste, à cela près que, chez Voltaire, la bienfaisance n'est pas seulement « un penchant », c'est raison et sentiment de la justice.

Sans doute étaient-ce les œuvres sociales du cardinal qui le faisaient hésiter à partir pour Rome, mais c'était plus sûrement l'abolition de la Compagnie de Jésus. La chasse aux Jésuites était devenue une affaire internationale que Bernis n'avait certainement pas suivie sans regrets et sans craintes. Chassés du Portugal, de France, d'Espagne, ils se réfugiaient en Italie, en particulier à Rome. Cela posait un problème religieux, politique, et plus encore économique dans un État pauvre. Les chasserait-on aussi de la Ville éternelle où résidait le Père Ricci, leur général ? Voilà qui compliquait d'abord l'élection du futur pape. Dès 1766, Bernis avait demandé à Choiseul d'être dispensé du voyage. A lire l'accumulation de ses maladies, sa mauvaise foi ne faisait aucun doute : toux, asthme, rhumatisme, tout lui était bon ; il lui fallait un séjour à Barèges ou à Cauterets... Et le pape Clément XIII n'était pas mort ! Aussi bien Choiseul refusa-t-il de l'écouter « ... lorsqu'il sera question de procéder à l'élection d'un souverain pontife, le roi attend du zèle de V.E. qu'elle se rendra à Rome, où sa présence sera d'autant plus nécessaire qu'il n'y aura vraisemblablement que MM. les cardinaux de Luynes et de Choiseul qui seront en état de faire le voyage[16] ». Pas même : le cardinal de Choiseul ne fut pas en état.

Pour Bernis, il ne restait qu'à obéir. Et quel que soit le nouveau pape, Bernis était destiné — il n'en pouvait douter sérieusement — à l'ambassade qu'il désirait et redoutait. Il se trouvait une fois de plus devant le dilemme constant de sa destinée : ou bien une tranquillité studieuse à Albi, ou bien les aléas d'une ambassade dans un véritable guêpier.

CHAPITRE XIV

Le conclave de 1769

Les cours des Bourbons et les Jésuites

Dans les dix années qui venaient de s'écouler, l'expulsion des Jésuites avait été l'affaire commune au Portugal et à toutes les cours des Bourbons. Encore en pleine effervescence, surtout en Espagne, elle devait non seulement passionner et prolonger le conclave de 1769, mais dramatiser le pontificat du futur pape.

Point de faillite retentissante, comme celle du Père La Vallette, dans les autres États des Bourbons et au Portugal, point de parlementaires jansénistes ni de philosophes encyclopédistes, et pourtant les Jésuites y étaient devenus plus intolérables qu'en France.

S'il faut en croire Choiseul dans ses *Mémoires,* « ce sont les princes de la maison de Bourbon qui ont en partage la bassesse la plus méprisable ». Violence d'un ministre exilé non exempt lui-même de bassesse ! S'ils eussent été conscients de cette médiocrité, les descendants de Louis XIV n'auraient pas eu tort de redouter pour leurs couronnes la valeur et l'action des Jésuites : missionnaires, colonisateurs répandus sur le globe et ouverts au monde, ou encore professeurs et directeurs de conscience, ils tendaient — quand ils ne s'étaient pas introduits dans les rouages du pouvoir — à constituer une force intellectuelle, économique, sociale, en concurrence avec le clergé national traditionnel souvent rétrograde. Tentaculaire, dirigée de Rome par son général, le Père Ricci, « en gardant la bienveillance du Siège apostolique », disaient les *Constitutions,* la Compagnie était une puissance internationale : c'était d'abord son ultramontanisme qu'on lui reprochait.

Choiseul se trompait. Médiocres et bas, les souverains des États des Bourbons ne l'étaient pas tous. Sans doute Louis XV et Ferdinand IV de Naples ne brillaient-ils pas par la force de leur caractère. Mais le duc Ferdinand de Parme, fils de l'Infante, élève de Condillac, avait décidé de réformer le clergé. Quant au cousin germain de Louis XV, Charles III d'Espagne, exempt de bassesse et de médiocrité, il avait des raisons particulières de s'acharner contre les Jésuites. Il avait commencé très jeune à gouverner à Naples comme roi des Deux-Siciles. Échappant ainsi pendant vingt-huit ans à la tutelle de sa mère, Élisabeth Farnèse, il s'était entouré de bons ministres et avait réussi. Roi d'Espagne en 1759, à quarante-quatre ans, il gouverna avec le conseil de Castille et des ministres tels que Ricardo Wall, d'origine irlandaise et réformateur, Grimaldi, d'abord ambassadeur à Versailles, qui prépara avec Choiseul le Pacte de Famille, l'avocat Moniño, futur comte de Florida-Blanca, et le comte d'Aranda. Tous engagèrent Charles III dans la lutte contre les Jésuites. De cette lutte, peu d'historiens ont vu la cause la plus ancienne et sans doute la plus profonde : dire que les Jésuites « avaient attiré à eux le commerce des colonies » est une affirmation vague et fausse.

Il est vrai que l'origine de l'expulsion remonte à la colonisation, par l'Espagne et le Portugal, du Pérou, de l'Uruguay et du Brésil qui n'étaient encore, au XVIIIe siècle, que des régions aux frontières très mouvantes. Les missionnaires jésuites s'étaient heurtés aux conquistadores en ce qu'ils avaient de la colonisation une conception opposée à la leur. Entre eux, les conflits avaient commencé dès la fin du XVIe siècle. Voltaire, qui lisait les récits des voyageurs, avait exploité cette opposition dans sa tragédie *Alzire ou les Américains,* idéalisant les chrétiens autochtones, demeurés justes et fraternels, jusqu'à en faire des modèles d'humanité.

Prenons garde aux jugements linéaires. Les Jésuites avaient assez de personnalité pour être divers, surtout en Europe, où l'on trouvait des évangélistes et des politiques, des humanistes et des affairistes, des mystiques et des tartufes. « Honnie et flattée, écrit Alain Woodrow, calomniée et admirée, la Compagnie de Jésus a connu des heures de gloire où l'abnégation de ses fils n'a pas reculé devant le martyre, et des heures sombres où la lâcheté et la soif du pouvoir de certains de ses membres l'ont amenée à trahir l'idéal de ses origines [1]. »

En Amérique du Sud, c'étaient les missionnaires évangélistes qui avaient dominé et avaient créé, dans leurs *réductions,* une société fraternelle qui les condamnait à être incompris des princes aussi bien que des conquistadores. C'étaient pourtant les mêmes hommes qu'avaient rencontrés ces derniers et les Jésuites, des hommes naturels, primitifs, inorganisés, très paresseux. Comment ces « Indiens » auraient-ils eu le goût du travail alors qu'ils vivaient de graines et de fruits sauvages, de la chasse et de la pêche ? Les conquistadores, en leur imposant le travail et la religion rituelle, en avaient fait leurs esclaves. Les missionnaires, dont l'évangélisation demeurait l'objectif primordial, furent horrifiés par cette exploitation d'hommes libres au profit d'une caste. Non que leurs premiers essais n'eussent été un échec cuisant : ou bien de leurs tournées d'évangélisation certains ne revenaient pas, ou bien ils constataient que leurs prêches étaient restés lettre morte.

Or, ils s'entêtèrent à « sauver les âmes », en créant, par la douceur, une sorte de société socialiste[2]. Pour se consacrer à cette tâche, arrivèrent, au Paraguay surtout, des hommes remarquables, le Père Laurenzana, supérieur des Jésuites d'Asuncion, le général Père Aquaviva et le Père Diego de Torres, venu du Pérou. Ils gagnèrent peu à peu la confiance des Indiens par leurs connaissances pratiques et leur savoir-faire, en parlant leur langue, en leur apprenant l'agriculture, la construction d'un habitat vraiment protecteur, la coupe et la couture des vêtements. Bien entendu, ils ouvrirent des écoles. Étonnés, les Indiens considérèrent alors leurs maîtres comme de véritables dieux et participèrent au culte religieux avec la meilleure volonté. Les Pères se gardèrent bien de leur révéler le profit, le commerce et l'usage d'une monnaie. Les produits du travail étaient collectifs, et chacun en usait selon ses besoins. Au Pérou, la terre familiale était redistribuée chaque année ; au Paraguay, c'était une concession viagère, attribuée au moment du mariage avec l'habitat et les outils.

Bien entendu, une telle organisation ne pouvait plaire aux anciens colons. Dès le début du XVIIe siècle, on menaça de mort les Jésuites, on se battit contre eux, on commença de les expulser des villages et des villes... Les Pères furent contraints de créer une milice armée, sportive, bien entraînée qui, plusieurs fois, écrasa les assaillants. Ainsi, les Jésuites purent grouper leurs domaines dans une enclave de six cent cinquante kilomètres de long sur six cents de large, le long du rio Uruguay, et connurent la paix. Ce fut la Province jésuite du Paraguay, officiellement reconnue.

Mais le roi du Portugal et ses ministres accusèrent les

Jésuites de créer un État indépendant et de détourner à leur profit les produits des colonies : n'était-ce point là un dangereux exemple ? S'ajoutant aux autres, l'argument pesa lourd sur un gouvernement à l'affût d'une occasion de supprimer l'Ordre.

Bien que catholique intransigeant, fort respectueux des dogmes et de l'idolâtrie espagnole des images, Charles III d'Espagne supportait mal l'autorité de Rome, qu'elle vînt du pape ou des Jésuites. Sur ce rejet de l'ultramontanisme, Grimaldi et Choiseul s'entendaient. En politique étrangère, après le traité de Paris, Choiseul n'eut plus guère d'autre dessein que de flatter l'Espagne, l'alliée la plus puissante de la France. Il ne pouvait que favoriser sa lutte contre les Jésuites, non pas contre le pape : il avait été ambassadeur à Rome.

Or, dès 1762, sous l'influence de Ricardo Wall, les relations de l'Espagne avec Clément XIII s'étaient détériorées ; le conseil de Castille publia une pragmatique sanction qui soumettait à son examen les bulles et les brefs du pape. Et la situation s'aggrava quand le comte d'Aranda, le plus acharné contre les Jésuites, parvint au ministère. Militaire aragonais de grande fortune et de haut prestige, il avait fréquenté les milieux philosophiques à Paris ; il prit prétexte d'une émeute qui chassa le ministre Esquilache pour exiger une enquête : la commission conclut à la responsabilité des Jésuites. Engagé dans une lutte d'ailleurs bien acceptée du clergé, Charles III combattit les Jésuites avec « l'ardeur d'un Espagnol, le fanatisme d'un moine et le despotisme d'un petit-fils de Louis XIV[3] ». Il prétendit supprimer leur uniforme, les grands chapeaux et les longs manteaux dont il avait pris la phobie. Ils répliquèrent par des pamphlets, manifestèrent. Charles III supprima la Compagnie de Jésus le 27 mars 1767, puis, par le décret du 2 avril, qui étonna l'Europe, il les expulsa et les fit débarquer de force à Civitta-Vecchia et à Livourne. Or les États du pape en étaient saturés. A Rome, le Père Ricci vit le danger et les fit refouler à coups de canon. Où donc iraient-ils ? Choiseul, pour plaire à l'Espagne, accepta qu'ils fussent accueillis en Corse. On vit alors ces puissants d'hier, souvent enseignants, d'une grande notoriété intellectuelle, débarquer en miséreux, avec une bourse et des hardes, et se loger dans des ruines ou des baraques.

Au même moment, Clément XIII annulait les décrets du duc de Parme qui réduisaient les privilèges du clergé. Appuyé aussitôt par les cours des Bourbons, l'Infant expulsa les Jésuites. Louis XV fit occuper par la troupe Avignon et le

Comtat-Venaissin, ancienne province cédée en 1274 par Philippe-le-Hardi au pape Grégoire X, et que Louis XIV avait déjà tenté de récupérer[4]. A Naples, Tanucci, ministre anticlérical, fit occuper Benevent et Ponte-Corvo. Ces trois possessions du pape allaient faire l'objet de marchandages pendant et après le conclave.

Plus hardi que Choiseul, qui temporisait parce que le pape était malade et qui voulait attendre sa mort, Charles III devint le protagoniste le plus impitoyable et le plus impatient de la lutte pour la destruction de la Société à sa racine même, à Rome. Il expédia mémoire sur mémoire à Versailles et finit par obtenir une action commune des représentants des Bourbons auprès du pape : c'étaient le marquis d'Aubeterre pour la France, les cardinaux Azpuru pour l'Espagne et Orsini pour Naples. Ils furent chargés de présenter à Clément XIII un mémoire identique, une mise en demeure de rétablir les décrets de Parme et de détruire l'Ordre des Jésuites. Le pape les reçut séparément du 6 au 24 janvier 1769. Mais il n'eut pas le temps de répondre, il en mourut, le 2 février.

On allait peut-être éviter un schisme si l'on parvenait à faire élire un pape « bourbonniste »... Tâche combien difficile !

Bernis au pied du mur

La situation de Bernis était particulièrement délicate. Il n'avait pas pris parti contre les Jésuites. Lorsqu'il avait accédé au cardinalat, le Père Ricci lui avait adressé une lettre flatteuse : « Je sais, Monsieur, que vous honorez la Compagnie de votre bienveillance et de votre protection... » Bernis avait répondu : « Je dois mon éducation aux Pères... Je profiterai avec plaisir des occasions de leur prouver l'intérêt que je prends aux avantages de votre compagnie[5]. » Mais lors des expulsions, sa position de semi-exil, puis celle d'archevêque, l'avaient retenu de les soutenir. Rien d'étonnant à ce que ce conclave, qui allait le contraindre sans doute à s'engager contre eux, ne l'eût fort embarrassé.

Il quittait son diocèse très endetté, sans aucune sécurité matérielle pour son voyage ni son avenir immédiat : « J'ai été obligé depuis cinq ans, écrivait-il au roi un peu plus tard, de nourrir pour ainsi dire en entier mon diocèse accablé par les mauvaises récoltes et les inondations[6]. » Enfin, il partait sans aucune instruction de Choiseul ni du roi pour le choix du nouveau pape. Il ne voulait pas échouer : c'eût été compromettre sa nomination à l'ambassade de Rome, malgré son incertitude de la désirer.

Son inquiétude eût été pire s'il avait connu la situation qui l'attendait à Rome après la mort du pape. Parmi les cardinaux romains, fort nombreux, le parti des *zelanti*, les zélés, qui avait dominé sous Clément XIII, gardait une influence prépondérante ; il était conduit par le cardinal Rezzonico, neveu du défunt Pape. Ces cardinaux représentaient l'Église traditionnelle, endormie sur des positions du Moyen Age. Rien n'existait pour eux en dehors de Rome, ce centre du monde, dont la plupart n'étaient jamais sortis.

Ignorant les cours de l'Europe, le mouvement des idées, la montée du despotisme éclairé en Prusse et en Russie, ils regardaient les cardinaux des « Couronnes » comme des étrangers, des gêneurs, des barbares. Heureusement, ces gens venus de loin, dès qu'ils vieillissaient, ne supportaient plus le voyage, et ceux qui arrivaient n'étaient jamais qu'une minorité. Mais c'étaient les souverains de ces barbares qui remplissaient le plus assidûment les caisses du Vatican : il fallait bien en tenir compte. On n'attendait, pour le présent conclave, que deux Espagnols, deux Français, le duc d'York et cinq Napolitains, ce qui faisait dix voix pour les couronnes. C'était encore trop pour Ricci qui poussait les zélés à élire le pape avant que les étrangers ne fussent tous arrivés. C'est pourquoi le conclave ferma ses portes le 15 février à deux heures du matin, en l'absence de Bernis et des Espagnols. Vingt-huit cardinaux étaient présents sur cinquante-sept vivants.

Or Bernis ne reçut l'ordre du roi que le 21 février ; il se mit en route le 25 sans instructions, par des chemins affreux coupés d'inondations dans les plaines et encombrés de neige dans les Alpes. Il avait emmené, heureusement, comme conclaviste, l'indéfectible ami Deshaises. Les instructions de Choiseul le rejoignirent à Montmélian : il eut le temps de les méditer, car il n'arriva que le 21 mars à neuf heures du soir, chez le marquis d'Aubeterre qui l'informa. Bien entendu, il fallait exiger du futur pape la promesse d'une cession du Comtat-Venaissin à la France. Aubeterre, d'une franchise peu diplomatique, n'avait que trop peu de relations avec les cardinaux romains, car il ouvrait difficilement sa bourse. Néanmoins, parfois en menaçant, et en union étroite avec Azpuru et Orsini, il avait réussi à retarder l'élection jusqu'à l'arrivée des cardinaux français. Choiseul, suivant sa politique du « Pacte de famille », lui avait indiqué qu'il désirait laisser aux Espagnols le choix du candidat. Or les Espagnols n'arrivaient pas : devant la mer démontée, ils avaient eu peur et avaient entrepris de venir par voie de terre. En attendant, d'Aubeterre avait donc pris le parti d'Azpuru. Choiseul avait annoté la liste de Madrid : elle excluait vingt et un cardinaux. S'appuyant sans doute sur son expérience d'ancien ambassadeur à Rome, en face du nom du cardinal Ganganelli, il avait écrit *très bon*; hors la question du Comtat, Choiseul demeurait dans une modération assez floue ; plus que sur le choix d'un personnage, il insistait sur un grand principe : élire un pape qui changeât la politique du Saint-Siège. « Il faut, écrivait-il personnellement à Bernis, un homme qui connaisse l'esprit des cours, et l'esprit actuel, tout différent de celui du dernier siècle[7]. » Admettant que les Jésuites devenaient « aussi nuisibles à la religion qu'aux souverains », il philosophait, de loin...

Pourquoi Bernis se fût-il pressé ? Il se renseignait. Il entra au conclave avec l'abbé Deshaises le 25 mars. Il y fut accueilli cordialement par trente-neuf cardinaux. De Luynes lui fit le point de l'élection : les voix se dispersaient. Ce fut quelques jours plus tard que Joseph II d'Autriche vint visiter le conclave. Il y resta deux heures : « Les cardinaux, écrit-il à sa mère Marie-Thérèse, se sont pressés autour de moi avec une curiosité vulgaire comme fait le peuple quand on expose à sa vue un éléphant ou un rhinocéros[8]. » Flegmatique et plein d'humour, il fit quelques bons mots qui scandalisèrent les cardinaux endormis.

Endormi, Bernis ne l'était point. C'est sans doute pourquoi Joseph fut particulièrement courtois avec lui malgré les mauvais souvenirs qu'avait pu laisser à Vienne son ministère : « J'ai déjà, écrivait Joseph à sa mère, avant d'avoir reçu les ordres de V.M., exécuté, vis-à-vis du cardinal de Bernis, avec la modération requise pour un ministre disgracié, ses désirs, et j'espère qu'il sera content de moi[9]. »

Les passions, en l'absence des Espagnols, n'étaient pas encore exaltées. Le conclave était bon enfant : on buvait du vin de Tokay chez les deux frères Albani, des rafraîchissements chez Orsini ; « chez Ganganelli, on ne trouvait que des bonbons[10] ». Sans surprises, les élections languissaient. Bernis et Luynes regardaient tomber, au jour le jour, les candidats à exclure. « Le temps et la patience, écrit Bernis, sont les meilleures armes[11]. » Il n'était pas facile de trouver un candidat qui ne fût ni zélé absolu ni anti-jésuite déclaré ; d'ailleurs comment prévoir ce que ferait le pape une fois élu ?

Ni l'attitude de Choiseul, ni celle de Bernis ne pouvaient plaire à Madrid. Azpuru se décida enfin à déclarer à Bernis que les cardinaux espagnols allaient exiger du pape futur une promesse écrite de détruire la Société de Jésus. Pour Bernis et Luynes, c'était le scandale : ils s'y opposèrent radicalement. Bernis s'en expliqua aussitôt : « Demander au pape futur, écrit-il à Choiseul, une promesse par écrit ou devant témoins de la destruction des Jésuites serait exposer visiblement l'honneur des couronnes par la violation de toutes les règles canoniques. Si un cardinal était capable de faire un tel marché, on devrait le croire encore plus capable d'y manquer [12]. » Aubeterre, qui avait pris parti pour Azpuru et Orsini, tenta de convertir les deux cardinaux français. En vain ! Il fit appel à Versailles. Or, Choiseul, dans sa réponse, reprit mot pour mot l'argumentation de Bernis. Mais d'Aubeterre ne se tint pas pour battu : sa lutte contre les deux cardinaux devint quotidienne. Et les cardinaux espagnols n'arrivaient toujours pas...

Bernis désespérait : étant donné les difficultés particulières de détruire la Société là où elle était la plus forte, il se demandait comment un pape, y fût-il résolu, pourrait s'y prendre. On emmaillotait pieusement le vrai problème en espérant l'étouffer : « Un peu plus un peu moins de fanatisme vis-à-vis des maximes ultramontaines, écrivait Bernis, est la seule nuance qui distingue les acteurs de ce conclave ; ils ne veulent pour pape ni des jeunes gens, ni des vieillards, ni des imbéciles. Cette volonté arrêtée de leur part rend l'élection du pape difficile [13]. » « Fanatisme, acteurs, imbéciles... », langage d'un lecteur de Voltaire plus que d'un cardinal ! Bernis n'avait pas encore trouvé le ton ! On lui reprochait, d'ailleurs, son « art de la plaisanterie ».

Après deux mois de conclave, la négociation paraissait bloquée ; les couronnes étaient toujours en minorité. Avril touchait à sa fin, l'été approchait. La chaleur, l'humidité, les mauvaises odeurs, les puces incommodaient Bernis. Où donc était le confort du Petit-Lude !

Enfin, les cardinaux espagnols de Solis et de la Cerda arrivèrent dans les derniers jours d'avril, fatigués, nerveux, l'énergie surexcitée par l'impatience et la sûreté de soi. Ils exigèrent aussitôt la promesse écrite du candidat. Ils se remirent à exclure. Bernis les poussait à faire tomber les têtes afin de voir celles qui resteraient. Puis la lutte se circonscrit entre les cardinaux espagnols et les cardinaux français, et s'envenima. Choiseul affirmait de nouveau que « le roi regardait l'abolition comme utile et nécessaire, mais qu'il ne voulait employer que des moyens compatibles avec les lois canoniques [14] ». Ce conclave rappelait fâcheusement celui de 1721 où le cardinal de Rohan et l'abbé de Tencin exigèrent du cardinal de Conti, futur Innocent XIII, la promesse écrite de nommer cardinal l'abbé Dubois [15].

Refusant d'être « la dupe des Français », les Espagnols les abandonnèrent et négocièrent de leur côté, dans le secret, autant que cela se pouvait dans une telle assemblée. Bernis remarqua bientôt qu'à chacun des votes un nom revenait, celui de Ganganelli, que Choiseul avait recommandé. Puis, le nombre de ses voix augmenta faiblement. Il était devenu le favori d'Aubeterre : on en pouvait conclure qu'il l'était aussi des Espagnols... Mais pourquoi ?

Ganganelli : un cardinal mystérieux et ambitieux

Que savait-on de Ganganelli ? Ce qui le distinguait, c'était précisément qu'on ne le connaissait pas. C'était un moine franciscain qui avait été professeur de théologie. Un homme solitaire, silencieux, secret. Bernis lui reconnaissait du savoir, de l'esprit, mais il le devinait très faible. C'était bien pourquoi les Espagnols l'avaient découvert ; en outre, on supposait qu'un moine ne pouvait aimer les Jésuites. Bernis était près de l'accepter, mais, scrupuleux, il dégagea sa responsabilité : « Nous seconderons son élection, écrit-il, mais nous ne pouvons cacher [au roi] que ce cardinal, par sa vie mystérieuse, nous a donné des soupçons, et qu'il est impossible, non seulement de répondre de ses principes, mais même de deviner ce que serait son système de gouvernement [16]. »

Pratique malgré ses scrupules, Bernis cherchait à faire élire Ganganelli. Or, il s'aperçut que, dans cette voie, il était dépassé. Les Espagnols avaient « négocié » avec les Albani, parti vénal qualifié avec pudeur de « volant » ; mais surtout, ils avaient « travaillé » Ganganelli. Là, se nichait leur « secret ». Ils lui avaient fait signer une déclaration dont Bernis ne connut que plus tard la teneur : le candidat « pense que le souverain pontife *peut* en conscience éteindre la Société de Jésus en observant les règles canoniques et celles de la prudence et de la justice [17] ». Ganganelli s'était bien défendu.

Bernis ne s'était pas officiellement rallié. C'était à lui de jouer ; il joua, mais sur un tout autre plan, et c'est là que réside son habileté. Pensant que le texte signé par Ganganelli était plus contraignant, et que, quel qu'en fût le contenu, il ne le pourrait désapprouver, ce qu'il désapprouvait, c'était la scandaleuse pression exercée sur le candidat pour l'obtenir. Il garda le silence ; il feignit d'être dupe. A partir de là, il pouvait continuer de négocier honnêtement, discrètement, avec Ganganelli sans rien exiger de lui qui fût humiliant. Il évitait ainsi de passer aux yeux du pape futur et des électeurs comme le complice des Espagnols ; la duperie se retournait en faveur de la France.

C'était Deshaises qui s'entretenait le plus fréquemment avec Ganganelli, pour sonder ses intentions. Sans doute le candidat se confiait-il plus facilement à lui qu'à Bernis. Si les Espagnols avaient exploité la faiblesse de Ganganelli, Bernis et son ami allaient l'appâter par l'ambition : ils avaient constaté que le candidat, étonné lui-même de ses succès, désirait alors très fortement devenir pape.

Ses voix augmentaient toujours. Après les Albani, Rezzonico et les zélés, ignorant le secret des Espagnols, se prononçaient en sa faveur. Qui allait-on jouer ? Les couronnes ou les Jésuites ? Qu'importait alors à Bernis ? Les voix des zélés étaient bonnes à prendre, et l'on allait enfin sortir à l'air libre... Bernis pensa qu'en se ralliant le dernier avec de Luynes, il prenait l'offensive.

Ce qu'il fit. Rencontrant le 18 mai Ganganelli dans les couloirs, il lui annonça, pour le soir, la visite de Deshaises. Entretemps, il vit les cardinaux espagnols, leur déclara qu'il était au courant de leur négociation avec Rezzonico, et désirait à son tour s'entretenir avec lui. Puis il invita dans sa cellule le cardinal Pozzobonelli, chargé du secret de la cour de Vienne, « se laissa questionner par lui » sur Ganganelli et lui déclara que la cour de France n'élèverait aucune difficulté au sujet de ce candidat. Enfin, il lui demanda de le recevoir avec Rezzonico à une heure de la nuit.

Le soir, Ganganelli déclarait à Deshaises qu'il avait le moyen de donner satisfaction à l'Infant ; même, il lui proposerait de venir à Rome épouser l'archiduchesse d'Autriche, Marie-Amélie. Quant à la Compagnie de Jésus, il parut convaincu que sa destruction était nécessaire, qu'il y travaillerait prudemment en demandant « le consentement des puissances catholiques et de leur clergé ». Sous la fausse modestie du candidat, Deshaises avait senti grandir l'ambition.

Ayant écouté le compte rendu de son conclaviste, Bernis rédigea sur-le-champ un mémoire qu'il fit porter à Ganganelli où il démontrait avec habileté que tout ce qui avait été fait par les cardinaux français n'avait qu'un but : le placer sur la chaire de Saint-Pierre. N'avait-il pas été désigné par Choiseul ? N'étaient-ce point ces cardinaux qui, avec l'aide du marquis d'Aubeterre, avaient retardé l'élection ? Puis, il évoquait les deux recommandations de son gouvernement, mais sans rien exiger, sous forme de conseils ou de propositions : il pensait que le pape ne devait point éterniser l'affaire des Jésuites, mais la traiter hardiment. Ganganelli répondit qu' « il ne s'en tiendrait pas aux paroles ». Enfin, Louis XV étant décidé à user de ses droits sur Avignon et le Comtat, proposerait de traiter cette question à l'amiable avec le pape ; la réponse de Ganganelli ne fut point dépourvue d'habileté : il s'en remettait à la « conscience du roi ». Le candidat protestait « qu'il avait toujours été dévoué à la France, qu'il portait le roi dans son cœur et le cardinal de Bernis dans sa main droite » !

Bernis avait choisi la politique de l'avenir pour la France, et pour sa propre réussite, s'il demeurait ou revenait à Rome : il s'agissait de persuader le pape que la France avait joué le rôle principal dans son élévation. L'ambition dominait maintenant le candidat : il abandonnait à Bernis le choix des hommes qui allaient diriger l'administration du Saint-Siège, daterie, secrétairerie d'État, secrétairerie des brefs. Ganganelli se sentait soutenu et protégé par Bernis parce que leur négociation avait été sobre, courtoise, honnête et avouable.

Bernis avait tout en main pour grouper les différentes factions. Au rendez-vous de la nuit chez Pozzobonelli, on tomba rapidement d'accord. Les Albani étaient décidés. Bernis courut chez les Espagnols et chez Orsini, les pressa, les menaçant même d'une cabale si l'élection n'était pas immédiatement acquise. Les Espagnols, sûrs de leur « pacte », n'attendaient que cet accord. Le bruit fulgura comme l'éclair, tous les cardinaux sortirent de leurs cellules et allèrent baiser la main de Ganganelli.

Le lendemain, 19 mai, le vote lui donna quarante-six voix sur quarante-sept : il avait donné sa voix à Rezzonico ! Il prenait le nom de Clément XIV.

Bernis, heureux de son succès, pouvait écrire à Choiseul : « J'ai trouvé, comme vous voyez, monsieur le duc, dans un espace de temps très court, le moyen d'annoncer et de préparer les affaires recommandées par nos instructions. » Dans tout cela, de Luynes était très effacé...

Bernis restera-t-il à Rome ?

Un mois avant l'élection, Bernis hésitait beaucoup à rester à Rome. Il semblait d'ailleurs qu'à Versailles le projet eût été abandonné. L'archevêque avait entrepris à Albi des travaux personnels d'installation ; sa famille y demeurait et son frère se fixait à Toulouse. Il avait fait des projets de marché pour la restauration de plusieurs églises, et surtout il voulait avoir le temps d'éteindre ses dettes. Enfermé dans le conclave, il ne s'était pas aperçu qu'un cardinal amabassadeur à Rome vivait dans la plus grande aisance... Abandonnerait-il une œuvre à peine commencée à Albi pour s'engager ici dans une lutte que la faiblesse du pape ne devait pas simplifier ?

Le 26 avril, il était occupé à écrire à Choiseul une longue lettre où il énumérait toutes ses raisons de rentrer à Albi et posait ses conditions pour le cas où l'ordre du roi de le représenter serait impératif... lorsqu'il reçut de Choiseul, datée du 10 avril, l'offre du ministère de Rome. Certes, elle se faisait rassurante : il s'agissait de « deux ou trois années »... les plus difficiles, pensa Bernis. Choiseul attendait la réponse pour parler au roi ; il était fort chaleureux : il n'avait en vue « que de marquer [à Bernis] *son* attachement très tendre, très ancien et très vrai que [S.E. avait méconnu]... ». C'était aussi intéressé que flatteur. Bernis fit aussitôt la confidence de cette proposition au marquis d'Aubeterre qui ne demandait qu'à partir. « Le secret que m'a confié V.E., répondit d'Aubeterre, est déjà connu depuis plusieurs jours. » Les bruits couraient plus vite que les dépêches. Bernis ne changea point l'esprit de la lettre qu'il avait commencée...

Puis, le 10 mai, ce fut au roi lui-même qu'il décida d'écrire. « Je ne désire rien, lui disait-il, que de pouvoir payer mes dettes, soutenir ma famille, faire du bien à mon diocèse et vivre tranquille. » Il exposait ensuite les difficultés des affaires de Rome, « très délicates, disait-il, où il y *avait* plus à perdre qu'à gagner au point de vue de la réputation ». Argument qui ne pouvait que le desservir ! Il se sacrifierait pourtant si c'était nécessaire, mais il rappelait ses vœux les plus chers : que le roi lui permît de vivre « la même vie qu'à Albi » ; il entendait par là sa vie de famille et son train de vie matériel, c'est-à-dire que ses dettes d'archevêque fussent payées et que fût rétablie sa pension de ministre ; celle-ci était « indélébile », mais elle avait été suspendue par l'exil [18].

Choiseul lui répondit le premier : le roi paierait les dettes de l'archevêque ; sa pension serait fixée à cent mille livres par an, plus les « propines », taxes attribuées au cardinal protecteur d'un évêché, soit cinquante mille livres. Il était autorisé à faire venir à Rome sa famille. La lettre du ministre était encore plus amicale que la première ; il rappelait tout ce qu'il avait fait pour Bernis auprès du roi ; il se plaignait de nouveau d'avoir été calomnié par certains amis du cardinal... Ce ne fut pas cette belle plaidoirie qui décida Bernis : on lui accordait tout, sauf le rétablissement de sa pension de ministre. Il accepta donc le 31 mai la légation de Rome, douze jours après l'élection du pape. Répondant aux déclarations d'amitié de Choiseul, il admit que ses propres amis avaient cherché à lui inspirer de la défiance, mais ceux de Choiseul n'avaient-ils pas fait de même ? « J'aime mieux encore, ajoutait-il, croire ce que vous me faites l'honneur de me dire qu'à ce que pensent quelques-uns de vos amis et les miens. » Faut-il croire aux remords de Choiseul ? Choiseul, au fond, n'aime pas le roi : peut-être a-t-il pris conscience, devant l'histoire, de l'injustice commise à l'égard du cardinal ; les ambitieux ont de ces lumières...

Choiseul n'attendit même pas l'acceptation de Bernis ; il fit expédier le 30 mai les lettres de recréance d'Aubeterre et les lettres de créance de Bernis. Mais ce ne fut que le 18 juin que le roi répondit au cardinal : « Mon cousin, celle-cy sera différente de la dernière que je vous ai écrit [sic] [la lettre d'exil]. Le bien de mon service et celui de la religion exige que vous restiez à Rome... Je ne vous laisserai pas mourir banqueroutier. Reposez-vous-en sur moi. Si je ne vous ai pas continué votre pension de ministre, c'est que j'ai cru que les autres bénéfices que je vous ai donnés en étaient bien l'équivalent, et, de plus, vous savez l'état du Trésor royal qui me prescrit de me restreindre autant qu'il m'est possible. Vous venez de rendre, j'espère, un grand service à la religion. Comptez sur moi [19]. »

Bernis avait prévenu Voltaire dès le 24 mai : « Le roi, mon cher confrère, a nommé le pape [sic], son secrétaire d'État, les principales charges. Êtes-vous content ? Vous attendez la suite et moi aussi. On dit que je ne retournerai pas si tôt en France. On dit à Rome que je suis habile, et moi, je dis que je suis bien malheureux de ne pouvoir vous lire, vous relire... *en un mot, de n'être pas libre* [20]. »

Certes, Voltaire était content : « Je ne crois pas que Clément XIV soit un Bembo — nouveau surnom que Voltaire donne à Bernis —, mais puisque vous l'avez choisi, il mérite sûrement la petite place que vous lui avez donnée... V.E. gouverne Rome et la barque de Saint-Pierre ou je me trompe fort. » Il annonçait que Choiseul venait d'être élu à l'Académie ; puis il demandait au pape l'autorisation pour son vieil aumônier, « ci-devant soi-disant jésuite, ne vous en déplaise », l'autorisation de porter la perruque afin qu'il ne « s'enrhumât point » ; « un beau bref à perruque », voilà ce qu'il lui fallait. Bernis trouva cela si cocasse qu'il y réussit[21]...

De la promotion de Bernis se réjouissaient, en même temps que Voltaire, les parlementaires et la famille royale : curieuse conjonction ! Mais les Espagnols trouvaient que Bernis n'avait ni la volonté ni la passion nécessaires pour obtenir la dissolution de l'Ordre. A Rome, au contraire, les Jésuites tremblèrent, se méfiant davantage d'un homme doux et habile que d'un violent.

Pendant que Bernis se livrait aux honneurs de sa promotion, Mme du Barry, la nouvelle favorite, venait d'être présentée à Versailles. Elle s'était offerte à Choiseul qui, mal conseillé par sa sœur, Mme de Grammont, refusa son « aide » avec un tel mépris qu'elle prit parti contre lui et... en faveur des Jésuites, avec la famille royale : curieuse convergence !

Ainsi Choiseul, à son tour, était condamné.

CHAPITRE XV

Une comédie italienne dans un drame espagnol

Un moine couronné devant un grand seigneur

Pour Ganganelli, l'élection du 19 mai fut un éblouissement. Il envisagea aussitôt de devenir un grand pape, un successeur de Sixte-Quint, Sixte-Six... On lui fit comprendre combien ce rôle eût été difficile en de telles circonstances. Il se coula donc dans le sillage de Clément XIII, ce qui donnait satisfaction à Rezzonico toujours aux ordres de Ricci.

Mais qui pouvait s'y fier ? Sous la tiare et la pourpre, on ne tarda pas à voir réapparaître la bure. Ganganelli n'était pas un pape de combat ; il n'était qu'un moine couronné, un homme simple, aimant la solitude, les longues promenades en forêt, herborisant sans penser ou absorbé dans de laborieuses méditations. Méfiant, il ne put jamais admettre d'autres confidents que Francesco, frère de son ancien couvent, majordome et cuisinier, et Buontempi, son confesseur.

Et pourtant, à peine élu, c'est ce rôle de confident qu'il feignit d'attribuer à Bernis. Il se mit avec lui de plain-pied, abolissant la hiérarchie, lui interdisant la génuflexion, lui tendant sa tabatière et le priant de s'asseoir. Il insistait familièrement : « Nous sommes seuls, disait-il, personne ne nous voit, laissons-là l'étiquette et vivons dans la vieille égalité du cardinalat. » Il lui promettait d'agir toujours avec lui dans la bonne foi et la vérité [1]. Sous la flatterie, perçait la peur : peur de cet interlocuteur impressionnant, de la force de son esprit, de ses connaissances, de son expérience du monde, et représentant d'un pays qu'à Rome on croyait encore puissant. Bernis, respectueux et courtois, ne s'y laissa pas prendre et garda ses distances. Cette attitude du pape confirmait son jugement : si le pape s'humiliait, c'est qu'il se sentait faible ; il n'était ni philosophe, ni instruit de la vie, ni diplomate. Superstitieux, il avait peur de tout et de tous, des cardinaux, des rois, des Jésuites, de la noblesse romaine, du monde qu'il ne fréquentait point. Fils d'un médecin besogneux, il n'était qu'un moine parvenu. Mais s'il avait osé et voulu s'affirmer comme moine, Bernis l'eût suivi, il eût pu devenir un pape pour les humbles, un évangéliste, un bon pape... Quel beau piédestal pour détruire les Jésuites dont l'esprit politique se situait à l'opposé : « On tâchera, disaient leurs *Constitutions*, de garder la bienveillance du Siège apostolique que la Compagnie doit tout spécialement servir, puis celle des princes temporels, des personnages importants et de valeur qui peuvent beaucoup, par leur attitude favorable ou défavorable, pour ouvrir ou fermer la porte du service divin[2]. » Privilégiés par les princes, les Jésuites s'étaient laissés aller aux « affaires » et à la conquête peu évangélique des biens privés.

Mais le pape ne savait ni choisir ni vouloir ; il cachait son ignorance et sa timidité sous la ruse et une volubilité tout italienne; non que Bernis, qui comprenait l'homme, l'eût méprisé ; il lui reconnaissait des qualités : « Je ne crois pas, écrivait-il à Voltaire, que le pape Clément XIV aime le fanatisme et qu'il protège les fanatiques. Il a étudié la théologie en homme d'esprit, je voudrais qu'il eût étudié de même l'histoire[3]. » Voltaire avait parfaitement deviné les difficultés dans lesquelles s'engageait Bernis entre Choiseul et le pape : « On dit que vous faites des merveilles à Rome, répondit-il, et que vos pieds, tout potelés qu'ils sont, marchent sur des épines sans se blesser. Je suis très fâché que votre Saint-Père soit peu versé dans l'histoire. Il se croira encore quelquefois au Moyen Age[4]. » Ce qui donna au cardinal l'occasion de préciser, avec prudence, son jugement sur le pape : « Il est vrai que jusqu'ici les épines sur lesquelles je marche ne m'ont pas blessé les pieds. Si le pape avait un peu voyagé, s'il avait respiré un autre air que celui de Rome, il aurait des vues plus étendues, et son ton serait très aimable. Il a tout l'esprit que *la nature* peut donner à l'homme qui n'a connu que le cloître et les congrégations. Il veut bien vivre avec les souverains, ne pas tyranniser les consciences et souffrir avec douceur le mal qu'il ne peut empêcher. Je ne me repens pas de lui avoir donné mon suffrage, accompagné de plusieurs autres[5]. » En bref, c'était un pontificat plutôt négatif qui s'annonçait.

Quelle attitude Bernis pouvait-il prendre en face d'un tel homme ? Se ferait-il précepteur, professeur d'histoire et de diplomatie ? Prendrait-il assez d'autorité pour amener le pape à gouverner ses États, comme l'avait suggéré Voltaire ?

Selon son habitude, il prit son temps. Il lui fallait d'abord connaître le milieu romain et PLAIRE. En attendant, les deux hommes se livraient aux honneurs et aux joies de la victoire. Le mois de juin fut heureux. La remise du chapeau rouge à Bernis et aux cardinaux espagnols — ils n'avaient encore que la barrette — eut lieu le 22 juin à Monte-Cavallo, en consistoire public. La cérémonie devait se prolonger le soir par la *facciata*, fête avec orchestre et rafraîchissements que les cardinaux offraient à la ville entière. Bernis refusa d'y participer et donna vingt mille livres aux pauvres. Mais l'apogée, pour lui, fut sa première audience comme ministre de Louis XV, le 27 juin. La joie du pape pouvait éclater : Bernis lui présentait les lettres de créance les plus flatteuses. La lettre personnelle du roi au pape se terminait toutefois par un conseil diplomatique réaliste et redoutable qui sentait son Choiseul : « Il est du bien de la religion d'accommoder les principes d'administration et de pure police *aux désirs des souverains qui sont l'ornement et le soutien de cette religion.* » Préoccupé par la traduction en italien, fort approximative, de cette lettre, le pape remarqua-t-il ce conseil ? Il la baisa plusieurs fois, et, avec la volubilité où se noyaient sa pensée et son humilité feinte, déclara qu'il se plaçait sous la protection du roi, qu'il avait le cœur français... et espagnol. Puis, après avoir embrassé Bernis, il lui prodigua des éloges excessifs et renouvela ses promesses d'absolue confiance : « Je vous communiquerai tout, je ne ferai rien par rapport à la France sans vous consulter. » On a dit qu'en sortant, Bernis se crut le maître du pape et de Rome[6]. Connaissant encore trop peu le milieu romain et déjà fort bien le caractère fuyant du pape, il est invraisemblable que Bernis eût nourri une prétention aussi outrée que naïve.

Pour connaître la vie à Rome, il n'était pas seul : l'abbé Deshaises, si actif et avisé, plus mobile et plus libre, lui rapporta rapidement mille détails. Ville artificielle, paradoxale, Rome comptait cent quatre-vingt mille habitants parmi lesquels huit mille prêtres et mille cinq cents religieuses. On y travaillait peu, sinon au service de ceux qui ne faisaient rien. Près du quart de ses habitants étaient célibataires, ce qui n'empêchait pas la population de s'accroître ; les familles nombreuses et une incessante immigration y pourvoyaient. Et cette ville se nourrissait de peu, sur une campagne romaine inculte et dépeuplée. Des paysans misérables y cultivaient, avec des moyens primitifs, environ un hectare sur quinze. On importait le blé et l'huile. Dans les quartiers périphériques régnaient la mendicité et l'insécurité. Beaucoup de bourgeois correctement vêtus et de femmes élégantes, de cardinaux ventripotents et de prêtres ascétiques vivaient pauvrement. Au centre, par contre, la noblesse et le haut clergé de noble origine vivaient dans des palais, étalant une insolente richesse et utilisant une armée de laquais. Cette richesse, on la trouvait si naturelle que Bernis lui-même n'y échapperait pas... pour la gloire, il est vrai, de la France. Le commerce était peu actif. La plupart des tissus et objets de luxe venaient de Venise et de Paris.

Pour les Français, la vie était facile : on s'y nourrissait fort bien pour trois livres par jour, et l'on y louait un beau logement pour soixante-douze livres par mois. Aussi Bernis ne tarda-t-il pas à s'apercevoir qu'il allait être riche, et même très riche s'il ajoutait aux cent cinquante mille livres promises par le roi les revenus de ses abbayes. Même en France, un revenu de soixante mille livres permettait déjà à un noble de faire bonne figure, c'est ce que déclare la marquise de Merteuil dans *Les Liaisons dangereuses*[7]. Entre cent mille et quatre cent mille et plus, s'étageaient les grandes fortunes et les revenus « princiers ». Cent cinquante mille livres, c'était le revenu du duc de Levis ou celui de Boulainvilliers, président du Parlement de Paris. Selon Jean Segard[8], si l'on voulait obtenir une approximation très incertaine avec les francs actuels, il faudrait multiplier ces nombres par 80. Ainsi, Bernis, surtout lorsque sa pension de ministre fut rétablie, à la fin de juillet, pouvait comparer son revenu à celui des princes les plus riches de Rome, les Palestrina, les Borghese, les Santa-Croce. Le cardinal de Tencin, qui avait occupé ce poste de 1739 à 1742, tenait table ouverte dans une ville où l'on n'avait point coutume de donner à manger, et fréquentait la princesse Borghese.

Bernis apprit alors que le chevalier d'Azara, ministre d'Espagne à la daterie, était l'un des étrangers les plus en vue de Rome. C'était un homme fort distingué, de beaucoup d'esprit, érudit, de culture classique, habile négociateur, sachant badiner mais aussi bien hausser le ton, et qui fréquentait les Santa-Croce. Il n'eût pas suffi à Bernis de le prendre pour modèle, il fallait devenir son ami, et si possible le surpasser... La difficulté semblait insurmontable, car Azara participait hautement à l'influence espagnole à Rome : n'était-ce point l'Espagne qui pourvoyait le mieux aux finances du Saint-Siège ? Azara était le seul étranger qui eût le droit d'avoir des gardes. Ami de l'ordre, il l'avait si bien établi dans le quartier où il vivait que les habitants se sentaient plus attachés au ministre qu'à la cour de Rome et que les étrangers venaient s'y loger. Bernis se souvenait de Venise : pour être en position de force vis-à-vis du pape et des Espagnols, il fallait donner à la représentation de la France un éclat quasi royal, il fallait être le premier à Rome.

L'avarice d'un marquis d'Aubeterre le fit sourire : il allait prodiguer l'argent que lui versait le roi, mais non pas au hasard des improvisations, il n'allait oublier ni les bienfaits ni, comme toujours, la douceur de vivre. Il se préoccupa donc de trouver un logement digne de ses ambitions. Pendant le conclave, il s'était établi avec de Luynes au palais Sciarra, offert par le prince de Palestrina. Il trouva d'une tristesse affreuse la maison d'Aubeterre dont Choiseul, avec sa femme, s'était contenté. Enfin, il eut la chance de découvrir le magnifique palais Carolis, sur le Corso, en plein centre de la ville[9]. Propriété des Jésuites, il ne fut libre qu'en octobre, ce qui laissa le temps à l'abbé Deshaises d'en prévoir dans le détail, à mesure que les fonds arrivaient de France, la somptueuse installation.

Le premier étage fut entièrement consacré aux réceptions ; il comprenait tant de pièces en enfilade que lorsqu'un visiteur arrivait, chacun des multiples laquais déformait son nom lequel parvenait méconnaissable à Bernis ; ainsi Montesquieu devint Montieu, Mordieu... Et enfin Forbu ! Le deuxième étage fut réservé à l'habitation du cardinal, de sa famille et de ses amis ; son neveu, le chevalier de Bernis, qui avait demandé son congé des armées, et Mme de Puy-Montbrun s'y installèrent, ainsi que l'abbé Deshaises et son frère. Bernis conserva les employés de l'ambassade les plus anciens et les plus importants : le maître des cérémonies et le decan, officier de livrée et du cérémonial, payé par le roi.

Au roi appartenaient les quatorze carrosses de l'ambassade : les quatre plus riches avaient été donnés au duc de Nivernais et les dix autres fabriqués pour le cardinal de Polignac. Quand l'ambassadeur sortait « en ordinaire », c'était avec un cortège de dix carrosses. Il possédait aussi des voitures particulières. Pour ses sorties solennelles, il fallait qu'il habillât quatre-vingts personnes : valets de pied, coureurs, pages, suisses, cochers, postillons, palefreniers...

Bernis, comme à Venise, ouvrit sa table aux visiteurs ; il pouvait servir chaque jour trente à quarante couverts. La réputation de sa cuisine acheva sa renommée. Comme on lui demandait le secret de sa réussite, « il suffit, disait-il, d'avoir un cuisinier ». Mais ce luxe n'était pas pour lui : il ne touchait jamais qu'à deux petits plats de légumes. L'inventaire de sa cave, après sa mort, révéla d'exceptionnelles richesses ; vins « liquorosi », qui servaient à la cuisine et aux desserts : madère, malaga, xérès, muscats d'Alicante et de Syracuse ; vins de table : bourgognes, montrachet, hermitage, graves, tokay, vins de Sardaigne et du cap de Bonne-Espérance [10]... Plus d'un siècle après la mort de l'ambassadeur, Pie IX disait au colonel de Bernis que la cuisine du cardinal était « encore en odeur de sainteté ». Le cardinal aimait à dire que son ambassade était devenue « l'auberge de la France au carrefour de l'Europe ». Aussi fut-il élu en France à l'Académie des gastronomes [11].

Bernis ne serait donc ni précepteur ni adjoint du pape. Il avait choisi l'indépendance : alors qu'à Versailles tout s'en allait à vau-l'eau, il allait faire de l'ambassade à Rome un pôle international inexpugnable de culture française et de bien-être.

L'action se noue

Le pape n'avait jamais été résolu à exécuter sa promesse : elle n'était pour lui qu'une intention vague, repoussée dans un avenir incertain. Chacun des partis qui l'avaient élu ne l'avait accepté que comme un pis-aller, en espérant bien l'attirer à soi et le retenir. Le nouveau pape ne pouvait ignorer que la plus grande partie du clergé, toute l'administration du Saint-Siège, tout l'enseignement, toute la vie civile, les princes, les nobles et beaucoup de bourgeois, tout était « pris » si fortement dans le ciment jésuite que la destruction de la Compagnie risquait de provoquer l'effondrement d'une société aussi artificielle et fragile. Les Jésuites étaient partout, au cœur de la vie privée, comme conseillers des pères de famille, directeurs de conscience des femmes et instituteurs des enfants. Les Jésuites tenaient tout, jusqu'aux consciences.

Ils possédaient autour du pape un réseau de gardiens, de conseillers et d'espions, des plus grands aux plus modestes : Alexandre Albani, protecteur des Églises d'Allemagne et de Sardaigne, que la vénalité poussait jusqu'à recevoir de l'argent des Anglais, le marquis Antici, chargé d'affaires de la République de Pologne, le comte de Riviera, ministre plénipotentiaire du roi de Sardaigne, et toute la foule des prélats chargés de la représentation des princes italiens, devaient aux Jésuites leur culture et leur fortune.

Après Rome, c'était à Versailles qu'ils plaçaient leurs espoirs. Le nonce Giraud était le plus zélé de leurs serviteurs ; un homme médiocre et ambitieux qui convoitait le chapeau, le « sot nonce », disait Choiseul. Il était soutenu par la nouvelle favorite, par la reine et les dames de France, dont la plus passionnée et la plus puérile était Mme Louise, la carmélite.

Pour prendre d'assaut cet édifice et faire craquer les habitudes romaines, il n'y avait qu'une poignée de fanatiques : les Espagnols de Rome, Azpuru et Zelada ; ceux de Madrid, Charles III, ses ministres Ossun et Grimaldi, et son ambassadeur à Versailles, Fuentès. Le plus sectaire n'était pas espagnol, c'était Tanucci, ministre du roi des Deux-Siciles. Ces têtes-là ne s'embarrassaient point de diplomatie.

Entre ces deux camps, quelques hommes d'esprit servaient tantôt de tampon, tantôt de frein : Choiseul, selon son intérêt et son humeur, Orsini, un Napolitain, qui allait se tempérer, le chevalier Azara, qui n'intervenait pas directement, et surtout Bernis. Le cardinal ne haïssait point les Jésuites, il ne haïssait que le fanatisme, l'hypocrisie et les « affaires » de la Compagnie. Résolu a priori à obéir au roi et à Choiseul, il savait qu'il s'engageait dans le processus de la destruction de la Compagnie. Mais quelles que fussent les faiblesses du pape, il le respectait parce qu'il était le pape et que Ganganelli était aussi un homme ; au surplus un homme désigné comme victime. Ainsi, Bernis se condamnait à être incompris.

Choiseul approuvait la « manière » de Bernis, sa prudence, son ingéniosité, sa douceur. Avant même que la négociation ne fût engagée, il fut appelé à soutenir l'ambassadeur. Azpuru avait écrit à Madrid que Bernis ne cherchait « qu'à faire traîner les choses ». Dans une lettre du 4 juillet 1769, Choiseul s'expliquait : « Nos dispositions à cet égard [de la destruction] ne sont pas moins sincères que celles de Madrid et de Naples, et il n'y a rien de plus injuste que les soupçons qu'on affecte de manifester sur *notre prétendue lenteur*. Je vois avec peine que notre manière de procéder vis-à-vis de leurs ministres est plus vraie et plus franche que la leur vis-à-vis de nous ; mais c'est ce qu'il *est à propos de dissimuler* en continuant de tendre, le plus efficacement qu'il sera possible, et *par des voies douces, honnêtes et glorieuses* pour les trois couronnes, au but salutaire qu'elles proposent [12]. »

Mais Choiseul n'en veillait pas moins avec Fuentes à la sauvegarde du Pacte de Famille : l'Espagne restait la seule alliée de la France. Aussi recommandait-il à Bernis de s'associer, « quand l'occasion s'en présenterait », à la remise à Clément XIV du même mémoire déjà présenté à Clément XIII avant sa mort.

Cette occasion se présenta bientôt... Première faute du pape qui montra trop tôt le bout de l'oreille. Aux Jésuites qui partaient en mission, il adressa, le 12 juillet, un bref jugé trop affectueux ; le texte en fut aussitôt imprimé et diffusé par les Jésuites. Bernis, pour éviter une réaction trop brutale, parvint à s'entendre avec les ministres de Madrid et de Naples et rédigea lui-même un mémoire qu'il remit au pape le 22 juillet. Le trouvant prématuré, le pape se défendit d'abord de le recevoir. Puis il le parcourut et s'abandonna à une tirade torrentielle, à l'italienne, où les arguments les plus variés s'exprimèrent en désordre, et qu'il eût été vain de vouloir interrompre : d'abord, dans le bref du 12 juillet, il n'avait nulle intention d'écrire ce que les Jésuites y avaient lu, et il allait bientôt donner deux autres brefs qui rabattraient l'orgueil des Révérends Pères, et ne devait-il pas avoir quelques égards pour les États qui ne réclamaient point la dissolution ? Et il se réservait le droit de demander l'avis des clergés nationaux, et d'ailleurs, si le général mourait, il ne le remplacerait pas — Bernis ne put que sourire — et toutes ces tracasseries, *il le savait,* ne venaient point de Bernis ! Or, c'était par Bernis qu'il voulait que passât désormais toute la négociation : il fallait l'écrire à « notre roi ». Avec Orsini même, un Italien, il n'avait plus de sécurité ; il avait peur : *on* voulait l'empoisonner... Enfin, il embrassa Bernis et l'assura de *son respect !*

Essoufflé, calmé, il crut avoir gagné. Il est vrai que Bernis, par pitié, ne l'avait point contredit. Une fois rentré dans son bureau, le cardinal chercha ce qu'il pourrait bien tirer de cette éloquence qui pût satisfaire les Espagnols... Presque rien, sinon que le pape était proche des Jésuites et que quelqu'un lui apprenait sa leçon. Qui ? Buontempi passait pour être ennemi des Jésuites... Bernis écrivit : « Il y a toujours quelque chose de comique dans la manière de traiter des Italiens. » On était en plein théâtre. Bernis, qui avait corrigé Voltaire, s'y entendait. Comédie ? Pas pour les Espagnols qui allaient en faire un drame.

Quelle diplomatie pouvait mordre sur cette défense cotonneuse ? Sur cette âme molle et fuyante ? Cette ruse cousue de grosse ficelle ? D'abord ne se point dérober à des manifestations d'amitié qui exprimaient un besoin puéril de sécurité, adopter provisoirement certains replis du pape afin de ne le point fermer aux confidences... Laisser les Espagnols tout seuls s'enfoncer ?... Quelle tentation ! Honnêtement, Bernis rendit compte à Louis XV de la situation : sans doute préférait-il que l'affaire se traitât en Espagne ou à Rome par les seuls ministres espagnols... [sauf] si la cour d'Espagne voulait bien *lui* rendre justice, adopter les principes de modération et de prudence qui conviennent si fort aux grandes puissances... « J'ai horreur de l'esprit de parti, ajoutait-il, je déteste les intrigues, le despotisme et le fanatisme des Jésuites ; je ne suis pas moins convaincu des dangers qui résulteraient du triomphe du parti janséniste... On ne force pas le pape d'un coup de main [13]. » On croirait parfois entendre Voltaire. Paroles courageuses destinées à un prince entouré d'une famille et d'une cour pro-jésuites !

Bien entendu, la modération de Bernis plaisait au pape : ce fut deux jours après qu'il révéla au cardinal la « teneur » de l'écrit qu'il avait signé aux Espagnols. Cette arme, jugée par Bernis non contraignante et déjà « émoussée », devait affaiblir leur résolution belliqueuse ; il croyait possible de leur refuser une négociation sans un plan ménageant des étapes et amenant le pape à une décision raisonnée. Choiseul, de son côté, ne se montrait exigeant que sur la restitution juridique du Comtat, où la domination française s'affirmait de jour en jour ; il en proposait franchement l'achat : cinq millions en cinq ans... Bernis l'en dissuada : ce marché eût privé la négociation d'un gage essentiel, indisposé les Espagnols, et surtout le roi de Naples qui avait le même problème à Bénévent.

Paix précaire que le pape crut utiliser à endormir ses pourfendeurs et Bernis à organiser son installation... Les Espagnols ne tardèrent pas à flairer les scrupules du cardinal et les tractations sur le Comtat. En outre, par Fuentes, ils étaient informés de la cabale pro-jésuite de Versailles qui marquait des points contre Louis XV, vieux avant l'âge et indifférent. Comment n'auraient-ils pas fait le rapprochement avec l'attitude de Bernis ? Le gouvernement de Charles III douta de la sincérité de l'alliance française. Le Pacte de Famille était en cause. Choiseul, sous l'influence de Fuentes et se sentant menacé par la cabale, se fâcha, fit une scène violente à Giraud, et, dans une dépêche à Bernis du 7 août, opéra un revirement brutal. Il ordonna au cardinal de présenter au pape un nouveau mémoire : l'affaire devait être terminée en deux mois, sinon le roi retirerait son ministre de Rome. C'était un véritable ultimatum.

Choiseul était excédé. A sa mise en demeure officielle, il joignait une lettre confidentielle où le vrai personnage se révélait : « Les Jésuites me persécutent depuis dix ans, j'en ai par-dessus la tête. On dit en France, et l'on est persuadé, que je les ai fait chasser, etc., etc. En Espagne, on publie que je les aime, que je les soutiens ; je crois même que je suis affilié... Je les donne à tous les diables ; j'y joindrai notre pape s'il ne m'en débarrasse pas [14] ! »

Bernis était au courant de la situation précaire de Choiseul ; ses amis de la cour et de Paris l'en informaient, et le ministre lui-même dénonçait, en dépit des réformes qu'il avait obtenues, les mêmes défauts du pouvoir qu'avait dénoncés Bernis en 1758. Dès le mois de juin, dans une de ses nombreuses lettres particulières, Choiseul avait avoué à Bernis combien sa place était pénible à tenir : « ... Je sépare bien distinctement, depuis dix ans, mes sentiments et mes places. Je tiens infiniment aux premiers, et je ne porte la chaîne des seconds qu'avec dégoût et horreur... Je suis dans le cas des soldats qui ont la manie de déserter, mais votre exemple me fait frémir, et si je déserte, je crains pour ma liberté. Je passe ma vie à calculer ces deux précipices, et je reste dans celui où je me trouve, où vous m'avez placé en me rendant le plus mauvais de tous les services, et où j'attends un moment favorable... pour m'enfuir sain et sauf [15]. » Bernis, qui avait connu cette impatience, mais qui se souvenait de l'hiver à Vic-sur-Aisne, l'avait mis en garde : « Croyez-moi, attachez-vous à votre place. Les gens médiocres peuvent quitter sans péril. Ceux qui ne le sont pas n'ont de sauvegarde que dans le siège qu'ils occupent [16]. »

Bernis, lui, tenait à sa place : il préférait être dans les premiers à Rome que le dernier à Versailles. Il n'avait nulle envie de retourner voir de plus près la décadence accélérée du pouvoir. Mais en philosophe et en prophète, il ne crut pas un instant à l'ultimatum des deux mois... et se permit de répondre à Choiseul avec une fermeté vertueuse et outragée en posant un autre ultimatum : « Je vous avoue que si les choses s'aigrissaient, qu'on refusât au pape le temps qu'il demande, et qu'on en vînt à une rupture, je ne pourrais me dispenser de demander au roi, avec la dernière instance, de me rappeler avant cet éclat, *parce que je serais au désespoir, étant prêtre, cardinal et évêque, d'être forcé de poser la première pierre de division entre la France et le Saint-Siège* [17]. » Défi lancé à celui qui avait poussé Bernis vers cette position inattaquable...

D'ailleurs, Bernis avait fait son devoir : sans attendre l'ordre de Choiseul, il avait revu le pape et lui avait rappelé sa promesse des deux brefs qui devaient « rabattre l'orgueil des Jésuites ». Le pape lui confirma cette promesse. Trop facilement rassuré, le cardinal célébra la fête du roi à l'église Saint-Louis des Français, cérémonie grandiose, dont le succès fut retentissant, à la gloire de la France et de Louis XV, pourtant si peu glorieux.

Dans l'anxiété, en consultant Deshaises, le pape se creusait la tête : quelle serait donc la matière des deux brefs contre les Jésuites ? Hélas ! le 29 août, il ne put présenter au cardinal que de timides et vexatoires coups d'épingles : il allait empêcher les Jésuites de prêcher dans leurs églises pendant le Jubilé, censurer leurs livres, supprimer quelques maisons... Il croyait avoir convaincu le cardinal qui hocha la tête et déclara : « Ce n'est pas moi qu'il faut convaincre, ce sont les rois de France et d'Espagne. » Le pape allait donc écrire aux deux rois. Il commença par Louis XV : sa lettre vague, mal traduite par lui-même de l'italien, pouvait, au dire de Bernis, « tout juste faire rire le roi ».

Cela ne pouvait durer. Si, à Rome, Azpuru et Orsini attendaient, modérés peut-être par le chevalier d'Azara, il n'en était pas de même à Madrid où il apparaissait que Bernis s'était emparé de la négociation pour la retarder. On y décida de mettre en lumière le jeu que l'on prêtait si finement au cardinal. Fuentes, à Versailles, fut chargé « d'ouvrir les yeux à Choiseul » en lui communiquant une dépêche de Grimaldi qui se terminait ainsi : « Tout cela marque bien, dans ce cardinal ou beaucoup d'ignorance ou beaucoup de malignité mêlée d'un intérêt caché. Il serait, je crois, bien mieux pour S. E. que nous puissions croire qu'il n'agit en cela que comme un sot [18]. » Une vieille réputation d'ambitieux poursuivait Bernis : il ménageait donc les Jésuites pour plaire à la famille royale et à Mme du Barry, et peut-être pour remplacer Choiseul... Le cardinal apprit que le coup ne venait même pas de Madrid, il venait de Tanucci qui, à Naples, poursuivait une politique violemment anticléricale visant à déposséder le clergé de ses abbayes au profit du Trésor. Bernis tança vertement le Napolitain.

Le pape a la fièvre tierce

La réaction de Choiseul à la dépêche de Grimaldi fut modérée ; il savait mieux que les Espagnols à quoi s'en tenir sur Bernis ; il lui rappela seulement ce qu'il fallait qu'il se mît bien dans la tête : « Je serais très aise qu'il n'y eût plus de Jésuites, mais je suis encore plus attaché à ce que le roi d'Espagne n'ait pas à se plaindre de la France [19]. »

Cependant, le pape ne se remettait point de la scène violente que Choiseul avait faite à Giraud. En même temps, il se trouvait pris entre sa peur de Charles III et sa peur grandissante des Jésuites qui se fatiguaient de sa politique ambiguë. L'avaient-ils menacé ? Il avouait à Bernis que tous ses officiers étaient vendus aux Jésuites, qu'il vivait jour et nuit dans la crainte du fer et du poison, sans aucune protection. Il suppliait le cardinal et la France de le mettre à l'abri. Bernis, le rassurant comme il le pouvait contre « les fantômes des Jésuites », lui procurait parfois quelques détentes, mais il retombait dans des crises de tremblement et de désespoir ; « il a trop examiné, écrivait le cardinal, la largeur du fossé qu'il avait à franchir, il a perdu du temps à sentir la médecine au lieu de la prendre sur-le-champ... C'est la fièvre tierce, un jour bon, un jour mauvais [20] ».

Enfin, le 30 novembre, pressé par Bernis, lui-même talonné par Azpuru, Clément XIV écrivit à Charles III. Était-il bien lucide ? Mesura-t-il son courage ? Car il prit, dans cette lettre un nouvel engagement écrit d'expulser les « dangereux et turbulents Jésuites ». C'était là, pour Bernis, une victoire inespérée. Charles III recommença d'espérer et Choiseul reconnut qu'une étape importante était franchie : « Je trouve, écrivit-il, que le pape s'est fort engagé avec le roi d'Espagne, et d'une telle manière qu'il lui sera impossible de reculer [21]. »

Cette lettre du pape établissant des relations directes entre Charles III et Clément XIV, la responsabilité de Bernis s'en trouvait allégée. Il achevait son installation au palais Carolis, et enfin, il était heureux. Aux plaintes de Choiseul touchant l'anarchie de Versailles, il continuait d'opposer ses conseils de réalisme : les rôles étaient décidément bien inversés. « Je suis ainsi que vous et à l'exemple du maréchal de Villeroy, *le serviteur né de tous les gens en place*, et l'ami seulement de ceux qui m'aiment et qui sont aimables [22]. »

Heureux printemps de 1770 ! Après la nouvelle promesse écrite du pape, l'Espagne fit preuve d'un inexplicable silence.

Le pape respirait, sa fièvre tierce était tombée, le temps passait... On ne connut le secret de cette accalmie qu'en juillet : le confesseur de Charles III cherchant à faire canoniser Marie d'Agreda pour son livre sur *La Mysticité de Dieu*, en avait obtenu du pape la promesse moyennant un nouveau répit. Chantage très réussi !

Ce fut Bernis qui, sans le vouloir, ralluma le volcan et faillit en être victime. Le 1er août, innocemment, il informa Choiseul : « Depuis quelque temps [les Jésuites] affectent une grande gaieté et marchent la tête fort haute. Je ne sais si c'est eux qui répandent sourdement que *la conscience timorée de S. M. catholique* [Charles III] *commence à être alarmée de porter le dernier coup à leur société*... et que le pape est d'accord avec le confesseur[23]. » Bernis ajoutait qu'il faudrait parler d'autant plus ferme après ce délai afin que la France pût maintenir sa pression sur le pape si elle voulait conserver Avignon et le Comtat.

On se demande dans quelle intention Choiseul transmit à Madrid un extrait de cette lettre de Bernis. « Légèreté », dit Masson. Choiseul en était capable... Ou jalousie ? Ou seulement crainte, comme Bernis, de perdre Avignon ? Ce fut une levée de boucliers contre Bernis. Charles III fut personnellement blessé qu'on pût le soupçonner d'avoir changé d'avis. Grimaldi expédia une longue dépêche à Fuentes avec copie pour Choiseul. Cette fois, la cour d'Espagne s'exprimait sans ambages. Bernis était vendu, par ambition, à la cabale de Mme du Barry : « Dans les bavarderies du cardinal et ensuite les impostures dont il nous charge, nous découvrîmes ses idées à s'emparer d'abord des affaires de Rome et peut-être ensuite de toutes les affaires de la monarchie *en retournant au ministère*. A cet effet, le cardinal a imaginé, sans doute, ... de détruire la confiance qui règne entre nos deux cours et de discréditer le duc de Choiseul en discréditant le système que ce ministre tient si fort à cœur[24]. » Qui donc a le plus d'imagination ? Si Charles III ne demanda pas le rappel de Bernis, ce fut pour ne pas gêner Choiseul...

Mais soudain, on oublia Bernis et Avignon : ce fut le moment où la France et l'Espagne furent gravement secouées par l'occupation anglaise des Malouines. Charles III envisagea une guerre, mais Louis XV le supplia de tout faire pour l'éviter. Charles III céda. L'accalmie à Versailles ne fut pas longue : le 25 décembre, l'abbé de la Ville informait Bernis que Choiseul était disgracié et exilé à Chanteloup. Bernis s'y attendait. Cher Voltaire ! on était de nouveau dans *Zadig !*

A Versailles, allait-on rappeler les Jésuites ?

Après Choiseul : Bernis et la décadence

Le cardinal se souvint de son propre exil, et fort amicalement, écrivit à Choiseul : « Si vous avez bien connu mon caractère, Monsieur le duc, vous serez persuadé que personne n'a pris un intérêt plus sincère à ce qui vient d'arriver. Vous avez du courage et des ressources dans l'esprit, je suis sûr que vous en ferez usage, et que vous serez aussi tranquille et heureux que je le désire[25]. » Et au baron de Choiseul, ambassadeur à Turin, il faisait cette remarque digne de *Candide :* « Il faut être philosophe et voir ces révolutions comme des maladies du corps politique, et songer à se bien porter soi-même. »

Charles III n'avait pas eu de chance : il s'était incliné devant l'Angleterre, avait perdu Choiseul et voyait Louis XV incapable de résister au parti des Jésuites. Bernis regrettait la politique de Choiseul et se demandait s'il pourrait encore s'opposer à la restitution d'Avignon au pape. A Rome, les Jésuites se réjouissaient. Quoi qu'il en advienne, Bernis continua d'en rendre compte à La Vrillière qui faisait l'intérim au ministère des Affaires étrangères : « Les partis des Jésuites affectent de répandre que cette société n'a plus rien à craindre, et la ville de Rome tout entière attend la restitution d'Avignon[26]. » Du moins pensait-il que Louis XV tenait encore à l'alliance espagnole, donc à la dispersion des Jésuites. Il proposa à La Vrillière d'échanger la dispersion contre l'inévitable restitution. Or La Vrillière, en février, répondit à Bernis en le priant de « garder le silence ». Le cardinal étonné se renseigna et comprit : le nonce Giraud avait présenté au ministre un mémoire réclamant, *au nom du pape,* la restitution d'Avignon. Le pape n'en avait rien dit à Bernis qui fut cruellement déçu : même à l'égard de cet « ami », Clément XIV jouait double jeu !

Qui donc gouvernait à Versailles ? Louis XV ne rendit pas Avignon parce que Charles III ne voulait pas que son fils rendît Bénévent. Bernis se trouvait, du côté de Madrid comme de Versailles, en face d'un vide politique, et à Rome, devant un pape hypocrite qui continuait de le flatter. Il était condamné à la passivité. Les Jésuites étalèrent leur triomphe dans une cérémonie tapageuse de communions avec profusion d'indulgences, à l'office du Cœur de Jésus. Pauvre Jésus ! Bernis ne pouvait se taire ; une fois de plus, il rendit compte et conclut :

« Les impies se moquent de ces nouveautés et les fanatiques s'en servent pour grossir leur parti [27]. » Combien ce style devait paraître étrange à Versailles !

Enfin, le duc d'Aiguillon fut nommé ministre des Affaires étrangères et entra en fonctions le 10 juin 1771. C'était un serviteur de Mme du Barry, passant pour l'ami des Jésuites, mais ne se laissant pas aveugler sur les contradictions du pouvoir. C'était Giraud qui décidait. Or Giraud pouvait tout à Versailles, mais il était « brûlé » à Madrid. Pas un courrier ne partait de France pour Rome qui ne renfermât une sollicitation pour son chapeau. Bernis retenait le pape : Giraud cardinal, c'eût été provoquer Charles III.

Combien les dépêches de Grimaldi à Fuentes paraissaient alors dérisoires ! « Vous *tâcherez* de faire échouer le nonce, lui écrivait-il,... et de faire *les démarches convenables* pour qu'on arrête les progrès des Jésuites qui sont déja rentrés en France, et même à Paris. » C'était vrai : d'Aiguillon avait fait signer au roi un édit qui rouvrait la France « aux prêtres exilés depuis 1756 ». La ficelle était trop grosse ! Le pape en est très satisfait, rapporte ironiquement Bernis. Charles III protesta vivement et renonça à agir sur la cour : il s'assura que les ordres donnés à Bernis n'avaient pas été changés, et désormais compta sur lui.

Azpuru était malade. Le pape se rendait invisible. Bernis, qui ne travaillait plus que pour l'Espagne, ne se sentit plus obligé de faire du zèle. Pris entre deux décadences, celle de Versailles et celle de Rome, où donc était son devoir ? Une fois de plus, le bonheur prévalut : Bernis organisait des soirées littéraires et musicales dans son palais et fréquentait, avec le chevalier Azara, la princesse de Santa-Croce...

A l'ambassade, il expédiait les affaires courantes. Satisfaire les caprices de Mme Louise n'était pas une sinécure. Personnage le plus écouté après Giraud, elle ne cessait d'exiger passionnément, dans chaque courrier, des brefs, des reliques, des canonisations, des réformes, des indulgences, des sécularisations... Il y fallait un secrétaire particulier !

Le pape, un peu détendu dans ce vide bienfaisant, voyait d'un bon œil la réussite de Bernis dans la société romaine et multipliait à son égard les brefs élogieux. Il lui offrit en cadeau le recueil des bulles relatives à l'évêché d'Albi. La réputation du cardinal suscitait des jalousies en France, et même parmi les Français de Rome : « Les tracasseries dont le monde est plein, écrivait-il à Duclos, viennent jusqu'ici ; il y a longtemps que j'ai pris mon parti, et ce parti consiste à faire mon devoir avec fermeté, quoique avec prudence, quelle que chose qui arrive, d'être tranquille et de vivre cent ans. Je méprise, et je crois avoir le droit de mépriser les pauvretés que les écrivains français, qui sont à Rome, cherchent à répandre dans le public[28]. » Rome, à cette époque, était une petite ville...

Le réveil fut brutal. Le 23 mars 1772, Ossun annonçait la nomination à l'ambassade d'Espagne à Rome de Joseph Moniño, avocat célèbre, l'homme le plus décidé à la destruction des Jésuites. C'était la victoire de Grimaldi sur le confesseur de Charles III.

La négociation allait prendre une tout autre allure.

Moniño, l'homme du drame

Tout le monde eut peur. Bernis lui-même avait une imprudence à se reprocher : dans une lettre à d'Aiguillon, il n'avait pas ménagé la cour de Madrid. Les soupçons de Charles III renaissaient : il chargea Moniño de demander au cardinal des explications.

La première entrevue des deux hommes fut un désastre pour Bernis. L'un, froid, sec, revenait toujours à son but ; l'autre, beau parleur, ne sachant pas exactement ce que voulait son roi, l 'homme des salons parisiens, croyait avoir raison avec des politesses et des subtilités. Moniño sortit de là avouant n'avoir entendu « qu'un galimatias, une volubilité et un flux de paroles qui ne signifiaient rien ». Sa conclusion : on n'avait suivi, depuis trois ans, que de fausses pistes, il fallait reprendre l'affaire « dans l'œuf ».

L'impression de Moniño sur le pape fut pire. Le Saint-Père plaida encore plus mou et plus flou : le temps, le secret, la confiance... Mais Moniño l'acculait sans cesse à sa promesse deux fois écrite, à l'*onesta* ! Il exigeait des réunions hebdomadaires à jour fixe. Le pape acquiesça et se déroba : il alla prendre les eaux.

Moniño prouva à Bernis qu'il avait été joué : il n'était pas assez subtil pour comprendre que Bernis ne l'avait pas ignoré et l'avait bien voulu. Puis il lui déclara que sa place dépendait désormais de sa conduite. Le cardinal s'adapta rapidement et crut que le pape ne pourrait pas se cacher longtemps. Néanmoins, il s'évertua à lui trouver des excuses auprès du duc d'Aiguillon : « *On* a pu croire que le Saint-Père s'entendait avec la cour d'Espagne, et alors la conduite mystérieuse de S.S.

pourrait s'expliquer, mais aujourd'hui, il est clair que le roi d'Espagne s'impatiente... qu'il persiste dans sa volonté de faire accomplir au pape ses promesses. S. S. se trouvera plus embarrassée que jamais si elle persiste à vouloir temporiser[29]. » Le ministre répondit que la volonté du roi était que l'affaire fût entièrement soumise à la volonté de l'Espagne. C'était le balancier : Louis XV cédant d'un côté à Giraud pro-jésuite, de l'autre à l'Espagne anti-jésuite.

L'intransigeant Moniño s'était engagé sur du sable mouvant ; après avoir pris les eaux, le pape se mit en vacances. Juillet et août passèrent sans que l'ambassadeur parvînt à le rencontrer. Il ne voyait que Buontempi qu'il finit par enrôler. Mais ce fut Bernis qui obtint des jours fixes pour les audiences. Le 28 août, le pape reçut enfin l'ambassadeur à qui il recommença d'exposer ses embarras et de proposer des réformes mineures. Sa réflexion avait tourné sur elle-même pendant deux mois sans avancer d'un pouce. Moniño exigea un plan : c'était ce que Bernis avait proposé aux Espagnols trois ans plus tôt. Décidément, ce cardinal était plus sûr que la cour de Versailles ; aussi Moniño résolut-il de le disculper entièrement à la cour de Madrid. Les deux hommes auxquels se joignit Orsini, le Napolitain, se répartirent la tâche : Bernis fut chargé de provoquer les confidences du pape, d'écouter ses doléances et de le persuader qu'il fallait en finir, tandis que Moniño et Orsini se réservaient la menace.

Le pape resta sourd : il suspendit un séminaire et deux collèges, puis il retourna à Castel-Gandolfo. En novembre, il revint avec un nouveau plan... Moniño se fâcha. Le pape s'inclina, ce qui se traduisit par un ordre donné aux églises de prier pour la religion !

Enfin, vers la fin de 1772, Clément XIV chargea Zelada de travailler avec Moniño à l'exécution du plan initial, mais en secret. Tâche rapidement achevée : le texte de la bulle lui fut remis le 6 janvier 1773.

Craignant que l'affaire ne s'ébruitât, le pape vécut alors dans des transes dépressives. Il était obsédé par la peur du poison. Or, les Jésuites avaient été prévenus, probablement par Giraud. Comment d'ailleurs ne se fussent-ils pas attendus à une décision après l'arrivée de Moniño et les harcèlements mesquins du pape ? Ils cherchèrent à sauver ce qu'ils avaient de plus précieux. L'archevêque de Bologne, qui les haïssait, prévint le pape qu'ils vendaient jusqu'à l'argenterie de leurs églises.

Il fallut attendre le 5 mars pour que Grimaldi soumît une

copie de la bulle à Louis XV. Elle n'avait aucune chance de n'être pas approuvée : d'Aiguillon l'avait annoncé à Bernis avec une ironie qui en disait long sur la décadence du pouvoir royal : « Si l'Espagne est contente, nous le serons, *sa satisfaction étant notre seul et unique objet*... nous n'entrerons ici dans aucune discussion sur la bulle d'extinction. *Nous l'approuverons sans la lire* si l'Espagne l'approuve. V. E. ne peut trop le répéter au pape et à M. Moniño [30]. » Ce ne fut pas de gaieté de cœur que Bernis, en accord avec Versailles, plaida auprès de Moniño pour la restitution d'Avignon au Saint-Siège.

A Bologne, l'archevêque Malevezzi, qui s'était déjà signalé, prit les devants et chassa les Jésuites avec une fanatique brutalité, provoquant l'inquiétude du pape et une sourde agitation à Rome.

Clément XIV signa enfin la bulle d'extinction le 16 juin 1773, mais ne la publia pas. Qu'espérait-il encore ? En pleine déroute, il mendiait, implorait, redoutant qu'après l'exécution de la bulle, Tanucci refusât la restitution de Bénévent. Toutes les cours connaissaient la ratification, mais lui, paralysé, ne se pouvait résoudre à donner l'ordre : il fallait bien que les Jésuites pussent célébrer encore la fête de Saint-Ignace, et que l'impératrice Marie-Thérèse eût répondu à sa demande, et que la bulle fût imprimée ! Et voici que le temps des eaux et des vacances approchait... Où il comptait encore, écrit Bernis, « se cacher dans un nuage, croyant peut-être que les Jésuites le perdraient de vue [31] ». Car ce n'étaient plus que les Jésuites qu'alors il redoutait.

Moniño écrivit à Buontempi un billet fort violent auquel Bernis ajouta ses observations. L'Espagnol ne lâchait plus prise. Le 29 juillet, Buontempi apporta enfin au ministre deux exemplaires imprimés de la bulle... par la cour de Madrid ; des paquets partaient pour Versailles, Lisbonne, Vienne... Et le 16 août, la bulle *Dominus ac Redemptor* — était signifiée au général Ricci. Des soldats cernèrent le Gesu, y apposèrent les scellés, puis se rendirent dans toutes les maisons des Jésuites. Les officiers obéissaient. L'habit des Jésuites fut interdit à Rome. Les Pères ne devaient pas sortir avant qu'on ne leur eût confectionné « cinq cents habits d'étamine à dix-huit écus [32] ». Ce n'était pas une expulsion, c'était les inviter à se séculariser et à s'effacer.

Bernis, mal à l'aise, déplora le déploiement de soldats et la réclusion sévère du général Ricci au château Saint-Ange. Jamais il n'aima reconnaître la part qu'il avait prise à cette affaire pour obéir à l'Espagne. Voulant échapper à ce spectacle, il s'évada. Sans ce préoccuper des termes dans lesquels on restituerait le Comtat, il demanda un congé et partit le 23 septembre. Pas pour la France... Ce fut un événement international. La *Gazette de Leyde* en rendit compte en ces termes : « La princesse de Santa-Croce, fort liée avec ce prélat, l'accompagne ainsi que le cardinal Orsini et plusieurs personnages de distinction. Monsieur de Bernis fait tous les frais ; ce voyage ne paraît être qu'une partie de plaisir[33]. » Ils allaient visiter Ferrare, Bologne et les principales villes de légations.

En rentrant, au début de novembre, Bernis trouva l'ordre d'annoncer au pape la restitution d'Avignon. Dans l'esprit de Versailles, cette restitution devait être précédée d'une négociation juridique. Mais Clément XIV, en accord avec Bernis, se hâta de la rendre publique : le 18 janvier 1774, acclamé par le peuple, il se rendit à l'église Saint-Pierre où il fit chanter le *Te Deum.* Au retour, il fit monter dans son carrosse les cardinaux de Bernis et Orsini. Fort de cet événement, l'archevêque d'Avignon procéda immédiatement à la remise en vigueur des institutions d'avant 1768, ce qui effaçait la destruction des Jésuites. En France, le Parlement avait été dissous mais les parlementaires agitèrent l'esprit public contre d'Aiguillon et l'abbé de Terray. L'affaire fit beaucoup de bruit. On ne toucha pas à Bernis qui s'appuyait sur Moniño, Orsini et le pape. Mais l'archevêque d'Avignon fut exilé. D'Aiguillon rejeta la responsabilité sur l'Espagne.

Parallèlement à cette affaire se déroulait en France celle de la Congrégation des Jésuites. Leurs constitutions leur ordonnaient, en cas de dispersion, de se rassembler coûte que coûte et de continuer à recevoir des novices. Ricci leur avait rappelé ces ordres. Les Jésuites de France, soutenus par l'archevêque de Paris, la famille royale, surtout Mme Louise, et aussi par les Pères qu'avaient accueillis la Prusse, la Russie blanche et l'Allemagne, cherchaient à établir sur le territoire français une congrégation qui les réunît. Le pape, Bernis et l'Espagne s'y opposèrent. Bernis, craignant le retour du jansénisme et du fanatisme religieux dans un esprit public fort agité, plaida avec tant de passion qu'il finit par gagner d'Aiguillon.

Ni l'affaire de la restitution d'Avignon ni celle de la Congrégation n'étaient réglées lorsque Louis XV fut frappé le 30 avril 1774 par la petite vérole. Il mourut le 10 mai. Pendant ces dix jours d'agonie, les langues se délièrent : « Tout ce qui se pense et se dit dans ce moment à la cour, écrit d'Aiguillon à Bernis, fait horreur à ceux qui aiment le roi et l'État[34]. »

Le dénouement : une victime, le pape

A Rome, les hommages rendus au feu roi furent plus fervents qu'à Versailles, et la célébration symbolique de ses obsèques, le 28 juillet, fut une cérémonie grandiose. Le pape, qui s'était associé à Bernis, resta prosterné pendant trois quarts d'heure. L'ambassade de Rome devenait célèbre. Mmes de France et la vieille cour proposèrent le retour de Bernis au ministère. Mais après quelques mois d'un ministre intérimaire, ce fut Vergennes qui obtint les Affaires étrangères. Le nouveau roi, pour marquer son estime à Bernis, lui octroya, en octobre, le brevet de protecteur des églises de France en cour de Rome, la plus haute dignité ecclésiastique qu'il pût recevoir.

Dès le mois de juin 1771, Bernis avait signalé la mauvaise santé du pape : « Des vapeurs, des vents, une humeur désastreuse qui menaçait l'intérieur. » Le 16 août 1774, en audience, il trouva le pape amaigri et vieilli. Le 28 du même mois, il décida d'en rendre compte à Versailles : « La santé de S. S. a commencé à se dégrader vers le mois de février dernier : le retardement de la restitution d'Avignon, que le Saint-Père s'était trop pressé d'annoncer au public, et la conduite singulière que tint en conséquence le ministre de Naples par rapport à Bénévent, causèrent au pape un chagrin d'autant plus dangereux pour sa santé qu'il ne voulait pas le manifester ; des prophéties fanatiques qui annoncèrent ensuite sa mort prochaine, de fréquentes menaces de fer et de poison qu'on eut l'impudence de lui faire parvenir, ajoutèrent encore au chagrin qu'il avait trop renfermé[35]. » La célèbre sorcière de Valentano, qui annonçait sa mort, ne risquait point de se tromper. La peur et le tremblement ne le quittaient plus.

Clément XIV avait fini par redouter tout ce qui lui rappelait la négociation, jusqu'aux visites de Bernis. Après la destruction des Jésuites, il connut un répit, mais des émeutes larvées à Rome, pendant huit jours, le bouleversèrent ; il contracta une fluxion à la gorge et une attaque de goutte : « On hasarde des raisonnements et des soupçons avec d'autant plus de facilité, écrit Bernis, que certaines atrocités sont beaucoup moins rares dans ce pays que dans d'autres. » Le médecin du pape était des plus ignorants ; on en appela de plus instruits parmi lesquels celui de Bernis, qui furent aussi impuissants. Le 21 septembre, le pape reçut l'extrême-onction ayant encore sa connaissance ; il mourut le lendemain ; il avait régné cinq ans et quatre mois, n'ayant jamais connu de véritable paix.

On dut renoncer à exposer son cadavre qui, dès l'instant de sa mort, tomba en lambeaux, ce qui s'ébruita aussitôt dans Rome : le pape, disait-on, avait été empoisonné... Délirante fut la joie de certains cardinaux, de la plupart des nobles, de tous les amis des Jésuites. On décida l'autopsie, pour autant qu'elle fût encore praticable. « Les médecins qui ont assisté à l'autopsie, écrivit d'abord Bernis, s'expriment avec prudence, et les chirurgiens avec moins de circonspection. Il vaut mieux croire à la relation des premiers que de chercher à éclaircir une vérité trop affligeante[36]. » Cependant, Bernis devait affirmer ensuite que le pape avait été empoisonné, mais la dépêche où il a consigné « les vérités qu'il ne pouvait dissimuler au roi » a disparu... Le successeur de Clément XIV n'en doutera pas.

La preuve absolue manque.

En supposant que l'on eût accusé les Jésuites de ce crime, le baron de Gleichen, ministre du Danemark, qui a beaucoup connu Choiseul et Bernis, écrira : « Pour moi, je n'en crois rien. Ils n'étaient pas hommes à commettre des crimes inutiles, ce poison aurait été moutarde après dîner. Le marquis de Pombal, Charles III et Choiseul sont morts fort naturellement, voilà les preuves de mon opinion. Clément XIV est mort de la peur de mourir[37]. »

CHAPITRE XVI

Le « Roi de Rome »

Réputation et puissance

Avant de mourir, Clément XIV, pour remercier Bernis d'avoir, en fin de compte, favorisé la restitution d'Avignon, le proposa au Consistoire pour l'évêché d'Albano. Le cardinal l'obtint. Certes, c'était un petit évêché mais qui devait, plus tard, lui rendre le plus grand service. Parmi ses neuf villages, il englobait Castel-Gandolfo, ce qui avait fait dire à Clément XIV que Bernis était « l'évêque du pape ». Non seulement cette promotion classait Bernis parmi les cardinaux romains, mais elle était l'augure et le vœu d'un long séjour.

En 1774, Bernis était considéré comme l'homme le plus important après le pape. Sa réputation littéraire et philosophique, son appartenance à l'Académie française, sa connaissance de l'Europe et de l'histoire, sa largeur de vues, sa conversation aisée, étincelante de « mots » inattendus, et malgré cette hauteur, son abord familier, courtois et gracieux par nature, en avaient fait la « coqueluche de Rome ».

C'est dire qu'il ne manquait point d'ennemis plus ou moins souterrains... surtout dans le monde religieux. Sa haine du fanatisme, sa tolérance, bien que prudentes dans la forme, ne pouvaient que le faire détester par les Jésuites et leurs amis. Rien ne l'avait détourné du bon sens et de l'humanisme voltairiens. Les deux hommes continuaient à correspondre. Voltaire adressait à Bernis des visiteurs de passage qui servaient entre eux de liens plus vivants que le courrier. Il lui recommanda le physicien Saussure, « tout huguenot qu'il fût ». Après l'avoir reçu, Bernis remercia et admira Voltaire d'avoir, « bien que vivant à la campagne, de pareilles ressources dans son voisinage » ; et il ajoutait : « Les gens instruits et aimables sont rares, même dans les capitales[1]. » Voltaire prit encore « la hardiesse » de lui présenter de nouveau un jeune huguenot, nommé Labat, « qui n'avait nulle envie de se convertir », mais qui *voulait* voir la *virtuose et valente emminenza*. Bernis le reçut à sa table. Puis il envoya lui-même à Voltaire deux officiers suédois « qui croiraient n'avoir rien vu si, retournant dans leur pays, ils n'avaient pu, au moins un moment, voir et entendre le grand homme de notre siècle[2] ». Voltaire les reçut à Ferney comme il savait le faire et versifia ce qu'ils lui avaient appris du cardinal :

Ils disent que votre Eminence
Au pays des processions
Fait à toutes les nations
Aimer et respecter la France.
Ils disent que votre entretien,
Cher aux beaux esprits et aux belles,
Enchante le Norvégien
Et le voisin des Dardanelles
Tout autant que l'Italien[3]...

Aussi l'admiration de Bernis pour Voltaire, qui était alors très âgé, ne devait-elle point tarir jusqu'à la mort du « vieux Suisse ». « Votre caractère, lui écrivait-il, est celui d'un jeune homme de vingt ans, bien élevé. » N'étaient-ils pas attelés à la même tâche ? « Vous luttez heureusement contre la décadence qui nous menace depuis quelque temps. » Et le cardinal ne se privait point de faire aimer Voltaire : il l'avait même tenté auprès du pape.

Bien souvent, aux Italiens rassasiés d'écrits religieux, ce n'était pas d'abord comme cardinal qu'il s'imposait ; il n'était guère en Italie d'académie ou de compagnie littéraire qui ne cherchât la protection et le parrainage de Bernis. Il était connu et apprécié comme poète[4]. Toutes les biographies vénitiennes et romaines de Bernis louent ses vertus, son génie, sa renommée d'exceptionnelle générosité, son brillant mécénat des Arts et des Lettres[5]. Grâce à ses multiples relations, cette réputation s'étendit bientôt à toutes les capitales de l'Europe. Ses lettres de recommandation rendaient service, aussi bien qu'aux Romains, à des voyageurs étrangers. Attentif aux autres, de quelque rang qu'ils fussent, il se mettait en quatre pour les aider à triompher de leurs difficultés dans les petites affaires comme dans les grandes.

Organisée pour répondre aux vœux de la société romaine et séduire les visiteurs, « l'Auberge de France » était une véritable entreprise. Bernis, aussi bien que Deshaises, y donnait l'exemple de l'activité. Levé à cinq heures, il ne se couchait pas avant minuit. Outre l'accueil quotidien aux repas, ses soirées du mardi et du vendredi étaient consacrées à la conversation sans jeux, avec rafraîchissements des plus variés et toutes les sortes de glaces : tout Rome et tous les étrangers y étaient admis, simples gentilshommes, ecclésiastiques et gens de lettres ; il suffisait d'avoir été une fois présenté. Le cardinal, accueillant chacun avec un mot aimable, ne s'occupait d'autre chose que de ses hôtes. Le Père Jacquier, mathématicien enseignant à Rome, ami de Mme du Châtelet, se montrait insatisfait quand il n'avait pas été distingué dès son arrivée. Bernis se souvenait du salon de Mme Dupin. Sa familière courtoisie rassurait aussitôt ceux qu'intimidait son autorité naturelle.

Sauf les jours de musique, on s'amusait peu ; on préférait discuter de tout : de littérature, philosophie, histoire, architecture, peinture et sculpture. L'Académie de France à Rome, créée en 1666 par Louis XIV, ne relevait point de l'ambassade, mais ses pensionnaires étaient placés sous la protection de l'ambassadeur ; c'est avec passion que Bernis s'en occupait, avec une prédilection pour la peinture. Il ouvrit aux jeunes artistes les salles les plus secrètes du Vatican ; il leur procura des entrées chez les princes, afin qu'ils pussent visiter leurs galeries et leurs bibliothèques. Lui-même achetait des tableaux, en concurrence parfois sévère, avec son neveu. Ainsi, l'Académie, au palais Mancini, sœur jumelle de l'ambassade, devint le palais officiel de la France.

Véritable Protée, Bernis pouvait-il être partout en même temps ? C'est ainsi qu'il déserta souvent ses propres soirées, après dix heures du soir, pour le palais du prince de Santa-Croce, attiré par son nouvel ami, le chevalier Azara, et surtout par la jeune princesse. Il approchait de la soixantaine : l'âge des passions n'était-il pas révolu ? Irrésistible attrait du bonheur, de la beauté vivante, certes, mais faiblesse humaine à coup sûr : il allait cesser d'être inattaquable.

Une amitié très tendre

La famille Santa-Croce Falconieri était une très ancienne famille de la noblesse romaine dont les membres avaient rang de princes depuis le règne de Clément XI. Julienne de Santa-Croce était alors une très jeune femme, très jolie, gracieuse et spontanée, ardente et facilement *innamoratissima.* Déjà, elle avait été surprise par le prince, chez lui, dans un entretien [un colloquio] « quelque peu douteux » avec le connétable très amoureux Lorenzo Colonna. Furieux, le prince voulut exiler son épouse sur-le-champ. Ce fut Bernis, arrivé à l'improviste, qui l'en dissuada et le persuada d'éviter tout scandale. Le prince acquiesça... Que faut-il croire de cette anecdote ? Car la source de la seule et trop courte biographie que nous possédons de la princesse est casanovienne [6].

Quoi qu'il en soit, ce qui est plus certain, c'est que la princesse voua d'abord à Bernis une admiration sans réserve, puis en devint follement amoureuse. « Je sais bien, lui écrit-il, que vous êtes un peu folle, quelquefois. » Avec indulgence, il s'efforçait de l'apaiser. Qu'éprouva-t-il lui-même ? Ce que l'on peut dire, c'est que la princesse répondait à l'image des femmes qu'il admirait, jeunes et graciles, les nymphes de ses poèmes. Se laissa-t-il entraîner et lui céda-t-il « un peu , quelquefois » ? A travers ce qu'il écrit à la princesse, nous ne pouvons que l'entrevoir prudemment, en n'oubliant ni qu'il était archevêque ni qu'il était fort doué en faiblesse humaine, l'amitié tendre demeurant pour lui l'essentielle condition du bonheur. Certes, le cardinal n'a pas conservé les lettres de son amie ; mais un certain nombre de billets qu'il lui envoya nous sont parvenus, grâce à une arrière-petite-fille de la princesse qui les a confiées à un ambassadeur [7].

Ce que l'on peut affirmer, c'est que Bernis, ne se dérobant point aux appels de la princesse, ne pouvait ignorer qu'il alimentait sa passion. Plus d'une fois, il admit qu'en public elle l'accompagnât ou le rejoignît. Des témoins dignes de foi ont pu voir un tableau les représentant tous les deux, fort animés, dans une scène de chasse [8]. Le malheur, c'est qu'elle ne put jamais dissimuler son amour et qu'il se doubla d'une jalousie inquiète, agitée, fébrile, à l'égard d'autres admiratrices de Bernis. Le cardinal s'ingéniait à la rassurer afin de sauvegarder le plus possible de discrétion vis-à-vis du monde où elle ne manquait point d'ennemis : « Non, ma chère princesse, vous ne croyez sûrement pas que je vous aime moins ! Les sentiments ne dépendent pas des circonstances ; j'espère qu'elles changeront ; il ne convient pas de montrer aucune inquiétude à cet égard, et vous en comprendrez les raisons... Soyez sûre que mon amitié pour vous n'est ni froide ni si peu étendue[9]. Qu'importent les desseins de Pale... [princesse de Palestrina, qui, à vingt-quatre ans, avait eu dix enfants], je vous ai dit, et je vous jure que je ne veux pas me lier avec elle ni avec une autre femme... » De quelle maîtrise de soi ne fallait-il pas faire preuve dans ce « monde » ? « Si vous connaissiez mon caractère... vous seriez assurée que, puisque j'ai dissimulé ce qui s'est passé à mon égard, il faut que je vous aime plus que moi-même. Ne me faites plus d'injustices... »

Elle l'entraînait à des imprudences... Était-il prudent de la recevoir chez lui ? Que penser d'une invitation comme celle-ci ? « Je désire beaucoup que vous veniez souper chez moi, ma chère princesse, mettez-vous à votre aise, sans panier, et ne soyez pas serrée dans vos habits. » Comme elle ne supportait pas son absence, il l'invita à Albano en compagnie, il est vrai, d'Azara qui partageait les soucis du couple : « Je souhaite que la fatigue ne vous ait pas incommodée, et que vous arriviez en bonne santé demain. »

Encore n'était-ce pas uniquement de sa passion jalouse que souffrait la princesse, elle était humiliée par son mari, homme superficiel et infidèle. Son état devenait parfois si cruel qu'elle reprochait à Bernis de ne point prendre assez de part à ses peines : « Vous me faites les reproches les plus injustes et les moins mérités. Vous êtes la seule à Rome qui ne voyez pas combien je suis sensible à vos peines. Je vous cache ma sensibilité pour ne pas augmenter la vôtre ! De bonne foi, me convient-il de faire des imprudences comme un jeune homme ? »

Ainsi, Bernis, en pleine gloire, se trouvait-il mêlé à des intrigues dont le « monde » romain n'était pas plus exempt que celui de Paris. C'était l'ombre au tableau. Les jaloux de sa réussite, les « fanatiques » amis des Jésuites, les femmes insatisfaites ouvraient les yeux sur sa conduite : « A l'égard des lettres [anonymes], elles sont l'ouvrage du fanatisme ou peut-être de la malice pour donner mauvaise opinion de nous au prince. Quoi qu'il en soit, il faut s'en moquer. » S'en moquer ? C'était difficile. En supposant qu'il se fût agi d'une amitié demeurée pure, Bernis se trouvait mêlé à un monde qui ne l'était pas. Il recevait le contrecoup de ces intrigues, et il en souffrait pour la princesse et pour lui-même. Si le sens de ses billets reste pour nous obscur, on ne peut nier que le cardinal était confronté non pas à une femme libre, mais à un couple en vue : « Soyez politique avec la duchesse de F. (de Fiano dont Casanova dit que le prince était le chevalier servant), elle se fera peut-être le mérite de raccommoder toutes choses quand elle croira que vous lui avez pardonné le passé... » Quels drames bourgeois, ou même quelles dérisoires comédies conjugales ne devine-t-on pas ? « Tout ce que j'ai appris hier soir m'a causé le plus violent chagrin... Préférez le repos à toutes les autres considérations. Occupez-vous uniquement à plaire et à calmer votre mari ; peu à peu, vous prendrez le dessus sur vos ennemis... » Mais Bernis multipliait en vain ses conseils de directeur de conscience, il ne pouvait transformer son amie, même en fronçant les sourcils et en allant jusqu'aux reproches : « Soyez moins vive et plus prudente... Songez à la réputation de vos amis ; ayez du courage et de l'amour-propre pour eux *si vous n'en avez pas pour vous*... Suivez les conseils de notre cher et bon ami [Azara], il est honnête et de bon conseil. » A n'en pas douter, il fallait qu'Azara fût un véritable ami.

La longue absence de Bernis au conclave de 1774 allait être insupportable à la princesse et mettre en péril sa santé. Et pendant ce temps, la calomnie allait étendre son murmure autour du cardinal, et même jusqu'à Versailles.

Le conclave de 1774

Ce fut dans une atmosphère malsaine que s'ouvrit le conclave. Les Jésuites et leurs partisans continuaient de s'acharner contre la mémoire de Clément XIV : ils poussèrent la calomnie jusqu'à lui attribuer une maîtresse !

Les deux camps restaient les mêmes. Rezzonico étant camerlingue, les *zelanti*, dans ce climat, se trouvèrent les maîtres ; la bataille qui s'engageait allait être très dure pour les couronnes. Mais cette fois Bernis, présent à Rome depuis cinq ans, connaissait cardinaux et factions. Ayant décidé de jouer le rôle essentiel, il s'y était préparé, et même, avait soumis son plan à Versailles. Trois possibilités s'offraient à lui : ou bien laisser faire, ou bien se rendre maître, d'entrée de jeu, de l'élection, ou bien procéder lentement, par l'exclusive, pour éliminer les candidats indésirables ; cette dernière stratégie fut adoptée. Pendant ce temps, Bernis devrait s'assurer les concours de Madrid, Naples, Vienne et Turin. Enfin, il fallait de l'argent pour acheter les Albani dont l'un était le doyen du Sacré Collège.

Moniño avait l'intention de « pousser » Négroni avec qui il était lié : c'était un homme pacifique, condescendant, honnête. Mais Bernis ne voulait pas d'un pape trop inféodé à l'Espagne. Dès le début, il avait pensé à Braschi, qu'il connaissait pour l'avoir rencontré chez les Santa-Croce. Faire élire un pape absolument dévoué aux couronnes, il n'y fallait pas penser. Braschi était le moins mauvais des *zelanti* : physiquement prestigieux, lettré, il avait mené une vie relativement retirée que l'on disait régulière. Moniño, le croyant trop proche des Jésuites, ne se fiait pas à lui, mais Bernis espérait, l'ambition s'éveillant, en obtenir des promesses.

Si l'on se retrouvait devant la même situation qu'en 1769, les *zelanti* étaient plus méfiants, plus intransigeants et exaltés. Il fallait attendre, les laisser se calmer, exiger que Luynes et les deux cardinaux espagnols fussent arrivés.

Le conclave ferma ses portes le 5 octobre. Bernis détestait ce « tombeau » ; il souffrait d'un manque d'hygiène et s'ennuyait pendant les temps morts. Dès le début, il eut à faire face au danger qu'il redoutait : les Albani rejoignirent les *zelanti* de Rezzonico qui en profitèrent pour tenter de faire élire le pape par acclamation ; il y avait eu, disaient-ils, des précédents. Bernis se fâcha : pouvait-on élire un pape en l'absence des cardinaux espagnols ? Et il démasqua les Albani. Aussitôt, de ce conclave d'où rien ne devait filtrer, les gazettes romaines publièrent de fausses nouvelles. C'était Bernis qu'elles accusaient d'avoir voulu brusquer l'élection. Affirmant que le cardinal avait eu avec Rezzonico une discussion violente, elles cherchaient à le marquer comme ennemi des Jésuites et à saper son autorité.

Il se mit aussitôt d'accord avec Orsini, le Napolitain, et avertit Moniño qui, malheureusement, vivait hors du conclave. A eux trois, ils représentaient les couronnes qui tenaient les cordons de la bourse. Ils désignèrent ceux qu'il fallait exclure à tout prix, parmi lesquels Torregiani et Rezzonico. Puis, Bernis reconstitua son « auberge » dans sa cellule ; il organisa le soir ce qu'il nomma les « conversations ». On n'y faisait pas que discuter, on y consommait des friandises : pain d'Espagne, gaufres, pâtisseries, sucreries, café, chocolat, limonade, et la *sciolta* à la glace [10] que ses deux maîtres d'hôtel apportaient chaque jour. Malgré la concurrence dangereuse des cardinaux Archinti et Chigi, sa cellule était pleine tous les soirs, car on y appréciait aussi son esprit, son expérience, ses connaissances et ses anecdotes.

Malgré tout, le 13 octobre, Colonna, candidat des *zelanti*, obtint neuf voix, puis s'éleva jusqu'à dix-sept ; étant donné le nombre des cardinaux présents, il n'en fallait que vingt pour être élu. Devant ce danger, Bernis inaugura une stratégie tout à fait nouvelle : il remit un mémoire au cardinal-doyen l'avertissant que Madrid et Naples récuseraient cette élection précipitée insultant la maison de Bourbon, et que le ministre espagnol (Moniño) quitterait Rome. L'exaltation des *zelanti* retomba. L'un d'eux, Corsini, déclara à Bernis que son parti attendrait, « mais... qu'on ne pouvait répondre qu'une *inspiration instantanée* [divine !] n'opérât la réunion de plusieurs suffrages ». Bernis répliqua qu'il ne redoutait point les inspirations divines mais qu'il tenait pour *suspect ce langage mystique.* Les *zelanti* furent alors surnommés *les inspirés.*

Le 21 octobre, les *zelanti* présentèrent Braschi, le candidat auquel Bernis avait secrètement pensé. Il était trop tôt. Bernis ne pouvait admettre cette élection en l'absence des cardinaux espagnols. De quoi eût-il été accusé ? Heureusement, Braschi échoua ; mais Bernis ne se sentait plus en sécurité... Enfin, Luynes arriva au début de novembre, un Luynes irrésolu, ayant baigné dans l'atmosphère pro-jésuite de la cour. Deshaises et Moniño lui offrirent, au palais Carolis, un dîner fameux et le sermonnèrent. Désireux de jouer un rôle, il inquiéta Bernis qui dut le ramener au Pacte de Famille. Puis, Bernis calcula que, lorsque tous les cardinaux seraient arrivés, il n'y en aurait que quarante-quatre : il fallait trente voix pour élire le pape, mais quinze seulement pour l'exclusive ; Bernis disposait de dix-sept voix. Les adversaires des couronnes tombèrent à tous les scrutins. La certitude de l'échec redoubla la violence des Jésuites.

Ce fut alors, en novembre et décembre, qu'une atroce campagne de calomnies s'abattit sur Bernis. Même à l'intérieur du conclave, il eut à subir des remarques humiliantes. Dans sa dispute avec Albani, celui-ci lui répliqua : « La famille Albani ne doit pas sa fortune, comme les Bernis, à la faveur d'une putain royale. » Et le cardinal Lances : « Monsieur, vous vous êtes élevé en servant à la cour, moi j'y suis né. » Il était né à la cour... de Turin en 1712[11].

Le 10 novembre, le courrier de France avait été dévalisé. Rome fut inondée de satires et de libelles. Place de Navone, sur le buste d'une statue mutilée que les Romains avait surnommée Pasquin, était suspendue chaque matin une nouvelle *pasquinade,* pancarte où l'on attaquait grossièrement les cardinaux des couronnes, Bernis et la princesse de Santa-Croce. On fit circuler une sorte de comédie-ballet, farce grossière intitulée *Il conclave del anno 1774, drame pour être mis en musique et pour être représenté sur le théâtre de Dames pendant le carnaval de 1775*[12]. Par quelle prudente intuition Braschi n'y figurait-il point ? On y voit les cardinaux intriguer, se chamailler, mais aussi danser des ballets. Bernis y joue le rôle de protagoniste, se donnant beaucoup de mal et brouillant les cartes. « Que faut-il que je fasse ? » lui demande Négroni. « Il me suffit, répond Bernis, que, quand tu seras pape, tu te laisses mener par moi seul. » Inévitablement, l'auteur se complaît à évoquer les relations du cardinal et de la princesse. Quand le conclave touche à sa fin, Jean-François Albani et Bernis réconciliés manifestent leur joie, car « leurs amours vont renaître ».

J.-F. Albani

Il me semble déjà entendre la voix de ma belle Altieri.

Bernis

Je vois déjà les appas séduisants de l'adorable Santa-Croce.

Ensemble

Belles âmes amoureuses, si vous avez senti l'amour, dites s'il existe un plus grand plaisir.

Mais la calomnie la plus odieuse fut celle du « trou dans le mur ». Un trou avait été pratiqué dans le mur de clôture au bout du «couloir de Cléopâtre » [sic]. On accusa Bernis de l'avoir fait exécuter afin de pouvoir se rendre la nuit auprès de la princesse. Naturellement, Casanova se délectera de l'anecdote. En Hollande, un gazetier malicieux et perfide de la *Chronique scandaleuse de Rome* fait allusion à cette « brèche ». « On tâchera, ajoute-t-il, d'assoupir cette affaire d'autant plus scandaleuse qu'on ne craint pas, dans le public, vu plusieurs circonstances rapprochées, de faire tomber le soupçon sur deux personnages éminents que, pourtant, il serait téméraire de nommer[13]. » On ne saurait imaginer Bernis dans cette escapade grotesque. Il ne pouvait être question pour lui de compromettre sa situation à Rome, ni d'abandonner, ne fût-ce qu'un moment, la tâche ardue de faire élire le pape.

Bientôt, de ces calomnies, il allait pouvoir s'occuper : le 16 novembre, il fut à son tour « chef d'ordre », c'est-à-dire chargé par intérim du gouvernement pontifical. En accord avec les cardinaux Casali et Giraud, le « sot nonce » enfin promu, mais malléable, il ordonna immédiatement que *La Comédie du conclave* et les principales satires fussent brûlées, le 19 novembre à midi, des mains du bourreau, sur la place Colonna ; puis il fit arrêter Gaetano Sertor, prêtre florentin, soupçonné d'être l'auteur de la pièce. Les injures redoublèrent : on prétendit qu'il n'avait pas le droit de faire arrêter un prêtre. Il laissa dire.

Selon leur habitude, les Albani avaient formé un parti volant prêt à se poser du côté qui le paierait le mieux, les couronnes ou les inspirés... Bernis, loin de désespérer, songea de nouveau à faire remonter Braschi : « C'est un des sujets du parti de Rezzonico qui pourrait le mieux convenir », écrivait-il à Vergennes. Le ministre approuva, non sans rappeler à l'ambassadeur l'indispensable accord avec l'Espagne. Braschi ayant rendu des services à Charles III, ce qui manifestait sa largeur d'esprit, Moniño l'accepta. Bernis dirigea alors toutes ses batteries sur Braschi, utilisant Migazzi, l'Autrichien, plutôt favorable aux Jésuites, comme négociateur. Braschi remonta ; le 14 décembre, l'Espagnol de Solis entra enfin au conclave : Bernis se crut vainqueur. Ce fut à lui, toujours chef d'ordre, que le prince Corsini, grand d'Espagne, ambassadeur de Leurs Majestés impériales, Marie-Thérèse et Joseph II, remit, aux portes du conclave, ses lettres de créance. Bernis, presque assuré de sa victoire, leur fit un discours triomphal. Méprisant la calomnie, jamais il ne s'était senti aussi fort. Pourtant, de ce Braschi, était-il aussi sûr ? Ce n'était plus cela qui importait, c'était que ce fût Bernis qui fît le pape, *son* pape...

Le lendemain, quelle chute ! Migazzi, sans doute conseillé par le prince Corsini, soulevait la candidature de Visconti, ancien nonce à Vienne. Les Espagnols, retournés, proposaient Pallavicini, cousin germain de Grimaldi. Chacun pour soi ! L'œuvre de Bernis s'effondrait. Au 1er janvier 1775, après trois mois de conclave, tout était à recommencer !

Pour comble de malheur, le mal dont souffrait depuis novembre la princesse de Santa-Croce s'aggrava en janvier à tel point qu'on la crut perdue. Même si Bernis avait, à ce moment, utilisé le trou, on l'aurait pu comprendre ; il ne le fit pas. Les lettres quotidiennes qu'il écrivait à l'abbé Deshaises suffiraient à en témoigner. « Dites-lui de ma part, écrit-il le 23 janvier, que je ne la reconnaîtrai plus pour ma fille si elle m'écrit deux lignes tant que la fièvre subsistera, et que je ne lui ferai de réponse que quand elle sera sans fièvre. » On peut penser ce que l'on voudra d'un tel traitement pour un père. Deux jours après, il s'inquiéta sérieusement : « Si on n'applique pas de vésicatoires à temps à cette pauvre femme, elle mourra. » Il ne parla jamais de prières. Le 30, il crut sa mort imminente et chargea Deshaises « d'exprimer tout ce qu'il *doit* au prince et à la famille Falconieri [14] ». Le 31, elle était sauvée.

C'était l'hiver. Les cardinaux tombaient malades. Bernis, très enrhumé, souffrait d'une fluxion sur les yeux. Dans sa cellule humide et enfumée par la cuisine, il respirait de plus en plus mal. Il avait dû se séparer de son premier domestique gravement atteint. Luynes était incommodé. Il fallait sortir de ce conclave.

Que faire ? L'Espagne excluait tous les candidats des *zelanti*, et ceux-ci excluaient les candidats de l'Espagne. Bernis, obstiné, revenait chaque jour à son candidat, Braschi. Habilement il sut décourager Pallavicini qui renonça à sa candidature ; il lança Zelada à l'assaut des Albani et de Rezzonico. Puis il réunit une « conférence » composée de Zelada, Rezzonico, Torregiani et J.-F. Albani. A huis clos, pour économiser des scrutins, la conférence essaya tous les candidats possibles. Tous échouaient. Colonna, pour les *zelanti*, tombait avec vingt et une voix, Négroni, pour les couronnes, avec seize voix.

Bernis obtint alors de Braschi la promesse — combien vague et gratuite ! — de « poursuivre l'œuvre de Clément XIV ». Et Braschi accepta de se réconcilier avec les deux frères Corsini, le cardinal et le prince, auxquels il s'opposait de longue date ; il obtenait ainsi le vote de l'Autriche. Rezzonico, qui croyait avoir Braschi bien en main, pouvait alors engager les suffrages de son parti. Le 14 février, Bernis annonça au Sacré Collège que les couronnes acceptaient d'élire Braschi. Marché de dupes s'il en fut ! Le soir, tous les cardinaux s'en furent baiser la main du nouveau pape. Le lendemain, 15 février 1775, Braschi était élu à l'unanimité et prenait le nom de Pie VI.

Une victoire bienvenue

Chacun s'accorda pour dire que la responsabilité de Bernis, en cette élection, fut si importante qu'il risquait d'en subir, à long terme, les remous. C'était bien lui qui avait « fait » le pape ; c'était lui qui l'avait inventé au début du conclave, lui qui, à la fin, l'avait ressuscité. Il avait tout concilié... en apparence. Les *zelanti* ne s'y trompèrent pas, qui le comblèrent d'éloges.

Il faut reconnaître que ses talents de conciliateur dépourvu de sectarisme l'avaient imposé au Sacré Collège. De cette position, il tira d'importants avantages lors de la première audience du pape le 17 février. S'il ne demanda rien pour lui-même, il apparaissait comme « l'ami du pape ». Et ce fut lui qui obtint les meilleures places, dans l'administration du Saint-Siège, pour les cardinaux des couronnes.

Zelada devenait vicaire général, le bras droit de Pie VI. Ainsi l'entourage du pape semblait en garantir la conduite en faveur des couronnes. L'histoire sembla se répéter. Pie VI faisait, à l'égard de Bernis, assaut de considération et de courtoisie. Pour aller à l'encontre de la calomnie, il nomma le prince de Santa-Croce capitaine honoraire des chevau-légers de la garde. Bernis le lui rendit : son médecin et son chirurgien, moins sots que beaucoup d'autres, furent promus médecin et chirurgien du pape.

Les éloges s'étendirent aux capitales de l'Europe. Marie-Thérèse, retournée par Migazzi, écrivait à celui-ci qu'elle regardait « toujours [le cardinal de Bernis] comme le premier auteur de l'heureuse union entre *sa* maison et celle de Bourbon ». Migazzi, acquis à Bernis pendant le conclave, fut reçu chaque jour à sa table... Les étrangers, prélats, abbés attachés au conclave ou simplement curieux de son déroulement, répandirent la gloire de Bernis et décrivirent le luxe et la vie intellectuelle du palais Carolis, car « l'auberge » avait continué de recevoir les visiteurs pendant le conclave comme si Bernis eût été présent.

Bernis avait grand besoin de cette gloire : depuis le rappel de Maurepas, principal ennemi de Mme de Pompadour, il s'était senti menacé. Son poste était envié par de grands seigneurs ; on avait parlé de transférer le cardinal à l'archevêché de Cambrai. Et, de Rome, la calomnie s'était étendue à Versailles et à Paris, à tel point que Bernis avait écrit à Vergennes afin qu'il tentât d'y mettre un terme ; le ministre répondit avec bon sens que la police n'avait jamais pu arrêter tous les auteurs de libelles... On pense inévitablement à Maurepas lui-même !

Désormais, sa réussite le plaçait hors d'atteinte. Le nouveau pape avait fait à Louis XVI l'éloge du cardinal, « notre bien-aimé cardinal de Bernis à qui nous protestons avoir les plus grandes obligations ». Le roi avait remercié Luynes et Bernis en termes chaleureux ; et Vergennes écrivit à l'ambassadeur : « Vous devez être content de la justice qu'on vous rend ici ; ce succès en imposera aux contradicteurs dont vous savez que les cours ne manquent jamais, et vous ne pouviez détruire plus victorieusement tous les abominables pamphlets dont on a inondé le public, et qui ne pouvaient que faire gémir la raison et l'honnêteté [15]. » Enfin, le cardinal avait toujours pour lui les « dames de France » auxquelles s'était jointe la reine Marie-Antoinette.

De quoi se fût-il plaint ? Sa réputation à Rome lui valait d'obtenir à Versailles d'importants avantages pour ses neveux. Le comte de Narbonne, devenu lieutenant général et cordon rouge, allait commmander en Corse. Quant à ses neveux par alliance, Bernis reconnaissait leur fidèle attachement : le chevalier de Bernis, de la branche des seigneurs des Ports, était nommé colonel des grenadiers de France, et le vicomte de Bernis, de la branche des seigneurs de Loubatière, marié successivement aux deux filles de Mme de Puy-Montbrun, obtenait une compagnie dans les dragons du roi. « Népotisme » ? dira-t-on. Certes, le mot s'applique ici à la lettre ; or, il ne s'agissait point du népotisme classique des cardinaux romains, mais de récompenses du roi. Elles manifestaient combien Bernis restait attaché à sa famille, combien aussi les différentes branches de la famille de Pierre renouvelaient volontiers leur union par des mariages.

L'avenir s'annonçait calme. Mais il dépendait du caractère et des actes du pape plus que de Bernis. Luynes avait fait au roi Louis XVI un éloge excessif de Pie VI. Bernis, pénétrant et prophétique, s'était réservé : « Le règne du nouveau pape, écrit-il, fera juger si, avant son élection, on avait vu son visage ou son masque. »

CHAPITRE XVII

L'isolement d'un diplomate dans un salon européen

Pie VI : vanité, majesté, jésuitisme

On n'avait vu que son masque. Bernis avait cru élire le moins mauvais des papes, il avait élu le plus dissimulé. Jean Ange Braschi n'avait que cinquante-sept ans. Il avait une belle tête, une stature et un maintien majestueux, il avait la démarche calculée, les gestes au rythme lent et solennel d'un acteur de tragédie. On ne pouvait imaginer figure plus hiératique pour un pape. Il cultivait un mélange de faste oriental et de pompe catholique. Certes, ses mœurs paraissaient pures, sans défaillances humaines, et sa nourriture était frugale. Il n'avait qu'une passion, la vanité, qui eut toutefois un heureux prolongement vers l'amour des arts, en particulier de la statuaire et de l'architecture en ce qu'elles pouvaient servir à magnifier dans l'histoire son pontificat. Tout un peuple de statues fut tiré des ruines d'Antium, de Pienesti et de la villa d'Hadrien [1], ce qui attira des étrangers et servit du même coup « l'auberge de la France ». Peu à peu, le masque de Pie VI tomba : méconnaissant les hommes, sans perspicacité, il devait finir par n'être plus admiré que de soi-même. Élève de Benoît XIV, il n'avait conservé de son maître qu'une tolérance apparente, sans l'humanisme et surtout sans l'humour.

Bernis l'eut bientôt démasqué. Toutefois, sachant que les Jésuites reprenaient de l'influence à Versailles, bien résolu à oublier les souffrances du conclave, mais sans trop savourer une gloire dont il doutait plus que quiconque, Bernis décida de ne point faire montre d'un zèle anti-jésuite excessif et de vivre une ère de tranquillité. Moniño, plus agressif, commença de s'opposer à l'élargissement de Ricci. Quant à Vergennes, il expédia à Bernis des instructions qui, pour n'être pas opposées à la politique de l'Espagne, n'en avaient pas moins aucun caractère offensif : « Quand il sera démontré que l'extinction de cette Société aurait été faite contre toute raison et convenance, je maintiendrais encore qu'il serait contre les règles d'une saine politique de rétablir un corps qui, ayant des ressentiments à satisfaire et des passions à venger, allumerait le feu de la discorde d'un bout de l'univers à l'autre[2]. » Il suffisait d'être vigilant.

Bernis et le pape semblaient être d'accord sur un point : puisque les Jésuites n'existaient plus comme ordre, pourquoi les persécuter ? « Il faut songer à la tranquillité publique, écrivait Bernis, et ne pas faire la guerre aux individus[3]. » L'individu Bernis lui-même avait grand besoin de calme : « J'ai eu de mon temps le zèle qui fait les martyrs, je me contente, aujourd'hui que j'ai plus d'expérience, de celui qui fait les confesseurs[4]. » Il reprenait le ton confidentiel des lettres à Choiseul, mais cette fois, il n'avait pas affaire à un fourbe. Vergennes lui rendit cette confiance : il avait compris l'homme et le parti qu'il en pouvait tirer, non pas contre Bernis, mais pour sa propre information.

Bernis, heureux dès qu'il le pouvait sans trahir ses devoirs, ne vit pas tout de suite l'importance que prenaient les Jésuites de Prusse et de Russie. Frédéric II les accueillait, par intérêt et par malice, les laissant libres de ne tenir aucun compte du bref de suppression. Le pape se plaignit. Fort amusé, Frédéric consentit à leur changement d'habit, mais maintint, à grand renfort de publicité, les prérogatives de l'Ordre. D'Alembert protesta. « Vous pouvez être entièrement tranquille, lui répondit Frédéric, sur le sujet des Jésuites qui ne sont plus Jésuites que chez moi. Ils sont plus nécessaires que vous ne le pensez en France, pour l'éducation de la jeunesse dans un pays où les maîtres sont rares, et où, parmi les laïques, on aurait bien de la peine d'en trouver[5]. » Cette raison ne pouvait convaincre d'Alembert qui insista : « Je crains, sire, que d'autres princes que vous qui ont arraché cette ciguë de leur jardin, n'aient un jour la fantaisie de vous emprunter de la graine pour la resemer chez eux[6]. » Et d'Alembert de réclamer un édit interdisant « l'exportation de la graine jésuitique » ! Il essaya d'entraîner Voltaire, mais le « vieux Suisse » ne haïssait pas les Jésuites et savait à quoi s'en tenir sur la philosophie du roi de Prusse.

Frédéric avait une autre raison : il voulait se concilier la jeunesse catholique de Silésie et de Pologne prussienne. Le problème était le même pour Catherine II en Russie blanche, ancienne province polonaise. Elle y attira les Jésuites qui la servirent de toutes leurs forces : ce fut le collège de Polstock qui devint leur centre d'action et leur pépinière. Les Jésuites, tolérants certains, s'étaient endormis dans la paix, retrouvaient dans le malheur leur militantisme agressif et leur fanatisme. Qu'ils fussent en Prusse, en Allemagne ou en Russie, ils ne tardèrent pas à constituer un réseau à Rome : leur agent pour la Prusse fut Scrofani, et pour la Pologne, ce fut Garempi, le nonce de Varsovie. Bernis apprit que tous deux étaient en liaison avec Rezzonico, lequel n'avait jamais perdu la confiance du pape : le réseau était bouclé.

Bernis percevait enfin d'autres signes inquiétants. A Versailles, on s'opposait de plus en plus à la politique de Choiseul. L'archevêque de Toulouse, un exalté, avait eu l'audace de réclamer, dans un discours au roi, le rétablissement de la Société. A Rome, où celle-ci n'avait pas cessé d'exister, s'ouvrait le procès de Ricci et celui des prophétesses de Valentano, lesquelles, avait-on découvert, avaient été manipulées par deux Jésuites. Mais on pratiquait un art ostensible de faire traîner les procès, si bien que Ricci mourut avant d'être jugé, « bienfait de la Providence », selon Bernis. La stratégie du pape s'adaptait avec bonheur à ce mouvement ralenti : bon enfant, le souverain pontife discutait sagement avec Bernis et Moniño, comptant sur l'usure des deux ministres.

Ainsi, à pas feutrés, sans qu'aucun événement grave n'apparût en surface, au bout d'un an, le terrain gagné par les Jésuites était considérable. Bernis expliquait à Vergennes la stratégie du pape : « Le pape a cru que, ne touchant pas *à l'essentiel du bref,* il ne déplairait pas aux cours et satisferait en même temps le roi de Prusse et le parti des Jésuites [7]. » Ce n'était plus « d'individus » qu'il s'agissait, mais d'un « parti ».

Jusqu'où n'irait-on pas ? Enfin, en avril 1776, Bernis décida de réagir. Halte au fanatisme ! Il avait été obligé d'intervenir vigoureusement pour empêcher la condamnation de deux oratoriens suspects de jansénisme. « Les partisans des Jésuites, écrit-il à Vergennes, ont toujours les armes à la main. » Le pape venait de diffuser des rescrits permettant aux Jésuites de célébrer l'office propre à leur société. Désormais, Bernis voyait clairement le jeu de Pie VI : « Le pape, écrit-il, ne tentera pas le miracle de la résurrection des morts, mais il fera bien des choses qui en nourriront l'espérance, et *cela suffira pour entrete-*

nir la fermentation du fanatisme[8]. » En accord avec lui, Moniño présenta au pape un mémoire énergique ; le pape retira ses rescrits sur les offices.

Hélas ! Les événements qui suivirent devaient laisser Bernis seul et désarmé : à Naples, Tanucci était tombé par les caprices de l'inénarrable reine Caroline et de son amant ; Moniño était rappelé à Madrid au poste de Grimaldi, lequel, en demi-retraite, venait remplacer Moniño à Rome, mais quand arriverait-il ? Et à Lisbonne, après la mort du roi, la reine, sous l'influence des moines, avait disgracié Pombal. Aux représentations de Bernis, le pape répondait que c'était aux cours qu'il appartenait de « guérir » le roi de Prusse et la tsarine, et qu'il ne voulait pas être empoisonné comme Clément XIV. Sachant qu'il servait les Jésuites trop peu et trop lentement, il avait peur, ou peut-être feignait-il d'avoir peur, des plus violents d'entre eux. « Le pape, écrit Bernis, sait parfaitement jouer la comédie. » L'ambassadeur se sentait isolé par son honnêteté comme le ministre l'avait été en 1758. Mais la situation était différente : il était inexpugnable dans son « auberge ». Loin de lui la pensée d'utiliser ses relations européennes pour constituer un contre-réseau. Il était à la fois trop philosophe au sens commun du terme, et pas assez au sens des Lumières : « Comme je n'ai jamais été homme de parti, confiait-il à Vergennes, je verrai sans surprise et sans passion le flux et le reflux des intrigues de ce siècle[9]. » « Il n'appartient peut-être pas tant de rire à un cardinal, lui avait écrit Voltaire, mais il lui appartient d'être content. »

Grimaldi arriva enfin, décidé à s'attaquer non seulement au pape mais à son entourage. Il démasqua Pallavicini, son cousin, qui s'effondra devant lui et déchira un bref du pape autorisant les Jésuites de Cologne à prêcher, à enseigner et à administrer les sacrements. Le pape fit des promesses écrites. Charles III crut enfin le tenir. Mais Pie VI, en même temps qu'il s'inclinait et le flattait, accordait aux Jésuites de Liège la formation des novices. Cédant enfin à la colère de Grimaldi, il convoqua le président de la maison du Gesú et lui ordonna de signifier à tous les Jésuites « de cesser de prêcher et de confesser, sinon de décamper ». L'événement fit du bruit, mais ne modifia nullement les intentions du pape. On accepta encore de négocier avec lui, croyant que c'était enfin la dernière fois... Travail épuisant auquel le pape résistait avec le plus grand calme. La discussion s'étira. Grimaldi, affaibli, se fatigua. Les procès en canonisation, qui rapportaient chaque année un million de livres au Vatican, avaient été suspendus, Grimaldi les laissa reprendre. La vente des brefs accordant à des particuliers des « grâces spirituelles » reprit de plus belle. Le Portugal avait acheté, en 1778, sept mille brefs. Scandalisé par ces pratiques de vénalité et de superstition, Bernis reprocha au pape cet « agiotage des grâces »... Langage que le pape ne pouvait entendre : ses gigantesques travaux d'architecture ruinaient le Trésor, et l'argent qui rentrait n'avait point d'odeur.

Bientôt, Grimaldi se laissa glisser du côté des *zelanti*... Pour Bernis, les chagrins s'ajoutaient à cette épuisante et inutile diplomatie. Voltaire était mort en mai 1778. En février 1779, Bernis avait perdu Deshaises, son inséparable ami. Mais le choc le plus violent qu'il reçut fut la perte de sa nièce, la marquise de Puy-Montbrun qui, elle non plus, ne l'avait jamais quitté. Ni la diplomatie opposée aux Jésuites, ni la calomnie ne lui avaient aliéné ses amitiés romaines : il reçut de partout d'émouvantes marques de sympathie. Il lui restait la princesse de Santa-Croce et Azara. Encore Grimaldi prit-il ombrage de son amitié avec Azara et s'ingénia, sans y parvenir, à les brouiller. On ne possède pas d'écho des souffrances et des déceptions de Bernis à cette époque. On devine seulement, à travers ses lettres à Vergennes, que son courage et son merveilleux équilibre ne l'avaient point trahi.

La France et l'Espagne, occupées à la guerre d'Amérique, furent contraintes de ménager la Prusse et la Russie. Des navires russes furent arrêtés à Cadix, soupçonnés de porter secours aux Anglais. Le pape se sentait libre. Trop sûr de lui, il n'écoutait plus Bernis. C'est ainsi qu'il commit la lourde faute d'entreprendre un voyage à Vienne. Marie-Thérèse était morte et il était mal renseigné sur le caractère et les opinions de Joseph II. Après les manifestations populaires qui saluèrent son arrivée, il fut reçu par l'empereur avec une désinvolture frisant l'irrespect. Voyage qui lui coûta un million de livres et ne releva point son prestige.

Les Jésuites de Pologne avaient élu un vicaire général avec pouvoir de général de l'Ordre. Que Pie VI eût confirmé aux ambassadeurs des couronnes que le bref de destruction était « immuable et irrévocable » était pure comédie. Catherine II obtenait ce qu'elle voulait en menaçant le pape « d'une interdiction de la religion catholique sur tous les territoires de son empire ». Pie VI feignait d'avoir peur. A Rome, les Jésuites le trouvaient très habile.

Les Jésuites étaient les plus forts. Bernis voyait à quoi tendait leur politique : « Maintenir un jésuitisme bâtard et dans le fond schismatique, qui attendrait des circonstances favorables pour s'étendre de proche en proche [10]. » Mais il faudrait attendre encore une vingtaine d'années : les événements de la fin du siècle allaient reléguer l'affaire au second plan.

L'une des dernières trouvailles du parti jésuite fut l'affaire de la canonisation de Joseph Labre, mendiant français vivant à Rome et qui faisait des miracles, énorme « montage » qui rappelait celui des jansénistes avec le diacre Pâris en 1732. Certes, ce n'étaient point les Jésuites qui dirigeaient l'opération, c'étaient Rezzonico et les cardinaux de tradition romaine, ceux qui n'avaient, comme le disait Choiseul, aucune vue sur le reste du monde. Il leur fallait des canonisations et des miracles pour appâter ou exalter les ignorants et rassurer les hypocrites. Il fallait sanctionner les miracles ou avouer qu'ils étaient faux. Pour Bernis, qui avait lu *Les Éléments de la philosophie de Newton*, de Voltaire, Dieu était suffisamment miraculeux en assumant, dans l'éternel et l'infini, l'Être et la Toute-Puissance, sans qu'il fût ravalé à des retouches mesquines et publicitaires de ses lois. L'archevêque d'Albi voulait instruire les hommes et les faire accéder à une religion réfléchie, affaire de raison, non de mysticité.

Inspiré par Bernis, Vergennes demanda qu'on lui procurât quelques lignes écrites de la main du mendiant. C'était impossible à Rome, mais en France, on trouva une lettre que Labre écrivait à ses parents le 2 octobre 1769. Grand émoi, dure épine dans le pied des *zelanti* ! Labre recommandait les ouvrages d'un Père Lejeune, ami du Père Quesnel et de M. Arnault. Des jansénistes ! Et le curé de sa paroisse affirma que Labre n'avait jamais voulu faire ses Pâques et qu'il allait souvent manger et boire à l'hostellerie. Mais qu'importait ? Les miracles se mirent à proliférer, même en France. Un Bostonien se convertissait, une religieuse guérissait... Miracles !

Bernis tenta une dernière démarche et proposa une enquête sérieuse par un ecclésiastique de confiance afin de « couper le fil d'une intrigue qui pouvait avoir en France des suites plus fâcheuses qu'en Italie [11] ». Patience et longueur de temps : malgré les preuves accumulées que Labre n'était pas un saint, le pape attendit qu'en 1792 l'ambassade de France eût sombré dans la révolution pour déclarer Labre vénérable. Il ne fut canonisé qu'un siècle après, en septembre 1881, mais il le fut.

L'affaire la plus pénible et la plus trouble que Bernis eut à traiter entre Louis XVI et le pape fut celle du collier de la reine. Le cardinal de Rohan, évêque de Strasbourg et grand aumônier de France, sollicité par une fausse comtesse de la Motte pour servir d'intermédiaire entre le joaillier et la reine, avait été dupé. Bernis, qui le connaissait, comprit tout de suite qu'il était innocent [12], ce qui n'en rendit sa tâche que plus délicate. En cette intrigue « policière », on ne voyait pas clair à Versailles, comment l'eût-on démêlée à Rome ? Aux difficultés intrinsèques s'ajoutait ici la lenteur des courriers qui ne permit quasiment jamais d'accorder conceptions et décisions du roi avec celles du pape. Tout le problème, pour Bernis, était de savoir si la reine avait réellement joué un rôle ou s'il s'était agi d'un sosie présenté à Rohan dans la demi-obscurité des jardins de Versailles. De ce rendez-vous, nié par la reine, on ne put jamais avoir la certitude. Au fond, seules la légèreté, la naïveté, avec lesquelles le cardinal de Rohan s'était laissé entraîner, restaient en cause. Naïveté si rare dans le clergé de l'époque qu'elle eût mérité récompense.

Or, pour préserver la réputation de la reine, Louis XVI fit arrêter le cardinal et le fit conduire à la Bastille. Passe encore un cardinal exilé, mais un cardinal à la Bastille ! Stupeur de Bernis, qui apprit cet emprisonnement quinze jours plus tard, le 31 août, par une lettre personnelle de Vergennes. Pie VI, déjà informé par le nonce, fut fâché de ne l'avoir pas été officiellement. Il écouta Bernis et convint avec lui que la culpabilité de Rohan était invraisemblable.

Ne pouvant pas s'insurger contre l'emprisonnement, Bernis rendit compte à Vergennes que le Saint-Père attendait de la justice royale qu'elle ne soumît pas un cardinal-évêque à un tribunal séculier. Trop tard : Rohan, fort de son innocence, avait commis la faute de se soumettre au jugement de la Grand-Chambre du Parlement. Il n'en avait nullement le droit. Face à Vergennes embarrassé et qui n'avait point d'opinion, Bernis naviguait à l'aveuglette. Ne pouvant prendre parti contre le roi qui poussait l'affaire malgré le pape, l'ambassadeur était contraint de laisser la Grand-Chambre poursuivre le procès, mais il fit remarquer que si Rohan, en choisissant le Parlement, avait commis une faute, il n'en restait pas moins que c'était à l'Église de le punir. Sur quoi le pape se fâcha, et, sans admettre la modération de Bernis, assembla les cardinaux, fit un discours violent, et obtint que Rohan fût privé « momentanément » de tous ses droits à l'exercice du cardinalat.

La suspension fut prononcée le 13 février 1786. Les réactions gallicanes furent vives à Versailles où l'on crut que la congrégation avait suspendu Rohan *aussi* comme évêque alors qu'elle n'en avait pas le droit. Bernis n'eut pas de peine à faire rectifier cette méprise. Au moment où, l'abbé Gorgel ayant retrouvé le faussaire et découvert en quelles mains étaient passés les diamants, l'acquittement ne faisait plus de doute, la querelle s'envenimait à Versailles et débordait l'affaire du collier. Courageusement, Bernis, se défendant d'être devenu ultramontain, jugea le pape : « J'ai deux maîtres, écrivait-il, dont l'un est Dieu et l'autre le roi. Le pape est le chef de notre religion, les cardinaux sont ses électeurs et son conseil... mais tout doit céder à la volonté du roi et à certaines circonstances. Au nom de Dieu, n'attachez aucune valeur aux phrases du cérémonial pontifical. Si elles ont signifié quelque chose autrefois, elles ne signifient plus rien. » C'était particulièrement vrai pour Pie VI, « dont il n'y *avait* plus rien à craindre, ajoutait Bernis, et que tout le monde *écrasait*[13] ». C'était là le fruit des tergiversations du pape et de sa vanité, lesquelles avaient provoqué non seulement le détachement des ambassadeurs des couronnes, mais aussi le mépris d'une fraction de la population romaine.

Rohan fut acquitté le 31 mai. Dans sa dépêche du 5 juin, Vergennes annonça son exil à La Chaise-Dieu, lieu inhospitalier où l'évêque Soanen, le janséniste, avait été relégué après le concile d'Embrun. Rohan avait envoyé à Rome deux docteurs de Sorbonne et désigné Albani comme procureur : sa suspension, bien inutile, fut levée le 18 décembre 1786, par le Consistoire.

L'« auberge de la France »

Le contraste était grand entre les déceptions diplomatiques de Bernis et sa situation au palais Carolis. Son manque absolu de sectarisme, sa façon de juger l'événement plus en historien qu'en homme politique, sa générosité garantissaient sa renommée et plaçaient le palais à l'abri des jaloux et des calomniateurs. Parmi les cardinaux et les prélats qui venaient à sa table, sans doute y avait-il des *zelanti*... Et parmi les princes et les courtisans étrangers, qui donc était pro-jésuite ? Qui ne l'était pas ? Qui pouvait être huguenot ? Qui athée ? Ou indifférent, mais seulement passionné d'arts et de lettres ?

Dans les années quatre-vingt, plus frappant encore était le contraste entre cette paix et l'agitation d'une France ruinée qui allait sombrer dans les luttes des partis et les émeutes de la rue.

L'« auberge » de Bernis était un îlot exceptionnel, insolite, de civilisation européenne autour de la France, de sa langue, de sa culture, de son humanisme, l'ultime refuge de la foisonnante pensée des deux grands siècles que furent le XVIIe et le XVIIIe. Corneille, Racine, Montesquieu et Voltaire y survivaient.

A ce niveau, les frontières étaient effacées. Les Anglais, la princesse de Galles, les ducs de Gloucester et de Cumberland, l'évêque d'Osnabrück pouvaient y rencontrer Charles-Édouard vieilli, usé par ses défaites et ses amours, et tous les princes allemands, ceux de la maison d'Autriche, l'archiduc Maximilien, le duc et la duchesse de Saxe-Teschen, l'archiduc Ferdinand, le grand duc de Toscane... L'empereur Joseph II lui-même y passa, pédant et cassant, alors que Gustave III de Suède, si doux et si courtois, ayant décidé de rentrer, ne put se séparer de Bernis et demeura encore un mois au palais, accompagnant le cardinal avec Azara chez les Santa-Croce. Lors de son retour, passant par Naples, il écrivit à Bernis : « J'ai été bien aise de reconnaître par moi-même que ce ministre qui, dans les temps les plus difficiles, avait su réunir et concilier, pour la gloire de sa patrie, les intérêts les plus opposés était aussi dans la vie privée l'homme le plus aimable et celui vers lequel on aimerait par choix de passer sa vie [14]. »

De Paris et de Versailles, Bernis reçut aussi des sourires de femmes. A leur tour, elles furent séduites. Car le cardinal avait conservé de la Bouquetière la fraîcheur, l'élégance, la courtoisie. La duchesse de Chartres se présenta à lui avec dix-huit personnes de sa suite, parmi lesquelles le comte et Mme de Genlis. Il dut emprunter le palais Sciarra et le meubler. Mais quelle récompense ! La duchesse était une femme charmante : elle entretint avec Bernis jusqu'à ce qu'il meure une correspondance qui prit parfois le ton de la confession. Mme de Genlis ne fut pas moins éblouie. « Je vous prie, écrivit-elle à Bernis, de ne pas oublier entièrement une personne qui vous conserve l'attachement le plus vrai et le plus tendre que vous ayez jamais inspiré [15]. » Quand la femme du prétendant Charles-Édouard quitta son mari, perdu d'esprit et mourant, pour son amant Alfieri, elle était si vive, si fine, si spirituelle, qu'il prit parti pour le couple représentant la vie et l'amour. Il ne s'en cacha point : il obtint que la pension de six mille livres de la Chambre apostolique et celle du prétendant allouée par la France fussent reversées sur l'épouse adultère. Le prétendant mourut enfin en janvier 1788. Bernis avait soixante-treize ans : il n'avait pas agi à la légère.

Si Bernis se plaignit parfois d'un surcroît de dépenses, ce fut après les visites des princes du sang et de leurs suites, bien qu'ils fussent à la cour les artisans de sa renommée et qu'ils eussent flatté la vanité de Pie VI. Les séjours fort longs du duc de Penthièvre, du duc de Chartres, de la duchesse aussi, le ruinaient ; et lorsqu'il sollicitait de Versailles des compensations, le ministre intéressé laissait traîner le dossier... « Tout cela dérange mes plans de finances, écrit-il. Louis XIV avait raison de ne pas permettre aux princes de son sang de voyager... »

Pour Vergennes, « l'auberge » fut moins importante que le « carrefour de l'Europe ». Pendant treize années, le ministre tira de la correspondance privée qu'il entretint avec Bernis, l'homme le mieux informé d'Europe, de précieux renseignements. Les deux hommes se convenaient : Vergennes, fils d'un parlementaire dijonnais, était un homme sévère, mais d'un esprit net et probe, d'un patriotisme sincère. Il avait beaucoup voyagé et acquis, au cours de ses ambassades à Trèves, à Hanovre, en Suède et en Turquie, une bonne connaissance de l'Europe. Confrontant ses vues avec celles de Bernis, il put défendre les intérêts de la France contre la politique d'expansion de l'Autriche, « alliée » toujours fidèle aux aides de la France, soutenue par les archiduchesses mariées aux Bourbons de Naples et de Parme, et surtout, à Versailles, par le « parti autrichien » de Marie-Antoinette.

Ce fut dans ce même ordre de préoccupations que Bernis fut chargé, en 1784, d'une étrange mission à la cour de Naples. Ferdinand IV, roi des Deux-Siciles, prince dénué d'instruction et faible de caractère, avait épousé Caroline-Marie d'Autriche, âgée de seize ans et sœur de Marie-Antoinette. Le roi, pour se livrer à ses amusements d'enfant, lui avait abandonné le pouvoir. Impérieuse, hautaine, violente et fantasque, elle fit renvoyer Tanucci et remit la direction de l'État à son amant Acton, un aventurier. On devine ce que pouvaient être les réunions du conseil de ce gouvernement. « On *croyait* voir, écrit Vergennes, une troupe d'enfants et de commères tenant conseil ensemble. » Les trois agents de Louis XVI à Naples ayant fait, sur les désordres de la reine, des rapports jugés scandaleux par le parti autrichien, se trouvaient sous le coup d'un rappel.

Bernis fut prié par Vergennes de se rendre à Naples pour y observer la cour. On le reçut « comme un souverain et comme un ami ». Presque chaque jour, la reine l'envoyait chercher et s'efforçait de le séduire... Le cardinal ne put faire autrement que plaider, auprès de Vergennes, la cause des trois agents :

« Ils ont cru, écrit-il, qu'ils pouvaient écrire à leurs ministres ce qui était public à Naples où la licence des propos m'a étonné. » Et il osa ajouter : « Il faut prendre garde que l'on ne soupçonne, en Europe, que l'influence autrichienne peut dominer à Versailles autant qu'à Naples [16]. » C'était d'un homme averti.

Parmi les trois agents français de Naples se trouvait Vivant-Denon, graveur de talent et écrivain [17] qui avait séjourné chez Voltaire et qui se proposa comme guide du cardinal dans la ville et ses environs. Il fut si avisé et si intéressant que Bernis ne l'oublia pas et lui rendit à son tour un important service. Denon, obligé de demeurer à son poste quand son père mourait, fut déshérité. Le cardinal l'aida à obtenir en compensation une pension de deux mille quatre cents livres, ce qui n'était pas facile étant donné l'épuisement permanent du Trésor royal. Quant au gouvernement de Naples, Bernis ne le pouvait modifier ; il avait le cœur plus français qu'autrichien ; et il baissa les bras devant l'indéracinable corruption de Caroline et son adhésion inconditionnelle à l'Autriche. Il craignit toutefois que les lettres sévères qu'il avait adressées à Vergennes ne fussent lues par Marie-Antoinette et chargea le ministre d'y veiller : recommandation superflue car Vergennes avait un coffre secret.

Malheureusement, ce ministre mourut le 13 février 1787. Le roi appela aux Affaires étrangères le comte de Montmorin. Allait-on suivre l'exemple de Naples ? La reine fit entrer au Conseil l'archevêque de Toulouse, homme étrange, qui obtint le chapeau rouge, dont la foule brûla l'effigie sur le Pont-Neuf, et qui finit par se suicider. La décadence s'étendait, la Révolution était commencée. « Toutes les têtes sont tournées, écrivait Bernis au comte de Flavigny, délégué de la France à Parme. Nous voilà dans les désordres de la Fronde, mais nous n'y verrons figurer ni les Condé, ni les Turenne, ni même le cardinal de Retz, tout au plus quelque abbé de Rivière [18]. Si cela continue, nos voisins s'en mêleront... Vingt hommes que j'ai tous connus auront désorganisé la religion et la monarchie. L'espace de quarante ans nous aura conduits où nous sommes [19]. » Il avait répété à Vergennes, le jour même où le ministre se mourait : « Je suis bien vieux, mais je voudrais l'être davantage. L'avenir me fait peur [20]. »

Bernis avait cessé d'être philosophe. Le bonheur l'avait abandonné.

CHAPITRE XVIII

Bernis et la Révolution

La vaine résistance et la ruine

Si Bernis fut régulièrement informé des événements de la Révolution française, il n'eut que la peine de les imaginer sans risquer, étant donné son caractère, d'en devenir physiquement la victime. Sans doute ses informations furent-elles variées : il fut renseigné sur la vie parlementaire par les frères Joly de Fleury, sur la vie économique par Marquet, sur la cour par le duc de Penthièvre, la duchesse d'Orléans, les tantes du roi, Mme Victoire et surtout Mme Adélaïde, enfin par ses deux neveux, l'évêque-coadjuteur d'Albi et le chevalier, avant qu'ils ne fussent contraints d'émigrer. Ses réactions auprès du ministre Montmorin sont franches, nettes : aucune crainte du nouveau pouvoir ne l'effleura, dût-il, finalement, perdre sa place et sa fortune. Ses confidences à M. de Flavigny, agent de la France à Parme, sont sans détours.

Les hommes au pouvoir, de plus en plus tributaires de l'Assemblée nationale, ne tardèrent point à manifester leur négligence calculée ou leur acrimonie à l'égard de Rome. C'est dire que l'on ne consulterait plus guère l'ambassadeur. Son influence allait décroître à mesure que l'on retirerait au clergé ses privilèges et que l'on s'opposerait au pouvoir du pape.

Son premier adversaire fut Necker, le protestant, qui détestait Rome. L'hiver de 1788 à 1789 ayant été des plus rudes, la famine accentua l'agitation. Bernis proposa d'exporter du grain vers la France. Necker laissa traîner l'affaire puis envoya quelqu'un qui n'acheta rien, faute de fonds. On allait alors se servir du Comtat-Venaissin, vulnérable, pour provoquer Rome.

Les fermiers généraux, sous prétexte d'empêcher la contrebande, supprimèrent le sel dans le Comtat ; il fallut à Bernis six mois de négociations pour qu'on y fît entrer vingt mille minots de sel. On refusa le seigle lyonnais et les blés que le pape envoyait au Comtat : on voulait étrangler cet État, on espérait une révolte pour l'investir.

Montmorin, le nouveau ministre, homme sans caractère, mais soutenu par Mirabeau et servi par le sieur Hénin [1], très anticlérical, chargé des affaires religieuses, ne tarda pas à manifester, à l'égard du pape et de Bernis indifférence ou hostilité. Dans certaines dépêches, on compara le pape au sultan... Les conseils tels que les prodiguait Bernis à Vergennes n'étaient plus admis. Quelle faute lorsque Bernis se permit d'écrire, en se fondant sur le courrier d'Espagne, que les alliés du roi souhaitaient que son autorité fût mieux respectée ! Montmorin répondit, optimiste, aveugle ou indifférent : « Nos embarras intérieurs ne sont pas, à beaucoup près, tels qu'on les envisage au-dehors. Il faut très peu de temps pour les calmer, et comme il n'a pas cessé de se faire beaucoup de choses depuis quelques mois pour améliorer notre position, il y a lieu d'espérer que nous regagnerons promptement ce que nous avons perdu dans l'opinion générale [2]. »

Ce qui rassura un peu Bernis fut que certains de ses amis et son neveu, coadjuteur à Albi, fussent députés aux États généraux. Le cardinal croyait encore à un « paternalisme » calculé auquel Louis XVI avait marqué des limites. Sa connaissance de l'histoire, son amour de l'ordre, son horreur des mouvements de foule lui faisaient redouter le régime des assemblées. Sa fidélité l'empêchait de changer : il demeurait par principe le royaliste dévoué quelles que fussent les faiblesses du roi, le noble, croyant comme Montesquieu, aux droits acquis de la noblesse, le prêtre aux droits des prêtres. Ce qui ne signifie pas qu'il n'eût applaudi à de profondes réformes du régime, pourvu qu'elles s'accomplissent dans l'ordre.

Depuis vingt ans qu'il avait quitté Versailles, on ne l'y oubliait point ; on lui proposa même, mais de façon si détournée qu'il y crut à peine, d'assurer la présidence du clergé aux États généraux... Réaliste, et sachant bien qu'il était encore à Rome l'homme le plus fort après le pape, que serait-il allé chercher dans ce guêpier ? Il fit savoir qu'il ne pouvait se charger d'une tâche exigeant des connaissances qu'il n'avait pas. Cependant, Loménie demanda au roi de le désigner, et Montmorin fut chargé de le sonder. Évitant de parler de la lettre du ministre qu'il feignit de n'avoir point reçue[3], Bernis déclina toute mission à l'intérieur du territoire, « les maximes à la mode n'étant pas les siennes ». Et il confiait à M. de Flavigny qu'il ne nourrissait « nul espoir de ramener tant de têtes égarées aux anciens principes quand l'autorité et la bonté du roi n'avaient pu jusqu'ici opérer ce miracle[4] ».

Jamais plus Bernis ne se devait départir de cette honnêteté intransigeante. Il devina bientôt comment allaient tourner les événements : il n'y avait plus de sécurité sur les routes de France, la presse était déchaînée contre le pape ; le duc d'Orléans rompait sur un point de doctrine avec Rome et répandait des principes anarchiques[5]. Les prétentions du tiers état scandalisaient à Rome la noblesse, les notables et une partie du peuple ; en France, la noblesse et le clergé se divisaient, et, en face de tous, le roi, sans réactions, mal conseillé, perdait pied. Ce n'était pas la première fois que Bernis constatait la difficulté de rassembler les Français : « Plus on connaîtra, dit-il, le caractère de notre nation, plus on craindra l'inconvénient et le danger de l'Assemblée. » Mais il voulait croire encore à la résistance d'une partie saine de la nation lasse des abus et du désordre.

Hélas ! Au moment où il espérait que le maréchal de Broglie, qui commandait les troupes, allait dissoudre l'Assemblée, parvint la nouvelle de la prise de la Bastille. « Imaginez, demande alors Bernis à Montmorin, ce que les représentants du roi en pays étrangers ont à souffrir... de ce qui se dit et pense de nous. » Et il ajoute : « Pour moi, je n'ai pas à me plaindre, je suis toujours la seconde personne de Rome[6]. » C'était vrai, mais comment ne pas voir là un grain de provocation à la jalousie de ce pauvre Montmorin, frileux et décontenancé face au pouvoir de la foule ? Bernis et l'ordre, Bernis et le bonheur, Bernis et l'utilité ! Plus il se sentait marginal, plus il désirait d'être utile. Alors que le pape, qui gouvernait de loin, pour ses neveux, pour la satisfaction de sa famille et de sa vanité, avait perdu l'estime de beaucoup de Romains, la popularité de Bernis s'était accrue : il réglait seul, ou avec Zelada, de nombreuses affaires, dans un esprit scrupuleux de justice.

Dans la nuit du 4 août, certains évêques imitèrent la noblesse et sacrifièrent leurs dîmes. Sans s'inquiéter du Concordat, l'Assemblée supprima les droits du pape sur les bénéfices consistoriaux annuels, les annates. Bernis protesta. Montmorin, acculé, lui répondit que tout pouvait encore s'arranger. Le ministre cherchait de plus en plus à plaire à l'Assemblée, selon le double jeu de Mirabeau qui essayait, de son côté, de conserver à Louis XVI quelque pouvoir. Puis, ce fut le tour des cardinaux qui se virent dépouillés de leurs abbayes. Bernis, qui se trouvait à demi ruiné, demanda au pape une audience ; il fut reçu le 9 septembre 1789. Pie VI, tranquille, ignorant les affaires de la France, lui déclara qu'il allait écrire au roi ; il adressa en effet à Louis XVI un bref en français par lequel il l'adjurait de rester protecteur de l'Église. Or, ce n'étaient point les bonnes intentions qui manquaient à Louis XVI !

Montmorin eut une idée : il écrivit à l'archevêque de Reims, M. de Talleyrand-Périgord, ambitieux, « avancé » et turbulent, lui suggérant de négocier avec Bernis « sur les objets relatifs à la cour de Rome qui avaient été pris en considération par l'Assemblée nationale ». Le roi en fit part à l'Assemblée afin que l'article 12 sur les annates fût négocié « avec les égards dus à un souverain, chef de l'Église ». Mais les événements se précipitaient ; Louis XVI se contenta d'une vague promesse, et l'Assemblée promulgua les décrets du 4 août y compris l'article 12. Le 18 septembre, le cardinal Campanelli informait officiellement Bernis que le paiement des annates était suspendu. Protester ? Le roi, ramené à Paris par la foule les 7 et 8 octobre, avait d'autres soucis... A la fin de septembre, un député de la noblesse, le baron Jessé, demanda la confiscation de l'argenterie des églises et que soit livré à la fonte « tout ce qui n'était pas nécessaire à la décence du culte ». Le droit de propriété du clergé était posé ; les moines donnaient leurs biens, les renégats du clergé triomphaient, Talleyrand montait à la tribune et proposait la spoliation du clergé.

Bernis protestait vainement : les membres du clergé, affirmait-il, n'étaient point des usurpateurs, leurs biens leur avaient été donnés librement... On regardait comme sacrés les droits à la propriété, « et cependant, on excepte les nôtres ». Trêve de toute objectivité... L'anticléricalisme sommaire devenait une passion : on allait vers la mutilation des statues aux porches des églises.

Le 10 novembre 1789, Montmorin annonçait à Bernis, sans regrets apparents, la ruine du clergé français. Bernis accueillit la nouvelle avec calme. « A l'égard de ma fortune, répondit-il, je ne la regretterais pas si elle était sacrifiée au bien de l'État[7]. » Il lui restait sa pension de ministre à Rome et le maigre revenu de l'évêché d'Albano. Quant à sa pension de ministre d'État, la seule qui ne fût pas d'Église, le cardinal la rendit au roi. « J'ai supporté la disgrâce, écrit-il à Montmorin, dans ma jeunesse et dans un âge plus avancé, avec courage et sans ostentation ; la fermeté d'âme ne me manquera pas dans les derniers jours, et je ne regretterai de ma fortune que le bonheur de faire du bien à un grand nombre de personnes que je faisais vivre et qui vont être dans la misère[8]. »

Rome, brillant refuge ?

Loin de fermer sa maison, Bernis lutta jusqu'à l'épuisement de ses fonds et de ses forces. Au palais Carolis, jamais hiver ne fut plus brillant que celui de 1789 à 1790. Le roi n'était plus à Versailles. Les courtisans, fuyant les désordres de Paris et les menaces sur leurs châteaux — tout en espérant encore le rétablissement de l'autorité royale —, s'évadaient de préférence en Italie. C'était une émigration dorée, car ils apportaient une bonne part de leur fortune. Rome, pour eux, c'était aussi Bernis. Qui ne l'avait vu laissait l'impression fâcheuse de n'avoir pas vu Rome. Dès le mois de septembre, ce fut donc chez Bernis qu'ils arrivèrent. Le cardinal avait réduit ses frais de domesticité et d'écurie. Il crut bon de faire prévenir les courtisans qui préparaient leur voyage qu'ils ne trouveraient point l'accueil confortable d'autrefois. Ce fut à Montmorin qu'il s'adressa : « Ce n'est plus un cardinal-ministre [qui reçoit], écrit-il, c'est un bon curé qui offre volontiers ce qu'il a[9]. »

Mme Vigée-Lebrun raconte qu'elle s'y trouva avec une trentaine de personnes. Ces singuliers voyageurs avaient amené avec eux leurs laquais, toujours nombreux, qui avaient opté en sourdine pour la Révolution... tout en conservant leur place. Le plus dangereux de ces « émigrés » fut Cagliostro qui fut accueilli avec enthousiasme par les jeunes pensionnaires de l'Académie de France comme la victime de Marie-Antoinette. Il y fonda une loge maçonnique, société strictement interdite à Rome, où ces étourdis se jetèrent. Quand Cagliostro fut arrêté et condamné à mort, ce fut Bernis qui sauva les pensionnaires menacés du même sort.

Peu à peu, un monde brillant et élégant s'installa, bien reçu par la noblesse romaine, se logeant par ses propres moyens, mais fréquentant l'ambassade pour y retrouver la France, sa culture et son savoir-vivre. Derniers feux d'un Versailles mourant... La « société des Polignac » fut particulièrement heureuse de retrouver Bernis, ce « cousin » qui conservait, du haut de ses soixante-quinze ans, tant de grâce souriante, d'esprit et de connaissances ; cette société comprenait la duchesse de Guiche, les ducs de Vaudreuil, de Choiseul, de Laval et de Fitz-James. Par la suite, arrivèrent la princesse de Monaco, Mme de Duras, le comte d'Espinchal, qui gagnerait bientôt Coblentz, pour combattre... et même M. Duvivier, époux de Mme Denis, la nièce de Voltaire.

Bernis, sans nulle gêne ni impatience, faisait bonne mine à tout ce monde qui ne demandait qu'à oublier, à rire, à danser, à aimer : « L'indulgence pour son prochain, avait-il écrit un jour à Mme de La Ferté-Imbault, et la sévérité pour soi sont un de ces pivots sur lesquels la vie heureuse s'appuie [10]. » La vie heureuse... c'était son dernier sourire à Bernis. Mme de Beauharnais [11] lui fit d'aimables vers ; mais, pour les Polignac, il était devenu l'homme indispensable ; il les recevait à dîner chaque jour ; et lui, oubliant les événements, avait retrouvé chez eux ce qu'il aimait le plus au monde, la beauté, la grâce, la tendresse, en la personne de la jeune duchesse, fort jolie et spirituelle. Attentive à sa parole, elle lui rendit sa sympathie et l'attira chaque soir au palais Stoppani. Afin de ne se point séparer de Bernis, les Polignac projetaient de s'établir en été à Albano... Hélas ! Le mariage du fils aîné du duc les obligea de s'installer à Venise. Pour le cardinal, ce fut une grave déception, qui rendit moins supportables toutes les autres. Il retourna à ses anciennes habitudes chez la princesse de Santa-Croce... laquelle l'avait sans doute fatigué de ses caprices et de ses imbroglios. Aussi bien l'Espagne l'avait-elle emporté sur la France : Azara « avait pris la suite », dit Casanova, et cela depuis plus de deux ans si l'on en croit l'abbé Amadazzi qui écrivait à Baudin le 8 septembre 1787 : « A ce chevalier Azara, ministre de la cour d'Espagne, sont arrivés de magnifiques cadeaux de S. M. Catholique à la princesse de Santa-Croce pour le baptême de son dernier enfant mâle... dont le monarque sera parrain : un portrait encadré d'or du souverain et un anneau de brillants. Ce bon roi, sans le savoir, récompense le plus dévoué sigisbée de ses ministres [12]. » Ce fut le cardinal qui baptisa, selon la coutume, cet enfant.

Sauf Azara, tout manquait à Bernis. Sa famille, raison essentielle de vivre et qui l'eût aidé à mourir, était décimée. Sur les trois filles de Mme du Puy-Montbrun, une seule survivait, que le cardinal venait de marier au veuf et cousin d'une autre fille, le vicomte de Bernis. Mais les événements de France interdirent au couple de rejoindre Rome. Quant au chevalier de Bernis et au comte de Narbonne, ils allaient obéir, afin de ne point passer pour émigrés, à une lettre de rappel de Montmorin.

La destitution

Pour Bernis, tout ne s'effondra pas d'un seul coup, mais les craquements et les lézardes se succédèrent assez vite. De l'Assemblée nationale soufflait contre le clergé le vent du fanatisme et de l'impatience. On pensa un jour à remplacer Bernis : M. de Juigné, candidat, trouvait sans doute élégante cette officielle façon d'émigrer. En février 1790, l'Assemblée supprima les ordres religieux. Montmorin, naïf, adjura Bernis d'obtenir que le pape se taise. Bernis se hérissa : « Le devoir, la conscience, l'honneur doivent le forcer à rompre le silence [13]. » Ce sentiment fut d'abord partagé par Pie VI qui parut déterminé à lancer une sévère encyclique, mais comme Bernis tentait de le modérer, il se replia bien vite sur une allocution secrète au consistoire... Action gratuite, comme celle de repousser en bloc tous les articles de la Déclaration des droits de l'homme. Pour le pape, les troubles d'Avignon furent plus graves qui provoquèrent l'occupation du Comtat. Ce fut Bernis qui rappela le ministre au respect de la juridiction. Montmorin, qui avait cessé de jouer l'habileté, ne répondit pas.

Pourtant, Bernis reçut d'Albi une faible consolation, et combien précaire : la population lui restait fidèle ; le 6 mai 1790, le maire, M. de la Gorsse, transmettait au cardinal une délibération communale demandant le maintien de la religion catholique et la conservation du siège archiépiscopal : cela répondait-il à une menace ?

Si on l'ignorait à Rome, elle était dans l'air : le 12 juillet, l'Assemblée décréta la constitution civile du clergé. C'était un coup très dur : la fourmilière romaine s'agita. Bernis manifesta aussitôt, dans une dépêche, l'espoir que le roi ne la sanctionnerait pas ; un bref du pape mit en garde Louis XVI contre une guerre de religion. Montmorin avertit Bernis que les titres étaient abolis et lui dit « vous ». Quelle importance à l'égard d'un schisme ? « Pourvu qu'on ne me dépouille pas, répliqua Bernis, de fidèle sujet du roi, de bon citoyen et d'homme sage, je ne serai nullement affecté du changement de protocole, *lequel, au surplus, ne sera pas adopté de longtemps par le reste de l'Europe* [14]. » Or, Louis XVI ne pouvait plus s'opposer à l'Assemblée ; il commença par adopter les décrets, et, comme s'il voulait ensuite se couvrir ou se disculper, il annonça une négociation, cherchant à obtenir « le consentement des évêques de France et du chef visible de l'Église ». Il ne restait plus au pape que d'accepter la Constitution civile ; le roi le lui suggéra, en vue de « prévenir une division de l'Église universelle ».

Mieux informé que le pape parce qu'il *vivait* les événements à travers sa correspondance privée, Bernis lui expliqua que Louis XVI « n'avait plus que les apparences de la liberté », et que le Saint-Siège, dans ces conditions, ne pouvait qu'accepter la Constitution. Ce qu'il pouvait faire de mieux, c'était expédier un bref rendant justice aux intentions pures du roi et le prévenant qu'il blâmerait que la Constitution fût sanctionnée.

Mais Pie VI voulut consulter les cardinaux et communiqua au roi cette décision... Il ne put recevoir la réponse : le 25 août, la Constitution, sanctionnée, fut aussitôt proclamée. Louis XVI chargeait Bernis d'en exposer au pape les motifs. L'émotion politique du Sacré Collège fut considérable et dépassa la pitié que pouvait encore inspirer le roi. Ce fut une condamnation sans réserve. Le pape, avant de la rendre publique, se laissa gagner par la prudence de Bernis et expédia au roi une désapprobation mesurée dans des formes paternelles. Mais les événements se précipitaient en France alors que les lettres pondérées de Rome se traînaient... Le clergé français constatait avec effroi qu'il était abandonné par le Saint-Siège.

Les effets ne s'en firent pas attendre. Aussitôt que la loi fut publiée, au début d'octobre, l'abbé d'Expilly fut élu évêque du Finistère : il écrivit au pape pour l'*informer* de sa nomination, et ce fut Bernis que le roi chargea de présenter cette lettre à Pie VI ! C'était engager le cardinal dans une voie qu'il n'avait pas choisie. Il vit que sa tâche devenait impossible et protesta vigoureusement auprès de Montmorin.

Les menaces s'accumulaient sur Bernis. Le 9 novembre, Montmorin se décida à lui transmettre une lettre du directoire du Tarn datée du 15 octobre demandant au ministre de quelle manière il devait sommer le cardinal d'opter entre le siège d'Albi et le ministère de Rome. Piètres juristes ! Bernis expliqua que le ministère de Rome était une mission révocable, et que, par contre, il était titulaire du siège d'Albi ; il n'avait donc pas à opter entre deux emplois qui n'étaient pas inconciliables. Le jour même où il envoyait cette protestation, le 17 novembre 1790, sortait un décret exigeant que tous les ambassadeurs fissent parvenir au roi leur serment civique. Le serment qu'ils prêteront, disait l'article 2, sera conçu en ces termes : « Je jure d'être fidèle à la nation, à la loi et au Roi, de maintenir de tout mon pouvoir la Constitution décrétée par l'Assemblée nationale et acceptée par le roi, et de protéger auprès de [nom de la puissance], de ses ministres et agents, les Français qui se trouvent dans ses États. » Les ambassadeurs qui résidaient en Europe avaient un délai d'un mois.

Certes, il était dur pour Bernis de se plier aux décisions de l'Assemblée sachant ce qu'était devenue l'autorité du roi ; cependant, par patriotisme et pour conserver ses fonctions, Bernis eût sans doute envoyé son serment. Mais il n'eut pas le temps de le faire : inexorable, l'Assemblée en exigeait immédiatement un autre ; les évêques, curés, et tous les « fonctionnaires » devaient prêter serment à la Constitution ; il s'agissait donc, ici, d'admettre la Constitution civile du clergé. Montmorin déclarait à Bernis, comme en s'excusant, que « le roi avait fait tout ce qu'il pouvait ». Bernis l'avait compris.

A Rome, des prêtres français prêtaient serment. Bernis se résigna à envoyer le sien, mais avec la restriction suivante : « Sans manquer à ce que je dois à Dieu et à la religion. » Il apprit alors que toutes les restrictions étaient interdites et s'attendit à être rappelé.

Pendant ce temps, à Albi, Bernis n'ayant pas opté et son coadjuteur ayant refusé le serment, le directoire du Tarn transforma le siège de l'archevêché en évêché et décida arbitrairement que le château de la Besbie serait estimé en vue d'un morcellement ; le trône de l'archevêque fut dégarni et porté au garde-meubles. Dans les églises comme dans les couvents, la résistance fut générale. Mais le comité ecclésiastique de l'Assemblée veillait à l'exécution de la loi. Le 6 février 1791, il invita le directoire à convoquer le corps électoral pour procéder au choix d'un évêque. Ce fut l'abbé Gausserand, curé de Rivière, député, qui fut élu à Castres, le 13 mars. C'était Bernis lui-même qui avait confié au curé les fonctions de promoteur, et voici que le curé acceptait de trahir l'archevêque ! Pour une fois, le cardinal, ne se dominant plus, lança, fin avril, une lettre pastorale qui fut répandue et affichée dans le département du Tarn. Le ton, fort passionné, insolite chez cet homme mesuré, manifestait, ne ménageant plus personne, un esprit de révolte inutile et dangereux : « Nos très chers frères, s'écrivait-il, qui, désormais, vous mettra à l'abri des dangers qui vont vous environner, de la séduction qui va vous presser de toutes parts, peut-être même de la terreur que l'on va chercher à vous inspirer ? » Il déclarait que « la puissance séculière n'avait ni le droit ni le pouvoir d'instituer les pasteurs... [et] que la nomination faite par les électeurs du Tarn de M. Gausserand... était radicalement nulle et de nul effet ». Enfin, il s'adressait à l'usurpateur : « Vous ne frémissez pas de vous voir délégué dans l'Église par une puissance purement temporelle ? Qui êtes-vous ? D'où venez-vous ? Interrogez-vous vous-même ! » Dans sa conclusion, qui attirait l'attention sur sa personne et sur sa fin, il se laissait aller à un désarroi qui faisait pitié : « J'étais donc destiné, presque à la fin de ma carrière, à être le triste témoin de l'abomination introduite dans le lieu saint[15]. »

Le directoire réagit en interdisant à tout citoyen de recevoir, répandre, publier ou afficher « ces sortes d'écrits » ; puis il suspendit le traitement de l'évêque-coadjuteur, neveu de Bernis.

On s'explique aisément cette perte de contrôle de soi chez le cardinal — on se souvient de celle qui précéda son exil en 1758 : cette élection faisait partie d'un long calvaire. Le serment de Bernis, non admis, avait été renvoyé par l'Assemblée aux Affaires étrangères avec prière au roi de rappeler le ministre. Montmorin avait prévenu Bernis. Bien décidé à ne pas obéir, le cardinal retrouva sa fierté : « Je ne puis me dispenser, répondit-il, de professer dans un acte authentique et public la religion catholique, apostolique et romaine au sein de laquelle je suis né, j'ai vécu et je veux mourir[16]. » Bernis allait se cramponner maintenant à la religion comme il l'avait fait à la monarchie : il ne pouvait survivre qu'en se ralliant à un ordre, le seul qui eût encore pour lui un avenir.

Enfin, à la fin du mois de mars, il recevait sa lettre de rappel. Montmorin, sans illusion, croyait bon de l'avertir que la « circonstance » qui mettait fin à ses travaux influerait certainement sur son traitement. Le cardinal expédia une dernière dépêche au ministre : « Je vous plains, Monsieur, de tout mon cœur, d'avoir été forcé de m'annoncer une nouvelle qui surprend et afflige tout le monde... Sans savoir ce que la Providence me destine au bout de ma longue carrière, je me jette dans son sein, et je m'y trouve heureux et tranquille[17]. » Par cette destitution, jugée à Rome comme un acte monstrueux d'ingratitude, d'irrespect et d'inhumanité, tous les amis de Bernis, romains ou étrangers, tous ses serviteurs, tous ceux qu'il soutenait de ses bienfaits, prenaient enfin connaissance de la réalité de la Révolution française. Le pape, atteint dans son autorité, se trouvait sans représentant de la couronne de France et déplorait que Louis XVI n'eût pas eu le courage, conformément à son sacre, d'affirmer sa foi.

On allait se rattacher à des illusions, à des reliques du régime monarchique ; en même temps que sa lettre de rappel, Bernis en recevait une autre de Turin : Mme Adélaïde et Mme Victoire, les deux filles de Louix XV et tantes du roi, l'informaient qu'elles étaient en route pour Rome.

Une occupation pour le cardinal, mais aussi que de tracas !

L'émigration à Rome. La fuite épique de mesdames

Qu'ils fussent accomplis par des bandes de brigands ou par des foules irréfléchies, hurlantes et vengeresses, les pillages de châteaux, d'évêchés, d'églises, de presbytères se multipliaient en France. Alors que les nobles, les hommes surtout, sauf ceux qui avaient été protégés par les paysans, émigraient pour la plupart à Coblentz, les gens du clergé qui avaient refusé le serment fuyaient, dans l'ignorance des difficultés du voyage et de la pauvreté des États pontificaux, vers la charité romaine et la protection du pape. Ils allaient s'ajouter aux Jésuites émigrés sans posséder leur pouvoir d'adaptation ni, généralement, leurs ressources intellectuelles et pédagogiques.

Prélats, prêtres, religieux de tous ordres affluèrent par les passages des Alpes. Dans de mauvais attelages cahotant sur les routes caillouteuses, ayant souffert du froid et souvent de la faim, parfois dévalisés par des pillards, n'ayant plus ni argent ni linge, ils arrivaient à Rome, foule noire et gémissante qui se prosternait sur la place Saint-Pierre. Les plus favorisés avaient débarqué à Civita-Vecchia. Ils furent bientôt deux mille s'ajoutant aux neuf ou dix mille religieux et religieuses de la capitale. Le pape les accueillait, tandis que le cardinal Zelada et Bernis les répartissaient dans les évêchés et les couvents d'Italie. Tous ne s'y rendaient pas. Restant attachés à leurs protecteurs, se sentant moins isolés et plus forts dans la grande ville, ils préféraient la pauvreté. L'évêque de Dijon, de Mérinville, échappé presque nu des mains de ses ouailles, ne vivait que des dons rares et parcimonieux de Pie VI ; l'évêque de Glandève, déjà pauvre en France, demandait l'aumône. Certaines femmes de la noblesse, qui avaient préféré Rome à Coblentz, vendaient leurs robes.

Bernis recevait, consolait, déployant tant d'amabilité et de générosité, qu'un moment il eut la réputation d'un saint et même d'un héros... Mais sa fortune, ses économies fondaient. Il ne pouvait subvenir à cette œuvre illimitée avec les seuls revenus de l'évêché d'Albano ; l'annonce de l'arrivée des deux filles de Louis XV, bien qu'elles l'eussent averti qu'elles ne seraient point à sa charge, le plaçait provisoirement dans une situation précaire. L'auberge de l'Europe avait sombré ; Bernis ne voulait point, disait-il, « mendier des pensions ». Auprès de qui ? De certains princes romains, c'eût été possible. « Il faut demander l'aumône le plus tard qu'on peut. » Il était demeuré bien en cour à Madrid, comme en témoigne ce qu'écrivit un peu plus tard Las Casas, ministre d'Espagne à Venise au comte d'Entraigues : « Je sais que le roi d'Espagne et son ministère rendent justice au mérite de M. le cardinal de Bernis, ont beaucoup d'estime pour lui et font grand cas de son expérience, de ses lumières et de sa loyale et patriotique probité [18]. »

Le recours, ce fut donc l'Espagne. Dès le début de mars, son ami Azara avait prévu ses difficultés et averti la cour de Madrid. Aussitôt, Moniño, comte de Florida-Blanca, lui annonça une pension mensuelle de mille écus romains. La lettre était adressée à Azara : « Attendu les services rendus par le cardinal de Bernis dans toutes les négociations importantes depuis l'extinction des Jésuites, la fermeté avec laquelle il soutient les droits de la religion et de l'Église... le roi a décidé de l'assister... espérant que ce cardinal continuera comme jusqu'à ce jour à contribuer aux bons résultats de nos négociations [19]. »

Voilà qui devait permettre au cardinal de recevoir les princesses royales qui avaient souffert de leur voyage, et de les installer dignement. Toute la colonie française et la noblesse romaine considéraient leur arrivée comme un grand événement.

Depuis le retour à Paris de leur neveu Louis XVI, elles s'étaient retirées à Meudon, au château de Bellevue, construit par Mme de Pompadour, où Bernis et Staremberg avaient élaboré dans le secret le traité d'alliance avec l'Autriche. Le 18 février 1791, elles furent averties qu'une troupe de femmes de Paris allaient venir le lendemain les maltraiter. Femmes vieillissantes — Mme Adélaïde avait cinquante-neuf ans et Mme Victoire cinquante-huit —, elles n'avaient jamais voyagé ni connu d'autres logis que les châteaux. Affolées, elles se jetèrent, au cours de la nuit, dans une berline avec leurs dames d'honneur, Mme de Narbonne et Mme de Chastellux. Il faut imaginer aussi quelques femmes de chambre et laquais sans lesquels elles ne se pouvaient déplacer. L'équipage s'élançait vers Rome retrouver le correspondant et ami, le cardinal de Bernis, et le pape.

Au petit jour, elles parvinrent à Moret. Naïvement, elles prétendaient voyager sous les noms de Mmes de Joigny et de Rambouillet, « deux malheureuses femmes qui vont à Rome pour avoir le droit de pratiquer leur religion[20] ». Comment pouvaient-elles espérer le faire croire ? Elles furent arrêtées aussitôt et menacées d'être pendues. On leur permit, finalement, d'avertir le roi. Le comte de Ségur accourut et les délivra. Mêmes péripéties en Bourgogne, à Arnay-le-Duc, où elles durent séjourner plusieurs jours dans un douloureux inconfort : elles n'avaient ni malle ni linge ; on dut blanchir leurs chemises et les faire sécher pendant la nuit... Dans le même temps, on pillait Bellevue ; le général Berthie, qui voulait arrêter le pillage, faillit être tué par les soldats.

A mesure que l'on s'éloignait de Paris vers la Savoie et le Piémont, croissaient, avec la haine de la Révolution, le respect du roi et du pape. Mesdames de France, désormais protégées et souvent escortées, atteignirent Turin après un mois de voyage. La lettre de Mme Adélaïde à Bernis fit merveille. Parvenues dans les États pontificaux, elles trouvèrent à chaque poste un courrier chargé de les complimenter au nom du pape. Non seulement tout était payé, logis, chevaux et repas, mais on avait réparé la route ! A Monte-Rossi, à trois postes de Rome, Bernis et Azara étaient là, venus les saluer. L'émotion fut vive. On causa pendant une heure, à bâtons rompus ; puis les deux hommes repartirent rapidement pour préparer Rome à les accueillir. Bernis, l'Espagne, les Bourbons, Rome, c'était pour elles l'envers de la Révolution.

Elles entrèrent à Rome le 13 avril. Elles se trouvèrent devant une foule considérable. Leur voiture, suivie de deux carrosses, était escortée de cinq courriers du pape. Remontant le Corso, elles furent accueillies par Bernis au palais Carolis ; ce palais avait été jugé insuffisant : le cardinal avait loué vingt chambres supplémentaires. Honneur et embarras ! Mais l'embarras, il ne le trouvait point « en proportion de l'honneur et de la satisfaction qu'il *avait* de recevoir les filles de *son* ancien maître, *son* protecteur, les dignes tantes de *son* souverain[21] ».

Bernis leur présenta la princesse de Santa-Croce, désignée par le pape pour les accompagner pendant leur séjour. Un incomparable réconfort matériel les attendait : un dîner tel que Bernis les servait au temps de sa splendeur. Puis le cardinal-neveu Braschi les conduisit chez le pape qui les entretint « pendant vingt-deux minutes ». Suivit une grande réception chez le cardinal Zelada, où toute la noblesse romaine et les notables étrangers s'étaient fait inscrire. Enfin, les princesses royales s'installèrent « chez elles ». L'ambassade étant mise en sommeil, Bernis se retira au premier étage et elles occupèrent entièrement le deuxième. La, elles reçurent du pape de prodigieux présents — gaspillage dont parlerait toute la ville —, à la mesure de la vanité de Pie VI. Elles virent défiler devant elles soixante-dix palefreniers portant chacun une corbeille contenant fleurs, fruits, confitures, volailles... D'autres poussaient un veau de lait paré de rubans et de fleurs. Le cardinal-gouverneur Zelada y avait ajouté huit corbeilles. Et, le 18 avril, ce fut le pape lui-même, insigne honneur, qui leur rendit visite au palais de France où Bernis le reçut[22]. Le pape considérait toujours Bernis comme l'ambassadeur de France ; le nouveau pouvoir ayant proposé le comte de Ségur, qui avait prêté serment à la Constitution, le pape l'avait refusé.

Lendemains de fête : la vie quotidienne fut triste. Les princesses royales racontaient et commentaient sans cesse les événements de France et pleuraient beaucoup. Leurs récits laissaient apparaître l'incurable faiblesse du roi. Si l'on espérait encore à Rome une réaction de l'Europe mettant fin à la tragicomédie de la Révolution, on sous-entendait que Louis XVI ne serait plus jamais indépendant. Une messe d'une exceptionnelle solennité fut dite par le pape à Saint-Louis-des-Français afin que Dieu mît fin aux calamités qui secouaient la France. Ce fut une explosion de joie lorsqu'on apprit que le roi était en fuite ; le bruit courut qu'il venait à Rome. Hélas ! Lorsqu'il fut arrêté à Varennes, ce fut la consternation.

Plus heureux que son frère, le comte de Provence réussit à rallier les émigrés de Rome. Il s'attribua une sorte d'investiture pour la régence ; mais le duc de Vauguyon et le baron de Breteuil exhibèrent des pouvoirs de Louis XVI qui s'y opposaient. La lutte mesquine des partis commença. On envisagea une médiation de Bernis. Le cardinal évoqua-t-il les insectes de Voltaire qui se dévorent entre eux ? Sa philosophie et son âge l'en dissuadèrent.

Toujours lucide, humaniste avec les sages, bienveillant avec les humbles, mais sceptique à l'égard des égoïstes et des sots « qui se donnent des airs », il s'élevait contre la légèreté des émigrés qui entouraient les princes, « ces talons rouges et ces têtes folles... ces hommes bavards, ces femmes coquettes[23] ». Où donc prenaient-ils l'argent ? Peu à peu, ce ne fut plus Bernis qui attira tous ces gens, ce furent les tantes du roi et le comte de Provence. Là, les conversations n'étaient plus au même niveau : vanité et snobisme s'installaient...

Bernis restait opposé à toute violence. En juillet 1791, les catholiques du Gévaudan et du Vivarais lui envoyèrent un représentant pour l'avertir que les catholiques avaient résolu d'exterminer les protestants de Nîmes : une Saint-Barthélemy en miniature ! Après l'affaire Calas ! Bernis ne trahit pas Voltaire et s'adressa au pape, le suppliant d'exhorter les fidèles à ne point répondre aux ennemis de l'Église par la violence : « Des passions humaines, écrit-il, ne doivent entrer pour rien dans le zèle qu'inspire la religion. *Un vrai chrétien ne doit vaincre que par des vertus supérieures à celles de ses ennemis.* L'Évangile réprouve et abhorre l'esprit de haine, de ressentiment et de vengeance [24]. »

Rome à l'exemple de la France : les partis, le tumulte

Le spectacle que Rome allait offrir à Bernis vieillissant était loin de cet évangélisme. Le cardinal n'était pas au bout de ses souffrances. C'était pour lui le moment où la non-violence de Jésus rejoignait la tolérance de Voltaire. Ces vertus auraient pu l'isoler des tumultes du monde. Mais non : sa résistance au sectarisme pouvait servir d'exemple.

Les partis se différenciaient. La fraction du peuple romain le plus pauvre ou le plus irréligieux qui sympathisa, à l'exemple des laquais, avec les idées de la Révolution française, fut infime. Mais les jeunes pensionnaires de l'Académie, et des artistes français qui vivaient à Rome, tels le sculpteur Chinard, les peintres Girodet, Ritter et Gagnereaux, étaient plus ou moins gagnés à l'abolition de la monarchie. Les prêtres français qui avaient prêté serment, mal vus des émigrés, croyaient possible une monarchie constitutionnelle. Le parti de la monarchie absolue, groupé autour des princesses royales, du comte de Provence et de la noblesse romaine était, bien entendu, en 1791, le bloc le plus solide.

Ce fut alors qu'arriva, en décembre 1791, l'abbé Maury. Fils d'un savetier, il était devenu, grâce à ses talents d'écrivain et d'orateur un opulent abbé. Son *Éloge de Charles V,* et surtout son *Panégyrique de Saint-Vincent-de-Paul* avaient connu un grand succès. Par des critiques peu compromettantes, bien dosées, du régime, il avait réussi à se faire élire à l'Assemblée constituante, bien décidé à y défendre le roi et la monarchie absolue. Par sa facile éloquence, il était devenu le rival le plus dangereux de Mirabeau. Celui-ci mourut subitement à quarante-deux ans. Cette disparition stupéfiante, Maury la trouva miraculeuse : une intervention divine. Mais le cours que prit la Révolution ne lui fut pas favorable : il fut désigné, avec Loménie de Brienne, pour la pendaison ; par bonheur, étant député, il était inviolable.

On vit donc ce fils de savetier émigrer avec les nobles qui le flattaient en l'exploitant. Ils le persuadèrent que sa place n'était pas à Coblentz, mais qu'elle était à Rome, auprès du pape à qui ils allaient demander pour lui le chapeau rouge. Or, l'homme était insupportable : d'une vitalité et d'un entregent exceptionnels, d'une vanité éclaboussante, cabotin, sachant prendre le langage cynique et même celui des poissardes, agitateur, ayant soif de notoriété, il arrivait à Rome pour sauver la monarchie et pour sauver le pape ! C'était « le Jupiter de la politique royaliste [25] ». A peine s'était-il annoncé qu'on l'attendit comme le messie. On afficha son portrait, même dans le cabinet du pape. On avait fait imprimer ses discours qu'on distribuait. Zelada lui offrit une partie de son palais, les princesses royales furent fascinées.

Il poussa tout le monde à des actions brouillonnes, bouleversa la vie romaine en excitant la haine. La mouche du coche ! Il obtint l'excommunication des prêtres qui ne retiraient point leur serment, il obtint des expulsions, des arrestations, des passeports... Les émigrés nouveaux s'adressaient à lui. Mais il n'avait pas d'argent, il en cherchait sans cesse. Il affectait d'ignorer Bernis, « ce vieux radoteur ». Le cardinal se taisait... après avoir jugé et lancé sa prédiction : « Si le pape ne le place pas bien vite, il trouvera ici encore plus d'ennemis que d'admirateurs [26]. » Le clergé romain et beaucoup d'émigrés s'aperçurent que la conduite de Maury faisait ressortir les qualités éminentes de Bernis et se rapprochèrent du cardinal.

Parleur inconsidéré, gaffeur, Maury manquait d'attention, de respect des autres, et, pour tout dire, d'éducation. L'homme était plus près du peuple que de ceux qu'il prétendait défendre. Il ne parvint pas à rassembler son parti monarchiste, mais seulement à aggraver l'opposition entre les partis. Zelada le jugea assez vite, le retint dans ses élans et l'exploita. Bientôt Maury embarrassa tout le monde. Il s'était enfermé dans son rôle d'ambassadeur des émigrés de Coblentz et de cardinal *in petto*. Le pape ne pouvait l'écarter qu'en lui donnant de l'avancement : il le nomma archevêque de Nicée et l'envoya comme nonce extraordinaire à la diète de Francfort pour le couronnement de l'empereur. Certes, il devait revenir ; mais plus vite que lui marchèrent les événements.

Les entreprises de Maury avaient porté leurs fruits empoisonnés jusque dans l'environnement le plus proche de Bernis. Les princesses royales étaient devenues « tracassières », et leurs dames d'honneur, Mme de Narbonne et Mme de Chastellux, s'opposaient violemment. Certains extrémistes n'avaient pas approuvé Bernis d'avoir critiqué le roi qui avait appelé Narbonne au ministère de la Guerre, un homme léger et faible : « Nous verrons, écrit Bernis, s'il suffit de boire du champagne, de déshonorer les femmes et de faire des dettes pour remplacer M. de Louvois[27]. » Mauvaise conjoncture : en Espagne, Florida Blanca, le meilleur protecteur de Bernis était disgrâcié, et le 16 mars 1792, le roi de Suède était assassiné dans un bal masqué. Destinée de l'homme vieillissant à qui tout échappe : « De tous côtés, je perds mes amis et mes protecteurs ; je ne sais comment j'existe encore. »

En France, à Saint-Marcel, lors de la jacquerie de 1792, la rageuse débilité des foules faisait son œuvre : le château où étaient rassemblés les souvenirs de famille du cardinal était pillé et dévasté par les habitants, tous les meubles volés et les tableaux brûlés. On arracha jusqu'aux ferrures des portes et des fenêtres, au plomb des gouttières, aux pierres des murs ; on effaça sur les tombeaux des ancêtres les épitaphes et les armoiries, et l'on dégrada les deux chapelles que les de Pierre de Bernis avaient fait construire.

Enfin, en 1792, Bernis fut porté sur la liste des émigrés. L'arrêté fut cassé, il est vrai, mais ses meubles d'Albi furent saisis, en garantie des cinquante-trois mille francs qu'il devait pour sa contribution patriotique... Le maire d'Albi, M. de la Gorsse, qui avait réussi à protéger les intérêts du cardinal, fut obligé de se réfugier à Toulouse. Peu après, l'hôtel de Marliaves, où une partie des biens de l'archevêque avaient été mis à l'abri, fut saccagé. M. de la Gorsse réagit heureusement et fit transporter dans le secret, à Toulouse, douze charrettes d'effets de valeur et de livres de la bibliothèque[28].

Si le catalogue de cette bibliothèque ne fut jamais retrouvé, on peut néanmoins se faire une idée de ses richesses. Après des saisies et de nombreuses pertes, il reste, à l'heure actuelle, des livres de Bernis dans les bibliothèques municipales d'Albi et de Toulouse. Une exposition en a été organisée en 1961. Certes, ainsi qu'il l'a confié à Voltaire, Bernis avait besoin de livres d'usage plus que de livres « de représentation ». C'est ainsi que l'on a trouvé un certain nombre de romans « mondains » qui, selon M. Dahoui, « ont pu appartenir à Mme de Narbonne », la sœur du cardinal, morte à Albi en 1783. On ne voit pas pourquoi ils n'auraient pas appartenu aussi bien à Bernis.

L'archevêque d'Albi possédait aussi des livres de prestige, souvent revêtus de belles reliures dorées, françaises et italiennes : les œuvres de Voltaire, le *Corneille* édité par Voltaire, les *Fables choisies,* de La Fontaine, par Oudry, un *Rabelais* et un *Boileau,* illustré par Picart, un *Crébillon,* avec des vignettes de Boucher, l'*Œuvre complète* de Buffon, *Le Monde oral,* dédicacé, de l'abbé Prévost. Son intérêt pour l'histoire, l'architecture, les mœurs, n'est que faiblement représenté par *Les Ruines des plus beaux monuments de la Grèce,* de Le Roy, mais il n'échappe pas à la mode de l'orientalisme avec *Le Recueil de cent estampes représentant différentes nations du Levant.* Son goût pour l'insolite, le conte amusant, la « bonne plaisanterie » ne nous étonne pas : ce sont les *Lettres philosophiques sur les chats,* de Moncrif, avec des planches du comte de Caylus et des figures de Coypel, *La Princesse de Coque d'œuf et le prince de Bonbon,* histoire traduite de l'arabe par Mlle de Lubert, l'*Histoire du prince Soly et de la princesse Feslée, Les Hommes volants,* de P.-F. de Puissieux, *Le Petit Hérodote ou l'Enterrement des fourmis,* avec *Le papillon qui mord...* Sans doute ces ouvrages ne sont-ils que des rescapés de ce que fut la bibliothèque de Bernis, mais ils confirment — si l'on songe à Rabelais, à Voltaire, à Buffon — la pérennité d'un esprit libre, optimiste en dépit des échecs, orienté vers la connaissance de l'homme, l'admiration pour ses œuvres, la poursuite obstinée de son éducation et de son salut.

Un homme d'ordre et de charité dans le tumulte

Bernis, lucide et calme, résistait à tous les sentiments de vengeance et à tous les fanatismes. Que les émigrés fussent pour Maury ou pour lui, poursuivant son œuvre charitable, il les dirigeait, avec Mgr Caleppi, à l'Œuvre de l'hospitalité française, installée dans cinq villes : Rome, Viterbe, Pérouse, Bologne et Ferrare.

Non qu'il pût éviter de souffrir : au début de l'année 1792, le chagrin de voir sa patrie à la dérive l'accabla : s'il n'espérait plus rien du roi, il aimait la nation, le peuple français, qu'il voyait déchirés. Les excès, les incohérences de ceux qu'il appelait

« les novateurs » s'accentuaient, lui laissant prévoir qu'ils allaient bientôt s'entretuer. Enfin, la perspective de la guerre des puissances de l'Europe contre la France le mina. Il ne savait plus que souhaiter ; si son désir d'ordre et ses principes lui faisaient désirer le rétablissement de la monarchie par l'intervention extérieure, il tremblait que la France n'en sortît démembrée. « Je vous assure, M. le comte, écrivait-il à Flavigny, que si *nous* voulons céder l'Alsace, la Lorraine, le Bugey et nos îles, nos princes rétabliront leur frère sur le trône des anciens rois de Soissons ; dans tous les siècles, et surtout dans le nôtre, on ne fait rien pour rien [29]. » Dramatique et longue hésitation qui alla jusqu'à lui faire perdre, un moment, le goût de la restauration. Il pouvait tout imaginer, sauf l'étonnant sursaut populaire de juillet.

Le 20 avril, le roi proposait lui-même à l'Assemblée de déclarer la guerre à l'Autriche. A Paris, la guerre allait accélérer le cours des événements. Après l'invasion de l'Assemblée, le 20 juin, par les pétitionnaires, ce fut le défilé de la foule parisienne au château des Tuileries : le roi, pour protéger sa famille, coiffa le bonnet rouge muni de la cocarde tricolore. La cocarde devenait l'insigne officiel de la France révolutionnaire ; on allait s'en apercevoir à Rome. Les premières défaites de la France n'étonnèrent point Bernis : il connaissait l'impéritie des armées royales ; ce qui l'étonna davantage fut la proclamation, le 11 juillet, de la Patrie en danger et l'afflux des volontaires. Après la réaction au Manifeste de Brunswick, Bernis n'en pouvait plus douter : la Révolution avait provoqué un réveil populaire du patriotisme qu'il n'avait point connu au temps des Richelieu et des Soubise. Nostalgie déchirante : ce qui était bon pour la nation ne l'était point pour la monarchie !

Le 10 août, la prise des Tuileries, le roi suspendu, l'émigration de Lafayette l'attristèrent sans le surprendre. Ce qu'il savait de l'histoire et de la psychologie des foules lui avait fait prévoir la République. « J'ai le malheur de deviner, écrit-il, et ce don funeste a empoisonné toute ma vie [30]. » Mais pouvait-il prévoir la fin lamentable de Montmorin ; le ministre fuyant les Tuileries, réfugié chez une blanchisseuse du faubourg Saint-Antoine, découvert le 21 août, puis condamné à mort et exécuté... Bien qu'il se fût attendu aux massacres de septembre, il ne pouvait imaginer les sanglantes horreurs qui frappèrent le clergé réfractaire à l'abbaye de Saint-Germain-des-Prés et aux carmes de Vaugirard. Violences gratuites qui rappelaient la Saint-Barthélemy, fatal aboutissement du fanatisme.

A Rome, plus que jamais Bernis restait fidèle à la tolérance. Plus son entourage cédait au fanatisme, plus il demeurait maître de soi, honnête et courtois. Aussi, forgeait-il des armes contre lui-même. Le 9 août, il reçut M. de Mackau, ministre de la France à Naples, qui avait prêté serment. Il alla jusqu'à le protéger contre les douanes et lui rendit sa visite. Or, Mackau ne demanda pas à voir « les dames de France »... Cri d'horreur parmi les monarchistes intransigeants ! La ferme décision du cardinal de ne point céder aux passions le fit passer pour un hésitant, un sceptique refusant toute action, voire un opportuniste. Las Casas, retourné, écrivit à d'Entraigues : « Tout ce qu'on a dit sur la faiblesse de Bernis est vrai ; il est faible et courtisan, et adorateur de toute idole : il a fait la visite à Mackau pour adoucir les démocrates de Paris... Et l'année passée, les princes, les Polignac, les Vaudreuil, voulaient le mettre dans le fauteuil de Richelieu [31]. » A quoi Vicchi, bien informé, répond : « Une seule personne possède alors à Rome le secret de la parole juste et diplomatique, c'est le cardinal de Bernis... On peut arriver jusqu'à dire qu'il voulait adoucir les démocrates et pactiser avec la révolution, mais il ne reculera pas d'une ligne de ce qui a été le programme de toute sa vie : éducation et sollicitude pour tous [32]. »

Le 21 septembre, la victoire de Valmy effraya les Romains, les plongea dans une peur dont ils ne sortirent plus guère, et écrasa l'optimisme claironnant de Maury qui était rentré de Francfort. Bernis resta calme. Son étonnement fut plutôt celui du stratège réaliste qu'il avait toujours été. Pour que l'offensive des alliés réussît, pensait-il, il fallait que le roi de Prusse et le duc de Brunswick assurent leurs communications et leur subsistance. « Il n'y a point d'exemple, écrit-il, d'une campagne aussi humiliante que celle que le roi de Prusse a voulu faire en personne... » S'élevant par sa philosophie et ses connaissances au-dessus de ses sentiments, Bernis va jusqu'à prévoir la récupération de la Révolution par la bourgeoisie : « J'entrevois que lorsque la Convention nationale aura joui quelque temps de son triomphe, elle se trouvera dans un grand embarras et en très grand péril. Elle a abusé le peuple et l'a fait roi... [mais] essaiera-t-on de dépouiller les propriétaires qui sont à leur aise ? Fera-t-on la guerre aux financiers, aux banquiers, aux agioteurs... ? Ce monde [qui] est armé, ne souffre pas si aisément ce qu'ont souffert le clergé et la noblesse, désarmés et désunis [33]. » Paroles qui demeurent d'une brûlante actualité.

A Rome, la peur grandissait. Le 20 septembre, on apprit

qu'une flotte française était entrée dans la baie de Naples: la guerre de la République contre le pape allait-elle commencer?

La cocarde: première émeute à Rome

La peur est mauvaise conseillère: une vague de passion contre-révolutionnaire et anti-française déferla sur Rome. Les Français suspects d'être favorables à la Révolution furent traqués. Ainsi furent jetés en prison deux artistes, le sculpteur Chinard et le peintre Ritter, accusés d'avoir porté la cocarde; en outre, Chinard avait créé une composition représentant, disait-on, l'écrasement du fanatisme. Fort de la présence de la flotte française, Mackau, de Naples, demanda à Bernis de faire libérer les deux artistes. Bernis, qui les connaissait bien, s'adressa à Zelada qui acquiesça et les fit libérer.

Or, Mackau avait obtenu l'autorisation d'envoyer à Rome, en vue d'obtenir cette libération, son secrétaire Hugou de Bassville. Cette mission devenait inutile. Mais Mackau, gêné par l'autorité que prenait Bassville, espérant ainsi s'en débarrasser, le laissa partir. Bassville arriva à Rome le 13 novembre 1792. Là, il joua le jeu de l'imposture; avec l'obscur désir de remplacer Bernis, il se présenta à Zelada comme délégué de la République. Chose curieuse, on l'accueillit avec soulagement: un délégué de la République? Il n'y aurait donc pas la guerre? Il aperçut très vite le parti qu'il pouvait tirer de la peur romaine et ne connut plus de mesure. On le reçut comme l'homme providentiel qui venait établir des relations diplomatiques avec la République; on ne lui demanda aucune preuve. A chaque courrier, il tentait de persuader Lebrun, ministre des Affaires étrangères qu'il fallait un ambassadeur auprès du pape. Sans obtenir de réponse, il n'en devenait pas moins un personnage important dans Rome: c'était le contre-Maury. On lui accorda ce qu'il demandait; on alla jusqu'à renvoyer le baron de Talleyrand qui se présentait, accompagné de Mme Calonne, comme délégué officiel... Zelada eut même le front de reprocher à Bernis d'avoir cherché une maison à Talleyrand. Bassville fonda en toute liberté, à l'Académie, une sorte de Club des Jacobins de quatre-vingts Français révolutionnaires. A son instigation, on interdit à Narbonne-Fritzlar, neveu de Bernis, de circuler dans Rome. Devant Bassville, le pape s'inclina si bassement qu'il lui promit que Maury ne serait pas cardinal...

Soudain, le 20 décembre, on apprit que la flotte française, en sortant de la baie de Naples, avait été dispersée et en partie détruite par la tempête... Dieu se révélait-il enfin aux Français qui niaient son existence ? Bernis avait-il ouvert les yeux à Zelada sur l'imposture de Bassville ? La situation se retourna. Ce fut la fin du pouvoir de Bassville qui ne fut plus qu'un Français révolutionnaire. Mais il ne s'en aperçut pas assez vite. Rome, offensée, se réveilla ; la haine des Français flamba, irréfléchie, globale, provocatrice. Les princesses royales et Bernis en furent épargnés ; la réputation du cardinal se raffermit.

Malencontreusement, Mackau avait écrit à Bassville, lui donnant l'ordre d'obtenir la suppression de l'insigne fleurdelysé à l'Académie et à la poste, et de le remplacer par la cocarde tricolore. Il faut reconnaître à Bassville un certain courage : ayant enfin ressenti l'hostilité romaine, il conseilla aux Français compromis de se retirer à Naples, et resta. Beaucoup partirent le 12 janvier. Quelques-uns s'y refusèrent, tels Girodet, Gagnereaux, Lafitte et Mérimée, lequel n'était pas pensionnaire. Pour soutenir Bassville, Mackau lui envoya le major de Flotte, du vaisseau *Le Languedoc*. Le consul de Rome, Digne, refusa de se joindre à eux. Zelada, qui les reçut le 12 janvier, connaissant l'atmosphère de la ville, leur conseilla la prudence. Il manqua d'énergie : pourquoi n'enjoignit-il pas aux deux hommes de rentrer à Naples ? Au contraire, il leur procura une audience auprès du pape, ils devaient être reçus le 14.

Que de fautes, de part et d'autre ! De Flotte et Bassville se promenèrent avec la cocarde tricolore au chapeau ; à l'Académie, ils firent enlever de son socle la statue de Louis XVI. Ils reléguèrent dans les combles les portraits de la famille royale et des cardinaux et les remplacèrent par ceux des républicains célèbres, anciens et modernes.

Le 13 janvier, qui était un dimanche, Bernis donnait au palais Carolis une réception : il avait envoyé de nombreuses invitations afin que les Français de toutes opinions pussent discuter ; il pensait les mettre d'accord et les voir vivre sans heurts. On le reconnaît là : il voulait tenter l'impossible...

Une rumeur monta de la rue. Les invités du palais se précipitèrent au balcon. La foule s'amassait autour d'une voiture. C'était celle de Bassville : on distinguait la cocarde aux chapeaux du cocher et des valets. La foule grossissait, menaçante, Tout le Corso retentit de sifflets. On criait : « A bas la cocarde ! Mort aux Français ! » La voiture n'avançait plus qu'au pas. Elle s'arrêta un moment à l'Académie et ressortit. On entendit un coup de pistolet, on tirait les couteaux. Une grêle de pierres s'abattit sur la voiture, ce qui força les plus audacieux à s'écarter et prévint le massacre. Place Colonna, la voiture ne pouvait plus avancer. Enfin, elle parvint à tourner via Lucina et se réfugia au palais Palombara où demeurait Moutte, banquier français chargé des affaires commerciales avec Rome. Aussitôt, la porte fut mise en pièce, la foule se précipita. Parmi les clameurs, un cri retentit : « Bassville est blessé ! »

Bassville avait reçu un coup de rasoir dans le ventre ; il expira le lendemain, 14 janvier 1793. La police avait rétabli l'ordre et découvert la femme et le fils de Bassville. Sur l'ordre du pape, on les évacua sur Naples. De Flotte avait réussi à s'enfuir. La maison de Moutte avait été entièrement ravagée [34].

Une contre-manifestation de sympathie s'organisa sous les fenêtres du pape, de Zelada et de Bernis. Pour le cardinal, c'était un échec : certains de ses invités partirent aussitôt pour Florence ou Naples.

La mort de Bassville accrut les difficultés avec la République. Le baron de Talleyrand renonça à se faire accréditer comme successeur de Bernis. Cacault fut désigné pour le remplacer, porteur d'un violent ultimatum : Bassville devenait une sorte de héros de la République, régulièrement délégué, contre lequel le pape avait violé toutes les lois diplomatiques, « naturelles et humaines ». Cacault se méfia et s'annonça de Florence ; le pape lui interdit l'entrée à Rome. N'ayant pas reconnu la République, Pie VI se trouvait virtuellement en guerre avec elle. Oserait-elle attaquer ? La guerre ne devait être effective qu'en 1798, mais on s'y prépara, on fortifia les ports, les plages et la ville ; des exercices d'artillerie assourdirent la région.

Nouvelle émeute

La mort de Bassville, le refus de Pie VI de recevoir Cacault, délivrèrent Bernis : le pape n'avait pas cessé de lui rendre les honneurs de ministre.

Le 11 février, on apprit la décapitation de Louis XVI.

Bernis tenta vainement d'apaiser les lamentations des princesses royales. Pendant un mois, elles vécurent entièrement claustrées, ayant interdit toute visite et écoutant la messe dans l'appartement du cardinal. La population romaine les protégeait.

La mort du roi déclencha une nouvelle émeute : la foule se

porta au Vatican, exigeant l'expulsion de tous les Français, à l'exception de mesdames et de Bernis. Cette fois, la police se méfiait, l'armée était sur pied. Les manifestants insistèrent ; on ne les dispersa qu'à grand-peine, après que les suisses et la garde eurent armé leurs fusils et que la cavalerie eut esquissé une charge. Rien de grave, et pourtant cette révolte irréfléchie et impuissante faillit faire une victime nouvelle, le jeune peintre dijonnais Gagnereaux, romantique avant la lettre et qui avait un vrai talent. Les peintres romains en étaient jaloux ; sans doute ne désiraient-ils point sa mort, mais seulement son départ. Or, il était très protégé, non seulement par les princesses royales et par Bernis, mais par une femme romaine, très haut placée, qu'il aimait et dont il était aimé.

Alors que son frère s'était enfui à Florence, Gagnereaux fut prévenu par les princesses royales du danger où le mettaient les jalousies de ses rivaux. On lui donna un passeport pour la Suède, mais l'amour le retint à Rome. Dans l'émeute, sa demeure fut pillée. On le découvrit, on le poursuivit ; il réussit à s'enfuir à travers la campagne dans l'intention de rejoindre son frère. Il ne put s'y résoudre et revint à Rome. Bientôt reconnu, pourchassé et blessé, il ne dut son salut qu'au palais de Bernis où il se réfugia. Soigné et guéri, il put, grâce aux mêmes protecteurs, gagner Florence. Là, il se remit à peindre. Mais le 18 août 1795, apprenant l'infidélité de la femme aimée, il se précipita par la fenêtre et mourut sur le coup [35].

On saisit bien, dans cette affaire, l'indulgence de Bernis à l'égard de la jeunesse et de l'amour, son indépendance, son courage, sa charité à porter secours à tout homme en danger, de quelque parti qu'il fût. On mesure aussi son amour des arts, et la faiblesse qu'il éprouva toujours pour les jeunes pensionnaires de l'Académie. Il jouissait, il est vrai, de l'exceptionnelle immunité où l'avaient placé sa générosité, mais aussi la protection du pape et du comte de Provence.

Le comte avait pris le titre de régent en attendant la majorité de son neveu. Il notifia la mort de Louis XVI à tous les souverains de l'Europe en leur proposant Louis XVII comme successeur des rois de France, et sa propre accession à la régence. Il adressa au pape la même lettre, mais Pie VI, modeste ou méfiant, ne consentit à le reconnaître comme régent qu'après les princes des grandes puissances. Une autre lettre accréditait Bernis comme ambassadeur auprès du Saint-Siège. C'était prématuré, et cependant ce fut Bernis qui transmit aux émigrés de Hamm, un bref confidentiel où le pape *souhaitait*, une fois toutes les difficultés levées, pouvoir reconnaître le comte de Provence comme régent.

La solitude et la fin

Cependant, Bernis demeurant ostensiblement juste et modéré fut de plus en plus abandonné, puis attaqué par les fanatiques, aussi bien sur sa droite que sur sa gauche. On le surprend parfois, il est vrai, l'âge et la souffrance compromettant sa maîtrise, à maudire ses ennemis romains, « ces vipères venimeuses... cette nuée d'insectes » qui l'injurient jour après jour[36].

Bien qu'il devînt progressivement impotent à cause de ses rhumatismes et de la goutte qui alourdissaient ses jambes, le cardinal ne demeurait pas inactif : tant qu'un homme est vivant, il doit être utile. Sept mois après la mort du roi, il organisa, à Saint-Louis-des-Français, des funérailles solennelles auxquelles Maury assista. En relations avec le gouvernement de Malte grâce à la famille de Santa-Croce et aux nombreux émigrés de l'île, il essaya de concilier la réforme du grand maître, prince de Rohan, et l'intégrisme romain. Mais l'intransigeance du Saint-Siège précipita la ruine de l'Ordre.

Dans sa dernière année, attentif aux autres plus qu'à ses propres souffrances, il se consacra au secours de ses concitoyens dans la détresse avec les moyens dont il disposait encore. Que le pape l'eût nommé visiteur apostolique des églises, couvents et possessions de la France, c'était lui reconnaître le pouvoir de les faire contribuer le plus largement possible à l'entretien des émigrés. Bernis contracta un emprunt de huit mille écus en hypothéquant les biens français. Il créa une caisse de subventions, favorisant, il est vrai, — ce que l'on ne manqua point de lui reprocher — ses propres serviteurs, dont les peines le touchaient.

Certes, Bernis n'aimait point Marie-Antoinette ; il n'en fut pas moins révolté par sa mort : « Paris n'a plus de grands crimes à commettre, écrit-il, le dernier ajoute à tous les autres un degré d'horreur et d'infamie inconnu jusqu'à aujourd'hui[37]. » Que lui importaient les attaques de Maury, qui n'avaient pas cessé ? Rendant le bien pour le mal, il alla jusqu'à favoriser son élévation au cardinalat... Encore une action que beaucoup de Romains refusèrent de comprendre.

On oubliait peu à peu sa renommée. Lorsque le pape prononça, le 17 juin 1793, un discours sur la mort de Louis XVI, Il ne fit aucune allusion au ministère de Bernis. Indifférent, le cardinal suivait « sa ligne ». Autour de lui, la solitude s'épaississait. Il ne savait ce qu'était devenu son petit-neveu, le vicomte de Bernis. La marquise de Bernis avait été arrêtée à Pont-Saint-Esprit, et l'on parlait de la transférer dans une prison de Grenoble. Parmi ses correspondants, c'était l'hécatombe ; à Parme, M. de Flavigny et son épouse étaient morts ; le duc de Penthièvre aussi, dont les lettres si originales, riches de détails, lui apportaient informations et réconfort. Ses relations avec les princesses royales s'usaient.

Le cardinal assista encore, le 25 août 1794, à la fête de Saint-Louis, à l'église nationale de France. Puis, le 31 octobre, sentant venir la fin, il fit son testament désignant comme héritier fiduciaire son cher ami Nicolas d'Azara, et comme exécuteurs testamentaires ses deux neveux, l'archevêque de Damas et le chevalier de Bernis. La première nouvelle de sa maladie fut annoncée par la gazette du 28 octobre. Elle ajoutait que le chevalier d'Azara avait dû rentrer de Tivoli où il était en villégiature avec la princesse de Santa-Croce... L'affluence des visiteurs commença. Bernis, lucide, luttait contre la mort. Mesdames de France se crurent obligées d'abandonner le palais Carolis [38].

Le 3 novembre 1794, Bernis s'éteignit.

Le *Diario* du 8 novembre raconte sa mort, bon témoignage de ce que pouvaient faire les médecins de l'époque : « Le cardinal de Bernis était depuis quelque temps tourmenté par la podagre (artérite) de manière que l'enflure menaçait de remonter vers la poitrine ; mais on lui appliqua les vésicatoires aux jambes, et l'enflure disparut, en se disolvant en eau. L'enflure ayant reparu, on craignit que le malade ne fût menacé de la gangrène ; on jugea bon, alors, de tenir une consultation de cinq médecins et de deux chirurgiens... Mais dans la soirée de jeudi, il perdit subitement la parole et fut administré. Vers les dix heures et demie, ayant recouvré la parole, il demanda lui-même le Saint-Viatique qui lui fut administré par le curé de Santa-Maria, sa paroisse... »

Ce ne fut pas lui, mais son neveu l'archevêque qui sollicita la bénédiction du pape ; elle lui fut donnée à deux heures de la nuit. Malgré les faiblesses de caractère de Pie VI, un pape est un pape. Et c'était dans l'ordre des choses, cet ordre hiérarchique qu'il eût voulu plus juste, mais qu'il avait défendu jusqu'au bout contre une révolution dont il n'avait guère connu que les sanglants désordres. Eut-il une pensée pour Voltaire à qui ces désordres avaient été épargnés et qui, sûr de l'immortalité, avait eu la chance de rentrer à Paris pour triompher et pour mourir ?

Bernis avait soixante-dix-neuf ans. Il ne lui fut pas donné d'assister au retour des émigrés en France l'année suivante. L'inventaire de ses objets, au palais Carolis, dura vingt-deux jours. Que de richesses dormaient encore dans sa cave, oubliées depuis plusieurs années ! La totalité de ces biens fut évaluée à trois cent vingt mille livres. Il avait légué des souvenirs et des sommes importantes à son entourage et à ses serviteurs. Pourquoi dix mille six cent quarante livres à la princesse de Santa-Croce ? Était-ce une dette ?

Son corps fut déposé à Saint-Louis, dans la chapelle de Saint-Sébastien. En l'an X, son petit-neveu, René de Bernis, obtint l'autorisation de le faire transporter en France. Le Premier Consul — peut-être grâce à Vivant-Denon — donna l'ordre de le recevoir, dans tous les ports où il ferait escale, dans les honneurs dus aux grands hommes. Ce fut à Nîmes, où le vicomte s'était établi, qu'il fut inhumé. Il repose en face de la chaire, dans un sarcophage en marbre blanc exécuté à Rome, sur le modèle du tombeau d'Agrippa, par Maximilien.

Mais le cœur du cardinal est resté à Rome, à Saint-Louis-des-Français. Un monument y fut érigé aux frais de la famille, par les soins de Cacault et de Lestache. Un autre lui fait face, celui que Chateaubriand fit élever à son amie Pauline de Beaumont, morte à Rome.

Elle était la fille du ministre Montmorin.

Notes

AVANT-PROPOS

1. Frédéric Masson fut bibliothécaire aux Affaires étrangères, secrétaire et ami du prince Jérôme qui lui laissa de nombreux documents. Il fut élu à l'Académie française en 1903. Son œuvre concernant Napoléon Ier et sa famille est immense. Il mourut en 1923.
2. Masson (Frédéric) : *Mémoires et lettres du cardinal de Bernis, 1715-1758,* introduction et notes, Paris, Plon, 1878, 2 vol. Portrait.
— *Le Cardinal de Bernis depuis son ministère, 1758-1794,* Paris, Plon, 1884.
3. Dollot (Louis), *Bernis et Choiseul,* Paris, 1941.
4. Freche et Sudreau, *Un chancelier gallican, Daguesseau, et un cardinal diplomate, Joachim de Pierre de Bernis,* Paris, P.U., 1969.
5. Dahoui (Serge), *Le Cardinal de Bernis ou le Royaume du charme,* Aubenas, 1972.
6. Barbey d'Aurevilly, *Les Œuvres et les hommes,* Paris, Lemerre, 1893.
7. Vailland (Roger), *Éloge du cardinal de Bernis,* Paris, Fasquelle, 1956.
8. Souligné dans le texte.
9. Kast (Pierre), *Le Bonheur ou le pouvoir,* Paris, J.-C. Lattès, 1980.
10. Bernis à Pâris-Duverney, 21 décembre 1758.
11. Bernis (cardinal de), *Mémoires,* XVII, 82.
12. Sommervogel, « Gustave III et le cardinal de Bernis », in *Études religieuses, historiques et littéraires,* par les pères de la Compagnie de Jésus, III, 186.
13. Bernis, *Mémoires,* VI, 124.
14. Bernis, *Œuvres,* édit. 1803, *Réflexions sur la passion,* II, 13.
15. Samaran (Charles), *Une vie d'aventurier au XVIIIe siècle, Jacques Casanova,* Calmann Levy, 1931, 2 vol. Charles Samaran est mort en octobre 1982, à l'âge de cent trois ans ; il m'avait informé l'année précédente des dernières découvertes sur cette affaire.
16. Bernis, *Mémoires,* préface de J.-M. Rouart, notes de Philippe Bonnet, Mercure de France, 1980.

Chapitre premier

1. Voltaire, *Correspondance,* édit. définitive par Th. Besterman, D 9285, 5 octobre 1760.
2. Bernis, *Mémoires,* par Rouart et Bonnet, Mercure de France, 1980, p. 32. C'est nous qui soulignons.

3. Bernis, *Œuvres,* Paris, 1803-1804, 2 vol. in 24. *Sur l'amour de la patrie,* I, 46-47.
4. Bernis, *Mémoires,* 33.
5. Ibid., 33, 34. Ces idées, à l'époque où Bernis écrit ses Mémoires, peuvent provenir de Locke. Mais la dernière phrase est prophétique : elles ne seront exploitées méthodiquement que par Jean Piaget, grand philosophe et pédagogue contemporain.
6. *Ibid.,* 35.
7. *Ibid.,* 35.
8. *Ibid.,* 35.
9. *Ibid.,* 36.
10. *Le Comte de Gabalis ou Entretien sur les sciences secrètes,* par l'abbé de Monfaucon de Villars, Paris, 1670.
11. Bernis, *Mémoires,* 36, 37.
12. *Ibid.,* 38.
13. *Ibid.,* 38.
14. *Ibid.,* 39.
15. *Ibid.,* 39.
16. Voltaire, *op. cit.,* D 3348, 1er avril 1746.
17. Bernis, *Mémoires,* 39, 40.
18. Bernis, *Œuvres,* II, 444. C'est nous qui soulignons.
19. Bernis, *Mémoires,* 41.
20. *Ibid.,* 42, 43.
21. *Ibid.,* 43.
22. *Ibid.,* 44.
23. *Ibid.,* 45.
24. Bernis, *Poésies,* Didot, s.d. « Les quatre parties du jour. La nuit ».
25. *Ibid.,* « Le matin ».
26. Bernis, *Mémoires,* 45.
27. *Ibid.,* 46.
28. Malebranche, *Œuvres complètes,* Paris, 1962, t. I, livre XII, 30. Voir aussi Voltaire, articles « Influence » et « Imagination » de l'*Encyclopédie.*
29. Ce collège se trouvait à l'angle de la rue d'Hautefeuille et de la rue de l'École-de-Médecine.
30. Bernis, *Mémoires,* 48.

Chapitre II

1. Bernis, *Mémoires,* 48.
2. *Ibid.,* 50.
3. Besterman (Th.), *Voltaire's correspondance,* D 1089.
4. *Ibid.,* D 1284.
5. Bernis, *Œuvres collationnées sur les textes des premières éditions et classées dans un ordre méthodique,* Paris, 1825.
6. D'Argenson (marquis), *Mémoires,* IX, 24 juin 1755.
7. Bernis, *Poésies, op. cit.,* « Les quatre parties du jour ».
8. *Ibid., Réflexions sur l'amour.*
9. Bernis, *Mémoires,* 48.
10. *Ibid.,* 49.
11. *Ibid.*

Chapitre III

1. Bernis, *Mémoires,* VII, 49.
2. Voir Vaillot (René), *Qui étaient Mme de Tencin et le cardinal ?,* Le Pavillon, Paris, 1974, pp. 75,76.

3. Delaunay (baronne de Staal), *Mémoires,* Mercure de France, Paris, 1970.
4. Bernis, *Mémoires,* X, 64.
5. Ce beau-fils de Mme Dupin, Dupin de Francueil, épousera à soixante-deux ans, en secondes noces, Aurore de Saxe, fille légitimée du maréchal, dont il eut un fils, Maurice Dupin, père de George Sand.
6. Bernis, *Mémoires,* XIV, 78, 79.
7. Vaillot (René), *op. cit.*
8. Bernis, *Mémoires,* VIII, 53.
9. « Le Portefeuille de Mme Dupin », *Lettres,* Calmann Levy, 1884.
10. Bernis, *Mémoires,* XVII, 81, et note 52, p. 340. Mme Dupin avait commencé à dicter à Rousseau, alors son secrétaire, un ouvrage sur les femmes. On en a recensé près de quinze cents feuillets, malheureusement inédits et jalousement gardés par des collectionneurs privés.
11. Voir Vaillot (René), *Madame du Châtelet,* Paris, Albin Michel, 1978.
12. Bernis, *Mémoires,* XVII, 82.
13. *Ibid.,* XII, 69.
14. L'Oratoire, situé rue Saint-Honoré, à l'est de la place du Palais-Royal, était une pépinière de jansénistes. Le Père Quesnel, auteur des cent et une propositions condamnées par la *Bulle unigenitus,* y avait enseigné. L'évêque Soanen, condamné par Tencin au concile d'Embrun, en était sorti.
15. Bernis, *Mémoires,* XII, 70.
16. *Ibid.,* XVI, 80.
17. Le 4 mai 1742, Bernis écrit à son éditeur Coignard : « Il n'est donc question que de plaire dans cet ouvrage *dont le but est utile* et dont la lecture ne peut être appelée frivole. » *Bulletin du Bibliophile,* 1881.
18. Bernis, *Mémoires,* XVIII, 84.
19. Ségur (Pierre de), *Le Royaume de la rue Saint-Honoré,* Paris, Calmann Levy, 1897.
20. *Ibid.,* VIII, 134.
21. *Ibid.,* VIII, 148.
22. Ces *Souvenirs* n'ont pas été publiés. Pierre de Ségur les a eus en main. Il en a extrait et publié l'essentiel. Il en est de même des lettres qu'elle a adressées à Bernis.
23. *Ibid.,* cité par Pierre de Ségur, VIII, 147.
24. *Ibid.,* VIII, 147, 148. C'est nous qui soulignons.
25. Une grande partie de ces lettres ont été perdues. Il en est resté dans les papiers de Mme de L. F.-I. Elles seront citées plus loin. Voir *L'Amateur d'autographes,* 1906, 29 à 38.
26. Voltaire, *op. cit.,* D 2727. C'est nous qui soulignons.
27. *Ibid.,* D 2759.
28. Bernis, *Mémoires,* XIX, 87.

Chapitre IV

1. *Règlement pour l'opéra de Paris,* avec notes historiques (par Meusnier de Querlon, précédé du *Point de vue de l'Opéra,* par de Bernis). Utopie, chez Thomas Morus, à l'enseigne des Terres australes, MDCCXLIII...
2. *Recueil des harangues prononcées par messieurs de l'Académie française dans leurs réceptions,* Paris, 1763, V, 1734-1736.
3. Bernis, *Mémoires,* XV, 77.
4. *Ibid.,* XIX, 85.
5. Citée par Sareil (Jean), *Voltaire et les grands,* Genève, Droz, 1978.
6. Bernis, *Mémoires,* XIX, 87.
7. Bernis, *op. cit., Réflexions sur l'amour,* 369.
8. Bernis, *Mémoires,* XIX, 86, 87.
9. *Ibid.,* XIX, 87.
10. Cité par Ségur (Pierre de), *Souvenirs* de Mme de L. F.-I., IX, 163.
11. C'est le cas de Pierre Kast, dans son roman *Le Bonheur ou le pouvoir,* Paris,

J.-C. Lattès, 1980, où Bernis est l'amant de Mme de Pompadour, mais c'est un roman.
12. Voir Dahoui (Serge). « Le Destin hors série de la bibliothèque du cardinal de Bernis et du manuscrit original de ses poèmes », in *Revue du Vivarais*, t. 76, 1972 : le détenteur anonyme des manuscrits (de la main de Mme de Puy-Montbrun) ne possède pas moins d'une dizaine de poèmes adressés à Mme de Pompadour dont quatre seulement sont connus.
13. Bernis, *Mémoires*, XX, 89.
14. Voltaire, *Œuvres*, Moland, I, 33.
15. *Ibid., Correspondance*, par Besterman, D 3122.
16. *Ibid.*, D 3132.
17. *Ibid.*, D 3157.
18. *Ibid.*, D 3138.
19. Bernis, *Mémoires*, XX, 89. C'est nous qui soulignons.
20. *Ibid.*, XX, 89.
21. *Ibid.*, XXI, 90.
22. Compardon (Émile), *Madame de Pompadour et la cour de Louis XV*, Paris, Plon, 1867, VII, 177, mot souligné dans le texte.
23. *Ibid.*, V, 127.
24. Bernis, *Mémoires*, XXI, 91. C'est nous qui soulignons.
25. Louis XV, *Correspondance avec le maréchal de Noailles*, par Rousset, Paris, 1865, 2 vol.
26. Bernis, *Mémoires*, XX, 88.
27. *Ibid.*, XXV, 102.
28. *Ibid.*, XXV, 103.
29. Bernis, *Œuvres classées, op. cit.* Épître VIII, à Duclos, « Regrets du bon vieux temps », 291.
30. *Ibid.*, 462, 463.
31. Bernis, *Mémoires*, XX, 90.
32. Voltaire, *op. cit.*, D 3616.
33. Bernis, *Mémoires*, XXI, 91.
34. *Ibid.* C'est nous qui soulignons.
35. Voltaire, *op. cit.*, D 3784.
36. *Ibid.*, D 3775 et 3779, 10 et 11 octobre 1748.
37. Bernis, *Mémoires*, XXI, 92. Souligné dans le texte.
38. *Ibid.*, XXIV, 99. C'est nous qui soulignons.
39. *Ibid.*, XXI, 91. Bernis dit que cet événement avait *précédé* la paix d'Aix-la-Chapelle. C'est un lapsus : il a certainement voulu dire *suivi*.
40. Bernis, *Mémoires*, XXIV, 100, 101.
41. *Ibid.*, XXV, 101.
42. *Recueil Maurepas*, XXXIV, 189.
43. Barbier, *Journal*, IV, 362.
44. Luynes (duc de), *Journal*, X, 117.
45. D'Argenson (marquis), *Mémoires*, V, 456.
46. Bernis, *Mémoires*, XXII, 92.
47. *Ibid.*, XXII, 93.

Chapitre V

1. Bernis, *Mémoires*, XXVI, 103. C'est nous qui soulignons.
2. *Ibid.*, XXVII, 106, 107.
3. *Ibid.*, 2e partie, I, 109.
4. *Ibid.*
5. Marmontel, *Mémoires*, II, 31.
6. Luynes (duc de), *Journal*, XIV, 222.
7. Bernis, *Lettre à Choiseul*, du 20 juillet 1757.
8. Bernis, *Mémoires*, XXVI, 104. Souligné dans le texte.

9. *Ibid.*, 2e partie, II, 112.
10. Vaillot (René), *Madame du Châtelet*, Albin Michel, 1978, 233, 247.
11. Mauzi (Robert), *L'Idée du bonheur dans la pensée et les Lettres au XVIIIe siècle*, Slatkine, reprints, Genève, 1979.
12. Bernis, *Mémoires*, XV, 76.
13. *Id.*, Œuvres, 1767, II, 112 à 114.
14. *Id.*, *Le Souper d'été*, *ibid.*, II, 90.
15. Belle-Isle, *Lettre inédite*, 17 mai 1751, British Museum.
16. Bernis, *Mémoires*, XI, 68.
17. *Ibid.*, 2e partie, II, 112.
18. *Ibid.*, 113.
19. Lauris (chevalier de), *Épître à Monsieur le comte de Bernis, ambassadeur à Venise*, Paris, Gonichon, 1752.
20. Dufort (comte de Cheverny), *Mémoires sur Louis XV et Louis XVI.* (Dufort, introducteur des ambassadeurs, ne date aucune de ses observations ou anecdotes.)

Chapitre VI

1. Monnier, *Venise au XVIIIe siècle*, Paris, Perrin, 1907.
2. Molmenti, *La Vie privée à Venise*, Venise, 1895.
3. *Ibid.*, 3e partie, II, 63, 65.
4. Masson (Frédéric), *Mémoires et lettres de François Joachim de Pierre, cardinal de Bernis*, Plon, 1878, 2 vol., I, 420.
5. Bernis, *Mémoires*, 2e partie, III, 115.
6. *Ibid.*
7. *Ibid.*, III, 116.
8. *Ibid.*, III, 114.
9. *Ibid.*, IV, 117.
10. *Ibid.*, 116.
11. *Ibid.*, VI, 125.
12. *Ibid.*, V, 118, 119 et note 74, pp. 342-343.
13. *Ibid.*, V, 121.
14. Voltaire, *Mémoires...* Mol. I, 47.
15. Bernis, *Correspondance du cardinal de Bernis avec Pâris-Duverney*, 1752-1759, 2 vol. en un seul, Paris, 1790.
16. Bernis, « Correspondance du cardinal de Bernis avec le comte des Alleurs », *Revue d'Histoire diplomatique*, septembre 1938. Lettre non datée.
17. Stampacchia (Mme Annalisa Aruta), « Bernis à Venise », *Bollettino del Centro Interuniversitario di Ricerche sul Viaggio in Italia*, Anno I, Esscicolo I, Roma, 1980.
18. *Op. cit.*, « Bernis au comte des Alleurs », 1er août 1754. C'est nous qui soulignons.
19. *Ibid.*, lettre non datée.
20. *Ibid.*, lettre à la comtesse des Alleurs, 1er septembre 1754. C'est nous qui soulignons.
21. *Ibid.*, lettre du 1er août 1754. C'est nous qui soulignons.
22. *Ibid.*, lettre à la comtesse des Alleurs, ci-dessus 20.
23. Casanova (Jacques). Deux textes de la version française des *Mémoires* sont en présence : 1o Un texte non arrangé, imprimé par l'éditeur allemand Brockhaus (Wiesbaden, 1960), provenant du manuscrit qui fut offert en 1820 à sa maison par Carlo Angiolini et qui ne fut pas publié. C'est ce texte que nous avons consulté, annoté par M. et Mme Hübscher (Paris, Plon, 1960). 2o Un texte « arrangé » par Jean Laforgue (voir Samaran (Ch.), « Jean Laforgue, " arrangeur " français des Mémoires de Casanova », *Annuaire du Bulletin de la Société d'Histoire de France*, année 1972), qui corrigea la langue (italianismes, latinismes, impropriétés), « épura » le goût et falsifia le texte sur certains points en tant que révolutionnaire anticlérical. C'est ce texte que publie la collection La Pléiade, 3 vol., Paris, 1960, et que reprend l'extrait des *Mémoires* de Casanova, à la suite des *Mémoires* de Bernis

en 1980 (Mercure de France). Sur le point qui nous intéresse ici, les deux textes de Casanova varient peu.
24. Texte de Brockhaus, IV, ch. III, 36.
25. *Ibid.*, IV, ch. VII, 115, 116.
26. *Ibid.*, IV, ch. VII, 122 à 125.
27. Gugitz (Gustav), *Casanova. Erinnerungen,* München, 1913.
28. Masson (Frédéric), *op. cit.*, I, *Introduction,* p. 45.
29. Samaran (Charles), *Une vie d'aventurier au XVIIIe siècle, Jacques Casanova,* Paris, Calmann Levy, 2 vol., 1931, Introduction. Charles Samaran, directeur général honoraire des Archives de France, nous a confié récemment que l'affaire Bernis-Casanova en était restée au même point, sauf en ce qui concerne l'identification de M.M. et de C.C., que nous donnons ici. Charles Samaran est mort le 14 octobre 1982 : il allait avoir cent trois ans le 28 octobre.
30. Masson, *op. cit.*, I, 442.
31. Bernis (de), *Mémoires,* 2e partie, VII, 128.
32. *Ibid.*, VII, 129.
33. *Ibid.*, VI, 124.
34. Masson, *op. cit.*, I, 447.

Chapitre VII

1. Bernis, *Mémoires,* VIII, 130.
2. D'Argenson (marquis), *Mémoires,* VII, 440 et Barbier, *Journal,* V, 372.
3. Bernis, *Mémoires,* XI, 136.
4. *Ibid.*, IX, 133.
5. *Ibid.*, VIII, 130. C'est nous qui soulignons.
6. *Ibid.*, XII, 138.
7. *Ibid.*, XII, 138. C'est nous qui soulignons.
8. *Ibid.*, XIII, 142.
9. *Ibid.*, XIII, 143.
10. Cité par Hanotaux, *Histoire de la Nation française,* IX, 315.
11. Bernis, *Mémoires,* XIV, 145.
12. *Ibid.*, XIV, 147.
13. *Ibid.*, XV, 148.
14. Frédéric II, *Œuvres,* Épître IV au comte Gotter, X, 109.
15. Bernis, *Mémoires,* XVI, 149.
16. *Ibid.*, XVII, 152.
17. *Ibid.*, XVIII, 153.
18. *Ibid.*, XVIII, 154.
19. *Ibid.*, XIX, 157.
20. Luynes (duc de), *Journal,* XIV, 14 février 1756.
21. Bernis, *Lettre autographe inédite au duc de Nivernais,* 3 février 1756, que M. Charavay, libraire, a bien voulu nous laisser consulter. C'est nous qui soulignons.
22. Bernis, *Mémoires,* XIX, 155.
23. Cité par Nolhac (Pierre de). *Madame de Pompadour et la politique,* Calmann Levy, 1928, II, 67.
24. Croÿ (duc de), *Journal inédit du duc de Croÿ,* 1718-1784, Paris, 1906.
25. Cité par Compardon, *op. cit.*, X, 293.
26. *Ibid.*, X, 295.
27. Voltaire, *op. cit.*, D 6844, *Lettre du duc de Lavallière à Voltaire,* aux Délices, du 22 avril 1756.
28. Bernis, *Mémoires,* 3e partie, II, 286, 287.

Chapitre VIII

1. Bernis, *Mémoires,* XXI, 168.
2. *Ibid.,* XXI, 166.
3. *Ibid.,* XXI, 167.
4. *Ibid.,* note 98, 346.
5. *Ibid.,* XXIII, 174.
6. *Ibid.,* XXV, 176.
7. *Ibid.,* XXVI, 181.
8. Sudreau, *Un cardinal diplomate,* thèse soutenue le 9 octobre 1967 à Paris, p. 125.
9. Bernis, *Mémoires,* XXVII, 184.
10. Duclos, *Mémoires secrets sur le règne de Louis XIV, la Régence et le règne de Louis XV,* 2 vol., 1864, II, 271-278.
11. Bernis, *Mémoires,* XXVII, 190.
12. *Ibid.,* XXIX, 197.
13. *Ibid.,* XXIX, 203.
14. Vailland (Roger), *Éloge du cardinal de Bernis,* Paris, Fasquelle, 1956.
15. Bernis, *Mémoires,* XXIX, 204. C'est nous qui soulignons.

Chapitre IX

1. D'après le récit de Voltaire, *Précis du siècle de Louis XV,* Moland, XV, 90.
2. Bernis, *Mémoires,* XXXI, 215.
3. *Ibid.,* XXXI, 217.
4. Du Hausset (Mme), *Mémoires,* 138.
5. Bernis à Stainville, 20 juillet 1757, citée par Masson.
6. Bernis, *Mémoires,* XXXI, 219.
7. *Ibid.,* XXXI, 226.
8. *Ibid.,* note 119, p. 351.
9. Duclos, *op. cit.,* II, 284.
10. Bernis, *Mémoires,* XXXII, 226, 227.
11. Dollot (Louis), « Bernis et Choiseul », janvier 1757 à décembre 1758. Extrait de la *Revue d'histoire diplomatique,* 1940-1941, pp. 1 et 18.
12. Sudreau, *Un cardinal diplomate,* thèse soutenue en 1969, Paris, P.U.
13. Bernis, *Mémoires,* note 113, pp. 349, 350.
14. *Ibid.,* XXX, 208. C'est nous qui soulignons.
15. Voltaire, *Correspondance,* D 7375, à d'Argental.
16. Bernis, *Mémoires,* XXXIV, 232.
17. *Ibid.,* XXXIV, 233. Souligné dans le texte.
18. Choiseul, *Mémoires,* introduction de Calmettes, p. 17. Mémoires malheureusement inachevés, auxquels Calmettes ajoute vingt lettres inédites qui peignent le personnage.
19. *Ibid.,* 27.
20. *Ibid.,* 145.
21. *Ibid.,* 145. C'est nous qui soulignons en faisant remarquer que Bernis ne l'a pas dit.
22. *Ibid.,* 146.
23. Bernis, *Mémoires,* XXXIV, 233.
24. *Ibid.,* XXXIV, 235.

Chapitre X

1. Rousset (Camille), *Le Comte de Gisors,* 1732, Paris, 1868.
2. *Ibid.,* 319.
3. *Ibid.,* 353.

4. Bernis, *Mémoires,* XXXVI, 238, 239.
5. *Ibid.,* XXXVI, 239, 240.
6. Bernis, *Mémoires et lettres,* par Frédéric Masson, 2 vol., Paris, Plon, 1878, II, 115. C'est nous qui soulignons.
7. *Ibid.,* Bernis à Stainville, 3 octobre 1757.
8. *Ibid.,* Bernis à Stainville, 1er novembre 1757.
9. Voir Vaillot (René), *Qui étaient Mme de Tencin et le cardinal ?,* Le Pavillon, Paris, 1974, 355 à 357.
10. Broglie (duc de), *Voltaire avant, pendant et après la guerre de Sept Ans.* Lettre du 11 octobre 1757.
11. Verdier (H.), *Le Duc de Choiseul,* Paris, Debresse, 1969.
12. Cité par Maugras (G.), *La Duchesse et le Duc de Choiseul,* lettre inédite, A.E., Vienne, 1757.
13. Verdier, *op. cit.,* 64.
14. Bernis, *Mémoires,* XXXIX, 249.
15. *Ibid.,* XLI, 264. C'est nous qui soulignons.
16. *Ibid.,* XLI, note 136, p. 355.
17. Bernis, par F. Masson, *op. cit.,* II, 141. Lettre de Bernis à Stainville du 14 novembre 1757. C'est nous qui soulignons.
18. Bernis, *Mémoires,* note 134, p. 354.
19. *Ibid.,* note 135, p. 354.
20. Voltaire, *Correspondance, op. cit.,* lettre de d'Alembert à Voltaire du 11 janvier 1758, D 7573.
21. Bernis, par Masson, II, 146, Bernis à Stainville, 29 novembre 1757.
22. Bernis, *Mémoires,* XLII, 267.
23. Bernis, Masson, II, 152, 153, lettre de Bernis à Stainville du 13 décembre 1757. Souligné dans le texte.
24. *Ibid.,* II, 167, 168, lettre de Bernis à Stainville du 19 janvier 1758. C'est nous qui soulignons.
25. *Ibid.,* II, 171, 173, lettre du 25 janvier 1758. C'est nous qui soulignons.
26. *Ibid.,* lettres du 20 février, des 24 et 31 mars 1758.
27. Waddington (Richard), *La Guerre de Sept Ans,* 2 vol., F. Didot, 1904, II, VIII, Stainville à Bernis, 26 mars 1758, A.E., Vienne.
28. Bernis, Masson, *op. cit.,* II, 195, 199. Lettre de Bernis à Stainville du 31 mars 1758. C'est nous qui soulignons.
29. Waddington, *op. cit.,* II, VIII, lettre de l'impératrice à Stainville du 7 avril 1758, A.E., Vienne.
30. Bourgeois (Émile), *Manuel historique de politique étrangère,* Paris, Belin, 1892, I, 514, 515.
31. Bernis, *Mémoires,* XXXIX, 252.
32. Bernis, Masson, II, 201, lettre de Bernis à Stainville du 7 avril 1758.
33. Duclos, *Mémoires secrets...,* p. 132.
34. Bernis, Masson, II, 210, 211, lettre de Bernis à Stainville du 2 avril 1758.
35. *Ibid.,* II, 219 à 221, lettres de Bernis à Stainville des 27 avril, 1er et 6 mai 1758.

Chapitre XI

1. Masson, *op. cit.,* lettres de Bernis à Stainville des 13 mai et 21 juillet 1758. C'est nous qui soulignons.
2. *Ibid.,* Bernis à Stainville, 24 mai 1758.
3. *Ibid.,* toutes ces citations sont extraites de la lettre de Bernis du 6 juin 1758. Souligné dans le texte.
4. *Ibid.,* Bernis à Stainville du 29 juin 1758. Souligné dans le texte.
5. Bernis, *Mémoires,* 3e partie, I, 282.
6. *Ibid.,* IV, 290-291.
7. Masson, *op. cit.,* Bernis à Stainville, 1er août 1758. Souligné par Bernis.
8. *Ibid.,* Bernis à Stainville, 20 août 1758.

9. *Ibid.*, Bernis à Choiseul, 26 août 1758. C'est nous qui soulignons.
10. Datée par Frédéric Masson du 12 septembre avec des arguments tout à fait convaincants.
11. Choiseul à Bernis, 12 septembre 1758. Citée par Verdier.
12. Masson, *op. cit.*, Bernis à Mme de Pompadour, 19 septembre 1758. C'est nous qui soulignons.
13. *Ibid.*, Bernis à Choiseul, 23 septembre 1758.
14 *Ibid.*, Bernis à Mme de Pompadour, 4 octobre 1758. Souligné dans le texte.
15 *Ibid.*, Bernis à Mme de Pompadour, 6 octobre 1758.
16. *Ibid.*, Louis XV à Bernis, 9 octobre 1758.
17. *Ibid.*, Bernis à Choiseul, 11 octobre 1758. C'est nous qui soulignons, sauf la dernière phrase.
18. *Ibid.*, Bernis au roi, 15 octobre 1758.
19. *Ibid.*, Bernis à Choiseul du 19 octobre 1758. C'est nous qui soulignons, sauf la dernière phrase soulignée par Bernis.
20. *Ibid.*, Bernis à Mme de Pompadour, 8 novembre 1758. Souligné dans le texte.
21. *Ibid.*, lettres du 15 et du 29 novembre 1758.
22. Frère du marquis de Mirabeau, celui-ci étant le père du fameux orateur de la Révolution.
23. Cette lettre ne figure pas dans Masson : elle a été acquise par le ministère des Affaires étrangères en 1962 ; elle est citée par Verdier.
24. Bernis, *Mémoires,* V, 297. Bernis ajoute : « On la trouvera à la fin de ces Mémoires, mais ceux-ci étant inachevés, la harangue n'y figure pas. »
25. *Ibid.*, V, 297.
26. *Ibid.*, V, 298.
27. Masson, *op. cit.*, introduction, I, CX et suivantes.
28. Bernis, *Mémoires,* 3e partie, I, 282.
29. Lomenie (Louis de), *La Comtesse de Rochefort et ses amis,* Paris, Michel Levy, 1870, pp. 68 à 99. Souligné dans le texte.
30. Duclos, *op. cit.*, 314, 315.
31. Décrit par d'Arneth, *Geschichte Maria Theresia's,* cité par Masson.
32. Cité par Masson, II, appendices, 482, 483.
33. Voltaire, *Correspondance,* D 8065.
34. *Ibid.*, D 7997 et D 8004.
35. Barbier, *Journal,* Éd. Charpentier, VII, 109 et suiv.

Chapitre XII

1. Voltaire, *op. cit.*, Bernis à Voltaire, 10 juin 1762, D 10576.
2. Mme de Narbonne, sœur du cardinal, a marié sa fille à un cousin, Jean-François, comte de Narbonne-Pelet. Il assista au siège de Minorque, passa en 1757 à l'armée du Rhin, colonel d'un régiment de grenadiers royaux, arrêta pendant trois jours, en 1762, les Prussiens au poste de Fritzlar, au profit du duc de Broglie. D'où le nom de Narbonne-Fritzlar que lui attribua le roi. De son mariage avec sa cousine, nièce du cardinal, il eut deux fils et une fille.
3. Bernis, *Correspondance avec Pâris-Duverney, op. cit.*, lettre de Bernis du 21 décembre 1758. C'est nous qui soulignons.
4. *Ibid.*, Duverney à Bernis, décembre 1758.
5. *Ibid.*, Bernis à Duverney, 10 mars 1759.
6. Voltaire, *op. cit.*, d'Alembert à Voltaire, 18 octobre 1760, D 9329.
7. Bernis, *Correspondance avec Saint-Florentin,* arch. Bernis.
8. Bernis, *op. cit.*, Duverney à Bernis, 25 janvier 1759.
9. *Ibid.*, Bernis à Duverney, 21 mars 1759.
10. *Ibid.*, Duverney à Bernis, mai 1759.
11. *Ibid.*, Bernis à Duverney, 6 juin 1759.
12. Voltaire, *op. cit.*, Choiseul à Voltaire, D 8270 et D 8588. C'est nous qui soulignons.
13. Capitulation de Québec en septembre, mort de Montcalm. Destruction de la flotte de Brest par Havke.

14. Bernis, *op. cit.,* Bernis à Duverney, 7 décembre 1759. C'est nous qui soulignons.
15. Masson, *op. cit.,* t. II, arch. de la famille.
16. *Ibid.,* II, appendices, 485, 486.
17. Cité par Masson, A.E., Rome. Dépêche du 30 janvier 1759.
18. Masson, *op. cit.,* II, 363.
19. *Ibid.,* lettre du 21 janvier 1760. Arch. de la famille.
20. *L'Amateur d'autographes,* lettres inédites de Bernis à Mme de La Ferté-Imbault. Lettres du 4 juillet et du 10 septembre 1760. C'est nous qui soulignons.
21. Voltaire, *op. cit.,* 5 octobre 1760, D 9285.
22. *Ibid.,* 13 novembre 1760, D 9402. C'est nous qui soulignons.
23. *Ibid.,* 20 décembre 1759, D 8666. C'est nous qui soulignons.
24. *Ibid.,* Choiseul à Voltaire, 21 août 1760, D 8866.
25. Louise-Honorine Crozat du Châtel, aimable et vertueuse, dont l'esprit, plus fin que celui de son époux, la faisait rechercher dans le monde. Correspondante de Voltaire.
26. Voltaire, *op. cit.,* 22 avril 1760, D 8869.
27. *Ibid.,* lettres du 8 septembre et du 7 octobre 1761, D 9995 et 10057.
28. *Ibid.,* Bernis à Voltaire, 13 octobre 1761, D 10073. C'est nous qui soulignons.
29. *Ibid.,* Voltaire à Bernis, 15 décembre 1761, D 10210.
30. *Ibid.,* Bernis à Voltaire, 24 décembre 1761, D 10226.
31. *Ibid.,* Bernis à Voltaire, 26 juillet 1762, D 10608.
32. *Ibid.,* Bernis à Voltaire, 18 mai 1762, D 10455.
33. *Ibid.,* Voltaire à Bernis, 21 décembre 1761, D 10234.
34. *Ibid.,* Bernis à Voltaire, 25 février 1762, D 10344.
35. Voltaire, *L'Histoire d'Élisabeth Canning et des Calas.* (L'histoire des Calas est rattachée au récit d'une révision de procès à Londres.) Œuvres, Édit. Moland, t. 24, 399.
36. Voltaire, *op. cit.,* Voltaire à Bernis, 21 juillet 1762, D 10597.
37. *Ibid.,* Bernis à Voltaire, 7 octobre 1762, D 10772.
38. Voltaire, *Relation de la maladie, de la confession, de la mort et de l'apparition du jésuite Berthier, avec la relation du voyage de frère Garassise et ce qui s'ensuivit, en attendant ce qui s'ensuivra.* Œuvres, Moland, 24, 95. (Le père Berthier n'y est pas attaqué en tant que jésuite, mais en tant que directeur du *Journal de Trévoux* où il fut « calomniateur et surtout ennuyeux ».)
39. Balbany (André-Christophe), *Acceptation du défi,* Avignon, 1762. Voir *Bibliothèque de la Compagnie de Jésus* par Sommervogel, t. I. Le Pr Balbany était en 1758 professeur de physique à Aix, et en 1762 professeur de théologie à Marseille.
40. Voltaire, *op. cit.,* Voltaire à Bernis, 26 mai 1762, D 10469.
41. *Ibid.,* Bernis à Voltaire, 4 juin 1762, D 10487.
42. *Ibid.,* Voltaire à Mme d'Argental, 13 août 1763, D 11358.
43. *Ibid.,* Voltaire à Bernis, 29 août 1763, D 11388.
44. *Ibid.,* Bernis à Voltaire, 16 janvier 1764, D 11647.
45. Mercure de France, septembre 1764.
46. *Op. cit.,* Voltaire à Bernis, 27 juin 1764, D 11950.
47. *Ibid.,* Bernis à Voltaire, 21 juillet 1764, D 12006. C'est nous qui soulignons.

Chapitre XIII

1. Voir Claverie et Lamaison, *L'Impossible mariage. Violence et parenté en Gévaudan, XVIIe, XVIIIe et XIXe siècles,* Hachette, 1982.
2. Les consuls étaient les conseillers municipaux de l'époque ; ils étaient élus par les notables en assemblée générale.
3. Rolland (Jules), *Histoire littéraire de la ville d'Albi,* Toulouse, 1879.
4. Le marquis de Fraigne avait été agent diplomatique à Leipzig. C'est là que la duchesse de Courlande lui donna une lettre de recommandation pour la princesse douairière Jeanne Élisabeth d'Anhalt-Zerbst, sœur du roi de Suède et mère de Catherine II de Russie. Beaucoup plus âgée que lui, la princesse éblouie le garda

comme amant. Ils vécurent dans une telle intimité que l'on put supposer qu'ils avaient contracté un mariage secret.

Fraigne, qui avait néanmoins le goût de se rendre utile, rentra en France et demanda au duc de Broglie de l'employer dans son armée. Bernis le reçut, le pria d'attendre, et, le 28 août 1758, l'accrédita auprès de la petite cour de Zerbst avec mission d'utiliser ses relations personnelles pour espionner le roi de Prusse. Bien entendu, il renoua avec la princesse. Mais deux mois ne s'étaient pas écoulés que le roi de Prusse le fit saisir. Aussitôt, le duc de Holstein-Gottrop le fit délivrer et s'apprêta à le défendre en son château contre quatre mille Prussiens. Le marquis préféra se livrer et fut interné à Magdebourg. Cette fois, ce fut la princesse qui intervint : elle le fit évader par un de ses serviteurs vêtu en femme qui lui laissa ses vêtements et resta prisonnier à sa place... Mais, reconnu par les Prussiens, il fut repris, mis au cachot, puis à la citadelle. Remis en liberté lors de la paix, il sollicita une mission à Saint-Pétersbourg, mais Catherine refusa de recevoir l'amant de sa mère. Éclaboussé à Vienne, il ne fut pas mieux accueilli. Rentré en France, il reçut du roi une pension de quatre mille livres et se maria vers 1770.

5. Rolland (J.), *op. cit.*, appendices, 422, 425.
6. Bernis à Choiseul, A.E., fonds français, mss., 220, 221.
7. Lamouzèle (E.), *Catalogue de la collection du cardinal de Bernis à l'archevêché d'Albi*, Paris, 1910.
8. Brengues, *Correspondance de Charles Duclos, 1704-1772*, Saint-Brieuc, 1970, Bernis à Duclos, 13 septembre 1768.
9. Voltaire à Bernis, 15 mars 1765, D 12598.
10. Bernis à Voltaire, 24 juin 1765, D 12657. C'est nous qui soulignons.
11. Voltaire à Bernis, 25 décembre 1766, D 13755. C'est nous qui soulignons.
12. Bernis à Voltaire, 11 janvier 1767, D 13832.
13. Voltaire à Bernis, 16 avril 1767, D 14119.
14. Bernis à Voltaire, 30 avril 1767, D 14152.
15. Bernis à Voltaire, 22 juin 1767, D 14233.
16. Citée par Masson, arch. Bernis.

Chapitre XIV

1. En effet de nos jours, la tendance évangéliste des Jésuites s'est affirmée avec l'œuvre du Père Teilhard de Chardin et surtout l'influence du Père général Pedro Arrupe qui fut désavoué par le pape. Voir Woodrow (Alain), *Les Jésuites, histoire de pouvoirs*, Lattès, 1984.
2. Baudin (Louis), de l'Institut, *Une théocratie socialiste : l'État jésuite du Paraguay*, Paris, Génin, 1962.
3. Masson, *op. cit.*, II, 84.
4. Moulierac-Lamoureux (Dr), *Le Comtat-Venaissain pontifical (1229-1791)*, Védène, 1977.
5. Bernis au père Ricci, décembre 1758, A.E., Rome.
6. Bernis au roi, 4 mars 1769, A.E.
7. Choiseul à Bernis, 10 avril 1769, arch. Bernis.
8. Arneth (Alfred von), *Maria-Theresa und Joseph II, ihre Correspondenz*, Vienne, 1867-1868.
9. *Ibid.*
10. Lesourd et Paillat, *Dossier secret des conclaves*, Paris, 1969.
11. Bernis à Choiseul, 5 avril 1769, A.E.
12. Bernis à Choiseul, 12 avril 1769, A.E.
13. Bernis à Choiseul, 19 avril 1769, A.E.
14. Choiseul à Luynes et à Bernis, 23 mai 1769, A.E.
15. Vaillot (René), *Qui étaient Mme de Tencin et le cardinal ?*, Paris, Le Pavillon, 1974, 127 à 133.
16. Bernis à Choiseul, 17 mai 1769, A.E.
17. Bernis à Choiseul, 28 juillet 1769, A.E.

18. Bernis à Louis XV, 10 mai 1769, A.E.
19. Louis XV à Bernis, 18 juin 1769, arch. Bernis.
20. Bernis à Voltaire, 24 mai 1769, D 15662, c'est nous qui soulignons.
21. Voltaire à Bernis, 12 juin 1769, D 15681.

Chapitre XV

1. Saint-Priest, *Histoire de la chute des Jésuites au XVIIIe siècle*, Paris, D'Amyot, 1846.
2. Le texte des *Constitutions* est resté secret jusqu'en 1967 : la première édition originale a été publiée par Desclée de Brouwer, collection *Christus.*
3. *Op. cit.*, Bernis à Voltaire, 19 juillet 1769, D 15964.
4. *Ibid.*, Voltaire à Bernis, 3 août 1769, D 15794.
5. *Ibid.*, Bernis à Voltaire, 27 septembre 1769, D 15925, souligné dans le texte.
6. Masson (Frédéric), *op. cit.*, II, 138, 139.
7. De Laclos (Choderlos), *Les Liaisons dangereuses*, Paris, La Pléiade, 1979, p. 236.
8. Voir Segard (Jean), « L'Échelle des revenus », in *Revue du dix-huitième siècle*, Paris, Garnier, 1982, 425-433.
9. Aujourd'hui occupé par le Banco di Roma.
10. Luccichenti (Furio), *Intreccio libraro-enologico tra Casanova et de Bernis...*, chez l'auteur, Rome, 1980.
11. Des Ombiaux, *Éloge du cardinal de Bernis*, prononcé par Maurice des Ombiaux, titulaire de son fauteuil, Paris, 9 juin 1944.
12. Choiseul à Bernis, 4 juillet 1769, A.E., Rome. C'est nous qui soulignons.
13. Bernis au roi, 26 juillet 1769, A.E. C'est nous qui soulignons.
14. Choiseul à Bernis, 7 août 1769, arch. Bernis.
15. Choiseul à Bernis, 24 juin 1769, arch. Bernis.
16. Bernis à Choiseul, 5 juillet 1769, arch. Bernis.
17. Bernis à Choiseul, 30 août 1769, A.E. C'est nous qui soulignons.
18. Grimaldi à Fuentes, A.E., Espagne, 28 août 1769.
19. Choiseul à Bernis, 9 octobre 1769, arch. Bernis.
20. Bernis à Choiseul, 15 novembre 1769, A.E.
21. Choiseul à Bernis, 16 janvier 1770, arch. Bernis.
22. Bernis à Choiseul, 31 janvier 1770. C'est nous qui soulignons.
23. Bernis à Choiseul, 12 août 1770, A.E. C'est nous qui soulignons.
24. A.E., Espagne, 527, cité par Masson.
25. Bernis à Choiseul, janvier 1771, arch. Bernis.
26. Bernis à La Vrillière, 16 janvier 1771, A.E.
27. Bernis à La Vrillière, 8 mai 1771, A.E.
28. Brengues, *op. cit.*, Bernis à Duclos, 30 octobre 1770.
29. Bernis au duc d'Aiguillon, juillet 1772, A.E.
30. D'Aiguillon à Bernis, 25 janvier 1773, A.E., Rome. C'est nous qui soulignons.
31. Bernis à d'Aiguillon, 17 février 1773, arch. Bernis.
32. *Gazette de Leyde* du 20 août 1773.
33. *Ibid.*, septembre 1773.
34. D'Aiguillon à Bernis, 3 mai 1774, arch. Bernis.
35. Bernis à Vergennes, 28 août 1774, A.E.
36. Bernis à Vergennes, 28 septembre 1774, A.E.
37. Gleichen (baron Charles de), *Souvenirs*, Paris, Greuillot, 1848, 33.

Chapitre XVI

1. Bernis à Voltaire, 20 janvier 1773, D 18148.
2. *Ibid.*, 24 avril 1775, D 19437.
3. Voltaire à Bernis, 3 juillet 1775, D 19542.
4. *Memorie storiche dell antichissima città de Alba-Longa e dell' Albano moderno dedi-

cate all eminentissimo e reverendissimo principe il signor cardinale de P. de Bernis, divise in tre libri, d'all abato Antonio Ricci. Bernis y est apprécié « pour ses rares talents et pour l'amour des belles lettres et de la poésie... dont les Œuvres *sont* assez connues par la grâce et par l'imagination la plus heureuse ».
5. Moroni (G.), *Dizionario di opere anonime e pseudonime di scrittori italiani o come che si sia aventi relazioni all'Italia, di G.M. (Melazi),* t. I, Milano, 1848.
6. Ademollo, « Figure e figuri casanoviane, La principessa di Santa-Croce », in *Fanfulla della Domenica,* 24 février 1884.
7. *Lettres inédites du cardinal de Bernis à la princesse de Sainte-Croix,* publiées par M. Mignon et H. Buriot, Darsiles, Rome, 1921.
8. On ne sait pas, actuellement, ce qu'est devenu ce tableau.
9. Ces billets ne sont jamais datés ; on ne peut guère situer que ceux qui furent écrits pendant le conclave de 1774. Ce que nous en citons pourra donc être extrait de plusieurs billets différents.
10. *Sciolto* signifie « défait, brouillé ». Il s'agirait d'une crème glacée ou plus sûrement d'un « granité » de fruits écrasés.
11. Lesourd et Paillat, *Dossiers secrets des conclaves,* Presses de la Cité, 1969, 225.
12. L'édition « originale », en italien, aurait été écrite par un prêtre florentin, Gaetano Sertor, Rome, chez Cracas, à l'enseigne du Silence (sic), B.N., Répertoire d'anonymes italiens. D'après Weller, *Die falschen und fingerten Drückorte,* Leipzig, 1864. « Rom bei Cracas » est en réalité Felssecker im Nürnberg. L'édition en français, *Le Conclave de 1774,* par Gaetano Sertor, Rome, Cracas, aurait été imprimée à Berlin (Frédéric II ?).
13. Cité par Masson, II, note p. 316, arch. Bernis.
14. *Ibid.,* II, 317.
15. Vergennes à Bernis, 25 février 1775, arch. Bernis.

Chapitre XVII

1. Saint-Priest, *Histoire de la chute des Jésuites au XVIIIe siècle,* Paris, D'Amyot, 1806.
2. Vergennes à Bernis, 1er mai 1775, arch. Bernis.
3. Bernis à Vergennes, 9 août 1775, arch. Bernis.
4. *Ibid.,* 16 août 1775, arch. Bernis.
5. Frédéric II, *Œuvres posthumes,* lettre du roi de Prusse à d'Alembert, tome 7, 1760-1774, Frédéric II à d'Alembert, 11 mars 1774, p. 310.
6. *Ibid.,* d'Alembert à Frédéric II, 25 avril 1774, 312.
7. Bernis à Vergennes, 8 novembre 1775. C'est nous qui soulignons.
8. Bernis à Vergennes, 3 juillet 1776. C'est nous qui soulignons.
9. Bernis à Vergennes, 23 avril 1777, arch. Bernis.
10. Bernis à Vergennes, 19 avril 1780, A.E.
11. Bernis à Vergennes, 10 septembre 1783, A.E.
12. Voir Hastier (Louis), *La Vérité sur l'affaire du collier,* Paris, Éd. Rencontre, 1970, ch. II, 210 à 221.
13. Bernis à Vergennes, 21 mars 1786, arch. Bernis.
14. Sommervogel, « Gustave III et le cardinal de Bernis », in *Études religieuses, historiques et littéraires,* par les Pères de la Compagnie de Jésus, III, 186.
15. Citée par Masson, Mme de Genlis à Bernis, Bellechasse, 4 janvier 1782.
16. Bernis à Vergennes, 22 juin 1785, arch. Bernis.
17. Vivant Denon, « Point de lendemain », avec chronologie, in *Romanciers du XVIIIe siècle,* Pléiade, 1969, II, 379-402. Il rencontra plus tard le général Bonaparte, l'accompagna en Égypte et devint directeur des Musées sous l'Empire.
18. Gausserand, abbé de Rivière, que la Révolution allait porter à la succession de Bernis à Albi.
19. Bernis à M. de Flavigny, s. d., arch. Bernis.
20. Bernis à Vergennes, 13 février 1787, arch. Bernis.

Chapitre XVIII

1. Masson (Frédéric), *Le Département des Affaires étrangères sous la Révolution, 1787-1804,* Plon, 1877.
2. Montmorin à Bernis, janvier 1788, arch. Bernis.
3. Elle figure dans ses archives : Montmorin à Bernis, 16 septembre 1788.
4. Bernis au comte de Flavigny, agent de la France à Parme, s.d., arch. Bernis.
5. *Instructions données par S.A.S. Mgr le duc d'Orléans à ses représentants aux baillages,* s.l., 1789.
6. Bernis à Montmorin, cité par Masson, II, 459.
7. Bernis à Montmorin, 17 novembre 1789, A.E.
8. Bernis à Montmorin, date imprécise, 1789, A.E.
9. Bernis à Montmorin, 23 septembre 1789, arch. Bernis.
10. Bernis à Mme de La Ferté-Imbault, 16 février 1767.
11. Comtesse de Beauharnais, Marie Anne Françoise, connue sous le nom de Fanny, femme de lettres. *Elle fait son visage et ne fait point ses vers,* a dit Le Brun.
12. Cité par Ademollo, *op. cit.*
13. Bernis à Montmorin, 10 mai 1790, A.E.
14. Bernis à Montmorin, 21 juillet 1790. C'est nous qui soulignons.
15. Bernis, *Lettre pastorale de 1791,* Sermons, diocèse d'Albi, 1803.
16. Bernis à Montmorin, 23 février 1791, A.E.
17. Bernis à Montmorin, 30 mars 1791, A.E.
18. Las Casas au comte d'Entraigues, 18 juin 1791, *France et divers États,* 2745.
19. Archivo general central Madrid, Estado nº 3915, 3 mars 1791.
20. Forneron, *Histoire générale des émigrés,* Paris, Plon, 1884.
21. Bernis à M. de Flavigny, avril 1791.
22. Vicchi (Leone), *Les Français à Rome sous la Convention,* Fusignano, Italie, 1892.
23. Bernis à Flavigny, *passim,* arch. Bernis.
24. Bernis au pape, 3 juillet 1791, arch. Bernis.
25. Vicchi (Leone), *op. cit.,* 80.
26. *Ibid.,* cité par Vicchi, 79.
27. Bernis à Flavigny, cité par Masson, s.d., II, 524, arch. Bernis.
28. Dahoui (Serge), « Le Destin hors série de la Bibliothèque du cardinal de Bernis et du manuscrit original de ses poèmes », *Revue du Vivarais,* 76, 1972.
29. Bernis à Flavigny, 11 janvier 1792, arch. Bernis.
30. Bernis à Limon, 23 septembre 1792. Collection Morisson. Limon, ancien partisan des réformes, reconverti par les abus des foules incontrôlées, a émigré à Coblentz où il a participé à la rédaction du *Manifeste de Brunswick.*
31. Las Casas à d'Entraigues, 15 septembre 1792, A.E.
32. Vicchi, *op. cit.,* 82.
33. Bernis à Flavigny, 8 novembre 1792, arch. Bernis.
34. D'après Vicchi, pp. 76 à 83. L'auteur reconnaît qu'il existe plusieurs versions de l'émeute ; il a choisi celle du consul de Gênes.
35. Baudot (H.), *Éloge historique de Bénigne Gagnereaux,* préface et notes de Bernard Chevrot, petit-neveu du peintre, Dijon, 1889. Un tableau de Gagnereaux, *Saranus et Servilie,* est au Musée de Dijon.
36. Bernis à Limon, 18 mai 1793. Collection Morisson.
37. Bernis à Limon, 6 novembre 1793. Collection Morisson.
38. Mme Victoire mourut en 1799 à soixante-six ans, et Mme Adélaïde à Trieste en 1800 à soixante-huit ans.

Bibliographie

Œuvres du cardinal de Bernis

Nota : Les œuvres de l'abbé et du cardinal de Bernis ont été si souvent rééditées qu'il est impossible ici d'en donner la liste intégrale. La bibliographie la plus complète, comprenant les traductions en italien, latin et anglais, a été établie par M. Furio Luccichenti dans sa brochure *Intreccio libraro-enologico tra Casanova e de Bernis,* Rome, 1980.

Poésie et prose

Épître à mes dieux pénates, Paris, Didot, 1736.

Réflexions sur les passions, Paris, Didot, 1738.

Réflexions sur les passions et sur les goûts, épître à mes dieux pénates, Paris, Didot, 2 vol., 1741.

Règlement pour l'opéra de Paris (par Meusnier de Querlon, précédé du *Point de vue de l'Opéra,* par de Bernis), Utopie, chez Thomas Morus, à l'enseigne des Terres australes, 1743 (sans doute apocryphe).

La Gloire du roi, poème, 1744.

Les Poètes lyriques, ode, Paris, Coignard, 1744.

Poésies diverses, par M. le cardinal de Bernis, Paris, Coignard, 1744.

Épithalame à Mgr le Dauphin, par M. le cardinal de Bernis, de l'Académie française, Paris, Coignard, 1745.

Discours prononcé dans l'Académie française le jeudi 27 janvier 1747 à la réception de M. Duclos (par le récipiendaire et l'abbé de Bernis), Paris, Coignard, 1747.

Œuvres mêlées en prose et en vers de M. le cardinal de Bernis. Nouvelle édition augmentée. *Les Quatre Parties du jour...* Genève, 1753.

Les Quatre Saisons ou les Georgiques françaises, poème par M. le cardinal de Bernis, Paris, 1763.

Œuvres complètes de M. le cardinal de Bernis, de l'Académie française, 2 vol., Londres, 1767.

La Religion vengée, poème en dix chants, à Parme, dans le Palais-Royal, à notre très saint père le pape Pie VI, 1795.

Lettre pastorale et ordonnance de M. le cardinal de Bernis, archevêque d'Albi, au clergé séculier et régulier, et à tous les fidèles de son diocèse, au sujet de l'élection, faite le 13 mars 1791, de M. Jean Joachim Gausserand, prêtre et curé de Rivière... par MM. les électeurs du département du Tarn, en qualité d'évêque dudit département.
Œuvres, stéréotype, Paris, 2 vol. 1803-1810.
Œuvres... collationnées sur les textes des premières éditions et classées dans un ordre plus méthodique, Paris, Delangle, 1825.

Mémoires et correspondance

Mémoires et Lettres. Introduction et notes, 1715-1758, par F. Masson, Paris, Plon, 1878, 2 vol. Portrait.
Mémoires. Introduction par J.-M. Rouart, notes de Phil. Bonnet, Mercure de France, 1980.
Correspondance du cardinal de Bernis avec Pâris-Duverney, 1752-1759, 2 vol. en un seul, Paris, 1790.
Correspondance de Voltaire et du cardinal de Bernis de 1761 à 1777, par le citoyen Bourgoing, Paris, Dupont, An VII.
« Correspondance avec Voltaire » à partir de 1743, in *Voltaire's correspondance,* édition dite « définitive », par Théodore Besterman (de D 1089 à D 20580, 121 lettres).
DUTHIL et DEDAYAN, *Quinze lettres inédites,* Annales de Bretagne, LVI, 1949, 10, 35.
— *Lettres inédites du cardinal de Bernis à la marquise de La Ferté-Imbault.* L'Amateur d'autographes, 1906, 29, 38.
— *Lettres inédites du cardinal de Bernis à la princesse de Sainte-Croix,* publiées par M. Mignon et H. Buriot, Darsiles, Rome, 1921.
— « Lettres inédites de l'abbé de Bernis au comte des Alleurs », par A. Monglond, in *Revue d'histoire diplomatique,* septembre 1938.
— *Lettres autographes,* Bibliothèque nationale, manuscrits :
  — Correspondance diplomatique, ff. 10732.
  — Lettres, ff. 22135, 22191 — 11356, 22815, 22816, 22899, 22901, 22938, 24338.
  — Lettres reçues, ff. 24338, 24373, 24376 et 24377.
  — Copies de lettres, N.A.F. 25098.
  — Poésies, N.A.F., 1083, 15590.
— *Discours de réception à l'Académie française,* Recueil des harangues prononcées par ces Messieurs de l'Académie française dans leurs réceptions, Paris, 1763, t. 5, 1734-1736.

OUVRAGES CONSULTÉS

Ouvrages du XVIIIe siècle

ALLEURS (comte des), *Avis au public*, s.l., 1740.
— *Essai sur la nature de l'eau, du vent et du ridicule*, trad. de l'anglais [sic], s.l., 1741.
ARGENSON (marquis d'), *Mémoires*, Paris, Jeannet, 1857-1858, V, VII, IX.
BARBIER (avocat), *Journal et Mémoires*, Paris, Charpentier, 1885.
CAR... *Portrait historique du cardinal Maury*, Paris, 1798.
CARACCIOLI, *Vie de Clément XIV*, Paris, Vve Desaint, 1775.
CHOISEUL (duc de), *Mémoires de Monsieur le duc de Choiseul*, publiés par Calmettes, Paris, Plon, 1904.
— *Lettres inédites à Voltaire*, Paris, 1902.
— *Correspondance avec Voltaire*, in Voltaire's correspondance, *op. cit.*, lettres situées entre D 8104 et D 19888.
CLÉMENT, *Journal littéraire*, sur la *Religion vengée*, II, 1797.
DESFONTAINES (abbé), *Jugements sur quelques ouvrages nouveaux*, I, 1744.
DUCLOS (Ch. Pinot), *Mémoires secrets sur le règne de Louis XIV, la Régence et le règne de Louis XV*, Paris, 1864, 2 vol.
DUPIN (Mme), *Le Portefeuille de Mme Dupin, dame de Chenonceau*, Lettres et œuvres inédites, Paris, 1884.
ENTRAIGUES (comte d'), Lettres du comte d'Entraigues à Monsieur de Las Casas, A.E., France et divers États, 2745 : Édition s.l.n.d. à la Bibliothèque Nationale.
ESPINCHAL (comte d'), *Journal d'émigration*, Paris, Perrin, 1912.
FRÉDÉRIC II, *Œuvres diverses*, correspondance avec d'Alembert, Berlin, 1762, t. XVII, XVIII.
— *Histoire de la guerre de Sept Ans*, Œuvres posthumes, Berlin, 1788, 3, 4.
GRESSET, *Vert-Vert*, suivi de *La Chartreuse, de l'Abbaye et autres pièces*, Paris, Laurent et Deberny, 1855.
GORANI, *Mémoires secrets et critiques des cours*, Paris, 1793, 3 vol.
LOMENIE DE BRIENNE, *Le Conciliateur*, Rome, 1754.
LOUIS XV, *Correspondance avec le maréchal de Noailles*, par Rousset, Paris, 1865, 2 vol.
LUYNES (duc de), *Mémoires*, t. XIV.
MARMONTEL, *Épitre à Son Excellence Monsieur l'abbé comte de Bernis*, Paris, 1756.
MONFAUCON DE VILLARS (abbé), *Le Comte de Gabalis ou entretien sur les sciences secrètes*, Paris, 1670.
PORTAL (Ch.), *Inventaire des Archives départementales du Tarn antérieures à 1790*, IV, séries G. et H.
SERTOR (Gaetano), *Le Conclave de 1774*, édition française, Rome, 1775. Cette édition aurait été imprimée à Berlin. Voir note 12 du chapitre 16.
VOLTAIRE, *Précis du Siècle de Louis XV*, édit. Moland, 15, 390.
— *L'Histoire d'Élisabeth Canning et des Calas*, Mol. 24, 399.

Ouvrages des XIXe et XXe siècles

ADEMOLLO, « La Principessa Santa-Croce », in *Fanfulla della Domenica*, 24 février 1884.
ARNETH (Alfred von), *Maria-Theresa und Joseph II, ihre Correspondenz*, Vienne, 1867-1868.
BAILLE (Frédéric), *Le Cardinal de Bernis d'après des documents nouveaux*, Bibliothèque universelle, IV, 1879, 98-104.
BARBEY D'AUREVILLY, *Les Œuvres et les hommes*, Paris, 1893.
BAUDOT, *Éloge historique de Bénigne Gagnereaux*, préface et notes de M. Chevrot, Dijon, 1889.
BOURGEOIS (Émile), *Manuel historique de politique étrangère*, Paris, Belin, 1892, t. I.
BOURGUET (A.), *Étude sur la politique étrangère du duc de Choiseul*, Paris, 1907.
BREILLAT (Pierre), *Esquisse du cardinal de Bernis*, Albi, 1946.
BRENGUES (Jacques), *Correspondance de Charles Duclos*, Paris, 1970.
BROGLIE (duc de) *Le Secret du roi*, Calmann Levy, 1878, I.
CALMETTES, *Choiseul et Voltaire*, d'après des lettres inédites du duc de Choiseul, Paris, 1902.
CASANOVA (Jacques), *Mémoires*, texte d'après le manuscrit original, annotations de Mme A. Hübscher, Plon 1960-1962. Voir tome 6, 1962.
CASTRIES (duc de), *La Pompadour*, Paris, Albin Michel, 1983.
CHEKE (Markus), *The cardinal de Bernis*, Londres, 1958.
CLAVERIE et LAMAISON, *L'Impossible mariage. Violence et parenté en Gévaudan*, XVIIe et XVIIIe siècles, Hachette, 1982.
COMPARDON (Émile), *Madame de Pompadour et la cour de Louis XV*, Paris, Plon, 1867, VII.
CONDORCET, *Correspondance inédite* publiée par Ch. Henry, Paris, 1883.
CROŸ (duc de), *Journal inédit*, 1718-1784, Paris, 1906.
DAHOUI (Serge), *Le Cardinal de Bernis ou le Royaume du charme*, Aubenas, 1972.
« Le destin... de la bibliothèque du cardinal de Bernis et du manuscrit de ses poèmes », in *Revue du Vivarais*, juillet-septembre 1972, n° 631, pp. 139-151.
DALPANE (L.), *Lo stato pontificio e il movimento reformatore del settecento*, Milan, 1959.
DES OMBIAUX (Maurice), *Éloge du cardinal de Bernis prononcé à l'Académie des Gastronomes par le titulaire de son fauteuil*, Mâcon, 1942.
DOLLOT (Louis), *Bernis et Choiseul*, Paris, 1907.
DOMINIQUE (Pierre), *La Politique des Jésuites*, Paris, 1965.
DU DEFFAND (Mme), *Correspondance inédite*, 1809, 2 vol., II, 186.
DUFORT (J.-N.) Comte de Cheverny, *Mémoires*, publiés par R. de Crèvecœur, Paris, 1909, 2 vol., tome I.
FAGUET (Émile), *Histoire de la littérature française depuis le XVIIe siècle jusqu'à nos jours, Paris, 1901, II, 280.*
FILON, *L'Ambassade de Choiseul à Vienne*, Paris, Durand, 1872.
— *Louis XV et le renversement des alliances*, Paris, Didot, 1896.
FORNERON (H.), *Histoire générale des émigrés*, Plon, 1884, 3 vol.
FRÈCHE et SUDREAU, *Un Chancelier gallican, d'Aguesseau, et un cardinal diplomate, Joachim de Pierre de Bernis*, P.U., 1969.

GERDIL (H. S.), *Observations et notes sur la Religion vengée,* Opere, vol. XX, Rome 1821.

GLEICHEN (baron de), *Souvenirs,* Paris, Greuillot, 1848.

GLOTZ et MAIRE, *Les Salons au XVIIIe siècle,* Paris, 1949.

GRUET (Pierre), « Casanova Gleangs », in *Revue internationale des études casanoviennes,* Nice, 1975, vol. XVIII.

GÜGITZ (Gust.), *Casanova. Erinnerungen,* München, 1913.

GUICHARD (Alain), *Les Jésuites,* Grasset, 1974.

HASTIER (Louis), *La Vérité sur l'affaire du collier,* Paris, Rencontre, 1970.

HOUSSAYE (Arsène), *Galerie du XVIIIe siècle,* Hachette, 1858, t. III et IV.

JARDIN (Prosper), *Les Chevaliers de Malte,* Paris, 1974.

LAMOUZÈLE (E.), *Catalogue de la collection du cardinal de Bernis à l'archevêché d'Albi,* 1910.

LESOURD et PAILLAT, *Dossier secret des conclaves,* Presses de la Cité, 1969.

LOMENIE (Louis de), *La Comtesse de Rochefort et ses amis,* Paris, Michel Levy, 1870.

LUCCICHENTI (Furio), *Intreccio libraio enologico tra Casanova et de Bernis,* con appendice iconografica e bibliografica relativa al cardinale, Roma, 1980, chez l'auteur.

— « I padri Leseur e Jacquier e Giaccomo Casanova », in Revista *L'Urbe,* I, 2 gennaio aprile, 1982, Rome.

MASSON (Frédéric), *Le Cardinal de Bernis depuis son ministère,* 1758-1794, Paris, Plon, 1877.

— *Le Département des Affaires étrangères pendant la Révolution,* 1877.

MAUZI (Robert), *L'Idée du bonheur dans la pensée et les Lettres au XVIIIe siècle,* Slatkine, Reprints, Genève, 1979.

MAZADE, *Le Mondain dans la politique de l'Église au XVIIIe siècle : le cardinal de Bernis,* Revue des Deux-Mondes, 1-1879, 531-563.

MOLMENTI, *La Vie privée à Venise,* Venise, 1895-1897, 2 vol.

MONGREDIEN (G.), *La Vie de société aux XVIIe et XVIIIe siècles,* Paris, 1950.

MONNIER (Ph.), *Venise au XVIIIe siècle,* Paris, Perrin, 1907.

MORONI (G.), *Dizionario delle opere anonime e pseudonime dei scrittori italiani,* o come si sia aventi relazioni all'Italia di G. M. (Mélazi), Milano, 1848, t. I.

MOULIERAC-LAMOUREUX (Dr), *Le Comtat-Venaissin pontifical* (1229-1791), Védène, 1977.

NOLHAC (Pierre de), *Louis XV et Madame de Pompadour,* Paris, 1903, 2 vol.

— *Étude sur la cour de France. Madame de Pompadour et la politique d'après des documents nouveaux,* Calmann Levy, 1928.

PERSAN (marquis de), *Madame de Pompadour, Bernis et la guerre de Sept Ans,* Paris, 1920.

POIGNANT (S.), *Les Filles de Louis XV,* Arthaud, 1970.

RADUGUET (Xavier), *La Carrière politique de l'abbé Maury de 1786 à 1791,* Paris, 1912.

ROLLAND (Jules), *Histoire littéraire de la Ville d'Albi,* Toulouse, 1879.

ROUSSET (Camille), *Le Comte de Gisors, 1732-1758,* Paris, 1858.

SAINT-PRIEST, *Histoire de la chute des Jésuites au XVIIIe siècle,* Paris, 1844.

SAINT THOMAS D'AQUIN, *Extraits. La Pensée de Saint Thomas d'Aquin,* Introduction par Gonzague Truc, Payot, 1924.

SAMARAN (Charles), *Un aventurier au XVIIIe siècle, Jacques Casanova*, Calmann Levy, 1931, 2 vol.

— « Jean Laforgue, « arrangeur » français des Mémoires de Casanova », *Annuaire du Bulletin de la Société d'Histoire de France*, 1972, 75 à 86.

SEGUR (Pierre de), *Le Royaume de la rue Saint-Honoré*, Paris, Calmann Levy, 1897.

SENAC DE MEILHAN, *Du gouvernement, des mœurs et des conditions en France avant la Révolution française*, Poulet-Malassis, 1862.

SGARD (Jean), « L'Échelle des revenus », in *Revue du dix-huitième siècle*, Paris, Garnier, nº 14, 1982, 425 à 433.

SOMMERVOGEL, « Gustave III et le cardinal de Bernis », in *Études religieuses, historiques et littéraires*, par les pères de la Compagnie de Jésus, III, 186.

SOREL (Albert), « Le Cardinal de Bernis », in *Essais d'Histoire et de critique*, Paris, 1883, 131 à 153.

STAMPACCHIA (Analisa Aruta), « Bernis à Venise » in *Bollettino del centro universitario di Ricerche sul Viuggio in Italia, Sesicolo Uno*, Roma, 1980.

— « Il momento romano del cardinale de Bernis attraverso la corrispondenza con la principessa di Santa-Croce. Revista *Misure critiche*, nºs 49-50, Roma, 1984.

STRYENSKI (Casimir), *Le Gendre de Louis XV don Philippe*, Paris, 1904.

VAILLAND (Roger), *Éloge du cardinal de Bernis*, Paris, Fasquelle, 1956.

VAILLOT (René), *Qui étaient Madame de Tencin et le cardinal?* Paris, Le Pavillon, 1974, 75, 76.

— *Madame du Châtelet*, Paris, Albin Michel, 1978.

VALFONS (marquis de), *Souvenirs sur le XVIIIe siècle*, Paris, 1906.

VERDIER (Henri), *Le Duc de Choiseul*, Paris, 1969.

VICCHY (Leone), *Les Français à Rome sous la Convention*, Fusignano, Italie, 1892.

VIVANT-DENON, « Chronologie. Point de lendemain », in *Romanciers du XVIIIe siècle*, Pléiade, 1969, II.

WADDINGTON (Richard), *La Guerre de Sept Ans*, Firmin Didot, 1904, t. II, chap. VIII.

WOODROW (Alain), *Les Jésuites, histoire de pouvoirs*, Paris, J.-C. Lattès, 1984.

Table

DEUXIÈME PARTIE

LA POLITIQUE : UN GRAND AMBASSADEUR ET UN MINISTRE PASSIONNÉ

TROISIÈME PARTIE

UN CARDINAL-ARCHEVÊQUE
DANS LES FASTES
ET LES TOURMENTS DE ROME

La composition
et l'impression de ce livre ont été effectuées
par l'imprimerie Aubin à Ligugé
pour les Éditions Albin Michel

AM

Achevé d'imprimer en septembre 1985
Nº d'édition 8669. Nº d'impression L 20394
Dépôt légal : octobre 1985

Imprimé en France